Obras da autora publicadas pela Editora Record

Tudors
A irmã de Ana Bolena
O amante da virgem
A princesa leal
A herança de Ana Bolena
O bobo da rainha
A outra rainha
A rainha domada
Três irmãs, três rainhas
A última Tudor

Guerra dos Primos
A rainha branca
A rainha vermelha
A senhora das águas
A filha do Fazedor de Reis
A princesa branca
A maldição do rei

Fairmile
Terra das marés
Marés sombrias

Terra virgem

PHILIPPA GREGORY

O bobo da rainha

Tradução de
ANA LUIZA BORGES

7ª edição

Editora Record
RIO DE JANEIRO • SÃO PAULO
2024

CIP-BRASIL. CATALOGAÇÃO-NA-FONTE
SINDICATO NACIONAL DOS EDITORES DE LIVROS, RJ

G833b   Gregory, Philippa, 1954-
7ª ed. O bobo da rainha / Philippa Gregory; tradução de Ana Luiza Borges. – 7ª ed. Rio de Janeiro: Record, 2024.

Tradução de: The queen's fool
ISBN 978-85-01-08280-0

1. Leicester, Robert Dudley, 1532?-1588 – Ficção. 2. Elizabeth I, Rainha da Inglaterra, 1533-1603. 3. Rainhas – Grã-Bretanha – Ficção. 4. Novela inglesa. I. Borges, Ana Luiza. II. Título.

09-3190

CDD: 823
CDU: 821.111-3

Título original em inglês:
THE QUEEN'S FOOL

Copyright © Philippa Gregory Limited 2003

Foto da capa: Jeff Cottenden

Texto revisado segundo o Acordo Ortográfico da Língua Portuguesa de 1990.

Todos os direitos reservados.
Proibida a reprodução, no todo ou em parte, através de quaisquer meios.

Direitos exclusivos de publicação em língua portuguesa somente para o Brasil adquiridos pela
EDITORA RECORD LTDA.
Rua Argentina 171 – Rio de Janeiro, RJ – 20921-380 – Tel.: 2585-2000
que se reserva a propriedade literária desta tradução.

Impresso no Brasil

ISBN 978-85-01-08280-0

Seja um leitor preferencial Record. Cadastre-se e receba informações sobre nossos lançamentos e nossas promoções.

EDITORA AFILIADA

Atendimento e venda direta ao leitor:
sac@record.com.br

Para Anthony

Verão de 1548

A menina, muito vivaz, corria através do jardim iluminado pelo sol, fugindo de seu padrasto, mas não tão velozmente que ele não pudesse alcançá-la. Sua madrasta, sentada em uma pérgula, cercada de rosas em botão, olhou a garota de 14 anos e o belo homem perseguindo-a ao redor dos grandes troncos de árvores na relva macia, e sorriu, determinada a ver apenas o melhor nos dois: a menina que criava e o homem que adorava há anos.

Ele agarrou a bainha do vestido da garota e a puxou para si por um momento.

— Uma prenda! — pediu, o rosto moreno próximo às bochechas coradas dela.

Os dois sabiam qual seria a prenda. Ela escorregou feito mercúrio de suas mãos, e fugiu para o lado mais distante de uma fonte ornamental com um grande tanque circular. Carpas gordas nadavam lentamente na água. O rosto empolgado de Elizabeth refletiu-se na superfície quando se inclinou à frente zombando dele.

— Não consegue me pegar!

— É claro que consigo.

Ela se inclinou mais, de tal modo que ele viu seus pequenos seios no alto do decote quadrado do vestido verde. Sentiu seus olhos nela e o rubor em sua face intensificou-se. Observou-a, divertido e excitado, quando o pescoço dela ficou rosado.

— Posso pegá-la quando quiser — afirmou, pensando na perseguição do sexo que sempre acaba na cama.

— Então, venha me pegar! — replicou, sem saber exatamente o que estava provocando, mas querendo ouvir os passos dele a perseguirem na relva, sentir suas mãos estendidas para agarrá-la e, mais do que tudo, sentir seus braços ao seu redor, puxando-a para o contorno fascinante de seu corpo, o bordado áspero de seu gibão contra a sua bochecha, a pressão da coxa em suas pernas.

Deu um gritinho, fugiu de novo, correndo para uma *allée* de teixos, onde o jardim Chelsea descia até o rio. A rainha, sorrindo, ergueu os olhos do que costurava e viu sua querida enteada correndo por entre as árvores, seu belo marido alguns poucos passos atrás. Baixou o olhar de novo para a costura e não o viu alcançar Elizabeth, girar ao seu redor, encostá-la no tronco vermelho do teixo e pôr a mão sobre a sua boca semiaberta.

Os olhos de Elizabeth inflamaram-se de excitação, mas não mostrou resistência. Quando percebeu que ela não ia gritar, retirou a mão e inclinou sua cabeça.

Elizabeth sentiu o bigode macio passar sobre seus lábios, sentiu o cheiro perfumado de seu cabelo, de sua pele. Fechou os olhos e jogou a cabeça para trás, oferecendo os lábios, o pescoço e os seios à sua boca. Quando sentiu seus dentes afiados roçar a pele, deixou de ser a menina com seu risinho afetado, para ser a jovem no calor do primeiro desejo.

Delicadamente, ele afrouxou o punho em sua cintura e subiu a mão furtivamente pelo corpete firmemente atado até o decote do vestido, por onde podia deslizar um dedo para tocar seus seios. O mamilo estava enrijecido, e, quando ele o friccionou, ela emitiu um breve gemido de prazer, que o fez rir diante da previsibilidade do desejo feminino, um risinho do fundo de sua garganta.

Elizabeth apertou o corpo contra o dele, sentindo-o reagir, uma coxa pressionada entre suas pernas, fazendo-a experimentar uma sensação de irresistível curiosidade. Ansiou descobrir o que viria a seguir.

Quando ele fez um movimento para se afastar, como se fosse soltá-la, passou o braço em volta dele e o puxou para si. Sentiu mais do que viu o sorriso de prazer de Tom Seymour diante do seu sentimento de culpa quando ele pôs os lábios nos seus e passou a língua, tão delicadamente quanto um gato, no canto de sua boca. Dividida entre o asco e o desejo de experimentar aquela sensação extraordinária, sua própria língua buscou a dele e sentiu a intimidade incrível do beijo invasivo de um homem adulto.

Imediatamente, sentiu que fora longe demais e esquivou-se, mas Tom conhecia o ritmo dessa dança que ela invocara tão levianamente e que agora vibraria por suas próprias veias. Segurou a bainha da saia de brocado e ergueu-a até poder deslizar a mão experiente pelas suas coxas, por debaixo da roupa íntima. Instintivamente ela fechou as pernas, até ele passar, com uma delicadeza calculada, as costas da mão no seu sexo oculto. Ao toque provocador de suas juntas, ela cedeu; sentiu-a quase se dissolvendo sob ele. Teria caído se não estivesse com seus braços firmemente ao redor de sua cintura, e naquele momento percebeu que poderia ter a filha do rei, a princesa Elizabeth, ali mesmo, de encontro a uma árvore, no jardim da rainha. A garota era virgem apenas aparentemente. Na realidade, era pouco mais que uma prostituta.

Um leve passo na trilha fez com que ele se virasse rapidamente, largando o vestido de Elizabeth e colocando-a atrás de si, para que não fosse vista. Qualquer um perceberia a vontade extática no rosto da garota; completamente entregue ao desejo. Receou que fosse a rainha, sua mulher, cujo amor ele insultava a cada dia enquanto seduzia a princesa debaixo do seu nariz: a rainha aos cuidados de quem tinha sido entregue a sua enteada, a rainha Catarina que ficara do lado de Henrique VIII em seu leito de morte, mas que sonhava com esse homem.

Mas não foi a rainha que surgiu à sua frente. Foi apenas uma menina de uns 9 anos, com olhos escuros grandes e solenes e uma touca branca, no estilo espanhol, atada sob o queixo. Carregava dois livros amarrados com tiras do livreiro, e o olhou com um interesse objetivo, frio, como se tivesse visto e entendido tudo.

— Olá, querida! — exclamou, fingindo alegria. — Você me deu um susto. Achei que era uma fada, aparecendo assim de repente.

Ela franziu o cenho ao ouvir seu discurso rápido e excessivamente alto. Depois, respondeu bem devagar, com um forte sotaque espanhol.

— Perdoe-me, senhor. Meu pai mandou-me trazer estes livros para Sir Thomas Seymour e disseram-me que o senhor estava no jardim.

Ofereceu os livros e Tom Seymour foi obrigado a se mover e pegá-los de suas mãos.

— Você é a filha do livreiro — lembrou animadamente. — O livreiro vindo da Espanha.

A menina fez uma reverência confirmando, fitando-o com os olhos escuros.

— O que está olhando tão espantada? — perguntou, consciente de Elizabeth logo atrás, ajeitando o vestido às pressas.

— Estava olhando para o senhor, mas vi algo horrível.

— O quê? — Por um momento, receou que ela dissesse que o tinha visto com a princesa da Inglaterra, encostada em uma árvore como uma amante qualquer, a saia levantada, e seus dedos na vagina dela.

— Vi um cadafalso atrás do senhor — respondeu a menina surpreendentemente, e então virou-se e foi embora, como se tivesse cumprido sua incumbência e não houvesse mais nada a fazer no jardim ensolarado.

Tom Seymour virou-se para Elizabeth, que tentava pentear o cabelo em desalinho com os dedos que ainda tremiam de prazer. Imediatamente estendeu-lhe os braços, querendo mais.

— Ouviu isso?

Os olhos de Elizabeth estavam semicerrados.

— Não — replicou de maneira cativante. — Ela disse alguma coisa?

— Simplesmente que viu o cadafalso atrás de mim! — Estava mais abalado do que queria demonstrar. Tentou rir de maneira expansiva, mas saiu com um tremor de medo.

À menção do cadafalso, Elizabeth ficou repentinamente alerta.

— Por quê? — perguntou sem pensar. — Por que disse uma coisa dessa?

— Só Deus sabe — respondeu. — Bruxinha estúpida. Provavelmente trocou a palavra; ela é estrangeira. Provavelmente quis dizer trono! Provavelmente viu o trono atrás de mim!

Mas essa piada não teve mais êxito do que sua fanfarrice, já que, na imaginação de Elizabeth, trono e cadafalso eram sempre vizinhos próximos. A cor abandonou seu rosto, deixando-a pálida de medo.

— Quem é ela? — Sua voz soou brusca com o nervoso. — Para quem trabalha?

Ele se virou, procurando a menina, mas a *allée* estava vazia. No extremo distante, pôde ver sua mulher andando devagar em sua direção, as costas arqueadas com o peso da curva da barriga de gestante.

— Nem uma palavra — alertou-a rapidamente. — Nem uma palavra sobre isso, querida. Não vai querer preocupar a rainha.

Não precisava avisá-la. Ao primeiro sinal de perigo, tomou cuidado, alisando o vestido, sempre ciente de que devia desempenhar um papel, que devia sobreviver. Tom sempre poderia contar com a duplicidade de Elizabeth. Apesar de só ter 14 anos, tinha sido treinada todos os dias para enganar desde a morte de sua mãe. Tinha sido uma aprendiz da mentira por doze longos anos. E era filha de uma mentirosa — duas mentirosas, pensou maliciosamente. Podia sentir desejo, mas estava sempre mais alerta ao perigo ou à ambição do que à luxúria. Pegou-lhe a mão fria e a conduziu na direção de sua mulher Catarina. Esforçou-se para dar um sorriso alegre.

— Peguei-a, finalmente! — gritou.

Relanceou os olhos em volta, não viu a menina em lugar nenhum.

— Como corremos! — exclamou.

‘’

Aquela menina era eu, e aquela foi a primeira vez que vi a princesa Elizabeth: úmida de desejo, arquejando de lascívia, esfregando-se como uma gata no marido de outra mulher. Mas foi a primeira e última vez que vi Tom Seymour. Dali a um ano, foi morto no cadafalso, acusado de traição, e Elizabeth negou três vezes ter qualquer outra relação com ele que não a mais comum cordialidade.

Inverno de 1552-53

— Eu me lembro! — exclamei com excitação a meu pai, virando de costas para a amurada da barcaça, no Tâmisa, quando subíamos o rio. — Papai! Eu me lembro disto! Lembro-me desses jardins que descem até a água, dessas casas grandes e do dia em que me mandou entregar alguns livros ao lorde, ao lorde inglês, e esbarrei com ele e a princesa no jardim.

Meu pai sorriu, mas a sua expressão era de cansaço pela longa viagem.

— Lembra-se, minha menina? — perguntou calmamente. — Aquele foi um verão feliz para nós. Ela dizia... — interrompeu-se. Nunca mencionávamos o nome de minha mãe, nem mesmo quando estávamos a sós. No começo, tinha sido uma precaução para nos mantermos a salvo daqueles que a mataram e que nos perseguiriam, mas agora nos escondíamos do sofrimento tanto quanto da Inquisição. E o sofrimento era um caçador inveterado à espreita.

— Vamos morar aqui? — perguntei esperançosa, olhando os belos palácios à beira do rio e os gramados uniformes. Estava ansiosa por uma nova casa, depois de anos viajando.

— Não em um lugar tão suntuoso — replicou suavemente. — Vamos ter de começar por algo simples, Hannah, em uma pequena loja. Vamos ter de refazer a nossa vida. E, quando estivermos estabelecidos, vai poder tirar as roupas de menino, e voltar a se vestir como uma menina, e casar-se com o jovem Daniel Carpenter.

— E vamos poder parar de fugir? — perguntei bem baixinho.

Meu pai hesitou. Fugíamos da Inquisição há tanto tempo que era quase impossível esperar ter chegado a um porto seguro. Fugimos na noite em que minha mãe foi julgada culpada de ser judia — uma falsa cristã, uma "marrano" — pelo tribunal eclesiástico, e já estávamos longe quando a entregaram ao tribunal civil para ser queimada viva. Fugimos como um par de Judas Iscariotes, desesperados para salvar as nossas próprias peles, embora meu pai me dissesse, mais tarde, repetidas vezes, com lágrimas nos olhos, que nunca conseguiríamos salvá-la. Se tivéssemos permanecido em Aragão, teriam vindo nos buscar também, e nós três teríamos morrido, em vez de dois se salvarem. Quando jurei que preferia ter morrido a viver sem ela, replicou, bem devagar e com tristeza, que eu ainda aprenderia que a vida era a coisa mais preciosa de todas. Que um dia entenderia que ela teria dado, com prazer, a própria vida para salvar a minha.

Primeiro, na fronteira com Portugal, fomos retirados clandestinamente por bandidos que levaram cada moeda da bolsa do meu pai, deixando seus manuscritos e livros só porque não viram nenhuma utilidade neles. De barco para Bordeaux, uma travessia tormentosa, vivemos no convés, sem proteção contra a tempestade, a água que espirrava, e pensei que morreríamos de frio ou afogados. Apertávamos os livros mais preciosos nas nossas barrigas, como se fossem bebês que precisássemos manter secos e aquecidos. Em terra, a caminho de Paris, o tempo todo fingindo ser quem não éramos: um mercador e seu garoto aprendiz, peregrinos a caminho de Chartres, comerciantes itinerantes, um lorde sem importância e seu pajem viajando por prazer, um estudioso e seu tutor indo para a importante universidade de Paris; qualquer coisa menos admitir que éramos cristãos-novos, um par suspeito, com o cheiro da fumaça do auto de fé ainda impregnando nossas roupas, e terrores noturnos assombrando nosso sono.

Encontramo-nos com primos da minha mãe, em Paris, que nos enviaram a parentes em Amsterdã, onde nos orientaram a ir para Londres. Ocultaríamos a nossa raça sob o céu inglês; nós nos tornaríamos londrinos. Nós nos tornaríamos cristãos protestantes. Aprenderíamos a gostar disso. Eu tinha de aprender a gostar disso.

A nossa raça — o Povo cujo nome não pode ser proferido, cuja fé é ocultada, o Povo condenado a vaguear, banido de todos os países da cristandade — estava prosperando em segredo em Londres, tanto quanto em Paris, tanto quanto em Amsterdã. Todos vivíamos como cristãos e observávamos as leis da Igreja, os dias-santos, os dias de jejum e rituais. Muitos de nós, como minha mãe, acreditavam sinceramente nas duas fés, respeitavam o sabá em segredo: uma vela acesa, a comida preparada, o trabalho doméstico feito, de modo que o dia fosse consagrado com fragmentos recordados das preces judaicas. E no dia seguinte, iam à missa com a consciência limpa. Minha mãe me ensinou a Bíblia e toda a Tora de que foi capaz de se lembrar como uma única lição sagrada. Alertou-me de que as relações da nossa família e a nossa fé eram secretas, um segredo solene e perigoso. Devíamos ser discretos e confiar em Deus, nas igrejas com que tínhamos sido contemplados, em nossos amigos: as freiras, os padres e os professores que conhecíamos tão bem. Quando a Inquisição começou, fomos pegos como galinhas inocentes, cujos pescoços deveriam ser torcidos e não cortados.

Outros fugiram, como tínhamos feito, e apareceram, assim como nós, em outras grandes cidades da cristandade em busca de seu clã, em busca de refúgio e da ajuda de primos distantes e de amigos leais. Nossa família nos ajudou a ir para Londres com cartas de apresentação à família d'Israeli, que ali adotaram o nome de Carpenter, organizou meu noivado com o garoto Carpenter, financiou a compra da gráfica do meu pai e encontrou acomodações para nós em cima da loja, na Fleet Street.

$$\infty$$

Nos meses seguintes à nossa chegada, dediquei-me a aprender a andar por mais uma cidade, enquanto meu pai montava a gráfica com a determinação absoluta de sobreviver e garantir minha subsistência. Imediatamente seu suprimento de textos se tornou muito procurado, especialmente suas cópias dos evangelhos, que trouxera dentro do cós de seus calções e agora tinha traduzido para o inglês. Comprou os livros e manuscritos que haviam pertencido a bibliotecas de casas religiosas — destruídas por Henrique, o rei anterior ao jovem rei, Eduardo. A erudição de séculos fora dispersa pelo antigo rei, Henrique, e cada loja a cada esquina tinha uma pilha de papéis que podiam ser comprados em quantidade. Era o paraíso para um bibliógrafo. Todos os dias meu pai saía e retornava com algo raro e precioso, e, depois que o organizava e indexava, todo mundo queria comprá-lo. Em Londres, eram loucos pelo Verbo Divino. À noite, mesmo quando estava exausto, punha-se a imprimir e a fazer cópias concisas dos evangelhos e textos simples para os fiéis estudarem, todos em inglês, todos claros e simples. Esse era um país determinado a ler por ler e a viver sem padres, o que me fez feliz.

Vendíamos baratos os textos, a um preço só um pouco acima do preço de custo, para difundir o Verbo Divino. Deixamos que se pensasse que acreditávamos em oferecer o Verbo ao povo porque agora éramos protestantes convertidos. Não poderíamos ter sido melhores protestantes se nossas vidas dependessem disso.

É claro que nossas vidas dependiam disso.

Eu realizava pequenas incumbências, lia as provas, ajudava nas traduções, imprimia, costurava como um seleiro com a agulha pontuda de encadernador, lia o escrito ao inverso na pedra da impressora. Nos dias em que não estava ocupada na gráfica, ficava do lado de fora, chamando os passantes. Continuava a vestir as roupas de menino que usara para a nossa fuga, e todos me confundiam com um garoto desocupado, o calção batendo nas minhas panturrilhas expostas, pés sem meias apertados em sapatos velhos, a boina de lado. Ficava à toa, recostada no muro de nossa loja, como um garoto vagabundo, sempre que o sol aparecia, bebendo no seu fraco raio inglês, e examinando preguiçosamente a rua. À minha direita existia outra livraria, menor do que a nossa e com mercadoria mais barata. À esquerda, um editor de livrinhos de contos populares e baladas, poemas e panfletos para mascates e vendedores de baladas, ao lado havia um pintor de miniaturas e um construtor de brinquedos refinados e em seguida um pintor de retratos e ilustrador. Nessa rua, éramos todos trabalhadores do papel e da tinta, e meu pai me disse que devia ser grata por uma vida que mantinha minhas mãos macias. Eu devia ser, mas não era.

Era uma rua estreita, mais pobre ainda do que nossos aposentos temporários em Paris. Cada casa unida a outra, dando para o rio, todas cambaleando, como bêbados acocorados, as empenas suspensas sobre as pedras arredondadas do calçamento, delineando o céu, a fraca luz do sol riscando os muros rebocados com terra, como as fendas em uma manga de roupa. O cheiro da rua era tão forte quanto o de uma fazenda. Todas as manhãs, as mulheres despejavam o conteúdo dos urinóis e das bacias de lavar o rosto pelas janelas, despejavam os baldes com a sujeira da noite no riacho no meio da rua onde lentamente desapareciam gorgolejando, escoando vagarosamente no fosso imundo do rio Tâmisa.

Eu queria viver em um lugar melhor do que esse, em um lugar como o jardim da princesa Elizabeth, com árvores e flores, e uma vista do rio. Eu queria ser alguém melhor: não um aprendiz maltrapilho de um vendedor de livros, uma garota oculta, uma mulher comprometida com um estranho.

Um dia, quando estava ali, me aquecendo ao sol como um gato espanhol, ouvi uma espora bater no pavimento de pedras e meus olhos abriram-se imediatamente e ficaram atentos. Na minha frente, lançando uma sombra comprida, estava um rapaz. Estava ricamente vestido, com um chapéu alto na cabeça, uma capa balançando em seus ombros, uma espada fina de prata pendendo do lado. Era o homem mais extraordinariamente belo que já tinha visto.

Tudo isso foi muito surpreendente, e peguei-me olhando-o como se fosse um anjo caído do céu. Mas atrás dele havia outro homem.

Era um homem mais velho, perto dos 30 anos, com a tez pálida de um estudante, e olhos escuros e fundos. Já tinha visto esse tipo de homem antes. Era um daqueles que visitavam a livraria do meu pai em Aragão, que nos procurou em Paris, e que se tornaria um dos fregueses e amigos do meu pai em Londres. Era um estudioso — dava para notar pela curvatura de seu pescoço e seus ombros arredondados. Era um escritor — percebi a mancha de tinta permanente no dedo médio da mão direita. E era, de certa maneira, algo ainda maior do que isso tudo: era um pensador, um homem preparado para descobrir o que estava oculto. Era um homem perigoso: um homem que não temia heresias, não temia perguntas, sempre querendo saber mais. Um homem que procuraria a verdade por trás da verdade.

Eu conhecera um padre jesuíta igual a esse homem. Fora à livraria do meu pai, na Espanha, e lhe pedira manuscritos antigos, mais antigos do que a Bíblia, mais antigos, até mesmo, do que o Verbo Divino. Eu tinha conhecido um estudioso judeu como esse homem, e também ele tinha ido à livraria do meu pai e perguntado sobre os livros proibidos, restos do Tora, a Lei. Jesuítas e estudiosos apareciam com frequência para comprar livros; e, um dia, deixaram de aparecer. Neste mundo, ideias são mais perigosas do que uma espada desembainhada, metade proibidas, metade levaria um homem a questionar o próprio lugar da terra, segura no centro do universo.

Fiquei tão interessada nesses dois homens, o rapaz parecido com um deus, o mais velho parecido com um padre, que não percebi um terceiro. Esse terceiro homem estava vestido de branco, chamejando como prata esmaltada. Mal podia vê-lo por causa do brilho do sol em seu manto cintilante. Procurei seu rosto e só vi uma chama prateada, pestanejei e continuei sem conseguir vê-lo. Então, voltei a mim e percebi que, quem quer que fossem, estavam todos os três examinando a entrada da livraria vizinha à nossa.

Um rápido olhar para a nossa entrada escura mostrou-me que meu pai estava lá dentro misturando tinta fresca e não tinha visto minha falha em atrair clientes. Xingando a mim mesma de idiota preguiçosa, pulei para a frente deles e falei, claramente com meu sotaque inglês recentemente adquirido:

— Bom dia, senhores. Posso ajudá-los? Temos a coleção mais sofisticada de Londres de livros de prazer e moral, os manuscritos mais interessantes ao melhor preço e desenhos realizados com a maior perícia e encanto que...

— Procuro a loja de Oliver Green, o impressor — disse o rapaz.

No momento em que aqueles olhos escuros brilharam para mim, senti-me paralisada, como se todos os relógios de Londres houvessem repentinamente parado e seus pêndulos silenciados. Quis mantê-lo ali, em seu gibão vermelho ao sol do inverno, para sempre. Quis que me olhasse e me visse, como eu era na verdade; não um pivetinho com a cara suja, mas uma garota, quase uma moça. Mas seu olhar piscou indiferente, passando por mim, indo para a nossa loja. Recobrei o juízo e segurei a porta aberta para os três.

— Esta é a loja do estudioso e livreiro Oliver Green. Entrem, milordes — convidei e gritei para o interior da sala escura: — Pai! Estão aqui três lordes que querem vê-lo!

Ouvi o ruído quando ele empurrou seu banco alto diante da impressora e apareceu, limpando as mãos no avental, o cheiro de tinta e papel impresso quente o acompanhando.

— Sejam bem-vindos — disse ele. — Bem-vindos, os dois. — Estava usando sua roupa preta de sempre, e a camisa, nos punhos, estava manchada de tinta. Por um momento, o vi através de seus olhos, um homem de 50 anos, o cabelo espesso branqueado com o choque, seu rosto sulcado, sua altura oculta na postura curva de um estudante.

Fez-me um sinal com a cabeça e puxei três bancos de baixo do balcão, mas os lordes não se sentaram. Permaneceram olhando em volta.

— Em que posso ser útil? — perguntei. Somente eu podia perceber que estava com medo, medo dos três: o rapaz bonito, que tirou o chapéu e afastou o cabelo escuro e ondulado do rosto, o homem mais velho vestido com discrição e, atrás deles, o lorde silencioso de branco cintilante.

— Estamos procurando Oliver Green, o livreiro — disse o rapaz.

Meu pai balançou a cabeça.

— Eu sou Oliver Green, o livreiro — replicou calmamente, com o forte sotaque espanhol. — Farei o que puder para servi-los. De qualquer maneira, respeitando as leis do país, e os costumes...

— Sim, sim — interrompeu o rapaz bruscamente. — Soubemos que acaba de chegar da Espanha, Oliver Green.

Meu pai assentiu de novo com a cabeça.

— Acabo de chegar à Inglaterra, é verdade, mas partimos da Espanha três anos atrás, senhor.

— É inglês?

— Um inglês, agora, sim — respondeu meu pai com cautela.

— Seu nome? É um nome muito inglês.

— Era Verde — replicou com um sorriso retorcido. — Fica mais fácil para os ingleses se adotamos Green.

— E é cristão? Um editor de teologia e filosofia cristã?

Percebi o discreto engolir em seco do meu pai diante da pergunta perigosa, mas a sua voz soou firme e forte ao responder:

— Certamente, senhor.

— E é adepto da tradição reformada ou da antiga? — perguntou o rapaz, com a voz tranquila.

Meu pai não sabia que resposta queriam ouvir, tampouco podia saber qual seria a consequência. Na verdade, podíamos ser enforcados, queimados ou decapitados por isso, se tivessem escolhido esse dia para cuidar dos hereges nesse país governado pelo jovem rei Eduardo.

— Da reformada — respondeu, com hesitação. — Embora batizado na fé antiga na Espanha, agora sigo a Igreja inglesa. — Houve uma pausa. — Que Deus seja louvado — continuou. — Sou um bom súdito do rei Eduardo, e não quero outra coisa que não realizar o meu trabalho, viver de acordo com suas leis e reverenciar a sua igreja.

Pude sentir o suor do seu terror, acre como fumaça, e que me assustou. Passei as costas das mãos embaixo da minha bochecha, como se limpasse manchas de fuligem.

— Está tudo bem. Tenho certeza de que querem nossos livros, não nós — falei rapidamente e bem baixo em espanhol.

Meu pai balançou a cabeça, indicando-me que tinha ouvido. Mas o rapaz percebeu meu cochicho imediatamente.

— O que o garoto disse?

— Eu disse que são estudiosos — menti em inglês.

— Vá para dentro, *querida* — disse-me meu pai rapidamente. — Devem perdoar a criança, milordes. Minha mulher morreu há três anos e a criança é meio idiota, só fica cuidando da porta.

— A criança fala a verdade — observou o homem mais velho, de maneira simpática. — Pois não viemos perturbá-lo; não há razão para temer. Viemos só para ver seus livros. Sou um estudioso, não um inquisidor. Só queria ver a sua biblioteca.

Demorei-me às portas e o homem mais velho virou-se para mim.

— Mas por que disse três lordes? — perguntou.

Meu pai estalou os dedos mandando-me sair, mas o rapaz disse:

— Espere. Deixe o menino responder. Que mal há nisso? Há somente dois de nós, garoto. Quantos você vê?

Olhei do homem mais velho para o rapaz bonito e vi que realmente havia apenas duas pessoas. O terceiro, o homem de branco tão brilhante quanto estanho polido, desaparecera, como se nunca tivesse estado presente.

— Vi um terceiro homem atrás do senhor — falei para o homem mais velho. — Lá fora, na rua. Desculpe. Não está mais aqui.

— Ela é tonta, mas é uma boa menina — disse meu pai, acenando para eu sair.

— Não, espere — pediu o rapaz. — Espere um minuto. Pensei que fosse um garoto. Uma menina? Por que a veste como menino?

— E quem era o terceiro homem? — perguntou-me seu companheiro.

Meu pai foi ficando cada vez mais apreensivo diante do bombardeio de perguntas.

— Deixem que se vá, milordes — insistiu, suplicante. — Ela não passa de uma menina, com a mente fraca, ainda chocada com a morte de sua mãe. Posso mostrar-lhes meus livros e tenho alguns manuscritos que talvez também queiram ver. Posso mostrar...

— Quero vê-los sim — interrompeu o homem mais velho com firmeza. — Mas antes quero falar com a menina. Posso?

Meu pai cedeu, sem poder recusar a um homem tão imponente. O homem mais velho pegou-me pela mão e me conduziu ao centro da pequena loja. Um raio de luz atravessava a janela e iluminou meu rosto. Ele pôs a mão sob o meu queixo e virou meu rosto nas duas direções.

— Como era o terceiro homem? — perguntou-me, em voz baixa.

— Estava todo de branco — respondi com os lábios semicerrados. — E brilhando.

— O que estava vestindo?

— Só dava para ver uma capa branca.

— E na cabeça?

— Só pude ver a brancura.

— E o seu rosto?

— Não deu para ver o seu rosto por causa da intensidade da luz.

— Acha que ele tinha um nome, menina?

Senti a palavra vindo à minha boca, embora não a compreendesse.

— Uriel.

A mão sob o meu queixo imobilizou-se. O homem examinou o meu rosto como se me lesse, como leria um dos livros do meu pai.

— Uriel?

— Sim, senhor.

— Já tinha ouvido o nome antes?

— Não, senhor.

— Sabe quem é Uriel?

Neguei sacudindo a cabeça.

— Achei que era o nome daquele que veio com o senhor. Mas nunca ouvi o nome antes, apenas o disse.

O rapaz virou-se para o meu pai.

— Quando diz que ela é idiota, quer dizer que tem a Visão?

— Ela fala sem pensar — replicou meu pai obstinadamente. — Nada além disso. É uma boa menina; mando-a à igreja todos os dias. Não tem a intenção de insultar, apenas fala o que lhe vem à cabeça. Não consegue se controlar. É simplória, nada mais.

— E por que a faz se vestir de menino? — indagou.

Meu pai encolheu os ombros.

— Ah, milorde, são tempos difíceis. Tive de trazê-la pela Espanha e França, depois atravessar os Países Baixos sem uma mãe para protegê-la. Tive de mandá-la fazer entregas e tê-la como meu escriturário. Seria melhor para mim se ela fosse um menino. Quando for moça feita, vou ter de deixá-la usar vestido, acho, mas não saberei como lidar com isso. Vou ficar perdido com uma garota. Mas com um garoto sei lidar. Ela pode ser útil como garoto.

— Ela tem a Visão — falou o homem mais velho com um sussurro. — Louvado seja Deus. Vim em busca de manuscritos e encontro uma garota que vê Uriel e sabe seu santo nome. — Virou-se para o meu pai. — Ela tem algum conhecimento das coisas sagradas? Lê mais do que a Bíblia e seu catecismo? Lê seus livros?

— Por Deus, não — respondeu meu pai gravemente, mentindo com convicção. — Juro, milorde, eu a eduquei para ser uma boa garota ignorante. Não sabe nada, juro. Nada.

O homem mais velho sacudiu a cabeça.

— Por favor — falou delicadamente comigo, e depois com meu pai –, não tenham medo de mim. Podem confiar em mim. Esta menina tem a Visão, não tem?

— Não — replicou meu pai bruscamente, renegando-me para a minha própria segurança. — Ela não passa de uma parva, um peso na minha vida. Preocupa mais do que deve. Se eu tivesse parentes a quem enviá-la... enviaria. Não vale a sua atenção...

— Paz — disse o rapaz gentilmente. — Não viemos afligi-lo. Este cavalheiro é John Dee, meu tutor. Sou Robert Dudley. Não precisa nos temer.

Ao ouvir os nomes, meu pai ficou ainda mais apreensivo. O rapaz bonito era o filho do homem mais importante do país: Lorde John Dudley, protetor do próprio Rei da Inglaterra. Se gostassem da biblioteca do meu pai, logo estaríamos suprindo o rei de livros, um rei estudioso, e faríamos a nossa fortuna. Mas se achassem nossos livros sediciosos, blasfemos ou hereges, excessivamente questionadores ou repletos do novo conhecimento, então poderíamos ser mandados para a prisão, ou de novo para o exílio ou para a morte.

— É muito gentil, senhor. Devo levar meus livros ao palácio? A luz aqui é deficiente para a leitura. Não há necessidade de se rebaixarem vindo à minha pequena livraria...

O homem mais velho não me soltou. Continuava com a mão sob o meu queixo, sem tirar os olhos do meu rosto.

— Tenho estudos da Bíblia — prosseguiu rapidamente o meu pai. — Alguns muito antigos, em latim e grego, e também livros em outras línguas. Tenho alguns desenhos de templos romanos com a explicação de suas proporções. Tenho a cópia de algumas tabelas matemáticas para números, que me deram, mas que, é claro, não tenho a erudição para compreendê-las. Tenho alguns desenhos de anatomia dos gregos...

Finalmente, o homem chamado John Dee me largou.

— Posso ver a sua biblioteca?

Percebi a relutância de meu pai em deixar o homem passar os olhos nas prateleiras e gavetas de sua coleção. Receava que alguns dos livros, com o novo reinado, pudessem ser banidos como heréticos. Eu sabia que os livros de sabedoria secreta em grego e em hebraico ficavam sempre escondidos, atrás do fundo móvel da estante. Porém, mesmo aqueles à mostra podiam nos causar problemas nesses tempos imprevisíveis.

— Posso trazê-los para que os veja?

— Não, eu entrarei.

— É claro, milorde — cedeu. — Será uma honra para mim.

Conduziu-o no caminho para a sala interna e John Dee o seguiu. O jovem Robert Dudley sentou-se em um dos bancos e examinou-me com interesse.

— Doze anos?

— Sim, senhor — menti sem titubear, apesar e estar quase completando 14 anos.

— E uma menina, embora vestida de menino.

— Sim, senhor.

— Nenhum casamento foi arranjado para você?

— Não para agora, senhor.

— Mas tem um noivo em vista?

— Sim, senhor.

— E quem o seu pai escolheu para você?

— Vou me casar com um primo da família da minha mãe quando completar 16 anos — respondi. — Não é o meu desejo, particularmente.

— Você é uma menina — falou em tom de zombaria. — E todas as meninas dizem que não é o que querem.

Lancei-lhe um olhar que transmitiu claramente demais o meu ressentimento.

— Ohh! Eu a ofendi senhorita Menino?

— Tenho minha própria mente, senhor — repliquei calmamente. — E não sou uma menina como qualquer outra.

— Certamente. Então, qual é a sua mente, senhorita Menino?

— Não quero me casar.

— E como vai comer?

— Gostaria de ter a minha própria loja e imprimir os meus próprios livros.

— E acha que uma garota, mesmo uma garota bonita de calções, pode sair-se bem sem um marido?

— Tenho certeza de que poderia — respondi. — A viúva Worthing tem uma loja do outro lado das vielas.

— Uma viúva teve um marido que lhe deixou uma fortuna; ela não teve de fazê-la sozinha.

— Uma garota pode fazer a sua própria fortuna — insisti com determinação. — Acho que uma garota pode dirigir uma loja.

— E o que mais uma garota pode dirigir? — provocou-me. — Um navio? Um exército? Um reino?

— O senhor verá uma mulher dirigir um reino, verá que uma mulher pode dirigir um reino melhor do que qualquer um já o dirigiu antes — revidei e observei a expressão em seu rosto. Pus a mão na minha boca. — Não quis dizer isso — sussurrei. — Sei que uma mulher será sempre governada por seu pai ou seu marido.

Olhou para mim como se quisesse ouvir mais.

— Acha, Srta. Menino, que viverei para ver uma mulher dirigir um reino?

— Na Espanha, aconteceu — repliquei hesitante. — Uma vez. A rainha Isabel.

Ele assentiu com a cabeça e deixou passar, como nos fazendo recuar da beira de algo perigoso.

— Sabe o caminho para o palácio de Whitehall, Srta. Menino?

— Sim, senhor.

— Depois que o Sr. Dee escolher os livros que quer ver, pode levá-los aos meus aposentos. Está bem?

Assenti com um movimento da cabeça.

— A loja do seu pai está indo bem? — perguntou. — Vendendo muitos livros? Têm aparecido muitos clientes?

— Alguns — repliquei com cautela. — Mas ainda estamos começando.

— O seu dom não o guia nos negócios?

Neguei sacudindo a cabeça.

— Não é um dom. É mais uma idiotia como diz meu pai.

— Você fala livremente? E pode ver o que os outros não podem?

— Às vezes.

— E o que viu quando olhou para mim?

Sua voz soou muito baixo, como se quisesse que eu respondesse com um sussurro. Ergui os olhos das suas botas, pernas fortes, sua bela capa, para as pregas suaves da gola franzida, sua boca sensual e olhos escuros semicerrados. Estava sorrindo para mim, como se entendesse que minhas bochechas, minhas orelhas, até mesmo o meu cabelo, estavam quentes como se ele fosse o sol da Espanha sobre minha cabeça.

— Quando o vi pela primeira vez, achei que o conhecia.

— De antes? — indagou.

— De um tempo por vir — repliquei sem jeito. — Achei que iria conhecê-lo, no futuro.

— Não se for um garoto! — Sorriu para si mesmo com o atrevimento de seu pensamento. — Então que posição estarei ocupando quando me conhecer, Srta. Menino? Vou ser um homem importante? Vou comandar um reino enquanto você comanda uma livraria?

— Na verdade, espero que seja um homem importante — repliquei formalmente. Não diria mais nada, essa provocação afetuosa não me faria achar seguro confiar nele.

— O que pensa de mim? — perguntou de maneira cativante.

Respirei profunda e calmamente.

— Acho que perturbaria uma moça que não usasse calções.

Riu alto ao ouvir isso.

— Queira Deus que essa previsão se realize — disse. — Mas nunca receio perturbar garotas. São os pais delas que me infligem terror.

Sorri de volta; não consegui me conter. Havia um quê na maneira como girava os olhos ao rir que me dava vontade de rir também, que me dava vontade de dizer algo extraordinariamente espirituoso e adulto, de modo que olhasse para mim e me visse não como uma criança, mas como uma jovem mulher.

— E nunca fez previsões que se realizaram? — perguntou, de repente sério.

A pergunta em si era perigosa em um país que estava sempre atento a bruxaria.

— Não tenho poderes — repliquei no mesmo instante.

— Mas sem exercer poderes, é capaz de ver o futuro? Alguns de nós recebem, como uma dádiva sagrada, a capacidade de saber o que vai acontecer. Meu amigo, o Sr. Dee, acredita que anjos guiam o curso da humanidade e, às vezes, podem nos alertar contra o perigo, assim como o curso das estrelas podem dizer a um homem qual será o seu destino.

Sacudi a cabeça de maneira abobada a essa conversa perigosa, determinada a não lhe responder.

Ele pareceu pensativo.

— Sabe dançar ou tocar um instrumento? Pode aprender um papel em uma mascarada e dizer algumas falas?

— Não muito bem — respondi sem ajudar muito.

Riu da minha relutância.

— Bem, veremos, Srta. Menino. Veremos o que pode fazer.

Fiz minha breve reverência de menino e tomei cuidado para não falar mais nada.

℃ℬ

No dia seguinte, carregando um embrulho de livros e um manuscrito enrolado cuidadosamente, atravessei a cidade, passando pelo Temple Bar e os campos verdes de Covent Garden, até o palácio de Whitehall. Fazia frio, e caía chuva de granizo, o que me obrigou a andar de cabeça baixa, com a boina puxada sobre as orelhas. O vento que soprava do rio era tão gélido que parecia vir diretamente das Rússias, e me açoitou da King's Street aos portões do palácio de Whitehall.

Eu nunca tinha estado dentro de um palácio real antes, e achava que simplesmente entregaria os livros aos guardas no portão, mas quando lhes mostrei o bilhete de Lorde Robert, com o lacre Dudley do urso e bastão embaixo, fizeram-me uma mesura, como se eu fosse um príncipe em visita, e ordenaram a um homem que me conduzisse.

Passando os portões, o palácio parecia uma série de pátios, todos muito bem construídos, com um grande jardim no meio, com macieiras, outras árvores e bancos. O soldado me conduziu pelo primeiro jardim sem me deixar tempo para parar e olhar espantada para os lordes e ladies ricamente vestidos que, envolvidos em peles e veludos para se proteger do frio, jogavam boliche na relva. Atravessando a porta, aberta por dois soldados, deparei-me com mais pessoas elegantes em uma câmara suntuosa, e atrás dessa sala havia outra e, depois, mais outra. Meu guia me levou por uma porta atrás da outra, até chegarmos a uma comprida galeria. Robert Dudley estava no seu extremo, e me senti tão aliviada ao vê-lo, o único homem que eu conhecia no palácio inteiro, que corri alguns passos na sua direção e exclamei: "Milorde!"

O guarda hesitou, como se fosse me impedir de chegar mais perto, mas Robert Dudley fez um gesto para que se afastasse.

— Senhorita Menino! — exclamou. Levantou-se e então vi com quem estava. Era o jovem rei, o rei Eduardo, de 15 anos e ricamente vestido em veludo azul suntuoso, mas com o rosto branco como leite e mais magro do que qualquer outro garoto que eu tenha visto.

Caí de joelho, segurando firme os livros de meu pai ao mesmo tempo em que tentava tirar a boina, quando Lorde Robert comentou:

— Esta é a menina-menino. Não acha que daria uma atriz maravilhosa? Não ergui o olhar, mas ouvi a voz do rei, aguda de dor.

— Você imagina cada coisa, Dudley. Por que ela seria uma atriz?

— Sua voz — replicou Dudley. — Uma voz tão doce, e esse sotaque, parte espanhol, parte londrino, poderia ficar ouvindo-a eternamente. E ela tem a postura de uma princesa em roupas de pedinte. Não a acha uma criança encantadora?

Mantive a cabeça baixa para ele não notar a minha expressão de deleite. Apertei as palavras em meu peito magro: "uma princesa em roupas de pedinte", uma "voz doce", "encantadora".

O jovem rei me fez retornar ao mundo real.

— Ora, que papel ela representaria? Uma garota, representando um menino, representando uma menina. Além do mais, contraria a Escritura Sagrada uma menina se vestir como um menino. — Sua voz foi interrompida por uma tosse que o sacudiu como um urso sacudiria um cachorro.

Ergui o olhar e vi Dudley fazer menção de ir até o rapaz, como se fosse segurá-lo. O rei tirou o lenço da boca e tive um vislumbre da mancha escura, mais escura do que sangue. Rapidamente, ocultou-a.

— Não é pecado — replicou Dudley, de maneira tranquilizadora. — Ela não é uma pecadora. A menina é um bobo santo. Viu um anjo caminhando na Fleet Street. Pode imaginar isso? Eu estava lá. Ela realmente viu.

O rapaz mais novo virou-se imediatamente para mim, sua expressão iluminada pelo interesse.

— Pode ver anjos?

Continuei de joelho e baixei meu olhar.

— Meu pai diz que sou idiota — falei espontaneamente. — Lamento, Sua Graça.

— Mas viu um anjo na Fleet Street?

Confirmei com um movimento da cabeça, os olhos baixos. Não podia negar meu dom.

— Sim, Sua Graça. Lamento. Eu me enganei. Não quis ofender...

— O que pode ver para mim? — interrompeu.

Ergui os olhos. Qualquer um veria a sombra da morte em seu rosto, em sua pele de cera, em seus olhos inchados, em sua magreza, mesmo sem a evidência da mancha em seu lenço e o tremor em seus lábios. Tentei mentir, mas senti as palavras saindo mesmo contra a minha vontade.

— Vejo as portas do paraíso se abrindo.

Mais uma vez, Robert Dudley fez aquele pequeno gesto, como se fosse tocar no garoto, mas sua mão caiu do seu lado.

O jovem rei não se irritou. Sorriu.

— Esta criança diz a verdade enquanto todo mundo mente para mim — desabafou. — O resto de vocês fica procurando novas maneiras de mentir. Mas esta menina... — Ficou sem ar e sorriu para mim.

— Sua Graça, os portões do paraíso estão abertos desde o seu nascimento — disse Dudley contemporizando. — Quando sua mãe ascendeu. A menina não disse nada além disso. — Lançou-me um olhar irado. — Não foi?

O jovem rei dirigiu-se a mim.

— Fique na corte. Será o meu bobo.

— Tenho de ir para casa, para perto do meu pai, Sua Graça — repliquei tão baixo e humildemente quanto consegui, ignorando o olhar furioso de Lorde Robert. — Só vim trazer os livros para Lorde Robert.

— Será meu bobo e usará o meu libré — ordenou o rapaz. — Robert, estou grato por tê-la encontrado para mim. Não me esquecerei disso.

Foi uma despedida. Robert Dudley fez uma reverência e estalou os dedos para mim, virou-se e saiu. Hesitei, querendo recusar, mas não restou nada a fazer a não ser uma reverência ao rei e correr atrás de Robert Dudley, enquanto ele atravessava a imensa sala de audiência, negligentemente passando pelos dois homens que tentaram detê-lo para perguntar sobre a saúde do rei.

— Agora não — replicou.

Desceu uma galeria comprida, em direção às portas duplas guardadas por mais soldados com lanças, que as abriram quando ele se aproximou. Dudley passou pela saudação e corri atrás, como um cão de caça nos calcanhares de seu dono. Finalmente, alcançamos um par de portas onde os soldados usavam o libré Dudley, e entramos.

— Pai — chamou Dudley curvando-se sobre um joelho.

Havia um homem à lareira da sala interna suntuosa, olhando para as chamas. Virou-se e fez um gesto mecânico de benção, com dois dedos, sobre a cabeça do filho. Também caí sobre um joelho e me mantive assim mesmo quando senti Robert Dudley, do meu lado, se levantar.

— Como está o rei nesta manhã?

— Pior — respondeu Robert sem rodeios. — A tosse está grave, cospe mais bile escura, sente falta de ar. Não pode durar muito, pai.

— E esta é a garota?

— Esta é a filha do livreiro, que diz ter 12 anos, e eu diria que é mais velha, veste-se como menino, mas certamente é uma menina. Tem a Visão, segundo John Dee. Levei-a ao rei como me ordenou, e solicitei fazê-la seu bobo. Ela lhe disse que viu os portões do paraíso abrirem-se para ele. Ele gostou. Ela será o seu bobo.

— Ótimo — falou o duque. — E já lhe disse quais são seus deveres?

— Eu a trouxe direto para cá.

— Levante-se, bobo.

Fiquei de pé e olhei, pela primeira vez, o pai de Robert Dudley, o duque de Northumberland, o homem mais importante da corte. Examinei-o: o rosto ossudo comprido como o de um cavalo, olhos escuros, cabeça calva semioculta por uma refinada boina de veludo com um grande broche de prata representando seu brasão: o urso e o bastão. A barba e bigode espanhóis contornavam uma boca de lábios grossos. Olhei em seus olhos e vi — nada. Esse era um homem cuja face escondia seus pensamentos, um homem cujos próprios pensamentos poderiam ocultar seus pensamentos.

— E então? — perguntou-me. — O que vê com esses seus grandes olhos pretos, meu bobo menina-menino?

— Bem, não vejo nenhum anjo atrás de milorde — repliquei abruptamente e fui recompensada com um sorriso divertido do duque e um acesso de riso do filho.

— Excelente — disse. — Muito bom — Virou-se para mim. — Escute bem, bobo... como se chama?

— Hannah Green, milorde.

— Escute bem, Hannah, o Bobo, foi oferecida como bobo e o rei a aceitou, de acordo com nossas leis e costumes. Sabe o que isso significa?

Neguei sacudindo a cabeça.

— Você agora é dele, como um dos seus cachorrinhos, como um dos seus soldados. Sua missão, como um cachorrinho e não como um soldado, é ser você mesma. Fale a primeira coisa que lhe vier à cabeça, faça o que quiser. Isso irá diverti-lo. Vai nos divertir, e colocará diante de nós toda a obra do Senhor, o que lhe agradará. Você dirá a verdade nesta corte de mentirosos, será o nosso inocente neste mundo corrompido. Entende?

— Como terei de ser? — Estava completamente confusa. — O que querem de mim?

— Você será você mesma. Fale o que seus dons ordenarem. Diga o que quiser. O rei não tem, atualmente, nenhum bobo santo e gosta de um inocente na corte. Ele a impôs. Você agora é um bobo real. Um dos membros do pessoal da casa. Será paga para ser o bobo.

Esperei.

— Entendeu, bobo?

— Sim. Mas não aceito.

— Não existe aceitar nem deixar de aceitar. Foi requisitada como bobo, não tem uma posição legal, não tem voz. O seu pai a entregou a Lorde Robert, que a deu ao rei. Você agora é do rei.

— E se eu me recusar? — Senti que tremia.

— Não pode recusar.

— E se fugir?

— Será punida de acordo com o desejo do rei. Açoitada como um cachorrinho. Você era propriedade do seu pai. Agora, é nossa. E a requisitamos para ser o bobo do rei. Ele é o seu dono. Entende agora?

— Meu pai não vai me vender — repliquei obstinadamente. — Não me deixará ir embora.

— Ele não pode resistir a nós — disse Robert, calmamente, atrás de mim. — E lhe prometi que estaria mais segura aqui do que na rua. Dei-lhe minha palavra e ele a aceitou. O negócio foi fechado enquanto encomendávamos os livros, Hannah. Assunto encerrado.

— Agora — prosseguiu o duque —, não como um cachorrinho, e não como um bobo, você tem outra tarefa a cumprir.

Esperei.

— Será nosso vassalo.

Ao ouvir a palavra inglesa estranha, relanceei os olhos para Robert Dudley.

— Servo fiel, servo para toda a vida — explicou-me.

— Nosso vassalo. Tudo o que ouvir, tudo o que descobrir, virá me contar. Qualquer coisa. Pelo que o rei reza, qualquer coisa que o fizer chorar, qualquer coisa que o fizer rir, virá me contar, ou a Robert. Você será nossos olhos e nossos ouvidos do seu lado. Entendeu?

— Milorde, tenho de ir para casa, para o meu pai — falei em desespero. — Não posso ser o bobo do rei nem seu vassalo. Tenho trabalho a fazer na livraria.

O duque ergueu um sobrolho para seu filho. Robert inclinou-se para mim e falou calmamente.

— Senhorita Menino, seu próprio pai não pode cuidar de você. Ele falou isso na sua presença, lembra-se?

— Sim, mas, milorde, ele só quis dizer que sou um problema para ele...

— Senhorita Menino, acho que o seu pai não é um bom cristão de uma boa família cristã, mas sim um judeu. Acho que vieram da Espanha porque foram expulsos pelos espanhóis pelo pecado do judaísmo, e, se seus vizinhos e os bons cidadãos de Londres souberem que são judeus, não durarão muito tempo em sua nova e pequena casa.

— Somos marranos. Nossa família se converteu há muitos anos — sussurrei. — Fui batizada, estou comprometida a me casar com um rapaz escolhido por meu pai, um inglês cristão...

— Eu não seguiria nessa direção — advertiu bruscamente Robert Dudley. — Nos levaria a esse jovem que, imagino, nos levaria a uma família de judeus vivendo no coração da própria Inglaterra, e daí a... onde mesmo disseram? Amsterdã? E depois Paris?

Abri a boca para negar, mas não consegui falar de medo.

— Todos judeus interditos, todos fingindo ser cristãos. Todos acendendo uma vela na noite de sexta-feira, todos evitando comer carne de porco, todos vivendo com uma corda ao redor do pescoço.

— Senhor!

— Todos ajudaram e os guiaram para cá, não foi? Todos judeus, todos praticando secretamente uma religião proibida, todos se ajudando. Uma rede secreta, exatamente como os cristãos mais amedrontados alegam.

— Milorde!

— Você realmente quer ser a chave que leva esse rei cristão a procurá-la? Não sabe que a igreja reformada pode acender uma pira tão brilhante quanto os papistas? Quer empilhar a sua família na pira? E todos os seus amigos? Já sentiu o cheiro de carne queimada?

Eu tremia de terror, minha garganta tão seca que não conseguia dizer nada. Apenas olhei para ele e percebi que meus olhos estavam negros de medo e que ele veria o lustro de suor em minha testa.

— Eu sei. Você sabe. Seu pai sabe que não tem como mantê-la segura. Mas eu posso. E pronto. Não direi mais nada.

Fez uma pausa. Tentei falar, mas tudo o que consegui foi emitir um breve grasnido de terror. Robert Dudley balançou a cabeça diante da intensidade do meu medo.

— Por sorte sua, seu poder de Visão conquistou-lhe o lugar mais elevado e mais seguro com que poderia sonhar. Sirva bem ao rei, e sirva também à nossa família, e seu pai ficará a salvo. Falhe conosco em uma única coisa, e ele se contorcerá em uma cortina de fumaça até seus olhos irem para trás da sua cabeça, e você se casar com um pastor de porcos de cara vermelha, frequentador da capela, leitor de Lutero. Você pode escolher.

Houve o mais breve dos momentos. Então, o duque de Northumberland fez um gesto para que eu saísse. Nem mesmo esperou que fizesse minha escolha. Não precisou de nenhuma Visão para saber qual seria.

❧

— E viverá na corte? — perguntou meu pai.

Estávamos jantando, uma pequena torta trazida da panificação no final da rua. O gosto não familiar da massa inglesa grudou na minha garganta, meu pai forçou-se a engolir o molho temperado com cascas de toucinho.

— Vou dormir com as criadas — cortei fazendo cara feia. — E usar a libré dos pajens do rei. Serei sua acompanhante.

— É melhor do que o que eu poderia lhe dar — falou meu pai, tentando parecer animado. — Não faremos dinheiro suficiente para pagar o aluguel desta casa no próximo trimestre, a menos que Lorde Robert encomende mais livros.

— Posso lhe enviar o meu salário — ofereci. — Serei paga.

Deu-me um tapinha na minha mão.

— Você é uma boa garota — assegurou-me. — Nunca se esqueça disso. Nunca se esqueça de sua mãe; nunca se esqueça de que é uma das filhas de Israel.

Balancei a cabeça, assentindo, mas não falei nada. Vi-o pegar com a colher um pouco do molho contaminado e engoli-lo.

— Vou para o palácio amanhã — falei em um sussurro. — Começarei imediatamente. Pai...

— Irei ao portão e a verei todo entardecer — prometeu. — Se ficar infeliz ou a tratarem mal, fugiremos. Voltaremos para Amsterdã, podemos ir para a Turquia. Encontraremos um lugar, *querida*. Tenha coragem, filha. Você é um dos Eleitos.

— Como vou respeitar os dias de jejum? — perguntei, com uma aflição repentina. — Vão me fazer trabalhar no sabá. Como direi as preces? Vão me fazer comer carne de porco!

Olhou-me nos olhos, depois baixou a cabeça.

— Obedecerei à lei por você, aqui — replicou. — Deus é bom. Ele compreende. Lembra-se do que o estudioso alemão disse? Que Deus permite que violemos as leis em vez de perdermos a nossa vida? Vou rezar por você, Hannah. E, mesmo quando estiver orando de joelhos na capela cristã, Deus a olhará e ouvirá suas preces.

— Pai, Lorde Robert sabe quem somos. Sabe por que deixamos a Espanha. Sabe quem nós somos.

— Ele não me disse nada diretamente.

— Ameaçou-me. Sabe que somos judeus e disse que guardaria o nosso segredo contanto que lhe obedecesse. Ele me ameaçou.

— Filha, não estamos seguros em lugar nenhum. E você, pelo menos, estará sob a sua proteção. Ele jurou-me que você estaria segura no meio do seu pessoal. Ninguém questionará um de seus criados, ninguém questionará o bobo do próprio rei.

— Pai, como pode deixar que eu me vá? Por que concordou com que me levassem para longe de você?

— Hannah, como eu poderia detê-los?

☙

Na sala caiada, debaixo do beiral do palácio, virei a pilha de minhas novas roupas e li o inventário do mordomo:

> Item: uma libré de pajem amarela.
> Item: um par de meias vermelho-escuro.
> Item: um par de meias verde-escuro.
> Item: um sobretudo comprido.
> Item: duas camisas de linho para usar debaixo.
> Item: dois pares de mangas, um par vermelho, um par verde.
> Item: um chapéu preto.
> Item: um manto preto para montar.
> Item: um par de sapatilhas para dançar.
> Item: um par de botas para montar.
> Item: um par de botas para caminhar.
> Tudo usado, mas limpo, cerzido e entregue ao bobo
> do rei, Hannah Green.

"Vou parecer um bobo realmente."

☙

Nessa noite, relatei em um sussurro ao meu pai como tinha sido o meu dia, enquanto ele ficava no portão lateral e eu recostada no umbral, metade fora, metade dentro.

— Já há dois bobos na corte, um anão chamado Thomasina e um homem chamado Will Somers. Ele foi gentil comigo, e me mostrou onde eu devia me sentar, do seu lado. É um homem espirituoso, faz todo mundo rir.

— E você o que faz?

— Nada ainda. Ainda não me ocorreu nada a dizer.

Meu pai relanceou os olhos em volta. No escuro do jardim, uma coruja piou, quase como um sinal.

— Pode pensar em alguma coisa? Não vão querer que lhe ocorra alguma coisa?

— Pai, não posso me forçar a ver coisas, não posso mandar na Visão. Ela simplesmente acontece, ou não.

— Viu Lorde Robert?

— Ele piscou para mim. — Recostei-me na pedra fria e puxei mais meu novo manto ao redor dos ombros.

— O rei?

— Não esteve presente nem mesmo no jantar. Estava doente; levaram a comida a seus aposentos. Serviram um jantar elaborado, como se ele estivesse à mesa, mas lhe enviaram uma pequena travessa. O duque o substituiu na cabeceira da mesa, mas sem se sentar no trono.

— E o duque a olhou?

— Não pareceu nem mesmo me ver.

— Esqueceu-se de você?

— Ah, ele não precisa olhar para saber quem está onde e fazendo o quê. Não se esqueceu de mim. Não é um homem que se esquece de coisa alguma.

☙

O duque decidira que haveria uma mascarada na Candelária e declarou publicamente ser uma ordem do rei, de modo que todos tivemos de usar roupas especiais e aprender nossas falas. Will Somers, o bobo do rei que frequentava a corte havia vinte anos desde quando tinha a minha idade, apresentaria a peça e recitaria um verso, os meninos do coro real cantariam e eu declamaria um poema especialmente composto para a ocasião. Usaria uma nova libré, feita especialmente para mim na cor amarela do bobo. A minha libré de segunda mão estava muito apertada no meu peito. Eu era aquela coisa andrógina esquisita, uma garota no limiar de se tornar mulher. Um dia, em uma determinada luz, ao virar minha cabeça diante do espelho, vislumbrei uma estranha, uma beldade. No outro dia, estava tão chata quanto uma tábua.

O Mestre das folias deu-me uma pequena espada e ordenou que Will e eu nos preparássemos para lutar, o que se encaixaria em uma parte da história da mascarada.

Encontramo-nos para a nossa primeira prática em uma das antecâmaras do lado de fora do salão. Senti-me constrangida e contrariada, não queria aprender a lutar com espadas como um menino, não queria ser o alvo de piadas e ser derrotada em público. Nenhum outro homem na corte a não ser Will Somers teria conseguido me convencer, mas ele lidou com a nossa aula como se tivesse sido contratado para aprimorar a minha compreensão do grego. Comportava-se como se fosse uma habilidade que eu precisava aprender, e queria que aprendesse bem.

Começou pela minha postura. Pondo as mãos sobre meus ombros, gentilmente os baixou, pegou meu queixo e o ergueu.

— Mantenha a cabeça para cima, como uma princesa — sugeriu. — Já viu Lady Mary relaxar a postura? Já viu Lady Elizabeth baixar a cabeça? Não. Andam como se fossem princesas por nascimento. Graciosas como duas cabras.

— Cabras? — perguntei, tentando erguer a cabeça sem levantar os ombros. Will Somers sorriu largo com o laborioso desdobramento do gracejo.

— Hoje em cima, amanhã embaixo — replicou ele. — Hoje herdeira, amanhã bastarda. No alto da montanha, e embaixo de novo. Princesas e cabras, todas iguais. Deve manter a postura de uma princesa e dançar como uma cabra.

— Vi Lady Elizabeth — falei espontaneamente.

— Viu?

— Uma vez, quando era pequena. Meu pai me trouxe para visitar Londres e tive de levar alguns livros ao almirante Lorde Seymour.

Will pôs a mão de leve em meu ombro.

— Menos se fala, mais fácil a emenda — advertiu baixinho. Depois deu um tapa na testa e lançou-me seu sorriso alegre. — Aqui estou eu dizendo a uma mulher para ter cuidado com a língua! Bobo que sou!

A aula prosseguiu. Mostrou-me a postura do espadachim, a mão no quadril para o equilíbrio, como deslizar para a frente com meu pé dominante sempre no chão, de modo que nunca tropeçasse nem caísse, como me mover atrás da espada e deixá-la recuar para mim. Depois iniciamos as fintas e estocadas.

Will mandou que o atacasse primeiro. Hesitei.

— E se atingi-lo?

— Então ficarei com uma farpa e não um corte fatal — replicou. — Isto é apenas madeira, Hannah.

— Prepare-se, então — disse nervosa e dei uma estocada.

Para a minha surpresa, Will esquivou-se e se pôs do meu lado com sua espada de madeira na minha garganta.

— Está morta — disse. — Não é nada boa em mirar.

Dei um risinho nervoso.

— Não sou boa nisso — admiti. — Tente de novo.

Dessa vez dei a estocada com bem mais vigor e atingi a bainha do seu casaco quando se esquivou para o lado.

— Excelente — disse ofegando. — De novo.

Praticamos até eu ser capaz de atingi-lo com uma estocada convincente e, depois, ele dar as estocadas e me ensinar a ir para um lado e para o outro. Em seguida desenrolou um tapete grosso no chão e ensinou-me a dar cambalhota.

— Cômico — anunciou, sentando-se ereto, as pernas cruzadas como uma criança sentada para ler um livro.

— Nem tanto — comentei.

— Ah, você é um bobo santo, não um bufão — afirmou. — Não tem senso do risível.

— Tenho — retruquei ofendida. — É só que você não é engraçado.

— Tenho sido o homem mais engraçado da Inglaterra há quase vinte anos — insistiu. — Vim para a corte quando Henrique se apaixonou por Ana Bolena, e uma vez me deu um tapa nos ouvidos por caçoar dela. Mas a piada colou, mais tarde. Eu já era o homem mais engraçado na Inglaterra mesmo antes de você nascer.

— Mas quantos anos você tem? — perguntei, olhando-o no rosto. As rugas de riso estavam profundamente marcadas nos dois lados da sua boca, pés de galinha em seus olhos. Mas era pequeno e esbelto como um menino.

— Tenho a idade da minha língua, e um pouco mais do que os meus dentes — respondeu.

— Não, de verdade.

— Tenho 33 anos. Por que, quer se casar comigo?

— De jeito nenhum. Obrigada.

— Você se casaria com o bufão mais inteligente do mundo.

— Prefiro não me casar com um bufão.

— Agora é inevitável. Um homem sábio é um solteirão.

— Bem, não me faz rir — falei, provocando-o.

— Ah, você é uma garota. Mulheres não têm o senso do lúdico.

— Tenho — insisti.

— Todos sabem que mulheres, não sendo a imagem de Deus, não podem ter noção do que é engraçado e do que não é.

— Eu tenho! Eu tenho!

— É claro que mulheres não têm — exultou. — Por que senão como uma mulher se casaria com um homem? Já viu um homem quando deseja uma mulher?

Respondi que não sacudindo a cabeça. Will pôs a espada entre as pernas e correu de um lado para o outro da sala.

— Um homem não consegue pensar, não consegue falar, não consegue comandar seus pensamentos ou seus desejos, corre para toda parte atrás de seu pau como um cão de caça atrás de um cheiro, tudo o que pode fazer é uivar. Uhhhhhhhhh!

Eu gargalhava enquanto Will corria pela sala, fazendo força para trás como se fosse refrear a espada de madeira, jogando o corpo para trás como se suportasse o peso dela. Ele se interrompeu e sorriu para mim.

— É claro que mulheres não têm inteligência — disse. — Quem com alguma inteligência se casaria com um homem?

— Bem, eu não — falei.

— Pois então que Deus a abençoe e a mantenha virgem, Menina-Menino. Mas como vai conseguir marido se não tiver um homem?

— Não quero um.

— Então é uma boba mesmo. Pois sem um marido, como vai se sustentar?

— Vou sustentar a mim mesma.

— De novo é uma boba, pois o único sustento que pode tirar é de ser bobo. Isso a torna boba três vezes. Uma por não querer um marido, duas por se sustentar sem ele e três já que se sustenta sendo um bufão. Pelo menos sou apenas um bobo, mas você é um bobo triplo.

— De jeito nenhum! — repliquei, cedendo ao ritmo do seu discurso. — Pois é bobo há anos, tem sido um bobo há duas gerações de reis, e eu só de um e há algumas semanas.

Riu e me bateu no ombro.

— Cuidado, Menina-Menino, ou deixará de ser um bobo santo e passará a ser um bufão inteligente e posso lhe afirmar uma coisa: fazer palhaçadas e piadas todos os dias é um trabalho mais difícil do que dizer algo surpreendente uma vez por mês.

Ri ao pensar que o meu trabalho fosse dizer algo surpreendente uma vez por mês.

— Levante-se e ao trabalho! — disse Will Somers me pondo de pé. — Temos de planejar como irá me matar de maneira engraçada na festa da Candelária.

☙

Planejamos a nossa dança da espada no prazo e pareceu mesmo muito engraçada. Pelo menos dois ensaios terminaram com nós dois tendo acessos de riso quando demos uma estocada intempestiva e chocamos nossas cabeças, ou os dois fintamos ao mesmo tempo, nos desequilibramos para trás, e despencamos. Mas um dia, o mestre de folias pôs a cabeça para dentro da sala e disse:

— Vocês não serão mais necessários. O rei não vai ter a mascarada.

Virei-me com a espada de madeira ainda na mão.

— Mas estamos preparados!

— Ele está doente — disse o mestre melancolicamente.

— E ainda assim Lady Mary virá à corte? — perguntou Will, puxando seu gibão para se proteger do frio da corrente de ar que silvava pela porta aberta.

— Assim disseram — replicou o mestre. — Ela terá aposentos melhores e o melhor pedaço da carne dessa vez, não acha, Will?

Fechou a porta antes de Will responder, e portanto perguntei:

— O que ele quis dizer?

A expressão de Will estava grave.

— Quis dizer que aqueles na corte que se aproximam do herdeiro e se afastam do rei agirão agora.

— Porque...?

— Porque moscas enxameiam-se na pilha de esterco mais quente. Plop, plop, zum.

— Will? O que quer dizer?

— Ah, menina. Lady Mary é a herdeira. Será rainha se perdermos o rei. Que Deus o abençoe, pobre garoto.

— Mas ela é uma hereg...

— Da fé católica — corrigiu-me, em tom moderador.

— E o rei Eduardo...

— Vai partir seu coração deixar o reino para uma herdeira católica, mas ele não pode fazer nada a esse respeito. Foi como o rei Henrique o deixou. Que Deus o abençoe, ele deve estar se revirando no túmulo por ver no que deu isso. Achou que o rei Eduardo cresceria para ser um homem forte e feliz, e gerar uma meia dúzia de príncipes. Isso faz a gente pensar, não faz? A Inglaterra terá paz um dia? Dois reis jovens e lascivos: o pai de Henrique e o próprio Henrique, belo como o sol, os dois, devassos como pardais, e nos deixam com nada além de um menino fraco como uma menina, e uma solteirona para sucedê-lo?

Olhou para mim e esfregou o rosto, como se para enxugar alguma umidade ao redor dos olhos.

— Não significa nada para você — disse rispidamente. — Chegou recentemente da Espanha, maldita menina dos olhos escuros. Mas se fosse um inglês, seria agora um homem preocupado. Se fosse homem, e um homem sensível, em vez de uma garota e um bobo.

Abriu as portas e saiu com suas pernas longas, para o comprido corredor, balançando a cabeça para os soldados que o saudaram com amabilidade.

— E o que vai acontecer conosco? — perguntei em um sussurro descontente, correndo atrás dele. — Se o jovem rei morrer e sua irmã assumir o trono?

Will lançou-me seu largo sorriso de lado.

— Então, seremos os bobos da rainha Mary — respondeu simplesmente. — E, se eu conseguir fazê-la rir, será realmente uma novidade.

♋

Meu pai veio ao portão lateral nessa noite e trouxe alguém com ele: um rapaz usando uma capa de estame escuro, cachos de cabelo preto caindo quase em sua gola, olhos escuros e um sorriso pueril tímido. Levei um instante para reconhecê-lo. Era Daniel Carpenter, o meu noivo. Era a segunda vez que o via e fiquei embaraçada por não tê-lo reconhecido, e em seguida, extremamente envergonhada por ele me ver vestida com a libré de pajem amarelo-ouro, a cor do bobo santo. Puxei a capa ao meu redor para esconder o calção e fiz-lhe uma ligeira mesura desajeitada.

Era um rapaz de 20 anos, estudando para ser médico como seu pai que falecera no ano anterior. Sua família, a família d'Israeli, viera de Portugal para a Inglaterra havia 80 anos. Ali mudaram o nome para o mais inglês que encontraram, ocultando sua educação e ascendência estrangeira por trás do nome de um trabalhador. Foi típico de seu espírito satírico escolherem a ocupação do judeu mais famoso de todos — Jesus. Eu só falara com Daniel uma vez, quando ele e sua mãe nos receberam na Inglaterra, com pão e um pouco de vinho, e eu não sabia praticamente nada sobre ele.

Ele não tinha mais opção do que eu em relação ao casamento, e eu não sabia se se ressentia tanto quanto eu, ou ainda mais. Tinha sido escolhido para mim porque éramos primos de sexto grau, distantes duas gerações, e com até dez anos de diferença de idade. Isso era tudo o que requeriam, e melhor do que se esperava. Não havia quantidade suficiente de primos, tios e sobrinhos na Inglaterra para se ser exigente em relação a com quem se casar. Não havia mais de 20 famílias de descendência judia em Londres, e metade disso espalhada por cidades da Inglaterra. Já que estávamos fadados a nos casarmos entre nós mesmos, tínhamos muito pouca escolha. Daniel poderia ter 50 anos, ser meio cego, até mesmo estar para morrer, que eu ainda assim teria me casado e deitado com ele ao completar 16 anos. Mais importante do que qualquer outra coisa no mundo, mais importante do que riqueza ou compatibilidade, era que estaríamos ligados um ao outro pelo segredo. Ele sabia que a minha mãe tinha sido queimada como herege, acusada de práticas judaicas secretas. Eu sabia que, por baixo de seus elegantes calções ingleses, ele era circuncidado. Se seu coração se tinha voltado para Jesus ressuscitado, se acreditava nas palavras dos sermões pregados na sua igreja local diariamente e duas vezes aos domingos, era algo que eu descobriria mais tarde, assim como com o tempo ele me conheceria. O que sabíamos, com certeza, um do outro era que a nossa fé cristã era recente, mas a nossa raça era muito antiga, e que tínhamos sido aqueles odiados pela Europa por mais de 300 anos e que os judeus ainda eram proibidos de pisar na maioria dos países da cristandade, incluindo esse, a Inglaterra, que chamaríamos de nossa pátria.

— Daniel pediu para vê-la a sós — disse meu pai, um tanto constrangido, e recuou um pouco, o suficiente para não escutar.

— Soube que foi requisitada para ser bobo — disse Daniel. Olhei-o e vi seu rosto enrubescer lentamente, até suas orelhas parecerem chamejar. Tinha o rosto de um rapaz, a pele tão macia quanto a de uma garota, uma penugem escura como bigode, que combinava com suas sobrancelhas escuras e sedosas sobre olhos escuros profundos. À primeira vista, parecia mais um português do que um judeu, mas as pálpebras pesadas o traíam, se observado com atenção.

Desviei os olhos de seu rosto e observei sua estrutura com ombros largos, cintura estreita, pernas longas: um belo rapaz.

— Sim — respondi direta. — Tenho um trabalho na corte.

— Quando completar 16 anos, terá de deixar a corte e voltar para casa.

Ergui o sobrolho para esse jovem estranho.

— Quem dá esta ordem?

— Eu.

Deixei um silêncio breve e gelado impor-se.

— Não creio que tenha qualquer autoridade sobre mim.

— Quando eu for seu marido...

— Quando for, sim.

— Sou seu noivo. Você me foi prometida. Tenho alguns direitos.

Olhei-o com uma carranca.

— Recebo ordem do rei, recebo ordem do duque de Northumberland, recebo ordem de seu filho, Lorde Robert Dudley, recebo ordem do meu pai. Você pode se juntar ao grupo. Todos os homens em Londres parecem pensar que podem mandar em mim.

Ele engasgou com o riso, involuntário, e imediatamente sua face se tornou mais leve, como a de um menino. Pegou-me gentilmente no ombro como se eu fosse um camarada da sua turma. Também involuntariamente sorri de volta.

— Oh, pobre donzela — disse. — Pobre donzela oprimida.

Sacudi a cabeça.

— Um bobo, na verdade.

— Não quer se afastar de todos esses homens mandões?

Encolhi os ombros.

— É melhor eu viver aqui do que ser um fardo para o meu pai.

— Poderia ir para casa comigo.

— E então seria um fardo para você.

— Quando acabar de cumprir minha aprendizagem e for um médico, vou fazer uma casa para nós.

— E quando vai ser isso? — perguntei com a crueldade ferina de menina. E de novo observei o lento e doído enrubescimento de sua face.

— Daqui a dois anos — afirmou com determinação. — Estarei pronto para arcar com uma esposa quando você estiver pronta para o casamento.

— Venha me buscar, então — falei sem ajudar muito. — Venha com suas ordens, então, se eu ainda estiver aqui.

— Nesse meio tempo, continuaremos noivos — insistiu.

Tentei ler sua expressão.

— Tanto quanto sempre fomos. As mulheres velhas parecem ter arranjado isso para sua própria satisfação e não nossa. Você queria mais?

— Gosto de saber onde piso — disse com obstinação. — Esperei você e seu pai virem de Paris, depois de Amsterdã. Durante meses ficamos sem saber se estavam vivos ou mortos. Quando finalmente chegaram à Inglaterra, achei que ficaria feliz em... feliz em... ter um lar. E então soube que você e seu pai montariam uma casa juntos, que não viria morar comigo e minha mãe. E, que não tinha parado de se vestir como menino. Depois soube que estava trabalhando para ele como se fosse um filho homem. E, em seguida, soube que deixara a proteção da casa do seu pai. E agora a encontro na corte.

Não foi a Visão que me ajudou nisso, mas a intuição afiada de uma menina prestes a se tornar mulher.

— Achou que correria para você — tripudiei. — Achou que me salvaria, que eu seria uma menina amedrontada ansiando por me agarrar em um homem, pronta para me lançar nos seus braços!

O repentino escurecer de seu rubor e o movimento de sua cabeça me indicaram que o acertara em cheio.

— Pois bem, aprenda uma coisa, jovem médico aprendiz: vi paisagens e viajei por países que nem imagina. Senti medo e corri perigo, e nem por um único momento pensei em me jogar para um homem e pedir ajuda.

— Você não é... — Não encontrou as palavras, sufocado pela indignação de um rapaz. — Você não é... feminina.

— Agradeço a Deus por isso.

— Não é... uma garota dócil.

— Agradeço à minha mãe por isso.

— Você não é... — O temperamento começava a parecer o melhor nele.

— Você não seria a minha primeira escolha!

Isso me calou, e olhamos um para o outro, os dois, de certa maneira, em choque com a distância que havíamos criado em tão pouco tempo.

— Quer outra garota? — perguntei, um pouco abalada.

— Não conheço outra garota — falou emburrado. — Mas não quero uma garota que não me quer.

— Não é de você que não gosto — falei espontaneamente. — É do casamento em si. Eu não escolheria o casamento, de jeito nenhum. O que mais significa se não a servidão das mulheres em busca de segurança com homens que não podem nem mesmo manter a própria segurança?

Meu pai olhou curioso de relance e se deparou com nós dois cara a cara, consternados, em silêncio. Daniel virou-se e deu dois passos para o lado. Recostei-me na pedra fria do umbral da porta e me perguntei se ele sairia pela noite e essa seria a última vez que o veria. Pensei em como meu pai ficaria desgostoso se eu perdesse uma boa oferta por causa da minha impertinência, e se poderíamos permanecer na Inglaterra se Daniel e sua família se considerassem insultados pelos recém-chegados. Podíamos ser uma família e incumbidos de ajudar aqueles da mesma ascendência, mas os judeus ocultos da Inglaterra formavam um pequeno mundo fechado e, se decidissem nos excluir, não teríamos aonde ir; só nos restaria partir de novo em viagens.

Daniel recompôs-se e voltou.

— Está errada em escarnecer de mim, Hannah Green — disse com a voz tremendo por causa da intensidade. — Independente de qualquer coisa, estamos prometidos um para o outro. Você tem a minha vida em suas mãos, e eu tenho a sua nas minhas. Não deveríamos divergir. Este é um mundo perigoso para nós. Devemos nos unir para a nossa própria segurança.

— Não existe uma segurança — repliquei friamente. — Vive há tempo demais neste país tranquilo, se acha que existe uma segurança, qualquer que seja, para aqueles como nós.

— Podemos fazer um lar aqui — falou gravemente. — Você e eu podemos nos casar e ter filhos que serão ingleses. Não conhecerão nada a não ser

43

esta vida. Não precisamos nem mesmo contar-lhes sobre a sua mãe ou sua fé. Nem sobre a nossa.

— Oh, você contará — eu predisse. — Diz que não agora, mas quando tiver um filho, não será capaz de resistir a contar. E achará uma maneira de acender velas as sextas-feiras à noite e não trabalhar no sabá. Será um médico, então, e circuncidará os meninos em segredo e lhes ensinará as orações. Fará com que eu ensine as meninas a fazer pão sem fermento, a não misturar leite com carne e a drenar o sangue da carne vermelha. No momento em que tiver filhos, vai querer ensinar-lhes. E assim será, como uma doença que transmitiremos uns aos outros.

— Não é nenhuma doença — sussurrou apaixonadamente. Mesmo em plena discussão, nada nos faria falar mais alto. Estávamos sempre atentos às sombras nos jardins, sempre alertas à possibilidade de alguém nos escutar. — É um insulto chamar isso de doença. É a nossa dádiva; fomos eleitos para manter a fé.

Poderia ter argumentado para contradizê-lo, mas isso contrariaria o meu profundo amor por minha mãe e sua fé.

— Sim — repliquei, rendendo-me à verdade. — Não é uma doença, mas nos mata como se fosse. Minha avó e minha tia morreram dela, e minha mãe também. E é isso o que me propõe. Uma vida de medo, não tão Eleitos quanto amaldiçoados.

— Se não quiser se casar comigo, poderá se casar com um cristão e fingir que nada sabe — salientou. — Nenhum de nós a trairá. Deixarei que se vá. Pode negar a fé pela qual a sua avó e a sua mãe morreram. Basta dizer e falarei com seu pai que quero ser desobrigado.

Hesitei. Apesar de ter-me vangloriado de minha coragem, não me atrevia a dizer a meu pai que destruiria seus planos. Não ousava dizer às mulheres que tinham arranjado tudo, pensando somente em minha segurança e no futuro de Daniel, que eu não queria nada disso. Queria ser livre. Não queria ser uma proscrita.

— Não sei — dei uma resposta defensiva. — Não estou preparada para dizer... Ainda não sei.

— Então, seja guiada por aqueles que sabem — concluiu sem rodeios. E percebendo que me empertiguei. — Ouça, não pode lutar com todo mundo — advertiu-me. — Tem de escolher uma posição, e ali permanecer.

— É um preço alto demais para mim — falei em um sussurro. — Para você, é uma boa vida, a casa feita para você, os filhos, você se senta à cabeceira da mesa e conduz as preces. Para mim é perder tudo o que eu poderia ser e fazer e me tornar nada mais do que sua colaboradora e criada.

— Isso não é ser judia, é ser uma garota — replicou. — Casada com um cristão ou um judeu será uma criada. O que mais uma mulher pode ser? Você renegaria seu sexo tanto quanto a sua religião?

Não respondi.

— Não é uma mulher crente — disse lentamente. — Trairia a si mesma.

— É uma coisa terrível de se dizer — repliquei em um sussurro.

— Mas verdadeira — manteve. — Você é judia, é uma jovem e é minha noiva, e você negaria tudo isso. Para quem trabalha na corte? Para o rei? Para os Dudley? É fiel a eles?

Pensei em como tinha sido requisitada para ser um vassalo, para ser um bobo, e indicada para ser espiã.

— Só queria ser livre — respondi. — Não quero nada de alguém.

— Usando a libré de bufão?

Percebi meu pai nos olhando. Ele podia ver que estávamos longe de nos entendermos. Vi-o fazer um pequeno gesto como se viesse nos interromper, mas então se deteve e esperou.

— Devo dizer-lhe que não chegamos a um acordo e pedir que me desobrigue do nosso noivado? — perguntou Daniel com firmeza.

Voluntariosamente, estava para concordar, mas sua imobilidade, seu silêncio, sua espera paciente de minha resposta me fizeram olhar para esse jovem, esse Daniel Carpenter, mais atentamente. A luz estava desaparecendo no céu, e na penumbra pude ver o homem em que se tornaria. Seria bonito, teria um rosto moreno expressivo, um olhar sagaz, uma boca sensível, um nariz forte e reto como o meu, o cabelo basto e escuro como o meu. E seria um homem sábio, era um jovem sábio, vira-me e compreendera-me, contestado o meu âmago, e ainda assim continuava esperando. Ele me daria uma chance. Seria um marido generoso. Ele desejaria ser gentil.

— Agora vá — falei baixo. — Não posso responder agora. Lamento ter falado dessa maneira. Desculpe se o irritei.

Mas a raiva o deixou tão rapidamente quanto o dominara, e essa foi outra coisa que me agradou.

— Devo voltar?

— Está bem.

— Continuamos noivos?

Encolhi os ombros. De minha resposta dependia muita coisa.

— *Eu* não rompi — repliquei, encontrando a saída mais fácil. — Ainda não foi rompido.

Concordou com um movimento da cabeça.

— Eu preciso saber — avisou. — Se não me casar com você, me casarei então com outra garota. Quero me casar daqui a dois anos, com você ou com outra.

— Tem tantas assim para escolher? — escarneci, sabendo que não tinha.

— Há muitas garotas em Londres — retorquiu. — Poderia também me casar fora do nosso povo.

— Posso imaginá-los permitindo! — exclamei. — Terá de casar com uma judia, não tem escapatória. Eles lhe mandarão uma parisiense gorda ou uma garota da Turquia, com uma pele cor de lama.

— Tentarei ser um bom marido até mesmo para uma parisiense gorda ou para uma jovem da Turquia — falou sem se alterar. — E é mais importante amar e tratar com carinho uma esposa que Deus lhe dá do que correr atrás de alguma donzela frívola que não sabe o que quer.

— Essa seria eu? — perguntei rispidamente.

Esperei vê-lo enrubescer, mas dessa vez não se ruborizou. Encarou-me francamente e fui eu que desviei meus olhos primeiro.

— Acho que será uma moça frívola se rejeitar o amor e proteção de um homem que seria um bom marido por uma vida de ilusão na corte.

Meu pai surgiu do lado de Daniel antes de eu ter tempo de responder e pôs uma das mãos no seu ombro.

— E então se conheceram — disse esperançoso. — O que achou de sua futura esposa, Daniel?

Esperei que Daniel se queixasse para meu pai. A maioria dos rapazes teria se sentido formigando, com o orgulho ferido, mas ele me lançou um sorriso desventurado.

— Acho que estamos começando a nos conhecer — replicou gentilmente. — Passamos por cima da cortesia entre estranhos para alcançarmos rapidamente a divergência, não acha, Hannah?

— Louvavelmente rápido — falei, e fui recompensada pela calidez de seu sorriso.

☙

Lady Mary chegou em Londres para a Candelária como havia sido planejado, e parecia que ninguém lhe havia dito que o seu irmão estava muito doente para poder se levantar da cama. Ela atravessou o portão do Palácio de Whitehall com uma grande comitiva e foi recebida à porta principal pelo duque e seus filhos, incluindo Lorde Robert, ao seu lado, e o conselho da Inglaterra fazendo-lhe uma reverência profunda. Ao observá-la sentada ereta em seu cavalo, seu pequeno rosto determinado olhando aquele bando de cabeças baixadas humildemente, achei ter percebido um sorriso de pura diversão passar por seus lábios antes de estender a mão para ser beijada.

Tinha ouvido falar tanto dela, a filha amada do rei, que havia sido afastada por ordem de Ana Bolena, a prostituta. A princesa que tinha sido cruelmente humilhada, a garota que haviam proibido de ver sua mãe moribunda. Esperava uma figura trágica: seus sofrimentos teriam derrubado a maioria das mulheres, mas o que vi foi uma pequena e robusta lutadora com espírito suficiente para sorrir aos cortesãos que batiam os narizes em seus joelhos porque, de súbito, ela era a herdeira com perspectivas alarmantes.

O duque tratou-a como se já fosse rainha. Ajudaram-na a desmontar e conduziram-na ao banquete. O rei estava em seu quarto, tossindo e vomitando em sua pequena cama, mas mandaram servir o banquete de qualquer maneira, e vi Lady Mary olhar em volta os rostos radiantes, como se para salientar que, quando a herdeira assumia a posição dominante, um rei ficava doente e só, e ninguém lhe dava absolutamente nenhuma importância.

Houve dança depois do jantar, mas Mary não se levantou do assento, embora acompanhasse o ritmo batendo os pés e parecesse gostar da música. Will a fez rir algumas vezes, e ela lhe sorria como se fosse um rosto familiar em um mundo perigoso. Conhecera-o quando era o bobo do seu pai e animara seu irmão, cantara-lhe músicas sem sentido e jurava que eram espanholas. Agora, ao olhar em volta para os rostos duros dos homens que a viram ser insultada e humilhada por seu próprio irmão mais novo, deve ter sido um alívio saber que Will Somers, pelo menos, mantinha seu constante bom humor.

Não bebeu muito, e comeu muito pouco; não era uma glutona como seu pai fora. Examinei-a, assim como a corte a examinava: essa mulher que talvez fosse a minha próxima senhora. Era uma mulher com 37 anos, mas conservava a bela tez de uma menina: pele clara e maçãs do rosto que coravam prontamente. Usava o capelo puxado para trás do rosto franco e mostrava o cabelo castanho-escuro com um matiz ruivo Tudor. O sorriso era o seu grande encanto; surgia vagarosamente, e seu olhar era cálido. Porém o que mais me impressionou foi seu ar de honestidade. Não correspondia em nada à minha ideia de uma princesa — tendo passado algumas semanas na corte, achava que todos ali sorriam com olhos duros e diziam uma coisa querendo, no fundo, dizer o seu oposto. Mas essa princesa dava a impressão de só dizer o que queria dizer, como se ansiasse acreditar que os outros fossem francos também, como se quisesse percorrer uma estrada em linha reta.

Tinha um rosto, quando em repouso, pequeno e sinistro, mas tudo era redimido por aquele sorriso: o sorriso da princesa mais amada, a primeira filha de seu pai, nascida quando era jovem e ainda adorava a mulher. Herdara os olhos escuros e sagazes, olhos espanhóis, da mãe, e sua rápida avaliação de tudo ao seu redor. Mantinha-se ereta na cadeira, a gola escura de seu vestido emoldurando os ombros e o pescoço. Usava uma grande cruz de pedras preciosas ao redor do pescoço, como se quisesse ostentar sua religião nessa corte protestante, e achei que era ou muito corajosa ou muito temerária para insistir em sua fé, quando os homens de seu irmão estavam queimando hereges por muito menos. Mas então, percebi o tremor em sua mão quando a estendeu para pegar a taça dourada e imaginei que, como tantas mulheres, tinha aprendido a exibir uma expressão mais valente do que como realmente sentia.

Quando houve uma pausa na dança, Robert Dudley foi até ela e sussurrou-lhe algo que a fez relancear os olhos para mim e fazer-me um sinal para que me aproximasse.

— Soube que veio da Espanha e que é o novo bobo do meu irmão — disse-me em inglês.

Fiz uma reverência profunda.

— Sim, Sua Graça.

— Fale espanhol — mandou Lorde Robert, e fiz-lhe outra reverência dizendo-lhe, em espanhol, que estava feliz por estar na corte.

Quando ergui o olhar, percebi o deleite em seu rosto ao escutar a língua de sua mãe.

— De que parte da Espanha? — perguntou, animadamente, em inglês.

— Castela, Sua Graça — menti no mesmo instante. Não queria investigações de nossa vida e da destruição de minha família em nossa terra, Aragão.

— E por que veio para a Inglaterra?

Eu estava preparada para a pergunta. O meu pai e eu havíamos discutido os riscos de todas as respostas e escolhido as mais seguras.

— Meu pai é um grande estudioso — respondi. — Queria imprimir livros de sua biblioteca de manuscritos e queria trabalhar em Londres, que é um centro de erudição.

No mesmo instante o sorriso abandonou seu rosto, e sua expressão endureceu-se.

— Suponho que imprima cópias da Bíblia que desencaminha as pessoas que não podem começar a entendê-la — resmungou com irritação.

Meu olhar deslizou para Robert Dudley que tinha comprado uma das Bíblias do meu pai recentemente traduzida para o inglês.

— Em latim, apenas — explicou, polidamente. — Uma tradução castiça, Lady Mary, e com muito pouco erro. Hannah provavelmente lhe trará uma, se assim desejar.

— Meu pai se sentirá honrado — falei.

Assentiu, balançando a cabeça.

— E você é o bobo santo do meu irmão — disse ela. — Tem alguma revelação para mim?

Sacudi a cabeça, impotente.

— Gostaria de ser capaz de ver quando quisesse, Sua Graça. Sou muito menos sábia, creio eu, do que Sua Graça.

— Ela disse ao meu tutor, John Dee, que podia ver um anjo andando conosco — disse Robert.

Lady Mary olhou para mim com respeito.

— Mas disse ao meu pai que não via nenhum anjo atrás dele.

O rosto da princesa logo se sulcou em uma risada.

— Não! Disse mesmo? E o que o seu pai respondeu? Ficou triste por não ter um anjo ao seu lado?

— Não creio que tenha ficado muito surpreso — replicou Robert, sorrindo também. — Mas esta é uma boa garota, e acho que realmente tem o dom. Tem sido um grande conforto para o seu irmão na doença. Ela tem o dom de ver a verdade e falar a verdade, e ele gosta disso.

— Só este já seria um dom raro na corte — concordou Lady Mary, fazendo um movimento gentil com a cabeça na minha direção. Recuei e a música recomeçou. Não tirei os olhos de Robert Dudley quando conduziu uma jovem, depois outra, para dançar diante de Lady Mary, e fui recompensada quando, após alguns minutos, relanceou os olhos para mim e me lançou um sorriso secreto de aprovação.

☙

Lady Mary não viu o rei nessa noite, mas os comentários das camareiras foram de que, quando ela entrou no seu quarto no dia seguinte, saiu com o rosto branco como um lençol. Não sabia, até então, como seu irmão mais novo estava tão perto da morte.

Depois disso, não havia mais motivo para permanecer na corte. Partiu como tinha vindo, com um grande séquito atrás e toda a corte fazendo uma reverência tão profunda quanto possível, para demonstrar sua nova lealdade, metade rezando silenciosamente para que, quando o jovem rei morresse e a princesa subisse ao trono, ela fosse abençoada com o esquecimento e fizesse vista grossa aos padres que foram queimados e às igrejas que tinham sido pilhadas.

Estava observando essa charada de humildade de uma das janelas do palácio quando senti um toque delicado na minha manga. Virei-me e lá estava Lorde Robert sorrindo para mim.

— Milorde, achei que estava com o seu pai, despedindo-se de Lady Mary.

— Não, vim procurá-la.

— A mim?

— Para perguntar se pode me fazer um favor.

Senti a cor subir à minha face.

— O que quiser... — gaguejei.

Ele sorriu.

— É só uma coisinha. Poderia acompanhar-me aos aposentos do meu tutor e ajudá-lo em um de seus experimentos?

Consenti com um movimento da cabeça. Lorde Robert pegou minha mão, colocou-a em seu braço e me conduziu aos apartamentos particulares do duque de Northumberland. As portas imponentes eram guardadas por homens dos Northumberland, e assim que viram o filho favorecido da casa ficaram em sentido e as abriram. O suntuoso hall estava deserto, os criados e a corte de Northumberland estavam nos jardins de Whitehall manifestando seu imenso respeito a Lady Mary que partia. Lorde Robert me conduziu pela imponente escadaria, por uma galeria, até seus próprios aposentos. John Dee estava sentado na biblioteca que dava vista para o jardim interno.

Ergueu a cabeça quando entramos.

— Ah, Hannah Verde.

Foi tão estranho escutar meu verdadeiro nome que, por um instante, não respondi. Mas então fiz uma mesura.

— Sim, senhor.

— Ela aceitou ajudar. Mas não lhe disse o que quer dela — falou Lorde Robert.

O Sr. Dee levantou-se.

— Tenho um espelho especial — explicou. — Acho que é possível que alguém com uma visão especial possa ver raios de luz invisíveis aos olhos comuns, entende?

Não entendi.

— Assim como não conseguimos ver um som ou um cheiro mas sabemos que alguma coisa está ali, acho que é possível que os planetas e os anjos enviem raios de luz, que poderíamos ver se tivéssemos a lente certa.

— Ah — falei confusa.

O tutor sorriu.

— Não importa. Não precisa me entender. Apenas pensei que, como viu o anjo Uriel naquele dia, fosse capaz de ver os raios nesse espelho.

— Não me incomodo de olhar, se Lorde Robert assim desejar — me ofereci.

Assentiu com a cabeça.

— Já o preparei. Entre. — Ele seguiu na frente para uma câmara interna. A janela estava protegida por uma cortina pesada, toda a luz do frio inverno bloqueada. Uma mesa quadrada estava colocada diante dela, as quatro pernas sobre quatro lacres de seda. Sobre ela estava um espelho extraordinário, de grande beleza, a moldura de ouro fundido, a borda biselada, e um lustro dourado sobre a superfície prateada. Aproximei-me e me vi refletida em ouro, não parecendo a menina-menino que eu era, mas uma jovem mulher. Por um momento, pensei ver minha mãe me olhando, seu lindo sorriso e aquele gesto quando virava a cabeça.

— Oh! — exclamei.

— Está vendo alguma coisa? — perguntou Dee e percebi a excitação em sua voz.

— Achei ter visto minha mãe — sussurrei.

Ele fez uma pausa por um momento.

— Pode ouvi-la? — perguntou, com a voz trêmula.

Esperei um instante, desejando de todo coração que ela viesse a mim. Mas foi somente meu próprio rosto que me olhou, meus olhos aumentados e obscurecidos pelas lágrimas.

— Ela não está aqui — repliquei com tristeza. — Daria qualquer coisa para escutar a sua voz, mas não posso. Ela me foi tirada. Acho apenas que a vi por um instante. Mas é o meu próprio rosto que se reflete no espelho.

— Quero que feche os olhos — disse-me — e escute atentamente a oração que vou ler. Quando disser "amém", poderá abri-los e me dizer o que vê. Está pronta?

Fechei os olhos e o escutei soprar as poucas velas que iluminavam a sala penumbrosa. Atrás de mim, sentia Lorde Robert sentado em silêncio em uma cadeira de madeira. Eu só queria agradá-lo.

— Estou pronta — respondi com um sussurro.

Foi uma longa oração em latim, e a entendi apesar do sotaque inglês do Sr. Dee. Era uma prece por orientação e para que os anjos protegessem a obra que faríamos. Sussurrei "amém" e abri os olhos.

As velas estavam apagadas. O espelho era um lago de escuridão, o preto refletido no preto. Não conseguia ver nada.

— Mostre-nos quando o rei morrerá — sussurrou o Sr. Dee atrás de mim. Observei, esperando alguma coisa acontecer, meus olhos fixos na negritude. Nada.

— O dia da morte do rei — sussurrou Dee de novo.

Na verdade, eu não via nada. Esperei. Nada me apareceu. Como seria possível? Eu não era nenhuma sibila na encosta de uma montanha grega, eu não era uma santa a quem os mistérios são revelados. Olhei fixo para o escuro até os meus olhos ficarem quentes e secos e eu saber que, longe de ser um bobo santo, eu era pura e simplesmente um bobo, olhando para o nada, para o reflexo de nada, enquanto a mente mais importante do reino esperava a minha resposta.

Tinha de dizer alguma coisa. Não havia como voltar atrás e dizer-lhes que a Visão me acontecia tão raramente que melhor teriam feito deixando-me recostada na parede da loja do meu pai. Eles sabiam quem eu era, tinham-me oferecido abrigo contra o perigo. Tinham-me comprado e, agora, esperavam algum benefício da barganha. Eu tinha de dizer alguma coisa.

— Julho — falei baixinho, uma resposta boa como qualquer outra.

— De que ano? — incitou-me o Sr. Dee, sua voz suave e calma.

Foi apenas o bom senso que sugeriu que o jovem rei não viveria por muito mais tempo.

— Deste ano — repliquei contrariada.

— O dia?

— Dia 6 — repliquei com um sussurro, e ouvi o arranhar da pena de Lorde Robert enquanto anotava minha profecia charlatã.

— Diga o nome do próximo governante da Inglaterra — disse o Sr. Dee com um sussurro.

Ia responder a "rainha Mary", ecoando seu tom enlevado.

— Jane — falei simplesmente, surpreendendo a mim mesma. Virei-me para Lorde Robert. — Não sei por que disse isso. Sinto muito, milorde. Não sei...

John Dee rapidamente segurou o meu queixo e virou minha cabeça para o espelho.

— Não se desculpe! — ordenou. — Apenas diga o que vê.

— Não vejo nada — repliquei sem pensar. — Sinto muito, lamento, milorde. Desculpe, não consigo ver nada.

— O rei que virá depois de Jane — pressionou-me. — Olhe, Hannah. Diga-me o que vê. Jane tem um filho homem?

Eu teria respondido "sim", mas a língua não se moveu na minha boca seca.

— Não consigo ver — respondi humildemente. — Verdade, não vejo.

— Uma prece final — disse o Sr. Dee, segurando-me na cadeira com seus punhos firmes em meus ombros. Rezou de novo em latim para que o trabalho fosse abençoado, que a visão fosse verdadeira e que ninguém neste ou em nenhum outro mundo fosse prejudicado por nossa previsão.

— Amém — falei, com mais fervor agora que sabia que era um trabalho perigoso, talvez até mesmo traiçoeiro.

Senti Lorde Robert levantar-se para sair da sala e me soltei do Sr. Dee e corri atrás dele.

— Foi o que queria? — perguntei.

— Disse o que achou que eu queria ouvir?

— Não! Falei o que me veio. — E era verdade em relação à palavra repentina "Jane".

Olhou-me com atenção.

— Jura? Srta. Menino, você não tem utilidade para John Dee nem para mim se escolher suas palavras para me agradar. A única maneira de me agradar é vendo a verdade e dizendo a verdade.

— É o que faço! Eu disse a verdade! — Minha ansiedade em agradá-lo e o meu medo do espelho foram demais para mim e solucei. — Eu disse, milorde.

Sua expressão não suavizou.

— Sim.

Colocou a mão em meu ombro. Minha cabeça latejava tanto que desejei recostar minha face no frescor da sua manga, mas achei que não devia. Permaneci imóvel como o menino que ele me considerava, para enfrentar seu escrutínio.

— Então fez muito bem para mim — disse. — Era isso o que eu queria.

O Sr. Dee surgiu da câmara interna, a face iluminada.

— Ela tem a Visão — exclamou. — Ela tem realmente.

Lorde Robert olhou para o seu tutor.

— Isso vai fazer muita diferença para o seu trabalho?

O homem mais velho deu de ombros.

— Quem sabe? Somos todos crianças no escuro. Mas ela tem a Visão. — Fez uma pausa, depois virou-se para mim. — Hannah Verde, tenho de lhe dizer uma coisa.

— Sim, senhor?

— Você tem a Visão porque é pura no coração. Por favor, por você mesma e pelo dom que carrega, recuse qualquer proposta de casamento, resista a qualquer sedução, mantenha-se pura.

Atrás de mim, Lorde Robert deu um risinho divertido.

Senti o rubor subir lentamente do pescoço para os lobos das orelhas e para as minhas têmporas.

— Não tenho desejos carnais — falei tão baixo quanto um sussurro. Não me atrevi a olhar para Lorde Robert.

— Então verá a verdade — replicou John Dee.

— Mas não compreendo — protestei. — Quem é Jane? Se Sua Graça morrer, a rainha será Lady Mary.

Lorde Robert pôs o dedo sobre meus lábios e me calei imediatamente.

— Sente-se —, e me pôs na cadeira. Puxou um banco e se sentou do meu lado, seu rosto próximo ao meu.

— Senhorita Menino, viu hoje duas coisas que nos levarão à forca se tornarem conhecidas.

Meu coração disparou de medo.

— Milorde?

— Só por olhar o espelho, nos pôs, a todos nós, em perigo.

Minha mão foi à minha bochecha como se eu fosse limpar manchas de fuligem.

— Milorde?

— Não deve falar nada sobre isso. É traição fazer o horóscopo de um rei, e o castigo por traição é a morte. Hoje você fez o horóscopo do rei e predisse o dia de sua morte. Quer me ver no cadafalso?

— Não! Eu...

— Quer morrer?

— Não! — Senti o tremor em minha voz. — Milorde, estou com medo.

— Então nunca diga uma palavra sequer sobre isso a ninguém. Nem mesmo ao seu pai. Quanto à Jane do espelho...

Esperei.

— Simplesmente se esqueça de tudo o que viu, esqueça-se até mesmo de que pedi que olhasse no espelho. Esqueça-se do espelho, esqueça-se da sala.

Olhei-o solenemente.

— Não vou ter de fazer isso de novo?

— Só fará de novo se consentir em fazer. Mas agora tem de se esquecer de tudo. — Lançou-me seu sorriso doce e sedutor. — Como lhe peço isso — sussurrou —, como lhe peço isso como amigo, coloco minha vida em suas mãos.

Fiquei perplexa.

— Está bem — repliquei.

⍝

A corte mudou-se para o palácio de Greenwich em fevereiro e foi anunciado que o rei estava melhor. Mas ele não me chamou nem chamou Will Somers, não pediu música nem companhia, tampouco apareceu no salão para o jantar. Os médicos, que haviam ficado constantemente de serviço em suas togas esvoaçantes, aguardando em cada canto da corte, falando entre si e dando respostas prudentes a todas as perguntas, pareciam desaparecer à medida que os dias passavam e não havia notícias de sua recuperação, e nem mesmo as previsões animadoras sobre sanguessugas limpando o sangue do rapaz e o veneno cuidadosamente ministrado para matar sua doença não soavam muito verdadeiras. O pai de Lorde Robert, o Duque de Northumberland, por pouco não era rei no lugar do rei Eduardo, sentado à direita de um trono vazio no jantar, assumindo a cabeceira da mesa do conselho toda semana, mas dizendo a todo mundo que o rei estava bem, melhorando a cada dia, ansiando pela chegada da próxima estação, planejando a mudança de palácio no verão.

Eu não falava nada. Estava sendo paga para ser um bobo que dizia coisas surpreendentes e impertinentes, mas não me ocorria nada mais impertinente e surpreendente do que a verdade — a verdade de que o jovem rei era quase prisioneiro de seu protetor, de que estava morrendo sem companheiros ou cuidados de enfermeiros e de que essa corte inteira, cada homem importante do país, estava pensando na coroa e não no garoto; e de que era uma grande crueldade que um garoto, pouco mais velho do que eu e sem mãe nem pai para cuidar dele, fosse deixado para morrer sozinho. Olhei à minha volta os homens que asseguravam uns aos outros que o rapaz de 15 anos, tossindo escondido, estaria apto a aceitar uma esposa no verão, e achei que seria uma boba de verdade se não visse que eram um bando de mentirosos e tratantes.

Enquanto o jovem rei vomitava bílis negra em sua câmara, os homens do lado de fora se serviam, na surdina, das pensões, dos honorários dos escritórios, da renda paga pelos mosteiros que fecharam por piedade, depois assaltaram por cobiça e ninguém disse nada contra. Realmente seria uma boba se dissesse a verdade nessa corte de mentirosos, seria tão incongruente quanto um anjo na Fleet Street. Mantive a cabeça baixa, sentei-me do lado de Will Somers no jantar e fiquei calada.

Havia um novo trabalho a fazer. O tutor de Lorde Robert, o Sr. Dee, me procurou e pediu-me para ler com ele. Seus olhos estavam cansados, e meu pai lhe enviara alguns manuscritos que poderiam ser decifrados mais facilmente por uma vista jovem.

— Não leio muito bem — falei prudentemente.

Ele estava à minha frente em uma das galerias ensolaradas com vista para o rio, mas, ao ouvir minhas palavras, virou e sorriu.

— Você é uma jovem muito prudente — constatou. — O que é sábio nesses tempos de mudança. Mas está segura comigo e com Lorde Robert. Imagino que saiba ler inglês e latim fluentemente, estou certo?

Confirmei com um movimento da cabeça.

— E espanhol, é claro. E talvez, francês?

Fiquei em silêncio. Era óbvio que eu falava e lia espanhol, minha língua nativa, e ele adivinharia que eu deveria ter aprendido um pouco de francês durante a nossa estada em Paris.

O Sr. Dee aproximou-se um pouco e baixou a cabeça para sussurrar em meu ouvido:

— Lê o grego? Preciso de alguém que leia grego para mim.

Se eu fosse mais velha e mais sábia, teria negado o meu conhecimento. Mas eu só tinha 14 anos e estava orgulhosa de minha capacidade. Minha mãe tinha-me ensinado a ler grego e hebraico, e o meu pai me chamava de sua pequena erudita, tão boa quanto um menino.

— Sim — repliquei. — Sei ler grego e hebraico.

— Hebraico? — exclamou, com o interesse aguçado. — Deus do céu, criança, o que viu em hebraico? A Tora?

No mesmo instante me dei conta de que não deveria ter dito nada. Se respondesse sim, que tinha visto as leis dos judeus e as orações, então me identificaria e a meu pai indubitavelmente como judeus e judeus praticantes. Pensei em minha mãe me dizendo que a vaidade me causaria problemas. Sempre achei que se referia ao meu amor por roupas bonitas e fitas para o cabelo. Agora, vestida como um menino, em uma libré de bufão, cometera o pecado da vaidade, tinha sido soberba em relação à minha erudição e o castigo poderia ser extremo.

— Sr. Dee... — sussurrei aterrorizada.

Ele sorriu.

— Achei que tinha fugido da Espanha assim que a vi — disse gentilmente. — Achei que eram convertidos. Mas não me cabia dizer. E não está na natureza de Lorde Robert perseguir alguém por causa da fé de seus pais, especialmente uma fé a que renunciaram. Você vai à igreja, não vai? E observa os dias-santos? Acredita em Jesus Cristo e na sua misericórdia?

— Oh, sim, milorde. — Não havia necessidade de lhe dizer que não havia cristão mais devoto do que um judeu tentando ser invisível.

O Sr. Dee fez uma pausa.

— Quanto a mim, rezo por um tempo em que estejamos acima dessas divisões, além delas, para a verdade em si. Alguns homens acham que não existem Deus nem Alá nem Elohim...

Ao ouvi-lo falar o nome sagrado do único Deus, arfei surpresa.

— Sr. Dee? O senhor é um dos do Povo Eleito?

Ele sacudiu a cabeça.

— Acredito que há um criador, um grande criador do mundo, mas não sei o seu nome. Sei os nomes que os homens lhe dão. Por que eu preferiria um nome a outro? O que quero conhecer é a Sua Natureza Sagrada, o que quero é a ajuda dos seus anjos, o que quero fazer é promover a sua obra, fazer ouro do metal comum, tornar Sagrado o Vulgar. — Interrompeu-se. — Alguma coisa disso faz sentido para você?

Mantive-me impassível. Na biblioteca de meu pai na Espanha havia dezenas de livros que falavam dos segredos da construção do mundo, e tinha havido um estudioso que tinha ido lê-los, e o jesuíta que queria conhecer os segredos além daqueles de sua ordem.

— Alquimia? — perguntei em tom bem baixo.

Ele confirmou com um movimento da cabeça.

— O criador nos deu um mundo cheio de mistérios — continuou. — Mas acredito que, um dia, nós os conheceremos. Agora, sabemos um pouco, e a igreja e o Papa, e a igreja do rei, e as leis do país, todas dizem que não devemos questionar. Acho que fez este mundo como um grande e glorioso jardim mecânico, que funciona segundo suas próprias leis e se desenvolve segundo suas próprias leis, e que, um dia, passaremos a conhecê-lo. Alquimia, a arte da mudança, é como viremos a compreendê-lo, e quando soubermos como as coisas são feitas poderemos fazê-las nós mesmos, teremos o conhecimento de Deus, nós mesmos seremos transubstanciados, seremos anjos...

Interrompeu-se.

— Seu pai tem muitas obras sobre alquimia? Ele só me mostrou aquelas sobre religião. Ele tem textos de alquimia em hebraico? Você os lerá para mim?

— Só leio os livros permitidos — repliquei com cautela. — Meu pai não tem livros proibidos. — Nem mesmo esse tipo de homem que me confiara seus segredos me convenceria a falar a verdade. Eu tinha sido criada guardando segredos, nunca perderia o hábito da duplicidade, por medo. — Sei ler hebraico, mas não sei as orações judaicas. Meu pai e eu somos bons cristãos. E nunca me mostrou nenhum livro sobre alquimia, porque não os tem. Sou jovem demais para entender livros desse tipo. Não sei se gostaria que eu lesse hebraico para o senhor.

— Vou lhe perguntar e certamente irá autorizar — replicou calmamente. — Ler o hebraico é uma dádiva de Deus, a habilidade com línguas é o sinal de um coração puro. Hebraico é a língua dos anjos, é o mais perto que nós, os mortais, podemos usar para falar com Deus. Sabia disso?

Neguei sacudindo a cabeça.

— Mas é claro — prosseguiu entusiasmado. — Deus falou com Adão e Eva no Jardim do Éden antes da Queda, e se tornaram as primeiras pessoas da terra. Deviam falar hebraico. Devem ter entendido Deus nessa língua. Há uma língua além do hebraico que é a que Deus fala com seres celestiais, e é essa língua que espero descobrir. E o caminho para isso é através do hebraico, do grego e do persa. — Interrompeu-se por um momento. — Você fala ou lê persa? Ou alguma das línguas árabes?

— Não — respondi.

— Não tem importância — replicou. — Virá todas as manhãs e lerá comigo durante uma hora, e faremos um grande progresso.

— Se Lorde Robert permitir — transigi.

O Sr. Dee sorriu.

— Jovem, você me ajudará a compreender nada menos do que o significado de todas as coisas. Há uma chave para o universo e estou começando a alcançá-la. Há leis, leis imutáveis, que comandam o curso dos planetas, as marés e os negócios dos homens, e eu sei, sei com certeza, que todas essas coisas estão interligadas: o mar, os planetas e a história do homem. Com a graça de Deus e com a habilidade que podemos reunir, descobriremos essas leis, e quando as conhecermos... — Fez uma pausa. — Conheceremos tudo.

Primavera de 1553

Em abril, tive permissão de ir para casa visitar meu pai, e levei-lhe o que tinha recebido no trimestre. Vesti minhas antigas roupas de menino, as que ele comprara quando chegamos na Inglaterra, e percebi que meus pulsos se projetavam das mangas e não conseguia enfiar meus pés crescidos nos sapatos. Tive de cortá-los no calcanhar, e andar pela cidade usando-os como chinelos.

— Em breve, terão de fazê-la usar vestidos — comentou meu pai. — Você já é quase uma mulher. Quais as novidades da corte?

— Nenhuma — repliquei. — Todos dizem que o rei está se restabelecendo depressa com o tempo mais quente. — Não acrescentei que todos estavam mentindo.

— Que Deus o abençoe e salve — disse meu pai piamente. Olhou para mim, como se quisesse saber mais. — E Lorde Robert? Você o tem visto?

Senti-me enrubescer.

— De vez em quando. — Poderia lhe dizer a hora e minutos em que o vira pela última vez. Ele não tinha falado comigo, talvez nem mesmo tivesse me visto. Estava montado em seu cavalo, pronto para caçar garças, com falcões, nos alagadiços à margem do rio. Estava usando uma capa preta e um chapéu preto com um penacho escuro preso à fita com um broche de azeviche. Levava um belo falcão encapuzado no pulso e cavalgava com uma das mãos estendida para manter a ave firme, a outra segurando o cavalo que curveteava, batendo as patas com impaciência. Parecia um príncipe de um conto, e estava rindo. Observei-o como observava uma gaivota sobrevoando o

Tâmisa: como algo tão belo que iluminava o meu dia. Observei-o não como uma mulher desejando um homem, mas como uma garota adorando um ícone, algo fora do alcance, mas perfeito em todos os aspectos.

— Vai acontecer uma cerimônia suntuosa de casamento — falei para preencher o silêncio. — O pai de Lorde Robert arranjou tudo.

— Quem vai se casar? — perguntou meu pai com uma curiosidade frívola.

Listei os três casais com os dedos.

— Lady Katherine Dudley vai se casar com Lorde Henry Hastings, e as duas irmãs Grey vão se casar com Lorde Guilford Dudley e Lorde Henry Herbert.

— E você conhece todos! — vangloriou-se meu pai, orgulhoso como qualquer outro pai ou mãe.

Neguei sacudindo a cabeça.

— Somente os Dudley — repliquei. — E nenhum deles me reconheceria sem a libré. Sou uma criada bem inferior na corte, meu pai.

Ele cortou uma fatia do pão para mim e outra para ele. Era pão dormido, um pedaço do dia anterior. Pôs um pedaço pequeno de queijo em um prato. No outro lado da sala havia um pedaço de carne, que comeríamos mais tarde, desafiando a maneira inglesa de fazer as coisas, que era colocar todo o jantar, carnes, pães, assim como o pudim, na mesa ao mesmo tempo. Por mais que fingíssemos, qualquer um que entrasse na sala agora veria que estávamos comendo da maneira certa: laticínio e carne separados. Qualquer um que olhasse para a pele velina de meu pai e meus olhos escuros saberia que éramos judeus. Podíamos dizer que éramos convertidos, que frequentávamos a igreja com tanto entusiasmo quanto a própria Lady Elizabeth era elogiada por o fazer, mas qualquer um veria que éramos judeus e, se quisessem uma desculpa para nos roubar ou denunciar, não precisariam quebrar a cabeça.

— Conhece as irmãs Grey?

— Não — respondi. — São primas do rei. Dizem que Lady Jane não quer se casar, vive somente para seus livros. Mas a mãe e o pai a surraram até ela concordar.

Meu pai balançou a cabeça. Mandar energicamente na filha não era nenhuma surpresa.

— E o que mais? — perguntou. — E o pai de Lorde Robert, o duque de Northumberland?

— Ele é muito antipatizado. — Baixei minha voz ao tom de um sussurro. — Mas é como se fosse um rei. Entra e sai do quarto do rei e diz que isso ou aquilo é desejo do próprio rei. Não se pode fazer nada contra ele.

— Levaram o nosso vizinho, o pintor retratista, na semana passada — comentou meu pai. — O Sr. Tuller. Disseram que ele era católico e herege. Levaram-no para ser interrogado, e ele não voltou. Tinha copiado uma imagem de Nossa Senhora alguns anos atrás, e alguém, vasculhando a casa, a encontrou, com sua assinatura embaixo. — Meu pai sacudiu a cabeça. — Isso não faz sentido — queixou-se. — Independente de sua convicção, não faz sentido. Quando pintou o quadro, era permitido. Agora é heresia. Quando pintou o quadro, era uma obra de arte. Agora é um crime. O quadro não mudou, a lei mudou, e a aplicam aos anos em que não existia, antes de ser escrita. São bárbaros. Falta-lhes a razão.

Nós dois relanceamos os olhos para a porta. A rua estava silenciosa; a porta, trancada.

— Acha que devemos partir? — perguntei, baixinho. Pela primeira vez, me dei conta de que queria ficar.

Ele mastigou o pão, pensando.

— Ainda não — disse prudentemente. — Além do mais, aonde iríamos, que lugar seria seguro para nós? Prefiro estar na Inglaterra protestante a estar na França católica. Somos bons cristãos convertidos, agora. Frequenta a igreja, não frequenta?

— Duas, às vezes três vezes ao dia — lhe garanti. — É uma corte muito devota.

— Certifico-me de ser visto frequentando-a. Dou esmolas e pago fielmente minhas contribuições à paróquia. Não podemos fazer mais nada. Nós dois fomos batizados. O que podem dizer contra nós?

Não respondi. Nós dois sabíamos que qualquer um podia dizer o que quisesse contra nós dois. Nos países que haviam transformado o ritual da igreja em uma questão de morte na fogueira, ninguém poderia estar seguro de que a maneira como rezavam, ou mesmo a direção para que olhavam enquanto oravam, não os ofenderia.

— Se o rei adoecer e morrer — sussurrou meu pai —, Lady Mary assumirá o trono, e ela é católica apostólica romana. Ela fará o país se tornar de novo católico romano?

— Quem sabe o que vai acontecer? — perguntei, pensando que eu anunciara o nome "Jane" como a nova herdeira e não surpreender de Robert Dudley. — Eu não apostaria na subida de Lady Mary ao trono. Há jogadores mais fortes nesse jogo do que eu, meu pai. E não sei o que estão planejando.

— Se Lady Mary for a herdeira e o país se tornar católico romano de novo, terei de me livrar de alguns livros — disse meu pai com apreensão. — E somos conhecidos como bons livreiros luteranos.

Passei a mão na bochecha, como se fosse limpar manchas de fuligem. Ele imediatamente tocou em minha mão.

— Não faça isso, *querida*. Não se preocupe. Todo mundo no país terá de mudar, não somente nós. Será o mesmo com todos.

Relanceei os olhos para onde a vela do sabá ardia por nosso Deus.

— Mas não somos iguais — repliquei simplesmente.

ෆ

John Dee e eu líamos juntos todas as manhãs como estudiosos devotados. Geralmente me mandava ler a Bíblia em grego, depois a mesma passagem em latim, de modo que pudesse comparar as traduções. Estava trabalhando as partes mais antigas da Bíblia, tentando desenredar os segredos da verdadeira construção do mundo a partir do discurso grandiloquente. Sentava-se com a cabeça na mão, fazendo anotações rápidas enquanto eu escrevia, às vezes levantando a mão para pedir que eu fizesse uma pausa quando lhe ocorria uma ideia. Era um trabalho fácil para mim — eu podia ler sem compreender, e quando não sabia como pronunciar uma palavra (e eram muitas), bastava simplesmente soletrá-la para que o Sr. Dee a reconhecesse. Não consegui evitar gostar dele; era um homem muito gentil. E cada vez mais admirava a sua capacidade. Parecia-me ser um homem de um entendimento inspirado. Quando estava sozinho, lia matemática, jogava jogos com códigos e números, criava acrósticos e enigmas de grande complexidade. Trocava cartas e teorias com os maiores pensadores da cristandade, sempre à frente das Inquisições Papais, que proibiam as perguntas que a obra sugeria.

Inventou um jogo que somente Lorde Robert e ele podiam jogar, chamado Xadrez sobre Vários Tabuleiros, para o qual inventou um tabuleiro de três níveis, feito de cristal espesso bisotado, em que os jogadores podiam ir para cima, para baixo e ao longo igualmente. Era de tal modo difícil que ele e Lorde Robert jogavam a mesma partida durante semanas seguidas. Às vezes, retirava-se para o seu gabinete interno e ficava em silêncio durante a tarde toda ou a manhã toda, e eu sabia que ele estava olhando fixamente no espelho que previa o futuro, tentando ver o que poderia existir no mundo além do nosso, o mundo dos espíritos, que ele sabia que estava lá, mas que vislumbrava apenas ocasionalmente.

Em sua câmara interna, havia um pequeno banco de pedra, com uma pequena lareira cavada na pedra. Ele acendia o carvão e suspendia acima do fogo grandes recipientes de vidro com água e ervas. Uma rede complicada de tubos de vidro passava o líquido de uma garrafa para a outra, e então imobilizava-se e esfriava. Às vezes, ficava lá por horas e tudo o que eu ouvia, enquanto copiava para ele páginas e páginas de números, era o tilintar discreto de um frasco batendo no outro, quando vertia líquido em um recipiente, ou o sibilar do fole quando atiçava o pequeno fogo.

À tarde, Will Somers e eu praticávamos a esgrima, deixando de lado as estratégias cômicas e nos concentrando na luta realmente, até ele me dizer que eu era um esgrimista qualificado demais para um bufão e que, se me visse em apuros, poderia usar a espada para me livrar: "Como um *hidalgo* orgulhoso", afirmou.

Embora eu estivesse feliz por aprender uma habilidade útil, achamos que as aulas tinham sido em vão já que o rei continuava doente. Então, em maio, fomos chamados para a suntuosa cerimônia dos casamentos na Durham House, na Strand. O duque queria uma cerimônia memorável para a sua família e Will e eu participamos de um elaborado entretenimento no jantar.

— Até parece um casamento real — disse-me Will maliciosamente.

— Como real? — perguntei.

Ele pôs o dedo nos lábios.

— A mãe de Jane, Frances Brandon, é sobrinha do rei Henrique, filha de sua irmã. Jane e Katherine são primas reais.

— Sim — falei. — E daí?

— E Jane vai se casar com um Dudley.

— Sim — disse, sem entender absolutamente nada.

— Quem mais real do que um Dudley? — perguntou.

— As irmãs do rei — respondi. — A mãe da própria Jane. E outras também.

— Não, se você avaliar em termos de desejo — explicou Will, docemente. — Em termos de desejo, não há ninguém mais real do que o duque. Ele ama tanto o trono que praticamente sente seu gosto. Quase o devora.

Tínhamos ido longe demais. Levantei-me.

— Não compreendo — falei abruptamente.

— Você é uma menina inteligente demais para ser tão cabeçuda — disse, e me deu um tapinha na cabeça.

ଔ

Nossa luta com espadas foi precedida por dançarinos, uma mascarada, e seguida de malabaristas, e nos saímos bem. Os convidados gargalharam com os tombos de Will e minha habilidade triunfante, e o contraste entre as nossas aparências: Will tão alto e desengonçado, arremessando a espada ferozmente para cá e para lá, e eu, arrumada e determinada, dançando ao seu redor, golpeando com minha pequena espada, aparando suas estocadas.

A noiva principal estava tão branca quanto as pérolas bordadas em seu vestido dourado. Seu noivo estava mais perto de sua mãe do que de sua noiva, e nenhum dos dois disse mais de uma palavra ao outro. A irmã de Jane tinha-se casado, na mesma cerimônia, com seu prometido, e ela e ele brindaram um ao outro e beberam amorosamente da mesma taça. Mas quando se gritou um brinde a Jane e Guilford, percebi que custou um grande esforço a Lady Jane erguer sua taça dourada ao novo marido. Os olhos estavam vermelhos e inflamados e as olheiras eram profundas do cansaço. Havia marcas dos dois lados do seu pescoço que davam a impressão de serem de dedos. Como se alguém a tivesse sacudido pelo pescoço até ela aceitar assumir seus votos. Seus lábios mal tocaram a bebida do brinde, e não a vi engolir.

— O que acha, Hannah, o Bobo? — gritou o duque de Northumberland para mim. — Ela será uma noiva afortunada?

Os que estavam próximos de mim se viraram para me olhar, e experimentei a velha sensação de nadar, que era o sinal da Visão manifestando-se. Tentei afastá-la, essa corte era o pior lugar do mundo para dizer-se a verdade. Não consegui impedir que as palavras saíssem.

— Nunca mais afortunada do que hoje — respondi.

Lorde Robert lançou-me um olhar rápido de advertência, mas eu não podia voltar atrás. Tinha falado o que sentira, não com a habilidade de um cortesão. Minha sensação era a de que a sorte de Jane, em declínio ao se casar com uma mancha roxa no pescoço, a partir de agora declinaria com mais velocidade ainda. Mas o duque entendeu minhas palavras como um elogio ao seu filho e riu para mim, e ergueu a sua taça. Guilford, pouco mais do que um parvo, sorriu radiante para a sua mãe, enquanto Lorde Robert sacudia a cabeça e semicerrava os olhos, como se desejasse estar em qualquer outro lugar que não ali.

Houve dança, e uma noiva tinha de dançar em seu próprio casamento, mas Lady Jane sentou-se em sua cadeira, tão obstinada quanto uma mula. Lorde Robert conduziu-a gentilmente à pista de dança. Percebi que sussurrou algo em seu ouvido, e ela conseguiu força para um sorriso desmaiado e colocar sua mão na dele. Perguntei-me o que ele teria dito para animá-la. Nos momentos de pausa da dança, para aguardar sua vez no círculo, o boca aproximava-se de tal modo de sua orelha que achei que devia sentir o calor do hálito de Lorde Robert em seu pescoço nu. Observei sem sentir inveja. Não desejava estar em seu lugar com aqueles dedos compridos segurando a minha mão, ou seus olhos escuros no meu rosto. Olhei-os como olharia dois belos retratos, a face de Lorde Robert virada para ela tão ávida quanto o bico de um falcão de perfil, e a palidez da jovem aquecendo-se sob o efeito da gentileza.

A corte dançou até tarde, como se esses casamentos proporcionassem uma grande alegria. Depois, os três casais foram levados aos seus quartos e colocados na cama, salpicados de pétalas de rosas e de água de rosas. Mas foi tudo um show, como eu e William lutando com espadas de madeira. Nenhum dos casamentos seria consumado, e no dia seguinte, Lady Jane voltaria para casa, Suffolk Place, com seus pais, Guilford Dudley iria para casa com sua mãe, queixando-se de dor de estômago e gases, e Lorde Robert e o duque acordariam cedo para retornarem ao rei, em Greenwich.

— Por que o seu irmão não vai morar com a esposa? — perguntei a Lorde Robert. Encontrei-o no portão do pátio dos estábulos, e ele esperou, do meu lado, trazerem-lhe seu grande cavalo cinza.

— Isso não é raro. Não moro com a minha — replicou.

Vi os telhados de Durham House inclinarem-se contra o céu, quando cambaleei para trás e apoiei-me no muro até o mundo se firmar de novo.

— Tem uma esposa?

— Ora, ora, não sabia disso, minha pequena adivinha? Pensei que soubesse de tudo.

— Não sabia... — comecei.

— Oh, sim, casei-me quando ainda era um menino. E dou graças a Deus por isso.

— Porque gosta tanto dela? — gaguejei, sentindo uma dor estranha nas costelas.

— Porque se não estivesse casado, teria sido eu a me casar com Jane Grey, obedecendo à ordem do meu pai.

— Sua mulher nunca vem à corte?

— Quase nunca. Ela vive no campo, não gosta de Londres, não concordamos... e é mais fácil para mim... — Interrompeu-se e relanceou os olhos para o seu pai, que estava montando um grande cavalo preto e dando ordens aos cavalariços sobre os outros cavalos. Entendi no mesmo instante que era mais fácil para Lorde Robert agir dessa maneira, espião do seu pai, agente do seu pai, sem estar acompanhado de uma mulher cuja expressão poderia traí-los.

— Como se chama?

— Amy — respondeu casualmente. — Por quê?

Eu não tinha resposta. Entorpecida, sacudi a cabeça. Senti um desconforto intenso em minha barriga. Por um momento, pensei ter contraído os gases de Guilford. Queimou-me feito bile.

— Têm filhos?

Se ele tivesse respondido que tinha, se tivesse respondido que tinha uma filha que amava, acho que teria me curvado e vomitado no pavimento de pedras aos seus pés.

Mas ele negou sacudindo a cabeça.

— Não — respondeu direto. — Deve me dizer o dia em que terei um filho homem e herdeiro. Pode fazer isso?

Ergui o olhar e tentei sorrir apesar da queimação na minha garganta.

— Não acredito que possa.

— Tem medo do espelho?

Neguei com um movimento da cabeça.

— Não tenho medo, se você está lá.

Sorriu ao ouvir isso.

— Você tem toda a sagacidade de uma mulher, independente das habilidades de um bobo santo. Você está me investigando, não está, Senhorita Menino?

Sacudi a cabeça.

— Não, senhor.

— Não gostou de saber que sou casado.

— Fiquei surpresa, só isso.

Lorde Robert pôs sua mão enluvada sob meu queixo e ergueu meu rosto para que eu fosse obrigada a olhar em seus olhos escuros.

— Não seja uma mulher, uma mulher mentirosa. Diga-me a verdade. Está perturbada com os desejos de uma donzela, minha pequena Senhorita Menino?

Eu era jovem demais para esconder isso. Senti as lágrimas virem aos meus olhos e fiquei quieta, enquanto ele me segurava.

Viu as lágrimas e entendeu o que significavam.

— Desejo? E por mim?

Continuei sem dizer nada, olhando-o emudecida, a vista embaçada.

— Prometi a seu pai não deixar que nenhum mal lhe acontecesse — falou bondosamente.

— Já aconteceu — repliquei, sem conseguir reprimir a verdade.

Sacudiu a cabeça, seus olhos escuros estavam ternos.

— Ah, isso não é nada. É amor jovem, "doença verde". O erro que cometi na juventude foi me casar por um motivo tão frívolo. Mas você vai superar isso e se casar com seu noivo, ter uma casa cheia de crianças de olhos escuros.

Neguei sacudindo a cabeça, mas minha garganta estava apertada demais para falar.

— Não é o amor que importa, Senhorita Menino, e sim o que escolhe fazer com ele. O que quer fazer com o seu?

— Poderia servi-lo.

Pegou uma de minhas mãos e a levou aos lábios. Enlevada, deixei sua boca tocar a ponta dos meus dedos, um toque tão íntimo quanto qualquer beijo na boca. Minha própria boca amoleceu, formando um beicinho de desejo como se ele fosse me beijar ali no pátio na frente de todo mundo.

— Sim — disse suavemente, sem erguer a cabeça, mas sussurrando em meus dedos. — Poderia servir-me. Uma criada amorosa é uma dádiva para qualquer homem. Vai ser minha, Senhorita Menino? De corpo e alma? E fazer o que quer que eu lhe peça?

Seu bigode roçou minha mão, tão macio quanto as penas de seu falcão.

— Sim — respondi, sem compreender a enormidade de minha promessa.

— O que eu pedir?

— Sim.

Imediatamente endireitou o corpo, de repente determinado.

— Ótimo. Então, tenho um novo posto para você, um novo trabalho.

— Não na corte? — perguntei.

— Não.

— O senhor me requisitou para o rei — lembrei-lhe. — Sou seu bobo.

Sua boca retorceu-se expressando pena por um instante.

— O pobre garoto não vai sentir a sua falta — disse. — Vou lhe dizer tudo sobre isso. Venha a Greenwich amanhã — falou por cima do ombro ao se encaminhar para o cavalo. O cavalariço pôs a mão em concha para receber a bota de seu patrão. Lorde Robert montou. Observei-o virar o cavalo e sair do pátio e, depois, partir para o frio sol matutino inglês. Seu pai o seguiu em uma andadura mais moderada, e percebi que ao passarem, embora todos os homens tirassem o chapéu e baixassem a cabeça para mostrar o respeito exigido pelo duque, as expressões eram amargas.

ᘓ

Cheguei ao pátio do palácio de Greenwich montada em um dos cavalos de tiro que puxavam a carroça de mantimentos. Fazia um belo dia de primavera. Os campos que desciam até o rio formavam um mar de narcisos dourados e prateados, e lembraram-me o desejo do Sr. Dee de transformar o metal comum em ouro. Quando dei uma parada para sentir a brisa mais quente em minha face, um dos criados dos Dudley gritou-me:

— Hannah, o Bobo?

— Sim?

— Deve ir ao encontro de Lorde Robert e seu pai em seus aposentos privados imediatamente! Já, garoto!

Assenti com a cabeça e entrei correndo no palácio. Passei das câmaras reais para outras não menos grandiosas, guardadas por soldados em libré dos Dudley. Abriram-me as portas e me vi na sala de audiências, onde o duque ouvia as petições do povo comum. Atravessei outras portas, depois outras, as salas ficando menores e mais íntimas, até as últimas portas duplas se abrirem e eu me deparar com Lorde Robert debruçado sobre uma mesa com um manuscrito aberto na sua frente, o pai olhando por cima do seu ombro. Reconheci imediatamente a escrita do Sr. Dee, e era um mapa que ele tinha feito baseando-se, em parte, em mapas antigos da Grã-Bretanha emprestados por meu pai e, em parte, baseado em seus cálculos a partir das cartas marítimas de marinheiros do litoral. O Sr. Dee tinha preparado o mapa porque acreditava que a maior fortuna da Inglaterra estava nos mares em seu litoral, mas o duque o estava usando com um propósito diferente.

Ele tinha colocado pequenas fichas em uma multidão em Londres, e mais no mar pintado de azul. Um conjunto de fichas de cor diferente estava no norte do país — escoceses, pensei — e outro pequeno grupo, como os peões do xadrez de Lorde Robert, no leste do país. Fiz uma reverência profunda a Lorde Robert e a seu pai.

— Tem de ser feito rápido — observou o duque, fazendo uma carranca. — Se for feito já, antes de qualquer um ter oportunidade de protestar, então poderemos tratar do norte, com a espanhola, e com os arrendatários que ainda lhe são leais, à nossa maneira.

— E ela? — perguntou Lorde Robert baixinho.

— Ela não pode fazer nada — disse o duque. — E se tentar fugir, sua pequena espiã nos alertará. — Ergueu os olhos para mim ao pronunciar essas palavras. — Hannah Green, eu a estou enviando para servir Lady Mary. Vai ser o seu bobo até eu chamá-la de volta à corte. Meu filho me garante que você é capaz de guardar segredos. Ele tem razão?

A pele em minha nuca gelou.

— Posso guardar segredos — repliquei sem falar demais. — Mas não gosto.

— E não entrará em transe e falará de previsões, fumaça e cristais, e trair tudo?

— Fui contratada por meus transes e previsões — lembrei-lhe. — Não tenho controle sobre a Visão.

— Ela a tem com frequência? — perguntou a seu filho.

Lorde Robert sacudiu a cabeça.

— Raramente, e nunca na hora errada. Seu medo é maior do que o seu dom. É perspicaz o bastante para saber como falar. E, além do mais, quem daria ouvidos a um bobo?

O duque deu a sua gargalhada estridente.

— Outro bufão — propôs.

Robert sorriu.

— Hannah guardará nossos segredos — falou afavelmente. — Ela é minha, de corpo e alma.

O duque assentiu com um movimento da cabeça.

— Então, está bem. Diga-lhe o resto.

Sacudi a cabeça, querendo bloquear meus ouvidos, mas Lorde Robert deu a volta na mesa e pegou minha mão. Aproximou-se de mim e quando ergui o olhar, interrompendo o meu estudo do piso, deparei-me com seus olhos escuros.

— Senhorita Menino, preciso que vá servir a Lady Mary e que me escreva contando o que ela pensa, aonde vai e quem ela vê.

Hesitei.

— Quer que a espione?

Ele hesitou.

— Que se torne sua amiga.

— Que a espione. Exatamente — disse seu pai bruscamente.

— Fará isso para mim? — perguntou Lorde Robert. — Estaria prestando um grande serviço a mim. É o serviço que peço a seu amor.

— Estarei em perigo? — perguntei. Em minha cabeça podia ouvir a Inquisição batendo à pesada porta de madeira, e seus passos atravessando o nosso limiar.

— Não — prometeu-me. — Garanti a sua segurança enquanto for minha. Você será o meu bobo; estará sob a minha proteção. Ninguém pode fazer-lhe mal enquanto for uma Dudley.

— O que tenho de fazer?

— Vigiar Lady Mary e me relatar tudo.

— Quer que lhe escreva? Nunca o verei?

Ele sorriu.

— Virá me ver quando eu chamá-la — disse. — E se acontecer alguma coisa...

— O quê?

Encolheu os ombros.

— São tempos excitantes, Senhorita Menino. Quem sabe o que pode acontecer? Por isso preciso que você me conte tudo sobre Lady Mary. Fará isso para mim? Por amor a mim, Senhorita Menino? Para manter a minha segurança?

Balancei a cabeça.

— Sim.

Tirou uma carta de sua jaqueta. Era uma carta do meu pai ao duque, prometendo-lhe a entrega de alguns manuscritos.

— Aqui está um mistério para você — disse Lorde Robert. — Está vendo as vinte e seis letras da primeira frase?

Examinei-as.

— Sim.

— Serão o seu alfabeto. Quando escrever para mim, quero que as use. Onde diz "Milorde", é o seu abecê. O M é o seu A, o I é o seu B e assim sucessivamente. Entendeu? Quando houver uma letra dupla, use-a somente uma vez. Use o primeiro grupo para a primeira carta, o segundo para a segunda carta e assim por diante. Tenho uma cópia da carta e, quando a sua mensagem chegar, poderei traduzi-la.

Ele viu meus olhos percorrerem a página. Eu procurava uma única coisa: quanto tempo duraria esse sistema. Havia frases o bastante para traduzir uma dúzia de cartas, e ele estava me mandando para longe por semanas.

— Terei de escrever em código? — perguntei, apreensiva.

Sua mão quente cobriu meus dedos frios.

— Só para evitar comentários — respondeu, de maneira a me tranquilizar. — Assim escreveremos privadamente um ao outro.

— Por quanto tempo ficarei longe? — perguntei em um sussurro.

— Ah, não por muito tempo.

— Vai me responder?

Negou com a cabeça.

— Só se precisar perguntar-lhe alguma coisa, e nesse caso também usarei esse alfabeto. Minha primeira carta serão os primeiros vinte e seis caracteres a minha segunda, o grupo seguinte. Não guarde minhas cartas, queime-as assim que as ler. E não faça cópias das suas para mim.

Concordei com um movimento da cabeça.

— Se alguém encontrar esta carta, será simplesmente algo que trouxe do seu pai para me entregar, e se esqueceu de fazê-lo.

— Sim, senhor.

— Promete fazer exatamente como pedi?

— Sim — respondi infeliz. — Quando terei de ir?

— Daqui a três dias — disse o duque sentado à sua mesa. — Há uma carroça com produtos para ela. Poderá acompanhá-la. Terá um dos meus pôneis, menina, e poderá guardá-lo na casa de Lady Mary para quando retornar. E se alguma coisa acontecer que ache vá ameaçar a mim ou a Lorde Robert, algo realmente grave, virá nos avisar imediatamente. Fará isso?

— Por que, o que os ameaçaria? — perguntei ao homem que governava a Inglaterra.

— Serei eu a me perguntar o que me ameaçaria. E você será quem me avisará se isso vai acontecer. Você será os olhos e ouvidos de Lorde Robert na casa de Lady Mary. Ele me disse que confia em você. Mostre que tem razão.

— Sim, senhor — repliquei obedientemente.

ᘓ

Lorde Robert disse que devia chamar meu pai para me despedir. Meu pai desceu o rio até o palácio de Greenwich em um barco de pesca, na maré vazante, com Daniel sentado do seu lado.

— Você! — exclamei sem nenhum entusiasmo, quando o vi ajudar meu pai, no barco que balançava.

— Eu — replicou com um sorriso. — Constante, não sou?

Fui até meu pai e senti seus braços ao redor de mim.

— Oh, papai — sussurrei em espanhol. — Queria que nunca tivéssemos vindo para a Inglaterra.

— *Querida*, alguém lhe fez mal?

— Tenho de ir para junto de Lady Mary e receio a viagem, viver em sua casa, estou com medo de... — Interrompi-me, sentindo o gosto das muitas mentiras em minha língua e me dando conta de que nunca mais seria capaz de dizer a verdade sobre mim mesma a ninguém. — Estou sendo uma tola, acho, só isso.

— Filha, venha para casa comigo. Pedirei a Lorde Robert para liberá-la, podemos fechar a loja e partir da Inglaterra. Você não está presa aqui...

— Foi o próprio Lorde Robert que me pediu para ir — falei simplesmente. — E já respondi que iria.

Sua mão delicada acarinhou meu cabelo cortado curto.

— *Querida,* está infeliz?

— Não estou infeliz — respondi, conseguindo sorrir-lhe. — Tenho sido uma tola. Estou sendo enviada para viver com a herdeira do trono, para observar, e foi o próprio Lorde Robert que me pediu para ir.

Ele não se tranquilizou completamente.

— Estarei aqui, e, se mandar me chamar, irei até você. Ou Daniel irá buscá-la. Não irá, Daniel?

Virei-me nos braços do meu pai para olhar para o meu noivo. Ele estava recostado na grade de madeira ao longo do píer. Esperava pacientemente, mas estava pálido e seu cenho franzido de apreensão.

— Preferia levá-la embora agora.

Meu pai me soltou e dei um passo na direção de Daniel. Atrás, balançando no píer, o barco os aguardava. Vi o remoinho na água e que a maré estava para mudar; poderiam subir o rio naquele instante. Ele tinha calculado esse momento cuidadosamente.

— Concordei em servir a Lady Mary — disse, em tom baixo.

— Ela é uma papista em um país protestante — contestou. — Não poderia ter escolhido um lugar onde sua fé e práticas fossem examinadas com mais minúcia. Fui eu que recebi o nome de Daniel, não você. Por que iria para o covil dos leões? E o que fará para Lady Mary?

Aproximou-se bem de mim, para que pudéssemos falar sussurrando.

— Vou lhe fazer companhia, ser seu bobo. — Interrompi-me e decidi contar a verdade. — Vou espionar para Lorde Robert e seu pai.

Sua cabeça estava tão próxima da minha que pude sentir o calor da sua bochecha na minha testa quando se inclinou para falar ao meu ouvido.

— Espionar Lady Mary?

— Sim.

— E você concordou?

Hesitei.

— Eles sabem que papai e eu somos judeus — respondi.

Ficou em silêncio por um momento. Senti a solidez de seu peito no meu ombro. O braço rodeou minha cintura a fim de que eu chegasse para mais perto, e senti o calor de seu punho. Fui tomada por uma sensação rara de segurança quando me segurou e, por um momento, fiquei imóvel.

— Vão agir contra nós?

— Não.

— Mas você é um refém.

— De certa maneira. É mais como se Lorde Robert conhecesse o meu segredo e confiasse o seu a mim. Sinto-me ligada a ele.

Balançou a cabeça. Espichei o pescoço para olhar para sua cara carrancuda. Por um momento, achei que estava com raiva, depois percebi que estava refletindo.

— Ele sabe o meu nome? — perguntou. — De minha mãe, minhas irmãs? Estamos todos em risco?

— Sabe que sou comprometida, mas não seu nome. E não sabe nada da sua família — repliquei com orgulho. — Não levei o perigo à sua porta.

— Não, manteve-o todo para si — comentou com um breve sorriso infeliz. — E se for interrogada, não manterá o segredo por muito tempo.

— Eu não o trairia — repliquei no mesmo instante.

Sua expressão era de preocupação.

— Ninguém consegue ficar calado sob tortura intensa, Hannah. Uma pilha de pedras arranca a verdade de quase todo mundo. — Olhou o rio por cima da minha cabeça. — Hannah devo proibi-la de ir.

Ele percebeu meu gesto instantâneo de divergência.

— Não brigue comigo sem motivo, por palavras mal colocadas — falou ele rapidamente. — Não quis dizer proibir como se fosse seu dono, e sim como implorando para que não vá. Assim é melhor? Essa estrada leva direto ao perigo.

— Corro perigo independente do que fizer — repliquei. — E, dessa maneira, Lorde Robert me protegerá.

— Mas só enquanto você fizer o que ele mandar.

Concordei com a cabeça. Não podia dizer que me oferecera espontaneamente a esse perigo e que me teria arriscado ainda muito mais por amor a Lorde Robert.

Soltou-me delicadamente.

— Lamento você estar aqui, e desprotegida — disse. — Se tivesse mandado me chamar, teria vindo antes. Esse é um fardo que não precisa carregar sozinha.

Pensei no terror da minha infância, do meu aprendizado turbulento do medo em nossa fuga pela Europa.

— É meu fardo.

— Mas agora tem família, tem a mim — afirmou com o orgulho de um jovem que se tornou chefe de sua família quando ainda novo demais. — Carregarei seus fardos.

— Carregarei o meu próprio — repliquei obstinadamente.

— Ah, sim, você é a sua própria mulher. Mas, se condescender em mandar me chamar quando estiver em perigo, virei, e talvez me deixe ajudá-la a escapar.

Reprimi um risinho.

— Prometo que chamarei. — Estendi-lhe a mão, em um gesto que condizia com minhas roupas de menino. Mas ele pegou minha mão e me puxou para perto, e baixou a cabeça. Bem delicadamente, beijou-me nos lábios, e senti o calor de sua boca na minha.

Soltou-me e recuou para o barco. Fiquei um pouco tonta, como se tivesse bebido um vinho forte.

— Ah, Daniel! — murmurei, mas ele já subia no barco e não me ouviu. Virei-me para o meu pai e o peguei reprimindo o sorriso.

— Que Deus a abençoe, filha, e a traga salva de volta para nós — disse baixinho. Ajoelhei-me no píer de madeira para receber a benção de meu pai e senti sua mão na minha cabeça, na carícia tão familiar e querida. Pegou minha mão e levantou-me.

— Ele *é* um rapaz atraente, não é? — perguntou, reprimindo o riso. Então ajeitou a capa ao redor do corpo e desceu os degraus até o barco.

Zarparam, o pequeno barco deslizou ligeiro na água escura, deixando-me só no píer de madeira. A névoa que pendia sobre o rio e o escuro ocultaram sua silhueta, e tudo o que ouvi foi o bater dos remos na água e o rangido das toleteiras. Então, também esse ruído se extinguiu, e tudo o que restou foi o som da maré elevando-se e o assobio do vento.

Verão de 1553

Lady Mary estava em sua casa em Hunsdon, no condado de Hertfordshire. Levamos três dias para chegar, seguindo para o norte ao sair de Londres, em uma estrada sinuosa, por vales lamacentos, depois subindo arduamente colinas chamadas de North Weald, fazendo parte do caminho com outros viajantes, pernoitando na estrada, uma vez em um albergue, uma vez em uma casa imponente que tinha sido um mosteiro e que, agora, estava nas mãos do homem que o limpara da heresia em proveito próprio. Por todo esse tempo, não nos ofereceram acomodações melhores do que o galpão de feno em cima do estábulo, e o carroceiro queixou-se, contando que, nos velhos tempos, tinha sido uma casa generosa, de bons monges, onde qualquer viajante seria certamente acolhido com um bom jantar e uma cama confortável, e uma oração para ajudá-lo em sua viagem. Tinha ficado ali certa vez, quando o filho adoecera, quase morrendo, e os monges cuidaram dele, e o curaram com suas ervas e habilidade. Não lhe cobraram nada, dizendo que estavam realizando a obra de Deus ao servirem aos pobres. A mesma história era contada por todo o país, de cada mosteiro ou abadia nas estradas. Mas agora todas as casas religiosas estavam na posse dos grandes lordes, homens da corte que tinham feito fortuna advertindo que o mundo seria um lugar melhor se a riqueza fosse tirada da igreja inglesa e vertida aos seus próprios bolsos. A alimentação de pobres nos portões dos mosteiros, a confecções de remédios gratuitos nos hospitais, nos conventos de freiras, o ensinamento às crianças e os cuidados

dos velhos da aldeia tinham desaparecido assim como as belas estátuas, os manuscritos com iluminuras e as grandes bibliotecas.

O carroceiro cochichou para mim que era assim em todo o país. As grandes casas religiosas, que haviam sido a espinha dorsal da Inglaterra, tinham sido esvaziadas dos homens e mulheres que haviam sido convocados por Deus para servi-lo através deles. O bem público tinha-se transformado em lucro privado, deixando de existir para sempre.

— Se o pobre rei morrer, Lady Mary subirá ao trono e fará tudo voltar a ser como antes — afirmou. — Ela será uma rainha para o povo. Uma rainha que nos devolverá os antigos costumes.

Puxei as rédeas de meu pônei. Estávamos na estrada principal e não havia ninguém por perto, mas eu estava sempre temerosa de qualquer coisa que cheirasse a intriga.

— E olhe só para estas estradas — prosseguiu, virando-se em seu assento na carroça para se queixar por cima do ombro. — Poeira no verão, lama no inverno, nenhum buraco tampado, nenhum assaltante de estrada é perseguido. E sabe por que não?

— Vou seguir na frente, tem razão, a poeira é terrível — falei.

Assentiu balançando a cabeça e fez sinal para eu passar à frente. Deu para eu ouvir a sua ladainha se distanciando atrás de mim.

— Porque, depois que os santuários se fecharam, não há mais peregrinos, e sem peregrinos não há ninguém nas estradas, além da pior espécie de gente, e aqueles que as pilham. Não existe uma palavra amável, uma boa casa, uma estrada decente...

Deixei a égua escalar a pequena ribanceira onde o solo era mais macio sob seus cascos, e nos colocamos à frente da carroça.

Como eu não conhecera a Inglaterra que ele afirmara estar perdida, não consegui achar, como ele, que era um lugar com menos encanto. Nessa manhã de começo do verão, pareceu-me muito bonita, com as rosas serpenteando cercas-vivas, borboletas sobrevoando madressilvas e flores silvestres. Os campos eram cultivados em faixas perfeitas, como a lombada de um livro, os carneiros nas colinas elevadas, pontinhos peludos no prado úmido enevoado. Essa região rural era tão diferente da minha que não consegui evitar de me extasiar com as aldeias e seus edifícios com vigamentos pretos e brancos, os telhados de sapé dourado, os rios que pareciam fundir-se nas estradas, lentamente, em vaus vítreos. Era uma região tão úmida que não pude deixar de admirar as hortas dos chalés que vicejavam os montes de esterco culminando com margaridas que se agitavam ao vento, e os telhados das casas mais antigas eram tão verdes quanto limão com musgo. Em comparação com o meu país, essa era uma terra tão encharcada quanto a esponja de uma impressora, molhada de vida.

Primeiro, notei o que estava faltando. Não havia a sequência torcida de vinhas, nenhuma oliveira arqueada. Não havia pomares de laranjeiras, limoeiros ou limeiras. As colinas eram redondas e verdes, não altas, quentes e rochosas, e acima delas o céu estava manchado de nuvens, não o azul quente absoluto da minha terra, e havia cotovias e nenhuma águia voando em círculo.

Eu cavalgava pasma sem entender como um país podia ser tão luxuriante e verde. Porém, mesmo com tanta riqueza e fertilidade, havia fome. Vi isso nas caras de alguns aldeões e nos túmulos recentes nos cemitérios. O carroceiro estava certo: o equilíbrio da Inglaterra em paz por uma breve geração tinha sido destruído pelo último rei, e o novo continuou a obra de tumultuá-lo. As grandes casas religiosas tinham fechado e jogado os homens e mulheres que nelas serviam e trabalhavam nas estradas. As imponentes bibliotecas estavam sem uso — eu tinha visto o bastante de manuscritos rasgados na loja do meu pai para saber que séculos de erudição tinham sido postos de lado por medo de heresia. Os grandes vasos de ouro da igreja rica foram levados por homens que os derreteram e as belas estátuas e obras de arte, algumas com os pés ou mãos gastos pelos milhões de beijos de fiéis, haviam sido jogadas fora ou quebradas. Tinha sido uma grande viagem de destruição por um país rico e pacífico, e seriam necessários anos até a igreja voltar a ser um abrigo seguro para o peregrino ou o viajante cansado. Se é que voltaria a ser segura.

Foi uma tal aventura viajar livremente por um país estranho que fiquei triste quando o carroceiro assobiou para mim e gritou: "Aqui já é Hunsdon!" E então percebei que os dias despreocupados tinham chegado ao fim, que eu tinha de voltar ao trabalho, agora com duas tarefas: uma como um bobo santo em uma casa em que a crença e a fé eram os assuntos principais e outra como espiã em uma casa em que a traição e a intriga eram as principais ocupações.

Minha garganta estava seca da poeira da estrada, e também do medo. Engoli, posicionei meu cavalo do lado da carroça, e passamos juntos pelos portões da guarita, como se eu me abrigasse atrás do volume das quatro rodas e me escondesse do escrutínio daquelas janelas vazias que davam para a via e pareciam estar à espreita de nossa chegada.

Cଃ

Lady Mary estava em sua câmara costurando um trabalho em preto, o famoso bordado espanhol com linha preta sobre linho branco, enquanto uma de suas damas de companhia, diante de um atril, lia para ela em voz alta. A primeira coisa que ouvi, ao chegar à sua presença, foi uma palavra espanhola mal pronunciada, e ela deu uma risada alegre ao me ver retrair-me.

— Ah, finalmente! Uma garota que fala espanhol! — exclamou e me estendeu a mão para que a beijasse. — Se soubesse lê-lo!

Refleti por um momento.

— Sei lê-lo — falei, achando razoável a filha de um livreiro ser capaz de ler em sua língua nativa.

— Ah, sabe? E latim?

— Latim, não — respondi, tendo aprendido o perigo do orgulho de minha educação ao conhecer John Dee. — Somente espanhol e estou aprendendo a ler inglês também.

Lady Mary virou-se para a sua dama de companhia.

— Deve estar feliz em saber disso, Susan! Agora, você não vai mais precisar ler para mim à tarde.

Susan não ficou nada feliz em ser suplantada por um bobo em libré, mas sentou-se em um banco e pegou um bordado, como as outras mulheres.

— Conte-me todas as notícias da corte — disse Lady Mary. — Talvez devêssemos conversar a sós.

Fez um movimento com a cabeça e suas damas de companhia foram todas para a janela da sacada, sentaram-se em círculo sob a luz mais forte e puseram-se a conversar baixinho para nos dar a ilusão de privacidade. Imaginei-as esforçando-se para escutar cada palavra do que era dito.

— Meu irmão, o rei? — perguntou-me, fazendo um sinal para que me sentasse em uma almofada aos seus pés. — Trouxe alguma mensagem?

— Não, Lady Mary — respondi, e percebi seu desapontamento.

— Esperava que ele pensasse em mim mais generosamente, agora que está tão doente — disse-me. — Quando era pequeno, cuidei dele em várias de suas doenças. Desejei que se lembrasse disso e pensasse que nós...

Esperei que prosseguisse, mas ela bateu as pontas dos dedos uma nas outras como se quisesse apagar as recordações.

— Não tem importância. Alguma outra mensagem?

— O duque lhe enviou carne de caça e folhas frescas para saladas — repliquei. — Vieram na carroça junto com os móveis e foram levadas para as cozinhas. E pediu-me que lhe entregasse esta carta.

Pegou-a, rompeu o lacre e alisou-a. Vi-a sorrir e depois ouvi seu risinho contido e afetuoso.

— Você me trouxe boas notícias, Hannah, o Bobo — exclamou. — É o pagamento do testamento do meu falecido pai, que me foi devido durante todo esse longo tempo desde a sua morte. Achei que nunca o veria, mas aqui está, uma ordem de pagamento em um ourives de Londres. Poderei saldar minhas dívidas e voltar a encarar os comerciantes de Ware.

— Fico feliz que assim seja — falei, sem jeito, sem saber o que mais dizer.

— Sim. Deve ter pensado que a única filha legítima do rei Henrique teria, a esta altura, a sua própria fortuna em mãos, mas a atrasaram e retiveram até eu acreditar que queriam que eu morresse de fome aqui. E agora a recebo.

Fez uma pausa e ficou pensativa.

— A dúvida que persiste é por que, de repente, passo a ser tão bem tratada? — Olhou, especulativamente, para mim. — Lady Elizabeth também recebeu sua herança? Você vai visitá-la com uma carta igual?

Neguei sacudindo a cabeça.

— Milady, como posso saber? Sou apenas uma mensageira.

— Não disseram nada sobre isso? Ela não está na corte visitando o meu irmão?

— Não estava lá quando parti — respondi com cautela.

Lady Mary balançou a cabeça.

— E ele? Meu irmão, está melhor?

Pensei no desaparecimento silencioso dos médicos que vieram com tantas promessas e partiram depois de não fazerem nada além de torturá-lo com algum novo tratamento. Na manhã em que deixara Greenwich, o duque tinha levado uma velha para cuidar do rei: uma parteira velha enrugada, perita somente em partos e em vestir defuntos. Claramente, ele não estaria nada melhor.

— Não acho, milady — respondi. — Esperavam que o verão aliviasse seu peito, mas parece que continua mal.

Inclinou-se para mim.

— Diga-me, menina, a verdade. Meu irmãozinho está morrendo?

Hesitei, sem saber se seria traição falar da morte do rei.

Pegou a minha mão e olhei para o seu rosto determinado e franco. Seus olhos escuros e sinceros encontraram os meus. Parecia uma mulher na qual se podia confiar, uma boa e amável patroa a que se amaria.

— Pode me dizer. Sei guardar um segredo — garantiu-me. — Guardo muitos e muitos segredos.

— Já que pediu, direi: tenho certeza de que está morrendo — admiti, baixinho. — Mas o duque nega.

Ela balançou a cabeça.

— E esse casamento?

Hesitei.

— Que casamento?

Emitiu um breve som de irritação.

— Oh, de Lady Jane Grey com o filho do duque, é claro. O que dizem sobre isso, na corte?

— Que se casou sem querer, e ele também.

— E então por que o duque insistiu? — perguntou.

— Porque estava na hora de Guilford se casar? — arrisquei.

Olhou para mim, cintilando como a lâmina de uma faca.

— Não falam nada além disso?

Encolhi os ombros.

— Não que eu saiba, milady.

— E você? — indagou, aparentemente abandonando o interesse em Lady Jane. — Pediu para vir para este exílio? Para sair da corte real em Greenwich? E ficar longe do seu pai? — O sorriso retorcido indicou-me que ela achava isso improvável.

— Lorde Robert ordenou que eu viesse — confessei. — E o seu pai, o duque.

— Disseram-lhe por quê?

Precisei reprimir-me para manter o segredo.

— Não, milady. Apenas para lhe fazer companhia.

Lançou-me um olhar como eu nunca tinha visto antes em uma mulher. As mulheres na Espanha tendem a olhar de relance, uma mulher modesta sempre desvia o olhar. As mulheres na Inglaterra mantêm os olhos baixos. Uma das muitas razões para eu gostar de minhas roupas de pajem era que, disfarçada de menino, podia manter a cabeça no alto e olhar em volta. Mas Lady Mary tinha o mesmo olhar audacioso que o pai mostrava no retrato, um homem arrogante, punhos nos quadris, a aparência de alguém criado para achar que podia governar o mundo. Ela tinha o seu olhar: o olhar direto de um homem, examinando meu rosto, lendo meus olhos, mostrando-me a face franca e os olhos claros.

— Do que tem medo? — perguntou-me bruscamente.

Por um momento fiquei tão confusa que quase respondi. Tinha medo de ser presa, da Inquisição, medo da suspeita, medo da câmara de tortura e da morte dos hereges, com gravetos empilhados ardendo ao redor dos pés e nenhuma possibilidade de escapar. Tinha medo de trair os outros, provocando sua morte, medo do próprio ar de conspiração. Esfreguei minha bochecha com as costas da mão.

— Só estou um pouco nervosa — repliquei baixinho. — Sou nova neste país e na vida da corte.

Lady Mary deixou o silêncio passar e olhou-me mais bondosamente.

— Pobre criança, você é muito jovem para ficar à deriva, completamente só, nessas águas profundas.

— Sou vassalo de Lorde Robert — falei. — Não estou sozinha.

Ela sorriu.

— Talvez você seja uma ótima companhia — continuou, finalmente. — Há dias, meses e até mesmo anos em que eu ficaria muito feliz de ver uma cara alegre e uma voz exultante.

— Não sou um bufão espirituoso — repliquei prudentemente. — Não se espera que eu seja especialmente alegre.

Lady Mary riu alto ao ouvir isso.

— E não se espera que eu seja especialmente dada a risadas — acrescentou. — Pode ser que você me convenha muito bem. Agora, deve conhecer minhas damas de companhia.

Chamou-as e disse seus nomes. Uma ou duas eram filhas de hereges determinados, aferrando-se à antiga fé e servindo a uma princesa católica romana por orgulho, outras duas tinham as faces melancólicas de filhas caçulas com dotes insuficientes, cuja chance de serviço a uma princesa desfavorecida era apenas ligeiramente melhor do que um casamento que seriam obrigadas a aceitar se tivessem ficado em casa. Era uma corte pequena, com cheiro de desespero, à beira do reino, à beira da heresia, à beira da legitimidade.

Depois do jantar, Lady Mary foi à missa. Deveria ir sozinha; era um crime para qualquer outro assistir ao serviço religioso. Mas, na prática, ela ia abertamente e ajoelhava-se na parte da frente da capela, e todos os membros da casa entravam furtivamente atrás.

Acompanhei as damas até a porta da capela e aí fiquei em um frenesi de preocupação, sem saber o que fazer. Eu tinha assegurado ao rei e a Lorde Robert que meu pai e eu éramos adeptos da igreja reformada, mas tanto o rei quanto Lorde Robert sabiam que a casa de Lady Mary era uma ilha de práticas papistas ilegais em um reino protestante. Senti-me suando de medo quando a criada mais insignificante passou por mim para dizer suas orações e eu não sabia o que seria mais seguro fazer. Estava em pânico, com horror de ser denunciada na corte como católica romana. E, no entanto, como poderia servir nessa casa como uma protestante convicta?

No fim, tomei uma resolução, sentando-me do lado de fora onde podia ouvir o murmúrio do padre e as respostas sussurradas, mas onde ninguém poderia me acusar de assistir ao serviço. O tempo todo em que passei empoleirada na saliência ventosa da janela, fiquei preparada para pular dali e fugir. Minha mão, toda hora ia para o rosto, limpando a bochecha como se eu sentisse as manchas de fuligem do fogo da Inquisição entranhadas na pele. Sentia náusea de medo por não saber qual o lugar mais seguro para mim.

Depois da missa, fui chamada ao quarto de Lady Mary, para ouvi-la ler a Bíblia em latim. Tentei manter uma expressão impassível, como se não entendesse as palavras, e no fim da leitura, quando passou o livro para que o colocasse no atril, tive de me controlar para não procurar nas páginas da frente quem fora o impressor. Achei que não era uma edição boa ao nível das que meu pai imprimiria.

Ela foi deitar-se cedo, atravessando o longo corredor escuro com sua vela tremeluzindo, passando pelas janelas que davam para a treva da terra vazia para além dos muros em ruínas do castelo. Todas as outras pessoas também foram para a cama. Não havia nada nem ninguém por esperar, nada aconteceria. Ninguém visitaria a princesa popular, não haveria nenhum ator mascarado, nenhum dançarino ou mascate atraído pela riqueza da corte. Não era de admirar que não fosse uma princesa alegre. Se o que o duque desejara tinha sido manter Lady Mary em um lugar onde fosse raramente visitada, onde seu coração e seu ânimo certamente se abateriam, onde experimentaria a frieza e a solidão todos os dias, não poderia ter escolhido melhor local para torná-la infeliz.

❧

A casa em Hunsdon revelou-se, como eu imaginara, um lugar melancólico, de proscritos, governado por uma inválida. Lady Mary sofria de dores de cabeça, que frequentemente aconteciam à noite, obscurecendo-lhe a face, assim como a luz desaparecia do céu. As damas de honra percebiam seu cenho franzido, mas ela nunca mencionava a dor e nunca se curvava em sua cadeira de madeira, nem se recostava no espaldar esculpido, nem descansava sobre os braços. Sentava-se como sua mãe tinha-lhe ensinado, ereta como uma rainha, com a cabeça erguida, mesmo quando seus olhos se estreitavam à luz fraca das velas. Comentei sobre a fragilidade física de Lady Mary com Jane Dormer, sua amiga mais íntima e dama de honra. Respondeu-me brevemente que as dores que eu via não eram nada. Quando Lady Mary estava em seu período menstrual, era tomada de cólicas tão graves quanto as de um parto, sem nada para aliviá-las.

— Quem trata dela? — perguntei.

Jane encolheu os ombros.

— A princesa não foi uma criança forte — replicou. — Sempre delicada. Mas quando sua mãe foi rejeitada e seu pai a renegou, foi como se a tivessem envenenado. Não parava de vomitar, pondo toda comida para fora, não conseguia se levantar da cama, se arrastava pelo chão. Havia quem dissesse que fora realmente envenenada pela bruxa Bolena. Ela quase morreu, e não permitiram que visse sua mãe. A rainha não pôde vir vê-la, tinha medo de não permitirem que retornasse à sua própria corte. A Bolena e o rei destruíram as duas: mãe e filha. A rainha Catarina resistiu o quanto pôde, mas a doença e a tristeza acabaram matando-a. Lady Mary deveria ter morrido também: sofreu demais. Porém sobreviveu. Obrigaram-na a negar a sua fé, obrigaram-na a negar o casamento da mãe. Desde então, é atormentada por essas dores.

— Os médicos não conseguem...?

— Não a deixaram nem mesmo ser vista por um médico durante muitos anos — disse Jane com irritação. — Podia ter morrido por falta de cuidados, não uma vez, mas várias vezes. A bruxa Bolena a queria morta mais de uma vez, juro que realmente mandou veneno. Foi uma vida terrível: meio prisioneira, meio santa, sempre engolindo o sofrimento e a raiva.

❧

As manhãs eram os melhores momentos para Lady Mary. Depois de ter ido à missa e rompido o jejum, gostava de caminhar e quase sempre me escolhia para acompanhá-la. Uma manhã quente de junho, mandou que eu caminhasse a seu lado e nomeasse as flores e descrevesse o tempo em espanhol. Tive de manter o passo curto para não deixá-la para trás. Frequentemente se detinha, o braço pendendo do lado, a cor abandonando seu rosto.

— Não está bem nesta manhã, milady? — perguntei.

— Apenas cansada — respondeu. — Não dormi a noite passada.

Sorriu diante de minha expressão preocupada.

— Ah, não foi nada mais grave do que o habitual. Tenho de aprender a ter mais serenidade. Mas não saber... e ter de esperar... e saber que ele está nas mãos de conselheiros que...

— Seu irmão? — perguntei, quando se calou.

— Penso nele todos os dias, desde que nasceu! — falou sem pensar e com paixão. — Tão pequenino e tão cobrado. Tão inteligente e tão... não sei bem... tão frio em seu coração, onde deveria ser afetivo. Pobre menino, pobre menino sem mãe! Nós três, os três perplexos, e nenhum com a mãe viva, e nenhum de nós sabendo o que acontecerá agora.

— Preocupava-me mais com Elizabeth, é claro. E agora ela está longe de mim, e não posso nem mesmo vê-la. É claro que me preocupo com ele: com o que estão fazendo com a sua alma, com o que estão fazendo com o seu corpo... e com o que estão fazendo com o seu testamento — acrescentou baixinho.

— Seu testamento?

— A minha herança — replicou impetuosamente. — Ao fazer o relatório, como imagino que vá fazer, diga-lhes que nunca me esqueci disso. Diga-lhes que é a minha herança e que nada pode mudar isso.

— Não faço relatório! — exclamei, em choque. Era verdade. Não tinha mandado nenhum relatório, não havia nada em nossas vidas maçantes e noites silenciosas a relatar a Lorde Robert e seu pai. Era uma princesa doente em uma situação difícil, a quem só restava observar e esperar, e não uma traidora tramando conspirações.

— Faça ou não — dispensou minha defesa —, nada nem ninguém pode negar meu lugar. O meu próprio pai o deixou para mim. Sou eu e, depois, Elizabeth. Nunca tramei contra Eduardo, embora me tenham procurado e pedido que, em nome de minha mãe, me opusesse a ele. Sei que Elizabeth nunca tramará contra mim. Somos três herdeiros, assumindo a precedência um depois do outro, para honrar o nosso pai. Elizabeth sabe que sou a próxima herdeira, depois de Eduardo. Ele foi o primeiro por ser homem, e sou a segunda por ser princesa, a primeira princesa legítima. Nós três obedeceremos ao nosso pai e herdaremos um depois do outro, como meu pai mandou. Confio em Elizabeth, assim como Eduardo confia em mim. E, já que jurou que não lhes manda relatórios, pode dar a seguinte resposta, se alguém perguntar: que manterei minha herança. E diga-lhes que este é o meu país.

Seu cansaço desapareceu. A cor inflamou sua face. Olhou em volta, o pequeno jardim murado, como se pudesse ver o reino todo, a grande prosperidade que seria restaurada, e as mudanças que faria se subisse ao trono. Os mosteiros que restauraria, as abadias que descobriria, a vida que lhes devolveria.

— É meu — afirmou. — E sou a futura rainha. Ninguém pode me afastar. Sua face iluminou-se com seu senso de destino.

— É o propósito da minha vida — prosseguiu. — Ninguém sentirá pena de mim novamente. Verão que dediquei minha vida a ser a noiva deste país. Serei uma rainha virgem, não terei outros filhos que não o povo deste país, serei a sua mãe. Ninguém me desviará dessa missão, ninguém mandará em mim. Viverei para este povo. É a minha vocação sagrada. Abrirei mão de mim mesma pelo povo.

Virou-se e dirigiu-se à casa, e a acompanhei a distância. O sol da manhã desfazendo a neblina iluminou o ar à sua volta, e fiquei tonta por um instante ao perceber que essa mulher seria uma grande rainha para a Inglaterra, uma rainha que via realmente esse país, que recuperaria a riqueza, a beleza e a compaixão que seu pai tirara das igrejas e da vida diária. O sol brilhava tanto ao redor de sua seda amarela que parecia uma coroa, e tropecei em um tufo de grama e caí.

Ela virou-se e deparou-se comigo de joelhos.

— Hannah?

— Será rainha — repliquei simplesmente, a Visão falando por mim. — O rei morrerá em um mês. Vida longa à rainha. Pobre garoto, pobre garoto.

Em um segundo estava do meu lado, levantando-me.

— O que disse?

— Será rainha — falei. — O rei está se acabando rápido, agora.

Perdi o sentido por um momento e, então, abri os olhos de novo, e ela estava olhando para mim, ainda me segurando.

— Pode me dizer mais? — perguntou-me delicadamente.

Sacudi a cabeça.

— Lamento, Lady Mary. Mal sei o que falei. Não foi dito deliberadamente.

Indicou que entendia com um movimento da cabeça.

— É o Espírito Santo que a faz falar, especialmente essa notícia para mim. Pode jurar que guardará segredo?

Hesitei por um instante, pensando nas redes complicadas de lealdades que se emaranhavam à minha volta: meu dever a Lorde Robert, minha honra por meu pai, minha mãe e meus parentes, minha promessa a Daniel Carpenter, e agora essa mulher perturbadora pedindo-me para guardar um segredo. Assenti balançando a cabeça. Não era deslealdade não contar a Lorde Robert algo que já devia saber.

— Sim, Lady Mary.

Tentei levantar-me, mas caí de novo de joelhos, ainda tonta.

— Espere — disse. — Não se levante até a tonteira passar.

Sentou-se do meu lado, na grama, e pôs, gentilmente, minha cabeça no seu colo. O sol da manhã estava quente. O jardim zumbia com o som sonolento das abelhas e o grito distante e amedrontador de um cuco.

— Feche os olhos — pediu-me.

Tive vontade de adormecer quando me abraçou.

— Não sou uma espiã — disse.

Seu dedo tocou nos meus lábios.

— Silêncio — continuou. — Sei que trabalha para os Dudley. E sei que é uma boa garota. Quem melhor do que eu para entender uma vida de lealdades intrincadas? Não precisa ter medo, pequena Hannah, eu entendo.

Senti seu toque macio em meu cabelo, ela enrolando meus cachos curtos em seus dedos. Senti meus olhos se fecharem e os tendões de minhas costas e pescoço se desatarem, ao perceber que estava segura com a princesa.

Ela, por sua vez, estava muito distante, no passado.

— Costumava me sentar assim quando Elizabeth tirava um cochilo à tarde — contou. — Descansava a cabeça em meu colo e eu trançava seu cabelo enquanto dormia. Seu cabelo era cor de bronze, cobre e ouro, todas as cores do ouro em um cacho. Era uma menina tão bonita, tinha aquela inocência flagrante das crianças. Eu tinha somente 20 anos. Fingia para mim mesma que ela era o meu bebê e que eu era bem casada com um homem que me amava e que logo teríamos outro filho... um menino.

Ficamos em silêncio por um longo momento, até eu ouvir a porta da casa ser aberta ruidosamente. Sentei-me e vi uma das damas de Lady Mary surgir do interior escuro e olhar freneticamente em volta à sua procura. Lady Mary acenou e a garota correu para nós. Era Lady Margaret. Quando chegou perto, percebi a postura de Lady Mary mudar, suas costas aprumaram-se. Ela se preparou para a notícia que eu tinha antevisto. Deixaria que sua dama a encontrasse ali, sentada com simplicidade no jardim inglês, seu bobo dormitando do seu lado, e receberia a notícia de sua herança com palavras dos Salmos, preparadas com antecedência. Sussurrou-as agora: "Este é um ato de Deus. É prodigioso aos nossos olhos."

— Lady Mary! Oh!

A garota estava praticamente sem fala, de tanto desejo de contar, e sem fôlego por ter corrido.

— Na igreja, agora mesmo...

— O quê?

— Não rezaram por milady.

— Rezar por mim?

— Não. Rezaram pelo rei e seus conselheiros, como sempre, mas quando a prece deveria dizer "e pelas irmãs do rei", não as mencionaram.

O olhar vivo de Lady Mary examinou a face da garota.

— Nenhuma de nós duas? Elizabeth também não?

— Nenhuma das duas!

— Tem certeza?

— Sim.

Lady Mary levantou-se, seus olhos estreitados de apreensão.

— Mande o Sr. Tomlinson a Ware, diga-lhe para procurar o Bispo Stortford, se for necessário, diga-lhe para informar-se com outras igrejas. Que veja se está acontecendo em toda parte.

A garota fez uma reverência trêmula, suspendeu as saias e correu de volta para a casa.

— O que significa isso? — perguntei, levantando-me desajeitadamente.

Ela me olhou sem ver.

— Significa que Northumberland começou a agir contra mim. Primeiro, não me alerta em relação a como meu irmão está mal. Segundo, dá ordens para que Elizabeth e eu sejamos excluídas das orações. Em seguida, mandará que mencionem outro, o herdeiro do rei. E então, quando o meu pobre irmão morrer, me prenderão, prenderão Elizabeth e colocarão seu falso príncipe no trono.

— Quem? — perguntei.

— Edward Courtenay — respondeu sem titubear. — Meu primo. É o único que Northumberland escolheria, já que não pode colocar um de seus filhos.

De súbito, compreendi. A cerimônia de casamento, a face pálida de Lady Jane Grey, as manchas roxas na garganta, como se alguém a tivesse sacudido pelo pescoço, para nela incutir sua ambição.

— Ah, mas ela pode: Lady Jane Grey — falei.

— Recém-casada com o filho Guilford de Northumberland — concordou Lady Mary. Fez uma pausa e então prosseguiu: — Nunca imaginei que se atreveriam. A mãe dela, minha prima, teria de se pôr de lado, teria de renunciar a seu direito por sua filha. Mas Jane é protestante, e o pai de Dudley tem as chaves do reino — Deu uma risada dissonante. — Meu Deus! Ela é *tão* protestante. Superou Elizabeth no protestantismo, e isso não deixa de ser uma proeza. Abriu seu caminho ao testamento do meu irmão através do protestantismo. Através do protestantismo também se introduziu na traição. Que Deus a perdoe, pobre tolinha. Eles vão destruí-la, pobre garota. Mas antes, vão me destruir. Precisam me destruir. Retirar-me das preces do meu povo é somente o primeiro passo. Depois, me deterão, haverá uma acusação e serei executada.

Sua palidez, de súbito, se acentuou ainda mais, e a vi cambalear.

— Meu Deus, e Elizabeth? Ele vai matar a nós duas — sussurrou. — Vai ser preciso. Do contrário, haverá rebeliões contra ele, tanto protestantes quanto católicas. Ele tem de se livrar de mim para se livrar dos homens de coragem da verdadeira fé. Mas também tem de se livrar de Elizabeth. Por que um protestante obedeceria à rainha Jane e a uma marionete como Guilford Dudley, se podem ter Elizabeth como rainha? Se morro, ela é a próxima herdeira, uma herdeira protestante. Ele deve estar planejando forjar alguma acusação de traição contra nós duas. Somente uma de nós não é o bastante. Elizabeth e eu estaremos mortas daqui a três meses.

Afastou-se alguns passos, virou-se e voltou para perto.

— Tenho de salvar Elizabeth. Independente do que acontecer. Tenho de avisá-la para não ir a Londres. Ela deve vir para cá. Não tirarão o trono de mim. Não cheguei tão longe e suportei tanta coisa para que me privem do meu país e o mergulhem no pecado. Não fracassarei agora.

Virou-se em direção à casa.

— Venha, Hannah! — gritou por cima do ombro. — Depressa!

Lady Mary escreveu para avisar Elizabeth; escreveu pedindo conselhos. Não li nenhuma das cartas, mas nessa noite, peguei o manuscrito que Lorde Robert me dera, e, usando a carta do meu pai como base para o código, redigi cuidadosamente a mensagem: "M está muito assustada por ter sido omitida nas orações. Acha que lady I será nomeada herdeira. Escreveu para Eliz alertando-a. E para o embaixador de Sp pedindo conselhos." Fiz uma pausa. Era um trabalho árduo traduzir uma letra para outra, mas eu queria escrever alguma coisa, uma frase, uma palavra, para fazê-lo lembrar-se de mim, que o inspirasse a mandar chamar-me de volta à corte. Uma frase, alguma coisa simples que ele leria e pensaria em mim, não como sua espiã, não como um bufão, mas como eu mesma, uma garota que tinha prometido servir-lhe de corpo e alma, por amor.

"Sinto sua falta", escrevi, e então risquei, sem nem mesmo me preocupar em traduzir para o código.

"Quando vou retornar?", teve o mesmo destino.

"Estou assustada", foi a mais honesta de todas as confissões.

Acabei sem escrever nada. Não me ocorreu nada que atraísse a atenção de Lorde Robert para mim, enquanto o jovem rei estava morrendo e sua jovem e pálida cunhada subia ao trono da Inglaterra, propiciando à família Dudley uma grandeza absoluta.

ଔ

Enfim não havia nada por fazer a não ser esperar a notícia da morte do rei chegar de Londres. Lady Mary tinha suas próprias mensagens privadas indo e vindo. Porém a cada três dias, mais ou menos, ela recebia uma carta do duque dizendo que o bom tempo estava atuando e o rei se recuperando, que sua febre cessara, que suas dores no peito tinham-se abrandado, que o novo médico estava esperançoso de que o rei estaria bem em meados do verão. Eu observava Lady Mary ler essas mensagens otimistas, via seus olhos se estreitarem ligeiramente, por descrença em relação à notícia; em seguida as dobrava e punha na gaveta de sua escrivaninha, e nunca mais as olhava.

Então, nos primeiros dias de julho, uma carta a fez perder o ar e levar a mão ao coração.

— Como está o rei, milady? — perguntei. — Não piorou?

Sua cor inflamou-se nas maçãs do rosto.

— O duque diz que está melhor, recupera-se e pede para me ver. — Levantou-se e dirigiu-se com passos deliberados à janela. — Queira Deus que esteja realmente melhor — replicou, em tom baixo, para si mesma. — Melhor e querendo restaurar nossa antiga afeição. Melhor e enxergando seus falsos conselheiros. Talvez Deus tenha querido lhe dar forças para recuperar-se e finalmente alcançar a compreensão. Ou pelo menos ficar bem o bastante para pôr um ponto final nessa conspiração. Oh, Mãe de Deus, guie-me no que devo fazer.

— Nós vamos? — perguntei. Já estava de pé, pensando em retornar a Londres e à corte, em rever Lorde Robert, em ver meu pai e Daniel, em estar de volta à relativa segurança dos homens que me protegeriam.

Vi seus ombros se firmarem enquanto tomava a decisão.

— Se ele pede, é claro que tenho de ir. Mande prepararem os cavalos. Partiremos amanhã.

Saiu da sala com suas saias pesadas de seda farfalhando, e a ouvi mandando suas damas de honra preparar-se, pois todas iríamos para Londres. Ouvi-a subir depressa a escadaria, os pés batendo na madeira nua como os de uma menina, e então a sua voz, leve e excitada, ao dizer a Jane Dormer que tivesse um cuidado especial ao guardar suas melhores joias, pois se o rei estivesse realmente melhor, haveria banquetes e dança na corte.

No dia seguinte estávamos na estrada, a bandeira de Lady Mary à nossa frente, seus soldados ao nosso redor e os camponeses, nos povoados, saindo de suas casas aos tropeções, para gritar saudações e abençoar seu nome, carregando seus filhos para que a vissem: uma princesa de verdade, uma princesa sorridente.

Lady Mary sobre a sela de um cavalo era uma mulher diferente da pálida semiprisioneira que vi ao chegar a Hunsdon. Cavalgando para Londres com o povo da Inglaterra a aclamando, parecia uma princesa de verdade. Estava usando um vestido vermelho-escuro e jaqueta, que faziam seus olhos escuros brilharem. Montava bem, uma das mãos em uma luva vermelha gasta nas rédeas, a outra acenando para todos que a chamavam, a cor flamejando nas maçãs de seu rosto, uma mecha de cabelo castanho escapando de seu chapéu, a cabeça erguida, sua coragem inabalável, seu cansaço extinto. Estava bem na sela, orgulhosa como uma rainha, balançando-se com a andadura do cavalo, enquanto percorríamos a grande estrada para Londres.

Cavalguei do seu lado durante a maior parte do tempo, o pequeno pônei baio que o duque me dera apressando-se para acompanhar o passo do cavalo bem maior de Lady Mary. Mandou-me cantar as canções espanholas da minha infância e, às vezes, reconhecia as palavras ou a melodia, como algo que sua mãe já cantara para ela e, então, cantava junto comigo, sua voz um pouco emocionada com a recordação da mãe que a amara.

A estrada para Londres era árdua, e os cavalos chapinhavam nos vaus rasos do verão e prosseguiam a meio-galope onde a trilha era suave o bastante. Ela estava louca para chegar à corte e descobrir o que estava acontecendo. Lembrei-me do espelho de John Dee e de como eu tinha adivinhado a data da morte do rei, 6 de julho, mas não me atrevi a falar nada. Tinha dito o nome da próxima rainha da Inglaterra, que não fora rainha Mary. O 6 de julho tinha sido um palpite para agradar milorde, e o nome Jane tinha me surgido não sei de onde — os dois poderiam não significar nada. Mas enquanto Lady Mary cavalgava para Londres, esperando que seus temores se revelassem infundados, eu seguia a seu lado esperando que a minha Visão fosse um subterfúgio e completo absurdo, como eu acreditava ser.

De toda a nervosa comitiva que a acompanhava, eu era a mais apreensiva. Pois, se tivesse visto a verdade, ela estava indo não para a reconciliação com o seu irmão, o rei, e sim para a coroação de Lady Jane. Ela estava cavalgando rápido para a sua própria abdicação, e todos nós compartilharíamos a sua má sorte.

Cavalgamos durante toda a manhã e chegamos, logo depois do meio-dia, à cidade de Hoddesdon, exaustos da sela e só desejando um bom jantar e um bom repouso antes de prosseguir a viagem. Sem aviso, um homem surgiu à soleira da porta e ergueu a mão fazendo-lhe um sinal. Claramente ela o reconheceu. Fez um gesto imediato para que avançasse, de modo a poderem conversar em particular. Ele ficou do lado do pescoço do seu cavalo e pegou as rédeas com familiaridade e ela debruçou-se para ele. Foi muito breve, e, apesar de eu me esforçar para ouvir, ele falou muito baixo. Depois recuou e desapareceu nas ruas pobres da aldeia. Lady Mary deu ordens de parar e desmontou tão rápido que o Master of the Horse mal conseguiu acompanhá-la. Entrou correndo na hospedaria mais próxima, gritando por papel e pena e dando ordens para que todos comessem e bebessem e preparassem os cavalos para partirem em uma hora.

— Mãe de Deus, realmente não posso — disse Lady Margaret pateticamente quando Lady Mary passou por ela. — Estou cansada demais para dar mais um passo.

— Então fique — replicou Lady Mary, abruptamente, o que nunca acontecia. Essa rispidez em seu tom nos alertou que a viagem, cheia de esperança, a Londres para visitar o jovem rei que se restabelecia havia, de súbito, dado errado.

Não me atrevi a escrever para Lorde Robert. Não havia uma maneira fácil de fazer a mensagem chegar às suas mãos e o humor da viagem tinha mudado. Fosse o que fosse que o homem lhe dissera, certamente não fora que seu irmão estava bem e a convidava para dançar em sua corte. Quando ela saiu do salão, estava pálida e seus olhos estavam vermelhos, mas não se mostrava enfraquecida pelo sofrimento. Estava com a expressão determinada, e estava com raiva.

Mandou um mensageiro rápido para o sul, descendo a estrada para Londres, em busca do embaixador espanhol para pedir seu conselho e alertar o imperador espanhol de que precisaria de ajuda para reivindicar seu trono.

Falou com outro mensageiro à parte para uma mensagem oral a Lady Elizabeth, pois não se atrevia a escrevê-la, a dar a impressão de que as irmãs estavam tramando contra o irmão que agonizava: "Fale somente quando estiverem a sós", enfatizou. "Diga-lhe para não ir a Londres, que é uma cilada. Diga-lhe para vir imediatamente ao meu encontro, para a sua própria segurança."

Mandou outra mensagem para o próprio duque, dizendo que estava muito doente para viajar até Londres, e que ficaria repousando em casa, em Hunsdon. Em seguida, ordenou que o grupo principal ficasse para trás.

— Levarei você, Lady Margaret, e você, Hannah — disse. Sorriu para a sua favorita, Jane Dormer. — Siga-nos — ordenou e inclinou-se para sussurrar nosso destino em seu ouvido. — Deve conduzir o grupo atrás de nós. Vamos viajar rápido demais para todos acompanharem.

Escolheu seis homens para nos escoltarem, despediu-se brevemente de seus súditos e estalou os dedos, chamando o Master of the Horse para ajudá-la a montar. Girou seu cavalo e conduziu-nos para fora de Hoddesdon, pelo mesmo caminho. Mas dessa vez, tomamos a grande estrada para o norte, afastando-nos de Londres a toda pressa, enquanto o sol girava no alto e se posicionava à nossa esquerda, o céu perdia sua cor e uma lua prateada nascia sobre a silhueta escura das árvores.

— Aonde estamos indo, Lady Mary? Está escurecendo — perguntou Lady Margaret queixosamente. — Não podemos viajar no escuro.

— Kenninghall — replicou Lady Mary, vivamente.

— E onde fica Kenninghall? — perguntei, vendo a cara espantada de Lady Margaret.

— Norfolk — respondeu, como se fosse o fim do mundo. — Que Deus nos ajude, ela está fugindo.

— Fugindo? — Senti minha garganta fechar com o cheiro de perigo.

— Fica na direção do mar. Embarcará em um navio, em Lowestoft, e fugirá para a Espanha. O que quer que seja que aquele homem lhe disse, deve significar que ela corre um perigo tão grave que tem de sair imediatamente do país.

— Que perigo? — perguntei ansiosa.

Lady Margaret deu de ombros.

— Quem pode saber? Uma acusação de traição? E nós, como ficamos? Se ela for para a Espanha, irei para casa. Não ficarei presa a uma traidora. Já foi horrível na Inglaterra, não vou me exilar na Espanha.

Não respondi nada, estava dando tratos à bola para pensar onde poderia ser mais seguro: em casa, com meu pai, ou com Lady Mary, ou tentando voltar para Lorde Robert.

— E você? — pressionou-me ela.

Sacudi a cabeça, quase sem voz de medo, minha mão esfregando freneticamente minha bochecha.

— Não sei, não sei. Devo voltar para casa, acho. Mas não sei o caminho. Não sei o que o meu pai gostaria que eu fizesse. Não entendo qual o lado errado e qual o lado certo nisso.

Ela riu, uma risada amarga para uma jovem.

— Não existe certo nem errado — replicou. — Há somente aqueles que provavelmente vencerão e aqueles fadados a perder. E Lady Mary, com seis homens, comigo e com um bufão, contra o Duque de Northumberland com seu exército, a Torre de Londres e todos os castelos do reino, perderá certamente.

ⓒ𝔅

Foi uma cavalgada punitiva. Não paramos até a noite cair completamente, quando fizemos uma pausa na casa de um cavalheiro, John Huddlestone, em Swaston Hall. Pedi um pedaço de papel e uma pena ao mordomo e redigi uma carta, não a Lorde Robert, cujo endereço não ousei dar, mas a John Dee. "Meu caro tutor", escrevi, torcendo para que isso desorientasse quem quer que abrisse a carta. "Essa pequena charada deve diverti-lo." Em seguida, escrevi as letras cifradas na forma de um círculo sinuoso, com a intenção de parecer um jogo que uma garota da minha idade enviaria a um professor querido. Dizia simplesmente: "Ela vai para Kenninghall." E depois, escrevi: "O que devo fazer?"

O mordomo prometeu enviá-la a Greenwich pelo carroceiro que passaria no dia seguinte, e torci para que chegasse a seu destino e fosse lida pelo homem certo. Depois fui para a cama de rodízios que tinham puxado para o lado do fogo da cozinha e, apesar da minha exaustão, permaneci acordada à luz do fogo que se extinguia vagarosamente, perguntando-me onde eu ficaria segura.

Acordei bem cedo, contra a vontade, às 5 horas da manhã, com o garoto da cozinha passando por cima de mim com baldes de água e sacos de lenha. Lady Mary assistiu à missa na capela de John Huddlestone, como se não fosse uma cerimônia proibida, fez o desjejum e montou em seu cavalo às 7 horas da manhã, afastando-se de Sawston com o espírito elevado, John Huddlestone do seu lado, para lhe mostrar o caminho.

Eu seguia atrás, uma dúzia de cavalos batendo os cascos na frente, meu pônei cansado demais para manter o mesmo passo, quando senti um cheiro familiar e terrível no ar. Senti o cheiro de incêndio, senti o cheiro de fumaça. Não da fumaça apetitosa de um rosbife no espeto, não o cheiro inocente sazonal de folhas queimando. Senti o cheiro de heresia, um fogo aceso com maldade, queimando a felicidade de alguém, queimando a fé de alguém, queimando a casa de alguém... Virei-me na sela e vi, no fulgor no horizonte, a casa que acabáramos de deixar, Sawston Hall, em chamas.

— Milady! — gritei. Ela ouviu, virou a cabeça e puxou as rédeas de seu cavalo, John Huddlestone do seu lado.

— A sua casa! — eu lhe disse simplesmente.

Ele olhou para além de mim e estreitou os olhos para ver. Ele não teve certeza, não sentia o cheiro como eu era capaz de sentir. Lady Mary olhou para mim.

— Tem certeza, Hannah?

Balancei a cabeça.

— Sinto o cheiro. Sinto o cheiro de fumaça. — Senti o tremor de minha voz. Minha mão esfregava minha bochecha como se a fuligem estivesse caindo sobre mim. — Sinto o cheiro de fumaça. Sua casa está pegando fogo, senhor.

Ele girou seu cavalo como se fosse voltar direto para casa, mas se lembrou da mulher cuja visita lhe havia custado a casa e a fortuna.

— Perdoe-me, Lady Mary, tenho de ir para casa... Minha mulher...

— Vá — disse ela suavemente. — E fique certo de que, quando eu tiver o que me pertence, você terá o que lhe pertence. Eu lhe darei outra casa, maior e mais rica do que a que perdeu por lealdade a mim. Não me esquecerei.

Ele assentiu com um movimento da cabeça, emudecido com a preocupação, e então partiu a galope para onde as chamas de sua casa fulguravam no horizonte. Seu cavalariço permaneceu do lado de Lady Mary.

— Quer que a guie, milady? — perguntou ele.

— Sim — respondeu. — Pode me levar a Bury St Edmunds?

Ele pôs o capuz de novo na cabeça.

— Por Mildenhall e a floresta de Thetford? Sim, milady.

Deu sinal para ele avançar e cavalgou sem olhar uma única vez para trás. Achei que era realmente uma princesa, tendo visto o abrigo da noite anterior ser destruído pelo fogo e pensar somente na luta à frente e não nas ruínas atrás.

Passamos a noite em Euston Hall, perto de Thetford, e deitei-me no chão do quarto de Lady Mary, envolta na minha capa, completamente vestida, aguardando o alarme que tinha certeza de que soaria. A noite toda, meus sentidos ficaram alertas aos passos abafados, ao vislumbre de um tição, ao cheiro de fumaça de uma tocha. Apenas cochilei, passando a noite toda esperando que uma turba protestante chegasse e destruísse essa casa, como tinham feito com Sawston Hall. Senti horror diante da possibilidade de ficar presa ali quando jogassem as tochas no telhado e nas escadas. Não consegui fechar os olhos com medo de ser acordada pelo cheiro de fumaça, de modo que foi quase um alívio quando, próximo ao amanhecer, ouvi o som de cascos de cavalos. Levantei-me e estava à janela em um segundo, com minha insônia sendo recompensada, minha mão estendida, quando despertou, mandando-a ficar calada.

— O que vê? perguntou da cama, empurrando as cobertas. — Quantos homens?

— Só um cavalo. Parece exausto.

— Vá ver quem é.

Desci correndo a escada de madeira até o hall. O zelador tinha aberto o visor e estava argumentando com o viajante, que parecia estar pedindo que fosse admitido para pernoitar. Toquei no ombro do porteiro, que se afastou. Tive de ficar na ponta dos pés para conseguir ver pelo visor na porta.

— E quem é você? — perguntei, minha voz tão brusca quanto possível, fingindo uma segurança que não sentia.

— Quem é você? — perguntou-me de volta. Ouvi imediatamente a cadência nítida do sotaque de Londres.

— É melhor me dizer o que quer — insisti.

O cavaleiro aproximou-se do visor e baixou sua voz tranquila até se transformar em um sussurro.

— Tenho notícias importantes para uma grande dama. São sobre seu irmão. Está me entendendo?

Não havia como saber se fora ou não enviado para nos armar uma cilada. Assumi o risco, dei um passo atrás e balancei a cabeça para o porteiro.

— Deixe-o entrar e, depois, ponha a tranca de novo na porta.

Ele entrou. Desejei que Deus fizesse a Visão agir em mim sempre que eu precisasse. Daria qualquer coisa para saber se havia uma dúzia de homens com ele, cercando a casa e lançando pederneiras nos celeiros. Mas não pude ter certeza de nada a não ser de que o homem estava exausto, sujo da viagem e encorajado pela excitação.

— Qual é a mensagem?

— Só posso dizer pessoalmente.

Houve um farfalhar de saias de seda e Lady Mary desceu a escada.

— E você é? — perguntou.

Foi a sua reação ao vê-la que me convenceu de que o mensageiro estava do nosso lado e que o mundo tinha mudado para nós, da noite para o dia. Rápido como um falcão se arremessando sobre a presa, abaixou-se sobre um joelho, tirou o chapéu e fez uma reverência como para uma rainha.

Que Deus a abençoe. Ela não mexeu um fio de cabelo. Estendeu a mão como se tivesse sido rainha da Inglaterra durante toda a sua vida. Ele a beijou com reverência e então ergueu o olhar para seu rosto.

— Sou Robert Raynes, ourives em Londres, enviado por Sir Nicholas Throckmorton para lhe trazer a notícia de que seu irmão Eduardo faleceu. Sua Graça é a rainha da Inglaterra.

— Que Deus o tenha — replicou em voz baixa. — Que Deus salve a alma preciosa de Eduardo.

Houve um breve silêncio.

— Morreu com a fé? — perguntou.

O mensageiro sacudiu a cabeça negando.

— Morreu como protestante.

Ela entendeu.

— E fui proclamada rainha? — perguntou em um tom mais austero.

Ele sacudiu a cabeça.

— Posso falar livremente?

— Você veio de muito longe para dizer uma charada — observou secamente.

— O rei morreu em grande sofrimento na noite do dia 6 — replicou baixinho.

— Dia *seis*? — interrompeu.

— Sim. Antes de morrer, mudou o testamento do seu pai.

— Não tinha o direito legal de fazer isso. Não pode ter mudado um acordo oficial.

— No entanto, mudou. Foi-lhe negada a sucessão, e a Lady Elizabeth também. Lady Jane Grey foi nomeada sua herdeira.

— Eduardo nunca faria isso voluntariamente — disse com o rosto lívido. O homem encolheu os ombros.

— Foi feito com sua letra, e o conselho e magistrados, todos concordaram e o assinaram.

— *Todo* o conselho? — perguntou.

— Todo.

— E quanto a mim?

— Venho alertá-la de que foi considerada uma traidora do trono. Lorde Robert Dudley está a caminho, agora, para detê-la e levá-la para a Torre.

— Lorde Robert está vindo? — perguntei.

— Ele irá primeiro a Hunsdon — tranquilizou-me Lady Mary. — Escrevi ao seu pai que ficaria lá. Robert não saberá onde estamos.

Não a contradisse, mas eu sabia John Dee lhe enviaria minha carta, nesse mesmo dia, e que, graças a mim, ele saberia exatamente onde nos procurar.

Preocupava-se com a irmã.

— E Lady Elizabeth?

Ele encolheu os ombros.

— Não sei. Já deve ter sido presa. Iriam à sua casa também.

— Onde está Robert Dudley agora?

— Também não sei. Levei o dia inteiro para localizá-la. Segui-a a partir de Sawston Hall porque soube do incêndio e presumi que tivesse passado por lá. Lamento, milad... Sua Graça.

— E quando a morte do rei foi comunicada? E Lady Jane falsamente proclamada?

— Não até eu partir.

Ela levou um momento para entender e, então, irritou-se.

— Ele morreu e, isto não foi comunicado? Meu irmão jaz morto, sem ser velado? Sem os rituais da igreja? Sem receber nenhuma honraria?

— Sua morte continuava um segredo quando parti.

Lady Mary balançou a cabeça, reprimindo as palavras, os olhos repentinamente velados e cautelosos.

— Agradeço ter vindo a mim — falou. — Agradeça a Sir Nicholas seus serviços a mim que não tinha motivos para esperar.

O sarcasmo de suas palavras foi ferino, mesmo para o homem de joelhos.

— Ele me disse que Sua Graça é a verdadeira rainha agora — falou espontaneamente. — E que ele e todos os membros de sua casa a servirão.

— Sou a verdadeira rainha — afirmou. — Sempre fui a verdadeira princesa. E terei o meu reino. Pode dormir aqui esta noite. O porteiro lhe arranjará uma cama. Volte a Londres de manhã e transmita-lhe os meus agradecimentos. Ele fez bem em me informar. Sou rainha, e terei meu trono.

Virou-se e subiu rápido a escada. Hesitei apenas por um instante.

— Disse dia 6? — perguntei ao homem de Londres. — 6 de julho foi o dia em que o rei morreu?

— Sim.

Fiz-lhe uma mesura e subi a escada atrás de Lady Mary. Assim que entramos no quarto, ela fechou a porta e deixou de lado sua dignidade régia.

— Consiga-me roupas de uma criada e acorde o cavalariço de John Huddlestone — ordenou em tom urgente. — Depois vá ao estábulo e mande arriarem dois cavalos, um com uma sela de dois arções, para mim e o cavalariço, outro para você.

— Milady?

— Chame-me de Sua Graça a partir de agora — falou severamente. — Sou rainha da Inglaterra. Agora, vá depressa.

— O que vou dizer ao cavalariço?

— Diga-lhe que temos de chegar a Kenninghall ainda hoje. Que eu montarei atrás dele, e deixaremos os outros aqui. Você virá comigo.

Assenti com a cabeça e saí do quarto. A criada que nos servira na noite passada estava dormindo com meia dúzia de outras nos quartos no sótão. Subi a escada e espiei. Consegui encontrá-la na penumbra e a sacudi para acordá-la, pondo logo minha mão na sua boca, e sussurrei em seu ouvido:

— Estou farta disso. Vou fugir. Vou lhe dar um xelim de prata por suas roupas. Pode dizer que as roubei, e ninguém vai desconfiar da verdade.

— Dois xelins — replicou instantaneamente.

— Fechado — repliquei. — Você me dá as roupas e trago-lhe o dinheiro.

A criada tateou debaixo do travesseiro, procurando sua camisa e bata.

— Só o vestido e a capa — ordenei, retraindo-me ao imaginar a rainha da Inglaterra usando roupa íntima cheia de piolhos. Fez uma trouxa para mim e desci a escada na ponta dos pés, voltando ao quarto de Lady Mary.

— Pronto. Custaram-me dois xelins.

Ela pegou as moedas na bolsinha.

— Sem botas.

— Por favor, use suas próprias botas — falei com veemência. — Já fugi antes, e sei como é. Nunca chegará a lugar nenhum com botas emprestadas.

Sorriu.

— Depressa — foi tudo o que disse.

Subi correndo com os dois xelins; depois, procurei Tom, o cavalariço de John Huddlestone, e mandei-o ao estábulo para selar os dois cavalos. Desci furtivamente à padaria, do lado de fora da porta da cozinha, e encontrei, como esperava, um lote de pão assado no forno na noite anterior. Enchi os bolsos do meu calção e da minha jaqueta com meia dúzia deles, ficando parecida com um asno com paneiros, e voltei ao corredor.

Lady Mary estava lá, vestida como uma criada, o capuz puxado sobre o rosto. O porteiro discutiu, relutando em abrir a porta que dava no pátio do estábulo para uma criada. Virou-se aliviada ao ver-me aproximar sem fazer ruído no pavimento de pedras.

— Ora — eu disse, com moderação, ao homem. — É a criada de John Huddlestone. Seu cavalariço está esperando. Ele nos mandou partir assim que amanhecesse. Temos de retornar a Sawston Hall e seremos açoitados se nos atrasarmos.

O porteiro queixou-se de visitantes na noite, perturbando o sono de uma casa cristã e, depois, pessoas partindo cedo. Mas abriu a porta e Lady Mary e eu a atravessamos sem fazer barulho. Tom estava no pátio, segurando um grande cavalo com uma sela de dois arções e outro menor para mim. Eu tive de deixar meu pequeno pônei para trás, seria uma viagem difícil.

Tom pôs-se sobre a sela e conduziu seu cavalo ao apoio para montar. Ajudei Lady Mary a ajeitar-se atrás dele. Ela segurou firme ao redor da cintura de Tom e puxou o capuz bem para a frente, ocultando seu rosto.

Também precisei do apoio para montar, pois os estribos estavam muito no alto para subir sem ajuda. Quando me sentei na sela, o solo pareceu muito distante. O animal moveu-se nervosamente para o lado, puxei as rédeas muito bruscamente e com força demais, e ele jogou a cabeça e moveu-se lateralmente. Nunca havia montado um cavalo tão grande e estava assustada, porém nenhum animal menor suportaria a viagem árdua que faríamos nesse dia.

Tom virou a cabeça de seu cavalo e guiou o caminho para fora do pátio. Segui atrás e senti meu coração bater forte, sabendo que estava em fuga mais uma vez, e com medo, mais uma vez, e que agora talvez a situação fosse mais arriscada do que quando fugira da Espanha ou de quando tínhamos fugido de Portugal, até mesmo de quando tínhamos fugido da França, porque agora fugia com um pretendente ao trono da Inglaterra, com Lorde Robert Dudley e seu exército nos perseguindo. E eu era seu vassalo, tinha-lhe jurado obediência, era criada de confiança da rainha e judia, porém uma cristã praticante servindo a uma princesa papista em um país protestante. Não era de admirar que meu coração estivesse na boca e batendo mais alto do que os cascos dos grandes cavalos enquanto descíamos a estrada para o este, a meio-galope em direção ao sol nascente.

☓

Quando ao meio-dia chegamos a Kenninghall, vi por que tínhamos cavalgado, até os cavalos mancarem, para chegar lá. O sol estava alto no céu, o que fazia a casa fortificada parecer meio atarracada e indomável na paisagem inflexível. Era uma casa sólida circundada com fossos, e quando chegamos mais perto, vi que não era nenhum castelo de brinquedo. Possuía uma ponte levadiça e uma grade acima, que podia ser baixada para fechar a única entrada. Fora construída em tijolo vermelho, uma bela casa ilusória que, não obstante, podia resistir a um cerco.

Lady Mary não era esperada e os poucos criados que ali viviam, para manter a casa em ordem, apareceram à porta em polvorosa, surpresos, para recebê-la. Depois de Lady Mary me fazer um sinal com a cabeça, eu lhes contei as notícias espantosas de Londres, enquanto levavam nossos cavalos para o estábulo. Uma aclamação dissonante foi a resposta à notícia de sua ascensão ao trono. Fizeram-me desmontar e me deram tapinhas nas costas, como fariam com um garoto, o que eu parecia ser. Deixei escapar um grito de dor. A pele da parte interna de minhas pernas, dos tornozelos às coxas, estava esfolada, em carne viva por causa dos três dias na sela, e minhas costas, ombros e pulsos estavam enrijecidos pelos solavancos na viagem de Hunsdon a Hoddesdon, a Sawston, a Thetford, até ali.

Lady Mary devia estar praticamente morta de exaustão, sentada na sela de trás por tanto tempo, uma mulher de quase 40 anos, com a saúde debilitada, mas só percebi um esgar de dor quando a baixaram da sela; todos viram a inclinação de seu queixo quando ouviu as aclamações e o encanto do sorriso Tudor ao recebê-los no salão e estimulá-los. Dedicou um momento para rezar pela alma de seu irmão, depois ergueu a cabeça e prometeu-lhes que assim como tinha sido uma senhoria e patroa justa, seria uma boa rainha.

Isso provocou mais aclamações e o salão começou a se encher de gente, trabalhadores que vieram dos campos e florestas, aldeões vindos de suas casas e criados se agitaram com jarras de *ale* e taças de vinho, pedaços de pão e carne. Lady Mary instalou-se em seu lugar na cabeceira do salão e sorriu para todo mundo, como se nunca tivesse adoecido em toda a sua vida. Depois de uma hora de boa companhia, riu alto e disse que precisava tirar aquele manto e vestido surrados e ir para seus aposentos.

Os poucos criados domésticos tinham-se apressado em aprontar seus aposentos, e sua cama foi coberta com lençóis de algodão. Era somente a segunda melhor roupa de cama, mas se estivesse tão exausta quanto eu, dormiria no tecido que fosse. Trouxeram uma banheira, forrada com lençóis para protegê-la de lascas, e a encheram de água quente. Encontraram alguns vestidos velhos, que deixara para trás na última vez que estivera na casa, e os estenderam sobre a cama, para que escolhesse.

— Pode ir — disse-me, ao deixar o manto pobre escorregar de seus ombros para o chão, e virou-se de costas para que a criada pudesse desatar seu vestido. — Coma alguma coisa e vá direto para a cama. Você deve estar exausta.

— Obrigada — repliquei, mancando para a porta, minhas pernas arqueadas e doloridas.

— Hannah?

— Sim, Lady.... Sim, Sua Graça?

— Independente de quem lhe pagava enquanto esteve na minha casa, e independente do que esperavam ganhar com isso, você tem sido uma boa amiga para mim até hoje. Não me esquecerei disso.

Fiz uma pausa, pensando nas duas cartas que tinha escrito a Lorde Robert que poderiam trazê-lo até onde estavam, pensando no que aconteceria a essa mulher, determinada, ambiciosa, quando ele nos alcançasse, pensando que certamente nos pegaria ali, já que eu havia-lhe dito exatamente aonde ir. E depois seria a Torre e provavelmente a morte por traição. Eu tinha sido uma espiã em sua casa e a mais falsa das amigas. Tinha sido um epíteto para desonra e Lady Mary percebera parte disso. Mas nem sonhava com o grau de falsidade que se tornara a minha segunda natureza.

Se lhe pudesse confessar, o teria feito. As palavras estavam em minha língua, quis lhe dizer que tinha sido colocada em sua casa para trabalhar contra ela, mas que, agora que a conhecia e a amava, faria qualquer coisa para lhe servir. Quis lhe dizer que Robert Dudley era o meu senhor e que eu estava fadada a fazer tudo o que ele mandasse. Quis lhe dizer que tudo o que eu fazia parecia sempre cheio de contradições: preto e branco, amor e medo, tudo ao mesmo tempo.

Mas não consegui dizer nada. Havia sido criada para guardar segredos sob minha língua mentirosa e, assim, simplesmente me ajoelhei diante dela e baixei minha cabeça.

Ela não me deu sua mão para que a beijasse, como faria uma rainha. Colocou a mão sobre a minha cabeça, como a minha própria mãe costumava fazer, e disse:

— Que Deus a abençoe, Hannah, e a mantenha a salvo do pecado.

Nesse momento, diante dessa ternura particular, ao toque da mão de minha própria mãe, senti as lágrimas virem aos meus olhos. Saí dali e fui para o meu pequeno quarto no sótão e caí na cama sem banho e sem jantar, antes que alguém me visse chorar como a menina que eu era.

☙

Ficamos em Kenninghall três dias em estado de alerta, mas Lorde Robert e sua cavalaria não apareceram. Os cavalheiros da região rural ao redor da casa vieram em quantidade, com seus criados, parentes, alguns armados, alguns trazendo ferreiros para forjarem lanças, foices, forcados e pás. Lady Mary proclamou a si mesma rainha no salão da casa, apesar do conselho dos mais cautelosos, e desafiou abertamente uma carta de súplica do embaixador espanhol. Ele lhe tinha escrito para dizer que o seu irmão estava morto, que Northumberland era invencível e que ela deveria negociar com ele, enquanto seu tio na Espanha faria o máximo para salvá-la da acusação forjada de traição e da pena de morte que certamente se seguiria. Essa parte da carta a fez parecer intimidada, mas havia coisa pior.

O embaixador advertia-a de que Northumberland enviara navios de guerra aos mares franceses em Norfolk, especialmente para impedir que navios espanhóis a salvassem levando-a para um lugar seguro. Não havia saída para ela. O imperador não podia nem mesmo tentar salvá-la. Ela deveria ceder ao duque e abrir mão de seu direito à coroa, e entregar-se à sua clemência.

— O que você vê, Hannah? — perguntou-me. Era de manhã cedo e acabara de chegar da missa, o terço ainda em suas mãos, a testa ainda molhada de água benta. Foi uma manhã ruim para ela. Seu rosto, às vezes tão iluminado e esperançoso, estava abatido e cansado. Parecia morta de medo.

Sacudi a cabeça.

— Só vi uma vez para Sua Graça, e naquele momento, tive certeza de que seria rainha. E agora é a rainha. Não vi mais nada desde então.

— Sou realmente rainha agora — assegurou com um certo sarcasmo. Fui proclamada rainha por mim mesma, pelo menos. Gostaria que tivesse me dito quanto tempo duraria e se alguém mais concordaria comigo.

— Gostaria de ter podido — repliquei sinceramente. — O que vamos fazer?

— Dizem que devo me entregar — respondeu simplesmente. — Os conselheiros em que confiei por toda a minha vida, meus parentes espanhóis, os únicos amigos de minha mãe. Todos dizem que serei executada se insistir em vencer, que é uma batalha perdida. O duque tem a Torre, tem Londres, tem o campo, tem os navios de guerra no mar, tem um exército de adeptos e a guarda real. Ele tem todo o dinheiro do reino na casa da moeda, tem todas as armas da nação na Torre. Eu tenho este castelo, esta única aldeia, estes poucos homens leais e seus forcados. E, em algum lugar lá fora, está Lorde Robert e seus soldados vindo na nossa direção.

— Não podemos fugir? — perguntei.

Ela negou sacudindo a cabeça.

— Não rápido o bastante, não para longe o suficiente. Se tivesse conseguido embarcar em um navio espanhol talvez... Mas o duque controla o mar entre aqui e a França com navios de guerra ingleses. Estava preparado para isso e eu não. Estou presa.

Lembrei-me do mapa de John Dee aberto na mesa do duque e as pequenas marcas que significavam soldados e marinheiros em navios em volta de Norfolk, e Lady Mary presa no meio deles.

— Vai ter de se render? — perguntei em um sussurro.

Eu tinha achado que Lady Mary estava assustada, mas ao ouvir minha pergunta, a cor dominou o seu rosto, e sorriu, como se eu tivesse sugerido um desafio, um grande jogo.

— Que eu me dane se me render! — praguejou. Riu alto como se fosse uma aposta em uma justa e não a sua vida que estivesse em jogo. — Passei a vida fugindo, mentindo e me escondendo. Só uma vez, *somente uma vez,* eu ficaria feliz em viajar sob o meu próprio estandarte e desafiar os homens que me renegaram, renegaram o meu direito e renegaram a autoridade da igreja e de Deus.

Senti meu ânimo ser contagiado por seu entusiasmo.

— Milad... Sua Graça! — gaguejei.

Lançou-me um sorriso radioso.

— Por que não? — adiantou-se. — Por que não deveria, somente uma vez, lutar como um homem e desafiá-los?

— Mas pode vencer? — perguntei perplexa.

Encolheu os ombros, em um gesto absolutamente espanhol.

— Ah, não é o mais provável! — Sorriu para mim como se estivesse feliz realmente diante da escolha fatídica que faria. — Ah, Hannah, fui humilhada e pisoteada por esses homens que agora põem uma plebeia como Lady Jane adiante de mim. Já colocaram Elizabeth adiante de mim. Obrigaram-me a ser sua dama de honra quando era pequena. Agora tenho a minha oportunidade. Posso combatê-los, em vez de lhes fazer reverência. Posso morrer lutando, morrer rastejando-me, implorando por minha vida. Vendo a situação dessa maneira, não tenho escolha. E graças a Deus não há melhor escolha para mim do que levantar meu estandarte e lutar pelo trono de meu pai e pela honra de minha mãe, por minha herança. E tenho de pensar em Elizabeth, também. Tenho de garantir sua segurança. Tenho uma herança para lhe passar. Ela é minha irmã, é minha responsabilidade. Escrevi-lhe dizendo para vir para cá, onde pode ficar a salvo. Prometi-lhe abrigo, e lutarei por nossa herança.

Lady Mary pegou o rosário com seus dedos curtos como os de um trabalhador e o pôs no bolso do vestido. Caminhou a passos largos para a porta do salão, onde seus exércitos de cavalheiros e soldados comiam o desjejum. Foi para a cabeceira e subiu na plataforma.

— Partiremos hoje — comunicou, alto e claro para que os homens no fundo do salão pudessem escutar. — Vamos para Framlingham, a um dia de cavalgada, não mais que isso. Lá, levantarei meu estandarte. Se conseguirmos chegar antes de Lorde Robert, poderemos resistir ao cerco. Poderemos resistir por meses. Posso combater de lá. Posso reunir soldados.

Houve um murmúrio de surpresa e, depois, aprovação.

— Confiem em mim! — ordenou. — Não os decepcionarei. Sou sua rainha proclamada, e me verão no trono. E então, me lembrarei de quem estava aqui hoje. Eu me lembrarei, e serão recompensados por terem cumprido seu dever com a rainha da Inglaterra.

Houve um urro grave, certamente dado por homens que acabavam de comer bem. Percebi que meus joelhos tremiam diante da sua coragem. Ela foi rápido para a porta no fundo do salão e pulei, vacilante, para a sua frente e a abri para que passasse.

— E onde ele está? — perguntei. Não foi preciso dizer a quem eu me referia.

— Ah, não muito longe — replicou Lady Mary, soturnamente. — Ao sul de King's Lynn, disseram-me. Alguma coisa deve tê-lo atrasado. Poderia ter-nos pego aqui se tivesse vindo direto. Mas não tenho como obter notícias. Não sei com certeza onde está.

— Adivinhará que estamos indo para Framlingham? — perguntei, pensando no bilhete que lhe teria chegado dizendo do seu destino ali, sua espiral no papel como uma serpente enrolada.

Parou à porta e olhou para mim.

— Fatalmente haverá alguém nessa reunião que escapulirá para lhe contar. Há sempre um espião. Não acha, Hannah?

Por um momento, achei que me descobrira. Olhei-a, minhas mentiras ressecadas na garganta, minha cara de menina cada vez mais pálida.

— Um espião? — estremeci. Levei a mão à bochecha e a esfreguei com força.

Ela balançou a cabeça, confirmando.

— Nunca confio em ninguém. Sempre sei que há espiões à minha volta. E, se você tivesse sido a garota que eu fui, teria aprendido a mesma coisa. Depois que meu pai afastou minha mãe de mim, nunca mais existiu alguém perto de mim que não tentasse me persuadir de que Ana Bolena era a verdadeira rainha e sua filha bastarda, sua herdeira de verdade. O duque de Norfolk gritou na minha cara que, se fosse meu pai, bateria a minha cabeça na parede até meu cérebro saltar para fora. Obrigaram-me a renegar minha mãe, obrigaram-me a renegar minha fé, ameaçaram-me com a morte no cadafalso, como Thomas More e o bispo Fisher, homens que conheci e amei. Eu tinha 20 anos, e obrigaram-me a proclamar-me bastarda, e minha fé, uma heresia.

— Então, em um dia de verão, Ana foi morta e só falavam na rainha Jane e em seu filho, Eduardo, e a pequena Elizabeth deixou de ser minha inimiga, para ser uma órfã de mãe, uma filha esquecida, exatamente como eu. Então as outras rainhas... — Ela quase sorriu. — Uma atrás da outra, três outras mulheres me procuraram. Recebi ordens de fazer-lhes reverência, como rainhas, e chamá-las de mãe, e nenhuma delas se aproximou do meu coração. Nesse longo tempo, aprendi a nunca confiar em uma palavra sequer do que qualquer homem diz, nem mesmo a escutar uma mulher. A última mulher que amei foi minha mãe. O último homem em quem confiei foi meu pai. E ele a destruiu; ela morreu de tristeza. O que devo achar? Poderei algum dia ser uma mulher que confia?

Interrompeu-se e olhou para mim.

— Meu coração se partiu quando eu tinha pouco de mais de 20 anos — disse, pensativa. — E, sabe, só agora eu começo a achar que deve haver uma vida para mim.

Sorriu.

— Oh, Hannah! — falou com um suspiro e deu-me um tapinha na bochecha. — Não fique tão séria. Foi tudo há muito tempo, e, se triunfarmos, a minha história terá um final feliz. Recuperarei o trono de minha mãe, usarei suas joias. Sua memória será honrada, e ela olhará do paraíso e verá sua filha no trono que ela me gerou para herdar. Serei uma mulher feliz. Não entende?

Sorri constrangida.

— Qual é o problema? — perguntou ela.

Engoli em seco.

— Tenho medo — confessei. — Lamento.

Ela balançou a cabeça.

— Todos temos medo — replicou francamente. — Eu também. Desça e escolha um cavalo no estábulo e consiga um par de botas de montar. Hoje seremos um exército em marcha. Que Deus nos proteja e cheguemos a Framlingham sem esbarrarmos com Lorde Robert e seu exército no caminho.

☙

Mary içou seu estandarte no castelo de Framlingham, uma fortaleza à altura de qualquer outra na Inglaterra, e inacreditavelmente metade do mundo apareceu a cavalo e a pé para lhe jurar fidelidade e morte aos rebeldes. Andei do seu lado quando percorreu as fileiras de homens, e agradeceu-lhes terem vindo e jurou-lhes que seria uma rainha franca e honesta.

Finalmente, recebemos notícias de Londres. A comunicação da morte do rei Eduardo fora feita vergonhosamente tarde. Depois que o pobre garoto morreu, o duque manteve o corpo oculto no quarto enquanto a tinta secava em seu testamento, e os homens poderosos do país refletiam onde estavam seus maiores interesses. Lady Jane Grey teve de ser arrastada ao trono por seu sogro. Comentaram que chorou e disse que não podia ser rainha, que Lady Mary era a herdeira legítima, como todos sabiam. Isso não a salvou de seu destino. Desfraldaram o dossel do estado sobre a sua cabeça baixa, serviram-na de joelhos flexionados apesar de seus protestos, e o duque de Northumberland proclamou-a rainha e curvou-lhe sua cabeça ardilosa.

Desencadeou-se uma guerra civil contra nós, os traidores. Lady Elizabeth não tinha respondido aos avisos de Lady Mary, nem fora ao nosso encontro em Framlingham. Ficara acamada quando soube da morte de seu irmão e estava doente demais até mesmo para ler cartas. Quando Lady Mary soube disso, virou-se por um momento para ocultar a mágoa em sua expressão. Tinha contado com o apoio de Elizabeth, as duas princesas juntas defendendo o testamento do pai. E tinha jurado a si mesma que manteria sua irmã mais nova a salvo. Saber que Elizabeth se escondia debaixo das cobertas, em vez de correr para junto de sua irmã, foi um golpe no coração de Mary assim como na sua causa.

Ficamos sabendo que o castelo de Windsor fora fortificado e abastecido para um cerco, que as armas da Torre de Londres estavam prontas para a batalha e viradas para o interior, e a rainha Jane estava morando nos apartamentos reais na Torre e tinha ordens de trancar o grande portão todas as noites para impedir que qualquer membro de sua corte escapasse: uma rainha coagida com uma corte coagida.

O próprio Northumberland, experiente veterano de batalhas, tinha levantado um exército e estava vindo para tirar a nossa Lady Mary, que agora era chamada oficialmente de traidora da rainha Jane. "Rainha Jane, essa não!", exclamou Jane Dormer com irritação. O conselho real havia ordenado a prisão de Lady Mary por traição, e fixaram um preço por sua cabeça. Ela estava sozinha em toda a Inglaterra. Era uma rebelde contra uma rainha proclamada e estava fora da lei. Nem mesmo seu tio, o imperador espanhol, a apoiaria.

Ninguém sabia quantos soldados Northumberland tinha sob seu comando, ninguém sabia quanto tempo resistiríamos em Framlingham. Ele se uniria à cavalaria de Lorde Robert, e os dois atacariam Lady Mary: homens bem treinados, bem pagos, experientes, contra uma mulher e um campo caótico de voluntários.

Ainda assim, todo dia chegavam mais homens da região ao redor, jurando que lutariam pela rainha de direito. Os marinheiros dos navios de guerra ancorados em Yarmouth, que tinham recebido ordens de zarpar e atacar qualquer navio espanhol que estivesse a pouca distância da praia para salvá-la, tinham-se amotinado contra seus comandantes e dito que ela não deveria deixar o país, não porque bloqueariam a sua fuga, mas porque deveria subir ao trono. Abandonaram os navios e marcharam para o interior, para nos apoiar: uma tropa apropriada, acostumada a lutar. Entraram no castelo em fileiras, não como nossos trabalhadores do campo. Começaram imediatamente a ensinar aos homens reunidos no castelo a lutar e as regras da batalha: atacar, desviar, retirar. Observei-os chegar, observei-os instalar-se e, pela primeira vez, achei que Lady Mary poderia ter uma chance de escapar.

Ela designou um esmoler para conseguir carroças que buscassem comida para o exército provisório, que agora acampava por todo o castelo. Designou equipes de construção para reparar o grande muro de proteção do castelo. Enviou grupos de exploração para pedir armas. Enviava batedores em todas as direções, ao amanhecer e ao entardecer, para ver se descobriam o exército do duque e de Lorde Robert em sua aproximação secreta.

Diariamente, fazia a inspeção das tropas e prometia-lhes sua gratidão e uma boa recompensa se resistissem do seu lado, e toda tarde percorria as ameias, ao longo da sólida muralha de proteção que circundava o castelo impenetrável, e olhava para a estrada de Londres, atenta a qualquer nuvem de poeira que lhe indicasse que o homem mais poderoso da Inglaterra cavalgava à frente do seu exército contra ela.

Havia muitos conselheiros para dizer a Lady Mary que ela não tinha a menor chance de vencer uma batalha contra o duque. Eu escutava suas predições seguras e me perguntava se não seria mais seguro para mim escapar agora, antes do confronto, que deveria terminar em derrota. O duque vira uma dúzia de ações, lutara e mantinha o poder no campo de batalha e na câmara do conselho. Forjou uma aliança com a França e poderia fazer soldados franceses se unir aos seus contra nós se não nos derrotasse imediatamente, e então as vidas de ingleses seriam tiradas por franceses, a França lutaria em solo inglês e tudo seria sua culpa. O horror das Guerras das Rosas, com irmão contra irmão, aconteceria mais uma vez, se Lady Mary não recobrasse a razão e se rendesse.

Mas então, na metade de julho, tudo desmoronou para o duque. Suas alianças, seus tratados, não conseguiram impor-se ao senso que todo inglês tinha de que essa Mary, filha de Henrique, era a rainha legítima. Northumberland era odiado por muitos, e estava óbvio que governaria através de Jane como governara através de Eduardo. O povo da Inglaterra, dos lordes aos plebeus, manifestou-se com desagrado e, então, declarou-se contra o duque.

O acordo que costurara para cerzir a Rainha Jane no tecido da Inglaterra desfiou por completo. Cada vez mais homens declararam em público apoiar Lady Mary, cada vez mais homens abandonaram secretamente a causa do duque. O próprio Lorde Robert foi derrotado por um exército de cidadãos ultrajados que surgiram inesperadamente dos campos arados, jurando proteger a rainha legítima. Lorde Robert declarou-se a favor de Lady Mary e abandonou seu pai, mas apesar de virar a casaca, foi capturado em Bury por cidadãos que o declararam traidor. O próprio duque, que ficou preso em Cambridge, seu exército desaparecendo como neblina na manhã, anunciou, repentinamente, estar, ele também, do lado de Lady Mary e enviou-lhe uma mensagem explicando que tudo que sempre tentara fazer era o melhor pelo reino.

— O que isso significa? — perguntei-lhe, vendo a carta tremer tão violentamente em sua mão que ela mal conseguia lê-la.

— Significa que venci — replicou simplesmente. — Venci por direito, pelo direito aceito, e não por batalha. Sou rainha, é a escolha do povo. Apesar dos esforços do duque, o povo se manifestou e sou a rainha que querem.

— E o que vai acontecer com o duque? — perguntei, pensando em seu filho, Lorde Robert, prisioneiro em algum lugar.

— Ele é um traidor — disse, com o olhar frio. — O que acha que me aconteceria se tivesse perdido?

Não respondi nada. Esperei um momento, uma pulsação do coração, a pulsação do coração de uma garota.

— E o que vai acontecer a Lorde Robert? — perguntei com a voz fraca.

Lady Mary virou-se para mim.

— Ele é um traidor e filho de um traidor. O que acha que acontecerá com ele?

03

Lady Mary montou de lado em seu grande cavalo e pôs-se a caminho de Londres. Mil, dois mil homens a cavalo seguiam atrás, e seus homens, seus arrendatários, seus empregados e criados a pé atrás deles. Lady Mary seguia na frente de um poderoso exército com apenas suas damas de honra e eu, seu bobo, cavalgando a seu lado.

Quando eu olhava para trás, via a poeira levantada pelos cascos dos cavalos e dos pés com passos firmes erguer-se como um véu por todos os campos que amadureciam. Quando atravessávamos as aldeias, homens apareciam à porta das casas, com foices e enxadas nas mãos, e uniam-se ao exército marchando com os outros. As mulheres acenavam e gritavam vivas; algumas correram a levar flores para Lady Mary ou jogar rosas na estrada diante do seu cavalo. Lady Mary, em seu velho traje vermelho de montar, a cabeça erguida, conduzia seu grande cavalo como um cavaleiro indo para o combate, uma rainha indo reivindicar o que lhe pertencia. Cavalgava como uma princesa de um conto de fadas, a quem, por fim, tudo é concedido. Conquistara a maior vitória de sua vida com sua determinação e coragem inabalável e fora recompensada com a adoração do povo que governaria.

Todos achavam que sua subida ao trono seria a volta dos bons anos, das safras ricas, do tempo quente e do fim das constantes epidemias de peste, febre e resfriados. Todos achavam que restauraria a riqueza da igreja, a beleza dos santuários e a certeza da fé. Todos se lembravam da doçura e beleza de sua mãe, que tinha sido rainha da Inglaterra por mais tempo do que ela era princesa da Inglaterra, que tinha sido a esposa que ele mais amara e por mais tempo e que morrera com a bênção do rei, embora a tivesse abandonado. Todos estavam felizes por ver a filha seguir para o trono da mãe, com seu capelo dourado na cabeça e seu exército de homens atrás, seus rostos radiantes mostrando ao mundo que estavam orgulhosos de servir a uma princesa como essa e levá-la à capital, que nesse momento declarava seu apoio e em que os sinos de cada igreja dobravam para recebê-la.

Na estrada para Londres, escrevi para Lorde Robert, traduzido para o seu código: "Será julgado por traição e executado. Por favor, milorde, fuja. Por favor, milorde, fuja." Coloquei a mensagem no fogo da lareira de uma hospedaria e a observei queimar; depois, peguei o atiçador e a transformei em cinza preta. Não havia como fazer o aviso chegar, e, na verdade, ele não precisava de aviso.

Sabia os riscos que estava correndo, já sabia quando foi derrotado e entregou-se em Bury. Nesse momento, onde quer que estivesse, na prisão de alguma pequena cidade ou sendo insultado por homens que teriam beijado seus sapatos um mês atrás, ou já na Torre, saberia que era um homem morto, um homem condenado. Tinha cometido traição contra a herdeira legítima do trono e a punição para traição era a morte, enforcamento até a perda da consciência, voltando à consciência com o choque da agonia do carrasco cortando sua barriga e retirando suas tripas antes, diante dos seus olhos, de modo que sua última visão fosse de suas próprias entranhas pulsando, e depois o esquartejariam: primeiro arrancando a cabeça do corpo, depois cortando o corpo em quatro pedaços, colocando sua bela cabeça em uma estaca como advertência para os outros, e por fim enviando as quatro partes aos quatro cantos da cidade. Era uma morte tão ruim quanto a que qualquer um poderia enfrentar, quase tão ruim quanto ser queimado vivo, e eu, de todas as pessoas, sabia o quanto isso era horrível.

Não chorei por ele enquanto cavalgávamos para Londres. Era jovem, mas vira muitas mortes e sentira medo o bastante para aprender a não chorar de sofrimento. Mas não consegui dormir, nessa e em nenhuma outra noite, perguntando-me onde estaria Lorde Robert e se o veria de novo, e se ele me perdoaria por entrar na capital da Inglaterra com uma multidão gritando vivas e bênçãos, do lado da mulher que o havia vencido de maneira tão cabal, e que o veria, e toda a sua família, destruído.

CB

Lady Elizabeth, doente demais para se levantar da cama durante os dias de perigo, conseguiu chegar a Londres antes de nós.

— Essa garota é a primeira em todo lugar a que vai — disse-me Jane Dormer com acidez.

Lady Elizabeth surgiu da cidade em seu cavalo para nos receber, na frente de mil homens, todos nas cores Tudor, verde e branco, cavalgando ereta, como se nunca tivesse estado doente de terror, se escondendo na cama. Surgiu como se fosse o Lorde Mayor de Londres vindo nos entregar as chaves da cidade, com as aclamações dos londrinos ressoando como um carrilhão por toda a parte ao seu redor, gritando "Deus seja louvado!" para as duas princesas.

Puxei as rédeas do meu cavalo e fiquei um pouco para trás para poder vê-la. Desejava revê-la desde que ouvira Lady Mary falar dela com tanta afeição, desde quando Will Somers a chamara de uma cabra: para cima agora, para baixo logo depois. Lembrei-me da visão rápida de uma saia verde, da cabeça ruiva sedutoramente recostada no tronco escuro da árvore, da garota no jardim que eu vira correndo de seu padrasto mas tendo certeza de que seria alcançada. Era fantasticamente curioso ver como tinha mudado.

A garota a cavalo estava longe de ser a criança inocente que Lady Mary tinha descrito, longe de ser uma vítima das circunstâncias que Will imaginara, e ainda não a mulher calculista e perigosa que Jane Dormer odiava. Em vez disso, vi uma mulher indo em direção a seu destino com uma confiança absoluta. Era jovem, apenas 19 anos, e ainda assim era imponente. Entendi imediatamente que havia arranjado essa cavalgada — sabia o poder das aparições e tinha a habilidade de projetá-las. O verde de sua roupa fora escolhido para se ajustar ao vermelho flamejante de seu cabelo, que usava solto debaixo de um capelo verde, como se quisesse ostentar sua juventude e virgindade, ao lado da irmã mais velha e solteira. Verde e branco eram as cores Tudor de seu pai, e ninguém ao ver a testa alta e cabelo ruivo duvidaria da paternidade. Os homens que cavalgavam a seu lado, como guardas, tinham sido escolhidos, sem a menor dúvida, por sua aparência. Não havia um homem sequer que não fosse extraordinariamente belo. Os de aparência sem graça estavam espalhados bem na retaguarda do seu séquito. Com suas damas de honra acontecia o contrário: não havia nenhuma que a ofuscasse, escolha inteligente, mas uma escolha que somente uma coquete faria. Montava um capão branco, um animal grande, quase tão grandioso quanto um cavalo de guerra de um homem, e se sentava como se tivesse nascido para montar, como se sentisse prazer em dominar o poder do animal. Ela irradiava saúde, juventude e vitalidade. Ela irradiava o glamour do sucesso. Em comparação com o seu brilho, Lady Mary, exaurida pela tensão dos últimos dois meses, desaparecia em um segundo lugar.

A comitiva de Lady Elizabeth parou diante de nós e Lady Mary começou a desmontar enquanto Elizabeth saltou de seu cavalo, como se tivesse passado a vida esperando por esse momento, como se nunca tivesse se escondido na cama, roendo as unhas e perguntando-se o que poderia acontecer em seguida. Ao vê-la, o rosto de Lady Mary iluminou-se, como uma mãe sorriria ao ver a filha. Claramente, Elizabeth montada ereta foi uma visão que proporcionou à irmã uma alegria genuína, abnegada. Lady Mary estendeu os braços. Elizabeth entregou-se ao abraço e foi beijada afetuosamente. Ficaram abraçadas por um momento, examinando uma a cara da outra, e percebi, quando o olhar vivo de Elizabeth encontrou os olhos francos de Mary, que minha senhora não teria a habilidade de enxergar através do lendário encanto Tudor, a lendária duplicidade Tudor que jazia por baixo.

Lady Mary virou-se para as companheiras de Elizabeth, deu-lhes a mão e beijou cada uma no rosto, agradecendo por fazerem companhia a Elizabeth e terem nos acolhido tão bem. Lady Mary pôs a mão de Elizabeth sob o braço e examinou seu rosto de novo. Não podia ter dúvidas de que Elizabeth estava bem, a garota irradiava saúde e energia. Ainda assim, ouvi algumas confidências sussurradas sobre o seu desmaio, a barriga inchada, dor de cabeça, e a doença misteriosa que a confinara à cama, incapacitada de se mover, enquanto Lady Mary enfrentava seu próprio medo sozinha, armando o país e se preparando para lutar pelo legado de seu pai.

Elizabeth recebeu sua irmã na cidade e congratulou-a por sua grande vitória.

— Uma vitória de corações — lisonjeou ela. — Você é rainha do coração de seu povo, a única maneira de governar este país.

— Nossa vitória — replicou Mary, generosamente, no mesmo instante. — Northumberland teria condenado nós duas à morte. Você e eu. Conquistei o direito de nós duas assumirmos a nossa herança. Você voltará a ser uma princesa reconhecida, minha irmã e minha herdeira, e cavalgará do meu lado quando entrarmos em Londres.

— Sua Graça muito me honra — disse Elizabeth, suavemente.

— Realmente — resmungou Jane Dormer em um sussurro. — Bastarda astuciosa.

Lady Mary fez sinal para montar e Elizabeth virou-se para o seu cavalo e o cavalariço ajudou-a a se pôr na sela. Ela sorriu para nós; me viu, montada como garoto, vestida de pajem, e seu olhar passou por mim, definitivamente desinteressado. Não me reconheceu como a criança que a tinha visto com Tom Seymour no jardim, tanto tempo atrás.

Mas ela me interessava. Desde a primeira vez que a vi, encostada na árvore como uma prostituta comum, sua imagem não me saiu da cabeça. Havia algo nessa jovem que me fascinava. A primeira impressão que tive foi de uma garota frívola, uma coquete, uma filha desleal, mas havia mais do que isso. Ela sobrevivera à execução de seu amante, evitara o perigo de uma dúzia de conspirações. Controlara seu desejo e jogava o jogo de uma cortesã como uma profissional, não como uma menina. Tinha-se tornado a irmã favorita de seu irmão, a princesa protestante. Tinha ficado fora das conspirações da corte e, ainda assim, sabia o preço de cada homem. O sorriso era definitivamente alegre, tão leve quanto o de um pássaro canoro. Mas o olhar era tão afiado quanto o de um gato de olho negro — não deixava passar nada.

Quis saber tudo sobre ela, descobrir tudo o que fazia, dizia e pensava. Quis saber se fazia a bainha de sua própria roupa branca, quis saber quem engomava sua gola de renda, quis saber quantas vezes lavava sua cabeleira ruiva. Assim que a vi em seu vestido verde na frente de um bando de homens e mulheres, naquele imenso cavalo branco, vi uma mulher que eu poderia querer ser um dia. Uma mulher orgulhosa de sua beleza e bela em seu orgulho; e desejei ser uma mulher assim ao crescer. Lady Elizabeth me pareceu alguém que Hannah, o Bobo, poderia se tornar um dia. Eu tinha sido uma garota infeliz por tanto tempo, depois um menino por tanto tempo e um bobo por tanto tempo que não fazia a menor ideia de como me transformar em uma mulher — a própria ideia me desconcertava. Mas quando vi Lady Elizabeth, altiva em seu cavalo, irradiando beleza e confiança, pensei que esse era o tipo de mulher que eu podia vir a ser. Nunca tinha visto algo assim na vida. Essa era uma mulher que não dava importância à modéstia virginal incapacitante, era uma mulher que parecia ser capaz de reivindicar o solo em que pisava.

Mas não era audaciosa de uma maneira impudente, apesar de seu cabelo ruivo, seu rosto sorridente e a energia de cada movimento. Mostrava a modéstia de uma jovem, com um sorriso de lado ao homem que a ergueu para a sela, e uma virada coquete da cabeça ao pegar as rédeas. Parecia alguém que conhecia todos os prazeres de ser uma mulher jovem e não estava preparada para assumir as dores. Parecia uma jovem que conhecia sua própria mente.

Olhei para Lady Mary, a senhora que eu passara a amar, e achei que seria melhor ela planejar casar Lady Elizabeth imediatamente e enviá-la para longe. Nenhuma casa ficaria em paz com esse tição em seu meio e nenhum reino poderia se assentar com uma herdeira brilhando tão intensamente do lado de uma rainha que envelhecia.

Outono de 1553

Quando Lady Mary se instalou em sua nova vida como a próxima rainha da Inglaterra, pensei em falar com ela sobre o meu próprio futuro. Setembro chegou e recebi meu salário, exatamente como se eu fosse um músico ou um pajem de verdade, ou um de seus outros criados. Claramente eu tinha mudado de um patrão para outro, o rei a quem tinha sido solicitada como bobo estava morto, o senhor a quem eu jurara vassalagem estava na Torre e Lady Mary, à custa de quem eu engordara durante esse verão, era agora a minha senhora. Em um gesto contrário ao espírito dos tempos — já que todo o mundo no país parecia estar vindo para a corte com a mão estendida para assegurar à rainha que sua aldeia nunca teria se declarado a seu favor se não fossem seus próprios esforços heroicos isolados —, achei que talvez tivesse chegado a hora de pedir minha dispensa do serviço real e voltar para junto de meu pai.

Escolhi o momento cuidadosamente, logo depois da missa, quando Lady Mary retornava de sua capela em Richmond com um humor de exaltação tranquila. A elevação da hóstia não era, para ela, uma peça de teatro vazia, era a presença de Deus. Dava para ver isso em seus olhos e na serenidade do seu sorriso. Sentia-se enaltecida de uma maneira que eu só tinha visto naqueles que permanecem fiéis a uma vida religiosa por convicção. Quando voltava da missa, parecia mais uma abadessa do que rainha, e foi aí que me pus do seu lado.

— Sua Graça?

— Sim, Hannah — respondeu sorrindo. — Tem palavras sábias para mim?

— Sou um bobo muito irregular — repliquei. — Vejo que me pronuncio muito raramente.

— Disse-me que eu seria rainha, e mantive suas palavras no meu coração nos dias em que senti medo — disse ela. — Posso esperar a dádiva do Espírito Santo agir em você.

— Era sobre isso que queria lhe falar — continuei, constrangida. — Acabo de ser paga pelo encarregado de seus empregados...

Ela esperou.

— Pagou-lhe menos? — perguntou cortesmente.

— Não! De jeito nenhum! Não foi isso o que eu quis dizer! — exclamei aflita. — Não, Sua Graça. Foi a primeira vez que fui paga por Sua Graça. Antes era paga pelo rei. Mas comecei a servi-lo quando fui requisitada para ser seu bobo pelo duque de Northumberland, que depois me mandou fazer companhia à Sua Graça. Eu ia apenas dizer, bem..., que não precisa me manter.

Enquanto eu falava, chegamos aos seus cômodos privados, e ainda bem, pois ela deu uma gargalhada nada de rainha.

— Você não está aqui, digamos, compulsoriamente, está?

Percebi que também estava sorrindo.

— Por favor, Sua Graça. Fui levada do meu pai por capricho do duque e depois requisitada como bobo para o rei. A partir de então, faço parte de seus empregados sem nunca ter pedido a minha companhia. Só queria lhe dizer que pode me dispensar, pois nunca me requisitou.

Ela logo ficou sóbria.

— Quer ir para casa, Hannah?

— Não especialmente, Sua Graça — balbuciei, com hesitação. — Amo muito meu pai, mas em casa sou escriturária e gráfica. É mais agradável e mais interessante na corte, é claro. — Não acrescentei a cláusula: se posso ficar segura aqui. Mas essa questão sempre prevaleceu.

— Você tem um noivo, não tem?

— Sim — respondi, usando-o prontamente. — Mas faltam muitos anos para nos casarmos.

Sorriu com a infantilidade de minha resposta.

— Hannah, gostaria de ficar comigo? — perguntou gentilmente.

Ajoelhei-me a seus pés e falei com o coração.

— Gostaria. — Confiava na futura rainha e achava que estaria segura a seu lado. — Mas não posso prometer ter a Visão.

— Sei disso — lembrou delicadamente. — É a dádiva do Espírito Santo, que sopra onde quer. Não espero que seja a minha astróloga. Quero que seja minha pequena criada, minha amiga. Você seria?

— Sim, Sua Graça, gostaria de ser — falei, e senti sua mão na minha cabeça.

Ela ficou em silêncio por um momento, sua mão descansando, e eu ajoelhada na sua frente.

— É muito raro ter alguém em quem possa confiar — disse-me, a voz baixa. — Sei que veio para a minha casa paga por meus inimigos, mas acho que seu dom vem de Deus, e acredito que tenha vindo a mim enviada por Deus. E agora você me ama, não ama, Hannah?

— Sim, Sua Graça — respondi simplesmente. — Não acredito que alguém a sirva e não passe a amá-la.

Sorriu com uma certa tristeza.

— Ah, é possível — desabafou, e sei que estava pensando nas mulheres que tinham sido empregadas para o cuidado das crianças reais e eram pagas para amar a princesa Elizabeth e humilhar a criança mais velha. Retirou a mão da minha cabeça e senti que se afastava. Ergui o olhar e a vi dirigir-se à janela para olhar o jardim. — Pode vir comigo agora e me fazer companhia — disse baixinho. — Preciso falar com minha irmã.

Segui-a ao atravessar seus aposentos privados até a galeria que dava vista para o rio. Os campos estavam todos ceifados e amarelos. Mas não tinha sido uma boa colheita. Havia chovido na época, e se não conseguissem secar o trigo, os grãos apodreceriam e não restaria o suficiente para durar até o inverno. E então haveria fome no país. E depois da fome, viria a doença. Para se ser uma boa rainha na Inglaterra, sob esses céus molhados, tinha-se de se mandar no próprio clima, e nem mesmo Lady Mary, de joelhos para seu Deus, por horas seguidas diariamente, poderia conseguir isso.

Houve um farfalhar de saia de seda, olhei em volta e vi que Lady Elizabeth tinha entrado pelo outro lado da galeria. A jovem percebeu minha presença e me lançou seu sorriso malicioso, como se fôssemos aliadas, de certa maneira. A impressão era a de que duas colegas de escola tivessem sido chamadas a se apresentar a uma professora severa, e peguei-me sorrindo de volta. Elizabeth sempre era capaz disso: capaz de angariar uma amizade com uma virada de cabeça. Depois, voltou sua atenção para a sua irmã.

— Sua Graça está bem?

Lady Mary respondeu que sim com um movimento da cabeça e falou impassivelmente:

— Você pediu para me ver.

No mesmo instante, o belo rosto pálido tornou-se sóbrio e grave. Lady Elizabeth caiu de joelhos, sua cabeleira cor de cobre caindo sobre os ombros, quando jogou a cabeça à frente.

— Irmã, receio que a tenha desagradado.

Lady Mary ficou em silêncio por um momento. Percebi que insinuou um movimento à frente para levantar sua irmã. Deteve-se e manteve-se a distância com o tom frio na voz.

— E? — perguntou.

— Não me ocorre como possa tê-la desagradado, a menos que suspeite de minha religião — disse Lady Elizabeth, a cabeça penitentemente baixa.

— Não foi à missa — observou Lady Mary, inflexivelmente.

A cabeça cor de cobre assentiu balançando.

— Sei. Foi isso que a ofendeu?

— É claro! — replicou Lady Mary. — Como posso amá-la como minha irmã se recusa a igreja?

— Ah! — Elizabeth ofegou. — Receava que fosse isso. Mas minha irmã, você não entendeu. Quero ir à missa. Mas tive medo, não queria mostrar minha ignorância. É tão tolo... mas entenda... não sei como fazer lá. — Elizabeth ergueu a face molhada de lágrimas para a sua irmã. — Nunca fui ensinada a como fazer. Não fui criada para a fé, como você foi. Ninguém nunca me ensinou. Como sabe, cresci em Hatfield e depois vivi com Katherine Parr, que era uma protestante convicta. Como eu poderia ter aprendido as coisas que você aprendeu, recostada ao joelho de sua mãe? Por favor, irmã, por favor, não me culpe por uma ignorância que não pude evitar. Quando eu era pequena, e vivíamos juntas, você não me ensinou sua fé.

— Estava proibida de praticá-la! — exclamou Lady Mary.

— Então sabe como foi para mim — disse Elizabeth, persuasivamente. — Não me culpe pelos erros da minha educação, irmã.

— Agora, você pode escolher — disse Lady Mary com firmeza. — Vive, agora, em uma corte livre. Pode escolher.

Elizabeth hesitou.

— Posso ter instrução? — perguntou. — Pode me recomendar leituras, poderei conversar com seu confessor? Estou ciente de tantas coisas que não compreendo. Sua Graça me ajudará? Sua Graça me guiará no caminho certo?

Era impossível não acreditar nela. As lágrimas em sua face eram verdadeiras o bastante e o rubor tomara seu rosto. Delicadamente, Lady Mary estendeu a mão e a pôs na cabeça baixa de Elizabeth. A jovem estremeceu com o toque.

— Por favor, não fique irritada comigo — escutei-a sussurrar. — Estou completamente só no mundo, agora só tenho você.

Mary pôs as mãos nos ombros de sua irmã e a levantou. Elizabeth era meia cabeça mais alta do que Lady Mary, mas curvou-se em sua tristeza, de modo que tivesse de erguer o olhar para a irmã mais velha.

— Oh, Elizabeth — Mary sussurrou. — Se você confessasse seus pecados e se devotasse à verdadeira igreja, eu ficaria tão feliz. Tudo o que quero, tudo o que sempre quis foi ver este país na verdadeira fé. E se eu nunca me casar, e você me suceder como mais uma rainha virgem, como mais uma princesa católica, que reino não poderemos construir juntas. Trarei o país de volta à verdadeira fé, e você me sucederá e o manterá sob a lei de Deus.

— Amém, Amém — disse Elizabeth em um sussurro, e a sinceridade alegre em sua voz me fez pensar em quantas vezes eu tinha estado em uma igreja ou assistido a uma missa e sussurrado "Amém", e que, por mais doce que fosse o som, nunca significava nada.

⚃

Esses não foram dias fáceis para Lady Mary. Preparava-se para a coroação, mas a Torre, onde os reis da Inglaterra geralmente passavam a noite da coroação, estava ocupada por traidores que haviam se armado contra ela apenas alguns meses antes.

Seus conselheiros, especialmente o embaixador espanhol, aconselharam-na a executar, imediatamente, todos os envolvidos na rebelião. Se fossem deixados vivos, voltariam a ser um foco de insatisfação. Mortos, logo seriam esquecidos.

— Não terei o sangue daquela garota tola nas minhas mãos — disse Lady Mary.

Lady Jane tinha escrito à sua prima e confessado que errara ao assumir o trono, mas que agira sob coerção.

— Conheço prima Jane — disse Lady Mary, a voz baixa, para Jane Dormer, certa noite, enquanto os músicos puxavam suas cordas, e a corte bocejava e esperava a hora de ir para a cama. — Conheço-a desde que era menina, conheço-a quase tão bem quanto conheço Elizabeth. É uma protestante convicta e passou a vida dedicada a seus estudos. É mais uma estudiosa do que uma garota, desajeitada como um potro e rude como um franciscano em sua convicção. Não concordamos em questões como religião, mas ela não tem nenhuma ambição mundana. Nunca usurparia o lugar de um dos herdeiros nomeados por meu pai. Sabia que eu seria rainha; nunca me renegaria. O pecado foi cometido pelo Duque de Northumberland e pelo pai de Jane.

— Não pode perdoar todo mundo — Jane Dormer manifestou-se bruscamente. — Ela foi proclamada rainha e sentou-se sob o dossel do estado. Não pode fingir que isso não aconteceu.

Lady Mary assentiu com um movimento da cabeça.

— O duque tem de morrer — concordou. — Mas aí encerra-se a questão. Libertarei o pai de Jane, o duque de Suffolk, e Jane e o marido Guilford podem ficar na Torre até depois da minha coroação.

— E Robert Dudley? — perguntei, a voz tão baixa e fraca quanto consegui.

Ela olhou em volta e me viu, sentada nos degraus diante de seu trono, seu galgo do meu lado.

— Ah, você está aí, meu pequeno bobo? — disse carinhosamente. — Sim, seu antigo senhor será julgado por traição e preso, mas não executado, até ser seguro libertá-lo. Isso a satisfaz?

— Como Sua Graça quiser — repliquei obedientemente, mas o meu coração disparou com o pensamento da sua sobrevivência.

— Isso não vai satisfazer aqueles que querem a sua segurança — enfatizou Jane Dormer bruscamente. — Como pode viver em paz se aqueles que a teriam destruído continuarem neste mundo? Como vai conseguir fazê-los parar de conspirar? Acha que a teriam perdoado e libertado se tivessem vencido?

Lady Mary sorriu e pôs a mão sobre a de sua melhor amiga.

— Jane, este trono me foi dado por Deus. Ninguém achou que sobreviveria a Kenninghall, ninguém achou que sairia de Framlingham sem haver um disparo sequer. E ainda assim vim para Londres, com a bênção do povo. Deus enviou-me para ser rainha. Devo mostrar sua clemência sempre que puder. Até mesmo com aqueles que não sabem disso.

☙

Enviei um bilhete ao meu pai dizendo que iria vê-lo no dia do Arcanjo Miguel, em 29 de setembro. Juntei meus salários e andei pelas ruas, que escureciam, ao seu encontro. Caminhei com passos largos, sem medo, usando botas novas e uma pequena espada do lado. Usando a libré da amada rainha ninguém me assediaria, e se o fizessem, poderia, graças a Will Somers, defender-me.

A porta da livraria estava fechada, a luz das velas entrevista pelas venezianas, a rua estava segura e silenciosa. Bati e ele atendeu com cautela. Era noite de sexta-feira e a vela do sabá estava escondida sob um cântaro debaixo do balcão, ardendo sua chama sagrada na noite.

Estava pálido quando entrei na sala e percebi, com a rápida compreensão de uma refugiada, que a batida à porta o assustara. Mesmo tendo sido avisado de que eu iria, mesmo quando não havia motivo para temer, seu coração parava ao ouvir alguém bater à noite. Percebi isso nele, porque era válido também para mim.

— Pai, sou eu — falei delicadamente e ajoelhei-me para cumprimentá-lo. Ele me abençoou e deu a mão para me levantar.

— Então, está servindo a corte de novo — disse sorrindo. — Como está prosperando, filha.

— A rainha é uma mulher maravilhosa — falei. — Portanto não é graças a mim que estou prosperando. Teria escapado de seu serviço no começo, e agora prefiro servi-la mais do que a qualquer outra pessoa no mundo.

— Em vez de Lorde Robert?

Relanceei os olhos para a porta fechada.

— Não há ninguém servindo-o — eu disse. — Somente os guardas da Torre podem servi-lo e rezo para que o façam bem.

Meu pai sacudiu a cabeça.

— Lembro-me de quando ele apareceu naquele dia. Um homem que dava a impressão de que comandaria metade do mundo, e agora...

— A rainha não vai executá-lo. Será misericordiosa com todos, agora que o duque está morto.

Meu pai balançou a cabeça.

— Tempos perigosos — comentou. — O Sr. Dee comentou outro dia que tempos perigosos são um cadinho da mudança.

— O senhor o viu?

Meu pai confirmou com um movimento da cabeça.

— Veio ver se eu tinha as últimas páginas de um manuscrito ou se poderia encontrar outra cópia. É uma perda perturbadora. Ele comprou o livro, uma prescrição para um processo alquímico, mas estão faltando as três últimas páginas.

Sorri.

— Uma receita de ouro? E de certa maneira incompleta?

Meu pai sorriu também. Era uma piada entre nós a de que poderíamos viver como as figuras eminentes espanholas com a renda dos livros sobre alquimia que prometiam dar a receita da pedra filosofal: instruções para transformar o metal comum em ouro, o elixir da vida eterna. Meu pai tinha dezenas de livros sobre o assunto, e quando era pequena, tinha-lhe pedido para me mostrá-los, para que pudéssemos criar a pedra e ficarmos ricos. Mas ele tinha-me mostrado uma coleção deslumbrante de mistérios, imagens, poemas, sortilégios e orações, e no fim, nenhum homem mais sábio nem mais rico. Muitos homens, figuras brilhantes, compraram um livro atrás do outro tentando decifrar os enigmas usados tradicionalmente para ocultar o segredo da alquimia, e nenhum deles retornou para dizer que havia descoberto o segredo e que agora viveria para sempre.

— Se algum homem chegar a descobri-lo, e conseguir fazer ouro, esse homem será John Dee — disse o meu pai. — Ele é um estudioso e pensador profundo.

— Eu sei — falei, pensando nas tardes em que me sentava no seu banco alto e lia uma passagem atrás da outra em grego ou latim, enquanto ele traduzia na mesma velocidade que eu falava, cercado por seus instrumentos. — Mas acha que ele pode ver o futuro?

— Hannah, esse homem pode ver tudo! Ele criou uma máquina capaz de ver por cima dos edifícios ou ao redor deles. Pode predizer o curso das estrelas, medir e predizer os movimentos das marés. Está criando um mapa do país que possa ser usado na navegação por todo o litoral.

— Sim, eu vi o mapa — concordei, pensando que o vira pela última vez na mesa dos inimigos da rainha. — Ele tem de tomar cuidado com quem usa o seu trabalho.

— Sua obra é puro estudo — afirmou meu pai com firmeza. — Ele não pode ser culpado pelo uso que os homens fazem de suas invenções. É um grande homem; a morte de seu patrono não significa nada. Será lembrado muito tempo depois que o duque e toda a sua família forem esquecidos.

— Lorde Robert não — lastimei.

— Até mesmo ele — asseverou meu pai. — E vou lhe dizer uma coisa, minha menina: nunca conheci um homem que lesse e compreendesse as palavras, tabelas, diagramas mecânicos, até mesmo códigos, mais rapidamente do que John Dee. Ah! E já ia me esquecendo. Ele encomendou alguns livros para serem entregues a Lorde Robert, na Torre.

— Encomendou? — perguntei, minha atenção, de repente, aguçada. — Deverei levá-los a Lorde Robert?

— Assim que chegarem — replicou meu pai, suavemente. — E Hannah, se vir Lorde Robert...

— Sim?

— *Querida*, deve pedir-lhe que a dispense de servi-lo e dizer-lhe adeus.

Ia argumentar, mas meu pai levantou a mão.

— Estou mandando — insistiu. — Vivemos neste país como sapos debaixo da relha. Não podemos aumentar o risco que correm nossas vidas. Terá de dizer-lhe adeus. Ele é um traidor. Não podemos ter nenhuma ligação. — Baixei a cabeça. — É o que Daniel quer também.

Minha cabeça ergueu-se no mesmo instante.

— Por que, o que ele sabe sobre isso?

Meu pai sorriu.

— Daniel não é um rapaz ignorante, Hannah.

— Ele não está na corte. Não conhece nada desse mundo.

— Ele será um grande médico — disse meu pai, com delicadeza. — Vem muitas noites para cá e lê livros sobre ervas e remédios. Está estudando os textos gregos sobre saúde e doença. Não deve achar que só por não ser espanhol, é um ignorante.

— Mas não pode saber nada das habilidades dos médicos mouros — falei. — O senhor mesmo me disse que são os mais sábios do mundo. Que aprenderam tudo o que os gregos ensinaram e foram ainda mais longe.

— Sim — admitiu meu pai. — Mas é um jovem sério, que trabalha muito e que tem o dom para o estudo. Ele vem duas vezes por semana para ler. E sempre pergunta por você.

— Pergunta?

Meu pai confirmou.

— Chama-a de sua princesa — revelou.

Fiquei tão surpresa que, por um momento, não consegui falar.

— Sua princesa?

— Sim, disse meu pai, sorrindo diante do meu espanto. — Ele fala como um rapaz apaixonado. Vem me ver e me pergunta: "Como está a minha princesa?" E se refere a você, Hannah.

☙

A coroação da minha senhora, Lady Mary, foi marcada para primeiro de outubro, e toda a corte, toda a cidade de Londres, todo o país, passara grande parte do verão se preparando para a celebração que colocaria a filha de Henrique, finalmente, no trono. Havia rostos ausentes na multidão que flanqueava as ruas de Londres. Devotos protestantes, desconfiando da promessa sincera de tolerância da rainha, ficaram assustados e tinham-se exilado ou fugido para além-mar. Foram recebidos amistosamente na França, a inimiga tradicional da Inglaterra, que se armava mais uma vez para lutar. Estavam ausentes membros do conselho da rainha; seu pai teria se perguntado onde alguns de seus protegidos estariam agora. Alguns estavam envergonhados com a forma como a trataram antes, alguns protestantes não a serviriam e outros tiveram o decoro de ficar em casa, em suas abadias convertidas. Mas o resto da corte, da cidade, do país compareceu aos milhares para saudar a nova rainha, a rainha cujos direitos tinha defendido contra pretendentes protestantes, a rainha católica, cuja fé entusiástica eles conheciam e que, não obstante, preferiam a todas as outras.

Foi uma coroação de conto de fadas, a primeira que vi. Foi um espetáculo como algo saído de um dos livros de histórias do meu pai. Uma princesa em uma carruagem dourada, usando veludo azul debruado de arminho branco, percorrendo as ruas da cidade, que estava ornada de tapeçarias, passando por fontes que jorravam vinho, de modo que o próprio ar se embriagava com seu aroma quente, passando por multidões que gritavam com deleite, ao verem sua princesa, sua rainha virgem, e sendo parada por grupos de crianças que cantavam hinos louvando a mulher que tinha lutado para ser rainha e estava trazendo a velha religião de volta.

Na segunda carruagem estava a princesa protestante, mas as aclamações não eram nada em comparação com os gritos de saudação à pequenina rainha, sempre que sua carruagem dobrava uma esquina. Com a princesa Elizabeth, estava a rainha negligenciada por Henrique, Ana de Cleves, mais gorda que nunca, com um sorriso pronto para o povo, o fulgor conhecido, achei, de um sobrevivente para outro. Atrás dessa carruagem, vinham 46 damas da corte e do país, a pé e vestidas com sua melhor roupa, um pouco esmorecidas depois de percorrermos o caminho de Whitehall à Torre.

Logo atrás, na procissão de oficiais da corte, vinham toda a pequena nobreza e funcionários, eu entre eles. Desde que chegara à Inglaterra, sabia ser uma estranha, uma refugiada de um terror que eu tinha de fingir não sentir. Mas quando caminhei na procissão da coroação da rainha, com Will Somers, o bufão sagaz, do meu lado, meu gorro amarelo e o guizo do bobo em uma vara, tive a sensação de entrar na posse de mim mesma. Eu era o bobo da rainha, e o meu destino me levara a estar com ela do primeiro momento em que foi traída, da sua fuga, até sua corajosa proclamação. Ela tinha conquistado o trono e eu conquistara meu lugar a seu lado.

Não me importava de ser um bobo. Era o bobo santo, conhecida por ter a Visão, conhecida por ter previsto o dia em que a rainha teria o que era seu. Alguns até se benziam quando eu passava, reconhecendo o poder conferido a mim. De modo que marchei com a cabeça erguida e não receei que todos aqueles olhos percebessem minha pele cor de oliva, meu cabelo escuro e me chamassem de espanhol ou coisa pior. Nesse dia, considerei-me uma inglesa, e uma inglesa leal, com um amor comprovado por minha rainha e pelo meu país adotivo. E estava feliz por ser assim.

Dormimos nessa noite na Torre, e no dia seguinte Lady Mary foi coroada rainha da Inglaterra, com sua irmã, Elizabeth, segurando a cauda do seu manto e sendo a primeira a ajoelhar-se e jurar fidelidade. Mal escutei as duas, comprimida no fundo da Abadia, atrás de um cavalheiro da corte, e de qualquer maneira, minha vista estava embaçada com as lágrimas, por saber que Lady Mary subira ao trono, com a irmã ao lado, e a sua batalha de toda uma vida por reconhecimento e justiça tinha finalmente terminado. Deus (qualquer que seja o seu nome) a tinha, finalmente, abençoado. Ela vencera.

☙

Por mais que a rainha e sua irmã parecessem unidas quando Elizabeth se ajoelhara diante dela, essa ainda carregava o livro de orações de seu irmão em uma pequena corrente na cintura, só era vista com os vestidos mais sóbrios e raramente aparecia na missa. Não poderia mostrar mais acintosamente ao mundo que era a alternativa protestante à rainha a quem acabara de jurar fidelidade eterna. Como sempre, com Elizabeth, não havia nada que a rainha pudesse criticar, especificamente. Era a sua própria atitude: sentar-se sempre um pouquinho afastada, a maneira como sempre se portava como se, lamentavelmente, não pudesse concordar inteiramente.

Depois de vários dias assim, a rainha enviou uma breve mensagem a Elizabeth: esperava que ela comparecesse à missa, com o resto da corte, de manhã. A resposta chegou quando nos preparávamos para deixar a sala de audiências da rainha. A rainha estendeu a mão para pegar seu missal, e, ao virar a cabeça, vi uma das damas de companhia de Elizabeth à porta, com a mensagem.

— A princesa pede para ser dispensada hoje, pois não está bem.

— Mas como, o que ela tem? — perguntou a rainha, um tanto rispidamente. — Ontem, estava bem.

— Está mal do estômago, está com muita dor — replicou a dama de honra. — Sua dama de honra, Srta. Ashley, disse que ela não está bem o bastante para comparecer à missa.

— Diga a Lady Elizabeth que a espero na minha capela, nesta manhã, sem falta — replicou Lady Mary, calmamente, ao se virar a sua dama de honra e pegar o missal. Mas percebi que suas mãos tremiam quando virou as páginas.

Estávamos no limiar da porta dos apartamentos de Lady Mary, o guarda prestes a abrir a porta para passarmos ao corredor cheio de simpatizantes, espectadores e requerentes, quando outra dama de honra de Elizabeth atravessou uma porta lateral.

— Sua Graça — sussurrou, com mais uma mensagem.

A rainha nem mesmo virou a cabeça.

— Diga a Lady Elizabeth que quero vê-la na missa — falou e fez sinal para o guarda. Ele abriu a porta e ouvimos um ligeiro arfar de admiração com o qual a rainha era recebida em todos os lugares. O povo fazia reverência e ela passava, as bochechas chamejando com duas marcas vermelhas, que significavam que estava com raiva e a mão que segurava o rosário de contas de coral tremendo.

Lady Elizabeth chegou atrasada. Ouvimos seu suspiro quando passou, com dificuldades, pelo corredor, quase dobrada em dois de desconforto. Houve um murmúrio de preocupação pela jovem, incapacitada pela dor. Instalou-se no banco atrás do da rainha, e ouvimos seu sussurro alto para uma de suas damas: "Martha, se eu desmaiar, pode me segurar?"

A atenção da rainha estava no padre que celebrava a missa e que se encontrava de costas, toda a sua devoção concentrada no pão e vinho à sua frente. Para Mary, como para o padre, era o único momento do dia que tinha qualquer importância de verdade. Todo o resto era um show mundano. É claro que o restante de nós, pecadores, mal podíamos esperar que o show mundano recomeçasse.

Lady Elizabeth deixou a igreja no séquito da rainha, segurando a barriga e gemendo. Mal conseguia andar, seu rosto estava lívido, como se o tivesse empoado com pó de arroz. A rainha andava com gravidade na frente, com expressão soturna. Ao chegar ao seu apartamento, ordenou que as portas fossem fechadas para a galeria pública, para abafar os murmúrios de preocupação com a palidez de Lady Elizabeth, com o andar enfraquecido, e comentassem a crueldade da rainha ao insistir que uma inválida fosse à missa, quando estava tão doente.

— Essa pobre garota deveria estar na cama — falou uma mulher, claramente, quando a porta se fechou.

"Realmente", a rainha pensou.

Inverno de 1553

Estava tão escuro como se fosse meia-noite, embora o relógio marcasse apenas 6 horas da tarde, a neblina estendia-se do rio gelado como uma mortalha negra.

O que as minhas narinas sentiam era o odor do desespero vindo das muralhas úmidas e suplicantes da Torre de Londres, certamente o palácio mais sombrio que qualquer monarca jamais construiu.

Apresentei-me no portão dos fundos e o guarda levantou uma tocha ardente para enxergar meu rosto branco.

— Um garoto — concluiu o guarda.

— Tenho livros para serem entregues a Lorde Robert — expliquei.

Ele afastou a tocha e a escuridão envolveu-me. Em seguida, o ranger de dobradiças avisou-me que estava destrancando o portão, e recuei para que as vigas de madeira molhadas se abrissem. Então, entrei.

— Deixe vê-los — disse.

De imediato, ofereci-lhes os livros. Eram obras de teologia, defendendo o ponto de vista papista, autorizado pelo Vaticano e pelo próprio conselho da rainha.

— Pode passar.

Caminhei sobre o pavimento de pedras escorregadio até a casa da guarda e de lá, ao longo de uma passarela, à lama malcheirosa, nos dois lados, brilhando à luz da lua. Depois, subi um lance de degraus de madeira até a entrada elevada no muro da fortaleza da torre branca. Se houvesse um ataque ou uma tentativa de resgate, bastaria aos soldados em seu interior chutar a escada externa para ficarem inatingíveis. Ninguém podia alcançar milorde.

Outro soldado estava aguardando na entrada. Conduziu-me para dentro e, então, bateu rapidamente em uma porta interna e a abriu para que eu entrasse.

Por fim, eu o vi, o meu Lorde Robert, inclinado sobre seus papéis, uma vela próxima ao cotovelo, a luz dourada brilhando sobre sua cabeça escura, sobre sua pele clara, e então, o brilho sutil de seu sorriso.

— Senhorita Menino! Oh! Minha Senhorita Menino!

Caí sobre um joelho.

— Milorde! — foi tudo o que consegui dizer antes de romper em lágrimas.

Ele riu, levantou-me, pôs o braço ao redor dos meus ombros, enxugou meu rosto, tudo isso em uma única carícia atordoante.

— Ora, ora, menina. Qual é o problema?

— Milorde! — Arquejei. — Está aqui. E parece tão... — Não consegui dizer "pálido", "doente", "cansado", "derrotado", mas todas essas palavras eram verdadeiras. — Aprisionado — falei, por fim. — E suas lindas roupas! E... e o que vai acontecer agora?

Lorde Robert riu como se nada disso tivesse importância, e me levou para perto do fogo, sentou-se em uma cadeira e puxou um banco, de modo que ficasse de frente para ele, como uma sobrinha preferida. Timidamente, pus as mãos em seus joelhos. Quis tocá-lo para ter certeza de que era real. Sonhara com ele tantas vezes e, agora, ali estava, diante de mim. O mesmo, exceto os sulcos fundos em sua face por derrota e decepção.

— Lorde Robert... — sussurrei.

Olhou-me nos olhos.

— Sim, pequerrucha — replicou, baixinho. — Foi um grande jogo, e perdemos, e o preço a pagar é alto. Mas você não é uma criança; sabe que este não é um mundo fácil. Pagarei o preço quando tiver de pagá-lo.

— Eles vão...? — Não suportei perguntar se era a sua própria morte que enfrentava com esse sorriso indomável.

— Ah, eu diria que sim — replicou alegremente. — Em breve. É o que eu faria, se eu fosse a rainha. Agora, conte-me as novidades. Não temos muito tempo.

Puxei o banco para mais perto, ordenando meus pensamentos. Não queria lhe contar as novidades, que eram todas ruins. Queria olhar em seu rosto abatido e tocar em sua mão. Queria dizer-lhe que sentira saudades e que tinha-lhe escrito várias cartas em código, que sabia que ele as perdera e jogara no fogo.

— Vamos — disse ansiosamente. — Conte-me tudo.

— A rainha está pensando em casamento. Já deve saber disso, suponho — falei em voz baixa. — E ela esteve doente. Propuseram um homem atrás do outro. A melhor escolha é Felipe, da Espanha. O embaixador espanhol diz que será um bom casamento, mas a rainha tem medo. Sabe que não pode governar sozinha, mas receia que um homem a governe.

— Mas aceitará?

— Talvez recuse. Não sei. Sente-se mal e com medo diante dessa ideia. Tem medo de um homem em sua cama, e medo do trono sem um.

— E Lady Elizabeth?

Relanceei o olhar para a grossa porta de madeira e murmurei ainda mais baixo:

— Ela e a rainha não têm se dado tão bem atualmente — repliquei. — No começo, foram muito afetuosas. Lady Mary queria Elizabeth do seu lado o tempo todo, reconhecida como sua herdeira. Mas não convivem bem agora. Lady Elizabeth não é mais a menininha que aprendia com a rainha, quando discutem, é ela que domina. É tão inteligente quanto um alquimista. A rainha detesta discussões sobre questões sagradas, e Lady Elizabeth tem os argumentos prontos para tudo e não aceita nada. Olha para tudo com olhos duros... — Interrompi-me.

— Olhos duros? — perguntou. — Tem os olhos tão bonitos.

— Quis dizer que olha duro para as coisas — expliquei. — Não tem fé, nunca fecha os olhos em reverência. Não é como a minha senhora, nunca se mostra assombrada na Eucaristia. Quer conhecer tudo como um fato; não confia em nada.

Lorde Robert balançou a cabeça diante da precisão da descrição.

— Sim. Ela nunca acreditou em nada.

— A rainha obrigou-a a ir à missa, e Lady Elizabeth foi com a mão na barriga, gemendo de dor. Depois, quando a rainha a pressionou de novo, disse ter-se convertido. A rainha quis a verdade. Pediu que contasse os segredos do seu coração: se acreditava na Eucaristia ou não.

— Os segredos do coração de Elizabeth! — exclamou rindo. — O que a rainha acha? Elizabeth não permite ninguém perto dos segredos do seu coração. Mesmo quando era pequena nunca os sussurraria nem a si mesma.

— Bem, ela respondeu que tornaria público que estava convencida dos méritos da antiga religião — eu disse. — Mas não fez isso. E só vai à missa quando tem de ir. E todo mundo diz...

— O que dizem, minha pequena espiã?

— Que envia cartas a protestantes, que tem uma rede de adeptos. Que os franceses pagarão uma sublevação contra a rainha. E que, na pior das hipóteses, ela só tem de esperar a morte da rainha, e depois o trono será seu de qualquer maneira. Então poderá se livrar da simulação e ser uma rainha protestante, assim como agora é uma princesa protestante.

— Aah. — Fez uma pausa, tentando absorver tudo. — E a rainha acredita nessa falsidade?

Olhei para ele, querendo que entendesse.

— Ela achou que Elizabeth seria uma irmã — repliquei. — Entrou com ela em Londres no momento do grande triunfo. Pôs Elizabeth a seu lado, e também no dia da coroação. O que mais poderia fazer para demonstrar que a amava e confiava nela, e a via como sua sucessora? E desde então, todos os dias, fica sabendo que Elizabeth fez isso ou disse aquilo e a vê evitando a missa, fingindo que vai, e sua consciência de lá para cá, a seu bel-prazer. Elizabeth...

— Interrompi-me.

— Elizabeth o quê?

— Ela estava na coroação, era a segunda em relação à rainha, a pedido da própria rainha. Seguiu em uma carruagem atrás da carruagem da rainha — falei em um sussurro irritado. — Segurou a cauda do manto real na coroação, foi a primeira a ajoelhar-se diante da rainha e pôr suas mãos nas dela, jurando ser um súdito leal. Jurou fidelidade perante Deus. Como pode agora tramar contra ela?

Recostou-se na cadeira e observou minha excitação com interesse.

— A rainha irritou-se com Elizabeth?

Neguei sacudindo a cabeça.

— Não. É pior do que raiva. Está decepcionada com a irmã. Ela é solitária, Lorde Robert. Queria que sua irmã mais nova ficasse do seu lado. Escolheu-a para amar e respeitar. Não consegue acreditar que Elizabeth não a ame. Descobrir que Elizabeth trama contra ela é muito doloroso. E lhe garantem que está conspirando. Todo dia alguém chega com uma nova história.

— Apresentam provas?

— O bastante para que fosse presa dezenas de vezes, acho. Correm rumores demais para que seja tão inocente quanto parece.

— E, ainda assim, a rainha não faz nada?

— Ela quer a paz — repliquei. — Não quer agir contra Elizabeth, a menos que não haja alternativa. Afirma que não executará Lady Jane, nem o irmão... — Não disse "nem você", mas nós dois estávamos pensando na sentença de morte que pendia sobre sua cabeça. — Ela quer promover a paz neste país.

— Então, amém — disse Lorde Robert. — E Elizabeth estará na corte no Natal?

— Ela pediu para partir. Disse que está passando mal, de novo, e que precisa da paz do campo.

— E está?

Dei de ombros.

— Quem pode saber? Estava muito inchada e abatida na última vez que a vi. Mas ninguém a vê realmente. Fica sempre em seus aposentos. Só sai quando precisa. Ninguém lhe dirige a palavra; as mulheres são grosseiras com ela. Todo mundo diz que não há nada de errado com Elizabeth, a não ser a inveja.

Sacudiu a cabeça ao ouvir sobre o desprezo mesquinho das mulheres.

— Tudo isso e a pobre garota tem de segurar um rosário e um missal, e ir à missa!

— Não é uma pobre garota — disse, ferida. — Não é bem tratada pelas damas da corte da rainha, mas a culpa é dela mesma. Só quando a observam é que fala baixinho e anda com a cabeça baixa. E quanto à missa, todo mundo tem de ir, sempre. Cantam a missa na capela da rainha sete vezes ao dia. Todo mundo vai, pelo menos duas vezes ao dia.

Insinuou um sorriso com a rápida mudança da corte para a piedade.

— E Lady Jane? Ela realmente não morrerá por sua traição?

— A rainha nunca matará sua própria prima, uma mulher jovem — assegurei-lhe. — Ela ficará aqui por algum tempo, como prisioneira na Torre, e será libertada quando o país se acalmar.

Lorde Robert fez uma ligeira careta.

— Um grande risco para a rainha. Se fosse seu conselheiro, eu a mandaria dar um fim nisso, dar um fim em todos nós.

— Ela sabe que não foi escolha de Lady Jane. Seria cruel da parte da rainha puni-la. E ela nunca é cruel.

— E a garota só tinha 16 anos — disse para si mesmo. Ficou de pé, parecendo não consciente da minha presença. — Devia ter impedido. Devia ter mantido Jane a salvo disso, independente das conspirações de meu pai...

Olhou, pela janela, o pátio escuro embaixo, onde seu próprio pai foi executado, implorando misericórdia, oferecendo prova contra Jane, contra seus filhos, contra qualquer um, em troca de ser poupado. Quando se ajoelhou diante do tronco, a venda em seus olhos escorregou e ele as puxou de novo para cima, movendo-se às cegas, de quatro, suplicando ao carrasco que esperasse até estar pronto. Foi um fim infeliz, mas não tanto quanto a morte que infligiu ao jovem rei, que estava sob seus cuidados, que era inocente de tudo.

— Fui um idiota — disse Robert com amargura. — Ofuscado por minha própria ambição. Fico surpreso por não ter previsto isso, menina. Eu acharia que os céus teriam se balançado de rir com a insolência dos Dudley. Gostaria que você tivesse me alertado a tempo.

Eu estava em pé, de costas para o fogo.

— Gostaria de ter avisado — falei, com tristeza. — Faria qualquer coisa para salvá-lo de estar aqui.

— E ficarei aqui até apodrecer?— perguntou com a voz baixa. — Prevê isso para mim? Há noites em que ouço os ratos mover-se velozmente no chão e penso que isso será o que ouvirei para sempre, esse quadrado de céu azul na janela será o que verei para sempre. A rainha não me decapitará, mas extrairá a minha juventude.

Em silêncio, sacudi a cabeça.

— Escutei e escutei com atenção e, uma vez, lhe perguntei diretamente. A rainha respondeu que não queria sangue espalhado que pudesse ser poupado. Não vai executá-lo e deve libertá-lo quando libertar Lady Jane.

— Não faria isso, se fosse ela — replicou calmamente. — Se estivesse em seu lugar, me livraria de Elizabeth, de Jane, do meu irmão e de mim. E nomearia Mary Stuart como próxima herdeira, francesa ou não. Um único golpe de limpeza. É a única maneira de devolver a igreja papista a este país, e conservá-la, e logo perceberá isso. Deve nos expurgar do país, essa geração de conspiradores protestantes. Se não o fizer, terá de decapitar um atrás do outro e ver outros nascerem.

Atravessei a sala e fiquei atrás dele. Timidamente, coloquei minha mão sobre o seu ombro. Virou-se e olhou para mim como se tivesse esquecido a minha presença.

— E você? — perguntou delicadamente. — Está segura no serviço real?

— Nunca estou segura — repliquei em voz baixa. — E sabe por quê. Nunca estarei segura. Nunca me sentirei segura. Amo a rainha e ninguém questiona quem eu sou ou de onde vim. Sou conhecida como o seu bobo, como se tivesse passado toda a minha vida a seu lado. Deveria sentir-me segura, mas sempre me sinto como se deslizasse em gelo fino.

Ele balançou a cabeça, compreendendo.

— Levarei seu segredo comigo ao cadafalso, se esse for o meu destino — prometeu. — Não tem nada a temer de mim, minha menina. Não disse a ninguém quem você era nem de onde era.

Balancei a cabeça, em sinal de que sabia disso. Quando o olhei, observava-me com seus olhos escuros e ternos.

— Você cresceu, Senhorita Menino — disse Robert. — Logo será uma mulher. Lamentei não ver isso.

Eu não tinha nada a dizer. Fiquei emudecida. Ele sorriu, como se percebesse perfeitamente a agitação de minhas emoções.

— Ah, sua tolinha. Devia tê-la deixado na loja do seu pai, naquele dia, e não tê-la envolvido nisso.

— Meu pai mandou-me para lhe dizer adeus.

— Sim, ele tem razão. Pode ir agora. Libero-a de sua promessa de me amar. Não é mais meu vassalo. Permito que se vá.

Fora um pouco mais que um jogo. Ele sabia, tanto quanto eu, que não se pode liberar uma garota de sua promessa de amar um homem. Ou ela se liberta por si mesma, ou permanecerá ligada por toda a sua vida.

— Não sou livre — falei em um sussurro. — Meu pai mandou-me para lhe dizer adeus. Mas não estou livre. Nunca estarei.

— Ainda me serviria?

Respondi que sim com um movimento da cabeça.

Lorde Robert sorriu e inclinou-se à frente, sua boca tão perto dos meus ouvidos que podia sentir o calor do seu hálito.

— Então, faça uma última coisa por mim. Procure Lady Elizabeth. Peça-lhe para ter coragem. Diga-lhe para estudar com meu antigo tutor, John Dee. Diga-lhe que o procure e estude com ele, sem falta. Depois, ache John Dee e lhe diga duas coisas. A primeira é que acho que deveria entrar em contato com seu antigo mestre, Sir William Pickering. Entendeu?

— Sim — respondi. — Sir William. Sei quem é.

— A segunda: diga-lhe que procure também John Croft e Tom Wyatt. Acho que estão envolvidos em um experimento alquímico muito importante para ele. Edward Courtenay pode fazer um casamento químico. Conseguirá lembrar-se de tudo isso?

— Sim — respondi. — Mas não sei o que significa.

— Melhor assim. Farão ouro do metal mais comum e lançarão a prata nas cinzas. Diga-lhe isso. Ele saberá o que quero dizer. E que farei minha parte na alquimia, se ele me levar lá.

— Lá onde? — perguntei.

— Apenas lembre-se da mensagem — replicou. — Repita.

Repeti tudo, palavra por palavra, e assentiu balançando a cabeça.

— E finalmente, volte para me ver, só uma vez, uma última vez, e diga-me o que pode ver no espelho de John Dee. Preciso saber. O que quer que me aconteça, preciso saber o que vai acontecer com a Inglaterra.

Balancei a cabeça concordando, mas não me deixou ir logo em seguida. Pôs os lábios em meu pescoço, logo abaixo da minha orelha, o roçar de um beijo, o alento ligeiro de um beijo.

— Você é uma boa garota — disse. — E sou-lhe grato.

Então, soltou-me, e recuei e recuei, afastando-me, como se não suportasse me virar de costas. Bati na porta atrás de mim e o guarda a abriu.

— Que Deus o abençoe e o mantenha a salvo, milorde. — Lorde Robert virou a cabeça e deu-me um sorriso tão doce que me entristeceu, mesmo quando a porta se fechou e deixei de vê-lo.

— Boa sorte, garoto — replicou, à porta que se fechava, e então eu fiquei no escuro e no frio, sem ele mais uma vez.

CB

Na ruas, pus-me a correr para casa. Uma sombra surgiu, de súbito, de uma entrada e bloqueou meu caminho. Ofeguei assustada.

— Psiu, sou eu, Daniel.

— Como soube que estava aqui?

— Fui à loja do seu pai e ele me disse que você tinha vindo trazer livros para Lorde Robert, na Torre.

— Ah.

Pôs-se do meu lado.

— Certamente não precisa mais servi-lo.

— Não — disse. — Fui liberada. — Eu queria muito que Daniel fosse embora, para que eu pudesse pensar no beijo em meu pescoço e no calor do hálito de Lorde Robert em minha orelha.

— Então não vai mais servi-lo — disse de maneira pedante.

— Acabei de dizer que não — falei bruscamente. — Não o estou servindo agora. Vim entregar livros do meu pai. Casualmente foi para Lorde Robert. Nem mesmo o vi. Apenas os deixei com o guarda.

— Então, quando a liberou de seus serviços?

— Meses atrás — menti, tentando me corrigir.

— Quando ele foi preso?

Virei-me.

— Que importância tem isso? Fui liberada de seu serviço, agora sirvo a rainha Mary. O que mais precisa saber?

Sua irritação cresceu com a minha.

— Tenho o direito de saber tudo o que faz. Será minha mulher, e seu nome será o meu. E enquanto insistir em correr da corte para a Torre estará se expondo ao perigo, assim como a todos nós.

— Você não está correndo perigo — retorqui. — O que saberia disso? Nunca fez nada nem esteve em lugar nenhum. O mundo virou de cabeça para baixo e desvirou, enquanto você estava seguro em casa. Por que estaria em perigo?

— Não coloco um patrão contra o outro, não mostro uma cara falsa nem espiono e dou falso testemunho, se é isso o que quer dizer — replicou bruscamente. — Nunca sequer achei que esses sejam atos admiráveis. Sou fiel à minha fé e enterrei meu pai de acordo com ela. Sustento minha mãe e minhas irmãs e economizei dinheiro para o dia do meu casamento. Do nosso casamento. Enquanto você ronda as ruas, vestida como pajem, serve a uma corte papista, visita um traidor condenado e reprova-me por não ter feito nada.

Soltei minha mão.

— Não vê que ele vai morrer? — gritei, e percebi que as lágrimas corriam por meu rosto. Com raiva, as enxuguei com a manga da roupa. — Não sabe que vão executá-lo e que ninguém pode salvá-lo? Ou, na melhor das hipóteses, vão deixá-lo lá esperando, esperando, esperando até morrer de esperar? Que não pode nem mesmo salvar-se? Não vê que todos que eu amo são tirados de mim, sem cometerem nenhum crime? Sem terem como se salvar? Não acha que sinto falta da minha mãe todo dia? Não acha que sinto cheiro de fumaça toda noite em meus sonhos e agora... esse homem... esse homem... — Caí em pranto.

Daniel pegou-me pelos ombros, não para me abraçar, mas com firmeza, de modo que pudesse me avaliar, com um olhar profundo e imparcial.

— Esse homem não tem nada a ver com a morte da sua mãe — disse-me sem fazer rodeios. — Não tem nada a ver com alguém que morre por sua fé. Portanto não mascare sua luxúria como tristeza. Tem servido a dois senhores, inimigos jurados. Um deles estava fadado a terminar seus dias ali. Se não fosse Lorde Robert, seria a rainha Mary. Um deles estava fadado a triunfar, o outro, a morrer.

Soltei-me de seu punho, afastando-me de seu olhar duro e hostil, e pus-me a andar para casa. Depois de alguns instantes, ouvi-o atrás de mim.

— Estaria chorando assim se fosse a rainha Mary que estivesse com a cabeça no tronco? — perguntou.

— Psiuu — disse, sempre cautelosa. — Sim.

Ele não disse nada, mas o silêncio demonstrou seu ceticismo.

— Não fiz nada desonroso — falei sem me alterar.

— Tenho dúvidas — replicou, tão friamente quanto eu. — Se manteve a honra foi somente por falta de oportunidade.

"Filho da mãe", falei baixinho, para não me escutar, e ele levou-me para casa em silêncio. Despedimo-nos à porta com um aperto de mãos, que não foi nem de primos nem de namorados. Deixei-o ir. Ficaria feliz em lhe jogar um grande livro na cabeça ereta. Então entrei na casa do meu pai e perguntei-me quanto tempo demoraria para Daniel procurá-lo dizendo que queria ser liberado do nosso compromisso, e o que me aconteceria então.

∝

Como bobo da rainha, deveria estar em suas câmaras todos os dias, do seu lado. Mas assim que pude me ausentar, por uma hora, sem chamar atenção, aproveitei e fui aos antigos aposentos dos Dudley procurar John Dee. Bati na porta e um homem em uma libré diferente abriu-a e me olhou desconfiado.

— Pensei que os criados dos Dudley vivessem aqui — falei timidamente.

— Não mais — esclareceu, habilmente.

— Onde posso encontrá-los?

Encolheu os ombros.

— A duquesa tem aposentos perto dos da rainha. Seus filhos estão na Torre. Seu marido está no inferno.

— O tutor?

Deu de ombros.

— Foi embora. Voltou à casa do seu pai, acho.

Agradeci e retornei aos aposentos da rainha, e sentei-me a seus pés, sobre uma pequena almofada. Seu cachorrinho, um galgo, tinha uma almofada que combinava com a minha, e cachorro e eu sentamo-nos, os narizes paralelos, com o mesmo olhar castanho de incompreensão, enquanto cortesãos faziam reverência e solicitavam terra, posições e favores de doação de dinheiro, e às vezes; a rainha dava um tapinha carinhoso no cachorro outras vezes, em mim. O cachorro e eu ficávamos calados, e nunca dizíamos o que achávamos desses católicos devotos que mantiveram a chama da fé tão bem oculta e por tanto tempo. Oculta enquanto proclamavam a religião protestante, oculta enquanto viam católicos serem queimados, esperando até esse momento, como narcisos na Páscoa, para desabrocharem e florescerem. Pensar que havia tantos crentes no país, e ninguém os conhecia até agora!

Depois que todos se foram, a rainha foi até o vão da janela, onde ninguém poderia nos ouvir, e fez sinal para que me aproximasse.

— Hannah?

— Sim, Sua Graça. — Fui imediatamente.

— Não está na hora de tirar a libré de pajem? Logo será uma mulher.

Hesitei.

— Se me permitir, Sua Graça, prefiro continuar a vestir-me como pajem.

Olhou-me com curiosidade.

— Não tem vontade de usar um vestido bonito e deixar o cabelo crescer, menina? Não quer ser uma moça? Pensei em dar-lhe um vestido no Natal.

Lembrei-me de minha mãe trançando meu cabelo negro basto, enrolando as tranças em seus dedos e me dizendo que eu seria uma moça linda, uma mulher extraordinariamente bela. Pensei nela me reprovando por gostar tanto de belas roupas e em como eu havia pedido um vestido de veludo verde para o *chanuca*.

— Perdi o gosto por roupas bonitas quando perdi minha mãe — repliquei baixinho. — Não sinto prazer em usá-las sem ela para escolher e experimentá-las em mim, dizendo o que me cai bem. Nem mesmo quero o cabelo comprido sem ela para trançá-lo.

Sua expressão tornou-se terna.

— Quando morreu?

— Quando tinha 11 anos — menti. — Da peste. — Nunca arriscaria revelar a verdade de que foi queimada como herege, nem mesmo a essa rainha que olhava tão séria e triste para mim.

— Pobrezinha — lastimou bondosamente. — É uma perda que nunca se esquece. Aprende-se a suportá-la, mas nunca a esquecê-la.

— Toda vez que me acontece alguma coisa boa, sinto vontade de contar-lhe. Toda vez que algo ruim acontece, desejo a sua ajuda.

A rainha balançou a cabeça compreendendo.

— Costumava escrever à minha mãe, mesmo quando sabia que não me permitiriam enviar as cartas. Embora não houvesse nada nelas a que pudessem fazer objeção, nenhum segredo, apenas a minha necessidade e a minha tristeza por estar longe. Mas não deixavam que lhe escrevesse. Eu só queria lhe dizer que a amava e sentia saudades. E então, ela morreu e não me deram permissão para vê-la. Não pude nem mesmo segurar a sua mão e fechar-lhe os olhos.

Pôs a mão nos olhos e pressionou suas pálpebras, como se para reprimir lágrimas antigas.

Pigarreou.

— Mas isso não significa que nunca mais vá usar um vestido — disse alegremente. — A vida continua, Hannah. Sua mãe não ia querer que você sofresse. Ia querer que crescesse e se tornasse uma mulher, uma bela jovem. Não ia querer que sua filhinha se vestisse como menino por toda a vida.

— Não quero ser uma mulher — repliquei simplesmente. — Meu pai acertou um casamento para mim, mas sei que ainda não estou pronta para ser mulher e esposa.

— Não pode querer ser uma virgem como eu — retrucou, com um sorriso retorcido. — Não é uma escolha que muitas mulheres fariam.

— Não. Não uma rainha virgem como Sua Graça. Não me dediquei a ser uma mulher solteira. Mas é como se... — Interrompi-me. — É como se eu não soubesse ser uma mulher — repliquei constrangida. — Observo-a, e observo as damas da corte. — Sutilmente não acrescentei que, de todas, eu observava Lady Elizabeth, que me parecia o epítome da graça de uma garota e da dignidade de uma princesa. — Observo todas, e acho que, com o tempo, vou aprender. Mas ainda não sei.

Balançando a cabeça concluiu.

— Entendo perfeitamente. Não sei como ser rainha sem um marido do meu lado. Nunca conheci uma rainha sem um homem para guiá-la. E no entanto tenho tanto medo de me casar... — Fez uma pausa. — Não creio que um homem possa compreender o pavor que uma mulher sente ao pensar em casamento. Especialmente uma mulher como eu, não uma mulher jovem, não uma mulher dada aos prazeres da carne, uma mulher nem mesmo muito desejável... — Estendeu a mão para me impedir de contradizê-la. — Sei disso, Hannah, não precisa me bajular.

— E pior do que tudo isso, não sou uma mulher para quem é fácil confiar nos homens. Detesto ter de sentar-me com homens de poder. Quando argumentam no conselho, meu coração bate forte no peito, e receio que minha voz trema quando tenho de falar. No entanto, desprezo homens fracos. Quando olho para o meu primo Edward Courtenay, com quem o Lorde Chanceler queria me casar, quase caio na gargalhada ao pensar nisso. O garoto é um cachorrinho e um tolo frívolo, e eu nunca, mas nunca me rebaixaria a me deitar sob um homem desse tipo. Mas se nos casamos com um homem acostumado a mandar... Que terror não é — disse ela, em tom baixo. — Entregar seu coração aos cuidados de um estranho! Que terror prometer amar um homem que tem o poder de ordenar que faça o que ele quiser! E prometer amar um homem até a morte... — Interrompeu-se. — Afinal, os homens nem sempre se sentem ligados por tais promessas. E o que acontece, então, a uma boa esposa?

— Acha que viverá e morrerá virgem? — perguntei.

Assentiu com a cabeça.

— Quando era princesa, fui prometida várias vezes. Mas quando meu pai me renegou e me chamou de sua bastarda, percebi que não haveria mais propostas de casamento. Afastei, então, todo e qualquer pensamento sobre isso, e sobre ter filhos também.

— Seu pai a renegou?

— Sim — respondeu a rainha, sem rodeios. — Obrigaram-me a jurar sobre a Bíblia a minha condição de bastarda. — Sua voz estremeceu, ela respirou fundo. — Nenhum príncipe da Europa se casaria comigo depois disso. Para dizer a verdade, senti tanta vergonha que nunca teria desejado um marido. Não conseguiria encarar um homem honrado. E quando meu pai morreu e meu irmão se tornou rei, achei que ficaria na condição de *dowager,* isto é, manteria o porte nobre, como uma velha madrinha, sua irmã mais velha que o aconselharia, e ele teria filhos de quem eu cuidaria. Mas agora tudo mudou, e sou rainha. E embora seja a rainha, percebo que continuo sem poder fazer minhas próprias escolhas. — Fez uma pausa. — Ofereceram-me Felipe da Espanha, sabe.

Esperei.

Virou-se para mim, como se eu tivesse mais raciocínio do que o seu galgo e como se eu pudesse aconselhá-la.

— Hannah, sou menos que um homem e menos do que uma mulher. Não posso governar como um homem, não posso dar ao país o herdeiro que o povo tem o direito de desejar. Sou meio-príncipe. Nem rainha nem rei.

— Certamente, o país só precisa de um governante que o povo respeite — falei com tato. — E precisam de anos de paz. Sou nova nesta terra, mas até mesmo eu posso ver que os homens não sabem mais o que é certo ou direito. A igreja mudou mais de uma vez durante sua vida, e tiveram de mudar várias vezes com ela. Há muita pobreza na cidade, e fome, no país. Não pode simplesmente esperar? Não pode alimentar os pobres e devolver a terra àqueles sem terra, pôr os homens de volta ao trabalho e tirar das estradas os mendigos e os ladrões? Devolver a beleza à igreja e devolver as terras aos mosteiros?

— E depois que eu tiver feito isso? — perguntou a rainha Mary, com um tremor intenso e estranho na voz. — E depois? Quando o país estiver seguro na igreja de novo, quando todos estiverem bem alimentados, quando os celeiros estiverem cheios e os mosteiros e conventos forem prósperos? Quando os padres forem puros em sua maneira de viver e a Bíblia for lida para o povo como deve ser? Quando a missa for celebrada em cada aldeia, e os sinos da manhã ressoarem sobre todos os campos, todas as manhãs como devem fazer, como sempre fizeram? E então?

— Então, terá cumprido a tarefa a que Deus a convocou, não?... — gaguejei. Ela sacudiu a cabeça.

— Vou lhe dizer o que acontecerá depois. A doença ou acidente cairá sobre mim, e morrerei sem gerar filhos. E Elizabeth, a bastarda de Ana Bolena e do tocador de alaúde Mark Smeaton, reivindicará o trono. E no momento em que ela subir ao trono, retirará sua máscara e mostrará quem é.

Mal reconheci a insatisfação em sua voz, o ódio em sua expressão.

— Por quê? O que ela é? O que fez para magoá-la?

— Traiu-me — respondeu direto. — Quando estava lutando por nossa herança, dela e minha, ela estava escrevendo para o homem que marchava contra mim. Sei disso agora. Enquanto estava lutando por ela, tanto quanto por mim, fazia um acordo com ele para quando eu morresse. E o teria assinado no dia de minha execução. Quando a quis ao meu lado ao entrar em Londres, saudaram a princesa protestante, e ela sorriu às aclamações. Quando enviei professores e estudiosos para lhe explicarem os erros de sua fé, sorriu-lhes, o sorriso dissimulado de sua mãe, e disse-lhes que agora compreendia, que agora receberia a bênção da missa. Então foi à missa como uma mulher forçada contra a sua consciência. Hannah! Quando eu tinha a idade dela, os homens mais influentes da Inglaterra amaldiçoaram-me e ameaçaram-me com a morte se eu não me conformasse à nova religião. Afastaram minha mãe de mim, e ela morreu, doente, triste e só, mas nunca se curvou. Ameaçaram-me com a execução por traição! Ameaçaram queimar-me por heresia! Queimaram homens e mulheres por menos do que o que eu estava dizendo. Tive de me agarrar à minha fé com toda a minha coragem e não renunciei até o próprio Imperador da Espanha me mandar, dizendo que se não o fizesse significaria a minha pena de morte. Ele sabia que me matariam se eu não renunciasse à minha fé. E tudo o que fiz a Elizabeth foi pedir para que salvasse sua alma e voltasse a ser a minha irmã mais nova!

— Sua Graça... — sussurrei. — Ela é apenas jovem demais, ela vai aprender.

— Não é tão jovem.

— Aprenderá...

— Se vai aprender, escolheu os tutores errados. Ela conspira com o reino da França contra mim, tem homens que não se deteriam diante de nada até vê-la no trono. Todo dia alguém me fala de mais uma conspiração pérfida, e tudo sempre leva a ela. Toda vez que a vejo, vejo uma mulher no pecado, assim como sua mãe, a envenenadora. Quase vejo sua pele enegrecendo-se pelo pecado em seu coração. Vejo-a virando as costas para a Santa Igreja, vejo-a virando as costas para o meu amor, vejo-a correndo para a traição e o pecado.

— Disse que era a sua irmãzinha — lembrei-lhe. — Disse que a amava como se fosse sua própria filha.

— E a amei realmente — replicou a rainha, com amargura. — Mais do que ela se lembra. Mais do que deveria ter amado, sabendo o que sua mãe fez à minha. Realmente a amei. Mas ela não mais é a menina que eu amei. Não é mais a menina que ensinei a ler e a escrever. Seguiu o caminho errado. Foi corrompida. Caiu em pecado. Não posso salvá-la. Ela é uma bruxa, e filha de uma bruxa.

— Ela é jovem — protestei. — Não é uma bruxa.

— Pior do que uma bruxa — acusou. — Uma herege. Uma hipócrita. Uma prostituta. Conheço-a por tudo isso. Uma herege porque vai à missa mas sei que é protestante, e comete perjúrio com os olhos na hóstia. Hipócrita porque nem mesmo admite sua fé. Há homens e mulheres corajosos neste país que iriam para a fogueira por seu erro. Mas ela não é um deles. Quando o meu irmão Eduardo estava no trono, ela era uma luz intensa da religião reformada. Era a princesa protestante em vestidos escuros, golas brancas pregueadas e os olhos baixos, sem nenhuma joia ou ouro nas orelhas e dedos. Depois que ele morreu, ela se ajoelha do meu lado na Eucaristia, faz o sinal da cruz, e reverência ao altar, mas sei que tudo é falso. É um insulto a mim, o que não é nada. Mas é um insulto à minha mãe que foi posta de lado por sua mãe e é um insulto à Santa Igreja, o que é pecar contra Deus. E que Deus a perdoe, é uma prostituta por causa do que fez com Thomas Seymour. O mundo inteiro sabe disso. Mas aquela outra grande prostituta protestante guardou o segredo dos dois, e morreu guardando-o.

— Quem? — perguntei. Estava pasma e fascinada ao mesmo tempo, lembrando-me da garota no jardim ensolarado e do homem a segurando contra o tronco da árvore, levantando sua saia.

— Katherine Parr — replicou a rainha Mary, com raiva. — Ela sabia que seu marido, Thomas Seymour, fora seduzido por Elizabeth. Pegou-os no quarto de Elizabeth: ela de camisa íntima e Lorde Thomas sobre ela. Katherine Parr mandou-a para o campo, com a intenção de tirá-la do caminho. Enfrentou os mexericos, negou tudo. Protegeu a garota. Bem, teve de protegê-la. Afinal, estava em sua casa. Protegeu seu marido, e morreu dando à luz um filho seu. Tola. Mulher tola.

Sacudiu a cabeça.

— Pobre mulher. Amava-o tanto que se casou antes de meu pai esfriar na sepultura. Escandalizou a corte e arriscou a sua posição no mundo. Ele a recompensou deitando-se com uma menina de 14 anos em sua própria casa, sob a sua supervisão. E essa menina, a minha Elizabeth, a minha irmãzinha, contorceu-se sob suas carícias e protestou, dizendo que morreria se ele a tocasse de novo, mas nunca trancou seu quarto, nunca se queixou à sua mãe adotiva e nunca procurou outro lugar onde morar.

— Eu soube disso. Meu bom Deus, houve tantos comentários que até mesmo eu, isolada no campo, soube. Escrevi-lhe e disse que viesse morar comigo, pois eu tinha uma casa e sustentaria nós duas. Ela me respondeu cordialmente, com as palavras certas. Escreveu que nada estava acontecendo com ela e que não precisava se mudar. E o tempo todo estava permitindo que ele entrasse na sua câmara de manhã, erguesse a bainha do seu vestido para ver sua roupa íntima, e uma vez, que Deus a ajude, deixou-o tirar seu vestido para vê-la nua.

— Nunca me pediu ajuda, embora soubesse que a tiraria de lá no mesmo instante. Uma pequena prostituta na época, e uma prostituta agora, e eu sabia disso, que Deus me perdoe, e esperei que ela mudasse. Achei que se lhe oferecesse um lugar do meu lado, a honraria e a ajudaria a tornar-se uma princesa. Achei que uma jovem que se tornava prostituta poderia deixar de sê-lo, poderia comportar-se de outra forma, poderia aprender a ser uma princesa. Mas ela não pode. Não mudará. Verá como se comportará no futuro, quando tiver a chance de se deitar com alguém de novo.

— Sua Graça... — Fiquei perplexa com a manifestação do seu rancor.

Respirou fundo e virou-se para a janela. Descansou a cabeça na vidraça e vi como o calor de sua testa a embaçou. Fazia frio lá fora, o insuportável inverno inglês, e o Tâmisa estava cinza como ferro para além do jardim cor de pedra sob o céu chumbo. Vi o rosto da rainha refletido no vidro espesso, como um camafeu afogado na água, percebi a energia febril pulsando por seu corpo.

— Devia me livrar desse ódio — disse baixinho. — Devia me livrar da dor que sua mãe me causou. Devia repudiá-la.

— Sua Graça... — falei de novo, agora mais suavemente.

Virou-se para mim.

— Ela me sucederá, se eu morrer sem herdeiro — continuou francamente. — Essa prostituta mentirosa. O que quer que eu consiga, será derrubado, destruído por ela. Tudo na minha vida sempre foi espoliado por ela. Eu era a única princesa da Inglaterra e a grande alegria do coração da minha mãe. Em um momento, em um piscar de olhos, estava servindo no quarto de criança de Elizabeth, como sua criada, e minha mãe foi abandonada e depois morta. Elizabeth, a filha da prostituta, é a corrupção em pessoa. Preciso ter um filho, para colocá-lo entre ela e o trono. É o meu maior dever com este país, com minha mãe, comigo mesma.

— Terá de se casar com Felipe da Espanha?

Assentiu com a cabeça.

— Com ele ou qualquer outro — replicou. — Posso fazer um tratado que se sustentará. Ele sabe, o seu pai também, como é este país. Posso ser rainha e esposa, com um homem como ele que possui a sua própria terra, sua própria fortuna, e não precisa da pequena Inglaterra. E, então, poderei ser rainha do meu país, esposa e mãe.

Houve um quê na maneira como disse "mãe" que me alertou. Sentira sua mão na minha cabeça e a vira com as crianças nas choupanas pobres.

— Ora, mas deseja ter um filho — exclamei.

Percebi a necessidade em seus olhos, e então virou-se de novo para a janela e fitou o rio frio.

— Ah, sim — sussurrou, para o jardim lá fora. — Desejo um filho há 20 anos. Por isso amava tanto meu pobre irmão. Na fome do meu coração, até mesmo amei Elizabeth quando ela era bebê. Talvez Deus em sua bondade me dê um filho agora. — Olhou para mim. — Você tem a Visão. Terei um filho, Hannah? Terei um filho, um filho para carregar nos meus braços e amar? Um filho que crescerá e herdará o meu trono e tornará a Inglaterra um grande país?

Esperei por um momento, para o caso de algo me acontecer. Tudo o que tive foi uma sensação de grande desespero e impotência, nada mais. Meu olhar baixou para o chão e ajoelhei-me diante da rainha.

— Lamento, Sua Graça — repliquei. — A Visão não pode ser chamada. Não posso responder-lhe a esta pergunta, nem a outra qualquer. Minha visão vem e vai a seu bel-prazer. Não posso dizer se terá um filho.

— Então eu vou predizer — disse ela sinistramente. — Vou lhe dizer o seguinte. Vou me casar com Felipe da Espanha sem amor, sem desejo, mas com a sensação genuína de que é do que o país precisa. Ele nos trará a riqueza e o poder da Espanha, fará deste país parte do império, de que precisamos tanto. Ele me ajudará a devolver a este país a disciplina da verdadeira igreja, e me dará um filho, um herdeiro cristão divino que manterá este país no rumo certo. — Fez uma pausa. — Deve dizer Amém — lembrou-me.

— Amém. — Saiu facilmente. Eu era uma cristã-nova, uma garota vestida de menino, uma jovem apaixonada por um homem e noiva de outro. Uma garota sofrendo a falta da mãe e nunca pronunciando o seu nome. Passei toda a minha vida fingindo concordar. — Amém — disse.

A porta abriu-se e Jane Dormer introduziu dois carregadores com uma estrutura envolvida em um pano de linho.

— É para a Sua Graça! — informou com um sorriso maroto. — Algo que gostará de ver.

A rainha foi lenta em se desfazer de seu humor pensativo.

— O que é, Jane? Estou cansada agora.

Em resposta, a Srta. Dormer esperou os homens escorarem a carga na parede, pegou a ponta do pano e virou-se para a sua senhora real.

— Está pronta?

A rainha foi convencida a sorrir.

— É o retrato de Felipe? — perguntou. — Não serei iludida por isso. Esquece-se de que já tenho idade bastante para me lembrar de quando meu pai se casou com um retrato, mas se divorciou do modelo. Ele disse que era a pior peça que se pregava em um homem. Um retrato é sempre bonito. Não serei conquistada por um retrato.

Como resposta, Jane Dormer afastou o pano. Ouvi a rainha arquejar, vi a cor surgir e desaparecer nas maçãs de seu rosto e, depois, ouvi sua risada juvenil.

— Meu Deus, Jane, que homem — sussurrou ela.

Jane Dormer caiu na gargalhada, largou o pano e afastou-se para admirar melhor o retrato.

Era realmente um homem bonito. Jovem, devia ter uns 25 anos, enquanto a rainha se aproximava dos 40, a barba castanha com olhos escuros sorridentes, boca cheia e sensual, um bom corpo, ombros largos e pernas esguias e fortes. Estava usando vermelho-escuro com uma boina de lado, na mesma cor, sobre seu cabelo castanho cacheado. Parecia um homem que sussurraria palavras amorosas no ouvido de uma mulher, até os joelhos dela fraquejarem. Parecia um safado bonito, mas havia uma firmeza na sua boca e nos ombros sugestiva de que, não obstante, era capaz de uma conduta honesta.

— O que acha, Sua Graça? — perguntou Jane.

A rainha não disse nada. Olhei do retrato para ela. Estava olhando fixo para o retrato. Por um momento não me ocorreu o que ela me lembrava, mas então entendi. Era o meu próprio rosto no espelho quando eu pensava em Robert Dudley. Era o mesmo alerta, o mesmo esbugalhar dos olhos, o mesmo sorriso inconsciente.

— Ele é muito... agradável, balbuciou.

Jane Dormer olhou-me e sorriu.

Tive vontade de sorrir-lhe de volta, mas minha cabeça estava ressoando com um ruído estranho, como o zunido de pequenos sinos.

— Que olhos escuros! — destacou Jane.

— Sim — a rainha suspirou baixinho.

— Ele usa a gola muito alta. Deve ser a moda na Espanha. Trará a última moda para a corte.

O barulho em minha cabeça se tornava cada vez mais alto. Coloquei as mãos nos ouvidos, mas o som ecoou mais alto ainda. Agora era um ruído estridente.

— Sim — replicou a rainha.

— E está vendo? Uma cruz de ouro em uma corrente — falou Jane Dormer suavemente. — Graças a Deus haverá um príncipe cristão católico para a Inglaterra, mais uma vez.

Agora tornava-se insuportável. Era como estar em um campanário com todos os sinos badalando. Arqueei-me, contorci-me, tentando desligar o terrível badalo em meus ouvidos. Então, falei:

— Sua Graça! Seu coração vai se partir! — e o barulho cessou imediatamente e houve o silêncio, um silêncio que de certa maneira soava mais alto do que os sinos tinham soado. A rainha olhava para mim, Jane Dormer também, e percebi que falara impulsivamente, gritando como uma louca.

— O que disse? — Jane Dormer desafiou-me a repetir as palavras, desafiou-me a estragar o humor feliz da tarde, das duas mulheres examinando o retrato de um belo homem.

— Eu disse: "Sua Graça, seu coração vai se partir" — repeti. — Mas não sei por quê.

— Se não sabe por que, teria sido melhor que não tivesse falado — enfureceu-se Jane Dormer, sempre apaixonadamente leal à sua senhora.

— Eu sei — respondi de maneira entorpecida. — Mas não consigo evitar.

— Que sabedoria limitada dizer a uma mulher que o seu coração vai se partir, mas não como nem por quê!

— Eu sei — falei de novo. — Lamento.

Jane virou-se para a rainha.

— Sua Graça, não dê atenção ao bobo.

O rosto da rainha, que estava tão vivo e animado, de repente se fechou.

— Podem sair, as duas — ordenou. Curvou os ombros e virou-se. Nesse gesto refinado de uma mulher obstinada percebi que já tinha feito sua escolha e que nenhuma palavra sábia a faria mudar de opinião. Tampouco a palavra de um bobo. — Podem ir — disse. Jane fez menção de envolver o retrato. — Deixe-o aí. — Talvez o olhe de novo.

❧

Enquanto as longas negociações do casamento prosseguiam entre o conselho da rainha, morto de apreensão ao imaginar um espanhol no trono da Inglaterra, e representantes espanhóis, ansiosos em acrescentar mais um reino a seu império que se espalhava, descobri onde ficava a casa do pai de John Dee, e pus-me a caminho. Era uma casa pequena próxima ao rio, na cidade. Bati na porta e, por um momento, ninguém atendeu. Então uma janela acima da porta se abriu e alguém gritou:

— Quem é?

— Procuro Roland Dee — gritei. O pequeno telhado sobre a porta ocultava-me. Ele podia me ouvir, mas não me ver.

— Ele não está — respondeu John Dee.

— Sr. Dee, sou eu. Hannah, o bobo — gritei-lhe. — Estava à sua procura.

— Silêncio — disse rapidamente e bateu a janela de batente. Ouvi seus passos ecoarem na escada de madeira e o ruído dos ferrolhos, e então a porta foi aberta dando para um hall escuro.

— Entre rápido — pediu.

Espremi-me pela fresta aberta e ele logo fechou a porta e trancou-a. Ficamos cara a cara no hall escuro, em silêncio. Quando fiz menção de falar, colocou a mão no meu braço, para me calar. Imobilizei-me no mesmo instante. Chegava-me, lá de fora, os ruídos normais da rua de Londres, pessoas passando, o grito de alguns comerciantes, vendedores ambulantes oferecendo seus produtos, o grito distante de alguém descarregando no rio.

— Foi seguida? Disse a alguém que estava procurando por mim?

Meu coração bateu forte. Senti minha mão esfregar minha bochecha como se para limpar uma mancha de fuligem.

— Por quê? O que aconteceu?

— Alguém pode tê-la seguido?

Tentei raciocinar, mas só tinha consciência da batida assustada do meu coração.

— Não, senhor. Acho que não.

John Dee balançou a cabeça, virou-se e subiu a escada, sem me dizer uma única palavra. Hesitei, depois subi atrás. Por uma moeda escapuliria pela porta dos fundos e correria para a casa do meu pai, e não o veria nunca mais.

No alto da escada, a porta estava aberta e ele fez sinal para que eu entrasse. À janela, estava a sua mesa com um belo e estranho instrumento de bronze, exposto no melhor lugar. Do lado, havia uma grande mesa de carvalho escovada, com papéis, réguas, lápis, penas, tinteiros e rolos de pergaminho com uma escrita miúda e muitos números.

Não consegui satisfazer minha curiosidade antes de saber que estava segura.

— O senhor está sendo procurado, Sr. Dee? Devo ir embora?

Sorriu e sacudiu a cabeça.

— Sou excessivamente cauteloso — respondeu francamente. — Meu pai foi levado para ser interrogado, mas é conhecido como membro de um grupo de leitura: pensadores protestantes. Ninguém tem nada contra mim. Simplesmente levei um susto ao vê-la.

— Tem certeza? — insisti.

Ele riu.

— Hannah, você parece uma jovem corça pronta para fugir. Fique calma. Está segura aqui.

Acalmei-me e olhei em volta. Ele percebeu meu olhar voltar ao instrumento à janela.

— O que acha que é isso? — perguntou-me.

Sacudi a cabeça. Era uma coisa bonita, não um instrumento que eu reconhecesse. Era de bronze, do tamanho do ovo de uma pomba no centro, sobre uma base, em volta um anel de bronze astutamente sustentado por duas outras bases, o que significava poder balançar-se, uma bola deslizando ao redor. Do lado de fora, mais outro anel e outra bola e, por fora desse, mais outro. Era uma série de anéis e bolas e a mais distante do centro era a menor.

— Isto — falou baixinho — é um modelo do mundo. É como o criador, o grande carpinteiro dos céus, fez o mundo e, depois, o pôs em movimento. Isto tem o segredo de como a mente de Deus funciona. — Inclinou-se à frente e, delicadamente, tocou no primeiro anel. Como se por um toque de mágica, todos começaram a se mover lentamente, cada um em seu próprio ritmo, cada um obedecendo à sua própria órbita, às vezes passando, às vezes alcançando o outro. Somente o pequeno ovo dourado no centro permanecia imóvel. Tudo girava à sua volta.

— Onde está o nosso mundo? — perguntei.

Sorrindo mostrou-me.

— Aqui — apontou o ovo dourado no centro. Indicou o círculo seguinte com a bola que girava lentamente. — Esta é a lua. — Apontou o seguinte. — Este é o sol. — Mostrou os outros. — Estes são os planetas, e além deles estão as estrelas, e este... — Indicou um anel diferente dos outros, um anel de prata, que se movera ao seu primeiro toque e fizera todos os outros mover-se ao ritmo próprio. — Este é o *primum móbile*. É o toque de Deus no mundo simbolizado por este anel que dá início ao movimento de tudo, que faz o mundo começar. Este é o Mundo. Esta é a manifestação do "Que seja feita a luz."

— Luz — repeti baixinho.

Concordou com a cabeça.

— "Que seja feita a luz." Se eu souber o que provoca esse movimento, conhecerei o segredo de todo o movimento dos céus — disse. — Nesse modelo, posso representar o papel de Deus. Mas nos céus reais, qual é a força que faz os planetas girarem, que faz o sol girar em volta da terra?

Esperou que eu respondesse, sabendo que não podia, já que ninguém sabia a resposta. Sacudi a cabeça, tonta com o movimento das bolas douradas em seus anéis dourados.

Com a mão parou-os, e observei que diminuíam a velocidade até se imobilizarem.

— Meu amigo, Gerard Mercator, fez isso para mim, quando éramos estudantes. Um dia, ele será um grande fazedor de mapas, tenho certeza. E eu... — Interrompeu-se. — Devo seguir meu caminho — prosseguiu. — Aonde quer que me leve. Tenho de ser sereno em minha cabeça, livre da ambição e viver em um país sereno e livre. Tenho de percorrer um caminho sereno.

Fez uma pausa e então, como se de repente se lembrasse de mim:

— E você? Por que me procurou? — perguntou em um tom de voz completamente diferente. — Por que chamou por meu pai?

— Não era a ele que eu queria ver. Estava à sua procura. Só queria perguntar-lhe onde o senhor estava — falei. — Na corte, me disseram que tinha voltado para a casa do seu pai. Eu o estava procurando. Tenho uma mensagem.

De súbito, mostrou-se ansioso de curiosidade.

— Uma mensagem? De quem?

— De Lorde Robert.

Assumiu uma expressão consternada.

— Por um momento, achei que um anjo a teria procurado com uma mensagem para mim. O que quer Lorde Robert?

— Quer saber o que vai acontecer. Incumbiu-me de duas tarefas. A primeira é dizer a Lady Elizabeth para procurá-lo e pedir que seja seu tutor, e a segunda, dizer ao senhor para se encontrar com alguns homens.

— Que homens?

— Sir William Pickering, Tom Wyatt e James Croft. Pediu para eu lhe dizer o seguinte: que estão envolvidos com um experimento alquímico para fazer ouro a partir de um metal comum e refinar a prata até se tornar cinza, e que o senhor deveria ajudá-los. Edward Courtenay pode fazer um casamento químico. E para eu retomar e dizer-lhe o que acontecerá.

O Sr. Dee relanceou os olhos para a janela como se temesse bisbilhoteiros no peitoril.

— Os tempos não são propícios a que eu sirva a uma princesa suspeita e a um homem na Torre por traição, e a três outros cujos nomes conheço e de cujos planos tenho dúvidas.

Lancei-lhe um olhar firme.

— Como quiser, senhor.

— E você poderia estar empregada de maneira mais segura, minha jovem. No que ele está pensando expondo-a a um perigo desse?

— Eu obedeço às suas ordens — respondi sem titubear. — Dei-lhe a minha palavra.

— Deveria liberá-la — replicou gentilmente. — Não pode ordenar nada da Torre.

— Ele me liberou. Só vou revê-lo mais uma vez — falei. — Quando voltar e lhe contar o que o senhor prevê para a Inglaterra.

— Vamos olhar no espelho e ver o que acontecerá? — perguntou.

Hesitei. Temia o espelho escuro e a sala obscurecida, temia as coisas que poderiam surgir da treva para nos assombrar.

— Sr. Dee, na última vez não previ certo — confessei, constrangida.

— Quando disse a data da morte do rei?

Confirmei com um movimento da cabeça.

— Quando predisse que a próxima rainha seria Jane?

— Sim.

— Suas respostas foram verdadeiras — observou.

— Não passaram de palpites — repliquei. — Peguei-as no ar. Desculpe.

Ele sorriu.

— Então faça isso de novo. — Dê um palpite para mim. Por Lorde Robert, já que ele lhe pediu, não pediu?

Fui pega e sabia disso.

— Está bem.

— Faremos agora. — Sente-se, feche os olhos, tente não pensar em nada. Vou aprontar a sala.

Fiz o que mandou, e sentei-me em um banco. Podia ouvi-lo movendo-se silenciosamente na sala ao lado, perceber o farfalhar de uma cortina fechando-se e o leve som de uma chama quando acendeu um círio no fogo e o levou para acender as outras velas. Então, falou em tom baixo:

— Está pronta. Venha, e que anjos bons nos guiem.

Pegou a minha mão e me conduziu para um pequeno reservado. O mesmo espelho que tínhamos usado antes estava encostado na parede, uma mesa na frente sustentava uma tábua de cera com sinais estranhos impressos. Uma vela ardia diante do espelho e ele colocara outra no lado oposto, de modo que a impressão era haver inúmeras velas desaparecendo a uma distância infinita, além do mundo, além do sol e da lua e dos planetas, como me havia mostrado em seu modelo circular móvel. Não até o céu, mas no escuro absoluto, onde finalmente estaria mais escuro do que a chama das velas, onde seria a treva e mais nada.

Respirei fundo para afastar o medo e sentei-me diante do espelho. Ouvi sua prece ser murmurada e repeti: "Amém." Então olhei fixo para a escuridão do espelho.

Ouvi a mim mesma falando, mas não consegui distinguir as palavras. Ouvi o ruído da pena enquanto anotava o que eu estava dizendo. Ouvi a mim mesma recitando uma série de números e, depois, proferindo palavras estranhas, como uma poesia impetuosa que tinha ritmo e uma beleza própria. Mas não em inglês: "Haverá uma criança, mas nenhuma criança. Haverá um rei, mas nenhum rei. Haverá uma rainha virgem completamente esquecida. Haverá uma rainha, mas não virgem."

— E Lorde Robert Dudley? — sussurrou John Dee.

— Terá a capacidade de um príncipe que mudará a história do mundo — respondi em um sussurro. — E morrerá, amado por uma rainha, seguro em sua cama.

❧

Quando recobrei os sentidos, John Dee estava em pé do meu lado com uma bebida que tinha o gosto de fruta com um quê de metal.

— Você está bem? — perguntou.

Assenti com a cabeça.

— Sim. Um pouco sonolenta.

— É melhor voltar à corte — disse. — Sentirão a sua falta.

— Não irá ver Lady Elizabeth?

Pareceu pensativo.

— Sim, quando tiver certeza de que é seguro. Pode dizer a Lorde Robert que o servirei e à causa e que também acho que chegou o momento. Eu a aconselharei e serei seu informante durante esse tempo de mudança. Mas tenho de tomar cuidado.

— Não tem medo? — perguntei, pensando no meu próprio terror de ser observada, no meu próprio medo de bater à porta no escuro.

— Não muito — respondeu ele devagar. — Tenho amigos em posições influentes. Tenho planos a concluir. A rainha está devolvendo os mosteiros e suas bibliotecas também serão restauradas. É minha obrigação encontrar e devolver os livros às suas estantes, restaurar os manuscritos e o estudo sério. E espero ver o metal comum convertido em ouro.

— A pedra filosofal? — perguntei.

Sorriu.

— Dessa vez, é uma charada.

— O que devo dizer a Lorde Robert quando voltar a vê-lo na Torre? — perguntei.

John Dee pareceu pensativo.

— Nada mais do que morrerá em sua cama, amado por uma rainha — recomendou-me. — Você viu isso, embora não saiba o que pode ver. É a verdade, apesar de, neste momento, parecer impossível.

— E tem certeza? — perguntei. — Tem certeza de que não será executado?

John Dee concordou com um movimento da cabeça.

— Tenho certeza. Ele tem muita coisa para fazer, e o tempo de uma rainha do ouro virá. Lorde Robert não é um homem para morrer jovem e deixar sua obra inacabada. E prevejo-lhe um grande amor, o maior amor que ele já viveu.

Esperei, mal conseguindo respirar.

— Sabe quem ele amará? — perguntei em um sussurro.

Nem por um instante pensei que seria a escolhida. Como poderia ser? Era seu vassalo, ele me chamava de Senhorita Menino, ria da adoração de garota que percebia em meu rosto e se ofereceu para me liberar. Nem mesmo no momento em que John Dee predisse um grande amor para ele, achei que seria eu.

— Uma rainha o amará. Ele será o grande amor de sua vida.

— Mas a rainha se casará com Felipe da Espanha — comentei.

John sacudiu a cabeça.

— Não consigo ver um espanhol no trono da Inglaterra — predisse. — E nem muitos outros.

☙

Foi difícil achar uma maneira de falar com Lady Elizabeth sem metade da corte notar. Apesar de não ter amigos na corte, somente um pequeno círculo de sua própria criadagem, parecia estar constantemente cercada de pessoas aparentemente casuais, metade das quais era paga para espioná-la. O rei francês tinha seus espiões na Inglaterra, o imperador espanhol também possuía sua rede de espionagem. Todos os grandes homens tinham criadas e homens em outras casas para vigiar qualquer sinal de mudança ou de traição, e a própria rainha criava e pagava uma rede de informantes. Até onde sabia, alguém era pago para me vigiar, e só em pensar ficava morta de medo. Era um mundo tenso de suspeitas contínuas e amizades fingidas. Lembrava-me o modelo da terra de John Dee, com todos os planetas girando ao redor. A princesa era como a terra, no centro de tudo, exceto que todas as estrelas no seu firmamento a observavam com olhos invejosos e desejavam-lhe mal. Para mim não era de admirar que ficasse cada vez mais pálida e as olheiras azuis se tornassem violeta-escuro como a mancha de um murro e que, quando o Natal se aproximou, não recebeu bons votos de ninguém.

A hostilidade à rainha acentuava-se a cada dia que Elizabeth andava pela corte com a cabeça ereta, e o nariz para cima, toda vez que evitava a estátua de Nossa Senhora na capela, toda vez que abandonava o rosário e, em vez dele, usava um livro de orações em miniatura preso a uma corrente em sua cintura. Todos sabiam que nesse livro de orações estava a prece de seu irmão moribundo: " Oh, meu Deus, defenda este reino do papado e conserve a sua verdadeira religião." Usar isso, em lugar do rosário de corais que a rainha lhe dera, era mais do que um ato público de desafio, era um quadro vivo de desobediência.

Para Elizabeth, talvez fosse pouco mais que uma exibição de rebeldia, mas para a rainha era um insulto que a atingia direto no coração. Quando Elizabeth cavalgava vestida com cores vivas, sorrindo e acenando, o povo a aclamava e tirava o chapéu. Quando não saía, e usava roupa simples em preto e branco, o povo ia ao palácio de Whitehall para vê-la jantar à mesa da rainha e observar sua beleza frágil e a discrição protestante de sua roupa.

A rainha percebia que, embora Elizabeth nunca a desafiasse abertamente, fornecia aos mexeriqueiros material para espalharem fora da corte, entre aqueles que se conservavam protestantes:

"A princesa protestante estava pálida, hoje, e não tocou na água benta."

"A princesa protestante pediu para se ausentar da missa da noite porque não estava se sentindo bem, de novo."

"A princesa protestante, apesar de prisioneira na corte papista, mantém-se fiel à sua fé como pode e espera o momento propício, perigosamente diante do próprio Anticristo."

"A princesa protestante é uma mártir de sua fé e sua irmã feia é tão obstinada quanto um bando de açuladores de cães contra um urso, perseguindo a consciência pura de uma jovem."

A rainha, resplandecente em seus ricos vestidos e joias de sua mãe, parecia indecentemente espalhafatosa ao lado do brilho do cabelo de Elizabeth, da alvura de sua palidez de mártir e da extrema modéstia de seu vestido preto. Independente do que a rainha vestisse e usasse, Elizabeth, a princesa protestante, brilhava com o fulgor de uma garota prestes a tornar-se mulher. A rainha do seu lado, com idade para ser sua mãe, parecia cansada e esmagada pela tarefa que herdara.

Portanto eu não podia ir simplesmente aos aposentos de Elizabeth e pedir para vê-la. Era o mesmo que me anunciar ao embaixador da Espanha, que vigiava cada passo de Elizabeth e relatava tudo à rainha. Mas um dia, quando eu a seguia na galeria, ela tropeçou. Fui ajudá-la, e ela aceitou o meu braço.

— Quebrei o salto do meu sapato, terei de mandá-lo ao sapateiro — disse.

— Deixe-me ajudá-la a ir aos seus aposentos —ofereci-me, e acrescentei em um sussurro: — tenho uma mensagem de Lorde Robert Dudley.

Ela nem sequer me lançou um olhar de soslaio, e nesse controle absoluto percebi imediatamente que era uma conspiradora consumada e que a rainha tinha razão em temê-la.

— Não posso receber nenhuma mensagem sem a bênção de minha irmã — replicou Elizabeth suavemente. — Mas ficarei feliz se me ajudar a chegar ao meu quarto, pois torci o pé quando o salto quebrou.

Abaixou-se e tirou o sapato. Não pude deixar de notar o bonito bordado em suas meias, mas achei que não era hora de lhe pedir o desenho. Como sempre, tudo o que ela tinha, tudo o que fazia, me fascinava. Ofereci-lhe o meu braço. Um cortesão passou e olhou para nós duas.

— A princesa quebrou o salto do sapato — expliquei. Balançou a cabeça e seguiu caminho. Não se daria ao trabalho de ajudá-la.

Elizabeth manteve o olhar à frente, mancando ligeiramente com o pé só de meia, o que a obrigava a andar devagar. Deu-me muito tempo para transmitir-lhe a mensagem que dissera não poder ouvir sem permissão.

— Lorde Robert pede que chame John Dee para ser seu tutor, "sem falta". — falei baixinho.

Ela continuou sem olhar para mim.

— Posso dizer-lhe que fará isso?

— Pode dizer-lhe que não farei nada que desagrade a minha irmã, a rainha — replicou tranquilamente. — Mas há muito tempo quero estudar com o Sr. Dee, e vou lhe pedir que leia comigo. Estou particularmente interessada em ler a doutrina dos primeiros pais da Santa Igreja.

Lançou-me um olhar velado.

— Estou tentando aprender sobre a Igreja Católica Romana — acrescentou. — Minha educação tem sido negligenciada.

Chegamos à porta dos seus aposentos. Um guarda colocou-se em posição de sentido e abriu a porta. Elizabeth dispensou-me.

— Obrigada pela ajuda — disse friamente, e entrou. Quando a porta se fechava, vi-a abaixar-se e calçar o sapato. O salto, evidentemente, ressoou inteiro.

☙

A previsão de John Dee de que os homens da Inglaterra reagiriam para impedir que a rainha se casasse com um espanhol foi confirmada com dezenas de incidentes. Havia baladas cantadas contra o casamento, os pregadores mais valentes vociferavam contra uma união tão perigosa para a independência do país. Desenhos grosseiros apareceram em todo muro caiado da cidade, livrinhos populares eram passados difamando o príncipe espanhol, injuriando a rainha por até mesmo considerar esse casamento. Não adiantou nada o embaixador espanhol garantir aos nobres da corte que esse príncipe não tinha o menor interesse em assumir o poder na Inglaterra, que o príncipe fora persuadido a casar por seu pai, que, na verdade, o príncipe Felipe, um homem atraente de menos de 30 anos, de bom grado procuraria uma esposa que lhe proporcionasse mais prazer e lucro do que a rainha da Inglaterra, 11 anos mais velha. Qualquer sugestão de que ele queria a união era prova da ambição espanhola, e qualquer insinuação de que pudesse ter olhado para qualquer outro lugar era um insulto.

A própria rainha quase se prostrou sob o peso de conselhos conflitantes, sob o peso do medo de perder o amor do povo da Inglaterra sem ganhar o apoio da Espanha.

— Por que disse que o meu coração se partiria? — perguntou certo dia, em desassossego. — Foi porque previu que seria assim? Com todos os meus conselheiros mandando que recuse essa união, ainda que todos me digam para me casar e ter um filho sem demora? Com todo o país dançando na minha coroação e, minutos depois, amaldiçoando a notícia do meu casamento?

— Não — respondi. — Eu não poderia ter previsto isso. Acho que ninguém poderia ter previsto uma virada dessa em tão pouco tempo.

— Tenho de estar sempre na defesa — disse mais para si mesma do que para mim.

— A cada momento tenho de mantê-los à minha disposição. Os grandes senhores, e aqueles sob suas ordens, têm de ser meus súditos leais. Mas, o tempo todo, cochicham pelos cantos, julgando-me.

Levantou-se da cadeira, deu os oitos passos até a janela e voltou. Lembrei-me da primeira vez que a vi em Hunsdon, na pequena corte em que raramente ria, onde era pouco mais do que uma prisioneira. Agora, era a rainha da Inglaterra e continuava prisioneira da vontade do povo, e continuava sem motivos para rir.

— E o conselho é pior do que minhas damas de honra! — exclamou. — Discutem sem parar e na minha presença! São dezenas, e não consigo nem um conselho sensível, todos desejam algo diferente, todos, todos eles!, mentem para mim. Meus espiões trazem-me histórias, e o embaixador espanhol relata outras. E o tempo todo sei que estão se unindo contra mim. Vão me derrubar e pôr Elizabeth no trono por pura loucura. Abandonarão a certeza do paraíso e se lançarão no inferno, porque estudam heresia, e agora não são capazes de escutar a palavra da verdade quando lhes é dada.

— As pessoas gostam de pensar por si mesmas... — alertei.

Respondeu-me agressivamente.

— Não, não gostam. Gostam de obedecer a um homem preparado para pensar por eles. E agora acham que o encontraram. Encontraram Thomas Wyatt. Oh, sim, eu sei. O filho do amante de Ana Bolena, de que lado acha que ele está? Têm homens como Robert Dudley, aguardando a sua sorte na Torre, e têm uma princesa como Elizabeth: uma garota tola, jovem demais para conhecer a própria mente, vaidosa demais para ter cuidado e ambiciosa demais para esperar, como eu tive de esperar, como tive de esperar dignamente, durante todos esses longos anos de provações. Esperei no ostracismo, Hannah. Mas ela não esperará.

— Não precisa temer Robert Dudley — falei rapidamente. — Não se lembra de que ele se declarou a seu favor? Contra seu próprio pai? Mas quem é esse Wyatt?

Retornou à janela.

— Ele jurou que seria leal a mim, mas recusa-me o marido. — Como se isso pudesse ser feito! Diz que irá me tirar do trono e depois me pôr de volta.

— E tem muitos partidários?

— Metade de Kent — replicou em um sussurro. — E esse demônio dissimulado de Edward Courtenay como aspirante a rei, se o conheço, e Elizabeth esperando ser sua rainha. E haverá dinheiro chegando de algum lugar para pagá-lo por seu crime, não tenho a menor dúvida.

— Dinheiro?

Sua voz soou cortante.

— Francos. Os inimigos da Inglaterra sempre são pagos em francos.

— Não pode prendê-lo?

— Quando encontrá-lo — respondeu. — É mais de dez vezes traidor. Mas não sei onde está nem quando planeja agir. — Foi até a janela e olhou lá para fora, como se pudesse enxergar além do jardim, aos pés dos muros do palácio, por sobre o rio Tâmisa, frio à luz do sol de inverno, por todo o caminho até Kent, os homens que mantinham planos secretos.

Fiquei impressionada com o contraste entre as nossas esperanças na estrada para Londres e como era agora que fora coroada rainha.

— Sabe, achei que quando chegasse a Londres, todas as nossas lutas terminariam.

O olhar que me lançou foi espectral, seus olhos obscurecidos, sua pele tão grossa quanto cera de vela. Parecia anos mais velha do que quando havíamos passado a cavalo, na frente de um exército estimulado, por multidões que a aclamavam.

— Também achei — lastimou. — Achei que a minha infelicidade tinha terminado. O medo que sentira durante toda a minha infância: os pesadelos à noite, o terrível despertar todo dia, para descobrir que eram verdadeiros. Achei que se fosse proclamada e coroada rainha, estaria segura. Mas agora é pior do que nunca. A cada dia tomo conhecimento de uma nova conspiração, todo dia percebo alguém lançando-me olhares oblíquos quando vou à missa, todo dia ouço alguém admirar a erudição de Lady Elizabeth ou sua dignidade ou sua elegância. Todo dia sei que mais um cochichou algo com o embaixador francês, que espalhou um pequeno mexerico, contou uma pequena mentira, insinuou que eu jogaria o meu reino no colo da Espanha, como se eu não tivesse passado a vida, a minha vida toda, esperando o trono! Como se minha mãe não tivesse se sacrificado, recusando qualquer acordo com o rei para que pudesse manter-me como herdeira! Ela morreu inteiramente só, sem uma palavra gentil dele, em uma ruína úmida e fria, distante de seus amigos, para que um dia eu pudesse ser rainha. Como se eu fosse jogar fora a sua herança pela mera ilusão de um retrato! Estarão loucos achando que eu poderia esquecer de mim mesma dessa maneira? Não existe nada, *nada* mais precioso para mim do que esse trono. Não há nada mais precioso para mim do que esse povo. E ainda assim não conseguem ver isso e não confiam em mim!

Estava tremendo. Nunca a vira tão aflita.

— Sua Graça, acalme-se. Tem de parecer serena, mesmo quando não estiver.

— Preciso ter alguém do meu lado — sussurrou, como se não tivesse me ouvido. — Alguém que goste de mim. Alguém que compreenda o perigo que corro. Alguém para me proteger.

— O príncipe Felipe, da Espanha, não vai... — comecei, mas ela levantou a mão para me calar.

— Hannah, não tenho mais nenhuma outra esperança a não ser ele. Espero que venha a mim, apesar das calúnias pérfidas, apesar do perigo para nós dois. Apesar das ameaças de que o matarão no momento em que pisar este reino. Rezo a Deus que tenha coragem de vir e me torne sua mulher, e me mantenha segura. Pois Deus é testemunha de que eu não posso governar sem ele.

— Disse que seria uma rainha virgem — lembrei-lhe. — Disse que viveria como uma freira para o seu povo, sem outro marido que não o povo, sem outros filhos que não o povo.

Virou-se de costas para a janela, para a vista do rio frio e do céu cor de chumbo.

— Disse — admitiu. — Mas não sabia como seria. Não sabia que ser rainha me causaria ainda mais sofrimento do que ser princesa. Não sabia que ser uma rainha virgem, como eu, significa estar eternamente em perigo, eternamente assombrada pelo medo do futuro e eternamente só. E pior do que tudo: eternamente sabendo que nada do que faço vai durar.

ℭℬ

O humor sombrio da rainha perdurou até a hora do jantar, quando se sentou com a cabeça baixa e a expressão soturna. Um silêncio absoluto dominava o grande salão, ninguém conseguia estar alegre com a rainha com um humor tão sombrio e todos tinham seus próprios medos. Se a rainha não conseguia manter seu trono, quem poderia ter certeza de estar seguro em casa? Se fosse derrubada e Elizabeth a substituísse, então os homens que acabavam de recuperar suas capelas e estavam pagando missas a serem cantadas, teriam de virar a casaca de novo. Era uma corte apreensiva, todo mundo olhando em volta. Então houve uma leve agitação de interesse quando Will Somers se levantou, ajeitou o gibão com um movimento afetado de seus pulsos e se aproximou da mesa da rainha. Quando viu que todos os olhares se voltavam para ele, caiu elegantemente sobre um joelho e fez uma reverência floreada com um lenço.

— O que é, Will? — perguntou distraidamente.

— Vim lhe proopor casameento — replicou Will, solene como um bispo, com uma pronúncia ridícula. A corte inteira suspendeu a respiração.

A rainha ergueu o olhar, a centelha de um sorriso em seus olhos.

— Casamento, Will?

— Sou um solteiro declarado — prosseguiu, e do fundo do salão risinhos foram reprimidos. — Como todo munndo sabe. Mas estou disposto a abrir mãoo disso, nestaa ocasiãoo.

— Que ocasião? — A voz da rainha tremeu com o riso.

— A ocasiãoo da minha proposta — replicou —, à Sua Graça, de casamento.

Era um terreno perigoso mesmo para Will.

— Não estou procurando marido — replicou a rainha, excessivamente decorosa.

— Então me retiro — respondeu com grande dignidade. Levantou-se e afastou-se do trono. A corte suspendeu a respiração com a brincadeira, e a rainha também. Ele fez uma pausa. Seu *timing* era o de um músico, o de um compositor de riso. Virou-se.

— Masss não pense — agitou o dedo indicador comprido e ossudo para ela, como advertência —, nãoo vá pensarr que é obrigada a se jogarr para o filho de um mero imperadorr. Agora pode me teeer, já sabe.

A corte caiu na gargalhada, e até mesmo a rainha riu quando Will, com seu andar cômico, voltou à sua cadeira e se serviu, de um copo de vinho, enchendo-o até a borda. Olhei-o, e levantou o copo para mim, um brinde de um bufão para o outro. Fizera exatamente o que deveria: transformar o tema mais difícil e doloroso em piada. Mas Will podia sempre fazer mais do que isso: era capaz de extrair o espinho do fato, era capaz de fazer uma zombaria que não feria ninguém, de modo que até mesmo a rainha, que sabia estar machucando seu país com sua determinação de casar-se, conseguiu sorrir e jantar e esquecer-se das forças que se uniam contra ela, pelo menos por essa noite.

ఇర

Fui à casa de meu pai deixando a corte zumbindo de mexericos, andando por uma cidade que fomentava uma rebelião. Os rumores de um exército secreto formando-se para fazer guerra à rainha corriam por toda parte. Todo mundo sabia de um ou outro homem que desaparecera de casa, fugindo para unir-se aos rebeldes. Lady Elizabeth, diziam, estava disposta a casar-se com um bom inglês — Edward Courtenay — e tinha prometido assumir o trono assim que sua irmã fosse deposta. Os homens de Kent não permitiriam que um príncipe espanhol os conquistasse e subjugasse. A Inglaterra não era um dote que uma princesa, e uma princesa metade espanhola, pudesse passar para a Espanha. Havia bons ingleses que a rainha poderia aceitar se decidisse se casar. Havia o belo e jovem Edward Courtenay com uma linhagem real. Havia príncipes protestantes por toda a Europa, havia cavalheiros de boa educação e instruídos que dariam um bom príncipe consorte. Certamente ela deveria se casar, e imediatamente, pois nenhuma mulher no mundo poderia governar uma casa, muito menos um reino, sem a orientação de um homem; a natureza da mulher não se ajustava ao trabalho, a sua inteligência não era apta a tomar decisões, a sua coragem não era grande o bastante para enfrentar as dificuldades e ela não possuía constância em sua natureza para a longa jornada. É claro que a rainha devia se casar e dar ao reino um filho homem e herdeiro. Mas não devia se casar nem mesmo *pensar* em se casar com um príncipe espanhol. Só a ideia já era uma traição à Inglaterra, e ela devia estar louca de amor por ele, como todos estavam dizendo, para ter, até mesmo, cogitado na possibilidade. E uma rainha que perdia o juízo por luxúria não estava apta a governar. Seria melhor derrubar uma rainha enlouquecida pelo desejo em sua idade avançada do que se submeter a um tirano espanhol.

Meu pai tinha companhia na livraria. A mãe de Daniel Carpenter estava sentada em um dos bancos ao balcão, com seu filho do lado. Ajoelhei-me para receber a bênção do meu pai, e depois fiz uma ligeira reverência à Sra. Carpenter e ao meu futuro marido. Ela e meu pai olharam para Daniel e para mim, tão eriçados quanto gatos no muro de um jardim e tentaram, sem sucesso, ocultar sua diversão sensata diante da irritabilidade de um casal durante o namoro.

— Esperei para vê-la e saber notícias da corte — disse a Sra. Carpenter. — E Daniel queria vê-la, é claro.

O olhar de relance que Daniel lhe lançou deixou claro não querer que ela explicasse seu comportamento comigo.

— O casamento da rainha acontecerá realmente? — perguntou meu pai. Serviu-me um copo de um bom vinho tinto espanhol e puxou um banco para que eu me sentasse. Reparei, divertida, que meu trabalho como bobo tinha-me tornado uma personagem digna de respeito, com um lugar onde sentar e um copo de vinho.

— Sem dúvida — respondi. — A rainha está ansiosa por alguém que a ajude e que seja seu companheiro, e é natural querer um príncipe espanhol.

Não mencionei o retrato pendurado em sua câmara privada, na parede oposta ao genuflexório, e que ela consultava com um olhar de soslaio a cada momento difícil, desviando a cabeça da imagem de Deus para o retrato de seu futuro marido e depois para a imagem de novo.

Meu pai relanceou os olhos para a Sra. Carpenter.

— Queira Deus que isso não faça diferença para nós — disse meu pai. — Queira Deus que ele não introduza os métodos espanhóis.

Ela balançou a cabeça concordando, mas não fez o sinal da cruz, como deveria. Em vez disso, inclinou-se à frente deu um tapinha na mão do meu pai.

— Esqueça o passado — disse de maneira confortadora. — Vivemos na Inglaterra há três gerações. Ninguém pode achar que não somos bons cristãos e bons ingleses.

— Não posso ficar se vier a se transformar em outra Espanha — desabafou meu pai com a voz grave. — Você sabe, todo domingo, todo dia santo, queimam hereges, às vezes centenas de uma vez só. E aqueles de nós que praticaram o cristianismo por anos são julgados juntos com os que não aceitaram isso. E ninguém consegue provar sua inocência! Mulheres velhas que faltaram à missa por estarem doentes, jovens que foram vistos desviando o olhar no momento da elevação da hóstia, nenhuma justificativa, nenhuma razão, e os denunciam. E sempre, sempre são os que fizeram dinheiro, ou os que progrediram no mundo e fizeram inimigos. E com meus livros, minha livraria, minha reputação de estudioso, sei que viriam me procurar, e comecei a me preparar. Mas não acreditava que levariam meus pais, a irmã de minha mulher, minha mulher, antes de mim... — Interrompeu-se. — Eu deveria ter pensado nisso, deveríamos ter partido antes.

— Papai, não poderíamos salvá-la — falei, confortando-o com as mesmas palavras que usara comigo quando eu tinha gritado que deveríamos ter ficado e morrido a seu lado.

— Tempos passados — disse a Sra. Carpenter vivamente. — E não virão aqui. Não a Santa Inquisição, não na Inglaterra.

— Ah, sim, virão — asseverou Daniel.

Foi como se tivesse dito algo obsceno. Um silêncio caiu imediatamente sobre a sala, e sua mãe e meu pai viraram-se para olhá-lo.

— Um príncipe espanhol, uma rainha metade espanhola, ela deve estar determinada a restaurar a igreja. Que melhor maneira de conseguir isso se não introduzindo a Inquisição para extirpar a heresia pela raiz? E o Príncipe Felipe há muito é um entusiasta da Inquisição.

— A rainha é muito piedosa para fazer isso — falei. — Nem mesmo executou Lady Jane, apesar de todos os conselheiros dizerem que devia. Lady Elizabeth arrasta-se para a missa, quando vai, e ninguém diz nada. Se a Inquisição fosse convocada, Elizabeth seria julgada culpada sei lá quantas vezes. Mas a rainha acredita que a verdade da Santa Escritura se tornará evidente, naturalmente. Nunca queimará hereges. Sabe o que é temer pela própria vida. Sabe o que é ser acusada injustamente. Ela se casará com Felipe da Espanha, mas não lhe entregará o país. Nunca será seu boneco. Quer ser uma boa rainha, como foi sua mãe. Acho que devolverá este país à sua fé verdadeira por meios generosos. Metade do país está feliz por retornar à missa, e metade fará o mesmo depois.

— Tomara que sim — disse Daniel. — Mas repito: temos de estar preparados. Não quero ouvir a batida na porta qualquer noite dessa e perceber que é tarde demais para nos salvarmos. Não quero ser pego de surpresa; não me entregarei sem lutar.

— E aonde iríamos? — perguntei. Voltou-me a velha sensação de terror na barriga, a sensação de que nunca estaria segura em nenhum lugar, que eternamente esperaria o barulho de passos na escada e o cheiro de fumaça no ar.

— Primeiro Amsterdã e depois Itália — garantiu com firmeza. — Eu e você nos casaremos assim que chegarmos a Amsterdã e depois prosseguiremos por terra. Viajaremos todos juntos. O seu pai, a minha mãe e minhas irmãs também irão. Posso concluir meu treinamento de médico na Itália, e há cidades italianas que são tolerantes com judeus, onde podemos viver abertamente a nossa fé. Seu pai pode vender livros e minhas irmãs encontrarão trabalho. Viveremos como uma família.

— Vê como planeja o futuro? — disse, em um sussurro, a Sra. Carpenter, com um sorriso aprovador a meu pai. Também ele estava sorrindo para Daniel, como se o rapaz fosse a resposta para todas as perguntas.

— Só vamos nos casar no ano que vem — falei. — Ainda não estou pronta para me casar.

— Oh, de novo não — exclamou meu pai.

— Todas as garotas pensam assim — disse a Sra. Carpenter.

Daniel não falou nada.

Saí do banco.

— Podemos falar em particular? — perguntei.

— Vão para a sala da impressora — sugeriu meu pai a Daniel. — Sua mãe e eu tomaremos um copo de vinho aqui.

Serviu-a de mais um pouco de vinho e percebi seu sorriso divertido quando Daniel e eu fomos para a sala em que ficava a grande impressora.

— O Sr. Dee disse-me que perderei a Visão se me casar — falei seriamente. — Ele acredita que é um dom divino; não vou jogá-lo fora.

— É adivinhação e devaneios — resmungou Daniel asperamente.

Era quase exatamente o que eu pensava, e mal consegui argumentar.

— Está além da nossa compreensão — repliquei com determinação. — O Sr. Dee quer que seja sua vidente. Ele é um alquimista e diz...

— Parece bruxaria. Quando o príncipe Felipe da Espanha vier para a Inglaterra, John Dee será julgado por bruxaria.

— Não. É um ato sagrado. Ele reza antes e depois da previsão. É uma tarefa espiritual sagrada.

— E o que soube até agora? — perguntou com sarcasmo.

Pensei em todos os segredos que já sabia, a criança que não queria ser criança, a virgem, mas não rainha, a rainha, mas não virgem, e a segurança e glória que adviriam ao meu senhor.

— Há segredos que não posso lhe contar.

E acrescentei:

— E esta é mais uma razão por que não posso ser sua mulher. Não pode haver segredos entre um homem e sua mulher.

Virou-se com uma exclamação de irritação.

— Não banque a sabida comigo — disse. — Insulta-me diante de minha mãe e de seu pai ao dizer que não quer se casar. Não tente bancar a dissimulada em relação a querer voltar atrás com sua palavra. Você é tão cheia de artimanhas que se convencerá a não querer ser feliz e sim a partir o próprio coração.

— Como poderei ser feliz sendo um ninguém? — perguntei. — Sou a favorita da rainha Mary e sou muito bem paga. Posso aceitar propinas e favores no valor de centenas de libras. Sou da confiança da própria rainha. O maior filósofo do mundo acha que tenho o dom divino de prever o futuro. E você acha que a minha felicidade está em abandonar tudo isso e me casar com um aprendiz de médico!

Ele pegou minhas mãos, que estavam juntas, e me puxou para si. Sua respiração estava tão acelerada quanto a minha.

— Basta — disse com raiva. — Acho que já me insultou o bastante. Não precisa se casar com o aprendiz de um médico. Pode ser a prostituta de Robert Dudley ou adepta de seu tutor. Pode se achar uma companheira da rainha, mas todos a conhecem como o bobo. Você se rebaixa mais do que aquilo que posso lhe oferecer. Poderia ser a mulher de um homem honrado que a amaria, e no entanto se joga na sarjeta, para ser pega por qualquer passante.

— Não! — falei ofegando, tentando soltar minhas mãos.

De repente, puxou-me para si e pôs os braços ao redor da minha cintura. Sua cabeça baixou, sua boca aproximou-se da minha. Senti o cheiro do cosmético no seu cabelo e o calor da pele de sua bochecha. Retraí-me, mesmo com o desejo inverso.

— Está apaixonada por outro homem? — perguntou com premência.

— Não — menti.

— Jura por tudo no que acredita, seja o que for, que está livre para se casar comigo?

— Estou livre para me casar com você — repliquei com franqueza, pois Deus sabia, assim como eu, que ninguém mais me queria.

— Com honra — especificou ele.

Senti meus lábios separarem-se, poderia cuspir nele, de irritação.

— É claro, com honra — repliquei. — Não lhe disse que meu dom depende de minha virgindade? Já não disse que não vou arriscar perdê-lo? — Tentei me afastar, mas segurou-me mais forte. Contra a vontade, meu corpo sentiu-o: a força dos seus braços, das coxas me pressionando, o seu cheiro e, por alguma razão estranha, a sensação de absoluta segurança que ele me dava. Tive de empurrá-lo para não me entregar. Percebi que também eu queria me moldar em seu corpo, colocar a cabeça em seu ombro, deixá-lo me abraçar forte e saber que estava segura. Bastava eu deixar que me amasse e que me permitisse amá-lo.

— Se chamarem a Inquisição, teremos de partir, você sabe disso.

Segurou-me mais forte ainda, e senti seus quadris contra a minha barriga e tive de parar de ficar na ponta dos pés para me apoiar nele.

— Sim, eu sei — falei, mal o escutando, sentindo-o com cada polegada do meu corpo.

— Se partirmos, terá de vir comigo como minha mulher. Eu a levarei e a seu pai sob essa condição.

— Sim.

— Então, estamos de acordo?

— Se tivermos de partir da Inglaterra, me casarei com você — repliquei.

— E de qualquer maneira nos casaremos quando você completar 16 anos.

Concordei com um movimento da cabeça, os olhos fechados. Senti, então, sua boca aproximar-se da minha, e seu beijo desfez qualquer resistência.

Soltou-me e me escorei na impressora para me acalmar. Ele sorriu, como se soubesse que eu estava tonta de desejo.

— Quanto a Lorde Robert, peço que deixe de servi-lo. Ele é um traidor condenado, está preso, e você põe sua vida e a nossa em risco ao procurar a sua companhia. — Sua expressão tornou-se sombria. — E ele não é um homem com quem eu confie deixar minha noiva.

— Ele só me vê como uma criança e um bobo — corrigi-o.

— Você não é nenhum dos dois — disse gentilmente. — Nem eu. Você está meio apaixonada por ele, Hannah, e não vou tolerar isso.

Hesitei, pronta para argumentar, mas então experimentei a sensação mais curiosa da minha vida: o desejo de dizer a verdade a alguém. Nunca antes sentira o desejo de ser franca, passara a vida toda emaranhada em mentiras: judia em um país cristão, garota vestida de garoto, jovem apaixonada vestida como bufão, e agora uma jovem comprometida com um homem e apaixonada por outro.

— Se eu lhe contar a verdade sobre uma coisa, me ajudará? — perguntei.

— Ajudarei da melhor forma que puder — respondeu.

— Daniel, conversar com você é como barganhar com um fariseu.

— Hannah, conversar com você é como pescar no Mar da Galileia. O que ia me contar?

Eu teria ido embora, mas ele me segurou e me puxou para perto. Seu corpo pressionou o meu, senti seu membro enrijecer e, de súbito, compreendi — uma garota mais velha já teria entendido há muito tempo — que isso era o desejo. Ele era o meu noivo. Ele me desejava. Eu o desejava. Tudo o que me restava a fazer era lhe contar a verdade.

— Daniel, foi verdade. Vi que o rei morreria, disse a data. Vi que Jane seria coroada rainha. Vi que a Rainha Mary seria rainha, e tive um vislumbre do seu futuro, que é a tristeza, e do futuro da Inglaterra, que não está claro para mim. John Dee disse que tenho o dom da Visão. Disse-me que o tenho por ser virgem, e quero honrar o dom. E quero me casar com você. E o desejo. E não consigo evitar amar Lorde Robert. Todas essas coisas. Ao mesmo tempo. — Minha testa estava pressionada em seu peito, sentia os botões de seu gibão na minha testa e ocorreu-me o pensamento desagradável de que, quando eu erguesse o rosto, ele veria as marcas dos botões na minha pele, e eu pareceria não desejável, e sim uma tola. Ainda assim, continuei a abraçá-lo, enquanto ele refletia sobre a onda de verdades que lhe tinha contado. Momentos depois, afastou-me e olhou-me nos olhos.

— É um amor honroso, como a de uma criada ao seu senhor? — perguntou.

Viu meus olhos se desviarem de seu olhar sério, e então pôs a mão sob meu queixo e ergueu meu rosto.

— Responda, Hannah. Você será minha mulher. Tenho o direito de saber. É um amor honroso?

Meu lábio tremeu e lágrimas vieram aos meus olhos.

— Está tudo muito confuso — repliquei baixinho. — Amo-o pelo que ele é... — Fui silenciada pela impossibilidade de transmitir a Daniel a atração exercida por Robert Dudley: sua aparência, suas roupas, sua riqueza, suas botas, seus cavalos, estava tudo além do meu vocabulário. — Ele é... maravilhoso. — Não ousei encará-lo. — Amo-o pelo que pode tornar-se: será libertado, será um grande homem, um homem importante, Daniel. Ele se fará um príncipe da Inglaterra. E nesta noite ele está na Torre, aguardando a sentença de morte, e penso nele, penso em minha mãe aguardando, como ele, a manhã em que a levarão... — Perdi a voz, sacudi a cabeça. — Ele é um prisioneiro, como ela foi. Está à beira da morte, como ela estava. É claro que o amo.

Segurou-me por mais alguns segundos e, então, friamente, me afastou. Quase senti o ar gélido da sala silenciosa passando entre nós dois.

— Não foi o mesmo com sua mãe. Ele não é um prisioneiro por causa de sua fé — falou com calma. — Não está sendo julgado pela Inquisição, mas por uma rainha, que você me assegura ser clemente e sábia. Não há motivo para amar um homem que tramou e enredou seu caminho para a traição. Ele teria colocado Lady Jane no trono e decapitado sua senhora, a quem você diz amar: a rainha Mary. Não é um homem digno de estima.

Abri a boca para argumentar, mas não havia o que dizer.

— E você está envolvida com ele, com seu séquito, com seus planos traiçoeiros e com seu sentimento. Não vou chamar de amor, pois se por um instante achar que é algo mais do que uma paixonite de menina, falarei agora com seu pai e romperei nosso compromisso. Mas vou lhe dizer uma coisa: tem de abandonar o serviço a Lorde Robert Dudley, independente do futuro que previu para ele. Tem de evitar John Dee e abrir mão de seu dom. Pode servir à rainha até completar 16 anos, mas tem de ser minha noiva em palavra e atos. Daqui a 18 meses, quando completar 16 anos, nos casaremos e você deixará a corte.

— Dezoito meses? — falei, bem baixo.

Levou minha mão à sua boca e mordeu o monte de Vênus na base do meu polegar, que mostra a mascates e videntes de feiras se a mulher está pronta para amar.

— Dezoito meses — disse simplesmente. — Ou juro que me casarei com outra garota e a deixarei para o futuro que adivinhos, o traidor e a rainha inventarem para você.

☓

Foi um inverno frio e nem o Natal conseguiu alegrar o povo. Todos os dias levavam à rainha mais e mais queixas triviais e notícias de sublevações em todos os condados do país. Cada incidente era pequeno, não merecendo consideração, bolas de neve foram jogadas no embaixador da Espanha, um gato morto foi atirado na passagem central da igreja, palavras de insulto foram rabiscadas em um muro, uma mulher vaticinou a destruição no pátio da igreja — nada que assustasse os padres e lordes dos condados individualmente, mas juntos eram, inegavelmente, sinais da insatisfação que se propagava.

A rainha passou o Natal em Whitehall, designou um Mestre de folias e pediu uma corte alegre à maneira antiga, mas foi em vão. Os lugares vazios na ceia mostravam a sua própria história: Lady Elizabeth nem mesmo visitou a irmã; permaneceu em Ashridge, sua casa na estrada norte, colocada, teoricamente, para avançar até Londres assim que alguém desse a ordem. Meia dúzia dos membros do conselho estavam inexplicavelmente ausentes; o embaixador francês estava mais ocupado do que qualquer bom cristão deveria estar no período do Natal. Era evidente que havia uma conspiração sendo armada para tomar o trono, e a rainha sabia disso; todos nós sabíamos disso.

Foi aconselhada por seu Lorde Chanceler, o Bispo Gardiner, e pelo embaixador espanhol a mudar-se para a Torre e preparar o país para a guerra, ou sair de Londres e preparar o castelo de Windsor para o sítio. Mas a determinação que eu vira quando atravessamos o país com apenas um cavalariço para nos guiar voltou a dominá-la, e jurou que não fugiria de seu palácio no primeiro Natal de seu reinado. Fora ungida rainha da Inglaterra há menos de três meses. Seria outra rainha como Jane? Deveria se trancafiar, e sua corte reduzida, na Torre enquanto outra princesa mais popular reunia seu exército e preparava-se para marchar para Londres? Mary jurou que ficaria em Whitehall do Natal até a Páscoa, e desafiou os rumores de derrota.

— Mas não há muita alegria, há, Hannah? — perguntou-me com tristeza. — Passei minha vida esperando este Natal e, agora, parece que as pessoas se esqueceram de como ser felizes.

Estávamos praticamente sós em seus aposentos. Jane Dormer estava sentada à janela, para aproveitar o último e inútil raio de luz cinza da tarde em seu bordado. Uma dama estava tocando o alaúde, uma canção lamento, e outra desenrolava as linhas de bordar. Havia tudo menos alegria. Parecia a corte de uma rainha à beira da morte, e não prestes a se casar.

— No ano que vem será melhor — falei. — Quando estiver casada e o príncipe Felipe estiver aqui.

A simples menção de seu nome fez a cor subir ao rosto pálido.

— Silêncio — preveniu-me cintilando. — Eu estaria errada em esperar isso dele. Terá de ir com frequência aos seus outros reinos. Não há império maior no mundo do que o que herdará, como sabe.

— Sim — ponderei, pensando nas fogueiras dos autos de fé. — Sei como o império espanhol é poderoso.

— É claro que sabe — disse, lembrando-se de minha nacionalidade. — E temos de falar em espanhol, para melhorar a minha pronúncia. Passaremos a falar em espanhol.

Jane Dormer ergueu o olhar e riu.

— Ah, teremos todos de falar espanhol em breve.

— Ele não vai impô-lo — replicou a rainha rapidamente, sempre ciente de espiões, mesmo ali, em seus aposentos privados. — Ele não quer nada além do que é melhor para os ingleses.

— Sei disso — replicou Jane, acalmando-a. — Só estava brincando, Sua Graça.

A rainha assentiu com a cabeça, mas seu cenho continuou franzido.

— Escrevi a Lady Elizabeth mandando-a retornar à corte. Ela tem de voltar para a ceia de Natal; não devia ter permitido que partisse.

— Bem, ela não contribuiria muito para alegrar a festa — comentou Jane, de maneira confortadora.

— Não peço sua presença para me alegrar — replicou a rainha abruptamente —, mas pelo prazer maior de saber onde ela está.

— Terá de desculpá-la, se estiver doente demais para viajar... — observou Jane.

— Sim — disse a rainha. — Se estiver. Mas se está tão mal para viajar, por que se mudaria de Ashridge para o castelo de Donnington? Por que uma garota doente, doente demais para vir a Londres onde pode ser tratada, planeja uma viagem a um castelo teoricamente localizado para um cerco, no coração da Inglaterra?

Houve um silêncio discreto.

— O país conhecerá o príncipe Felipe — disse Jane Dormer, gentilmente. — E toda essa preocupação será esquecida.

De súbito, os guardas bateram e as portas foram abertas bruscamente. O barulho assustou-me e fiquei em pé no mesmo instante, o coração disparado. Um mensageiro estava na soleira acompanhado do Lorde Chanceler e do soldado veterano Thomas Howard, duque de Norfolk, todos com uma expressão sinistra.

Recuei, como se fosse me esconder atrás dela. Tive certeza de que tinham vindo me buscar, de que tinham, não sei como, descoberto quem eu era, e levavam um mandado de prisão por eu ser uma judia herege.

Então percebi que não estavam me olhando. Olhavam para a rainha, com o rosto duro e os olhos frios.

— Ah, não — sussurrei.

A rainha deve ter pensado que era o seu fim, ao levantar-se devagar e olhar de um rosto austero a outro. Sabia que o duque era capaz de virar a casaca em um instante, e o conselho de armar um plano secreto rapidamente — tinham feito isso antes, contra Jane, e poderiam fazer de novo. Mas não se esquivou. A expressão com que os encarou foi serena, como se tivessem chegado para convidá-la a jantar. Nesse momento, amei-a por sua coragem, por sua determinação absoluta de nunca demonstrar medo.

— O que aconteceu, milordes? — perguntou, cortesmente, a voz firme, apesar de eles entrarem até o centro da sala e a encararem com olhos duros. — Espero que me tragam boas novas, apesar de parecerem tão severos.

— Sua Graça, não são boas-novas — disse o Bispo Gardiner sem rodeios. — Rebeldes marcham contra Sua Graça. Meu jovem amigo Edward Courtenay teve a sensatez de se confessar a mim e se entrega à sua misericórdia.

Percebi os olhos da rainha estremecerem, para o lado, enquanto sua inteligência avaliava essa informação. Mas sua expressão não se alterou, e ela continuou a sorrir.

— E o que Edward lhe disse?

— Que uma conspiração está em marcha para Londres, com o objetivo de colocá-la na Torre e pôr Lady Elizabeth no trono. Temos os nomes de alguns homens: Sir William Pickering, Sir Peter Carew, em Devon, Sir Thomas Wyatt, em Kent, e Sir James Croft.

Pela primeira vez pareceu abalada.

— Peter Carew, o mesmo que me ajudou quando precisei, no outono? Que levantou os homens de Devon para me proteger?

— Sim.

— E Sir James Croft, meu bom amigo?

— Sim, Sua Graça.

Mantive-me atrás dela. Eram os mesmos homens que meu senhor me mencionara, que me pedira para dizer a John Dee. Eram os homens que fariam um casamento químico e destruiriam a prata, substituindo-a pelo ouro. Achei que só agora entendia o que ele dissera. Achei que sabia que rainha era prata e qual era ouro em sua metáfora. E pensei que novamente traíra a rainha, enquanto era paga para servi-la, e não demoraria para alguém descobrir quem era o catalisador nessa trama.

Ela respirou fundo para se acalmar.

— Mais alguém?

O bispo Gardiner olhou-me. Retraí-me, mas seu olhar passou direto. Nem mesmo me viu; tinha de lhe dar a notícia pior.

— O duque de Suffolk não está em sua casa, em Sheen, e ninguém sabe para onde foi.

Vi Jane Dormer enrijecer-se à janela. Se o duque de Suffolk tinha desaparecido, isso só poderia significar uma única coisa: estava levantando suas centenas de arrendatários e súditos para devolver o trono à sua filha Jane. Estávamos diante de uma insurreição por Elizabeth e uma rebelião pela rainha Jane. Esses dois nomes podiam representar mais da metade do país, e toda coragem e determinação que a rainha Mary demonstrara antes não dariam em nada agora.

— E Lady Elizabeth sabe disso? Continua em Ashridge?

— Courtenay disse-me que estava para se casar com ele e que os dois tomariam o seu trono e governariam juntos. Graças a Deus o jovem recobrou o juízo e procurou-nos a tempo. Ela sabe de tudo, está aguardando de prontidão. O rei da França a apoiará e enviará um exército para colocá-la no trono. Ela pode estar agora conduzindo o exército rebelde.

Vi a cor abandonar o rosto da rainha.

— Tem certeza disso? Minha Elizabeth marcharia para a minha execução?

— Sim — respondeu o duque francamente. — Ela está profundamente envolvida nisso.

— Graças a Deus, Courtenay nos contou tudo — interrompeu o bispo. — Talvez ainda haja tempo de levá-la a salvo para algum lugar.

— Eu agradeceria mais a Courtenay se nunca tivesse se envolvido — contrapôs a rainha, asperamente. — Seu jovem amigo é um tolo, milorde, e um tolo desleal e fraco, a propósito. — Não esperou que o outro o defendesse. — Então, o que devemos fazer?

O duque deu um passo à frente.

— Deve ir para Framlingham já, Sua Graça. E colocaremos um navio de guerra de prontidão para tirá-la do país e levá-la para a Espanha. Essa é uma batalha que não pode vencer. Uma vez a salvo na Espanha, talvez possa reagrupar partidários, talvez o príncipe Felipe...

Percebi quando agarrou firme o espaldar da cadeira.

— Faz apenas seis meses que vim de Framlingham para Londres — replicou. — O povo, então, me queria como rainha.

— Foi a opção em preferência ao duque de Northumberland, com a rainha Jane como seu fantoche — lembrou-lhe, grosseiramente. — Não a Elizabeth. O povo quer a religião protestante e a princesa protestante. Na verdade, o povo está disposto a morrer por isso. Não a terão com o príncipe Felipe, da Espanha, como rei.

— Não deixarei Londres — afirmou. — Esperei toda a minha vida pelo trono de minha mãe e não vou abandoná-lo agora.

— Não tem escolha — avisou o duque. — Estarão às portas da cidade em dias.

— Esperarei esse momento.

— Sua Graça — disse o bispo Gardiner. — Poderia, pelo menos, retirar-se e ir para Windsor...

A rainha Mary replicou de imediato:

— Nem para Windsor, nem para a Torre, nem para nenhum outro lugar que não aqui! Sou princesa da Inglaterra e ficarei aqui, no meu lugar, até me dizerem que não me querem mais como princesa da Inglaterra. Não me falem em partir, milordes, pois não levarei em consideração.

O bispo retraiu-se diante de sua veemência.

— Como quiser, Sua Graça. Mas são tempos tumultuados e está arriscando a sua vida...

— Os tempos podem ser tumultuados, mas não estou tumultuada — replicou furiosamente.

— Está arriscando sua vida, assim como o seu trono — o duque praticamente gritou.

— Eu sei! — exclamou.

Ele respirou fundo.

— Tenho sua ordem para reunir a guarda real e os soldados treinados da cidade e conduzi-los contra Wyatt, em Kent? — perguntou.

— Sim — replicou ela. — Mas não deve haver cercos nem saques nas aldeias.

— Isso é impossível! — protestou. — Em combate, não se pode proteger o campo de batalha.

— Estas são ordens suas — insistiu gelidamente. — Não quero uma guerra civil em meus trigais, principalmente nestes tempos de fome. Esses rebeldes devem ser destruídos como vermes. Não quero pessoas inocentes feridas nessa caçada. — Por um momento, o duque pareceu que ia argumentar. Mas a rainha inclinou-se para ele. — Confie em mim — disse de maneira persuasiva. — Eu sei. Sou uma rainha virgem, meus únicos filhos são o meu povo.

Terão de ver que os amo e cuido deles. Não posso me casar em uma maré de sangue inocente. Isso terá de ser feito de maneira delicada e firme, e somente uma vez. Pode fazer isso por mim?

Negou sacudindo a cabeça.

— Não — respondeu o duque. Estava com medo demais para perder tempo com bajulação. — Ninguém pode fazer isso. Estão se unindo às centenas, aos milhares. Essa gente entende somente uma coisa, e essa coisa é força. Entendem forcas nas encruzilhadas e cabeças em estacas. Não pode governar ingleses e ser misericordiosa, Sua Graça.

— Está enganado — afirmou, encarando-o, com sua determinação. — Subi ao trono por um milagre e Deus não muda de opinião. Reconquistaremos esses homens através do amor de Deus. Tem de agir como mando. Tem de ser feito como Deus faria, ou seu milagre não pode acontecer.

O duque deu a impressão de que argumentaria.

— É a minha ordem — disse ela simplesmente.

Ele encolheu os ombros e fez uma reverência.

— Que seja, então, como ordena — confirmou. — Quaisquer que sejam as consequências.

A rainha olhou-me, por cima da cabeça dele, com uma expressão interrogativa, como se perguntasse o que eu achava. Fiz uma ligeira mesura. Não queria que percebesse o pavor que eu sentia.

Inverno de 1554

Desejei ter podido alertá-la naquele momento. O duque de Norfolk reuniu os garotos aprendizes de Londres e a guarda da própria rainha e marchou para Kent, para se unir à força de Wyatt em uma batalha convencional, que derrotaria os homens de Kent em um dia. Mas no momento em que o exército real ficou frente a frente com os homens de Wyatt, e viu seus rostos francos e sua determinação, nossas forças, que haviam jurado proteger a rainha, jogaram o chapéu para o ar e gritaram: "Somos todos ingleses!"

Não foi disparado nem um tiro sequer. Abraçaram-se como irmãos e viraram-se contra seu comandante, unidos contra a rainha. O duque, querendo desesperadamente salvar a própria pele, retornou em disparada para Londres, não tendo feito nada além de acrescentar uma força treinada ao exército esfarrapado, que avançou, ainda mais rapidamente, ainda mais determinado do que antes, direto para os portões de Londres.

Os marinheiros nos navios de guerra no Medway, sempre os principais indicadores de opinião, desertaram para Wyatt em massa, abandonando a causa da rainha, unidos por seu ódio à Espanha e determinados a ter uma rainha inglesa protestante. Reuniram as pequenas armas dos navios, dos armazéns, à sua habilidade de combatentes. Lembrei-me de como a chegada *de Yarmouth das companhias navais* mudou tudo para nós, em Framlingham. Naquele momento, quando os marinheiros se juntaram a nós para lutar em terra, víramos que seria uma batalha pelo povo e que o povo unido não seria vencido. Agora estavam, mais uma vez, unidos, só que contra nós. Quando a rainha soube de Medway, achei que perceberia que havia perdido.

Ela sentou-se com um conselho muito reduzido em uma sala tomada pelo odor acre do medo.

— Metade fugiu para suas casas no campo — disse a Jane Dormer, ao olhar as cadeiras vazias ao redor da mesa. — E agora estarão escrevendo cartas a Elizabeth, tentando contemporizar, tentando se unir ao lado vencedor.

Estava farta de conselhos. Os homens que haviam permanecido na corte dividiam-se entre os que diziam que ela devia cancelar o casamento e prometer escolher um príncipe protestante para marido e os que imploravam que convocasse os espanhóis para ajudar a reprimir a rebelião com selvageria exemplar.

— E assim provar a todos que não posso governar sozinha! — exclamou a rainha.

O exército de Thomas Wyatt, acrescido de recrutas de todas as aldeias na estrada de Londres, alcançou a margem sul do Tâmisa em uma onda de entusiasmo e deparou-se com a ponte de Londres erguida e as armas da Torre treinadas, prontas para enfrentá-los.

— Não abrirão fogo — ordenou a rainha.

— Sua Graça, pelo amor de...

Ela sacudiu a cabeça.

— Quer que eu abra fogo contra Southwark, uma aldeia que me recebeu tão generosamente como rainha? Não vou atirar no povo de Londres.

— Os rebeldes, agora, estão acampados ao nosso alcance. Poderíamos destruí-los com uma única canhonada.

— Permanecerão lá até levantarmos um exército que os expulse.

— Sua Graça não tem exército. Nenhum homem lutaria por Sua Graça.

A rainha estava pálida, mas não vacilou nem por um momento.

— Não tenho exército, *ainda* — enfatizou. — Mas reunirei um com os bons homens de Londres.

Contrariando a orientação do conselho, e com a força inimiga fortalecendo-se a cada dia de acampamento no sul da cidade, sem encontrar resistência, a rainha pôs seu vestido cerimonial e foi à sede da prefeitura encontrar-se com o prefeito e o povo. Jane Dormer, as outras damas de honra e eu a acompanhamos, vestidas tão suntuosamente quanto pudemos e aparentando confiança, embora soubéssemos que estávamos indo ao encontro do desastre.

— Não sei por que *você* está indo junto — disse-me um dos membros do conselho. — Já há "bobos" suficientes no séquito.

— Mas eu sou um bobo santo, um bobo inocente — repliquei de modo impertinente. — E há poucos inocentes aqui. Você não seria um, acho.

— Sou um completo idiota por estar aqui — disse ele acidamente.

De todo o conselho e de todas as damas de honra da rainha, Jane e eu éramos as únicas a ter alguma esperança de sair de Londres vivas. Jane e eu a tínhamos visto em Framlingham, e sabíamos que essa era uma rainha para se apoiar contra todas as probabilidades. Vimos a agudeza em seu olhar e o orgulho em seu porte. Nós a vimos colocar a coroa em sua pequena cabeça de cabelo escuro e sorrir para si mesma, diante do espelho. Tínhamos visto uma rainha não cheia de medo de um inimigo invencível, mas jogando por sua vida como se fosse um jogo de lançamento de argolas. Ela ficava na sua melhor forma quando, com seu Deus, enfrentava o desastre. Com um inimigo aos portões de Londres, não se desejaria outra rainha.

Mas apesar de tudo isso, estava com medo. Vira homens e mulheres serem condenados a mortes violentas, sentira o cheiro da fumaça da fogueira de hereges. Eu sabia, como poucas mulheres sabiam, o que significava a morte.

— Vem comigo, Hannah? — perguntou-me, delicadamente, ao subir a escada da prefeitura.

— Ah, sim, Sua Graça — repliquei, gélida.

Tinham colocado um trono para ela, e metade de Londres estava lá por pura curiosidade, amontoando-se para ouvir a rainha defender sua vida. Quando se levantou, uma pequena figura sob o peso da coroa de ouro, na roupa pesada cerimonial, pensei, por um momento, que não seria capaz de convencê-los a manter a fé e confiança nela. Parecia frágil demais, parecia demais uma mulher que realmente seria governada pelo marido. Parecia uma mulher em quem não se pode confiar.

Abriu a boca para falar e não saiu som nenhum. "Deus meu, que ela possa falar." Achei que perdera a voz de medo, e Wyatt podia muito bem aparecer agora e reivindicar o trono para Lady Elizabeth, pois a rainha não teria como se defender. Mas então sua voz se soltou, tão alto como se estivesse gritando cada palavra, mas tão clara e doce como se estivesse cantando no coro da capela, no Natal.

Disse-lhes tudo. Foi simples assim. Contou-lhes a história da sua herança: que era filha de um rei e reivindicou o poder de seu pai, e a lealdade deles. Lembrou-lhes que era virgem, sem filhos, e que amava o povo do seu país como uma mãe ama seu filho, que amava o povo como uma amante e que, amando-o tão intensamente, não tinha dúvidas de que a amavam também.

Foi sedutora. A nossa Mary, que tínhamos visto doente, sitiada, lamentavelmente só, praticamente sob prisão domiciliar, e somente uma vez comandando, pôs-se diante do povo e inflamou-se com paixão até eles se contagiarem com seu fogo. Jurou que, se casaria para o bem deles, exclusivamente para lhes dar um herdeiro, e que se não achassem essa a melhor escolha, então ela viveria e morreria virgem, por eles. Que era a sua rainha — não significava nada para ela ter um homem ou não. O importante era o trono, que era dela, e a herança, que passaria a seu filho varão. Nada mais tinha importância. Nada mais jamais teria importância maior. Seria guiada por eles em seu casamento, e em tudo o mais. Governá-los-ia sozinha como rainha, casada ou não. Ela era deles, eles eram dela, e não havia nada que pudesse mudar isso.

Olhando em volta, vi o povo começar a sorrir e depois a assentir balançando a cabeça. Eram homens que queriam amar a rainha, que queriam sentir que podiam segurar firme o mundo, que uma mulher podia controlar seu desejo, que um país podia ficar seguro, que a mudança podia ser refreada. Ela jurou que se permanecessem leais, ela seria leal com eles, e lhes sorriu, como se tudo não passasse de um jogo. Eu conhecia esse sorriso e conhecia esse tom; eram os mesmos em Framlingham, quando perguntou por que não poderia conduzir um exército apesar das probabilidades tremendamente desfavoráveis. Por que não lutaria por seu trono? E agora, mais uma vez, as probabilidades lhe eram terrivelmente desfavoráveis: um exército popular acampado em Southwark, uma princesa popular a caminho contra ela, a maior potência da Europa mobilizando-se e nenhum de seus aliados manifestando-se. Mary jogou a cabeça sob a pesada coroa e os raios dos diamantes lançaram flechas de luz pela sala. Ela sorriu para a imensa multidão de londrinos como se cada um deles a adorasse — e, nesse momento, a adoravam.

— E agora, bons súditos, reúnam coragem e como homens de verdade enfrentem esses rebeldes e não os temam, pois lhes asseguro que não os temo!

Foi fantástica. O povo jogou o chapéu para o alto, e a aclamaram como se fosse a própria Virgem Maria. A multidão correu para fora e divulgou as notícias àqueles que não conseguiram entrar na prefeitura, até a cidade toda repetir as palavras da rainha, que tinha dito que seria uma mãe para eles, uma amante, e que os amava tanto que só se casaria se eles quisessem, contanto que retribuíssem o seu amor.

Londres enlouqueceu por Mary. Os homens ofereceram-se como voluntários para marchar contra os rebeldes, as mulheres rasgaram seus melhores vestidos para fazer ataduras, assaram pão para os soldados voluntários levarem em suas mochilas. Eram centenas, milhares de voluntários, e a batalha foi vencida. Não quando o exército de Wyatt foi encurralado e derrotado alguns dias depois, mas nessa única tarde, por Mary, sobre seus próprios pés, a cabeça ereta, irradiando coragem e lhes dizendo que como rainha virgem exigia seu amor como ela lhes dedicava o seu.

෪

Mais uma vez, a rainha aprendeu que manter o trono era mais difícil do que conquistá-lo. Ela passou os dias depois da sublevação lutando com a sua consciência, diante da questão torturante do que fazer com os rebeldes que se puseram contra ela e foram tão dramaticamente derrotados. Claramente, Deus protegeria essa Mary em seu trono, mas Deus não podia ser desafiado. Mary tinha de se proteger também.

Todos os conselheiros que consultou insistiram que o reino só teria paz quando a rede de agitadores fosse presa, julgada por traição e executada. Não poderia mais haver misericórdia da rainha de coração terno. Até mesmo aqueles que, no passado, tinham elogiado a rainha por manter Lady Jane e os irmãos Dudley na Torre sob custódia, agora insistiam em que pusesse um fim nisso e os executasse. Não tinha importância o fato de Lady Jane não ter liderado essa rebelião, assim como não importava não ter comandado a rebelião que a colocara no trono. Era a cabeça dela que iam coroar, e portanto era a cabeça dela que deveria ser arrancada do corpo.

— Ela teria feito o mesmo com Sua Graça — murmuravam-lhe.

— Ela tem 16 anos — replicava a rainha, os dedos pressionando suas têmporas doloridas.

— Seu pai se uniu aos rebeldes para defender a causa dela. Os outros se uniram pela princesa Elizabeth. As duas jovens são as suas sombras sinistras.

As duas jovens nasceram para ser suas inimigas. A existência delas significa que a sua vida está em perpétuo perigo. As duas têm de ser destruídas.

A rainha levou seu conselho impiedoso ao genuflexório.

— Jane não é culpada de outra coisa a não ser sua linhagem — sussurrou a rainha, olhando, acima, a imagem de Cristo crucificado.

Aguardou como se esperasse o milagre de uma resposta.

— E você sabe, assim como eu, que Elizabeth é culpada realmente — disse bem baixinho. — Mas como posso mandar minha prima e minha irmã para o cadafalso?

Jane Dormer lançou-me um olhar significativo, e nós duas movemos nossos bancos de modo a bloquear a visão e a audição das outras damas de honra. A rainha, de joelhos, não devia ser escutada. Estava consultando o único conselheiro em quem realmente confiava. Estava apresentando aos pés descalços e feridos do seu Deus as escolhas que tinha de fazer.

O conselho procurou provas da conspiração de Elizabeth com os rebeldes, e encontraram o bastante para enforcá-la dúzias de vezes. Ela encontrara-se tanto com Thomas Wyatt quanto com Sir William Pickering, mesmo depois que a rebelião tivera início. Quanto a mim, sabia que ela havia recebido uma mensagem com o desembaraço de um conspirador experiente. Na minha mente, não havia dúvida, tampouco na mente da rainha havia dúvida, de que, se a rebelião tivesse sido bem-sucedida — como teria acontecido se não fosse o desatino de Edward Courtenay —, seria a rainha Elizabeth que estaria agora sentada na cabeceira do conselho, se perguntando se assinaria a sentença de morte de sua meia-irmã e de sua prima. Eu não tinha a menor dúvida de que a rainha Elizabeth também passaria horas de joelhos. Mas Elizabeth assinaria.

Um guarda bateu à porta e olhou para dentro da sala silenciosa.

— O que é? — perguntou Jane Dormer baixinho.

— Mensagem para o bobo, no portão lateral — respondeu o rapaz.

Balancei a cabeça entendendo e saí sem fazer ruído. Atravessei a imponente sala de audiências, provocando uma certa agitação no pequeno grupo curioso ao abrir a porta dos apartamentos privados da rainha. Eram todos peticionários, vindos do campo: de Gales, de Devon, de Kent, lugares que haviam se sublevado contra ela. Estariam agora pedindo misericórdia, a misericórdia de uma rainha que teriam destruído. Vi suas expressões esperançosas quando a porta foi aberta para mim, e não me surpreendeu que ela passasse horas de joelhos, tentando descobrir a vontade de Deus. A rainha tinha sido misericordiosa com aqueles que lhe haviam tirado o trono uma vez. Demonstraria clemência agora, de novo? E na próxima vez, e na vez seguinte a essa?

Não precisei mostrar a esses traidores nenhuma cortesia elegante. Carreguei o sobrolho e abri caminho por eles. Sentia um ódio absoluto, intransigente, por eles, por terem se agrupado para destruir a rainha, não uma vez, mas duas, e agora apareciam na corte, os chapéus torcidos nas mãos, as cabeças baixas, para lhe pedir a oportunidade de voltar para casa e tramar de novo.

Passei empurrando-os e desci a escada de pedra até o portão. Percebi que queria que fosse Daniel; por isso fiquei desapontada quando vi um pajem, um garoto que eu não conhecia, com uma roupa rústica, nenhuma libré e nenhum emblema.

— O que quer de mim? — perguntei, alerta no mesmo instante.

— Trouxe-lhe isto para que leve a Lorde Robert — replicou simplesmente e empurrou dois livros nos meus braços: um livro de orações e um testamento.

— Quem mandou?

Ele sacudiu a cabeça.

— Ele os quer. Eles me disseram que você ficaria feliz em entregá-los. — Sem esperar por minha resposta, desapareceu no escuro, correndo, meio encurvado, pelo abrigo do muro, deixando-me com os dois livros nos braços.

Antes de retornar ao palácio, virei-os de cabeça para baixo e examinei as guardas em busca de mensagens ocultas. Não havia nada. Poderia levá-los a ele se quisesse. Mas não sabia se queria ou não ir.

☙

Escolhi ir à Torre de manhã, à luz do dia, como se não tivesse nada a esconder. Mostrei os livros ao guarda e, dessa vez, ele os folheou e examinou as lombadas, para ter certeza de que não havia nada escondido. Olhou para a impressão.

— O que é isto?

— Grego — respondi. — E o outro, latim.

Olhou-me de cima a baixo.

Mostre-me a parte de dentro de sua jaqueta. Ponha os bolsos para fora.

Fiz o que mandou.

— Você é um garoto ou uma moça, ou algo no meio?

— Sou o bobo da rainha — respondi. — E seria melhor para você deixar-me passar.

— Deus abençoe a rainha! — exclamou com um entusiasmo súbito. — E as excentricidades que escolhe para se divertir! — Guiou o caminho para outro edifício, atravessando a relva. Segui-o, sem olhar para o lugar onde geralmente era armado o cadafalso.

Entramos por uma bela porta dupla e subimos a escada de pedra sinuosa. O guarda, no alto, abriu a porta para mim.

Lorde Robert estava em pé à janela, respirando o ar frio que soprava do rio. Virou a cabeça para a abertura da porta e o prazer ao me ver foi óbvio.

— Senhorita Menino! — exclamou. — Até que enfim!

A sala era maior e melhor do que a que tinha estado antes. Dava para o pátio escuro, para a Torre Branca que fulgurava contra o céu. Uma grande lareira dominava a sala, esculpida, medonhamente, com timbres, iniciais e nomes de homens que haviam sido mantidos ali por tanto tempo, que tinham tido tempo de esculpir seus nomes na pedra com canivetes. Seu próprio timbre estava lá, entalhado por seu irmão e seu pai enquanto aguardavam a sentença, enquanto o cadafalso era construído do lado de fora de sua janela.

Os meses na prisão começavam a deixar marcas. Sua pele estava pálida, mais alva que do que o branco invernal. Não tinha permissão para caminhar no jardim desde a rebelião. Seus olhos estavam fundos, mais fundos do que quando era o filho favorecido do homem mais poderoso da Inglaterra. Mas a roupa estava limpa e o rosto escanhoado, o cabelo sedoso, e o meu coração continuava a agitar-se ao vê-lo, mesmo quando me retraía e tentava vê-lo como era: um traidor, um homem condenado à morte, esperando o dia da execução.

Compreendeu minha expressão com um único olhar rápido de soslaio.

— Insatisfeita comigo, Senhorita Menino? — perguntou. — Insultei-a?

Sacudi a cabeça.

— Não, milorde.

Chegou mais perto e, embora eu sentisse o cheiro do couro limpo de suas botas e o perfume de seu gibão de veludo, recuei.

Colocou a mão sob o meu queixo e ergueu meu rosto.

— Você está infeliz — observou. — O que foi? Não foi o noivo, foi?

— Não — respondi.

— O que então? Está com saudades da Espanha?

— Não.

— Está infeliz na corte? — sugeriu. — Discussão com as garotas? Neguei, sacudindo a cabeça.

— Não queria estar aqui? Não queria ter vindo? — Então, percebendo a emoção em meu rosto, falou: — Ah! Infiel! Você mudou de lado, Senhorita Menino, como acontece quase sempre com os espiões. Mudou de lado e agora me espiona.

— Não — respondi com firmeza. — Nunca. Eu nunca o espionaria.

Deveria ter-me afastado, mas ele pôs as mãos nos dois lados do meu rosto e me segurou de modo que eu não pudesse me soltar e ele pudesse ler meus olhos, como se eu fosse um código decifrado.

— Você perdeu a fé em minha causa, e a fé em mim, e se tornou serva da rainha, não minha — acusou-me. — Você a ama.

— Ninguém pode deixar de amar a rainha — repliquei, na defensiva. — É uma mulher maravilhosa. É a mulher mais corajosa que já conheci, e luta com a sua fé e com o mundo, todos os dias. Ela é praticamente uma santa.

Sorriu ao ouvir isso.

— Você é assim — disse ele, rindo de mim. — Está sempre apaixonada por alguém. E assim, prefere a rainha a mim, seu verdadeiro senhor.

— Não — repliquei. — Pois aqui estou, fazendo o que manda. Como fui mandada fazer. Embora quem me procurou tenha sido um estranho e eu nem saiba se estou segura.

Ele encolheu os ombros.

— Diga-me, não me traiu?

— Quando? — perguntei, chocada.

— Quando lhe pedi para transmitir minha mensagem a Lady Elizabeth e a meu tutor.

Percebeu o horror em meu rosto com a mera possibilidade de tê-lo traído.

— Deus meu, não, milorde. Cumpri as duas tarefas e não contei a ninguém.

— Então, por que deu tudo errado? — Tirou as mãos do meu rosto e virou-se. Foi até a janela e voltou à mesa que usava como escrivaninha. Foi até a lareira. Achei que seria um caminho regular para ele: quatro passos até sua mesa, quatro passos de volta à janela. Nada além disso, para um homem acostumado a sair, a cavalgar antes do desjejum, caçar o dia todo e dançar a noite toda com as damas da corte.

— Milorde, é uma pergunta fácil de responder. Foi Edward Courtenay que contou ao bispo Gardiner, e a conspiração foi descoberta — falei calmamente. — O bispo levou a notícia à rainha.

Robert deu meia volta.

— Deixaram esse boboca fracote escapar da sua vista por um instante?

— O bispo sabia que alguma coisa estava sendo planejada.

Ele balançou a cabeça.

— Tom Wyatt sempre foi indiscreto.

— Ele vai pagar por isso. Está sendo interrogado agora.

— Para descobrirem quem mais está envolvido na conspiração?

— Para que mencione o nome da Princesa Elizabeth.

Lorde Robert bateu com os punhos na moldura da janela, como se quisesse soltar a pedra e se libertar.

— Têm provas contra ela?

— O bastante — repliquei asperamente. — A rainha está, neste exato momento, rezando, pedindo orientação. Se decidir que é a vontade de Deus que sacrifique Elizabeth, tem mais do que provas suficientes.

— E Jane?

— A rainha luta para salvá-la. Pediu-lhe que aprendesse a verdadeira fé. Espera que se retrate, e então será perdoada.

Lorde Robert riu brevemente.

— A verdadeira fé, Senhorita Menino?

Fiquei vermelha como camarão.

— Milorde, é apenas como se diz na corte.

— E você com eles, minha pequena *conversa*, minha cristã-nova?

— Sim, milorde — respondi com firmeza, encarando-o.

— Que barganha a ser colocada a uma menina de 16 anos. Pobre Jane. Sua fé ou a morte. A rainha quer tornar sua prima uma mártir?

— Ela deseja que se converta — repliquei. — Quer salvar Jane da morte e da danação.

— E eu? — perguntou em tom baixo. — Serei poupado ou acabarei queimado?

Sacudi a cabeça.

— Não sei, milorde. Mas se a rainha Mary seguir o conselho que lhes dão, cada homem cuja lealdade for questionável será enforcado. Os soldados que lutaram na rebelião estão nos cadafalsos por toda parte.

— Então, é melhor eu ler estes livros bem rápido — disse bruscamente.
— Talvez eu seja iluminado. O que acha, Senhorita Menino? Foi iluminada?
Você e a verdadeira fé, como diz?

Houve uma batida na porta e o guarda a abriu.

— O bobo pode ir embora?

— Só um instante — replicou Lorde Robert. — Ainda não o paguei. Dê-me um minuto.

O guarda nos olhou com raiva, desconfiado, e voltou a fechar e trancar a porta. Houve um breve segundo de silêncio doloroso.

— Milorde — falei sem pensar. — Não me atormente. Sou o que sempre fui. Sou sua.

Respirou fundo. Depois, conseguiu dar um sorriso.

— Senhorita Menino, sou um homem morto — assegurou-me simplesmente. — Deve me prantear e depois me esquecer. Graças a Deus, você não ficou mais pobre por me conhecer. Coloquei-a como favorita na corte do lado vencedor. Eu lhe fiz um favor, meu garotinho. Fico feliz por isso.

— Milorde — sussurrei com veemência. — Não pode morrer. Seu tutor e eu olhamos no espelho e vimos a sua sorte. Não há a menor dúvida, isso não vai acabar aqui. O senhor morrerá em segurança na sua cama e viverá um grande amor, o amor de uma rainha.

Por um momento, franziu o cenho e depois deu um breve suspiro, como um homem tentado por uma esperança falsa.

— Alguns dias atrás, teria implorado para ouvir mais. Mas agora é tarde demais. O guarda entrará; você tem de ir. Escute bem. Dispenso-a de sua lealdade a mim e à minha causa. Seu trabalho comigo está terminado. Pode ganhar bem na corte e depois se casar com seu jovem noivo. Pode ser o leal bobo da rainha, e me esquecer.

Aproximei-me um pouco mais.

— Milorde, nunca vou ser capaz de esquecê-lo.

Lorde Robert sorriu.

— Sou-lhe grato por isso, e ficarei feliz com suas preces, sejam quais forem, na hora da minha morte. Ao contrário da maioria de meus compatriotas, na verdade não me importo com quais sejam as preces. E sei que virão do coração, e o seu é um bom coração.

— Devo levar alguma mensagem sua? — perguntei com ansiedade. — Ao Sr. Dee? Ou a Lady Elizabeth?

Ele sacudiu a cabeça.

— Nenhuma mensagem. Acabou. Acho que me encontrarei com todos os meus camaradas no paraíso, muito em breve. Ou não, dependendo de quais entre nós está certo quanto à natureza de Deus.

— Não pode morrer — gritei, angustiada.

— Não creio que me deixarão outra escolha — lamentou.

Não suportei sua mordacidade.

— Lorde Robert — sussurrei —, não posso fazer nada pelo senhor? Nada mesmo?

— Sim — replicou. — Veja se pode persuadir a rainha a perdoar Jane e Elizabeth. Jane porque é inocente de tudo, e Elizabeth porque é uma mulher que tem de viver. Uma mulher como ela não foi feita para morrer jovem. Se soubesse que poderia cumprir essa missão, morreria em paz, de certa maneira.

— E para milorde? — perguntei.

Colocou de novo a mão sob o meu queixo, baixou a cabeça e me beijou delicadamente nos lábios.

— Para mim, nada — disse baixinho. — Sou um homem morto. E esse beijo, Senhorita Menino, minha querida pequeno vassalo, esse beijo foi o último que lhe dei. Foi um beijo de adeus.

Virou-se, olhou para a janela e gritou: "Guarda!" E o homem destrancou a porta. Não me restou alternativa a não ser deixá-lo naquela sala fria, olhando para o escuro, esperando a notícia de que o cadafalso já fora construído, que o carrasco esperava e que sua vida chegara ao fim.

☙

Retornei à corte em um silêncio aturdido, e quando íamos à missa, quatro vezes ao dia, ajoelhava-me e rezava sinceramente ao Deus que salvara Mary que salvasse Lorde Robert também.

Meu humor de pessimismo exausto combinava com o da rainha. Não víamos como uma corte vitoriosa em uma cidade vitoriosa. Era uma corte pendendo no fio de sua própria indecisão, tomada de preocupação. Diariamente, depois da missa e do café da manhã, a rainha Mary caminhava à margem do rio, as mãos frias abrigadas no regalo, os passos apressados pelo vento frio que empurrava sua saia para a frente. Eu caminhava atrás dela, com minha capa preta bem apertada em torno dos ombros e meu rosto enfiado no colarinho. Dava graças à meia grosa da libré do bobo e ao gibão que aquecia bem. Eu não me vestiria como mulher naqueles dias invernais nem por todos os príncipes espanhóis do império.

Eu sabia que a rainha estava atormentada, e portanto ficava calada. Acompanhava-a dois passos atrás porque sabia que ela gostava do conforto de um acompanhante, seguindo-a no cascalho congelado. Passara tantos anos sozinha, fizera tantas caminhadas solitárias, que lhe fazia bem saber que alguém fazia vigília com ela.

O vento que soprava do rio era frio demais para que caminhasse tanto, mesmo com um manto grosso e uma gola de pele. Virou-se e eu — que estava andando curvada e com a cabeça baixa, por causa do vento — quase colidi com ela.

— Perdão, Sua Graça — desculpe-me, fazendo uma pequena reverência e saindo do seu caminho.

— Pode caminhar do meu lado — chamou-me.

Pus-me a seu lado, sem dizer nada, esperando que fosse ela a primeira a falar. Ficou em silêncio até chegarmos à pequena porta do jardim, que foi aberta pelo guarda. Dentro, uma criada estava aguardando para pegar seu manto e oferecer-lhe uma par de sapatos secos. Tirei meu manto, coloquei-o sobre o braço e bati os pés nos juncos para aquecê-los.

— Venha comigo — pediu a rainha por cima do ombro e subiu na frente a escada de pedra sinuosa até seus apartamentos. Sabia por que ela tinha escolhido a escada do jardim. Se tivéssemos entrado pelo edifício principal, teríamos encontrado o salão, a escadaria e a sala de audiências repletos de peticionários, metade para implorar por seus filhos ou irmãos que receberiam a mesma pena de morte de Tom Wyatt. A rainha Mary tinha de passar por multidões de mulheres em lágrimas toda vez que ia à missa, toda vez que ia jantar. Estendiam-lhes as mãos, mãos entrelaçadas, gritavam seu nome. Imploravam, incessantemente, clemência, que tinha de recusar constantemente. Não era de admirar que preferisse caminhar no jardim e utilizasse as escadas secretas.

A escada dava em uma pequena sala que levava à câmara privada da rainha. Jane Dormer estava costurando no banco à janela, meia dúzia de mulheres trabalhando com ela. Uma das damas de honra da rainha lia o livro dos Salmos. Percebi a rainha passar a vista pela sala como uma professora observando uma turma obediente e balançar ligeiramente a cabeça em sinal de aprovação. Felipe, de Espanha, quando finalmente chegasse, se depararia com uma corte sóbria e devota.

— Venha, Hannah — ordenou, instalando-se em uma cadeira do lado da lareira e fazendo um sinal para que me sentasse em um banco perto dela.

Sentei-me, dobrei os joelhos sob o queixo e olhei-a.

— Quero que me preste um serviço — disse abruptamente.

— É claro, Sua Graça. — Fiz menção de levantar-me, para o caso de mandar-me fazer alguma coisa, mas deteve-me, pondo a mão em meu ombro.

— Não quero que transmita uma mensagem. Quero que veja uma coisa para mim.

— Olhar uma coisa?

— Olhar com o seu dom, com o seu olhar interior.

Hesitei.

— Sua Graça, tentarei, mas sabe que não tenho controle sobre isso.

— Não, mas viu o meu futuro duas vezes: uma vez, falou que seria rainha e, outra vez, me alertou que meu coração se partiria. Quero que me alerte de novo.

— Contra o quê? — Minha voz estava tão baixa quanto a dela. Ninguém na sala poderia nos escutar acima dos estalos da lenha na lareira.

— Contra Elizabeth — sussurrou.

Por um instante, não disse nada, meu olhar nas cavernas de brasas vermelhas debaixo dos toros de macieira.

— Sua Graça, há pessoas mais sábias do que eu para aconselhá-la — repliquei com dificuldade. Na luz intensa do fogo, quase vi a chama do cabelo da princesa, o deslumbramento de seu sorriso confiante.

— Ninguém em quem confie mais. Ninguém com o seu dom.

Hesitei.

— Ela vem para a corte?

Mary sacudiu a cabeça.

— Ela não quer vir. Diz que está doente. Diz que está gravemente doente, uma inchação na barriga e nos membros. Diz que está mal demais para deixar a cama. Mal demais para se mudar. É uma antiga doença sua, de verdade. Mas sempre acontece em determinadas épocas.

— Determinadas épocas?

— Quando está com muito medo — respondeu Mary, baixinho — e quando é pega em flagrante. A primeira vez que ficou doente assim foi quando executaram Thomas Seymour. Agora acho que teme ser acusada de mais uma conspiração. Estou enviando meus médicos para examiná-la, e quero que vá junto.

— É claro. — Não sabia que outra coisa responder.

— Sente-se com ela, leia, faça-lhe companhia, como faz a mim. Se ela estiver em condições de vir para a corte, viajará com ela e a manterá animada. Se estiver morrendo, poderá confortá-la, mandar chamar um padre e tentar voltar seus pensamentos para a sua salvação. Não é tarde demais para ser perdoada por Deus. Reze com ela.

— Mais alguma coisa? — perguntei com um fiapo de voz. A rainha teve de inclinar-se à frente para escutar-me.

— Espione-a — disse simplesmente. — Tudo o que faz, todos a quem vê, todos esses hereges e mentirosos que formam o pessoal da sua casa, todos eles. Todo nome que for mencionado, todo amigo que prezam. Escreva-me diariamente contando-me o que soube. Tenho de ser informada se está conspirando contra mim. Preciso de provas.

Apertei minhas mãos com força ao redor dos joelhos e senti o tremor nas pernas e nos dedos das mãos.

— Não posso ser uma espiã — falei bem baixo. — Não posso trair uma mulher jovem e levá-la à morte.

— Agora, você não tem outro senhor — lembrou-me gentilmente. — Northumberland está morto e Robert Dudley está na Torre. O que mais pode fazer além de cumprir minha ordem?

— Sou um bobo, não uma espiã — repliquei. — Sou seu bobo, não sua espiã.

— Você é meu bobo e me concederá a dádiva do seu conselho — ordenou. — E eu digo: vá para junto de Elizabeth, sirva-lhe como me serve e relate-me tudo o que vir e ouvir. E o mais importante de tudo: espere seu dom se manifestar. Acho que verá através das mentiras e será capaz de me contar o que acontece no seu coração.

— Mas se ela está doente e morrendo...

Por um momento, as linhas duras ao redor de sua boca e seus olhos suavizaram.

— Se ela morrer, perderei minha única irmã — afirmou friamente. — Terei lhe enviado inquisidores quando deveria ter ido pessoalmente e a segurado em meus braços. Não me esqueço de que era um bebê quando comecei a cuidar dela. Não me esqueço de que aprendeu a dar os primeiros passos segurando meus dedos. — Fez uma pausa, sorrindo ao pensar nas mãozinhas gordas seguras nas suas, e então sacudiu a cabeça, como se quisesse pôr de lado o amor que tinha por aquela criancinha ruiva.

— É previsível demais — confidenciou-me. — Tom Wyatt é preso, seu exército fracassa e Elizabeth vai para a cama doente demais para escrever, doente demais para responder, doente demais para vir a Londres. Está tão doente quanto ficou quando Jane foi colocada no trono e eu a quis ao meu lado. Fica sempre doente quando há perigo. Ela conspirou contra mim e não sofreu nada além de derrota. Não uma mudança de coração. Preciso saber se nós duas podemos viver juntas, como rainha e herdeira, como irmãs, ou se o pior me aconteceu e é minha inimiga, e nada a deterá até eu morrer. — Virou seus olhos escuros e francos para mim. — Pode me dizer isso. Não é nenhuma desonra avisar-me se me odeia e quer me ver morta. Pode trazê-la para Londres ou me escrever dizendo que está realmente doente. Será meus olhos e meus ouvidos à sua cabeceira e Deus a guiará.

Cedi à sua convicção.

— Quando devo partir?

— Ao amanhecer — respondeu a rainha. — Pode visitar seu pai hoje à noite, se quiser. Não precisa comparecer ao jantar.

Levantei-me e lhe fiz uma leve reverência. Estendeu a mão para mim.

— Hannah — pediu baixinho.

— Sim, Sua Graça?

— Gostaria que enxergasse em seu coração e visse se ela é capaz de me amar e de voltar-se para a fé verdadeira.

— Também gostaria de ver isso — repliquei, veementemente.

Sua boca estremeceu, reprimindo as lágrimas.

— Mas se ela é infiel, deverá me dizer, mesmo que isso parta o meu coração.

— Direi.

— Se ela puder ser salva, poderemos governar juntas. Será minha irmã do meu lado, a primeira de minhas súditas, a garota que me sucederá.

— Queira Deus.

— Amém — sussurrou. — Sinto saudade. Quero-a segura comigo. Amém.

CB

Enviei uma mensagem ao meu pai dizendo que o visitaria e levaria o jantar. Ao bater à porta, vi que estava trabalhando até tarde, nos fundos da loja obscurecida, a sala da impressora bem iluminada. A luz passou para a loja quando abriu a porta e apareceu, segurando uma vela no alto.

— Hannah! *Mi querida!*

Em um instante tirou o ferrolho e entrei, pondo no chão minha cesta de comida para abraçá-lo. Depois ajoelhei-me para receber sua bênção.

— Trouxe o jantar — falei.

Ele deu um risinho.

— Uma iguaria! Vou comer como uma rainha.

— Ela come muito mal — repliquei. — Não é um bom exemplo. Você deve comer como um membro do conselho, se quer engordar.

Fechou a porta atrás de mim, virou a cabeça e gritou para a porta da sala de impressão.

— Daniel, ela chegou!

— Daniel está aqui? — perguntei, nervosamente.

— Veio me ajudar a ajustar um texto em um livro de medicina, quando eu disse que você vinha, ele ficou — replicou meu pai, com felicidade.

— Não trouxe bastante para três — falei, grosseiramente. Não me esquecera de que havíamos nos separado brigados.

Meu pai sorriu da minha petulância, mas não disse nada quando a porta da sala da impressão se abriu e Daniel apareceu, vestindo um avental sobre o calção preto, a parte da frente manchada de tinta preta e suas mãos, sujas.

— Boa-noite — falei, sem sorrir.

— Boa-noite — respondeu-me.

— Que delícia! — falou meu pai, antecipando o jantar. Arrastou três bancos altos até o balcão, enquanto Daniel foi lavar as mãos no quintal. Tirei as coisas da cesta. Torta de carne de veado, um pedaço de pão branco ainda quente do forno, umas duas fatias de carne tiradas do espeto e envolvidas em musselina e meia dúzia de pedaços de cordeiro assado. Duas garrafas de bom vinho tinto da adega da própria rainha tinham sido postas na cesta. Não levara legumes, mas tinha roubado da cozinha uma tigela de *syllabub,* uma sobremesa fria feita de creme adocicado engrossado com gelatina e batido com vinho. Nós colocamos a sobremesa de lado, para ser comida depois, e espalhamos o resto sobre a mesa. Meu pai abriu o vinho enquanto eu buscava três canecos no armário debaixo do balcão e duas facas de cabo de osso.

— Então, quais as novidades? — perguntou meu pai, quando começamos a comer.

— Vou ficar com a princesa Elizabeth. Parece que está doente. A rainha quer que lhe faça companhia.

Daniel ergueu o olhar, mas não falou nada.

— Onde ela está? — perguntou meu pai.

— Em sua casa em Ashridge.

— Vai sozinha? — perguntou preocupado.

— Não. A rainha está enviando seus médicos e dois conselheiros. Acho que seremos um grupo de dez.

Ele balançou a cabeça.

— Prefiro assim. Não acho que as estradas sejam seguras. Muitos dos rebeldes fugiram e voltam para as suas casas. São homens enfurecidos e armados.

— Serei bem protegida — repliquei. Mordi um pedaço de carne no osso, e me deparei com Daniel observando-me. Coloquei a carne de lado, perdendo o apetite.

— Quando voltará? — perguntou Daniel.

— Quando a princesa Elizabeth estiver em condições de viajar — respondi.

— Teve notícias de Lorde Robert? — perguntou meu pai.

— Fui dispensada de servi-lo — repliquei, inflexivelmente. Mantive o olhar na superfície do balcão. Não queria que nenhum dos dois percebesse meu sofrimento. — Ele se prepara para a sua morte.

— Deve acontecer — disse meu pai, simplesmente. — A rainha assinou a ordem para a execução do seu irmão e de Lady Jane?

— Ainda não — respondi. — Mas assinará a qualquer momento.

Balançou a cabeça.

— Tempos difíceis — lamentou. — E quem imaginaria que a rainha poderia levantar a cidade e derrotar os rebeldes?

Sacudi a cabeça.

— Ela pode controlar este país — continuou meu pai. — Enquanto comandar o coração do povo, como faz, poderá ser rainha. E até mesmo ser uma grande rainha.

— Soube de John Dee? — indaguei.

— Está viajando — respondeu meu pai. — Comprando manuscritos até não poder mais. Ele os envia para mim, para que fiquem em segurança. Tem razão em ficar longe de Londres. Seu nome foi mencionado. A maior parte dos rebeldes eram seus amigos, antes do que aconteceu.

— Eram todos homens da corte — contestei-o. — Conheciam todo mundo. A própria rainha era amiga de Edward Courtenay. Uma vez, disseram que devia se casar com ele.

— Ouvi dizer que foi ele quem entregou os outros. É verdade? — perguntou Daniel.

Confirmei com um movimento da cabeça.

— Nem bom súdito nem bom amigo — declarou Daniel.

— Um homem com tentações que não podemos imaginar — falei espirituosamente. E pensei no Edward Courtenay que conhecia: uma boca fraca e uma compleição corada. Um garoto com pretensão de ser um homem, e não simplesmente um garoto agradável. Um fanfarrão querendo dar um grande salto cortejando a rainha Mary ou Lady Elizabeth, ou qualquer uma que o ajudasse a subir.

— Perdoe-me — disse ao meu noivo. — Você tem razão. Ele não é nem bom súdito nem bom amigo, não é nem mesmo um garoto notável.

Um sorriso aqueceu seu rosto, e a mim. Peguei um pedaço de pão e experimentei uma sensação de alívio.

— Como vai sua mãe? — perguntei cortesmente.

— Esteve doente com a umidade deste inverno, mas agora está bem.

— E suas irmãs?

— Estão bem. Quando voltar de Ashridge, gostaria que fosse à minha casa para conhecê-las.

Assenti com a cabeça. Não conseguia me imaginar conhecendo as irmãs de Daniel.

— Em breve será tempo de vivermos todos juntos. Seria melhor que se conhecessem agora, para se habituarem uma às outras.

Não respondi nada. Não tínhamos nos separado como um casal de noivos, mas claramente Daniel queria ignorar aquela briga, assim como ignorara outras. Nosso noivado permanecia de pé, então. Sorri-lhe. Não me conseguia imaginar morando em sua casa, com sua mãe dando as ordens, como sempre havia sido, e suas irmãs alvoroçando-se ao seu redor como o preferido: o filho varão.

— Acha que vão gostar do meu calção? — perguntei, de maneira provocadora.

Eu o vi enrubescer.

— Não, não particularmente — replicou sem titubear. Recostou-se no balcão e bebeu um gole do vinho. Olhou para o meu pai.

— Acho que vou terminar a página agora — replicou Daniel. Desceu do banco e estendeu a mão para pegar seu avental.

— Levo seu *syllabub* depois? — perguntei.

Olhou para mim, os olhos escuros e duros.

— Não — respondeu. — Não gosto de coisas doces e amargas ao mesmo tempo.

℅

Will Somers estava no pátio da cavalariça quando selavam os cavalos para a viagem, fazendo piadas com os homens.

— Will, virá conosco? — perguntei esperançosa.

Ele negou sacudindo a cabeça.

— Eu não! Frio demais para mim! Eu diria que não é uma missão para você tampouco, Hannah Green.

— A rainha me pediu. Pediu-me para olhar no coração de Elizabeth.

— No seu coração? — repetiu, comicamente. — Primeiro terá de encontrá-lo!

— O que mais poderia fazer? — perguntei.

— Nada, a não ser obedecer.

— E o que devo fazer agora?

— A mesma coisa.

Cheguei um pouco mais para perto.

— Will, acha que ela realmente conspirava para derrubar a rainha e subir ao trono?

Vi seu leve sorriso cauteloso.

— Bobo, não há a menor dúvida disso. E é uma tola de até mesmo questionar isso.

— Então, se eu disser que ela finge estar doente, se relatar que ela é uma mentirosa, eu a levarei à morte.

Ele assentiu com a cabeça.

— Will, não posso fazer isso com uma mulher como a princesa. Seria como atirar em uma cotovia.

— Então, erre o alvo — disse-me.

— Devo mentir à rainha, dizer que a princesa é inocente?

— Você tem o dom da Visão, não tem? — perguntou.

— Gostaria de não ter.

— Está na hora de cultivar o dom da cegueira. Se não tem opinião, não podem pedir que a justifique. Você é um bobo inocente; seja mais inocente do que bobo!

Assenti com a cabeça, um pouco animada. Um dos homens trouxe-me o cavalo e Will colocou as mãos em concha para me ajudar a montar.

— Para cima, você vai — assegurou-me ele. — Cada vez mais alto. Bobo e agora conselheira. Deve ser realmente uma rainha solitária para recorrer a um bobo em busca de conselho.

෬

Levamos três dias para percorrer a distância até Ashridge, com dificuldades, a cabeça baixa para nos protegermos da tormenta com chuva de granizo e do frio sempre gélido. Os membros do conselho, conduzidos pelo primo de Lady Elizabeth, Lorde William Howard, estavam com medo dos rebeldes nas estradas e tivemos de acompanhar o passo de nossos guardas, enquanto o vento açoitava a trilha sulcada, que era tudo que havia de estrada, e o sol amarelo pálido invernal espiava pelas nuvens escuras.

Chegamos ao meio-dia e ficamos felizes de ver a espiral de fumaça que saía das chaminés altas. Contornamos ruidosamente o pátio do estábulo, e não havia nenhum cavalariço para pegar os cavalos, ninguém para nos servir.

Lady Elizabeth tinha um pessoal reduzido, um Master of the Horse, meia dúzia de garotos, e nenhum deles estava preparado para receber uma comitiva como a nossa. Deixamos os soldados acomodar-se da melhor forma que conseguissem e dirigimo-nos à porta da frente da casa.

O primo da própria princesa bateu na porta e tentou a maçaneta. Estava trancada com ferrolho e barra pelo lado de dentro. Ele recuou e procurou o capitão da guarda. Foi nesse momento que percebi que suas ordens eram muito diferentes das minhas. Eu estava lá para investigar o seu coração, para restaurar a afeição de sua irmã. Ele estava lá para levá-la a Londres, viva ou morta.

— Bata de novo — disse implacavelmente. — Depois a arrombe.

A porta cedeu imediatamente, aberta por dois criados nada entusiasmados, que olharam apreensivamente para os homens importantes, os médicos em seus casacos de pele com os soldados armados atrás.

Penetramos no grande salão como inimigos, sem ser convidados. Estava silencioso, tapetes extras abafavam os passos dos criados, um forte cheiro de menta purificava o ar. Uma mulher temível, a Sra. Kat Ashley, a melhor criada e protetora de Elizabeth, estava no extremo da sala, as mãos entrelaçadas sob um peito sólido, o cabelo bem puxado para trás debaixo de um capelo imponente. Olhou a comitiva real de cima a baixo, como se fôssemos um bando de piratas.

Os conselheiros entregaram suas cartas de apresentação, e os médicos, as suas. Pegou-os sem olhá-los.

— Direi à minha senhora que estão aqui, mas ela está muito doente para ver alguém — disse sem maiores rodeios. — Providenciarei para que lhes seja servido o jantar, mas não temos acomodações para uma comitiva tão numerosa.

— Ficaremos em Hillham Hall, Sra. Ashley — informou Sir Thomas Cornwallis, prestimosamente.

Ela ergueu o sobrolho, como se não considerasse muito a sua escolha e virou-se para a porta no extremo da sala. Segui-a. Imediatamente, perguntou-me agressivamente:

— E aonde pensa que está indo?

Olhei-a com a expressão inocente.

— Com a senhora, Sra. Ashley. Ver Lady Elizabeth.

— Ela não receberá ninguém — declarou a mulher. — Está muito doente.

— Então, deixe-me rezar aos pés da sua cama — repliquei calmamente.

— Se está tão mal, vai querer as preces do bobo — disse alguém. — Esta menina pode ver anjos.

Kat Ashley, pega por sua própria história, balançou a cabeça brevemente e deixou que a acompanhasse até a sala de audiências e, depois, aos aposentos privados de Elizabeth.

Havia uma pesada cortina de damasco sobre a porta para bloquear o barulho da sala de audiências. Cortinas do mesmo tipo estavam fechadas nas janelas, impedindo a entrada de luz e ar. A sala estava iluminada somente por velas e as chamas bruxuleantes, que deixavam ver a princesa e seu cabelo ruivo espalhado como uma hemorragia sobre o travesseiro, sua face pálida.

De imediato, percebi que estava doente de verdade. A barriga estava intumescida, como se estivesse grávida, e suas mãos sobre as cobertas bordadas também estavam inchadas, os dedos gordos e grossos, como se fosse uma mulher idosa e gorda, e não uma garota de 20 anos. Seu rosto adorável estava redondo e até mesmo seu pescoço estava grosso.

— O que há com ela? — perguntei.

— Hidropisia — respondeu a Sra. Ashley. — Pior do que já teve antes. Precisa de repouso e paz.

— Milady — falei a meia-voz.

Ela ergueu a cabeça e me olhou por baixo de suas pálpebras inchadas.

— Quem?

— O bobo da rainha — respondi. — Hannah.

Escondeu os olhos.

— Uma mensagem? — perguntou, a voz extremamente fraca.

— Não — respondi rapidamente. — A rainha Mary mandou-me para lhe fazer companhia.

— Agradeça-lhe — a voz soando como um sussurro. — Pode lhe dizer que estou realmente doente e preciso ficar só.

— Ela enviou médicos para cuidarem de você — falei. — Estão aguardando para vê-la.

— Estou doente demais para viajar — replicou Elizabeth, com a voz forte pela primeira vez.

Reprimi o sorriso. Estava doente, ninguém poderia exibir uma inchação das juntas dos dedos para escapar de uma acusação de traição. Mas ela jogaria a doença como o trunfo que era.

— Enviou seus conselheiros para acompanhá-la — avisei-lhe.

— Quem?

— Seu primo, Lorde William Howard, entre outros.

Percebi seus lábios intumescidos se contorcerem em um sorriso amargo.

— Ela deve estar muito determinada contra mim, para mandar meus próprios parentes para me deter — observou.

— Posso lhe fazer companhia durante sua doença? — perguntei.

Elizabeth virou a cabeça para o outro lado.

— Estou cansada demais. Volte quando eu me sentir melhor.

Levantei-me da posição ajoelhada do lado de sua cama e recuei. Kat Ashley jogou a cabeça na direção da porta, indicando a saída do quarto.

— E pode dizer aos que vieram buscá-la que está à beira da morte! — falou rudemente. — Não podem ameaçá-la com o cadafalso, ela já está morrendo por si mesma! — Um meio soluço escapou-lhe e vi que estava tensa como a corda de um alaúde por apreensão em relação à princesa.

— Ninguém a está ameaçando — repliquei.

Ela emitiu um breve som de descrédito.

— Vieram buscá-la, não vieram?

— Sim — respondi relutante. — Mas não têm mandado, ela não está presa.

— Então, não partirá — disse, enfurecida.

— Direi a eles que está doente demais para viajar — confortei-a. — Mas os médicos vão querer vê-la, independente do que eu disser.

A mulher bufou com irritação e aproximou-se da cama para ajeitar a colcha. Vislumbrei um rápido olhar vivo por baixo das pálpebras inchadas de Elizabeth quando fiz uma reverência antes de sair do quarto.

☙

Então esperamos. Bom Deus, como esperamos. Elizabeth era a senhora absoluta do atraso. Quando os médicos disseram que estava em condições de partir, não pôde escolher os vestidos que levaria e suas damas não os guardaram no baú a tempo de partirmos antes de escurecer. Então os baús foram desfeitos, já que ficaríamos mais um dia. Mas então, Elizabeth se mostrou tão exausta que não pôde ver ninguém até o dia seguinte, e a dança da espera de Elizabeth recomeçou.

Durante uma dessas manhãs, quando os grandes baús estavam sendo laboriosamente carregados para as carruagens, procurei Lady Elizabeth para perguntar se queria que a ajudasse. Encontrei-a deitada em um sofá-cama em uma posição de completa exaustão.

— A bagagem já foi carregada — falou. — E estou tão cansada que não sei se consigo iniciar a viagem.

A inchação em seu corpo tinha diminuído, mas ela claramente continuava indisposta. Sua aparência seria melhor se não tivesse empoado tanto o rosto e, juro, escurecido as olheiras. Parecia uma mulher doente representando o papel de uma mulher doente.

— A rainha decidiu que deve ir para Londres — avisei-a. — Sua carruagem chegou ontem. Poderá viajar deitada, se quiser.

Lady Elizabeth conteve-se.

— Sabe se vai me acusar quando chegarmos? — perguntou, a voz bem baixa. — Sou inocente de conspirar contra ela, mas são muitos os que falarão contra mim, difamadores e mentirosos.

— Ela a ama — tranquilizei-a. — Acho que a aceitaria de volta em seu coração e em seu favor mesmo agora, se simplesmente você aceitar a sua fé.

Elizabeth olhou nos meus olhos, aquele olhar Tudor direto e franco, como o do seu pai, como o da sua irmã.

— Está falando a verdade? — perguntou. — Você é um bobo inocente ou uma embusteira, Hannah Green?

— Nenhum dos dois — repliquei, encarando-a. — Fui requisitada para ser bobo, por Robert Dudley, contra a vontade. Nunca quis ser um bufão. Tenho o dom da Visão, que me acontece espontaneamente e, às vezes, me mostra coisas que nem mesmo entendo. E na maior parte do tempo não acontece.

— Viu um anjo atrás de Robert Dudley — lembrou-me.

Sorri.

— Vi.

— Como era ele?

Dei um risinho nervoso, sem conseguir evitá-lo.

— Lady Elizabeth, estava tão deslumbrada com Lorde Robert que mal notei o anjo.

Sentou-se, esquecendo-se da pose de doente, e riu comigo.

— Ele é muito... é tão... é realmente um homem que chama a atenção.

— E só soube que era um anjo depois — falei, desculpando-me. — Na hora, me senti apenas desarmada pelos três, o Sr. Dee, Lorde Robert e o terceiro.

— E suas visões se realizam? — perguntou sutilmente. — Fez previsões para o Sr. Dee, não fez?

Hesitei com a sensação de que o chão se abrira em um abismo sob meus pés.

— Quem disse isso? — perguntei prudentemente.

Sorriu para mim, um flash de pequenos dentes brancos, como se ela fosse uma raposa brilhante.

— Não importa o que sei. Estou perguntando o que você sabe.

— Algumas coisas que vi aconteceram — repliquei, com bastante franqueza. — Mas às vezes as coisas que preciso saber, as coisas mais importantes no mundo, não vejo. Portanto é um dom inútil. Se tivesse me avisado... só uma vez...

— Que aviso? — perguntou.

— Da morte de minha mãe — respondi. Desejei não ter falado assim que as palavras saíram da minha boca. Não queria contar o meu passado a essa princesa perspicaz.

Relanceei os olhos e vi que me olhava com simpatia.

— Não sabia — disse gentilmente. — Ela morreu na Espanha? Você é da Espanha, não é?

— Sim, da Espanha — respondi. — Morreu de peste. — Senti minha barriga contorcer-se ao mentir sobre minha mãe, mas não me atrevi a pensar nas fogueiras da Inquisição com essa jovem me observando. Era como se pudesse ver as centelhas das chamas refletidas nos meus olhos.

— Lamento. É difícil uma garota crescer sem mãe.

Sabia que tinha pensado no seu caso, na mãe que morrera decapitada, chamada de bruxa, adúltera e prostituta. Ela afastou o pensamento.

— Mas o que a fez vir para a Inglaterra?

— Temos parentes aqui. E meu pai arranjou um casamento para mim. Quisemos recomeçar.

Elizabeth riu do meu calção.

— O seu noivo sabe que levará uma garota que é metade menino?

Fiz cara de amuada.

— Ele não gosta de me ver na corte, não gosta que eu use libré e não gosta de mim de calção.

— E você gosta dele?

— Bem, como primo. Não para marido.

— E você tem escolha?

— Não muitas — repliquei.

Balançou a cabeça.

— É sempre igual para as mulheres — considerou com um quê de ressentimento na voz. — As únicas pessoas que podem escolher a vida que querem levar são as que usam calções. Tem razão em usá-los.

— Mas logo terei de deixar de usá-los — falei. — Tive permissão para usá-los quando era pouco mais que uma criança, mas... — Eu me contive. Não queria confiar e falar demais. Ela tinha um dom, essa princesa, o dom Tudor, de incitar confidências.

— Quando eu tinha a sua idade, achava que nunca aprenderia a ser uma jovem mulher — falou, ecoando o meu pensamento. — Tudo o que queria era ser uma estudiosa, e podia ver como concretizar isso. Tive um tutor maravilhoso, que me ensinou latim e grego, e todas as línguas faladas. Eu queria tanto agradar a meu pai achava que ele se orgulharia de mim; se eu pudesse ser tão inteligente quanto Eduardo. Costumava escrever-lhe em grego, dá para imaginar? O meu maior medo era ser obrigada a casar e enviada para fora da Inglaterra. O maior desejo era me tornar uma mulher instruída e poder ficar na corte. Quando o meu pai morreu, achei que viveria sempre na corte: a irmã favorita do meu irmão e tia de seus muitos filhos, e juntos completaríamos a obra do meu pai.

Sacudiu a cabeça.

— Na verdade, não gostaria de ter o seu dom da Visão — prosseguiu. — Se tivesse sabido que chegaria a isso, à sombra do desagrado de minha irmã, meu amado irmão morto e o legado do meu pai jogado fora...

Elizabeth interrompeu-se e virou-se para mim, seus olhos escuros cheios de lágrimas. Estendeu a mão com a palma para cima, e vi que tremia ligeiramente.

— Pode ver o meu futuro? — perguntou. — Mary me receberá como uma irmã e saberá que não fiz nada errado? Vai lhe dizer que sou inocente em meu coração?

— Se puder, receberá. — Peguei sua mão, mas mantive os olhos em sua face pálida, que se tornara lívida subitamente. Recostou-se de novo nos travesseiros ricamente bordados. — Verdade, princesa, a rainha será sua amiga. Sei disso. Ficaria muito feliz em saber de sua inocência.

Ela puxou a mão.

— Mesmo que o Vaticano me nomeasse santa, ela não ficaria feliz. E vou lhe dizer por quê. Não se trata da minha ausência da corte, não se trata de minhas dúvidas sobre a sua religião. É a raiva que existe entre irmãs. Nunca me perdoará pelo que fizeram à sua mãe e pelo que lhe fizeram. Nunca me perdoará por eu ter sido a favorita do meu pai e o bebê da corte. Nunca me perdoará por ter sido a filha querida. Lembro-me dela jovem, sentada ao pé da minha cama e olhando-me como se quisesse segurar o travesseiro sobre meu rosto, embora me cantasse uma canção de ninar. Ela ama e odeia, tudo misturado. E a última coisa que quer na corte é uma irmã mais nova a quem possa ser comparada.

Não falei nada, era uma afirmação maliciosa demais.

— Uma irmã mais nova, e mais bonita — prosseguiu Elizabeth. — Uma irmã mais nova que tem a aparência de uma pura Tudor e não metade espanhola.

Virei minha cabeça.

— Cuidado, princesa.

Elizabeth riu, uma risada impetuosa.

— Ela a enviou para ver meu coração. Não foi? Ela tem muita fé em Deus atuando em sua vida. Dizendo-lhe o que vai acontecer. Mas seu Deus é muito lerdo em lhe dar alegria, eu acho. Essa longa espera pelo trono, e no fim, um reino que se rebela. E agora um casamento, mas com um noivo que não tem pressa em aparecer e, em vez disso, fica em casa, com sua amante. O que vê para ela, bobo?

Sacudi a cabeça.

— Nada, Sua Graça. Não consigo ver sob ordens. E de qualquer maneira, tenho medo de olhar.

— O Sr. Dee acha que você pode ser uma vidente excepcional, uma vidente que pode ajudá-lo a desvendar os mistérios dos céus.

Virei a cabeça, receosa de que minha expressão revelasse a imagem vívida repentina em minha mente, o espelho escuro, e as palavras derramando-se de minha boca, falando das duas rainhas que governariam a Inglaterra. Uma criança, mas não uma criança, um rei, mas não um rei, uma rainha virgem esquecida completamente, uma rainha, mas não virgem. Eu não sabia a quem isso se referia.

— Não falo com o Sr. Dee há muitos meses — revelei com cautela. — Mal o conheço.

— Uma vez, você falou comigo sem eu tê-la chamado e mencionou o nome dele e de outros — replicou, a voz bem baixa.

Não vacilei nem por um segundo.

— Não, princesa. Se pensar bem, o salto do seu sapato quebrou e a ajudei a chegar ao seu quarto.

Ela semicerrou os olhos e sorriu.

— Não é nada boba, Hannah.

— Sei distinguir entre pá de pedreiro e serrote — repliquei sem titubear.

Houve um silêncio entre nós, e então sentou-se e apoiou os pés no chão.

— Ajude-me a me levantar. Ordenou.

Peguei seu braço e apoiou o peso em mim. Cambaleou um pouco ao ficar de pé, sem fingimento. Estava doente e a senti tremer, percebendo que morria de medo. Foi até a janela e olhou o jardim frio lá fora, pingando de cada folha uma lágrima de gelo.

— Não me atrevo a ir para Londres — afirmou em um lamento baixo. — Ajude-me, Hannah. Não vou. Teve notícias der Lorde Robert? Não trouxe realmente nenhuma mensagem de John Dee para mim? De nenhum dos outros? Não tem ninguém lá que vá me ajudar?

— Lady Elizabeth, eu juro, acabou. Ninguém pode salvá-la, nenhuma força pode ir contra sua irmã. Não vejo o Sr. Dee há meses, e a última vez que vi Lorde Robert, ele estava na Torre, aguardando sua execução. Ele não esperava viver muito tempo. Liberou-me de seu serviço. — Percebi um leve estremecimento em minha voz, respirei fundo e me acalmei. — Suas últimas palavras para mim foram para que pedisse clemência para Lady Jane. — Não acrescentei que pedira clemência para ela também. Não parecia precisar ser lembrada de que estava tão perto do cadafalso quanto sua prima.

Fechou os olhos e encostou-se nas venezianas de madeira.

— E você pediu por ela? Será perdoada?

— A rainha é sempre misericordiosa — respondi.

Olhou-me com os olhos cheios de lágrimas.

— Espero que sim, com certeza — replicou Elizabeth gravemente. — E eu?

☙

No dia seguinte a princesa não conseguiu mais opor resistência. As carroças com seus baús de roupas, móveis e roupa de cama já tinham partido, sacolejando-se rumo ao sul, pela grande estrada norte. A carruagem da própria rainha, com almofadas e tapetes da melhor lã, estava à porta, com quatro mulas brancas arreadas, o muladeiro a postos. À porta, Elizabeth cambaleou e pareceu que ia desmaiar, mas os médicos estavam do seu lado e praticamente a seguraram e arrastaram para a carruagem, onde a acomodaram. Gritou como se sentisse dor, mas achei que era o medo que a asfixiava. Estava morta de medo. Sabia que estava indo para o seu julgamento por traição, seguido da morte.

Viajamos vagarosamente. A cada parada, a princesa pedia mais tempo para descansar, queixando-se dos solavancos, sem conseguir descer da carruagem e pisar no solo, e depois com dificuldade de se acomodar de novo para prosseguir viagem. Seu rosto, a única parte exposta ao vento invernal, estava corado do frio e mais inchado. Não era tempo para viagem, sobretudo para uma enferma, mas os conselheiros da rainha não se atrasariam ainda mais. Com o seu próprio primo apressando-os, a determinação desses homens indicava-lhe claramente, como se tivessem um mandado, que ela estava destinada à morte.

Ninguém ousaria ofender a próxima herdeira do trono, como estavam se atrevendo a tratá-la. Ninguém faria a próxima monarca da Inglaterra subir na carruagem em uma manhã escura e partir sacolejando pela estrada sulcada e gélida antes de clarear o dia. Para que fosse tratada dessa maneira era preciso que soubessem que nunca se tornaria rainha.

☙

Estávamos viajando há três dias, uma viagem que parecia que duraria para sempre, a princesa levantando-se tarde toda manhã, com muita dor nas juntas para enfrentar a partida antes do meio-dia. Sempre que parávamos para comer, demorava-se a se sentar à mesa e relutava em retomar a viagem. Quando chegávamos à casa em que passaríamos a noite, os conselheiros xingavam seus cavalos, frustrados, indo rápido para seus quartos.

— O que pensa ganhar com o atraso, princesa? — perguntei certa manhã, quando Lorde Howard me mandou ao seu quarto pela décima vez para perguntar quando estaria pronta para partir. — A rainha não ficará mais disposta a perdoá-la se a faz esperar.

Ela estava em pé, completamente imóvel enquanto uma de suas damas envolvia sua garganta, vagarosamente, com uma echarpe.

— Ganho mais um dia — respondeu.

— Mas para fazer o quê?

Sorriu-me, embora seus olhos estivessem sombrios de medo.

— Ah, Hannah, nunca deve ter desejado viver como eu desejo, se não sabe que uma dia a mais é a coisa mais preciosa. Faria qualquer coisa, neste exato instante, para ganhar mais um dia, e amanhã será a mesma coisa. Cada dia que não chegamos a Londres é mais um dia que permaneço viva. Toda manhã que acordo, toda noite que me deito, é uma vitória para mim.

No quarto dia de viagem, um mensageiro veio ao nosso encontro na estrada, com uma carta para Lorde William Howard. Ele a leu e a guardou na parte da frente de seu gibão, seu rosto tornando-se subitamente sombrio. Elizabeth esperou até ele estar olhando em outra direção e então fez sinal com seu dedo inchado para que eu me aproximasse. Conduzi meu cavalo para o lado da sua carruagem.

— Daria um bom dinheiro para saber o que dizia a carta — confidenciou.

— Vá e escute por mim. Não vão prestar atenção em você.

Minha oportunidade aconteceu quando paramos para jantar. Lorde Howard e os outros conselheiros estavam observando seus cavalos serem levados para as baias. Eu o vi tirar a carta do gibão e parei do seu lado, abaixando-me para ajeitar minhas botas.

— Lady Jane está morta — anunciou sem rodeios. — Executada há dois dias. Guilford Dudley antes dela.

— E Robert? — perguntei urgentemente, aparecendo de repente, minha voz atravessando o zunido do comentário. — Robert Dudley?

Muito era perdoado a um bobo.

— Não tenho notícias — replicou. — Presumo que tenha sido executado junto com o seu irmão.

Senti o mundo enevoar-se ao redor e percebei que estava para desmaiar. Caí de joelhos no degrau frio e pus a cabeça nas mãos.

— Lorde Robert — sussurrei. — Meu senhor.

Era impossível estar morto, que a vitalidade daqueles olhos escuros tivesse desaparecido para sempre. Era impossível imaginar que o carrasco tivesse decepado sua cabeça como se ele fosse um traidor comum, que seus olhos escuros, seu sorriso doce e seu encanto espontâneo não o salvassem do cadafalso. Quem se convenceria a matar o belo Robert? Quem seria capaz de assinar essa ordem, que carrasco suportaria fazer isso? E ainda era mais improvável porque eu vira a profecia a seu favor. Tinha escutado as palavras que saíram da minha boca. Tinha sentido o cheiro da fumaça da vela, tinha visto o bruxuleio da chama e os espelhos que espalhavam o reflexo do lampejo no escuro do Sr. Dee. Ficara sabendo, então, que ele seria amado por uma rainha e morreria na cama. Isso me fora mostrado, as palavras tinham-me sido ditas. Se Lorde Robert estava morto, não só o grande amor da minha vida estava morto, mas também fora revelado, da maneira mais dura possível, que o meu dom não passava de uma quimera, uma fraude. Seria o fim de tudo com um único golpe do machado.

Fiquei em pé e cambaleei até me escorar no muro de pedra.

— Está passando mal, bobo? — perguntou a voz fria de um dos homens de Lorde Howard, que relanceou os olhos para mim com indiferença.

Engoli o nó em minha garganta.

— Posso contar a Lady Elizabeth sobre Lady Jane? — perguntei. — Ela vai querer saber.

— Pode — respondeu. — E acho que ela *vai querer* saber. Todos saberão em alguns dias. Jane e os Dudley executados diante de uma multidão. É um negócio público.

— A acusação? — perguntei, apesar de saber a resposta.

— Traição — respondeu sem rodeios. — Diga-lhe isso. Traição. E pretensão ao trono.

Sem mais nenhuma palavra, todos se viraram para a carruagem em que Lady Elizabeth, a mão estendida para a Sra. Ashley, a outra segurando o lado da porta, descia com dificuldade.

— Essa é a morte de todos os traidores — sentenciou seu primo, olhando para o rosto pálido da garota, seu próprio parente, que fora amigo de todos os homens que agora balançavam na forca. — Assim morrem todos os traidores.

— Amém — disse uma voz atrás do grupo.

ℭℬ

Esperei acabar de jantar para ficar ao seu lado. A princesa molhou os dedos na bacia de água estendida e depois os estendeu para serem secos por um pajem.

— A carta? — perguntou-me sem virar o rosto para mim.

— Será divulgada ainda hoje — repliquei. — Lamento dizer, Lady Elizabeth, que a sua prima, Lady Jane Grey, foi executada, e seu marido... e Lorde Robert Dudley também. As mãos estendidas ao pajem estavam perfeitamente firmes, mas percebi seus olhos obscurecerem.

— Então, ela fez — observou baixinho. — A rainha. Teve coragem de executar um parente, sua própria prima, uma jovem que conhecia desde pequena. — Olhou para mim, suas mãos tão firmes quanto as do pajem que as enxugava com o pano em que havia bordado seu monograma. — A rainha descobriu o poder do machado. Ninguém conseguirá dormir. Graças a Deus sou inocente de qualquer má ação.

Concordei com um movimento da cabeça, porém mal escutei as palavras. Estava pensando em Lorde Robert caminhando para a morte com a cabeça erguida.

Elizabeth tirou as mãos da toalha e virou-se.

— Estou muito cansada — disse ao primo. — Cansada demais para prosseguir viagem hoje. Tenho de descansar.

— Lady Elizabeth, temos de prosseguir — insistiu ele.

Ela sacudiu a cabeça, em uma recusa inflexível.

— Não posso — falou simplesmente. — Vou descansar agora e partiremos de manhã cedo.

— Assim que amanhecer — concedeu. — Ao alvorecer, princesa.

Ela sorriu-lhe forçado.

— É claro — replicou.

☙

Por mais que a princesa prolongasse a viagem, um dia teria de chegar ao fim, e dez dias depois de partirmos chegamos à casa de um cavalheiro, em Highgate, tarde da noite.

Fui acomodada com as damas de Lady Elizabeth, que se levantaram cedo para preparar a entrada da princesa em Londres. Quando vi a roupa íntima e anáguas brancas, e o vestido branco virginal ser escovado, passado e levado para a sua câmara, lembrei-me do dia em que recebeu a irmã, usando as cores Tudor, branco e verde. Agora, entraria de branco, uma noiva mártir. Quando a carruagem chegou à sua porta, estava pronta, não houve atraso, já que uma multidão se aglomerava para vê-la.

— Deve querer as cortinas fechadas — disse Lorde Howard, rispidamente.

— Deixe-as abertas — replicou Elizabeth. — O povo quer me ver. Verão em que condições fui forçada a uma viagem de quinze dias, com o clima mais inclemente.

— Dez dias — disse, de novo rispidamente. — E poderiam ter sido cinco.

Ela não se deu ao trabalho de responder, e recostou-se nos travesseiros e ergueu a mão dando sinal que podiam partir. Eu o vi praguejar baixinho e então montar em seu cavalo. Conduzi meu cavalo para trás da carruagem, e o pequeno cortejo saiu do pátio para a estrada de Londres.

☙

Londres estava fedendo a morte. A cada esquina, patíbulos com uma carga medonha balançando da barra transversal. Se olhássemos para cima, veríamos o morto, o rosto como o de uma gárgula, os lábios retraídos, os olhos esbugalhados nos olhando ferozmente. Quando o vento soprava, o mau cheiro dos cadáveres varria as ruas e os corpos oscilavam de lá para cá, os capotes batendo ao redor de seus corpos, como se ainda estivessem vivos, debatendo-se para viver.

Elizabeth manteve os olhos fixos à frente, sem olhar para a esquerda ou para a direita, mas sentindo os corpos pendurados a cada esquina; metade era conhecida, e todos morreram em uma rebelião que acreditavam ter sido convocada por ela. Estava tão branca quanto seu vestido quando entrou na carruagem e estava lívida como leite quando percorreu a King's Street.

Algumas pessoas a saudaram: "Deus salve Sua Graça!" Elizabeth voltou a si e levantou uma mão fraca, com uma expressão miserável. Parecia uma mártir sendo arrastada para a morte e, nessa avenida de patíbulos, ninguém duvidaria de seu medo. Essa era a rebelião de Elizabeth e 45 cadáveres balançando atestavam o fracasso. Agora Elizabeth teria de enfrentar a justiça que os havia executado. Ninguém tinha dúvidas de que também morreria.

Em Whitehall, abriram os grandes portões assim que nossa comitiva se aproximou vagarosamente do palácio. Elizabeth aprumou o corpo e olhou para a suntuosa escadaria. A rainha Mary não estava lá para receber a irmã, nem ninguém da corte. Caíra em desgraça. Um único cavalheiro os esperava e dirigiu-se a Lorde Howard, não à princesa, como se eles fossem seus carcereiros.

Lorde Howard aproximou-se da carruagem e estendeu-lhe a mão.

— Um apartamento foi preparado para a senhora — disse. — Pode escolher duas acompanhantes.

— Minhas damas irão comigo — argumentou no mesmo instante. — Não estou bem.

— As ordens são duas acompanhantes e não mais — declarou concisamente. — Escolha.

A frieza da voz que usara durante a viagem tornou-se agora mordaz. Estávamos em Londres: uma centena de olhos e ouvidos prestavam atenção. Lorde Howard tomou o cuidado de ninguém vê-lo demonstrar gentileza com sua prima traidora.

— Escolha.

— A Sra. Ashley e... — Elizabeth olhou em volta, até seus olhos pararem em mim. Recuei, tão apreensiva quanto qualquer outro vira-casaca, receosa de ser ligada a essa princesa condenada. Mas ela sabia que através de mim teria chances de chegar à rainha. — A Sra. Ashley e Hannah, o Bobo — disse.

Lorde Howard riu.

— Três bobos juntos, então — disse a meia-voz, e deu sinal para o cavalheiro conduzir-nos as três aos apartamentos de Elizabeth.

❧

Não esperei para ver Elizabeth instalada e fui procurar meu amigo bobo, Will Somers. Estava cochilando em um dos bancos do salão. Alguém estendera um capote sobre ele; todo mundo o amava.

Sentei-me do seu lado e perguntei-me se deveria acordá-lo.

Sem abrir os olhos, ele falou:

— Que par de bobos nós somos. Separados há semanas e nem mesmo nos falamos — e sentou-se rapidamente e me abraçou.

— Achei que estava dormindo — eu disse.

— Estava fingindo — confessou com dignidade. — Decidi que um bobo dormindo é mais engraçado do que acordado. Especialmente nesta corte.

— Por quê? — perguntei com cautela.

— Ninguém acha graça das minhas piadas — lamentou-se. — De modo que tentei ver se ririam do meu silêncio. E, como preferem um bobo em silêncio, vão adorar um bobo dormindo. E, se estou dormindo, não vou saber se estão rindo ou não. Portanto posso confortar a mim mesmo dizendo que sou muito engraçado. Sonho com a minha espirituosidade e acordo rindo. É uma ideia espirituosa, não é?

— Muito.

Virou-se para mim.

— A princesa chegou, não?

Assenti com a cabeça.

— Doente?

— Muito. Doente de verdade, acho.

— A rainha pode lhe oferecer a cura instantânea para todos os seus sofrimentos. Tornou-se uma cirurgiã, especialista em amputações.

— Queira Deus que isso não aconteça — aleguei rapidamente. — Mas Will diga-me... Robert Dudley teve uma boa morte? Foi rápida?

— Continua vivo — falou. — Contra todas as expectativas.

Senti meu coração disparar.

— Meu Deus, disseram-me que fora decapitado.

— Calma — disse Will. — Ponha a cabeça entre os joelhos, assim.

A uma grande distância, ouvi sua voz me perguntar:

— Está melhor agora? Apagou, minha menina?

Ergui o corpo.

— A cor está voltando — observou Will. — Em breve largará os calções com o sangue correndo tão rápido assim, minha menina.

— Tem certeza de que está vivo? Achei que estava morto. Disseram-me que estava morto.

— Deus sabe que deveria estar morto. Viu seu pai, seu irmão e sua pobre cunhada serem todos executados debaixo de sua janela, e continua lá — disse Will. — Talvez seu cabelo tenha embranquecido com o choque, mas sua cabeça continua sobre seus ombros.

— Ele está vivo? — Continuava sem poder acreditar. — Tem certeza?

— Por enquanto.

— Posso visitá-lo sem problema?

Will riu.

— Os Dudley sempre são problema — garantiu.

— Quero dizer, sem me tornar suspeita.

Sacudiu a cabeça.

— Esta é uma corte que se tornou sombria — continuou com tristeza. — Ninguém deixa de ser suspeito. Por isso eu durmo. Não posso ser acusado de conspirar em meu sono. Tenho um sono inocente. Tomo cuidado para não sonhar.

— Quero apenas vê-lo — falei. Não consegui controlar o desejo em minha voz. — Apenas vê-lo e saber que está vivo e permanecerá vivo.

— Robert é como qualquer outro homem — replicou Will auspiciosamente. — Mortal. Posso lhe afirmar que hoje ele está vivo. Mas não por quanto tempo. Isso terá de satisfazê-la.

Primavera de 1554

Nos dias que se seguiram, fiquei entre os apartamentos da rainha e de Lady Elizabeth, mas não me sentia à vontade em nenhum lugar. A rainha nada dizia, e parecia determinada. Sabia que Elizabeth deveria morrer por traição, mas ao mesmo tempo não suportava a ideia de mandar a garota para a Torre. O conselho investigou e teve certeza de que Elizabeth sabia de tudo, que tinha supervisionado metade da conspiração, que teria mantido Ashridge, ao norte, para os rebeldes, enquanto tomavam Londres pelo sul, e que — o que era o pior — pedira ajuda à França para a rebelião. Graças à lealdade de Londres, a rainha permanecia no trono e a princesa fora presa, e não o contrário.

Apesar de todos a pressionarem, a rainha estava relutante em julgar Elizabeth culpada da acusação de traição por causa da comoção que provocaria. Sentia-se intimidada pelo número de adeptos da rebelião de Elizabeth. Não era possível predizer quantos se manifestariam para salvar sua vida. Mais 30 homens foram mandados de volta a Kent, para serem enforcados em suas próprias cidades e aldeias, mas não havia dúvida de que haveria centenas de outros dispostos a tomar seu lugar se achassem que a princesa protestante seria executada.

E pior do que isso: a rainha Mary não podia impor sua própria determinação. Esperara que Elizabeth retornasse penitente à corte e que se reconciliassem. Tinha esperanças de que Elizabeth houvesse aprendido que Mary era mais forte e podia comandar a cidade mesmo se Elizabeth convocasse metade de Kent. Mas a princesa não confessaria, não pediria misericórdia à sua irmã.

Arrogante e inflexível, continuou a jurar que era inocente de tudo, e Mary não suportava vê-la mentindo tanto. A toda hora, a rainha ajoelhava-se em seu genuflexório, o queixo apoiado nas mãos, os olhos voltados para o crucifixo, rezando por orientação quanto ao que deveria fazer com sua traiçoeira irmã.

— Elizabeth a teria decapitado em minutos — garantiu Jane Dormer bruscamente, quando a rainha se levantou, foi para perto da lareira e recostou a cabeça no console de pedra, observando as chamas. — Ela teria arrancado sua cabeça dos ombros no momento em que colocasse a coroa na cabeça. Pouco se importaria com o fato de você ser culpada de inveja ou rebelião. Ela a mataria simplesmente por ser a herdeira.

— É minha irmã — replicou Mary. — Ensinei-a a andar. Segurei suas mãos quando cambaleava. E agora a mandaria para o inferno?

Jane Dormer desistiu de argumentar e pegou sua costura.

— Rezarei por orientação — desabafou a rainha em voz baixa. — Tenho de descobrir uma maneira de conviver com Elizabeth.

☙

Os dias frios tornaram-se mais quentes em março e o céu foi ficando mais claro de manhã cedo e ao anoitecer. A corte continuou cautelosa, observando para ver o que aconteceria com a princesa. Ela era examinada quase que diariamente pelos conselheiros, mas a rainha não a via.

— Não posso — disse ela, abruptamente, e então percebi que estava reunindo coragem para mandar Elizabeth a julgamento, mas de lá para o cadafalso a distância era pouca. As provas eram suficientes para enforcá-la três vezes, e ainda assim a rainha esperava. Logo antes da Páscoa, fiquei feliz em receber uma carta de meu pai me perguntando se seria possível me ausentar da corte por uma semana e ficar na loja. Dizia que não estava bem e precisava de alguém para abrir e fechar as venezianas, mas que eu não me preocupasse, pois era apenas uma febre passageira e Daniel ia vê-lo diariamente.

Achei um tanto irritante pensar em Daniel de plantão, mas levei a carta à rainha e, quando me liberou, empacotei dois calções e uma camisa limpa e me dirigi ao apartamento da princesa.

— Tive licença de ir para casa — falei ao me ajoelhar em reverência.

Houve uma algazarra no cômodo acima. A cozinha real da prima Lady Margaret Douglas mudara-se para o andar acima do quarto de Elizabeth, e ninguém recomendara para que trabalhassem em silêncio. A julgar pelo barulho, tinham levado panelas extras só para baterem uma nas outras. Lady Margaret, uma Tudor carrancuda, poderia reivindicar o trono se Elizabeth morresse, e tinha todos os motivos para deixar a princesa exausta de tanta irritação.

Elizabeth retraía-se com o ruído.

— Vai embora? E quando voltará? — perguntou.

— Em uma semana, princesa.

Balançou a cabeça e, para a minha surpresa, vi que sua boca tremia como se fosse chorar.

— Você tem de ir, Hannah? — perguntou baixinho.

— Sim — repliquei. — Meu pai está doente. Está com febre. Tenho de ir vê-lo.

Virou-se e passou as costas da mão nos olhos.

— Meu Deus, pareço desprotegida como uma criança que perde sua ama!

— Qual é o problema? — perguntei. Nunca a tinha visto tão debilitada. Eu a vira inchada e doente na cama, e ainda assim seus olhos cintilavam malícia. — O que foi?

— Estou morta de medo — respondeu Elizabeth. — Vou lhe dizer uma coisa, Hannah. Se o medo é o frio e a treva, estou vivendo nos confins das Rússias. Só vêm me ver para me interrogar, só me tocam para me posicionar para o interrogatório. Ninguém me sorri, olham-me como se fossem enxergar o meu coração. Meus únicos amigos exilaram-se, estão presos ou foram decapitados. Tenho somente 20 anos e estou completamente só. Sou apenas uma jovem e não tenho o amor nem a simpatia de ninguém. Ninguém se aproxima de mim, a não ser Kat e você, e agora está me dizendo que vai embora.

— Tenho de ver meu pai — disse. — Mas voltarei assim que estiver bem.

O rosto que me encarou não foi o de uma princesa desafiadora, a inimiga protestante odiada nessa corte apaixonadamente católica. O rosto que se virou para mim foi o de uma jovem, sozinha, sem pai nem mãe, sem amigos. Uma jovem tentando reunir coragem para enfrentar a morte que deveria acontecer em breve.

— Vai voltar, não vai, Hannah? Acostumei-me com você. E não tenho mais ninguém além de Kat e você. Pergunto como amiga, não como princesa. Vai voltar?

— Sim — prometi. Peguei sua mão. Não havia exagerado o frio que sentia, pois estava tão gelada quanto um cadáver. — Juro que vou voltar.

Seus dedos frios e úmidos retribuíram meu aperto.

— Talvez me ache uma covarde — disse. — Mas juro, Hannah, que não posso manter minha coragem sem um rosto amigo a meu lado. E acho que em breve vou precisar de toda coragem que puder reunir. Volte para mim, por favor. Volte rápido.

☙

A loja do meu pai estava com as venezianas fechadas, embora fosse somente começo de tarde. Apressei o passo ao descer a rua e, pela primeira vez, senti o medo comprimir meu coração ao pensar nele como um homem mortal, exatamente como Robert Dudley, e que nenhum de nós podia saber por quanto tempo viveria.

Daniel estava colocando o ferrolho na última veneziana, e virou-se ao ouvir meus passos ligeiros.

— Ótimo — cumprimentou-me. — Entre.

Coloquei a mão em seu braço.

— Daniel, ele está muito doente?

Pôs a sua mão brevemente sobre a minha.

— Entre.

Entrei na loja. O balcão estava sem livros, a sala da impressora silenciosa. Subi a escada instável nos fundos e olhei para a pequena cama baixa no canto do quarto, receando me deparar com ele ali, doente demais para se levantar.

A cama tinha pilhas de papéis e roupas. Meu pai estava em pé, na frente da cama. Reconheci imediatamente os sinais de arrumação para uma longa viagem.

— Ah, não — resmunguei.

Meu pai virou-se:

— Está na hora de partirmos. Deram-lhe permissão para ficar uma semana fora?

— Sim — respondi. — Mas esperam que eu volte. Vim correndo, com pavor de que estivesse doente.

— Temos uma semana — prosseguiu, não fazendo caso de minha queixa. — Tempo mais do que suficiente para chegarmos na França.

— De novo não — falei. — Você disse que ficaríamos na Inglaterra.

— Não é seguro — insistiu Daniel, entrando no quarto atrás de mim. — O casamento da rainha acontecerá e o príncipe Felipe da Espanha introduzirá a Inquisição. As forcas estão armadas em cada esquina e há um informante em cada aldeia. Não podemos ficar aqui.

— Você disse que seríamos ingleses — recorri a meu pai. — E as forcas são para os traidores, não para hereges.

— A rainha enforca traidores hoje, e amanhã enforcará hereges — disse Daniel, com determinação. — Ela descobriu que a única maneira de conservar o trono é por meio do sangue. Executou sua própria prima. Executará sua irmã. Tem dúvidas de que hesitará por um instante sequer em enforcar você?

Sacudi a cabeça.

— Ela não executará Elizabeth; luta para demonstrar sua misericórdia. Não se trata da religião de Elizabeth, e sim de sua obediência. E somos súditos obedientes. E ela gosta de mim.

Daniel pegou minha mão e levou-me até a cama, que estava coberta com rolos de manuscritos.

— Está vendo isto? Cada um é agora um livro proibido — mostrou. — Esta é a fortuna de seu pai, o seu dote. Quando seu pai chegou na Inglaterra, esta era a sua biblioteca, sua grande coleção, e agora só servem como provas de heresia. O que vamos fazer com eles? Queimá-los antes que nos queimem?

— Guardá-los para tempos melhores — exclamei, incorrigivelmente uma filha de livreiro.

Ele sacudiu a cabeça.

— Não há lugar seguro para eles, nem para o seu dono em um país governado pela Espanha. Temos de ir embora e levá-los conosco.

— Mas aonde iríamos dessa vez? — gritei. Foi o lamento de uma criança que tinha passado tempo demais viajando.

— Veneza — disse sem hesitar. — França, depois Itália, e depois Veneza. Estudarei em Pádua. Seu pai poderá abrir uma gráfica em Veneza; lá estaremos seguros. Os italianos adoram a erudição. A cidade está cheia de eruditos. Seu pai poderá voltar a vender e comprar textos.

Esperei. Sabia o que viria a seguir.

— E nos casaremos assim que chegarmos à França.

— E sua mãe e irmãs? — perguntei. Era viver com elas que me apavorava mais do que o casamento.

— Estão arrumando as malas — respondeu.

— Quando vamos partir?

— Daqui a dois dias, ao amanhecer. Domingo de ramos.

— Por que já? — falei com a voz entrecortada.

— Porque já vieram nos fazer perguntas.

Olhei assustada para Daniel, incapaz de compreender as palavras, mas tomada pelo pavor de que meus piores medos se concretizassem.

— Procuraram o meu pai?

— Vieram à minha loja procurando John Dee — respondeu meu pai, em voz baixa. — Sabiam que enviava livros a Lorde Robert. Sabiam que vira a princesa. Sabiam que previra a morte do jovem rei, e isso é traição. Queriam ver os livros que ele havia pedido para eu guardar aqui.

Eu contorcia minhas mãos.

— Livros? Que livros? Estão escondidos?

— Estão guardados na adega. Mas serão encontrados se retirarem as tábuas do assoalho.

— Por que está guardando livros proibidos? — gritei com raiva. — Por que guardar livros de John Dee?

Sua expressão foi bondosa.

— Porque todos os livros são proibidos quando um país vive o terror. Os cadafalsos a cada esquina, a lista de coisas que não se pode ler. Essas coisas sempre acontecem ao mesmo tempo. John Dee, Lorde Robert, e até mesmo Daniel, eu e você, minha menina, somos todos estudiosos que aprofundamos um conhecimento que de repente contraria a lei. Para nos impedir de ler livros proibidos, terão de queimar todos os manuscritos. Mas para nos impedir de ter pensamentos proibidos terão de cortar fora nossas cabeças.

— Não somos culpados de traição — falei obstinadamente. — Lorde Robert continua vivo, John Dee também. E as acusações são de traição e não de pensamento herege. A rainha é clemente...

— E o que acontecerá quando Elizabeth confessar? — interrompeu Daniel. — Quando der os nomes de seus companheiros traidores, não apenas

Thomas Wyatt, mas também Robert Dudley, John Dee, talvez até mesmo você. Nunca levou uma mensagem ou fez algo para ela? Pode jurar que não?

Hesitei.

— Nunca confessaria. Sabe o preço da confissão.

— Ela é uma mulher. — Daniel a desprezava. — Começarão assustando-a, depois prometerão perdoá-la e finalmente confessará qualquer coisa.

— Não sabe nada sobre ela, não sabe nada sobre isso! — irritei-me. — Eu a conheço. Não é uma jovem que se amedronta facilmente, e, mais do que isso, seu medo não a faz chorar. Se sentir medo, vai lutar como um gato acuado. Não é do tipo que se entrega e chora.

— É uma mulher — repetiu Daniel. — E está envolvida com Dudley, Dee, Wyatt e o resto dos conspiradores. Avisei você. Disse-lhe que se fizesse jogo duplo na corte poria em risco a si mesma e a nós todos, e agora trouxe o perigo à nossa porta.

Fiquei sem ar de tanta raiva.

— Que porta? — perguntei. — Não temos porta. Temos a estrada, temos o mar entre nós e a França e depois temos de atravessar a França como uma família de mendigos porque você, como um covarde, tem medo da própria sombra.

Por um momento achei que Daniel bateria em mim. Sua mão se ergueu e, então, se imobilizou.

— Lamento que tenha me chamado de covarde na frente do seu pai. — Ele cuspiu as palavras. — Lamento que pense tão pouco de mim, seu futuro marido e o homem que está tentando salvar você e seu pai da morte por traição. Mas independente do que pense de mim, ordeno que ajude seu pai a arrumar suas coisas e se aprontar.

Respirei fundo, meu coração ainda acelerado de raiva.

— Não vou — falei simplesmente.

— Filha! — exclamou meu pai.

Virei-me para olhá-lo.

— Vá, papai, se quiser. Eu não vou fugir de um perigo que não vejo. Sou uma favorita no palácio e não corro perigo vindo da rainha, e sou uma pessoa muito insignificante para chamar a atenção do conselho. Tampouco acredito que vocês estejam em perigo. Por favor, não jogue fora o que começamos aqui. Por favor, não nos faça fugir de novo.

Meu pai me abraçou e segurou minha cabeça contra seu ombro. Senti-me apoiar nele e, por um momento, desejei voltar a ser pequena, quando lhe pedia ajuda, sabendo que seu julgamento estava sempre certo.

— Disse que ficaríamos aqui — sussurrei. — Disse que esta seria a minha terra.

— *Querida*, temos de ir — replicou baixinho. — Realmente acredito que virão. Primeiro, em busca dos rebeldes; segundo, em busca dos protestantes, e terceiro, atrás de nós.

Ergui a cabeça afastando-me.

— Pai, não posso passar a minha vida fugindo. Quero ter um país.

— Minha filha, somos o povo que não tem terra.

Houve um silêncio.

— Não quero pertencer ao povo que não tem terra — falei. — Tenho um lar na corte, amigos na corte, e meu lugar é lá. Não quero ir para a França; e depois para a Itália.

Ele fez uma pausa.

— Receava que você dissesse isso. Não quero obrigá-la. É livre para tomar suas próprias decisões, minha filha. Mas é o meu desejo que venha comigo.

Daniel foi até a janela, virou-se e olhou-me.

— Hannah Verde, você é minha prometida e ordeno que venha comigo.

Ergui o corpo e o encarei.

— Não vou.

— Então o nosso compromisso está desfeito.

Meu pai ergueu a mão em discordância, mas não falou nada.

— Então que assim seja — concordei. Senti frio.

— Seu desejo é que o nosso compromisso termine aqui? — perguntou ele de novo, como se não acreditasse que eu o estivesse rejeitando. Esse sinal de arrogância contribuiu para a minha decisão.

— É o meu desejo que o nosso compromisso termine aqui — repliquei, a voz tão firme quanto a dele. — Isento-o da promessa feita a mim e peço que me isente.

— Com certeza — irritou-se. — Eu a isento, Hannah, e espero que nunca venha a se arrepender desta decisão. — Virou-se e foi para a escada. Fez uma pausa. — Ainda assim ajudará seu pai — disse-me, continuando e me dar ordens. — E, se mudar de ideia, poderá vir conosco. Não serei vingativo. Poderá vir como sua filha e uma estranha para mim.

— Não vou mudar de ideia — repliquei furiosa. — E não preciso que me mande ajudar o meu pai. Sou uma boa filha e serei uma boa esposa para o homem certo.

— E quem seria o homem certo? — escarneceu Daniel. — Um homem casado e traidor condenado?

— Bem, bem — interferiu meu pai, gentilmente. — Concordaram em se separar.

— Lamento que pense tão mal de mim — falei gelidamente. — Vou cuidar do meu pai e ajudá-lo a partir quando você trouxer a carroça.

Daniel desceu ruidosamente a escada, ouvimos a porta da frente bater com um estrondo, e ele se foi.

☙

Nos dois dias seguintes, trabalhamos em um silêncio quase completo. Ajudei meu pai a amarrar seus livros, enrolamos os manuscritos e os guardamos em tonéis, que empurramos para trás da impressora na sala de impressão. Só poderia levar a parte principal de sua biblioteca. O resto teria de seguir depois.

— Gostaria que você também viesse — repetiu seriamente. — É jovem demais para ser deixada aqui sozinha.

— Estou sob a proteção da rainha — repliquei. — E centenas de pessoas na corte têm a minha idade.

— Você é uma das eleitas para servir de testemunha — completou em um sussurro veemente. — Deveria ficar com o seu povo.

— Eleita para testemunhar? — perguntei rudemente. — Pareço mais eleita para não ter país. Eleita para estar sempre fazendo as malas com as coisas mais preciosas e deixando o resto para trás? Eleita para estar sempre um passo à frente do fogo e do laço do carrasco?

— É melhor um passo à frente — respondeu meu pai com sarcasmo.

Trabalhamos durante toda a última noite, e quando ele não parou para comer, percebi que pranteava pela filha que perdera. Ao alvorecer, ouvi o ranger das rodas na rua. Olhei pela janela de baixo e lá estava a forma escura da carroça empilhada de coisas vindo na nossa direção, com Daniel conduzindo dois cavalos vigorosos.

— Chegaram — falei baixinho para o meu pai, e comecei a levar as caixas para o lado de fora. A carroça parou do meu lado e Daniel afastou-me gentilmente.

— Eu faço isso — disse. Pôs as caixas na parte de trás da carroça, onde entrevi quatro rostos pálidos: sua mãe e suas três irmãs.

— Olá — falei meio sem jeito, e voltei para dentro da loja.

Sentia-me tão exausta que mal consegui carregar as caixas da parte de trás da sala de impressão até a carroça e passá-las para Daniel. Meu pai não fez nada. Permaneceu com a testa encostada na parede da casa.

— A impressora — disse baixinho.

— Vou providenciar para que a desçam e seja guardada em segurança — prometi. — Com todo o resto. E quando decidir voltar, estará aqui, e poderemos começar tudo outra vez.

— Não vamos voltar — disse Daniel. O país se tornará domínio espanhol. Como poderíamos estar seguros aqui? Acha que a Inquisição não tem memória? Acha que os nomes de vocês não estão nos registros como hereges e fugitivos? Virão em grande número; haverá tribunais por todo o país. Acha que você e seu pai escaparão? Recém-chegados da Espanha? Com o sobrenome Verde? Acha mesmo que pode passar por uma garota inglesa chamada Hannah Green? Com o seu sotaque e sua aparência?

Levei as mãos ao rosto e quase as pus nos ouvidos.

— Filha — disse meu pai.

Foi insuportável.

— Está bem — falei furiosamente, com raiva e desespero. — Chega! Está bem! Eu irei.

Daniel não disse nada em seu triunfo, nem mesmo sorriu. Meu pai murmurou.

— Deus seja louvado! — exclamou e pegou uma caixa como se fosse um jovem de 20 anos e a pôs na carroça. Em minutos, estava tudo pronto e eu trancava a porta da frente da loja.

— Pagaremos o aluguel pelo resto do ano — decidiu Daniel. — Assim poderemos buscar o resto das coisas.

— Vai carregar uma impressora pela Inglaterra, França e Itália? — perguntei com sarcasmo.

— Se for preciso — replicou. — Sim.

Meu pai subiu para a parte de trás da carroça e estendeu a mão para mim. Hesitei. As três caras brancas das irmãs de Daniel viraram-se para mim, pálidas de hostilidade.

— Ela vai, então? — perguntou uma delas.

— Pode me ajudar com os cavalos — interrompeu Daniel, rapidamente. Dei a volta e fui para o cavalo mais próximo.

Nós os conduzimos, escorregando um tanto desajeitados no pavimento de pedras da rua lateral, até darmos na trilha sólida da Fleet Street em direção à cidade.

— Aonde estamos indo? — perguntei.

— Para o cais — respondeu. — Há um navio aguardando, reservei nossas passagens para a França.

— Tenho dinheiro para a minha própria passagem — falei.

Lançou-me um sorriso sombrio.

— Já paguei a sua. Sabia que viria.

Trinquei os dentes diante de sua arrogância e puxei as rédeas do cavalo grande e disse:

— Então, vamos! — como se a culpa fosse do cavalo, que ao sentir o solo regular da rua assumiu um passo firme, e subi para a parte da frente da carroça. Um pouco depois, Daniel juntou-se a mim.

— Não tive intenção de fazer pouco de você — falou inflexivelmente. — Só quis dizer que sabia que você faria a coisa certa. Não abandonaria seu pai e seu Povo e escolheria viver entre estranhos para sempre.

Sacudi a cabeça. Na luz da manhã fria, a cerração espiralando-se sobre o Tâmisa, vi os grandes palácios que davam para o rio, os jardins estendendo-se até a beira da água. Todos eram lugares que eu desfrutara, uma convidada favorecida no séquito da rainha. Entramos na cidade quando o dia começava, e vi a fumaça dos fornos saindo pelas chaminés das padarias, passamos pela Igreja de São Paulo exalando o cheiro de incenso mais uma vez e depois seguimos a via familiar em direção à Torre.

Daniel sabia que eu pensava em Robert Dudley quando a sombra do muro externo caiu sobre a nossa pequena carroça. Ergui o olhar, passando do muro para onde a grande torre branca apontava como um punho erguido sacudindo-se para o céu, como se dissesse que quem quer que controlasse a Torre controlava Londres e que justiça e misericórdia não tinham nada a ver com isso.

— Talvez ele escape — disse Daniel.

Desviei meu olhar para longe.

— Estou partindo, não estou? — repliquei inconsequentemente. — Isso deveria ser o bastante para você.

Havia uma luz em uma das janelas, um pequena chama de uma vela. Pensei na mesa de Robert Dudley sob a janela com cadeira na frente. Pensei nele insone, tentando preparar-se para a própria morte, lamentando os que foram mortos, temeroso por aqueles que ainda esperavam, como a princesa Elizabeth, atentos à manhã que viria lhes dizer ser o seu último dia. Perguntei-me se me pressentia ali no escuro, partindo para longe, desejando estar com ele, traindo-o a cada passo dos cavalos.

— Calma — disse Daniel, baixinho, quando me mexi no banco. — Não há nada que possa fazer.

Parei e olhei apaticamente para os muros espessos e as entradas proibidas enquanto passávamos ao longo da extensão da Torre, e finalmente retornávamos à beira do rio.

Uma das irmãs de Daniel, na parte de trás da carroça, perguntou, sua voz aguda de medo:

— Estamos chegando?

— Quase — respondeu Daniel, delicadamente. — Cumprimente sua nova irmã, Hannah. Esta é Mary.

— Olá, Mary.

Respondeu-me com um aceno da cabeça e olhou-me como se eu fosse um monstrengo que se exibe em feiras. Observou a riqueza e elegância do meu manto e a qualidade da camisa; depois seus olhos baixaram para o lustre em minhas botas, a meia bordada e o calção. Então, sem dizer uma palavra, voltou ao seu lugar e cochichou com as irmãs, e ouvi seus risinhos abafados.

— Ela é tímida — disse Daniel. — Não quis ser rude.

Não tinha a menor dúvida de que estava determinada a ser rude, mas não havia razão para lhe dizer isso. Em vez disso, apertei o manto em volta do corpo e observei o fluxo escuro da água enquanto nos dirigimos, pesadamente, ao dique.

Relanceei os olhos rio acima, e então vi uma coisa que me fez estender a mão a Daniel.

— Pare!

Ele não puxou as rédeas.

— Por quê? O que foi?

— Pare, mandei! — repliquei bruscamente. — Vi uma coisa no rio.

Daniel então obedeceu, os cavalos giraram um pouco e vi a balsa real, mas sem o estandarte. A balsa da rainha, mas sem Mary a bordo, o tambor marcando o ritmo dos remadores, uma figura escura na proa, dois homens encapuzados, um na popa e outra na proa, examinando as margens para o caso de haver problemas.

— Devem estar com Elizabeth — sugeri.

— Não dá para afirmar — disse Daniel. Relanceou os olhos para mim. — E se estiverem? Não tem nada a ver conosco. Fatalmente a prenderiam, agora que Wyatt...

— Se virarem para a Torre é porque estão com ela a bordo, levando-a para a morte — falei simplesmente. — E Lorde Robert também morrerá.

Ele ia soltar as rédeas para os cavalos prosseguirem, mas cravei minha mão em seu pulso.

— Deixe-me ver, maldição — falei bruscamente.

Esperou por um momento. Vimos a balsa mudar de direção, lutando contra a investida da maré, e depois rumar para a Torre. A comporta escura — uma pesada ponte levadiça que protegia a Torre do rio — foi erguida; a visita tinha sido programada para ser secreta e silenciosa. A balsa avançou, a comporta baixou e o silêncio foi completo, exceto o som da água escura correndo do nosso lado. Foi como se a balsa silenciosa e os dois guardas escuros, um na proa e outro na popa, nunca tivessem existido.

Escorreguei para fora da carruagem e me recostei na roda dianteira, fechando os olhos. Pude imaginar a cena tão vividamente como se fosse meio-dia, Elizabeth argumentando, atrasando e lutando por cada minuto a mais de vida, durante o caminho todo, da comporta ao quarto que haviam preparado, para ela, na Torre. Pude vê-la lutando por cada grão de areia na ampulheta, como sempre fazia, como sempre faria. Pude vê-la barganhando por cada momento. E finalmente pude vê-la em seu quarto, olhando pela janela para o lugar onde sua mãe foi decapitada com a espada francesa mais afiada que puderam encontrar, e vendo-os construir o patíbulo que seria o lugar da sua própria morte.

Daniel veio para o meu lado.

— Tenho de ficar — disse. Abri os olhos como se tivesse despertado de um sonho. — Tenho de ir. Prometi que voltaria, e agora ela está próxima da morte. Não posso faltar com a palavra ante uma mulher à beira da morte.

— Você será identificada com ela e com ele — disse, passionalmente, em um sussurro. — Quando enforcarem os criados, você será um deles.

Nem mesmo respondi. Algo me incomodava.

— O que disse sobre Wyatt?

Ele enrubesceu. Vi que o havia apanhado em erro.

— Nada.

— Disse. Quando vi a balsa. Falou alguma coisa sobre Wyatt. O que é?

— Que foi julgado culpado e condenado à morte — replicou Daniel, abruptamente. — Usaram sua confissão para condenar Elizabeth.

— Você sabia disso e o escondeu de mim?

— Sim.

Dei a volta na carroça.

— Aonde está indo? — Estendeu o braço e segurou meu cotovelo.

— Vou pegar minha valise. Vou para a Torre ficar com Elizabeth — respondi direto. — Ficarei com ela até a sua morte e, então, irei ao encontro de vocês.

— Não pode viajar para a Itália sozinha — replicou com uma raiva repentina. — Não pode me desafiar dessa maneira. É minha noiva. Disse-lhe o que íamos fazer. Veja, minha mãe, minhas irmãs, todas me obedecem. Você tem de fazer o mesmo.

Trinquei os dentes e o enfrentei como se fosse um rapaz e não uma garota de calção.

— Como vê, não obedeço — repliquei bruscamente. — Como vê, não sou uma garota como as suas irmãs. Como vê, se eu fosse sua mulher, você não me acharia dócil. Agora, tire a mão do meu braço. Não sou uma garota que se intimida. Sou uma criada real; é traição tocar em mim. Solte-me!

Meu pai desceu da carroça, e a irmã de Daniel, Mary, veio, aos tropeções, logo atrás, o rosto inflamado pela excitação.

— O que está acontecendo? — perguntou meu pai.

— Lady Elizabeth acaba de ser levada para a Torre — expliquei. — Vimos a balsa real passar pela comporta. Tenho certeza de que estava a bordo. Prometi que voltaria para fazer-lhe companhia. Quebrarei a promessa se for com vocês. Agora ela está na Torre, condenada à morte. Não posso abandoná-la. Dei minha palavra que ficaria com ela e vou cumpri-la.

Meu pai virou-se para Daniel, aguardando sua decisão.

— Não tem nada a ver com Daniel — prossegui, tentando reprimir a raiva em minha voz. — Não precisa olhá-lo. A decisão é minha.

— Iremos para a França, como planejado — falou Daniel, com firmeza. — Esperaremos você em Calais. Esperaremos a execução de Elizabeth, e então você irá ao nosso encontro.

Hesitei. Calais era uma cidade inglesa, parte do acordo inglês, tudo o que restava do grande reino inglês na França.

— Não receia a Inquisição em Calais? — perguntei. — Se chegarem aqui, sua lei será imposta lá também.

— Se chegar lá, fugiremos para a França — continuou. — Seremos avisados. Promete que irá ao nosso encontro?

— Sim — respondi, sentindo a raiva e o medo me abandonarem. — Sim, prometo que quando tudo tiver acabado, quando Elizabeth estiver a salvo ou morta, irei encontrá-los.

— Virei buscá-la quando souber que ela está morta — disse. — E então levaremos a impressora e o resto dos papéis.

Meu pai pegou minhas mãos.

— Você virá, *querida*? — perguntou. — Não vai voltar atrás?

— Amo o senhor, meu pai — sussurrei. — É claro que irei. Mas também amo Lady Elizabeth, e ela está com medo, e prometi ficar a seu lado.

— Você a ama? — perguntou, surpreso. — Uma princesa protestante?

— Ela é a mulher mais inteligente e valente que conheci, é como um leão sagaz — falei. — Amo a rainha, é impossível não amá-la, mas a princesa é como uma chama ardente, não há como não querer estar do seu lado. E agora ela sentirá medo e enfrentará a morte, e tenho de estar a seu lado.

— O que estará fazendo agora? — perguntou, da parte de trás da carroça, uma das irmãs de Daniel. Mary chegou para o lado, e ouvi os sussurros escandalizados.

— Dê-me a valise e deixe-me ir — disse rudemente a Daniel. Fui para a traseira da carroça e dei adeus a todos.

Daniel pôs minha valise no chão.

— Virei buscá-la — lembrou-me.

— Sim, eu sei — repliquei, com o mesmo tom afetuoso.

Meu pai beijou minha testa, pôs a mão na minha cabeça abençoando-me e depois virou-se e subiu na carroça sem mais uma palavra. Daniel esperou ele acomodar-se e então, me puxou. Eu teria me soltado, mas ele me puxou e me beijou, impetuosamente, na boca, um beijo tão cheio de desejo e raiva que me retraí, e só quando me soltou, abruptamente, e voltou a subir na carroça, descobri que eu queria o seu beijo e que queria mais. Mas era tarde demais para dizer qualquer coisa, tarde demais para fazer qualquer coisa. Daniel sacudiu as rédeas e a carroça passou, e fiquei na fria manhã londrina sem nada além da pequena valise a meus pés, uma boca quente e ferida e uma promessa feita a uma traidora.

☙

Os dias, depois semanas, na Torre com a princesa foram os piores de minha vida na Inglaterra, e os piores dias para Elizabeth também. Ela entrou em uma espécie de transe infeliz e medo, e nada conseguia tirá-la desse estado. Sabia que morreria, e no mesmo lugar onde foram decapitadas sua mãe, Ana Bolena, a tia Jane Rochford e as primas Catherine Howard e Jane Grey. O sangue da família já ensopava aquele solo, e breve o seu sangue se juntaria ao daqueles infelizes. Esse local, que não estava assinalado por nenhuma pedra no gramado dentro dos muros da Torre, obscurecido pela sombra da Torre branca, era o solo em que morriam as mulheres da família. Sentiu-se condenada no momento em que se aproximou do lugar, teve certeza de que seus olhos avermelhados olhavam o local de sua morte.

O guarda da Torre, primeiro assustado com o drama de sua chegada — quando Elizabeth mostrou o máximo de persuasão, sentando-se nos degraus da comporta e recusando-se a sair da chuva —, ficou ainda mais alarmado quando ela mergulhou em um total desespero, tomada pelo medo, que foi ainda mais convincente do que suas cenas. Seus carcereiros permitiram-lhe passear no jardim, cercada pela segurança dos muros, mas um garotinho espiou pelo portão com um buquê de flores, e no outro dia lá estava ele de novo. No terceiro dia, os conselheiros da rainha decidiram, por medo e malícia, que não era seguro a princesa desfrutar nem mesmo o refrigério desse exercício e ordenaram que fosse confinada de volta a seus aposentos. Andava de lá para cá como o leão a que a comparei antes e depois deitava-se na cama, olhando o dossel por horas e horas sem fim, e não falava nada.

Achei que estava se preparando para a morte e perguntei se gostaria de ver um padre. Lançou-me um olhar que não expressava absolutamente nenhuma vida — parecia estar morrendo dos olhos para baixo. Toda a centelha tinha-se apagado; só restava o terror.

— Mandaram você me perguntar isso? — sussurrou ela. — Ele me dará a extrema-unção? Será amanhã?

— Não! — neguei no mesmo instante, amaldiçoando-me por piorar a situação. — Não! Só achei que poderia querer rezar por sua libertação!

Virou-se para a seteira que deixava entrever o cinza do céu e lhe permitia sentir uma aragem de fresca.

— Não — falou, abruptamente. — Não o padre que me enviaria. Ela torturou Jane com a possibilidade do perdão, não torturou?

— Esperava que ela se convertesse — afirmei, tentando ser justa.

— Ofereceu-lhe a vida em troca da sua fé. — Sua boca contorceu-se com desprezo. — Que barganha para oferecer a uma garota. Uma punição, que Jane teve a coragem de recusar. — Seu olhar tornou-se sombrio de novo, e virou o rosto para a colcha da cama. — Não tenho essa coragem. Não penso assim. Tenho de viver.

Durante o tempo em que aguardava o julgamento, fui duas vezes à corte pegar roupa para mim e saber das novidades. Na primeira vez, vi a rainha por um breve momento em que me perguntou como a prisioneira estava passando.

— Tente despertar-lhe o senso de penitência. Só isso pode salvá-la. Diga-lhe para se confessar, eu a perdoarei, deixando-a escapar da execução.

— Tentarei — prometi. — Mas poderá perdoá-la, Sua Graça?

Ergueu os olhos para mim, e estavam cheios de lágrimas.

— Não no meu coração — respondeu baixinho. — Mas se puder salvá-la de uma morte por traição, o farei. Não quero ver uma filha do meu pai morrer como uma criminosa. Mas ela tem de se confessar.

Na minha segunda visita à corte, a rainha estava reunida com o conselho, mas encontrei Will brincando com um cachorro em um banco no salão.

— Não está dormindo? — perguntei.

— Não foi decapitada? — perguntou.

— Tenho de ficar com ela — falei abruptamente — A princesa me pediu.

— Que não seja o seu último pedido — disse asperamente. — Que você não seja a sua última refeição.

— Ela vai morrer? — perguntei em um sussurro.

— Certamente — respondeu ele. — Wyatt negou sua culpa quando foi condenado, mas as provas são todas contra ela.

— Ele a inocentou? — perguntei esperançosa.

Will riu.

— Inocentou a todos. Mostrou que foi uma rebelião de um só, e que todos imaginamos um exército. Inocentou até mesmo Courtenay, que já tinha confessado! Não creio que a voz de Wyatt faça alguma diferença. E não a ouviremos de novo. Não se expressará com as mesmas palavras de novo.

— A rainha decidiu contra ela?

— As provas é que decidiram — respondeu. — Ela não pode enforcar centenas de homens e poupar seu líder. Elizabeth gera traição assim como carne velha gera larvas de inseto. Não tem sentido ficar afugentando as moscas enquanto a carne fica apodrecendo ao ar livre.

— Em breve? — perguntei, aterrorizada.

— Pergunte-lhe você mesma... — Interrompeu-se e, com um movimento da cabeça, indicou a porta da sala de audiências. A porta foi aberta e a rainha apareceu. Deu um sorriso de prazer genuíno ao me ver. Aproximei-me e me ajoelhei.

— Hannah!

— Sua Graça, estou feliz em revê-la.

Uma tristeza atravessou sua face.

— Está vindo da Torre?

— Como ordenou — respondi rápido.

Assentiu com a cabeça.

— Não quero saber como ela está.

Diante da frieza de sua expressão, mantive a boca fechada e baixei a cabeça. A rainha aprovou minha obediência com a cabeça, mais uma vez.

— Venha comigo. Vamos cavalgar.

Coloquei-me no meio do seu séquito. Havia dois ou três rostos novos, damas e cavalheiros, mas estavam muito sobriamente vestidos para uma corte da rainha e para jovens que saíam para um passeio a cavalo, estavam muito silenciosos. Essa era, agora, uma corte apreensiva.

Esperei até sairmos da cidade, rumando para o norte, passando da bela Southampton House para o campo aberto, antes de conduzir meu cavalo para o lado do da rainha.

— Sua Graça, posso ficar com Elizabeth até... — Interrompi-me. — Até o fim? — concluí.

— Você a ama tanto assim? — perguntou com ressentimento. — É dela agora?

— Não — respondi. — Tenho pena dela, como Sua Graça teria, se a visse.

— Não a verei — disse com firmeza. — E também acho que não sinto pena. Mas, sim, pode fazer-lhe companhia. Você é uma boa garota, Hannah, e não me esqueço que entramos juntas em Londres. — Relanceou os olhos para trás. As ruas de Londres estavam, agora, bem diferentes, um patíbulo a cada esquina, com um traidor pendendo pelo pescoço, e urubus em cada telhado engordando com a carniça farta. O mau cheiro na cidade era como o vento da peste, o cheiro da traição inglesa. — Eu tinha muita esperança, então — recordei. — E a esperança retornará, eu sei.

— Tenho certeza — sussurrei. Palavras vazias.

— Quando Felipe, da Espanha, chegar, faremos muitas mudanças — garantiu-me. — Você verá, as coisas vão melhorar.

— Felipe chegará logo?

— Neste mês.

Balancei a cabeça. Era a data da execução de Elizabeth. Ele tinha jurado que não viria à Inglaterra enquanto a princesa protestante vivesse. Só lhe restavam 24 dias de vida.

— Sua Graça — falei com hesitação. — Meu antigo senhor, Robert Dudley, continua na Torre.

— Eu sei — disse a Rainha Mary, calmamente. — Junto com outros traidores. Não quero saber de nenhum deles. Aqueles que forem julgados culpados devem morrer para a segurança do país.

— Sei que será justa e sei que será misericordiosa — incitei-a.

— Certamente serei justa — repetiu. — Mas alguns, incluindo Elizabeth, consumiram minha misericórdia. É melhor ela rezar para receber a misericórdia de Deus.

Tocou o flanco do seu cavalo com o chicote, a corte prosseguiu a meio-galope e não havia mais nada a dizer.

Verão de 1554

Em meados de maio, o mês proposto para a cerimônia de casamento da rainha, quando o clima se tornava mais quente, o cadafalso ainda não fora construído para Elizabeth, e Felipe, da Espanha, não chegara. Então, um dia, houve uma mudança repentina na Torre. Um cavalheiro de Norfolk e seus homens de libré azul chegaram à Torre. Elizabeth ia da porta à janela, em um frenesi de medo, esticando o pescoço para ver pela seteira, espiando pelo buraco da fechadura, tentando descobrir o que estava acontecendo. Finalmente, mandou-me perguntar se ele tinha vindo assistir à sua execução, e perguntou à guarda da porta se o cadafalso estava sendo construído no gramado. Eles juraram que não, mas ela preferiu me enviar para ter certeza. Não confiava em ninguém e só ficava em paz quando via com os próprios olhos, o que não tinha permissão para fazer.

— Confie em mim — eu disse brevemente.

Ela pegou minhas mãos.

— Jure que não irá me mentir. Tenho de saber se será hoje. Tenho de preparar-me, não estou pronta. — Mordeu o lábio, que já estava cortado e machucado de centenas de mordidas. — Só tenho 20 anos, Hannah, não estou pronta para morrer amanhã.

Assenti com a cabeça e saí. O gramado estava vazio, não havia tábuas à espera do carpinteiro. A princesa estaria a salvo por mais um dia. Parei na comporta e puxei conversa com um dos homens de libré azul. O que me contou sobre o que estava acontecendo fez-me correr de volta à princesa.

— Está salva — falei, entrando em seu quarto exíguo. Kat Ashley ergueu o olhar e fez o sinal da cruz, antigo hábito que lhe fora inculcado pelo medo.

Elizabeth que estava ajoelhada à janela, olhando as gaivotas voar em círculo lá fora, virou-se, o rosto pálido, as pálpebras vermelhas.

— O quê?

— Vai ser entregue a Sir Henry Bedingfield — falei. — E irá com ele para o palácio de Woodstock.

Sua expressão não demonstrou nenhuma esperança.

— E depois?

— Prisão domiciliar — respondi.

— Não fui declarada inocente? Não serei recebida na corte?

— Não será julgada, não será executada — salientei. — E ficará longe da Torre. Outros prisioneiros permanecerão aqui, em condições piores.

— Vão enterrar-me viva em Woodstock — lamentou-se. — É um estratagema para me afastarem da cidade, para que eu seja esquecida. Vão me envenenar quando eu estiver fora e me enterrarão longe da corte.

— Se a rainha quisesse matá-la a mandaria para o carrasco — falei. — Essa é sua liberdade, ou pelo menos em parte. Achei que ficaria feliz.

O rosto de Elizabeth estava apático.

— Sabe o que a minha mãe fez à sua mãe? — perguntou em um sussurro. — Mandou-a para uma casa no campo, depois para outra — uma casa menor e mais simples —, depois para outra ainda pior, até a pobre mulher instalar-se em uma ruína úmida no fim do mundo, onde morreu doente, sem cuidados médicos, passando fome, sem dinheiro para comprar comida, chorando por sua filha, proibida de ir vê-la. A rainha Catarina morreu na pobreza, enquanto sua filha era uma das criadas que me serviam quando pequena. Acha que essa filha não se lembra disso? Não é o que vai me acontecer? Não vê que é a vingança de Mary? Não vê a precisão desse ato?

— Você é jovem — repliquei. — Podem acontecer muitas coisas ainda.

— Sabe que adoeci e sabe que nunca durmo. Sabe que levei minha vida na ponta da faca desde que me acusaram de ser bastarda, quando tinha apenas 2 anos. Não sobreviverei negligenciada. Não sobreviverei ao veneno, não sobreviverei à faca do assassino à noite. Não creio que consiga sobreviver à solidão e ao medo por muito mais tempo.

— Mas Lady Elizabeth — argumentei —, disse-me que cada momento que tem é um momento que conquistou. Quando partir daqui, terá conquistado mais um momento.

— Quando sair daqui, irei para uma morte mais secreta e vergonhosa — afirmou simplesmente. Afastou-se da janela e ajoelhou-se diante da cama, pondo o rosto nas mãos sobre a coberta bordada. — Se me matassem aqui, pelo menos seria chamada de a princesa mártir, seria lembrada como mais uma Jane. Mas nem mesmo têm a coragem de executar-me. Virão a mim furtivamente e morrerei em segredo.

03

Sabia que não conseguiria deixar a Torre sem tentar ver Lorde Robert. Ele estava nos mesmos alojamentos, no lado oposto da torre, com o brasão da sua família entalhado por seu pai e por seu irmão no console da lareira. Achava um lugar melancólico para ele, bem em frente ao local onde os presos eram executados, e o local destinado à sua própria morte.

Sua guarda fora duplicada. Fui revistada antes de me autorizarem a chegar à porta, e pela primeira vez não ficamos sozinhos. Meu serviço à princesa tinha comprometido a minha reputação de lealdade à rainha.

Quando abriram a porta, ele estava à sua mesa, o sol do entardecer batendo quente na janela. Lia, as páginas do pequeno livro voltadas para a luz. Virou-se na cadeira, quando abriram a porta, para ver quem entrava. Ao me ver, sorriu, um sorriso cansado do mundo. Percebi como havia mudado. Estava mais pesado, o rosto inflado de fadiga e tédio, a pele pálida por causa dos meses encarcerado, mas o olhar escuro era firme e a boca torcida para cima, no que antes tinha sido um sorriso alegre.

— Senhorita Menino — exclamou. — Mandei-a embora para o seu próprio bem, menina. O que está fazendo, desobedecendo-me ao voltar?

— Fui embora — repliquei, entrando na sala, constrangedoramente ciente do guarda atrás de mim. — Mas a rainha ordenou-me fazer companhia a Lady Elizabeth, estive na Torre durante todo esse tempo, mas não me permitiram vê-lo.

Seus olhos escuros inflamaram-se com interesse.

— E ela está bem? — perguntou, a voz deliberadamente neutra.

— Esteve doente e muito apreensiva — respondi. — Vim vê-lo porque amanhã partiremos. A princesa foi libertada, passará para prisão domiciliar, será entregue a Sir Henry Bedingfield e iremos para o palácio de Woodstock.

Lorde Robert levantou-se de sua cadeira e foi até a janela. Só eu percebi que seu coração palpitava de esperança.

— Libertada — falou baixinho. — Por que Mary demonstrou misericórdia?

Encolhi os ombros. Contrariava o interesse da rainha, mas era típico de sua natureza.

— Ela sente ternura por Elizabeth, mesmo agora — falei espontaneamente. — Continua a pensar nela como sua irmã mais nova. Nem mesmo para agradar seu novo marido, ela consegue ordenar a execução de sua irmã.

— Elizabeth sempre teve sorte — disse ele.

— E milorde? — Não consegui evitar o amor em minha voz.

Virou-se e sorriu para mim.

— Estou mais resignado — respondeu. — Morrer ou viver está fora do meu controle e, hoje, entendo isso. Mas andei pensando em meu futuro. Você me disse, certa vez, que eu morreria na minha cama. Ainda acha isso?

Relanceei os olhos, de maneira constrangida, para o guarda.

— Sim, acho — respondi. — Acho isso, e mais ainda. Acho que será o amado de uma rainha.

Ele tentou rir, mas não havia alegria naquela pequena sala.

— Acha, Senhorita Menino?

Confirmei com um movimento da cabeça.

— E um príncipe que mudará a história do mundo.

Franzindo o cenho, perguntou:

— Tem certeza? O que quer dizer?

O guarda pigarreou.

— Lamento — disse ele, embaraçado. — Nada em código.

Lorde Robert sacudiu a cabeça à inépcia do homem, mas reprimiu sua impaciência.

— Bem — sorriu-me —, é bom saber que acha que não seguirei o exemplo de meu pai. — Indicou com a cabeça o gramado além da janela. — E estou resignado com a vida na prisão. Tenho meus livros, recebo visitas, estou sendo bem servido, aprendi a prantear meu pai e meu irmão. — Estendeu a mão para a lareira e tocou no brasão da família. — Lamento a traição, mas rezo para que estejam em paz.

Bateram à porta.

— Ainda não posso ir! — exclamei, virando-me, mas não era com outro guarda. Deparei-me, sim, com uma mulher. Uma mulher bonita, de cabelo castanho, a pele bem clara, olhos castanhos suaves, elegantemente vestida. Percebi o bordado de seu vestido, as tiras de veludo e a seda nas mangas. Segurava com uma das mãos, casualmente, as fitas do chapéu e com a outra uma cesta de folhas frescas para salada. Olhou a cena, eu corada e com lágrimas nos olhos, meu senhor Lorde Robert sorrindo em sua cadeira. Então, atravessou a sala, e ele se levantou para recebê-la. Beijou-o calmamente nas duas bochechas e virou-se para mim, o braço no dele, como se perguntasse: "Quem é você?"

— E quem é? — perguntou. — Ah! Deve ser o bobo da rainha.

Passou-se um momento antes de eu responder. Nunca antes meu título tinha-me preocupado. Mas a maneira como ela o disse me fez hesitar. Esperei Lorde Robert dizer que eu era um bobo santo, que vi anjos na Fleet Street, que tinha sido a vidente do Sr. Dee, mas ele não disse nada.

— E deve ser a Sra. Dudley — falei bruscamente, usando a prerrogativa do bobo, já que assumia o nome.

Ela confirmou com a cabeça.

— Pode ir — disse ela, e virou-se para o seu marido.

O marido a deteve.

— Ainda não terminei meu assunto com Hannah Green. — Sentou-a na cadeira à escrivaninha e levou-me à outra janela, onde não seríamos ouvidos.

— Hannah, não posso pô-la a meu serviço de novo, e já foi liberada do seu voto de amor a mim, mas ficaria feliz se não me esquecesse — disse baixinho.

— Nunca vou esquecê-lo — sussurrei.

— E defendesse o meu caso com a rainha.

— Milorde, é o que faço. Ela não ouvirá ninguém na Torre, mas tentarei de novo. Nunca vou parar de tentar.

— E se alguma coisa mudar entre a princesa e a rainha, se por acaso estiver com o nosso amigo John Dee, gostaria de saber.

Sorri ao sentir o toque na minha mão, ao ouvir palavras que me diziam que ele estava vivo e ansiando de novo pela vida.

— Eu lhe escreverei — prometi. — Contarei tudo o que puder. Não posso ser desleal com a rainha...

— E agora tampouco com Elizabeth? — sugeriu, com um sorriso.

— É uma jovem maravilhosa — falei. — É impossível servi-la e não admirá-la.

Ele riu.

— Menina, você quer tanto amar e ser amada que está sempre em todos os lados ao mesmo tempo.

Sacudi a cabeça.

— Ninguém pode me culpar. Todos os criados da rainha a amam, e Elizabeth... É Elizabeth.

— Conheço-a desde que nasci — contou. — Ensinei-a a saltar com o seu primeiro pônei. Era uma criança impressionante, e quando cresceu, uma pequena rainha em desenvolvimento.

— Princesa — corrigi-o.

— Princesa — corrigiu-se. — Transmita-lhe os meus melhores votos, meu amor e minha lealdade. Diga-lhe que se eu pudesse ter jantado com ela, teria jantado.

Assenti com a cabeça.

— Ela é bem filha do pai — disse com afeto. — Por Deus, tenho pena de Henry Bedingfield. Depois que se recuperar do susto, ela vai perturbá-lo. Ele não é homem para dar ordens a Elizabeth, nem com todo o conselho o apoiando. Ela vai ser mais esperta e vai superá-lo. Ele ficará confuso.

— Marido? — Amy levantou-se.

— Milady? — largou minha mão e foi para perto dela.

— Gostaria de ficar a sós com você — replicou simplesmente.

Tive um súbito acesso de ódio absoluto, e junto me veio uma visão sombria, momentânea, que me fez recuar e sibilar, como um gato que cuspisse em um cachorro estranho.

— O que foi? — perguntou-me Lorde Robert.

— Nada — respondi. Sacudi a cabeça para dissipar a imagem. Não era nada: nada que eu visse claramente, nada que pudesse contar. Era Amy jogada no chão, afastada de Robert Dudley, e sabia que minha visão estava embaçada pelo ciúme e o despeito, o que me fez vê-la ser lançada a uma treva escura como a morte. — Nada — repeti.

Olhou-me intrigado, mas não me contestou.

— É melhor você ir — disse em voz baixa. — Não esqueça, Hannah.

Assenti com a cabeça e me dirigi à porta. O guarda abriu-a, fiz uma mesura a Lady Dudley e ela acenou brevemente com a cabeça, dispensando-me. Estava ansiosa demais para ficar a sós com o marido, para se preocupar em ser cortês com alguém que era pouco mais que uma criada.

— Tenha um bom dia, milady — falei, só para forçá-la a falar comigo.

Não consegui fazê-la admitir a minha presença. Virou-se de costas para mim. Até onde lhe dizia respeito, eu havia desaparecido.

☙

O abatimento e medo de Elizabeth só se dissiparam quando a carruagem chegou ao portão da Torre e saiu pela escura ponte levadiça da cidade de Londres. Ao atravessarmos a cidade, eu e um punhado de damas cavalgávamos atrás, e quanto mais seguíamos para o oeste, mais a marcha se tornava uma procissão triunfal. Nos pequenos povoados, quando ouviam o chocalhar dos freios dos cavalos e o tropel dos cascos, o povo saía correndo para a rua, saltando e dançando, as crianças pedindo que fossem levantadas para ver a princesa protestante. Na pequena cidade de Windsor, à sombra do castelo da rainha, em Eton, depois Wycombe, o povo saía das casas sorrindo-lhe e acenando-lhe, e Elizabeth, que nunca conseguiu resistir a uma plateia, mandou erguerem as almofadas para poder ver e ser vista.

Levaram-lhe presentes — muita comida e vinhos —, e logo ficamos carregados de bolos, doces e buquês de flores da margem da estrada. Cortaram ramos de espinheiros e os espalharam pela estrada diante da carruagem. Lançaram-lhe ramalhetes de prímulas e margaridas. Sir Henry, percorrendo o pequeno séquito de lá para cá, tentou desesperadamente impedir o povo de se aglomerar, tentou impedir os gritos de amor e lealdade, mas foi o mesmo que remar contra a corrente. O povo a adorava, e quando ele enviou soldados na frente, para impedir que o povo da aldeia seguinte fosse para a estrada, as pessoas debruçaram-se às janelas e gritaram seu nome. E Elizabeth, seu cabelo cor de cobre solto sobre os ombros, o rosto pálido agora excitado, virava-se para a esquerda e para a direita, acenava com as mãos de dedos longos e dava a impressão — como só Elizabeth conseguiria — de ser ao mesmo tempo uma mártir a caminho da execução e uma princesa regozijando-se com o amor do seu povo.

No dia seguinte, e no outro, a notícia da viagem da princesa foi propagada, e os sinos das paróquias nas aldeias por onde passávamos badalaram. Houve muitos padres cujos sinos soaram para a princesa protestante, se perguntando o que o bispo diria, mas foram muitos os que tocaram os sinos para serem reprimidos, e tudo o que Sir Henry pôde fazer foi ordenar aos soldados que cavalgassem mais próximos da carruagem e assegurassem que, pelo menos, ninguém tentasse salvá-la.

Toda essa bajulação foi como um sopro de vida para Elizabeth. Seus dedos e tornozelos inchados começaram a voltar ao tamanho normal, o rosto recuperou a cor, o olhos tornaram-se vivos e a sagacidade se aguçou. À noite, comia e dormia em casas que a recebiam como a herdeira do trono, e ela ria e deixava que a entretivessem regiamente. Acordava cedo e animada para a viagem. Sentia a luz do sol como vinho, e sua pele logo começou a brilhar na luz. Mandava escovarem o cabelo cem vezes, toda manhã, para que ondulasse e crepitasse ao redor de seus ombros. Usava o chapéu ousadamente de lado, com uma fita verde Tudor. Sorria para todos os soldados; todos que desejavam o seu bem recebiam um aceno em troca. Elizabeth, ao atravessar uma Inglaterra radiosa, com flores de verão precoces, mesmo a caminho da prisão, estava em seu elemento.

೮ঽ

Woodstock revelou-se um antigo palácio em ruínas, negligenciado há anos. Haviam instalado uma guarita para Elizabeth em um trabalho malfeito, permitindo que correntes de ar passassem pelas janelas e por baixo das tábuas quebradas do piso. Era melhor do que a Torre, mas continuava, sem a menor dúvida, uma prisioneira. No começo, teve permissão de acesso a apenas quatro cômodos da guarita. Mas então, como era típico de Elizabeth, estendeu seu livramento condicional a passeios nos jardins, depois no grande pomar.

No começo, tinha de pedir papel e pena, um de cada vez, mas à medida que o tempo passava e ela fazia cada vez mais pedidos ao atormentado Sir Henry, conseguia mais e mais liberdade. Insistiu em escrever à rainha; exigiu o direito de apelar ao conselho da rainha. Quando o clima esquentou, exigiu o direito de caminhar fora do terreno da casa.

Foi-se tornando cada vez mais segura de que não seria assassinada por Sir Henry e, ao invés de temê-lo, tornou-se absolutamente insolente. O pobre homem, exatamente como meu senhor previra, estava ficando abatido e magro com as exigências peremptórias da prisioneira mais em desgraça da rainha, a herdeira do trono da Inglaterra.

ଔ

Então, um dia, no começo do verão, chegou um mensageiro de Londres com um pacote de papéis para Elizabeth, e uma carta para mim. Estava endereçada a "Hannah Green, com Lady Elizabeth na Torre de Londres", e não reconheci a letra.

> *Querida Hannah,*
>
> *Esta é para dizer que seu pai chegou a Calais em segurança. Alugamos uma casa e uma loja, e ele está comprando e vendendo livros e outros manuscritos. Minha mãe cuida da casa para ele e minhas irmãs estão trabalhando: uma com uma costureira, outra com um luveiro e a outra como governanta. Estou trabalhando para um cirurgião, o que é um trabalho difícil, mas ele é competente e estou aprendendo muito.*
>
> *Lamento que não tenha vindo conosco, e lamento ter falado daquela maneira com você, sem convencê-la. Achou-me brusco e, talvez, opressor. Não pode se esquecer de que sou o chefe da família há algum tempo e me acostumei com minhas irmãs e minha mãe fazendo o que são mandadas fazer. Você foi a filha mimada de seus pais e está acostumada a fazer o que quer. Sua vida nos últimos tempos fez com que vivesse experiências perigosas, e agora você não tem dono. Entendo que não vá fazer o que mando, entendo que não entenda por que devo mandar. Não é feminino, mas é a sua verdade.*
>
> *Vou tentar ser claro. Não posso me tornar um joguete. Não posso fazer o que quer e aceitá-la como o senhor da nossa casa. Tenho de ser homem e senhor na minha própria cama e mesa e não imagino alternativa, e creio que não imaginarei. Deus me deu a lei do seu sexo. Cabe a mim aplicar a lei com compaixão e generosidade, e protegê-la de seus erros e dos meus próprios. Mas fui ordenado a ser o seu senhor. Não posso entregar o comando da minha família; a responsabilidade e o dever são meus, não podem ser seus.*

Vou lhe fazer uma oferta. Serei um bom marido. Pode perguntar às minhas irmãs — não tenho uma índole difícil, não sou um homem temperamental. Nunca levantei a mão a nenhuma delas. Posso ser gentil com você, Hannah, muito mais do que imagina neste momento, acho. Na verdade, quero ser gentil com você, Hannah.

Resumindo, lamento tê-la isentado do nosso compromisso e esta carta é para lhe pedir que seja minha noiva de novo. Quero me casar com você, Hannah.

Penso em você o tempo todo, quero vê-la, quero tocá-la. Receio ter sido rude quando a beijei ao me despedir, e você não ter querido o meu beijo. Não tive intenção de causar-lhe aversão. Sentia raiva e desejo, tudo misturado naquele momento, e não me importei com o que estivesse sentindo. Peço a Deus que o beijo não a tenha assustado. Sabe, Hannah, acho que me apaixonei.

Digo-lhe isso porque não sei o que fazer com a excitação de sentimentos em meu coração e em meu corpo. Não consigo dormir nem comer. Faço tudo o que tenho de fazer, mas não me concentro em nada. Perdoe-me se isso a ofende, mas o que posso fazer? Deveria ter-lhe contado? Se estivéssemos casados, partilharíamos esse segredo na cama, mas não posso nem mesmo pensar em estarmos casados, e em estar com você na cama. Meu sangue se aquece só em pensá-la como minha mulher.

Por favor, responda-me assim que ler, dizendo-me o que quer. Deveria rasgar esta carta, impedi-la de rir. Talvez fosse melhor não enviá-la. Podia juntá-las às outras que escrevi e nunca mandei. Há dezenas. Não consigo dizer o que sinto. Não posso dizer o que quero. Não consigo expressar o quanto eu sinto, o quanto a quero.

Peço a Deus que você me escreva. Peço a Deus ser capaz de fazê-la compreender a febre que me domina.

Daniel

Uma mulher pronta para o amor responderia no mesmo instante, uma garota pronta para ser mulher teria, pelo menos, enviado algum tipo de resposta. Eu a li cuidadosamente, e então a queimei na lareira, como se, junto com a carta, queimasse meu desejo até se transformar em cinzas. Pelo menos, tive a honestidade de admitir meu desejo. Eu o tinha sentido quando me puxara na sala da impressora, e o desejo inflamara-se ainda mais quando me apertara ao nos despedirmos. Mas eu sabia que se respondesse ele viria me buscar, e então eu me tornaria sua esposa, uma mulher domada. Esse era um homem que acreditava ter Deus ordenado que fosse o meu senhor natural. A mulher que o amasse teria de aprender a obediência, e eu ainda não estava preparada para ser uma esposa obediente.

Além disso, não tive tempo de pensar em Daniel, de pensar no meu futuro. O mensageiro de Londres trouxera papéis para Elizabeth também. Quando entrei em seus aposentos, encontrei-a extremamente tensa e agitada com o prospecto do casamento de sua irmã, e de sua própria deserdação. Agitava-se pelo quarto como um gato furioso. Tinha recebido a mensagem fria do camarista da rainha dizendo que Felipe, da Espanha, partira para o seu novo país, a Inglaterra, que a corte iria ao seu encontro em Winchester — mas Elizabeth não foi convidada. E — para agravar o insulto ao orgulho ferido de Elizabeth — ela deveria me enviar para perto da rainha e sua corte imediatamente, assim que recebesse essas ordens. O bobo foi mais valorizado do que a princesa. Meu serviço a Elizabeth seria posto de lado, e imaginei que seria esquecido como Elizabeth estava, atualmente, esquecida.

— É um insulto a mim — esbravejou.

— Não será um ato da rainha — disse, para acalmá-la. — Vai ser apenas a reunião da corte.

— Faço parte da sua corte!

Não respondi nada, ficando, diplomaticamente, em silêncio em relação ao número de vezes que Elizabeth tinha-se recusado a se unir à corte, fingindo estar doente ou demandando um atraso, porque tinha seus próprios motivos para permanecer em casa.

— Ela não ousa encontrar-se com Felipe, da Espanha, comigo do seu lado! — afirmou dispensando qualquer sutileza. — Sabe que ele olhará da rainha velha para a princesa jovem, e vai me preferir!

Não a corrigi. Ninguém teria olhado para Elizabeth com desejo nesse momento — ela estava inchada, de novo com a doença, e seus olhos estavam inflamados e vermelhos. Somente a raiva a mantinha em pé.

— Felipe está comprometido com a rainha — falei em tom baixo. — Não se trata de uma questão de desejo.

— Ela não pode me deixar apodrecendo aqui! Se continuar aqui, morrerei, Hannah! Estive doente, à morte, e não há ninguém para cuidar de mim. Ela não vai me enviar médicos, está querendo que eu morra!

— Tenho certeza de que ela não...

— Então por que não fui chamada à corte?

Sacudi a cabeça. O argumento era tão circular quanto o movimento de Elizabeth ao redor do quarto. De repente, parou, levou a mão ao coração.

— Estou doente — repetiu, sua voz soando muito baixa. — Meu coração pulsa irregularmente, por causa da apreensão, e tenho me sentido tão mal que não consigo me levantar da cama pela manhã. É verdade, Hannah, mesmo quando não tenho ninguém me observando. Não aguento mais, não posso continuar assim. Todo dia acho que receberei a notícia de minha execução. Toda manhã, acordo achando que os soldados virão me buscar. Por quanto tempo acha que posso continuar vivendo assim, Hannah? Sou jovem, só tenho 20 anos! Deveria estar esperando ansiosa pelo banquete na corte para celebrar a minha maioridade, pelos presentes. Deveria estar noiva! Como posso suportar este medo contínuo? Ninguém sabe o que é isso.

Assenti com um movimento da cabeça. A única pessoa que poderia entender era a rainha, pois também ela havia sido uma herdeira que todo mundo odiava. Mas Elizabeth rejeitara o amor da rainha e teria problemas em recuperá-lo.

— Sente-se — disse, cordialmente. — Vou buscar um pouco de *ale*.

— Não quero *ale* — replicou ela irritada, embora suas pernas vergassem. — Quero o meu lugar na corte. Quero a minha liberdade.

— Acontecerá. — Busquei uma jarra e uma taça e servi-lhe a bebida. Bebeu alguns goles e olhou para mim.

— Tudo bem para você — sugeriu, maliciosamente. — Não é uma prisioneira. Não é nem mesmo minha criada. Pode ir e vir quando quiser. Ela a quer do seu lado. Poderá ver todos os seus amigos de novo, em Winchester, no banquete de casamento. Sem dúvida lhe darão gibão e meias novas: a hermafrodita de estimação. Sem dúvida, fará parte do séquito da rainha.

— Talvez.

— Hannah, você não pode me abandonar — disse simplesmente.

— Lady Elizabeth, tenho de ir, a rainha ordena.

— Ela disse que você me faria companhia.

— E agora manda-me partir.

— Hannah! — gritou, quase em lágrimas.

Lentamente, ajoelhei-me a seus pés e fitei-a no rosto. Elizabeth era sempre um misto de emoção exacerbada e cálculo, a ponto de quase sempre me confundir.

— Milady?

— Hannah, só tenho você, Kat e aquele idiota do Sir Henry. Sou jovem, estou no auge da minha beleza e inteligência, e vivo sozinha, uma prisioneira, sem outra companhia que não uma ama-seca, um bobo e um idiota.

— Então não sentirá falta do bobo — repliquei secamente.

Minha intenção fora fazê-la rir, mas ao me olhar, seus olhos estavam cheios de lágrimas.

— Vou sentir falta do bobo — garantiu. — Não tenho nenhuma amiga, não tenho ninguém com quem conversar. Não tenho ninguém que goste de mim.

Levantou-se.

— Ande comigo — ordenou.

Atravessamos o palácio decadente e a porta, quase solta de suas dobradiças, que dava para o jardim. Apoiou-se em mim, e senti sua fraqueza. A grama espalhava-se pelo caminho, havia urtigas crescendo em todas as valas. Elizabeth e eu andamos pela ruína do jardim como duas velhas, agarradas uma na outra. Por um momento, achei que seus medos eram autênticos: que o seu aprisionamento seria a sua morte, mesmo que a rainha não enviasse o carrasco e seu machado. Passamos pelo portão do pomar. As pétalas das flores das árvores frutíferas estavam espalhadas pela grama como neve e os galhos pendiam com o seu peso. Elizabeth olhou em volta do pomar antes de pôr a mão no meu braço e me puxar para perto.

— Estou arruinada — disse-me baixinho. — Se Mary lhe der um filho varão, estarei arruinada. — Largou meu braço e pôs-se a andar, seu velho vestido preto roçando as pétalas molhadas, que se prendiam à bainha. — Um filho varão — murmurou, tomando o cuidado, mesmo em sua tristeza, em manter a voz baixa. — Um maldito filho espanhol. Um maldito filho espanhol católico. E a Inglaterra um posto avançado do império espanhol, a Inglaterra, a minha Inglaterra, um joguete da política espanhola. Os padres retornarão, as fogueiras começarão e a fé do meu pai o legado do meu pai serão os arrancado do solo inglês antes de germinar. Maldita seja. Que vá para o inferno, junto com seu filho concebido de maneira errada.

— Lady Elizabeth! — exclamei. — Não diga isso!

Virou-se para mim, as mãos erguidas, os punhos cerrados. Se eu estivesse mais perto, bateria em mim. Estava de tal modo alterada que não sabia o que fazia. — Que se dane, e que você se dane por continuar sendo sua amiga.

— Devia saber que isso poderia acontecer — comecei. — O casamento estava acertado; ele não poderia atrasar para sempre...

— Por que eu acharia que Mary se casaria? — falou bruscamente. — Quem iria querê-la? Velha, feia, chamada de bastarda por metade da vida, metade dos príncipes da Europa já a recusaram. Se não fosse seu maldito sangue espanhol, Felipe nunca iria querê-la. Ele deve ter implorado para ser isentado. Deve ter-se ajoelhado e rezado para que o seu destino fosse qualquer um menos ser forçado a prender-se a uma velha virgem ressequida.

— Elizabeth! — exclamei, genuinamente chocada.

— O quê? — Seus olhos faiscavam. Por um momento, acreditei que ela não sabia o que dizia. — Qual é o problema em falar a verdade? Felipe é um homem jovem e bonito que herdará metade da Europa. Mary é uma mulher envelhecida precocemente, mas velha de qualquer maneira. É nojento pensar nos dois no cio como um leitãozinho sobre uma porca velha. É uma abominação. E, se ela for como a mãe, não vai gerar nada além de bebês mortos.

Tapei os ouvidos com as mãos.

— Está sendo grosseira — falei francamente.

Elizabeth virou-se para mim.

— E você é desleal! — gritou. — Devia ser minha amiga e permanecer minha amiga independente do que acontecer, independente do que eu disser. Você me foi solicitada como bobo, devia ser minha. E não estou dizendo nada além da verdade. Eu teria vergonha de ficar atrás de um jovem, como ela o faz. Preferiria morrer a cortejar um garoto com idade para ser meu filho. Preferiria morrer, agora, a chegar à sua idade e ser uma solteirona não desejada, que não serve para nada, de quem ninguém gosta, uma inútil!

— Não sou desleal — falei com a voz firme. — E sou sua companheira. Ela não me requisitou para ser o seu bobo. Serei sua amiga. Mas não posso amaldiçoá-la como uma peixeira de Billingsgate.

Elizabeth emitiu um gemido ao ouvir isso e caiu no chão, o rosto pálido como a flor da macieira, o cabelo sobre os ombros, a mão sobre a boca.

Ajoelhei-me ao seu lado e peguei suas mãos. Estavam gélidas e parecia que ia desmaiar.

— Lady Elizabeth — falei de maneira confortadora. — Acalme-se. É um casamento fadado a acontecer, e não há nada que possa fazer a esse respeito.

— Mas nem mesmo fui convidada... — Emitiu um breve gemido.

— É duro. Mas a rainha foi misericordiosa com a senhora. — Fiz uma pausa. — Não se esqueça de que poderia ter mandado decapitá-la.

— E devo me sentir grata por isso?

— Deve se acalmar. E esperar.

O rosto que ergueu para mim mostrou-se, de súbito, glacial.

— Se ela lhe der um filho homem, então não terei nada por que esperar, a não ser um casamento forçado com um príncipe papista ou a morte.

— Disse-me que cada dia que permanecia viva era uma vitória. — Lembrei-lhe.

Ela não sorriu em resposta. Sacudiu a cabeça.

— Ficar viva não é o importante — disse baixinho. — Nunca foi. Eu estava viva pela Inglaterra. Estava viva para ser a princesa da Inglaterra. Estava viva para herdar.

Não a corrigi. As palavras eram verdadeiras para ela nesse momento, embora eu achasse que a conhecia bem demais para acreditar que estivesse viva somente por seu país. Mas não quis desencadear mais um de seus acessos de raiva.

— Deve fazer isso — falei, acalmando-a — Ficar viva pela Inglaterra. Esperar.

CB

Deixou-me partir no dia seguinte, apesar de seu ressentimento ser tão poderoso quanto o de uma criança excluída de uma brincadeira. Não sabia o que a aborrecia mais: a gravidade de sua situação como a única princesa protestante na Inglaterra católica romana ou não ser convidada para o evento mais importante na cristandade desde o Campo do Pano de Ouro*. Quando me deu sinal para sair, sem dizer uma só palavra, e com uma virada de cabeça malhumorada, achei que perder a festa provavelmente tinha sido o pior para ela nessa manhã.

Se os homens de Sir Henry não conhecessem a estrada para Winchester, nós a encontraríamos da mesma maneira, bastando para isso seguir a multi-

---

*"Field the of Cloth of Gold" (em francês, Le Camp du Drap d'Or) é o nome dado a um lugar em Balinghem, entre Guînes e Ardres, na França, onde aconteceu o famoso encontro do Rei Henrique VIII da Inglaterra com o Rei Francisco I da França, em 1520. (*N. da T.*)

dão. Parecia que todos os homens, mulheres e crianças queriam ver a rainha se casar finalmente, e as estradas estavam cheias de agricultores levando seus produtos ao maior mercado do país, de artistas armando seus cenários por todo o caminho, de prostitutas e charlatões, de mascates e curas. Garotas pastoras e lavadeiras, carroças e cavaleiros levando cavalos de reserva. E havia a panóplia e organização da corte real em viagem: os mensageiros indo e vindo, os homens de libré, os soldados, os batedores e aqueles que galopavam desesperadamente para não ficar para trás.

Os homens de Sir Henry levavam relatos de Elizabeth para o conselho da rainha, de modo que nos separamos na entrada do palácio de Wolvesey, a imponente casa do bispo, onde estava a rainha. Fui direto para seus aposentos e deparei-me com uma multidão de gente forçando entrar com petições que ela podia outorgar. Abri caminho por baixo de cotovelos, entre ombros, passei furtivamente entre paredes almofadadas e escudeiros corpulentos até chegar aos guardas à porta e me pôr diante de suas alabardas cruzadas.

— O bobo da rainha — apresentei-me. Um deles me reconheceu e seu companheiro avançou e deixou-me passar correndo e abrir a porta enquanto eles impediam a entrada do grupo numeroso de pessoas.

Na sala de audiências também havia muita gente, mas as roupas eram mais sofisticadas viam-se mais seda e couro bordado, e as altercações aconteciam em francês e espanhol, além do inglês. Ali estavam os homens e mulheres ambiciosos do reino manobrando para conseguir uma posição e ansiosos para ser vistos pelo novo rei que criaria uma corte que — se Deus quisesse! — incluiria alguns homens de estirpe inglesa, além das centenas de espanhóis que ele insistira em trazer como seu séquito pessoal.

Contornei a sala, escutando fragmentos das conversas, que de modo geral eram infames, especulando o que o jovem belo príncipe faria com a velha rainha, e minhas bochechas estavam rubras de raiva e meus dentes trincados quando alcancei a porta das salas privadas.

O guarda permitiu a minha entrada ao me reconhecer, porém mesmo na câmara privada da rainha não havia paz. Havia mais damas, criados, músicos, cantores, acompanhantes e os parasitas de sempre que eu já vira antes. Olhei em volta, procurando, mas a rainha não estava lá. A cadeira que servia como trono, do lado da lareira, estava vazia. Jane Dormer, sentada no banco da janela, costurava, parecendo tão determinada a não se impressionar quanto no dia em que a conheci, quando a rainha era uma mulher doente, em uma corte de perseguidores, sem nenhuma chance de trono.

— Vim ver a rainha — disse-lhe, com uma mesura.

— Você e muitos outros — replicou melancolicamente.

— Eu os vi — falei. — É assim desde que vieram de Londres?

— A cada dia vem mais gente — replicou. — Devem achá-la tão mole de cabeça quanto é de coração. Mesmo que abrisse mão de seu reino três vezes, não conseguiria satisfazer suas exigências.

— Devo entrar?

— Ela está rezando — replicou Jane Dormer. — Mas vai querer vê-la.

Levantou-se e a vi se posicionar de maneira que ninguém conseguisse passar pela estreita entrada sem antes passar por ela. Abriu a porta e perscrutou dentro, e então me fez sinal para entrar.

A rainha rezava diante de uma bela imagem de ouro e madrepérola, mas agora estava apoiada sobre os calcanhares, a expressão calma e radiosa. Transmitia alegria, ajoelhada ali, tão serena e doce em sua felicidade que qualquer um que a visse saberia que era uma noiva no dia do seu casamento, uma mulher preparando-se para o amor.

Quando ouviu a porta se fechar atrás de mim, virou a cabeça bem devagar e sorriu.

— Ah, Hannah! Como estou feliz por ter vindo. Chegou a tempo.

Atravessei a câmara e ajoelhei-me.

— Que Deus abençoe Sua Graça neste dia feliz.

Pôs a mão na minha cabeça, naquele gesto de bênção familiar e afetuoso.

— É um dia feliz, não é?

Ergui o olhar. O brilho ao seu redor era tão intenso quanto a luz do sol.

— É, Sua Graça — repliquei. Eu não tinha a menor dúvida sobre isso. — Posso ver que é um dia maravilhoso para Sua Graça.

— É o começo de minha nova vida — disse. — O começo de minha vida como uma mulher casada, uma rainha com um príncipe do meu lado, com meu país em paz e a maior nação da cristandade, minha pátria, como nossa aliada.

Ainda de joelhos, olhei-a sorrindo.

— E terei um filho? — perguntou com um sussurro. — Pode ver isso para mim, Hannah?

— Tenho certeza de que sim — repliquei com a voz tão baixa quanto a dela. A alegria tomou seu rosto.

— Do seu coração ou seu dom? — perguntou rapidamente.

— Dos dois — respondi simplesmente. — Tenho certeza, Sua Graça.

Fechou os olhos por um momento e percebi que agradecia a Deus a minha certeza e a promessa de um futuro para a Inglaterra onde haveria paz e o fim da facção religiosa.

— Tenho de me aprontar — disse, ficando de pé. — Peça a Jane que mande as criadas entrarem, Hannah. Quero me vestir.

☙

Não pude ver grande parte da cerimônia do casamento. Vi de relance o príncipe Felipe quando se dirigiu ao altar dourado da catedral de Winchester, mas a pessoa à minha frente, um nobre rural corpulento, de Somerset, mexeu-se e bloqueou minha visão, e só consegui ouvir as vozes do coro da rainha entoando a Marcha Nupcial. Depois, o bispo Gardiner ergueu as mãos entrelaçadas do casal para mostrar que o casamento tinha se realizado e a rainha virgem da Inglaterra era agora uma mulher casada.

Achei que veria o príncipe nitidamente no banquete de bodas, mas quando me apressava na direção do salão, ouvi o chocalhar das armas da guarda espanhola e recuei para o vão da janela, enquanto os soldados passavam. Em seguida foi o alvoroço de sua corte, o príncipe no centro. E então, no meio de toda a excitação, algo me aconteceu. Foi causado pela agitação de sedas, veludos, bordados e diamantes, a riqueza sombria da corte espanhola. Foi causado pela fragrância da pomada que usavam no cabelo e barba e do recipiente perfumado contra infecções que cada homem prendia com uma fivela de ouro em seu cinto. Foi o tinido dos peitorais marchetados dos soldados, a batida das espadas bem forjadas nos muros de pedra. Foi o rápido intercâmbio da língua, que era como o arrulho em um pombal de minha terra, para mim que era uma estrangeira em um país estrangeiro há tanto tempo. Senti o cheiro dos espanhóis, eu os vi e ouvi e os senti de uma maneira como nunca sentira nada antes, e cambaleei para trás, sentindo a parede fria me sustentar, quase desmaiando, dominada por uma nostalgia, por uma saudade da Espanha tão intensa que pareceu um espasmo em minha barriga. Acho que até mesmo gritei, e um homem me ouviu, um homem me olhou com seus olhos escuros que me eram familiares.

— O que foi, garoto? — perguntou, ao ver minha roupa dourada de pajem.

— É o bobo santo da rainha — um de seus homens falou em espanhol. — Um menino-menina, um hermafrodita.

— Meu bom Deus, uma virgem velha enrugada que não é servida por nenhuma donzela — alguém gracejou, com o sotaque castelhano. O príncipe disse "Silêncio", mas de maneira distraída, como se não estivesse defendendo a noiva, mas repreendendo um insulto familiar.

— Está passando mal, menino? — perguntou em espanhol.

Um de seus acompanhantes adiantou-se e pegou minha mão.

— O príncipe perguntou se está passando mal — disse em inglês.

Minha mão tremeu ao ser tocada, o toque de um lorde espanhol em minha pele espanhola. Esperei que me reconhecesse no mesmo instante, que soubesse que eu compreendia cada palavra dita e que a minha resposta em espanhol estava mais pronta, em minha língua, do que em inglês.

— Não estou doente — repliquei em inglês, baixinho, torcendo para que ninguém percebesse meu sotaque. — Levei um susto com o príncipe.

— Apenas lhe deu um susto — riu virando-se para o príncipe e falando em espanhol. — Que Deus lhe conceda assustar a senhora dela.

O príncipe balançou a cabeça, indiferente a mim, como uma criada aquém de sua atenção, e prosseguiu seu caminho.

— É mais provável que ela o assuste — observou alguém, que seguia atrás, em tom baixo. — Que Deus nos ajude. Como faremos o nosso príncipe ir para a cama com uma mulher velha?

— E virgem — alguém replicou. — Nem mesmo uma viúva afetuosa e desejosa que sabe o que andou perdendo. Essa rainha gelará o nosso príncipe, fará nosso príncipe murchar ao seu lado na cama.

— E ela é tão aborrecida — persistiu o primeiro.

O príncipe ouviu, parou e olhou para trás.

— Basta — disse claramente, em espanhol, achando que somente eles tinham entendido — Está feito. Casei-me e me deitarei com ela, e se ouvirem dizer que não consigo, podem especular depois sobre a causa. Nesse meio-tempo, vamos ficar em paz. Não é justo negociar com os ingleses a nossa vinda ao seu país e insultar a sua rainha.

— Eles não negociam de maneira justa conosco... — começou alguém.

— Um país de idiotas...

— Pobres e irascíveis...

— E avaros!

— Chega — disse Felipe.

Segui-os na galeria até a escada para a câmara nobre. Segui-os como se puxada por uma corrente. Não conseguiria me separar deles nem que minha vida dependesse disso. Eu estava de volta ao meu povo, ouvindo-os falar, embora cada palavra que dissessem fosse uma declaração maliciosa contra a única mulher que fora boa comigo ou contra a Inglaterra. Minha segunda pátria.

CB

Foi Will Somers que me tirou do transe. Pegou-me pelo braço quando eu estava para seguir os espanhóis na entrada do salão e me sacudiu.

— O que houve, mocinha? Sonhando?

— Will — repliquei e segurei sua manga para me firmar. — Oh, Will!

— Pronto — disse, me dando um tapinha nas costas como se eu fosse um pajem excessivamente nervoso. — Mocinha tola.

— Will, o espanhol...

Ele me afastou das portas principais e colocou o braço ao redor dos meus ombros.

— Cuidado, sua tolinha — advertiu-me. — As paredes de Winchester têm ouvidos e você nunca sabe quem você está ofendendo.

— Os espanhóis são tão... — Não encontrei as palavras. — Eles são tão... bonitos! — falei impetuosamente.

Will caiu na gargalhada, soltou-me e bateu palmas.

— Bonitos? Você, enfatuada com os *señores* exatamente como Sua Graça, que Deus a abençoe?

— É o seu... — interrompi-me, de novo. — É o seu perfume — falei simplesmente. — Eles cheiram tão bem!

— Oh, menina, está na hora de se casar — falou, com uma seriedade fingida. — Se está correndo atrás dos homens e farejando a sua pista como uma cadelinha na caça, acabará provocando sua morte e não será mais um bobo santo.

Interrompeu-se por um momento, avaliando-me.

— Ah, tinha-me esquecido. Você é da Espanha, não é?

Assenti com a cabeça. Não havia por que enganar um bobo.

— Eles a fizeram pensar em sua terra — adivinhou ele. — Foi isso?

Assenti de novo com a cabeça.

— Ah, bem — concordou. — Hoje é um dia mais importante para você do que para aqueles ingleses que passaram a vida odiando os espanhóis. Terá um senhor espanhol, mais uma vez. Para o resto de nós, é como o fim do mundo.

Puxou-me mais para perto.

— E como vai a princesa Elizabeth? — perguntou baixinho.

— Enfurecida — respondi. — Apreensiva. Ficou doente em junho. Você deve ter sabido que ela quis ser examinada pelos médicos da rainha e que se afligiu quando não apareceram.

— Que Deus a proteja — comentou. — Quem imaginaria que ela estaria lá hoje, e nós aqui? Quem teria imaginado que este dia chegaria?

— Agora conte-me as novidades — pedi.

— Lorde Robert?

Confirmei com um movimento da cabeça.

— Continua prisioneiro, e não há ninguém que o represente na corte, e ninguém para ouvi-lo, é claro.

Ouviu-se o soar das trombetas. A rainha e o príncipe entraram no salão e ocuparam seus lugares.

— É hora de irmos — disse Will. Assumiu um sorriso largo e exagerou seu andar usualmente gingado. — Ficará surpresa, menina. Aprendi a fazer malabarismo.

— Está fazendo bem? — perguntei, esforçando-me para acompanhar suas passadas largas em direção às grandes portas. — Com habilidade? — perguntei.

— Muito mal, na verdade — replicou com prazer. — Muito cômico.

Houve gargalhadas quando entrou no salão, e recuei para deixá-lo prosseguir.

— Você não entenderia o que é ser uma mera rapariga — disse-me por cima do ombro. — Todas as mulheres riem de maneira ignóbil.

❃

Não tinha me esquecido de Daniel Carpenter nem de sua carta, apesar de tê-la jogado no fogo depois de lê-la. Poderia muito bem tê-la dobrado e guardado dentro do gibão, perto do coração, pois lembrava-me de cada palavra que escrevera, como se fosse uma garota apaixonada que a relesse toda noite.

Percebi que pensara nele mais frequentemente desde a chegada da corte espanhola. Ninguém que visse a rainha teria pensado mal do casamento; a partir da manhã em que se levantou de seu leito de núpcias, irradiou um calor que nunca ninguém detectara. Havia um halo de serenidade confiante ao seu redor. Parecia uma mulher que finalmente encontrara um porto seguro. Era uma mulher apaixonada, uma esposa amada, tinha um conselheiro em quem podia confiar, um homem poderoso devotado ao seu bem-estar. Por fim, depois de uma infância e idade adulta cheias de apreensão e medo, podia repousar nos braços de um homem que a amava. Observei-a e pensei que, se uma mulher tão casta e tão intensamente espiritual como a rainha podia encontrar um amor, talvez eu também pudesse. Talvez o casamento não significasse a morte de uma mulher, e o fim de seu eu verdadeiro, mas seu desenvolvimento. Talvez uma mulher pudesse ser esposa sem ter de extirpar de si mesma o orgulho e o espírito. Uma mulher talvez crescesse com o casamento, e não retrocedesse para se ajustar. E isso me fez pensar que talvez Daniel fosse o homem a quem eu poderia recorrer, em quem poderia confiar. Daniel amava-me, dizia-me que não conseguia dormir por estar pensando em mim, e escrevera-me uma carta que eu lera uma única vez e depois jogara no fogo, mas da qual nunca me esquecera — na verdade, poderia recitá-la inteira.

Também pensei nele por seus receios e cuidados, embora eu tivesse escarnecido deles na época. Apesar de a corte espanhola atrair-me como um ímã se balança para o norte, sabia que ela significava perigo e morte. Certamente, Felipe na Inglaterra não agia como se estivesse na Espanha. Felipe na Inglaterra era conciliatório, ansioso por promover a paz, determinado a não ofender seu novo reino e não fomentar problemas de religião. No entanto, havia sido criado em uma terra dominada igualmente pela lei do pai e as exigências da Inquisição. Foram essas leis, do pai de Felipe, que queimaram minha mãe e teriam queimado a mim e meu pai se tivessem nos apanhado. Daniel estava certo em ser cauteloso, até mesmo achava que tivera razão em tirar sua família e meu pai do país. Podia esconder-me sob a identidade de bobo da rainha, uma criança santa, uma fiel companheira em seus tempos difíceis, mas qualquer um que não tivesse esse álibi poderia ser investigado no futuro. Isso foi em tempos passados, mas havia indícios de que a famosa misericórdia da rainha — tão generosa com aqueles que disputaram seu trono — talvez não se estendesse àqueles que insultavam sua fé.

Eu tinha todo o cuidado de ir à missa com a rainha e suas damas três vezes ao dia e era meticulosa nos pequenos detalhes, que traíram tantos da minha raça na Espanha, a virada para o altar no momento certo, baixar a cabeça na elevação da hóstia, a recitação cuidadosa das orações. Não era difícil fazer isso. Minha crença no Deus de meu povo, o Deus do deserto e da sarça ardente, o Deus dos exilados e oprimidos, nunca muito fervorosa e forte, mas oculta no fundo do meu coração. Não achava que Ele era abjurado por eu dizer amém e baixar a cabeça algumas vezes. Na verdade, achava que, independente de Seu grande propósito de tornar meu povo os proscritos mais desgraçados de toda a cristandade, Ele perdoaria o baixar de uma cabeça tão sem importância.

Mas a atenção da corte a esses assuntos me fez ficar grata a Daniel por sua prudência. No fim, pensei em lhe escrever e a meu pai, e enviar a carta por algum dos muitos soldados que iam para Calais para fortalecer a cidade contra os franceses, agora duplamente nossos inimigos, já que tínhamos um rei espanhol. A carta demandaria uma certa composição: se caísse em mãos dos muitos espiões, ingleses, franceses, espanhóis, venezianos, ou mesmo suecos, teria de passar por uma carta inocente de uma garota para o seu amante. Eu teria de confiar que ele leria nas entrelinhas.

Querido Daniel,

Não respondi antes porque não sabia o que dizer, além de ter ficado com a princesa em Woodstock e não ter como lhe enviar a carta. Estou agora com a rainha, em Winchester, e em breve iremos para Londres, de onde poderei lhe enviar esta.

Estou muito feliz com que seus negócios o tenham levado a Calais, e proponho ir ao seu encontro e ao encontro do meu pai quando as coisas aqui mudarem para mim, como combinamos. Penso que você decidiu muito bem ao partir e estou pronta para ir ao seu encontro no momento certo.

Li sua carta atentamente, Daniel, e penso muito em você. Para falar com franqueza, não estou muito ansiosa pelo casamento, mas quando você fala da maneira que falou em sua carta, e quando me beijou ao nos separarmos, não senti, nem por um instante, medo ou repulsa, mas sim um prazer que não sei que nome dar, não por afetar modéstia, mas porque não sei o nome. Você não me assustou, Daniel. Gostei do seu beijo. Eu o aceitarei como meu marido, Daniel, quando for liberada da corte, na hora certa, quando estivermos os dois igualmente preparados. Não posso deixar de ficar um pouco apreensiva com a ideia de ser uma noiva, mas ver a felicidade da rainha com seu casamento me fez ansiar pelo meu. Aceito sua proposta, mas preciso ver meu caminho com clareza até o casamento.

Não quero transformá-lo em um joguete em sua própria casa. Está errado em recear isso e em reprovar uma vontade que não tenho. Não quero mandar em você, mas também não quero que mande em mim. Preciso ser uma mulher com vontade própria, e não apenas uma esposa. Sei que essa não é a opinião da sua mãe, talvez nem mesmo do meu pai, mas como você disse, estou acostumada a agir por mim mesma: esta é a mulher que me tornei. Tenho viajado e vivido de acordo com meus próprios recursos, e pareço ter assumido o orgulho de um rapaz, junto com os calções. Não quero abrir mão do orgulho quando abandonar a libré. Espero que o seu amor por mim possa aceitar a mulher que serei. Não quero iludi-lo, Daniel. Não posso ser criada de um marido. Terei de ser sua amiga e camarada. Escrevo para perguntar se aceita ter uma mulher assim.

Espero que isso não o aflija. É tão difícil escrever essas coisas, mas, quase sempre quando falamos a esse respeito, brigamos — portanto, quem sabe as cartas não sejam uma maneira de chegarmos a um acordo? E quero chegar a um acordo com você; se nos comprometermos terá de ser em termos em que nós dois confiemos.

Incluo uma carta a meu pai, que lhe dará o resto de notícias minhas. Asseguro-lhe que estou bem e feliz na corte, e se isso mudar, irei ao seu encontro, como prometido. Não me esqueci de que me separei de você só para fazer companhia à princesa na Torre. Ela agora foi libertada da Torre, mas continua prisioneira e, para dizer a verdade, continuo a achar que devo honrar meu serviço à rainha e à princesa e fazer companhia a qualquer uma das duas como me ordenarem. Quando a situa-

ção mudar, quando a rainha não precisar mais de mim, irei ao seu encontro. Mas tenho obrigações a cumprir. Sei que se fosse uma garota comum comprometida com um rapaz, minha única obrigação seria você — mas, Daniel, não sou uma garota assim. Quero concluir meu serviço à rainha e então, e só então, ir para perto de você. Espero que entenda. Mas gostaria de ser sua noiva, se chegássemos a um acordo...
Hannah.

Reli a carta e achei que, embora eu a tinha escrito, estivesse sorrindo para a mistura de entrega e retraimento, desejaria escrever mais claro, mas isso só seria possível se eu pudesse ver mais claro. Dobrei-a e guardei-a para enviá-la a Daniel quando a corte se mudasse para Londres, em agosto.

CB

A rainha tinha planejado uma entrada triunfante para seu recente marido, e a cidade, sempre amiga de Mary, e agora liberta da visão e do mau cheiro dos patíbulos, que foram substituídos por arcos de triunfo, estava ansiosa para vê-la. Um espanhol do seu lado nunca seria uma boa escolha popular, mas ver a rainha em seu vestido dourado, com um sorriso de felicidade, e saber que, pelo menos, a proeza tinha sido realizada e o país poderia agora gozar uma certa estabilidade e paz agradaria a maior parte dos homens importantes da cidade. Além do mais, havia vantagens em um casamento que abriria a Holanda espanhola ao comércio inglês, o que estava evidente aos homens ricos que queriam aumentar suas fortunas.

A rainha e seu marido instalaram-se no palácio de Whitehall e começaram a estabelecer a rotina de uma corte conjunta.

Certa manhã, bem cedo, estava na câmara esperando-a vir para a missa, quando apareceu de camisola e ajoelhou-se, em seu genuflexório, em silêncio. Alguma coisa em seu silêncio me disse que ela estava muito comovida, e me ajoelhei também, baixei a cabeça e esperei. Jane Dormer saiu do quarto da rainha, onde ela dormia, quando o rei não estava, e também se ajoelhou, a cabeça baixa. Claramente, algo muito importante tinha acontecido. Depois de meia hora de prece silenciosa, com a rainha ainda enlevada e de joelhos, fui, cautelosamente, mais para perto de Jane e sussurrei-lhe, com a voz bem baixa para não perturbar a rainha:

— O que está acontecendo?

— Suas regras estão atrasadas — respondeu Jane, a voz um fiapo de som.

— Suas regras?

— O sangramento. Pode estar grávida.

Senti uma mexida em minha barriga, como se uma mão fria estivesse no fundo do meu estômago.

— Poderia ser assim tão rápido?

— Basta uma única vez — replicou Jane, cruamente. — E que Deus os abençoe, foi mais de uma vez.

— E ela está grávida? — havia previsto, mas não acreditava. E não senti a alegria que esperava por ver o sonho de Mary realizar-se. — De verdade?

Percebeu a dúvida em meu tom e virou-se para me olhar.

— Qual é a sua dúvida, bobo? Minha palavra? A dela? Ou acha que sabe de alguma coisa que não sabemos?

Jane Dormer só me chamava de bobo quando ficava irritada comigo.

— Não estou duvidando de ninguém — respondi logo. — Queira Deus que assim seja. E ninguém poderia desejá-lo mais do que eu.

Jane sacudiu a cabeça.

— Ninguém desejaria isso mais do que ela — disse Jane indicando, com um aceno da cabeça, a rainha ajoelhada. — Pois reza por esse momento há quase um ano. Verdade seja dita, reza a fim conceber um filho para a Inglaterra desde que aprendeu a rezar.

Outono de 1554

A rainha não disse nada ao rei nem à corte, mas Jane a observava com a devoção de uma mãe, e no mês seguinte, setembro, a menstruação não tendo descido, acenou com a cabeça para mim, de maneira triunfante, e respondi com um sorriso largo. A rainha contou ao rei, em segredo, mas ninguém que visse sua ternura redobrada em relação a ela, teria adivinhado que carregava um filho seu e que isso fosse uma grande alegria secreta para os dois.

A felicidade iluminava o palácio, e pela primeira vez eu vivia em uma corte real alegre. O séquito do rei permanecia tão orgulhoso e glamouroso quanto quando chegaram à Inglaterra. A expressão "tão orgulhoso como um Don" tornou-se popular. Era impossível ver a beleza de seus veludos e o peso de suas correntes de ouro e não admirá-los. Quando saíam para caçar, montavam os melhores cavalos; quando jogavam, apostavam uma pequena fortuna; quando riam juntos, as paredes estremeciam; e, quando dançavam, nos mostravam as belas danças da Espanha.

As damas da Inglaterra afluíam ao serviço da rainha e estavam todas apaixonadas pelo espanhol. Todas liam poesia espanhola, cantavam músicas espanholas e aprendiam os novos jogos de cartas espanhóis. A corte animava-se com flertes, música, dança e festas, e no centro de tudo isso estava a rainha, sorrindo serena, com seu jovem marido, sempre amoroso, do lado. Éramos a corte mais intelectual, mais elegante, mais rica de toda a cristandade, e sabíamos disso. Com a rainha Mary refulgindo na liderança dessa corte radiosa, estávamos no ápice de um prazer presunçoso.

Em outubro, a rainha foi informada de que Elizabeth estava doente de novo. Pediu-me para ler o relatório de Sir Henry Bedingfield, no dia de seu repouso na cama. Woodstock, Elizabeth e suas muitas maquinações para conseguir atenção pareciam distantes, enquanto ela olhava pela janela o jardim onde as árvores se tornavam amarelas, douradas e cor de bronze.

— Ela pode consultar meus médicos, se insiste — disse, de maneira distraída. — Iria com eles, Hannah? E veria se está tão mal quanto alega? Não quero ser rude. Se simplesmente admitir sua participação na conspiração, eu a libertarei. Não quero problemas com isso não agora.

A impressão era de que a sua felicidade era grande demais para não ser partilhada.

— Mas se ela admitir sua culpa, o conselho irá julgá-la, não? — sugeri.

A rainha Mary sacudiu a cabeça, negando.

— Pode admiti-lo privadamente para mim, e a perdoarei — respondeu. — Seus companheiros conspiradores estão mortos ou partiram, não lhe restou mais nenhuma conjuração. E estou carregando um herdeiro do trono, um herdeiro para a Inglaterra e para todo o império espanhol. Será o príncipe mais importante que o mundo já conheceu. Elizabeth pode admitir sua culpa e a perdoarei. Depois, ela se casará. O príncipe sugeriu o seu primo, o Duque de Saboia. Diga a Elizabeth que o tempo de espera e desconfiança pode estar no fim, diga-lhe que estou grávida. Diga-lhe que terei a criança no começo de maio. E suas esperanças de assumir o trono terão um fim no próximo verão. Faça com que ela compreenda, Hannah. Há muita animosidade entre nós, mas que pode se encerrar assim que ela admitir sua culpa.

Assenti balançando a cabeça.

— Sir Henry diz na carta que ela assiste à missa como uma boa filha da igreja — prosseguiu ela. — Diga-lhe que fico feliz por isso. — Fez uma pausa. — Mas também diz que quando chega o momento, no serviço, de rezar por mim, ela nunca diz "Amém". — Outra pausa. — O que você pensaria disso? Ela nunca reza por mim, Hannah.

Permaneci em silêncio. Se a rainha falasse com raiva, talvez eu tentasse defender Elizabeth, seu orgulho e a independência de seu espírito. Mas a rainha não estava com raiva. Parecia simplesmente magoada.

— Sabe, eu teria rezado por ela se nossas posições fossem invertidas — disse. — Lembro-me dela em minhas orações porque é minha irmã. Pode lhe dizer que rezo todos os dias, desde que cuidei dela em Hatfield, porque é minha irmã e porque tento perdoá-la por ter conspirado contra mim e porque estou me preparando para libertá-la e aprender a lidar com ela com compaixão, julgá-la com misericórdia, como espero ser julgada. Rezo pelo seu bem-estar diariamente, e então fico sabendo que não diz "Amém" a uma oração a mim!

— Sua Graça, ela é jovem e muito solitária — repliquei calmamente. — Não tem quem a aconselhe. — Na verdade, envergonhava-me com a obstinação e mesquinhez de Elizabeth.

— Tente ensinar-lhe um pouco da sua sensatez, meu bobo — propôs a rainha com um sorriso.

Ajoelhei-me e curvei a cabeça.

— Sentirei falta de estar com Sua Graça — falei, sinceramente. — Especialmente agora que está tão feliz.

Pôs a mão em minha cabeça.

— Também sentirei a sua falta — replicou. — Mas retornará a tempo da ceia do Natal e depois me fará companhia em meu confinamento, quando eu ficar de resguardo.

— Sua Graça, será um imenso prazer fazer-lhe companhia.

— Um bebê da primavera — disse, de maneira sonhadora. — Um cordeiro de Deus da primavera. Não será maravilhoso, Hannah? Um herdeiro para a Inglaterra e para a Espanha.

 formanip

Deixar Whitehall por Woodstock foi como viajar para outro país. Deixei uma corte feliz, com diversões, exultando de otimismo, esperando um herdeiro, e cheguei a uma pequena prisão, abastecida e administrada pelos antigos criados de Elizabeth, que não tinham permissão nem mesmo para entrar na guarita em ruína para servi-la e que tinham de fazer seu trabalho no bar da hospedaria próxima, onde lidavam com alguns fregueses muito estranhos, de fato.

Em Woodstock, encontrei Elizabeth muito doente. Ninguém poderia duvidar de sua fraqueza. Jazia na cama, exausta e gorda, parecendo ter muito mais do que 21 anos. Parecia mais velha do que a sua irmã mais velha. Achei que seus debouches anteriores em relação à sua juventude e beleza e a idade estéril da rainha recaíram cruelmente sobre ela nesse outono, quando estava inchada e gorda como a velha Ana de Cleves, e a rainha vicejava como Ceres. Com a papada intumescida pela doença, Elizabeth mostrava uma semelhança surpreendente com os retratos de seu pai durante os últimos anos de vida. Foi um horror ver sua beleza feminina se transformar naquelas feições grosseiras. A linha definida de seu maxilar desaparecera nas dobras de gordura, os olhos estavam fechados pelas pálpebras vermelhas, sua bonita boca oculta pela gordura das bochechas e linhas vincadas iam do nariz ao queixo.

Até mesmo suas belas mãos estavam gordas. Tinha tirado os anéis, que não cabiam em seus dedos, as unhas semiocultas pelo monstruoso crescimento da pele.

Esperei os médicos a examinarem, sangrarem, e ela descansar, para entrar no quarto. Lançou-me um olhar ressentido e ficou imóvel na cama, sem falar nada. Kat Ashley ficou de guarda à porta, do lado de fora, para nos proteger de bisbilhoteiros.

— Não se demore demais — disse-me ao passar por mim. — Está muito fraca.

— O que ela tem? — perguntei em um sussurro.

Encolheu os ombros.

— Eles não sabem. Nunca souberam. É uma doença da água; ela incha com a água e não consegue expeli-la. Mas fica pior quando se sente infeliz, e aqui a deixam muito infeliz.

— Lady Elizabeth — chamei, e fiquei de joelhos do lado da cama.

— Desleal — respondeu-me, mal abrindo os olhos.

Tive de reprimir o riso diante de sua incontrolável tendência ao drama.

— Oh, milady — repliquei, em tom de reprovação. — Sabe que tenho de ir aonde me mandam. Não pode se esquecer que fiquei com milady na Torre, quando não precisava fazer isso.

— Só sei que partiu para dançar na cerimônia de casamento em Winchester e que não a vi mais. — Sua voz aumentou, para se ajustar à sua raiva.

— A rainha ordenou que a acompanhasse a Londres e agora me enviou para cá. E trago uma mensagem.

Ergueu-se um pouco nos travesseiros.

— Estou doente demais para escutar, por isso seja breve. Serei libertada?

— Se admitir a sua culpa.

Seus olhos escuros faiscaram sob as pálpebras inchadas.

— Diga-me exatamente o que ela disse.

Precisamente como um escrivão, recitei o que a rainha oferecera. Não omiti nada, nem as notícias da gravidez nem a tristeza de sua irmã com o seu ressentimento, a disposição da rainha de voltarem a ser amigas.

Pensara que ficaria enfurecida ao saber da gravidez da rainha, mas nem mesmo fez um comentário. Então, percebi que já tinha recebido a notícia antes da minha chegada. Nesse caso, tinha um espião tão bem posicionado que ele ou ela conhecia um segredo que eu pensara ser somente do conhecimento do rei, da rainha, de Jane Dormer e meu. Elizabeth, como um cão acuado, não devia ser subestimada.

— Vou pensar sobre o que disse — falou, obedecendo, como sempre, ao seu instinto de ganhar tempo. — Ficará comigo? Ou levará já a resposta?

— Só retornarei à corte no Natal — repliquei. Acrescentei, com tato: — Se for pedir o seu perdão, poderá passar o Natal na corte. Está muito alegre, princesa. A corte está cheia de nobres bonitos e há dança todas as noites. A rainha está feliz.

Desviou a cabeça.

— Eu não dançaria com nenhum espanhol nem que fosse obrigada a ir à festa. — Refletiu por um momento. — Podem me cercar e implorar para que eu dance, que não me levantarei da cadeira.

— E será a única princesa — lembrei-lhe, de maneira persuasiva. — A única princesa na corte. Se se recusar a dançar, todos se reunirão ao seu redor. E haverá vestidos novos. Será a única princesa virgem na Inglaterra, na corte mais importante do mundo.

— Não sou uma criança que pode ser tentada com brinquedos — replicou com dignidade. — E não sou tola. Pode ir agora, Hannah. Você a serviu e cumpriu a sua ordem. Mas durante o resto de sua permanência aqui, servirá a mim.

Assenti com a cabeça e levantei-me. Hesitei por um momento. Elizabeth parecia realmente muito doente, ali, deitada na cama, enfrentando o desafio de escolher entre uma confissão de traição ou o aprisionamento eterno e a desgraça.

— Que Deus guie milady — falei, com uma compaixão repentina. — Que Deus a guie, princesa Elizabeth, e a tire a salvo daqui.

Fechou os olhos e vi que seus cílios estavam escurecidos com as lágrimas.

— Amém — sussurrou.

∞

Ela não confessou. Não confessaria. Sabia que sua obstinação a condenaria a permanecer em Woodstock talvez para sempre e temia que sua saúde não resistisse por mais tempo do que o ressentimento da rainha. Mas confessar era o mesmo que se pôr sob o poder absoluto da rainha, e ela não faria isso. Desconfiava da misericórdia de Mary, e a inflexível obstinação Tudor motivava as duas irmãs. Mary fora nomeada herdeira, depois filha bastarda e depois herdeira de novo. Exatamente a mesma provação sofrida por Elizabeth. As duas decidiram nunca se entregar, sempre reivindicar seu direito hereditário, nunca perder a esperança de conseguir a coroa. Elizabeth não capitularia, nem mesmo por uma oportunidade de brilhar em uma corte rica e alegre, e ser recebida com honra. Fosse ou não culpada, nunca confessaria.

— O que vou dizer à rainha? — perguntei no fim de uma longa semana. Os médicos garantiram que estava a caminho do restabelecimento mais uma vez, e poderiam levar uma mensagem por mim. Se Elizabeth continuasse a se recuperar, poderia cavalgar em triunfo para a corte no Natal. Bastava confessar.

— Pode lhe dizer uma charada — respondeu Elizabeth, com uma certa malícia. Estava sentada em uma cadeira, um travesseiro nas costas, um cobertor em volta de um tijolo quente sob seus pés frios.

Esperei.

— Você é um bufão que faz versos, não é?

— Não, Princesa — repliquei em tom baixo. — Como sabe. Não tenho as habilidades de um bufão.

— Então vou lhe ensinar — disse, com ferocidade. — Pode anotá-lo para a rainha, se quiser. Pode inscrevê-lo em cada maldita janela deste inferno, se quiser. — Sorriu sinistramente para mim. — Diz o seguinte:

> *De mim muitos suspeitam*
> *Nenhuma prova apresentam*
> *Diz Elizabeth, prisioneira.*

— Não acha claro? — comentou ela.

Fiz uma mesura e fui redigir minha carta à rainha.

Inverno de 1554-55

Esperamos, o Natal veio e se foi, e não houve alegria para mim tampouco, quando recebi ordens de permanecer com Elizabeth até ela implorar perdão. Estava gélido em Woodstock, não havia uma janela sequer que não deixasse passar uma corrente de ar, não havia uma lareira que não fizesse fumaça. A roupa de cama estava sempre úmida, e nossos pés sentiam o assoalho molhado. Era uma casa malévola, no inverno. Eu tinha chegado com boa saúde e agora sentia-me enfraquecer cada vez mais com o frio inclemente, o escuro, as alvoradas tardias e crepúsculos precoces. Para Elizabeth, já exaurida por sua provação na Torre, sempre rápida para ir da apreensão à doença, a casa era assassina.

Ela estava doente demais para sentir qualquer prazer nas festividades, escassas e pobres. Estava fraca demais para fazer mais do que olhar pela janela os mascarados que apareciam à porta. Erguia a mão para acenar-lhes, nunca decepcionava uma plateia, mas depois que partiam, afundava-se na sofá e ficava imóvel. Kat Ashley pôs mais lenha no fogo, que chiou quando o gelo na madeira começou a derreter e a expelir fumaça de maneira desesperadora.

Escrevi a meu pai para lhe desejar um feliz Natal e dizer que sentia saudades e esperava vê-lo em breve. Incluí uma mensagem para Daniel, também com meus melhores votos. Algumas semanas depois, na neve fria de janeiro, quando o palácio de Woodstock era um pesadelo de frio e trevas, do amanhecer ao anoitecer, recebi carta dos dois. Meu pai foi breve e afetuoso, dizendo que os negócios iam bem em Calais e perguntando se eu poderia dar uma checada na loja quando fosse a Londres. Em seguida, abri a carta de Daniel.

Querida futura esposa,

Escrevo da cidade de Pádua para as minhas saudações de fim de ano, e espero que esta a encontre tão bem quanto eu estava quando a escrevi. Seu pai e minha família estão bem em Calais, esperando-a com ansiedade a cada dia que ficamos sabendo que a situação está tranquila na Inglaterra, com a rainha grávida e Lady Elizabeth prestes a partir para viver com a rainha Mary da Hungria. Quando ela deixar a Inglaterra, creio que você virá para Calais, onde minha mãe e minhas irmãs a esperam.

Estou aqui para estudar na grande universidade de medicina. Meu mestre sugeriu que viesse aprender a arte da cirurgia, na qual os italianos e, especialmente, a universidade de Pádua se destacam, além de farmacopeia. Não vou aborrecê-la com meus estudos — mas Hannah!, esses homens estão desenvolvendo os segredos da vida, estão investigando o fluxo dos humores no corpo, e em Veneza, que fica perto, também veem como as marés e os rios fluem no corpo do mundo. Não sei como descrever o que é estar aqui e sentir que a cada dia chegamos um pouco mais perto da compreensão de tudo — da maré alta e maré baixa à batida do coração, da destilação de uma essência aos ingredientes da pedra filosofal.

Ficará surpresa ao saber que esbarrei com John Dee, em Veneza, no mês passado, quando fui assistir a uma palestra de um frade muito erudito, conhecedor do uso de venenos para matar a doença e salvar o paciente. O Sr. Dee é muito respeitado aqui, por sua reputação de estudioso. Fez uma palestra sobre Euclides a que assisti, embora não tenha entendido mais de uma palavra em dez. Mas agora penso melhor a seu respeito, depois que o vi na companhia desses homens que estão forjando um novo sentido para o mundo que transformará o que conhecemos sobre tudo — do menor grão ao maior planeta. Ele tem uma mente brilhante, e agora compreendo por que o valoriza tanto.

Fiquei feliz em receber sua carta e saber que acha que concluirá em breve seu serviço com a princesa. E então, pedirá sua liberação à rainha. Tenho pensado em vivermos longe da Inglaterra por alguns anos. Hannah, meu amor, Veneza é uma cidade excitante, o tempo claro e agradável, homens e mulheres prósperos e médicos eruditos — não pode me repreender por querer permanecer aqui e querer que partilhe isso comigo. É uma cidade de uma beleza e riqueza fantásticas. Não há estradas, apenas canais e lagoas por toda parte, e todo mundo se locomove de barco. O estudo e os estudiosos aqui são extraordinários e tudo pode ser perguntado e respondido.

Guardei sua primeira carta em meu gibão, contra o meu coração. Agora guardo sua mensagem de Natal do lado da carta, e queria que você tivesse escrito mais. Penso em você o dia todo, e sonho com você todas as noites.

Estamos construindo um mundo novo, com uma nova compreensão do movimento dos planetas e das marés. Certamente deve ser possível que um casal se relacione, também, de uma maneira nova. Não a quero para minha criada, quero-a como meu amor. Garanto que terá a liberdade de ser adoravelmente você mesma. Escreva de novo e diga que virá para perto de mim em breve. Sou seu em pensamento, palavras e atos, e mesmo o meu estudo que me enche de tanta esperança e excitação nada significará se eu não acreditar que um dia o compartilharei com você.

Daniel.

☙

A segunda carta de Daniel prometendo me amar teve o mesmo destino da primeira — o fogo. Mas não antes de relê-la uma dúzia de vezes. Teve der ser destruída, estava repleta de noções ímpias que me comprometeriam em uma investigação, se fosse lida por outra pessoa. Mas lamentei queimar essa segunda carta. Achei que nela falava a voz autêntica de um jovem desenvolvendo a sabedoria, de um homem noivo planejando seu casamento, de um homem apaixonado imaginado sua vida com a mulher que escolhera, de um homem em quem eu podia confiar.

☙

Foi um longo e frio inverno e Elizabeth não melhorou. As notícias da corte, de que a rainha estava saudável e engordando, não a deixaram mais feliz, enquanto ficava acamada, envolvida em peles, o nariz vermelho do frio, olhando pela vidraça rachada um jardim sofrendo a força de ventos gelados, um jardim negligenciado.

Soubemos que o parlamento restaurara a religião católica romana e os membros tinham chorado de alegria por serem recebidos, mais uma vez, no corpo da igreja. Tinha havido um serviço de ação de graças por, mais uma vez, receberem o governo papal que haviam rejeitado antes. Nesse dia, Elizabeth pareceu muito triste, ao ver a herança de seu pai e o orgulho maior de seu irmão serem repudiados com a vitória de rainha. A partir desse dia, Elizabeth passou a assistir à missa três vezes ao dia com a cabeça obedientemente baixa. Não houve mais deslizes no rito. O risco era enorme.

Quando o dia se tornou mais claro pela manhã e a neve derreteu e formou poças de água fria, Elizabeth fortaleceu-se um pouco e recomeçou a caminhar no jardim, comigo a seu lado, em minhas botas de montar, de sola fina, enrolada em um cobertor para me proteger do frio, soprando minhas mãos geladas, queixando-me do vento gélido.

— Seria mais frio na Hungria — disse abruptamente.

Não comentei que todo mundo parecia conhecer os planos privados da rainha para a irmã.

— Milady seria uma hóspede honrada na Hungria — repliquei. — Haveria sempre um fogo aceso a esperando.

— Só há uma lareira que a rainha construiria para mim — disse Elizabeth, sinistramente. — E se eu for à Hungria, uma única vez, o país se tornaria de tal modo a minha terra, que nunca mais teria permissão para rever a Inglaterra. Não vou. Não sairei da Inglaterra. Pode lhe dizer isso, quando perguntar. Nunca deixarei a Inglaterra por livre e espontânea vontade, e ingleses e inglesas nunca permitirão que seja expulsa como prisioneira. Não estou completamente sem amigos, embora não tenha irmã.

Balancei a cabeça e mantive-me, diplomaticamente, em silêncio.

— Mas se não for a Hungria, o que ela ainda não teve a coragem de me propor diretamente, o que será? — perguntou em voz alta. — E meu Deus... quando?

Primavera de 1555

Para surpresa de todos, a rainha cedeu primeiro. Quando o inverno inclemente se transformou em uma primavera úmida, Elizabeth recebeu ordens de apresentar-se à corte, sem ter-se confessado, sem nem mesmo escrever uma única palavra à irmã, e recebi ordens de fazer parte de seu séquito. Nenhuma explicação me foi dada para a mudança de atitude, nenhuma explicação foi esperada. Para Elizabeth, não era o que ela queria; foi levada praticamente como uma prisioneira. Cavalgamos de manhã cedo e no fim da tarde, de modo que não fôssemos notados, evitando assim sorrisos e acenos para o povo. Contornamos a cidade, pois a rainha ordenara que Elizabeth não passasse pelas estradas principais de Londres. Mas quando atravessávamos as estradas secundárias, senti meu coração se sobressaltar de terror e freei meu cavalo no meio da via, fazendo a princesa parar.

— Vamos lá, bobo — disse rudemente. — Force-o a prosseguir.

— Que Deus me ajude, que Deus me ajude — balbuciei.

— O que foi?

O homem de Sir Henry Bedingfield viu-me paralisada, virou seu cavalo e veio a mim.

— Vamos! — falou com grosseria. — As ordens são para não pararmos.

— Meu Deus — repeti; era só o que conseguia dizer.

— Ela é um bobo santo — disse Elizabeth. — Talvez esteja tendo uma visão.

— Eu lhe darei uma visão — replicou, pegando as rédeas de meu cavalo, puxando-o.

Elizabeth veio para o meu lado.

— Veja, está lívida e todo o seu corpo todo tremendo. Hannah? O que foi?

Eu teria caído do meu cavalo se não fosse a sua mão em meu ombro. O soldado cavalgava do outro lado, puxando o animal, seu joelho pressionado contra o meu, praticamente mantendo-me na sela.

— Hannah! — a voz de Elizabeth soou de novo, como se de muito longe. — Está passando mal?

— Fumaça — foi tudo o que consegui dizer. — Fogo.

Elizabeth relanceou os olhos para a cidade, para onde apontei.

— Não sinto o cheiro de nada — disse. — Está dando um aviso, Hannah? Vai haver um incêndio?

Emudecida, neguei sacudindo a cabeça. Minha sensação de horror foi tão intensa, que não consegui falar nada, mas, e como se viesse de outro lugar, ouvi um leve gemido, como o choro de uma criança com uma aflição profunda, que não se aplacava.

— Fogo — falei baixinho. Fogo.

— Oh, são as fogueiras de Smithfield — disse o soldado. — Foi isso que perturbou a garota. Foi isso, não foi, menina?

Diante do olhar inquiridor de Elizabeth, ele explicou:

— Novas leis. Hereges são queimados. Estão sendo queimados hoje em Smithfield. Não posso sentir o cheiro, mas a garotinha, aqui, pode. É o que a está perturbando. — Deu um tapinha simpático no meu ombro, com sua mão pesada. — Não é de admirar. Um acontecimento nada bom.

— Sendo queimados? — perguntou Elizabeth. — Hereges são queimados? Refere-se a protestantes? Em Londres? Hoje? — Seus olhos faiscaram negros de ódio, mas isso não impressionou o soldado. Até onde lhe dizia respeito, uma não tinha muito mais valor do que a outra. Uma garota emudecida de terror, a outra enraivecida.

— Sim — replicou brevemente. — É um mundo novo. Uma nova rainha no trono, um novo rei do seu lado e uma nova lei. E todos que tinham aderido à reforma voltaram atrás, de maneira esperta. E foi uma boa coisa, eu digo, e Deus nos abençoe, eu digo. Só tivemos tempo ruim e má sorte desde que o rei Henrique rompeu com o Papa. Mas agora a lei do Papa retornou, e o Santo Padre vai abençoar a Inglaterra de novo, e poderemos ter um herdeiro e um clima decente.

275

Elizabeth não disse uma palavra. Pegou a pomada no cinto, colocou na minha mão e a levou ao meu nariz, para que eu sentisse o aroma de cravo e laranja ressequida. Isso não eliminou o mau cheiro de carne queimada. Nada nunca conseguiria me livrar dessa recordação. Eu poderia até mesmo ouvir os gritos das pessoas nas estacas, implorando às suas famílias que abanassem o fogo e empilhassem mais madeira, para que pudessem morrer mais rápido e não levassem tanto tempo sentindo o cheiro da própria carne assando, em uma agonia de dor.

— Mamãe — murmurei sufocada, e depois me calei.

Prosseguimos até Hampton Court em um silêncio gélido e fomos recebidas como prisioneiras por uma guarda. Conduziram-nos para a porta dos fundos, como se tivessem vergonha de nos receber. Mas assim que a porta da sua câmara privada foi trancada atrás de nós, Elizabeth virou-se e pôs minhas mãos frias nas suas.

— Não senti cheiro de fumaça. Ninguém sentiu. O soldado sabia que estavam matando na fogueira, mas não sentiu o cheiro — disse.

Continuei sem falar nada.

— Foi o seu dom, não foi? — perguntou ela, com curiosidade.

Pigarreei, lembrei-me do gosto estranho na boca, o gosto da fumaça de carne humana. Limpei um borrão de fuligem no meu rosto, mas a minha mão permaneceu limpa.

— Sim — admiti.

— Foi enviada por Deus para me avisar de que isso estava acontecendo — continuou. — Outros poderiam ter-me dito, mas você estava lá. Em seu rosto, vi o horror disso.

Assenti com a cabeça. Podia entender como quisesse. Sabia que era o meu próprio horror que ela tinha visto, o horror que eu tinha sentido em criança, quando levaram à força a minha mãe de casa, para amarrá-la em uma estaca e acender o fogo sob seus pés, em uma tarde de domingo, como parte do ritual de toda tarde de domingo, parte do passeio, uma tradição pia e agradável às outras pessoas. A morte de minha mãe, e o fim da infância para mim.

A princesa Elizabeth foi à janela, ajoelhou-se e pôs a cabeça nas mãos.

— Meu bom Deus, obrigada por ter-me enviado esse mensageiro com essa visão — ouvi-a dizer baixinho. — Compreendi, hoje compreendi o meu destino como nunca compreendera antes. Que eu suba ao trono para que possa cumprir o meu dever por Deus e por meu povo. Amém.

Não disse "Amém", embora ela olhasse em volta para ver se eu tinha me unido à sua prece. Mesmo nos momentos de espiritualidade maior, Elizabeth sempre checava quem a apoiava. Mas eu não podia rezar a um Deus que tinha permitido a minha mãe ser morta na fogueira. Não podia rezar a um Deus que podia ser invocado por aqueles que levaram as tochas. Eu não queria Deus nem Sua religião. Queria apenas livrar-me do cheiro no meu cabelo, pele e narinas. Queria limpar as manchas de fuligem em meu rosto.

A princesa levantou-se.

— Não me esquecerei — disse brevemente. — Você me proporcionou uma visão hoje, Hannah. Sabia disso, mas agora vi em seus olhos. Tenho de ser a rainha deste país e pôr um ponto-final neste horror.

⅓

À noitinha, antes do jantar, fui chamada aos aposentos da rainha e a encontrei em conferência com o rei e com o recém-chegado e o principal favorito: o arcebispo e núncio papal, o cardeal Reginald Pole. Cheguei à sala de audiências antes de vê-lo, pois se soubesse que estava lá não teria atravessado o limiar da porta. Imediata e instintivamente, senti medo. Tinha o olhar aguçado, penetrante, que encarava inflexivelmente pecadores e santos igualmente. Passara a vida no exílio, por suas crenças, e não tinha a menor dúvida de que as convicções de todo mundo deveriam ser testadas pelo fogo, como as suas. Achei que se me visse, mesmo por um segundo, teria me descoberto, percebido que eu era um *marrano* — isto é, uma judia convertida — e que, na nova Inglaterra de convicção católica que ele, a rainha e o rei estavam construindo, no mínimo me exilariam de volta à morte, na Espanha, e me executariam na Inglaterra, se pudessem.

Relanceou os olhos para mim quando entrei, mas seu olhar me examinou com indiferença. A rainha levantou-se e estendeu as mãos para me receber. Corri para ela e caí de joelhos à sua frente.

— Sua Graça!

— Meu pequeno bobo — disse com ternura.

Olhei para ela e percebi imediatamente as mudanças que a gravidez causara em sua aparência. Sua cor era boa, estava com as bochechas rosadas, o rosto mais redondo, seus olhos mais brilhantes, sinais de boa saúde. Ostentava orgulhosamente a curva da barriga, só oculta em parte pelo espartilho mais frouxo e o corte mais amplo de seu vestido, e pensei como devia se sentir prosa ao alargar a cada dia os cordões para acomodar a criança que crescia. Seus seios também estavam mais cheios, todo o seu corpo proclamava felicidade e fertilidade.

Com sua mão na minha cabeça, em um gesto de bênção, virou-se para os dois homens.

— Esta é o meu querido bobo, Hannah, que está comigo desde a morte do meu irmão. Percorreu um longo caminho comigo, para agora compartilhar da minha alegria. É uma garota adorável e leal, e a uso como meu pequeno emissário com Elizabeth, que também confia nela. — Virou-se para mim. — Ela está aqui?

— Acabou de chegar — repliquei.

Deu um tapinha no meu ombro para que me levantasse, e com cautela fiquei em pé e olhei para os dois homens.

O rei não estava radiante como a sua mulher. Parecia abatido e cansado, como se os dias abrindo seu caminho tortuoso na política inglesa e o longo inverno inglês exigissem um esforço demasiado de um homem acostumado com o poder absoluto e o tempo ensolarado no Alhambra.

O cardeal tinha o rosto belo e estreito do verdadeiro asceta. Seu olhar, afiado como uma faca, passou por meus olhos, minha boca e depois pela libré de pajem. Achei que viu imediatamente, nesse único exame, minha apostasia, meus desejos e meu corpo, tornando-me mulher, apesar de minha própria negação e roupas emprestadas.

— Um bobo santo? — perguntou, em tom neutro.

Curvei a cabeça.

— Assim dizem, Excelência. — Enrubesci com o constrangimento. Não sabia como devia me dirigir ao cardeal em inglês. Nunca tínhamos tido um núncio cardeal na corte.

— Tem visões? — perguntou. — Ouve vozes?

Estava claro para mim que qualquer afirmação grandiosa seria recebida com completo ceticismo. Esse não era o tipo de homem a ser enganado com habilidades de bufão.

— Muito raramente — respondi direto, tentando manter o sotaque o mais inglês possível. — E infelizmente nunca no momento que quero.

— Ela viu que eu seria rainha — disse Mary. — E previu a morte de meu irmão. Ela chamou a atenção de seu primeiro senhor porque viu um anjo na Fleet Street.

O cardeal riu e seu rosto estreito e sombrio se iluminou de imediato, e percebi que era um homem encantador, além de bonito.

— Um anjo? — perguntou ele. — Como era? Como soube que era um anjo?

— Ele estava com alguns cavalheiros — repliquei, pouco à vontade. — E mal o vi, pois estava refulgindo de branco. E desapareceu. Só esteve lá por um instante, e depois se foi. Foram os outros que o chamaram de anjo. Não eu.

— Uma vidente muito modesta — disse o cardeal, e sorriu. — É da Espanha, por causa do sotaque, não?

— Meu pai era espanhol. Mas agora vivemos na Inglaterra — respondi prudentemente. Senti que dei meio passo na direção da rainha, e instantaneamente me imobilizei. Não tinha como recuar, esses homens detectariam o medo mais rápido do que qualquer outra coisa.

Mas o cardeal não estava muito interessado em mim. Ele sorriu para o rei.

— Pode nos avisar de alguma coisa, bobo santo? Estamos para realizar a obra de Deus, como não é feito na Inglaterra há gerações. Estamos trazendo o país de volta à igreja. Estamos fazendo o bem onde foi o mal por tanto tempo. E até mesmo a voz do povo na Assembleia Legislativa é guiada por Deus.

Hesitei. Estava claro para mim que era mais retórica do que uma pergunta para ser respondida. Mas a rainha olhou para mim, com a intenção de que eu falasse.

— Acho que deveria ser feito generosamente — disse. — Mas esta é uma opinião minha, não a voz do meu dom. Eu apenas desejaria que fosse feito com generosidade.

— Deve ser feito rapidamente e eficazmente — replicou a rainha. — Quanto mais demorar, mais dúvidas emergirão. É melhor ser feito de uma vez só, e bem, do que com cem pequenas mudanças.

Os dois homens não pareciam convencidos.

— Não se deve ofender mais homens do que se pode persuadir — falou o marido, o governante de metade da Europa.

— Percebi que a voz se abrandou, mas a rainha não mudou de opinião.

— São pessoas obstinadas. Se têm chance, nunca decidem. Obrigaram-me a executar a pobre Jane Grey. Ela lhes ofereceu uma escolha e não conseguem escolher. São como crianças que vão da maçã à ameixa, dão uma mordida em cada uma e estragam tudo.

O cardeal balançou a cabeça para o rei.

— Sua Graça tem razão. Sofreram uma mudança atrás da outra. O melhor seria pôr o país todo sob juramento e acabar com isso de uma vez. Então, extirparemos a heresia, a destruiremos, e estabeleceremos a paz no país nos velhos moldes, com um único gesto.

O rei pareceu pensativo.

— Devemos agir rapidamente e resolutamente, mas com misericórdia — concluiu. Virou-se para a rainha. — Conheço a sua paixão pela igreja e a admiro. Mas tem de ser uma mãe generosa para seu povo. O povo tem de ser persuadido e não forçado.

Com doçura, a rainha pousou a mão sobre a barriga.

— Quero ser, de fato, uma mãe generosa.

Felipe pôs a mão sobre a dela, como se os dois fossem sentir, através do obstáculo do espartilho, o bebê mexer-se e chutar em seu útero.

— Eu sei — disse ele. — Quem saberia disso melhor do que eu? Juntos faremos uma herança católica para este nosso menino, de modo que quando do chegar ao trono, aqui e na Espanha, seja duplamente abençoado com as terras mais importantes da cristandade e a paz mais duradoura que o mundo já viveu.

☙

Will Somers estava se exibindo no jantar e me deu uma piscadela ao passar por onde eu estava.

— Olhe só isto — disse-me. Tirou duas bolinhas da manga de seu gibão e lançou-as ao ar; depois acrescentou mais uma, e mais outras, até as quatro girarem ao mesmo tempo.

— Habilidoso — observou ele.

— Mas não engraçado — repliquei.

Em resposta, virou a cara redonda para mim, como se estivesse completamente distraído, ignorando as bolas no ar. Logo elas caíram com estardalhaço ao nosso redor, quicando na mesa, batendo nas taças de estanho, derramando vinho para tudo que é lado.

As mulheres gritaram e levantaram-se de um pulo, tentando salvar seus vestidos. Will ficou apatetado diante do estrago que causara: os eminentes espanhóis gargalhando por causa da súbita consternação na corte inglesa, como uma festa da primavera, a rainha sorrindo, a mão sobre a barriga, gritou:

— Oh, Will, cuidado!

O bobo curvou-se em uma reverência, levando o nariz ao joelho, e depois se ergueu radiante:

— Deve culpar seu bobo santo — lamentou-se. — Ela me distraiu.

— Oh, previu esse rebuliço todo que você causou?

— Não, Sua Graça — falou, docemente. — Ela nunca prevê nada. Durante todo esse tempo que a conheço, durante o tempo todo que é sua criada, e comendo extraordinariamente bem para uma garota espiritualizada, nunca disse uma coisa sequer que significasse algo mais especial do que qualquer lacaio comentaria.*

Ri e protestei ao mesmo tempo. A rainha gargalhou e o rei sorriu, tentando entender a piada.

— Oh, Will! — reprovou a rainha. — Você sabe que a menina tem a Visão!

— Pode ter a Visão, mas não a fala — replicou Will animadamente. — Pois ela nunca disse uma palavra que eu achasse que valia a pena ouvir. Apetite, ela tem, se a está mantendo por essa novidade. Ela tem uma energia excepcional.

— Ora, Will! — gritei.

— Nem uma única palavra dela — insistiu ele. — Ela é um bobo santo como o seu homem é rei. Só na fachada.

Foi longe demais para o orgulho espanhol. Os ingleses riram até não poder mais da piada, mas assim que o espanhol a entendeu, fez uma carranca, e o sorriso da rainha desapareceu abruptamente.

— Basta — disse Mary rispidamente.

Will fez uma reverência.

— Mas também como o rei, o bobo santo tem dons mais importantes do que um bobo cômico como eu — emendou-se rapidamente.

---

*No original, "slut", termo que na época tinha duplo sentido, tanto se referindo a uma mulher promíscua quanto a "empregada da cozinha ou lacaio" (acepção surgida por volta de 1450 e que permaneceu em uso até o século XVIII). (*N. da T.*)

— E quais são eles? — alguém perguntou.

— O rei alegra a dama mais graciosa do reino, como eu posso apenas aspirar a fazê-lo — disse Will, cautelosamente. — E o bobo santo dá coragem à rainha, como o rei faz da maneira mais encantadora.

A rainha aprovou a recuperação com um movimento da cabeça e fez sinal para Will ir para a sua mesa, junto com os funcionários. Passou por mim dando uma piscadela:

— Engraçado — disse ele, com firmeza.

— Você irritou o espanhol — falei a meia-voz. — E me humilhou.

— Fiz a corte rir — defendeu-se. — Sou um bufão inglês em uma corte inglesa. É o meu trabalho aborrecer os espanhóis. E você é nada. Você me é útil, é grão para ser triturado por minha inteligência.

— Você tritura excessivamente pequeno, Will — repliquei, ainda irritada.

— Como Deus — disse com uma satisfação evidente.

☙

Mais tarde, fui desejar boa noite a Lady Elizabeth. Ela estava de camisola, um xale ao redor dos ombros, sentada do lado da lareira. As brasas brilhantes deixavam suas bochechas quentes, e o seu cabelo, escovado solto, quase cintilava à luz do fogo que se extinguia.

— Boa noite, milady — falei baixinho, fazendo uma reverência.

A princesa ergueu o olhar.

— Ah, a pequena espiã — falou, de maneira antipática.

Fiz outra reverência, esperando a ordem para sair.

— A rainha me chamou, você sabe — comentou. — Logo depois do jantar, para uma conversa particular entre irmãs que se amam. Foi a minha última chance de confessar. E, se não estou enganada, aquele espanhol miserável estava escondido em algum lugar na sala, escutando cada palavra que dizíamos. Provavelmente os dois, aquele Pole vira-casaca também.

Esperei, para o caso de querer falar mais.

Encolheu os ombros.

— Bem, não tem importância — continuou bruscamente. — Não confessei nada. Sou inocente de tudo. Sou a herdeira, e não há nada que possam fazer quanto a isso, a menos que descubram uma maneira de assassinar-me.

Não vou me apresentar a um tribunal. Não vou me casar e não vou deixar o país. Vou simplesmente esperar.

Não falei nada. Nós duas estávamos pensando no confinamento da rainha para breve. Um menino saudável significaria que Elizabeth esperaria em vão. Faria melhor em se casar agora, enquanto tinha o prestígio de ser herdeira, ou acabaria como sua irmã: uma noiva idosa ou, pior ainda, uma tia solteirona.

— Daria qualquer coisa para saber quanto tempo terei de esperar — comentou francamente.

Fiz outra reverência.

— Ah, pode ir embora — disse com impaciência. — Se eu soubesse que você me traria à corte para uma preleção de minha irmã antes de eu me deitar, não teria vindo.

— Lamento — repliquei. — Mas houve um momento em que nós duas pensamos que a corte seria melhor do que aquele celeiro gélido de Woodstock.

— Não era tão ruim — resmungou Elizabeth, mal-humorada.

— Princesa, era pior do que um abrigo para porcos.

Deu um risinho, um risinho típico de menina.

— Sim — admitiu. — E ser repreendida por Mary não é tão ruim quanto ser vigiada por aquele lacaio Bedingfield. Sim, acho que é melhor aqui. Só que... — Interrompeu-se, levantou-se e empurrou a lenha que queimava com o bico de seu chinelo. — Daria qualquer coisa para saber quanto tempo terei de esperar — repetiu.

❧

Fui à loja do meu pai como tinha me pedido em sua carta de Natal, para me assegurar de que estava tudo lá. Era agora um lugar desolado: uma telha caíra do telhado durante as tempestades de inverno, e havia uma mancha de umidade na parede caiada de meu antigo quarto. A impressora estava coberta com um lençol empoeirado e parecia um dragão escondido, aguardando sua hora de aparecer e rugir palavras. Mas que palavras seriam seguras nessa Inglaterra onde até mesmo a Bíblia estava sendo retirada das igrejas, de modo que as pessoas só escutassem os padres e não a lessem por conta própria? Se a própria palavra de Deus estava proibida, então que livros seriam permitidos?

Olhei as compridas prateleiras das estantes de livros e panfletos. Metade deles seria, agora, considerada heresia, e um crime armazená-los, como fazíamos.

Senti um profundo cansaço e medo. Para a nossa própria segurança, deveria ou passar um dia ali e queimar os livros do meu pai, ou nunca mais voltar a esse lugar. Enquanto tivessem lenha e tochas empilhadas em grandes depósitos em Smithfield, uma garota com o meu passado não deveria estar em uma sala com livros como esses. Mas essa era a nossa fortuna, meu pai os havia reunido ao longo de anos na Espanha e durante seu tempo na Inglaterra. Eram o fruto de centenas de anos de estudo de eruditos e eu não era simplesmente a sua dona, era também sua guardiã. Seria péssima guardiã se os queimasse para salvar a própria pele.

Bateram na porta e arfei assustada. Eu era uma guardiã muito medrosa. Fechei a porta da sala de impressão com os volumes incriminadores e fui para a loja. Mas era apenas o nosso vizinho.

— Achei que a tinha visto entrar — disse animadamente. — Papai ainda não voltou? Na França está bom demais para ele?

— Parece que sim — respondi, tentando recuperar o fôlego.

— Tenho uma carta para você — mostrou-me. — É uma encomenda? Vai passá-la para mim?

Relanceei os olhos para o papel. Tinha o selo do urso e o bastão dos Dudley. Conservei a expressão indiferente.

— Vou lê-la, senhor — repliquei cordialmente. — E a levarei ao senhor, se for o pedido de alguma coisa que possua em estoque.

— Ou posso conseguir, entende? — replicou ansiosamente. — Contanto que sejam coisas permitidas. Nada de teologia, é claro, nem ciência, nem astrologia, nem estudos dos planetas e raios dos planetas, nem marés. Nada das ciências novas, nada que questione a Bíblia. Mas todo o resto.

— Acho que não resta muito mais, depois que se recusou a estocar tudo isso — falei, irritada, pensando nos anos de investigação de John Dee, que comprava tudo.

— Livros de entretenimento — explicou. — E os escritos dos Santos Padres, aprovados pela igreja. Mas somente em latim. Aceito encomendas de damas e cavalheiros da corte, se for mencionar meu nome.

— Sim — repliquei. — Mas eles não perguntam a um bobo sobre livros.

— Não. Mas se perguntarem...

— Se perguntarem, os passarei para o senhor — repliquei, querendo que fosse logo embora.

Assentiu com a cabeça e se dirigiu à porta.

— Dê um grande abraço em seu pai, quando vê-lo — recomendou. — O proprietário disse que ele pode continuar guardando a impressora aqui até aparecer outro inquilino. Os negócios continuam muito ruins... — Sacudiu a cabeça. — Ninguém tem dinheiro, ninguém se sente seguro a montar um negócio enquanto esperamos o herdeiro e esperamos tempos melhores. Que Deus a abençoe. Ela está bem, não está? A rainha? Parece saudável e o bebê também, não?

— Sim — respondi. — E agora só faltam alguns meses.

— Que Deus o preserve, o pequeno príncipe — disse o nosso vizinho, e fez o sinal da cruz, devotamente. Fiz o mesmo e segurei a porta aberta para ele.

Assim que passei a trava na porta, abri a carta.

Querida Srta. Menino,

Se puder ter um momento para um velho amigo, ele gostaria muito de vê-la. Preciso de papel e boas penas e lápis, tendo-me voltado ao consolo da poesia, quando os tempos estão perturbados demais para outra coisa que não a beleza. Se tiver esses itens em sua loja, por favor traga-os, assim que puder. Rbt. Dudley. (Vai me encontrar, com direito a visita, na Torre, todos os dias por isso não precisa marcar hora.)

☙

Robert olhava, pela janela, o jardim, a mesa arrastada para a luz que filtrava através dela. Suas costas estavam voltadas para mim, e eu já tinha chegado perto quando se virou. Lancei-me em seus braços no mesmo instante e ele me abraçou como abraçaria uma criança, uma menina querida. Mas ao sentir seus braços à minha volta, desejei-o como uma mulher deseja um homem.

Ele percebeu imediatamente. Tinha sido um sedutor por muitos anos para não saber quando possuía, nos braços, uma mulher que o queria. De imediato, me soltou e recuou, como se temesse seu próprio desejo vir ao encontro do meu.

— Senhorita Menino, estou chocado! Tornou-se uma mulher!

— Eu não sabia — repliquei. — Tenho pensado em outras coisas.

Balançou a cabeça, sua mente perspicaz querendo captar qualquer alusão.

— O mundo está mudando muito rápido — observou.

— Sim — concordei. Relanceei os olhos para a porta que estava bem fechada.

— Novo rei, novas leis, novo chefe da igreja. Elizabeth está bem?

— Esteve adoentada — respondi. — Mas está melhor agora. Está em Hampton Court, com a rainha. Acabo de vir com ela de Woodstock.

Robert balançou a cabeça entendendo.

— Ela já viu Dee?

— Não. Acho que não.

— Você o viu?

— Pensei que estivesse em Veneza.

— Estava, Senhorita Menino. E enviou um pacote de lá para o seu pai, em Calais, que o enviará para a loja em Londres, para que o entregue por mim, por favor, a Dee.

— Um pacote? — perguntei apreensiva.

— Apenas um livro.

Não falei nada. Nós dois sabíamos que o tipo errado de livro seria o bastante para me levar à forca.

— Kat Ashley continua com a princesa?

— É claro.

— Diga-lhe, em segredo, que mandei que, se lhe oferecerem fitas, deverá comprá-las.

Retraí-me no mesmo instante.

— Milorde...

Robert Dudley estendeu uma mão peremptória para mim.

— Alguma vez a coloquei em perigo?

Hesitei, pensando na conspiração de Wyatt, quando levei mensagens traidoras que não tinha entendido.

— Não, milorde.

— Então, leve esta mensagem, mas não aceite levar outras, de mais ninguém, não aceite transmitir nada de Kat, independente do que pedir. Depois que lhe disser para comprar as fitas e entregar o livro a John Dee, não terá mais nada a ver com isso. O livro é inocente, e fitas são fitas.

— Está tramando uma conspiração — falei, com tristeza. — E me envolvendo nela.

— Senhorita Menino, tenho de fazer alguma coisa, não posso ficar escrevendo poesia o tempo todo.

— A rainha o perdoará, com o tempo. E, então, poderá ir para casa...

— Mary nunca me perdoará — disse, interrompendo-me. — Tenho de esperar até haver uma mudança, uma mudança profunda. E, nesse meio-tempo, protegerei meus interesses. Elizabeth sabe que não irá para a Hungria nem para nenhum outro lugar, não sabe?

Assenti com um movimento da cabeça.

— Ela está decidida a não partir nem se casar.

— O rei Felipe vai mantê-la na corte e torná-la sua amiga, acho.

— Por quê?

— Um bebê, mesmo ainda não nascido, não é o bastante para garantir o trono — disse. — E a próxima na linhagem é Elizabeth. Se a rainha morrer de parto, ele ficará em uma posição perigosa: preso na Inglaterra. E a nova rainha e seu pessoal, seus inimigos.

Balancei a cabeça em sinal de que entendia.

— E se ele deserdar Elizabeth, a herdeira passará a ser Mary, casada com o príncipe da França. Não acha que o nosso rei Felipe espanhol preferiria ver o demônio encarnar no trono da Inglaterra ao filho do rei da França?

— Ah.

— Exatamente — concluiu, com satisfação. — Pode lembrar a Elizabeth que ela está em uma posição mais forte agora que o príncipe Felipe é membro do conselho da rainha. Não são muitos ali capazes de usar a cabeça. Mas ele é. Gardiner continua a tentar persuadir a rainha a declarar Elizabeth uma bastarda e a deserdá-la?

Sacudi a cabeça.

— Não sei.

Robert Dudley sorriu.

— Garanto que está. Na verdade, sei que está.

— Está muito bem informado para um prisioneiro sem amigos, sem visitas, sem notícias — comentei, com mordacidade.

Deu seu sorriso sombrio, sedutor.

— Nenhum amigo tão querido quanto você, meu querido.

Tentei não sorrir de volta, mas senti meu rosto esquentar com a sua atenção.

— Você realmente cresceu, é uma moça — observou. — Está na hora de tirar as roupas de pajem, meu bem. Está na hora de se casar.

Enrubesci no mesmo momento ao pensar em Daniel e no que ele teria feito a Lorde Robert por me chamar de "querida" e "meu bem".

— E como vai o noivo? — perguntou Lorde Robert, deixando-se cair na cadeira, pondo os pés sobre os papéis espalhados na mesa. — Fazendo a corte com mais insistência? Apaixonado?

— Ocupado em Pádua — repliquei, com orgulho. — Estuda medicina na universidade.

— E quando voltará para reclamar sua noiva virgem?

— Quando eu for liberada do serviço a Elizabeth — respondi. — Então, irei ao seu encontro na França.

Ele balançou a cabeça, pensativo.

— Sabe que se tornou uma mulher desejável, Senhorita Menino? Eu não a teria reconhecido como aquela menina metade menino.

Senti minhas bochechas ficarem vermelhas como pimentão, mas não baixei os olhos, como uma criada bonita faria, sobrepujada pelo sorriso do patrão. Mantive a cabeça ereta e senti seu olhar percorrer-me como uma lambida.

— Nunca deveria tê-la trazido quando era criança — disse ele. — Não é um pecado do meu gosto.

Balancei a cabeça, esperando o que aconteceria em seguida.

— E não enquanto estiver fazendo previsões para o meu tutor — prosseguiu. — Eu não o privaria de você ou do seu dom.

Permaneci em silêncio.

— Mas quando for adulta e mulher de outro homem, pode procurar-me, se ainda me desejar — disse, com a voz baixa, sensual, infinitamente sedutora. — Gostaria de amá-la, Hannah. Gostaria de tê-la em meus braços e sentir o seu coração bater rápido, como acho que está batendo agora. — Fez uma pausa. — Estou certo? O coração batendo forte, a garganta seca, os joelhos fracos, o desejo crescendo?

Em silêncio e honestamente, assenti com um movimento da cabeça.

Ele sorriu.

— Portanto ficarei deste lado da mesa e você do outro, e se lembrará, quando não for mais uma menina virgem, de que a desejo, e virá a mim.

Deveria ter protestado alegando meu genuíno amor e respeito por Daniel, deveria ter reagido com violência à arrogância de Lorde Robert. Mas ao invés disso, sorri como se concordasse, e recuei devagar, um passo depois do outro, da mesa até alcançar a porta.

— Quer que eu traga alguma coisa quando vier de novo? — perguntei.

Negou com a cabeça.

— Só venha quando for chamada — ordenou friamente, muito diferente da minha excitação. — E fique longe de Kat Ashley e de Elizabeth para o seu próprio bem, minha querida, depois de ter-lhes transmitido a mensagem. Não me procure a não ser quando mandar chamá-la, pelo seu nome.

Assenti com a cabeça, senti a madeira da porta atrás de mim e bati nela com os dedos tremendo.

— Mas vai me chamar? — insisti com a voz fraca. — Não vai se esquecer de mim?

Pôs os dedos nos lábios e me mandou um beijo.

— Senhorita Menino, olhe em volta. Vê uma corte de homens e mulheres que me adoram? Não recebo visitas a não ser de minha mulher e suas. Todo o resto esquivou-se; só ficaram duas mulheres que me amam. Não mando chamá-la com frequência porque não quero colocá-la em perigo. Duvido que queira a atenção da corte dirigida a quem você é e de onde veio, a quem é leal, mesmo agora. Mando chamá-la quando tenho um serviço para você ou quando não suporto viver mais um dia sem vê-la.

O soldado abriu a porta atrás de mim, mas não consegui me mexer.

— Gosta de me ver? — falei em um sussurro. — Disse que às vezes acha que não suporta viver mais um dia sem me ver?

Seu sorriso foi como uma leve carícia.

— Vê-la é um dos meus maiores prazeres — replicou com ternura. Então, o soldado pôs, delicadamente, a mão em meu cotovelo, e eu saí.

Primavera-Verão de 1555

Em Hampton Court, prepararam o quarto para o confinamento da rainha. Na câmara privada atrás do quarto, as tapeçarias mais elaboradas pendiam nas paredes, e foram especialmente escolhidas por suas cenas sagradas e estimulantes. As janelas foram trancadas para que nenhum sopro de ar entrasse. Os pilares da cama estavam amarrados com tiras assustadoras às quais a rainha poderia agarrar-se quando o trabalho de parto rasgasse seu corpo de 39 anos. A cama fora feita com fronha e colcha bordadas pela rainha e suas damas de honra desde o dia de seu casamento. Havia grandes pilhas de lenha do lado da lareira de pedra, de modo que o quarto pudesse ser bastante aquecido. Cobriram o piso com tapetes de modo que qualquer som fosse amortecido e trouxeram o magnífico berço real, com o enxoval, de 240 peças, do bebê que nasceria dali a seis semanas.

Na cabeceira desse berço magnífico estava esculpido um dístico de boas-vindas ao príncipe:

A criança, ó Senhor Todo-Poderoso, que envia a Mary, para a alegria da Inglaterra, que seja saudável e tenha a sua proteção.

Nas salas fora das câmaras privadas ficavam as parteiras, cadeiras de balanço, enfermeiras, droguistas e médicos em um constante entra e sai, com amas-secas por toda parte correndo com pilhas de roupas de cama recém-lavadas para guardar na câmara do parto.

Elizabeth, agora livre para andar pelo palácio, estava comigo no limiar da porta do quarto de confinamento.

— Todas essas semanas aí dentro — disse ela, com terror absoluto. — Eu me sentiria sendo emparedada viva.

— Ela precisa descansar — falei. Secretamente, temia pela rainha naquele quarto escuro. Achei que adoeceria se fosse mantida longe da luz e do sol por tanto tempo. Não teria permissão para ver o rei, nem para ter nenhuma outra companhia, nem música, canto ou dança. Ficaria prisioneira em sua própria câmara. E em menos de dois meses, quando o bebê chegasse, o calor seria insuportável naquele quarto lacrado, escuro e amortalhado.

Elizabeth recuou da soleira da porta com um estremecimento ostentosamente virginal e atravessou a sala de audiências até o corredor. Agora, grandes retratos solenes de nobres e príncipes espanhóis enfileiravam-se nas paredes. Elizabeth passou por eles sem virar a cabeça, como se, ao ignorá-los, os fizesse desaparecer.

— É estranho pensar que Mary libertou-me da prisão justamente quando foi para o confinamento — confiou-me, ocultando a sua alegria o melhor que podia. — Se ela soubesse o que é ficar presa entre quatro paredes, mudaria a tradição. Nunca mais serei trancafiada.

— Ela cumprirá o seu dever pelo bebê — falei com firmeza.

Elizabeth sorriu, mantendo seu ponto de vista com uma confiança serena.

— Soube que foi ver Lorde Robert, na Torre. — Pegou meu braço e me puxou para mais perto, para que pudesse falar baixinho.

— Ele queria papel para escrever, da antiga loja do meu pai — repliquei sem hesitar.

— Mandou por você uma mensagem para Kat — continuou Elizabeth. — Ela mesma me contou.

— E a transmiti, diretamente. Sobre fitas — disse com indiferença. — Lorde Robert costuma usar-me como sua provedora de itens de armarinho e papelaria. Foi onde me conheceu, na loja do meu pai.

A princesa parou e me olhou.

— Então não viu e não sabe nada de nada, Hannah?

— Exatamente — repliquei.

— Então não verá isso — disse, com malícia. Largou meu braço e lançou, por cima do ombro, um sorriso para um cavalheiro vestido de preto, que saíra de uma sala lateral, atrás de nós, e nos seguia, andando devagar.

Para minha surpresa, reconheci o rei. Rapidamente fui para a parede e fiz uma reverência, mas nem me notou, seus olhos fixos em Elizabeth. Os passos tornaram-se mais rápidos ao perceber a hesitação momentânea no andar de Elizabeth, quando ela parou e lhe sorriu. Mas ela não se virou, fez uma mesura, como deveria. E continuou a percorrer calmamente o corredor, os quadris mexendo-se sutilmente. Seu andar era um convite a qualquer homem para que a seguisse. Quando chegou ao fim do corredor, parou diante da porta almofadada, a mão na maçaneta, e virou-se para olhar por cima do ombro, um desafio aberto para segui-la, depois entrou, suavemente, e, em um segundo, desapareceu, deixando-o olhando fixamente para a porta.

☙

O clima esquentou e a rainha perdeu um pouco de seu entusiasmo. Na primeira semana de maio, tendo deixado isso para o mais tarde possível, ela despediu-se da corte e entrou em sua câmara privada, o espaço escuro em que deveria permanecer até seis semanas após o nascimento de seu filho, quando o serviço religioso a liberaria. As únicas pessoas que poderiam vê-la seriam suas damas de honra. O conselho da rainha passaria a receber ordens do rei, agindo em seu lugar. Mensagens lhe seriam transmitidas por suas damas, embora já circulassem rumores de que pedira ao rei para visitá-la em particular. Não suportava a ideia de não vê-lo por três meses, por mais impróprio que fosse vê-la nesse período.

Ao pensar no olhar que Elizabeth lançara ao rei, e como ele a seguira, fixado no movimento dos seus quadris, parecendo um cão faminto, achei que a rainha fizera bem em pedir que a visitasse, independente da tradição dos partos reais. Elizabeth não era o tipo de garota a quem se confiaria um marido, muito menos quando sua mulher ficaria confinada por um trimestre inteiro.

O bebê estava um pouco atrasado. As semanas vinham e iam sem ele dar o menor sinal. As parteiras predisseram um bebê mais forte, com o seu próprio tempo, e um parto mais fácil, o que poderia acontecer a qualquer momento. Mas quando maio passou, começaram a achar o atraso excepcional. As amas-secas enrolaram suas bandagens e começaram a falar em conseguir ervas frescas para espargir o local. Os médicos sorriam e, diplomaticamente, propuseram aguardar até o fim do mês, já que uma mulher tão religiosa e devota como a rainha talvez tivesse se enganado com a data da concepção.

Enquanto as longas semanas de calor se arrastavam, houve um momento constrangedor quando a cidade de Londres se alvoroçou com o boato de que a rainha dera à luz um menino. A cidade enlouqueceu, os sinos ressoaram e o povo cantou nas ruas. Os farristas fizeram o maior escarcéu até Hampton Court, só para, ali, ficarem sabendo que nada acontecera, que continuávamos esperando, que não havia nada a fazer se não esperar.

Eu me sentava com a rainha Mary todos os dias, no quarto amortalhado. Às vezes lia-lhe partes da Bíblia, em espanhol, às vezes lhe contava sobre a corte ou a última piada de Will. Levava-lhe flores, tais como margaridas e rosas em botão, qualquer coisa que propiciasse a sensação de que ainda existia um mundo lá fora a que ela em breve retornaria. Ela as aceitava com um sorriso de prazer.

— As rosas já estão florescendo?

— Sim, Sua Graça.

— Será uma pena eu não poder vê-las neste ano.

Como eu temia, o escuro e o silêncio do quarto afetavam seu humor. Com as cortinas fechadas e as velas acesas, não era possível costurar por muito tempo sem ficar com uma dor de cabeça lancinante, e ler era uma dificuldade. Os médicos tinham-lhe proibido escutar música, e suas damas de honra logo ficaram sem assunto de conversa. O ar começou a cheirar mal e tornou-se pesado, tomado pela fumaça da lenha na lareira e o suspiro de suas companheiras também aprisionadas. Depois de uma manhã passada com ela, mal podia esperar o momento de correr para fora, doida para respirar novamente o ar fresco e sentir a luz do sol.

A rainha iniciara o confinamento com a expectativa serena de logo dar à luz. Como toda mulher em seu primeiro parto, estava um pouco receosa, ainda mais por já estar velha demais para ter seu primeiro bebê. Sustentara-se pela convicção de que Deus lhe tinha dado essa criança, que o bebê fora concebido quando o núncio apostólico retornara à Inglaterra, que essa concepção era um sinal do favor divino. Mary, como serva de Deus, mostrava-se confiante. Mas com os dias se transformando em semanas, seu contentamento passou a ser abalado pelo atraso. Os bons votos chegados de todas as partes do país eram como uma série de demandas por um filho homem. As cartas de seu sogro, o imperador, perguntando o porquê do atraso, soavam como uma reprovação. Os médicos diziam que os sinais indicavam que o bebê chegaria logo, mas ele não chegava.

Jane Dormer andava com a cara feito um trovão. Qualquer um que se atrevesse a perguntar-lhe sobre a saúde da rainha era olhado de tal modo que se sentia desconcertado com sua impertinência.

— Pareço alguma bruxa de aldeia? — perguntou a uma mulher, certa vez, em que eu estava próxima. — Pareço uma astróloga, alguém que faz mágica, que prevê datas de nascimento? Não? A Graça da Rainha irá à sua cama quando achar que é a hora, e não antes, e teremos um príncipe quando Deus consentir, e não antes.

Era uma defesa leal e podia refrear, temporariamente, os cortesãos, mas não podia proteger a rainha de sua aflição. Já a vira infeliz e com medo antes, e reconheci a emaciação em seu rosto, como se o houvesse perdido.

Em comparação, Elizabeth, agora livre para andar por onde quisesse, cavalgava, saía de barco, caminhava, praticava esportes, tornava-se cada mais confiante à medida que o verão se aproximava. Perdera a corpulência provocada pela doença e estava cheia de energia e vontade de viver. Os espanhóis a adoravam — o seu colorido os fascinava. Quando montava seu alto cavalo de caça usando a roupa de montaria verde, com o cabelo cor de cobre solto sobre os ombros, eles a chamavam de Encantadora e Bela Maga. Elizabeth sorria e protestava com o alvoroço que faziam, encorajando-os ainda mais.

O rei Felipe nunca os repreendia, embora um cunhado mais zeloso tivesse se precavido contra a possibilidade de as lisonjas da corte virarem a cabeça de Elizabeth. Mas nunca disse nada para refrear sua vaidade cada vez maior. Tampouco agora falava no casamento e na partida da princesa para o exterior, nem da visita que fizera à tia, na Hungria. Na verdade, deixava claro que Elizabeth era um membro honrado, permanente, da corte e herdeira do trono.

Achei que era uma atitude política de sua parte. Mas então, um dia, quando olhava pela janela do palácio para uma parte coberta no gramado, no lado sul do palácio, vi um casal andando, as cabeças juntas, descendo a aleia de teixos, semiocultos, depois semiexpostos, pelas grandes árvores escuras. Sorri ao vê-los, pensando, de início, que fosse uma das damas de honra da rainha com um cortesão espanhol, e a rainha teria rido quando eu lhe contasse esse namoro clandestino.

Mas então a jovem virou a cabeça e percebi, sob seu capuz escuro, o brilho inequívoco do cabelo cor de cobre. Era Elizabeth, e o homem do seu lado, perto o bastante para tocá-la, mas sem o fazer, era o príncipe Felipe, o marido de Mary. Elizabeth, um livro aberto nas mãos, a cabeça inclinada sobre ele, era o retrato fiel de uma estudante devota, mas o seu andar era aquele andar macio, com o mexer dos quadris típico de uma mulher com um homem que ajustava o passo ao seu.

De imediato, lembrei-me da primeira vez que a vira, quando provocara Tom Seymour, marido de sua madrasta, a persegui-la no jardim de Chelsea. Tinham-se passado sete anos, mas era a mesma garota excitada que lançava olhares de soslaio obscuros ao marido de outra mulher e o convidava a chegar um pouco mais perto.

O rei olhou para o castelo, perguntando-se quantos o estariam observando das janelas, e esperei que pesasse o perigo de ser visto e assumisse a atitude espanhola, cautelosa. Mas ele encolheu os ombros e deu um passo para mais perto de Elizabeth, que simulou levar um susto inocente de surpresa e pôs seu dedo indicador sob a palavra que lia, para não perder onde estava. Eu a vi erguer o olhar, a cor subindo às suas bochechas, seus olhos surpresos inocentes, mas um sorriso malicioso nos lábios. Ele pôs o braço ao redor da sua cintura, para que pudessem caminhar juntos, olhando por cima do ombro de Elizabeth para o trecho no livro, como se os dois pudessem ver as palavras, como se se importassem com algo além do toque um do outro, como se não estivessem completamente absortos no som de sua própria respiração acelerada.

ℭℬ

Fui para a porta de Elizabeth naquela noite e esperei ela e suas damas irem para o jantar.

— Ah, o bobo — disse jocosamente, ao sair de seus aposentos. — Vai jantar comigo?

— Se assim quiser, princesa — repliquei, cortesmente, acompanhando seu séquito. — Vi uma coisa curiosa no jardim, hoje.

— Em que jardim? — perguntou.

— No jardim de verão — respondi. — Vi dois amantes caminhando lado a lado, lendo um livro.

— Não eram amantes — replicou, descontraidamente. — Perdeu a Visão, se viu amantes, bobo. Era o rei e eu, caminhando e lendo juntos.

— Pareciam amantes — falei sem rodeios. — De onde eu estava. Parecia um casal namorando.

Ela deu um riso de deleite.

— Ah, bem — disse, com indiferença. — Quem pode dizer como parece aos outros?

— Princesa, não pode estar querendo ser mandada de volta para Woodstock — disse com apreensão, quando nos aproximávamos das imponentes portas duplas do salão de jantar em Hampton Court, e eu fiquei ansiosa em alertá-la logo, antes de entrarmos e todos os olhares se voltarem para ela.

— Como eu seria mandada de volta a Woodstock? — perguntou. — A rainha em pessoa, antes de ser confinada, me libertou da prisão e de qualquer acusação, e eu sei que sou inocente de uma conspiração. O rei é meu amigo, cunhado e um homem honrado. Estou aguardando, assim como o resto da Inglaterra, ter a alegria do nascimento do bebê da minha irmã. Como poderia ofender?

Inclinei-me.

— Princesa, se a rainha a tivesse visto com o seu marido hoje, como eu vi, ela a baniria para Woodstock no mesmo instante.

Elizabeth deu uma risada perturbada.

— Ah, não, pois ele não deixaria.

— Ele? Ele não dá as ordens aqui.

— Ele é o rei — salientou. — Ele lhe disse que eu deveria ser tratada com respeito, e estou sendo. Disse-lhe que deveria ficar livre para ir e vir, a meu bel-prazer, e é o que faço. Ele lhe dirá que devo permanecer na corte, e permanecerei. E também que não devo ser coagida, maltratada ou acusada seja lá do que for. Serei livre para ver quem quiser e falar com quem quiser e, em suma, fazer o que quiser.

Fiquei pasma com a sua confiança.

— Você sempre estará sob suspeita.

— Eu não — continuou. — Não mais. Posso ser pega com uma dúzia de lanças na cesta de minha roupa suja amanhã mesmo, e não serei acusada de nada. Ele me protegerá.

Permaneci em silêncio, atônita.

— E é um homem bonito. — Elizabeth quase miou de prazer. — É o homem mais poderoso da cristandade.

— Princesa, está jogando um jogo muito perigoso — alertei-a. — Nunca a ouvi falar de maneira tão negligente. O que foi feito de sua prudência?

— Se ele me amar, nada poderá me acontecer — assegurou, a voz bem baixa. — E posso fazê-lo me amar.

— Ele só pretende desonrá-la e magoar a rainha — falei, impetuosamente.

— Oh, ele não pretende nada. — Estava radiante de prazer. — Ele está muito além de intenções. A minha posição é mais vantajosa do que a dele. Ele não pretende nada, não pensa em nada, acho que mal consegue dormir ou comer. Nunca experimentou o prazer de virar a cabeça de um homem, Hannah? Pois lhe digo que é a melhor coisa na vida. E quando esse homem é o mais poderoso da cristandade, rei da Inglaterra e príncipe de Espanha, e marido de sua velha irmã feia, arrogante, tirana e gélida, então é a maior alegria que se poderia ter!

α

Alguns dias depois, saí a cavalgar. O pônei que os Dudley tinham me dado ficou pequeno para mim, e agora eu montava um dos belos cavalos de caça da rainha, do estábulo real. Ficava louca para sair. Hampton Court, apesar de toda a sua beleza, apesar de sua posição saudável, era como uma prisão no verão, e sempre que cavalgava pela manhã tinha a sensação de escapar em liberdade condicional. A apreensão da rainha e a espera do bebê estavam afetando todo mundo, até todos parecermos cadelas confinadas no canil, prontas para morder as próprias patas.

Geralmente, cavalgava para o oeste, ao longo do rio, com a luz do sol nas costas, passava pelos jardins e pequenas fazendas, e ia para onde o campo se tornava mais silvestre e as casas de fazenda mais raras. Fazia o cavalo saltar as sebes baixas, atravessando córregos, a trote largo. Cavalgava por mais de uma hora e sempre voltava para casa com relutância.

Nessa manhã, fiquei contente por sair cedo, pois mais tarde ficaria muito quente para cavalgar. Senti o calor do sol no rosto e puxei mais minha boina para proteger meu rosto da luz que queimava. Voltei ao palácio e vi outro cavaleiro na estrada, à minha frente. Se ele fosse para os estábulos ou permanecesse na estrada principal, não o teria notado. Mas virou na direção do palácio e seguiu por uma pequena via ao longo dos muros do jardim. Aquela aproximação discreta alertou-me, e olhei mais atentamente.

No mesmo instante reconheci seus ombros curvados, típicos de um estudioso. Chamei sem pensar duas vezes.

— Sr. Dee.

Puxou as rédeas de seu cavalo, virou-se e sorriu para mim, perfeitamente tranquilo.

— Como estou feliz em vê-la, Hannah Verde. Esperava encontrá-la. Você está bem?

Confirmei com um movimento da cabeça.

— Muito bem, obrigada. Pensei que estivesse na Itália. Meu noivo escreveu-me contando que assistiu a sua conferência em Veneza.

Ele balançou a cabeça.

— Estou aqui há algum tempo. Trabalho em um mapa do litoral e precisei vir a Londres para consultar mapas e cartas de navegação. Recebeu um livro que lhe mandei? Entreguei-o a seu pai, em Calais, por medida de segurança, e ele me disse que o enviaria a você.

— Não vou à loja há alguns dias, senhor — respondi.

— Quando o livro chegar, gostaria de tê-lo — disse, casualmente.

— A rainha o chamou, senhor?

Ele sacudiu a cabeça.

— Não. Estou aqui em uma visita privada à princesa Elizabeth que me pediu que trouxesse alguns manuscritos. Está estudando italiano e trouxe-lhe, de Veneza, textos antigos muito interessantes.

Eu não fora avisada.

— Quer que os leve? — perguntei. — Este não é o caminho para o palácio. Podemos ir para os estábulos pela estrada principal.

Quando ia me responder, o pequeno portão no muro se abriu silenciosamente, e Kat Ashley surgiu.

— Ah, o bobo — disse alegremente. — E o mágico.

— Chamou a nós dois de maneira errada — disse Dee, com uma dignidade calma, e desmontou de seu cavalo. Um pajem enfiou a cabeça por baixo do braço de Kat Ashley para segurar o cavalo de John Dee. Percebi que ele era esperado, que tinham planejado a sua entrada no palácio secretamente, e —

às vezes eu era boba de verdade — percebi que teria sido melhor para mim se não o tivesse visto ou, se tivesse, virado a cabeça e passado direto.

— Pegue o cavalo dela também — disse Kat Ashley ao garoto.

— Eu o levarei ao estábulo — falei. — E vou tratar do que é da minha conta.

— Isto é da sua conta — replicou bruscamente. — Agora que está aqui, terá de vir conosco.

— Não tenho de fazer nada, a não ser o que a rainha me ordenar — repliquei abruptamente.

John Dee pôs a mão delicadamente no meu braço.

— Hannah, eu poderia usar o seu dom no trabalho que vim fazer. E o seu senhor gostaria que me ajudasse.

Hesitei, e nesse intervalo Kat pegou minha mão e puxou-me para dentro do jardim murado.

— Entre — disse. — Pode se apressar quando estiver dentro, mas nos coloca em perigo discutindo aqui fora. Venha, e parta mais tarde, se precisar.

Como sempre, a ideia de estar sendo vigiada me atemorizou. Joguei as rédeas para o garoto e segui Kat para uma pequena entrada, oculta pela hera, que, apesar de todo o meu tempo no palácio, desconhecia. Conduziu-nos por uma escada sinuosa, que deu em outra passagem oculta, protegida por uma tapeçaria, no lado oposto aos aposentos da princesa.

Bateu na porta com um ritmo especial, e esta foi imediatamente aberta. John Dee e eu entramos rapidamente. Ninguém tinha nos visto.

Elizabeth estava sentada em um banco à janela, um alaúde no colo, seu novo professor italiano desse instrumento a alguns passos de distância, colocando uma pauta de música na estante. Pareciam tão inocentes quanto atores representando a inocência. De fato, pareciam tão inocentes que os pelos, em minha nuca, de cabelo cortado se arrepiaram como os de um cachorro assustado.

Elizabeth ergueu o olhar e me viu.

— Ah, Hannah.

— Kat me arrastou para cá — falei. — Acho que devia ir embora.

— Espere um momento.

Kat Ashley firmou seu grande traseiro na porta de madeira.

— Veria melhor se Hannah o ajudasse? — perguntou Elizabeth a John Dee.

— Não posso ver sem ela — respondeu francamente. — Não tenho o dom. Eu ia apenas preparar os gráficos astrológicos para você, que é tudo o que posso fazer sem um vidente. Eu não sabia que Hannah estaria aqui.

— Se ela olhasse, o que poderíamos ver?

Ele encolheu os ombros.

— Tudo. Nada. Como posso saber? Mas talvez possamos dizer a data do nascimento do bebê da rainha. Talvez sejamos capazes de saber se será um menino ou uma menina, e se será sadio, e o que o futuro lhe reserva.

Elizabeth veio em minha direção, os olhos brilhando.

— Faça isso por nós, Hannah — sussurrou, quase me implorando. — Todos precisamos saber. Você mais do que qualquer um.

O meu conhecimento da aflição vivida pela rainha naquele quarto obscurecido nem que eu quisesse poderia ser partilhado com sua meia-irmã namoradeira.

— Não me atrevo a fazer isso — respondi francamente. — Sr. Dee, tenho medo. Esses estudos são proibidos.

— Tudo agora é proibido — recordou simplesmente. — O mundo está se transformando em dois grupos de pessoas. Aqueles que fazem perguntas e precisam das respostas e aqueles que acham que as respostas nos são dadas. A princesa é do grupo que faz perguntas e a rainha é do que acha que tudo já é conhecido. Eu estou no mundo dos que perguntam: perguntam sobre tudo. Você também. Lorde Robert também. Questionar é o alento da vida. É o mesmo que estar morto e aceitar uma resposta que vem com o pó do túmulo e não se pode nem mesmo questionar "por quê?". Você gosta de perguntar, não gosta, Hannah?

— Fui criada para isso — repliquei, como se justificasse um pecado. — Mas aprendi o preço. Vi o preço que estudiosos às vezes têm de pagar.

— Você não vai pagar preço nenhum ao responder perguntas em meus aposentos — garantiu-me Elizabeth. — Estou sob a proteção do rei. Podemos fazer o que quisermos. Estou segura agora.

— Mas eu nunca estou segura! — exclamei sem pensar.

— Ora, minha menina — disse John Dee. — Você está entre amigos. Não tem coragem de exercitar o dom que Deus lhe deu, perante seu Criador e na companhia de seus amigos, minha menina?

— Não — respondi francamente. Estava pensando nos feixes de madeira empilhados na praça da cidade de Aragão, nas estacas de Smithfield, na determinação da Inquisição de saber somente o que ela temia e ver somente aquilo de que suspeitava.

— E, ainda assim, vive aqui, no centro da corte — observou.

— Estou aqui para servir a rainha porque a amo e porque não posso abandoná-la agora, não enquanto espera o nascimento de seu bebê. E sirvo a Princesa Elizabeth porque... porque ela é diferente de todas as mulheres que já conheci.

Elizabeth riu.

— Você me estuda como se eu fosse seu livro — disse. — Eu a vi fazer isso. Sei que faz. Você me observa como se quisesse aprender como ser uma mulher.

Balancei a cabeça, sem admitir completamente.

— Talvez.

Ela sorriu.

— Ama minha irmã, não ama?

Encarei-a sem medo.

— Amo. Quem não amaria?

— E não aliviaria a sua carga dizendo-lhe quando seu bebê lento vai chegar? Está um mês atrasado, Hannah. O povo ri. Se ela se enganou com a data, não vai querer lhe dizer que o bebê na sua barriga está bem e que deve vir nesta ou na outra semana?

Hesitei.

— Como lhe dizer que sei disso?

— O seu dom! O seu dom! — exclamou com irritação. — Pode lhe dizer que teve uma visão. Não precisa dizer que a visão foi em meus aposentos.

Refleti por um instante.

— E quando for ver Lorde Robert de novo, poderá aconselhá-lo — prosseguiu Elizabeth, calmamente. — Poderá dizer-lhe que fará as pazes com ela, pois colocará seu filho no trono da Inglaterra, e a Inglaterra será uma potência católica e espanhola para sempre. Dirá para desistir de esperar e desejar qualquer outra coisa. Poderá dizer-lhe que a causa está perdida e que ele deve se converter, pedir clemência e ser libertado. Essa notícia significará que ele pode pedir sua liberdade.

Não respondi nada, mas ela viu a cor se intensificar em minhas bochechas.

— Não sei como ele consegue suportar isso — disse ela, a voz baixa, me envolvendo com seu sortilégio. — Pobre Robert, esperando e esperando na Torre, sem saber o que o futuro lhe reserva. Se ele soubesse que Mary permanecerá no trono por 20 anos e que seu filho a sucederá, não acha que pediria sua liberdade? Suas terras precisam dele, seu povo precisa dele, e é um homem que precisa da terra sob seus pés e do vento em seu rosto. Não é um homem para levar a metade de sua vida engaiolado como um falcão coberto.

— Se ele tivesse certeza de que a rainha teria um menino, poderia ser libertado?

— Se ela der à luz um príncipe, libertará quase todos que estão na Torre, pois saberá que seu trono está seguro. Todos nós desistiríamos de ocupá-lo.

Não hesitei mais.

— Farei isso — disse.

Elizabeth balançou a cabeça, com calma.

— Precisa de um quarto privado, não? — perguntou a John Dee.

— Iluminado por velas — recomendou. — E um espelho e uma mesa coberta com uma toalha branca. Há mais, porém faremos o que pudermos.

Elizabeth foi para a sua câmara privada, depois da sala de audiências, e a ouvimos fechar as cortinas e puxar uma mesa para a frente da lareira. John Dee abriu suas cartas celestes sobre a mesa. Quando ela voltou, ele tinha traçado uma linha atravessando a data de nascimento da rainha e a data de nascimento do rei.

— O casamento foi em Libra — confirmou. — É uma associação de amor profundo.

Olhei logo para o rosto de Elizabeth, mas ela não estava escarnecendo, pensando no seu triunfo sobre sua irmã por seu flerte com Felipe. Estava séria demais para um triunfo mesquinho.

— Será fértil? — perguntou.

Ele traçou uma linha nas finas colunas de números desconcertantes.

Traçou outra para baixo e, na interseção entre as duas, leu o número.

— Acho que não — respondeu ele. — Mas não posso afirmar. Haverá duas gravidezes.

Elizabeth arfou levemente, como um cicio de gato.

— Duas? Os bebês viverão?

John Dee consultou de novo o número e depois outra série de números na base do pergaminho.

— Está muito obscuro.

Elizabeth ficou imóvel, não demonstrando nenhum sinal de seu desespero.

— Então, quem herdará o trono? — perguntou, tensa.

John Dee traçou mais uma linha, dessa vez horizontal, cortando as colunas.

— Deveria ser você — respondeu ele.

— Sim, eu sei que *deveria* ser eu — disse Elizabeth, tentando conter sua impaciência. — Sou a herdeira, agora, se não for derrubada. Mas *serei* eu?

Ele se inclinou para trás, para longe das páginas.

— Lamento, princesa. Está muito indistinto. O amor que ela tem por ele e o seu desejo de um filho obscurece tudo. Nunca vi uma mulher amar mais um homem, nunca vi uma mulher desejar mais intensamente um filho. O seu amor está em todos os símbolos do gráfico, é quase como se ela pudesse desejar uma criança em formação.

O rosto de Elizabeth parecia uma bela máscara. Ela balançou a cabeça.

— Entendo. Poderia ver mais se Hannah visse por você?

John Dee virou-se para mim.

— Quer tentar, Hannah? E ver o que podemos saber? É obra de Deus, não se esqueça, procuramos a orientação de anjos.

— Vou tentar — respondi. Não estava muito ansiosa para entrar no quarto obscurecido e olhar no espelho escurecido. Mas a ideia de levar uma notícia a Lorde Robert capaz de libertá-lo, de levar à rainha uma notícia que pudesse lhe causar uma grande alegria, a maior que já tivera desde que subira ao trono, foi uma grande tentação.

Entrei no quarto. A chama das velas tremeluziam nos dois lados do espelho. A mesa estava coberta por uma toalha branca. Observei John Dee desenhar, com uma pena escura, uma estrela de cinco pontas no pano branco e símbolos de poder em cada canto.

— Mantenha a porta fechada — disse a Elizabeth. — Não sei quanto tempo levaremos.

— Posso ficar aqui dentro? — perguntou ela. — Ficarei em silêncio.

Negou sacudindo a cabeça.

— Princesa, não precisa falar, você tem toda a presença de uma rainha. Tem de ser somente eu e Hannah, e os anjos, se quiserem vir a nós.

— Mas vai me contar tudo — insistiu. — Não apenas o que acha que eu devo saber. Contará tudo?

Assentiu com a cabeça e fechou a porta na cara ansiosa de Elizabeth, e então virou-se para mim. Puxou um banco para a frente do espelho e sentou-me delicadamente, olhando, por cima da minha cabeça, o meu reflexo.

— Você quer? — certificou-se.

— Quero — repliquei seriamente.

— Você tem um dom muito especial — disse com a voz baixa. — Eu trocaria toda a minha erudição para tê-lo.

— Tudo o que queria é que houvesse uma solução — falei. — Que Elizabeth tivesse o trono mas que a rainha o mantivesse. Queria que a rainha tivesse seu filho e Elizabeth não fosse deserdada. Queria, de todo coração, que Lorde Robert fosse libertado e não tramasse contra a rainha. Gostaria de estar aqui e, ainda assim, estar com meu pai.

Dee sorriu.

— Você e eu somos os conspiradores mais inúteis — falou, suavemente. — A mim não importa que rainha esteja no trono, contanto que ela permita que o povo tenha a sua própria fé. E quero as bibliotecas restauradas e o estudo permitido, e que este país explore os mares e se propague até as novas terras a oeste.

— Mas como esse trabalho realizará isso? — perguntei.

— Saberemos o que os anjos aconselham — respondeu calmamente. — Não há melhor guia para nós.

John Dee recuou do espelho, e o ouvi rezar em latim que deveríamos realizar a obra de Deus e que os anjos viessem a nós. Eu disse "Amém", sinceramente, e esperei.

Pareceu demorar muito tempo. Vi as velas refletidas no espelho, o escuro ao redor intensificando-se, fazendo com que parecessem mais luminosas. Então percebi no cerne de cada vela um halo de treva e, dentro, um pavio preto e uma leve névoa a seu redor. Fiquei tão fascinada com a anatomia da chama que não me lembrei do que estava fazendo, simplesmente fiquei olhando o movimento das luzes, até ter a impressão de adormecer. Então, senti a mão de John Dee sobre meu ombro e sua voz em meu ouvido dizer:

— Beba isto, minha menina.

Era um copo de *ale* aquecida. Sentei-me mais ereta e o bebi, ciente do peso atrás dos meus olhos e do cansaço, como se eu estivesse doente.

— Desculpe — falei. — Devo ter adormecido.

— Não se lembra de nada? — perguntou com curiosidade.

Sacudi a cabeça.

— Apenas observei a chama e adormeci.

— Você falou — disse, com calma. — Falou em uma língua que não entendi, mas que acho ser a língua dos anjos. Louvado seja Deus, acho que você falou com eles em sua língua. Anotei o melhor que pude, vou tentar traduzir... se for a chave para falar com Deus! — Interrompeu-se.

— Não falei nada que pudesse entender? — perguntei, ainda pasma.

— Perguntei em inglês e você me respondeu em espanhol — disse ele. Percebeu o alarme em meu rosto. — Está tudo bem — disse ele. — Quaisquer segredos que tenha, estão seguros. Você não disse nada que não pudesse ser ouvido por qualquer um. Mas me falou da rainha e da princesa.

— O que eu disse? — perguntei.

Ele hesitou.

— Minha criança, se o anjo que a guia quisesse que soubesse que palavras foram ditas, permitiria que as proferisse em seu estado de vigília.

Concordei com a cabeça.

— Ele não quis. Talvez seja melhor que você não saiba.

— Mas o que vou dizer a Lorde Robert quando for vê-lo? — perguntei. — E o que posso dizer à rainha sobre o seu bebê?

— Pode dizer a Lorde Robert que será libertado em dois anos — respondeu John Dee sem hesitar. — E que haverá um momento em que achará que tudo está perdido, mais uma vez, mas este será o momento em que tudo estará apenas começando. Ele não deve se desesperar. E pode dizer à rainha para ter esperança. Se alguma mulher no mundo merece um bebê porque será uma boa mãe, porque ama o pai da criança, porque deseja ter um filho, essa mulher é a rainha. Mas se ela terá um bebê em seu útero como o tem no seu coração, não posso dizer. Se vai dar à luz essa criança de agora ou não, não posso dizer.

Eu me levantei.

— Devo ir, então — falei. — Tenho de levar o cavalo de volta. Mas Sr. Dee...

— Sim?

— E a princesa Elizabeth? Vai herdar o trono?

Ele me sorriu.

— Lembra-se do que vimos quando você fez a primeira predição?

Assenti com a cabeça.

— Você disse que haveria uma criança, mas nenhuma criança. E acho que é o primeiro bebê da rainha que deveria nascer, mas ainda não nasceu. Disse que haveria um rei, mas nenhum rei. Acho que é esse Felipe da Espanha, que chamamos de rei, mas que não é nem nunca será rei da Inglaterra. Depois, você disse que haveria uma virgem esquecida, e uma rainha, mas não virgem.

— É a rainha Jane, que foi uma rainha virgem, de quem, agora, todos se esqueceram, e Mary que se dizia virgem e agora é uma rainha casada? — perguntei.

Ele balançou a cabeça.

— Talvez. Acho que chegará a hora da princesa. Houve mais, porém não posso revelá-lo a você. Agora vá.

Assenti com a cabeça e saí do quarto. Quando fechei a porta atrás de mim, vi o rosto absorto de John Dee no espelho quando se inclinou para soprar as velas, e me perguntei o que mais tinha ouvido quando eu estava em transe.

— O que você viu? — perguntou Elizabeth impacientemente, no momento em que fechei a porta.

— Nada! — respondi. Quase ri da sua expressão. — Terá de perguntar ao Sr. Dee. Não vi nada, foi como dormir.

— Mas falou ou ele viu alguma coisa?

— Princesa, não posso afirmar — respondi, indo na direção da porta, detendo-me somente para lhe fazer uma ligeira mesura. — Tenho de levar meu cavalo de volta ao estábulo, ou sentirão falta e começarão a me procurar.

Elizabeth aceitou minha despedida, e quando ia abrir a porta, alguém bateu, a mesma batida que Kat Ashley tinha usado antes. Em um instante, Kat estava à porta, segurando-a aberta. Um homem entrou e ela a fechou rapidamente. Eu me retraí ao reconhecer Sir William Pickering, amigo de Elizabeth de muito tempo e companheiro de conspiração do tempo da rebelião de Wyatt. Nem mesmo sabia que Sir William fora perdoado e estava de volta à corte — e então percebi que provavelmente não tinha sido perdoado, nem tinha permissão para retornar. Era uma visita secreta.

— Milady, tenho de ir — falei com determinação.

Kat Ashley deteve-me.

— Levará alguns livros ao Sr. Dee. Ele lhe dará alguns documentos para que leve a Sir William em um endereço que darei — falou ela. — Olhe-o agora, para que ele se lembre de você. Sir William, essa é o bobo da rainha, que levará os papéis de que precisa.

Se não tivesse sido ordenado por Kat Ashley, talvez eu não me recordasse da advertência de Lorde Robert. Mas milorde tinha sido muito claro e suas palavras confirmaram o terror que senti com o que quer que estivessem tramando ali.

— Lamento — repliquei simplesmente a Kat Ashley, evitando até mesmo olhar para Sir William e desejando que nunca tivesse me visto. — Mas Lorde Robert me disse para não levar mensagens para ninguém. Foi uma ordem sua. Eu deveria lhe falar das fitas e nada mais. Desculpem-me, princesa, senhor, Srta. Ashley, mas não posso lhes prestar ajuda.

Fui rapidamente para a porta e saí antes que alguém protestasse. Quando estava em segurança no corredor, respirei fundo e senti que meu coração batia como se eu tivesse escapado de algum perigo. Quando percebi que a porta permanecia fechada e ouvi o som da tranca, bem untada, e o baque do traseiro de Kat Ashley na porta de madeira, soube que havia realmente perigo lá dentro.

❧

Era junho e o bebê da rainha Mary estava mais de um mês atrasado, época em que todos começaram a se preocupar, e as pétalas caindo de flores nas cercas vivas eram sopradas nas estradas como neve. As campinas estavam cheias de flores, seu perfume inebriante no ar quente. Mas permanecemos em Hampton Court, embora, geralmente, nessa época do ano, a corte real se mudasse para outro palácio. Esperamos, e as rosas floresceram nos jardins e os pássaros da Inglaterra tiveram seus filhotes nos ninhos, menos a rainha.

O rei assumira uma expressão irritada, exposto a gracejos na corte inglesa e ao perigo na zona rural da Inglaterra. Tinha uma guarda de prontidão dia e noite nas estradas para o palácio e soldados em cada píer no rio. Pensava-se que se a rainha morresse de parto haveria mil homens no portão do palácio para fazer os espanhóis em pedaços. A única coisa que poderia mantê-lo a salvo seria a boa vontade da nova rainha, Elizabeth. Não era de admirar que a princesa andasse pela corte em seu vestido escuro como se fosse um gato negro, o residente favorito da leiteria, superalimentado de creme.

Os nobres espanhóis da corte do rei ficavam cada vez mais irascíveis, como se a sua própria virilidade fosse contestada pela lentidão desse bebê. Estavam assustados com a hostilidade do povo da Inglaterra. Os espanhóis eram um grupo pequeno sitiado, sem esperança de reforços. Somente a chegada do bebê garantiria sua segurança, e a criança estava perigosamente atrasada.

As damas do séquito da rainha se tornaram mal-humoradas. Achavam que tinham sido bobas, ficando sentadas ali, costurando e bordando guardanapos, babadores e roupinhas para o bebê que não vinha. As mais jovens, que haviam esperado passar uma primavera alegre na corte, com bailes, piqueniques, mascaradas e caça, ficavam de má vontade com a rainha no abafamento de um quarto escuro, enquanto ela passava horas e horas rezando, em silêncio. Surgiam da câmara de confinamento com a cara de crianças mimadas para dizer que nada acontecera de novo, todos os dias, e a rainha não parecia mais próxima da sua hora do que quando tinha sido confinada dois meses antes.

Somente Elizabeth parecia não se afetar com a atmosfera apreensiva do palácio, enquanto andava com pressa pelos jardins, em passadas largas, o cabelo cor de cobre esvoaçando, um livro nas mãos. Andava sozinha, ninguém agia publicamente como seu amigo, ninguém se arriscava a ser associado a essa princesa problemática, mas todos estavam mais conscientes do que nunca de que, na situação de agora, era a herdeira do trono. O nascimento de um filho homem significaria que Elizabeth voltaria a ser indesejada, uma ameaça à paz de todos. Mas enquanto não houvesse um filho, ela seria a próxima rainha. E, fosse a próxima monarca ou uma princesa indesejada, o fato é que o rei não tirava os olhos dela.

Toda noite, no jantar, o rei Felipe baixava ligeiramente a cabeça para ela, antes de fechar os olhos para a oração; de manhã, sorria-lhe e desejava-lhe um bom dia. Às vezes, quando havia dança, ela ia para a pista com as jovens damas da corte, e ele se recostava em sua cadeira e a observava, de olhos velados, a expressão sem revelar seus pensamentos. Nesse tempo, ela nunca retribuía o olhar diretamente. Lançava-lhe um olhar sombrio e calmo, por sobre as pálpebras semicerradas, e movia-se cuidadosamente no passo da dança, o pescoço esticado, a cintura fina de um lado para o outro, ao ritmo da música. Quando, no final da dança, fazia a reverência para o trono vazio de sua irmã, mantinha o rosto baixo, mas seu sorriso era de um triunfo absoluto. Elizabeth sabia que Felipe não conseguia tirar os olhos dela, por mais que controlasse a sua expressão. Sabia que Mary, cansada, aflita por seu filho, dificilmente era uma rival que valesse a pena vencer. Mas o jovem orgulho de Elizabeth aumentou com o desafio de humilhar a irmã mais velha provocando em seu cunhado um desejo frustrado.

❧

Estava indo para o jantar no salão em uma noite fresca, no começo de junho, quando senti um toque em minha mão. Era um pajem que servia a Sir William Pickering, e relanceei rapidamente os olhos em direção à escada, para ver se alguém o vira, antes de baixar a cabeça em direção à escutá-lo.

— Lorde Robert mandou dizer-lhe que John Dee está preso por fazer o horóscopo da rainha — disse, sua respiração fazendo cócegas em meu ouvido. — Disse para queimar todos os livros e cartas dele.

No segundo seguinte, havia desaparecido e, com ele, a minha paz interior. Virei-me e segui para o jantar, meu rosto uma máscara, o coração disparado, as costas de minha mão esfregando febrilmente minha bochecha, só pensando no livro que John Dee enviara a meu pai e que havia despachado, como uma flecha, para a nossa porta.

Nessa noite, fiquei na cama sem conseguir dormir, meu coração batendo forte de terror. Não me ocorria o que fazer para me proteger, para proteger a fortuna do meu pai, que continuava guardada na loja empoeirada perto da Fleet Street. E se John Dee lhes contasse que eu tinha feito uma previsão? E se um espião fosse informado sobre a tarde nos aposentos da princesa Elizabeth, quando ele tinha desenhado as cartas astrológicas da rainha? E se soubessem sobre o elegante Sir William, encostado à porta e sendo assegurado de que eu faria suas incumbências e as de Elizabeth?

Vi a alvorada iluminar minha janela, e às 5 horas da manhã estava nos degraus no portão do rio, perscrutando a água, atenta à passagem de uma barcaça que me levasse à cidade.

Tive sorte. Um velho barqueiro, começando seu dia de trabalho, respondeu ao meu chamado e aceitou-me a bordo. O soldado sonolento que guardava o píer nem mesmo percebeu que eu não era um garoto de libré.

— Muita farra? — perguntou-me com uma piscadela, pensando que por causa da hora eu tivesse estado com alguma criada do palácio.

— Ah, é, muita safadeza — repliquei animadamente, e pulei para dentro do barco.

Paguei a viagem e desembarquei apressadamente na escada da Fleet. Aproximei-me da rua com cuidado, tentando ver se a porta da nossa loja tinha sido arrombada. Era cedo demais para o nosso vizinho bisbilhoteiro me ver, somente algumas leiteiras chamavam suas vacas para conduzi-las ao pasto, portanto não havia ninguém para prestar atenção em mim.

Ainda assim, hesitei na porta do outro lado da calçada por um bom tempo, examinando a rua e certificando-me de que ninguém estava me observando, até atravessar a pavimentação de pedras e entrar na loja, fechando rapidamente a porta atrás de mim.

Dentro, estava escuro e empoeirado com as venezianas fechadas. Deu para ver que nada havia sido mexido que ninguém tinha ido lá ainda. O pacote endereçado "para o Sr. John Dee", com a letra do meu pai, tinha sido levado pelo nosso vizinho e deixado no balcão, tão incriminador quanto a marca para ser queimado.

Desatei o cordão e rompi o selo do meu pai. Havia dois livros: um era uma série de tabelas que mostravam, até onde percebi, as posições dos planetas e estrelas; o outro era um guia de astrologia em latim. Os dois em nossa loja, endereçados a John Dee, um homem preso por calcular a data da morte da rainha, era o bastante para que eu e meu pai fôssemos condenados à forca por traição.

Levei-os à lareira vazia e amassei o papel, disposta a queimá-los, minhas mãos tremendo na pressa. Tentei acender o fogo por um bom tempo até conseguir, meu medo crescendo a cada segundo. Então a pederneira faiscou e acendeu o graveto. Iluminei com uma vela e levei a chama ao papel na grelha. Segurei-a no canto do papel de embrulho e observei a chama lambê-lo até luzir amarelo-vivo. Peguei os livros, pretendendo rasgar um punhado de páginas de cada vez e queimá-las. O primeiro livro, o escrito em latim, agitou-se aberto em minha mão. Juntei um punhado de páginas de papel macio. Cederam aos meus dedos como se não tivessem nenhum poder, como se não fossem a coisa mais perigosa do mundo. Tentei rasgá-las pela lombada frágil, mas então hesitei.

Não podia fazer isso. Não faria. Sentei sobre os calcanhares, com o livro na minha mão, a luz do fogo tremeluzindo e se extinguindo, e compreendi que nem mesmo correndo perigo mortal seria capaz de queimar um livro.

Era contra a minha natureza. Tinha visto meu pai carregar alguns desses livros pela cristandade, amarrados no seu coração, ciente de que os segredos que continham recentemente passaram a ser chamados de heréticos. Eu o vira comprar e vender livros e, mais do que isso, os emprestado e pedido emprestado simplesmente pela alegria de ver o conhecimento progredir, propagar-se. Tinha visto seu prazer ao descobrir um volume perdido, via-o acolher o fólio em suas estantes, como se fosse o filho que não tivera. Livros eram meus irmãos e irmãs. Não podia, agora, virar-me contra eles. Não podia me tornar um daqueles que vê algo que não pode compreender e o destrói.

Quando a alegria de Daniel no estudo em Veneza e Pádua fez meu próprio coração pular de entusiasmo, foi porque eu também acreditava que um dia tudo seria conhecido, que nada precisaria ser escondido. E esses dois livros talvez contivessem o segredo do mundo, talvez tivessem a chave da compreensão de tudo. John Dee era um grande estudioso, e, se assumira tantas dificuldades para conseguir esses volumes e despachá-los em segredo, deviam ser realmente preciosos. Não consegui me convencer a destruí-los. Se os queimasse, eu não seria melhor do que a Inquisição, que tinha matado minha mãe. Se os queimasse, me tornaria um dos que pensam que ideias são perigosas e devem ser destruídas.

Eu não era um deles. Mesmo arriscando minha vida, não poderia me tornar um deles. Era uma mulher jovem vivendo no coração de um mundo que começava a fazer perguntas, vivendo em uma época em que homens e mulheres achavam que as perguntas eram a coisa mais importante. E quem podia dizer aonde essas perguntas nos levariam? Os gráficos que vieram de meu pai para John Dee talvez contivessem uma droga que curasse a peste, ou o segredo de como determinar a localização de um navio no mar, talvez nos ensinassem a voar, talvez nos dissessem como viver para sempre. Eu não sabia o que tinha nas minhas mãos. Destruí-los seria como matar um recém-nascido: precioso em si mesmo e cheio de promessa incognoscível.

Com o coração pesado, peguei os dois livros e os enfiei atrás dos títulos mais inócuos na estante de meu pai. Achei que se a casa fosse revistada eu poderia alegar inocência. Tinha destruído a parte mais perigosa da encomenda: o papel de embrulho com o nome de John Dee escrito com a letra de meu pai. Meu pai estava longe, em Calais, e não havia nada que nos ligasse diretamente ao Sr. Dee.

Sacudi a cabeça, cansada de mentir para me tranquilizar. Na verdade, havia muitas conexões entre mim e o Sr. Dee, se alguém quisesse examiná-las. Havia muitas conexões entre meu pai e o estudioso. Eu era conhecida como o bobo de Lorde Robert, como o bobo da rainha, como o bobo da princesa. Eu era associada a todos cujos nomes significavam perigo. Tudo o que podia esperar era que o colorido da minha roupa me escondesse, que o mar entre a Inglaterra e Calais protegesse meu pai e que os anjos do Sr. Dee o guiassem e o protegessem mesmo quando fosse torturado, mesmo se seus carcereiros lhes dessem o feixe de gravetos e o obrigassem a carregá-lo até a fogueira.

Era um consolo insuficiente para uma garota que passara sua juventude fugindo, escondendo a fé, escondendo o sexo, escondendo a si mesma. Mas não havia nada que pudesse fazer agora a não ser continuar fugindo, e o meu pavor de fugir da Inglaterra era maior do que o meu terror de ser pega. Quando meu pai me prometera que essa seria a minha pátria, que ali eu ficaria a salvo, acreditara. Quando a rainha pusera minha cabeça no seu colo e enrolara meu cabelo em seus dedos, confiara nela como confiara em minha mãe. Não queria partir da Inglaterra, não queria deixar a rainha. Bati a poeira do meu gibão, ajeitei minha boina e saí de novo para a rua.

Cheguei em Hampton Court a tempo do café da manhã. Subi o jardim correndo e entrei no palácio pela porta do estábulo. Quem me visse, acharia que saíra a cavalgar de manhã cedo, como fazia com frequência.

— Bom dia — disse um dos pajens e lhe dei aquele sorriso agradável do mentiroso habitual.

— Bom dia — repliquei.

— E como está a rainha nesta manhã?

— Feliz, realmente.

☙

Com as cortinas nas janelas de sua câmara de confinamento bloqueando o sol de verão, a rainha empalidecia cada vez mais no décimo mês de sua espera. Em contraste, com a confiança aumentando, a postura, o cabelo e a pele de Elizabeth pareciam brilhar mais intensamente. Quando entrava impetuosamente na câmara de confinamento, sentando-se em um banco para conversar trivialidades, cantar acompanhada de seu alaúde ou costurar roupas de bebê extremamente refinadas, a rainha parecia encolher-se na invisibilidade. A garota era de uma beleza radiante, mesmo quando se sentava para costurar e curvava, com uma gravidade afetada, sua cabeça cor de fogo. Do seu lado, a mão sobre a barriga, sempre esperando a criança se mover, Mary se tornava pouco mais do que uma sombra. À medida que os dias passavam, no longo mês de junho, ela se tornava uma sombra esperando o nascimento de uma sombra. Não parecia estar lá, seu bebê não parecia estar lá. Os dois estavam se desfazendo, desaparecendo.

O rei era um homem determinado. Tudo o forçava a ser fiel à sua esposa: o amor que a rainha sentia por ele, o seu estado vulnerável, a necessidade de acalmar a nobreza inglesa e manter o conselho favoravelmente propenso em relação à política espanhola, enquanto o país olhava com sarcasmo o rei espanhol estéril. Ele sabia disso, era um diplomata e político brilhante. Mas não conseguia controlar-se. Aonde Elizabeth ia, ele a seguia. Quando cavalgava, ele pedia seu cavalo e galopava atrás dela. Quando dançava, ele a observava e mandava que tocassem a música de novo. Quando estudava, ele lhe emprestava livros e corrigia a sua pronúncia como um professor desinteressado, enquanto, o tempo todo, seus olhos estavam em seus lábios, no decote do seu vestido ou em suas mãos juntas no colo.

— Princesa, esse é um jogo perigoso — alertei-a.

— Hannah, é a minha vida — replicou simplesmente. — Com o rei do meu lado, não preciso temer nada. Se estivesse livre para se casar, não poderia desejar um melhor partido.

— O marido da sua irmã? Enquanto ela está confinada, esperando seu filho? — perguntei, escandalizada.

Seus olhos baixos eram fendas de azeviche.

— Penso como ela, que uma aliança entre Espanha e Inglaterra dominaria toda a cristandade — disse suavemente.

— Sim, a rainha pensou assim, e tudo o que aconteceu foi introduzir as leis de heresia na cabeça de seus súditos — repliquei irritada. — Assim como provocou sua solidão em um quarto obscurecido, com sua tristeza e sua irmã do lado de fora, sob a luz do sol, flertando com o seu marido.

— A rainha se apaixonou por um marido que se casou por política — falou Elizabeth. — Eu nunca seria tão tola. Se ele se casasse comigo, seria o contrário: seria eu que me casaria por política e ele o que se casaria por amor. E veríamos que coração se partiria primeiro.

— Ele lhe disse que a ama? — perguntei em um sussurro, chocada, pensando na rainha perdida em sua solidão no quarto fechado. — Disse que se casará com você se a rainha morrer?

— O rei me adora — disse Elizabeth com um prazer tranquilo. — Eu poderia fazê-lo dizer qualquer coisa.

಄

Era difícil conseguir notícias de John Dee sem parecer excessivamente curiosa. O homem tinha simplesmente desaparecido, como se nunca tivesse existido, desaparecido nos terríveis calabouços da Inquisição na Inglaterra, em St Paul's, supervisionados pelo bispo Bonner, cujo interrogatório resoluto estava alimentando as fogueiras de Smithfield, à razão de meia dúzia de pobres homens e mulheres, toda semana.

— Tem notícias de John Dee? — perguntei a Will Somers, baixinho, certa manhã em que o encontrei ocioso em um banco, aquecendo-se como um lagarto ao sol do verão.

— Não está morto, ainda — respondeu, mal abrindo um olho. — Silêncio.

— Está dormindo? — perguntei, querendo saber mais.

— *Eu* não estou morto, ainda — disse. — Nisso, ele e eu temos algo em comum. Mas não estou sendo esticado na roda da tortura, nem sendo pressionado com centenas de pedras sobre o meu peito, nem sendo levado para interrogatório à meia-noite, ao amanhecer, como uma alternativa rude ao café da manhã. Portanto, não tanto em comum.

— Ele confessou? — perguntei, minha voz sumida.

— Não deve ter confessado — replicou Will, pragmaticamente. — Pois se tivesse, estaria morto, e aí a similaridade comigo terminaria, já que não estou morto, mas apenas dormindo.

— Will...

— Dormindo e sonhando, não falando nada.

☙

Procurei Elizabeth. Pensara em falar com Kat Ashley, mas sabia que me desprezava por minhas lealdades mistas, e eu não confiava em sua discrição. Ouvi as trombetas de caça e percebi que Elizabeth participaria. Corri para o pátio dos estábulos e estava ali quando os cães apareceram com os cavaleiros atrás. Elizabeth montava um novo cavalo preto, presente do rei, o chapéu colocado de lado, o rosto brilhando. A corte desmontava e chamava seus cavalariços. Precipitei-me à frente, para segurar seu cavalo, e perguntei bem baixinho, para que ninguém mais me ouvisse no barulho geral:

— Princesa, tem notícias de John Dee?

Virou-se de costas para mim e deu um tapinha no ombro do cavalo.

— Muito bem, Sunburst — disse em voz alta, falando com o animal. — Você se saiu muito bem. — Para mim, disse a meia-voz: — Foi preso por conjurar e calcular.

— O quê? — perguntei horrorizada.

Permaneceu absolutamente calma.

— Dizem que tentou fazer a carta astrológica da rainha e que convocou espíritos para prever o futuro.

— Falará de outros, ao sofrer isso? — sussurrei.

— Se o acusarem de heresia, pode esperar, ele cantará como um pequeno tordo vendado — assegurou, virando-se para mim e sorrindo radiante, como se sua vida e a minha não estivessem em jogo. — Vão torturá-lo, sabe. Ninguém resiste à dor na roda. Ele acabará falando.

— Heresia?

— Assim me disseram.

Jogou as rédeas para o seu cavalariço e caminhou na direção do palácio, apoiada no meu ombro.

— Vão queimá-lo?

— Sem a menor dúvida.

— Princesa, o que podemos fazer?

Deixou o braço cair ao redor do meu ombro e o segurou firme, como se quisesse impedir-me de perder o controle. Sua mão não tremeu nem por um instante.

— Vamos esperar. E torcer para sobrevivermos a isso. Como sempre, Hannah. Esperar e torcer para sobreviver.

— *Você* sobreviverá — falei, com um ressentimento súbito.

Elizabeth voltou o rosto vívido para mim, sorriu alegre, mas seus olhos mais pareciam lascas de carvão.

— Ah, sim — confirmou. — Foi o que fiz, até agora.

❧

Em meados de junho, a rainha, ainda grávida, quebrou a convenção e saiu da câmara de confinamento. Os médicos não podiam afirmar se seu estado pioraria por estar fora e acharam que caminhar ao ar livre talvez abrisse seu apetite. Receavam que não estivesse comendo o suficiente para manter o bebê e a si mesma vivos. No frio da manhã ou no cair da tarde sombroso, ela passeava, devagar, em seu jardim privado, assistida somente por suas damas de honra e membros da sua criadagem. Mudava a olhos vistos da mulher deliciosamente apaixonada, com quem o príncipe Felipe, da Espanha, se casara, e deitara e amara com alegria, para a mulher prematuramente envelhecida que eu conhecera antes. A sua recente confiança no amor e na felicidade a estava abandonando, junto com o rosado de sua face e o azul de seus olhos, e a via ser arrastada de volta à solidão e ao medo de sua infância, quase como uma inválida escorregando para a morte.

— Sua Graça. — Baixei-me sobre um joelho ao encontrá-la, certo dia, no jardim privado. Ela estava olhando o fluir rápido do rio além do píer, olhando, mas não vendo. Uma ninhada de patinhos brincava na corrente, a mãe vigilante do lado, inspecionando as trouxinhas de penugem chapinhar e bambolear na água. Até mesmo os patos no Tâmisa tinham filhotes. Mas o berço da Inglaterra, com o poema auspicioso na cabeceira, continuava vazio.

Dirigiu-me o olhar sombrio, que não via.

— Ah, Hannah.

— Sua Graça está bem?

Tentou sorrir, mas seus lábios retorceram-se para baixo.

— Não, Hannah, minha menina. Não estou muito bem.

— Sente dor?

Sacudiu a cabeça, negando.

— Ficaria feliz se sentisse, se sentisse as dores de parto. Não, Hannah. Não sinto nada, nem no meu corpo, nem no meu coração.

Aproximei-me um pouco mais.

— Talvez sejam os caprichos que precedem o parto — falei, para tranquilizá-la. — Como dizem que as mulheres têm desejo de comer fruta verde ou carvão.

Sacudiu a cabeça de novo.

— Não, acho que não. — Estendeu as mãos para mim, paciente como uma criança doente. — Não pode ver, Hannah? Com seu dom? Pode ver e me dizer a verdade?

Quase contra a vontade, peguei suas mãos, e ao tocá-las senti um ímpeto de desespero tão sombrio e frio como se eu tivesse caído no rio que corria sob o píer. Ela percebeu o choque no meu rosto, e o compreendeu no mesmo instante.

— Ele se foi, não foi? — sussurrou. — Eu o perdi, não sei como.

— Não poderia saber, Sua Graça — gaguejei. — Não sou médica, não tenho capacidade para julgar...

Sacudiu a cabeça, o sol refletindo-se no rico bordado de seu capelo, nas argolas de ouro em suas orelhas, toda essa riqueza secular encerrando uma tristeza tão profunda.

— Eu sabia — disse. — Tive um filho em meu ventre, e agora ele se foi. Sinto um vazio onde eu sentia vida.

Eu continuava a segurar suas mãos geladas e achei que as estava aquecendo, como se fricciona para aquecer as mãos de um cadáver.

— Oh, Sua Graça! — gritei. — Pode ter outro filho. Onde um foi feito poderá fazer outro. Teve um bebê e o perdeu, centenas de mulheres perdem o primeiro e têm outro. Você também pode fazer o mesmo.

Pareceu nem mesmo me ouvir, deixou as mãos nas minhas e olhou para o rio como se quisesse que a levasse.

— Sua Graça? — sussurrei, bem baixinho. — Rainha Mary? Querida rainha Mary?

Quando voltou seus olhos para mim, estavam cheios de lágrimas.

— Está tudo errado — disse, sua voz grave e desolada. — Está errado desde que a mãe de Elizabeth tirou meu pai de nós e partiu o coração da minha mãe, e nada mais pôde curá-lo. Está errado desde que a mãe de Elizabeth atraiu meu pai ao pecado e o afastou de sua fé, de modo que viveu e morreu atormentado. Está tudo errado, Hannah, e não posso consertar nada, apesar de ter tentado tanto. É demais para mim. Há tristeza demais, pecado e perdas demais nessa história. Está além de mim poder saná-las. E, agora, Elizabeth tirou meu marido de mim, meu marido que era a alegria da minha vida, a única alegria da minha vida. O único homem que chegou a me amar, a única pessoa que amei desde que perdi minha mãe. Ela o tirou de mim. E agora perdi meu filho também.

Sua tristeza me atravessou como uma corrente de ar do desespero mais profundo. Segurei suas mãos como se ela estivesse se afogando, sendo levada na maré-cheia noturna.

— Mary!

Delicadamente, retirou as mãos e afastou-se, sozinha de novo, como sempre estivera, como agora achou que sempre estaria. Corri atrás dela, e, apesar de ouvir meus passos, não parou nem olhou para trás.

— Pode ter outro filho! — repeti. — E pode reconquistar seu marido.

Não se deteve nem sacudiu a cabeça. Sabia que mantinha o queixo erguido e que as lágrimas corriam por seu rosto. Não podia pedir socorro, não podia receber socorro. A dor em seu coração era a da perda. Perdera o amor de seu pai, perdera sua mãe. Agora perdera a criança, e a cada dia, na frente de toda a corte, perdia um pouco o marido para a sua bonita irmã mais nova. Parei e a deixei ir.

☙

Durante o longo e quente mês de julho, a rainha não disse nada para explicar por que o seu bebê não vinha. Elizabeth perguntava sobre a sua saúde todas as manhãs, com uma preocupação fraterna, e comentava, todos os dias, com sua voz doce e clara:

— Deus, como esse bebê está demorando a nascer!

Todos os dias, pessoas vinham de Londres para rezar missas para um parto seguro da rainha, e todos nos levantávamos na igreja, três vezes ao dia, para dizer "Amém". As notícias que traziam de Londres eram as de uma cidade de horrores. A crença da rainha de que o seu bebê só viria quando a Inglaterra estivesse purificada da heresia assumira um tom perverso. Nas mãos de seus Inquisidores, o bispo Bonner e os outros, havia uma política selvagem de detenções secretas e torturas cruéis. Corriam rumores de julgamentos injustos de hereges, de criadas usadas em sua ignorância que, quando juravam não abandonar a sua Bíblia, eram levadas para a fogueira e queimadas por sua fé. Havia a história cruel de uma mulher grávida do seu primeiro filho que foi acusada de heresia e levada a um tribunal. Como não curvou a cabeça aos preceitos do padre católico, a colocaram na estaca e acenderam a pira. Em seu terror, ela deu à luz a criança ali mesmo, sobre os feixes de madeira. Quando o bebê escorregou por suas coxas trêmulas e caiu no chão, chorando alto o bastante para ser ouvido acima do estalar das chamas, o carrasco jogou-o com um forcado de volta ao fogo, como se fosse um feixe de galhos chorando.

Os algozes, certificavam-se de que essas histórias não chegassem aos ouvidos da rainha, mas eu tinha certeza de que se ela soubesse poria um fim na crueldade. Uma mulher esperando um filho não manda outra mulher grávida para a fogueira. Aproveitei a chance, certa manhã, quando caminhávamos.

— Sua Graça, posso lhe falar?

Virou-se e sorriu.

— Sim, Hannah, é claro.

— É uma questão de estado e não estou qualificada para julgar — falei cautelosamente. — E sou jovem, talvez não compreenda.

— Compreender o quê? — perguntou.

— As notícias de Londres são muito cruéis — prossegui, tomando coragem. — Perdoe-me se eu não devia falar nisso, mas há muita crueldade feita em seu nome e os conselheiros não lhe contam.

Houve uma ligeira agitação diante de minha temeridade. Na retaguarda do grupo de damas, vi Will Somers revirar os olhos para mim.

— Como? O que quer dizer, Hannah?

— Sua Graça, sabe que muitos dos protestantes importantes do país vão à missa, e seus padres largaram suas mulheres, tornando-se obedientes às novas leis. Somente seus criados e pessoas tolas nas aldeias não têm inteligência para mentir quando são examinados. Certamente não quer que as pessoas simples de seu país sejam queimadas por sua fé, certo? Certamente, ia querer demonstrar-lhes sua misericórdia.

Esperei seu sorriso assentindo, mas olhou-me com uma carranca.

— Se há famílias que viraram a casaca e não mudaram sua fé, então quero nomes — disse, a voz dura. — Você tem razão: não procuro queimar criados, quero que todos, patrões e homens comuns, se voltem para a igreja. Seria uma rainha da Inglaterra lamentável se não insistisse na mesma lei para pobres e ricos. Se sabe o nome de um padre com uma mulher escondida, Hannah, é melhor que me diga ou estará pondo em risco a sua própria alma imortal.

Nunca a tinha visto tão fria.

— Sua Graça!

Foi como se não me escutasse. Pôs a mão no coração e gritou:

— Por Deus, Hannah, salvarei este país do pecado mesmo que custe vidas e vidas. Temos de retornar a Deus e nos afastar da heresia, nem que para isso tenha que haver dezenas, centenas de fogueiras, nós vamos consegui-lo. E se você, até mesmo você, estiver escondendo um nome, eu o extrairei de você, Hannah. Não haverá exceções. Até mesmo você deverá ser interrogada. Se não me disser, mandarei que a interroguem.

Senti a cor se esvaindo de meu rosto e meu coração começou a disparar. Depois de sobreviver tanto tempo, pôr-me em perigo, ser colocada na roda!

— Sua Graça! — gaguejei. — Sou inocente...

Houve um grito na parte de trás do séquito e todos nos viramos para olhar. Uma dama de honra corria, levantando as saias, na direção da rainha.

— Sua Graça! Salve-me! É o bobo! Está maluco!

Will Somers agachara-se, suas pernas compridas dobradas. Do seu lado, na relva, havia um sapo, verde-esmeralda, piscando os olhos esbugalhados. Will piscava também, imitando seus movimentos.

— Estamos apostando corrida — disse, com dignidade. — Monsieur le Sapo e eu apostamos quem chegaria primeiro ao fim do pomar. Mas está demorando a agir. Planeja enganar-me. Gostaria que alguém o cutucasse com uma vara.

A corte caiu na gargalhada, a mulher que gritara também começou a rir. Will, agachado como um sapo, os joelhos na altura de suas orelhas, os olhos esbugalhados, piscando, era inegavelmente muito engraçado. Até mesmo a rainha sorria. Alguém pegou uma vareta e cutucou o sapo levemente.

O animal assustado pulou no mesmo instante. Will pulou também, um grande pulo inesperado, ficando claramente na frente. Com estardalhaço, a corte dividiu-se, dispondo-se dos dois lados, de modo a formar uma pista, e alguém incitou o sapo mais uma vez. Agora, ficou mais alarmado e deu três pulos grandes e começou a se arrastar. As mulheres agitavam as saias para mantê-lo na pista enquanto Will pulava atrás dele, mas o sapo claramente ganhava. Mais uma cutucada e o sapo partia de novo, Will perseguindo-o, as pessoas gritando apostas, os espanhóis sacudindo suas cabeças diante da loucura dos ingleses, mas rindo também, e lançando moedas apostando no sapo.

— Cutuquem Will! — gritaram. — Ele está ficando para trás.

Um dos homens achou uma vareta, foi atrás de Will, que se pôs a pular mais rápido, para sair do caminho.

— Eu faço isso! — falei e peguei a vara, e imitando uma grande surra, com a vara batendo no solo, atrás de Will, sem nem roçar seus calções.

Will avançou o mais rápido que pôde, mas o sapo estava muito assustado e parecia saber que a cerca viva no extremo do pomar era um refúgio seguro. Pulou nessa direção e Will chegou atrás do sapo. Houve uma explosão de aplausos e o tilintar de moedas sendo trocadas. A rainha segurava a barriga e ria alto. Jane Dormer pôs o braço ao redor de sua cintura, para suportá-la, e sorriu ao vê-la tão feliz.

Will desdobrou-se e levantou-se do chão, suas pernas frouxas finalmente se estendendo, o rosto vincado com um sorriso quando fez a reverência. A corte toda prosseguiu caminho, conversando e rindo da corrida de Will e o sapo, mas eu o atrasei, segurando-lhe o braço.

— Obrigada — disse.

Olhou-me com firmeza, nenhum traço de bufão em nenhum de nós dois.

— Minha menina, você não pode mudar um rei, só pode fazê-lo rir. Às vezes, se for um excelente bobo, pode fazê-lo rir de si mesmo, e então o tornará um homem melhor e um rei melhor.

— Fui desajeitada — confessei. — Mas Will, falei com uma mulher hoje que me contou coisas que me fizeram chorar!

— Muito pior na França — replicou rapidamente. — Pior na Itália. E você, de todas as pessoas, deveria saber, minha menina, que é pior na Espanha.

Isso me conteve.

— Vim para a Inglaterra pensando que seria um país mais misericordioso. Certamente a rainha não é uma mulher para queimar a esposa de um padre.

Colocou um braço sobre os meus ombros.

— Criança, você é uma boba realmente — disse com carinho. — A rainha não tem mãe para aconselhá-la, não tem marido que a ame e nenhum filho para distraí-la. Quer agir certo, e todos à sua volta lhe disseram que a melhor maneira de subjugar esse país é queimar alguns imprestáveis que já estavam mesmo destinados ao inferno. Seu coração deve doer, mas ela os sacrificará para salvar o resto, exatamente como se sacrificaria por sua própria alma imortal. A sua habilidade, a minha habilidade, é garantir que nunca lhe ocorra nos sacrificar.

Olhei-o, com a expressão grave que ele teria desejado.

— Will, confiei nela. Eu teria dado minha vida por ela.

— Você faz bem — disse com uma aprovação gozadora. — É um bobo de verdade. Só um bobo confia em um rei.

ℓℓ

Em julho, a corte deveria viajar, passando pelas grandes casas da Inglaterra, usufruindo a caça e as festas, os prazeres do verão inglês, mas a rainha continuou sem nos dizer quando partiríamos. Nossa partida tinha sido atrasada com a espera do nascimento do príncipe, e agora, doze semanas depois, ninguém acreditava realmente que o príncipe viesse.

Ninguém dizia nada à rainha — o que era o pior. Ninguém perguntava como se sentia, se estava doente, se estava sangrando ou nauseada. Ela tinha perdido a criança, o que significava mais para ela do que o próprio mundo, e ninguém perguntou como, ou se podiam confortá-la. Foi cercada por um muro de silêncio cortês. Sorriam quando passava, e alguns riam com a mão na boca e diziam que era uma mulher velha e louca e que tinha confundindo a suspensão de suas regras com gravidez! Que tola era! E como tinha feito o rei de bobo! E como ele devia odiá-la por tê-lo transformado no alvo de piadas da cristandade!

Ela devia saber como falavam dela, e a torção ressentida de sua boca mostrava a sua mágoa. Mas andava com a cabeça ereta pela corte em tempo de verão, que cochichava com malícia e fofocava, e não dizia nada. No fim de julho, ainda sem nenhum pronunciamento público da rainha, as parteiras arrumaram suas bandagens, puseram de lado o enxoval de seda branca bordada, empacotaram as toucas, sapatinhos, camisinhas de bebê, fraldas e finalmente retiraram o magnífico berço de madeira do quarto. Os criados tiraram as tapeçarias das janelas e das paredes, o grossos tapetes turcos do chão, as tiras e a rica roupa de cama. Sem nenhuma explicação dos médicos, das parteiras ou da própria rainha, todos perceberam que não haveria nenhum bebê, que já não havia nenhuma gravidez, e o assunto foi encerrado. A corte mudou-se, em uma procissão silenciosa, para o palácio de Oatlands, e instalou-se tão silenciosamente que a impressão era a de que alguém morrera secretamente, de vergonha.

ॐ

John Dee, acusado de heresia, adivinhação e cálculo, desapareceu na boca voraz do palácio do Bispo, em Londres. Diziam que as carvoarias, os depósitos de lenha, as adegas, até mesmo os esgotos embaixo do palácio, serviram de celas para centenas de suspeitos hereges esperando ser interrogados pelo bispo Bonner. Na vizinha St Paul's Cathedral, o campanário estava apinhado de prisioneiros, quase sem espaço para se sentar, muito menos para se deitar, ensurdecidos pelo repique dos sinos nos arcos acima, exaustos com os interrogatórios brutais, arrasados pela tortura e aguardando, com a certeza aterrorizadora, ser levados e queimados.

Não consegui saber nada de John Dee, nem por parte da princesa Elizabeth nem pelos comentários que circulavam pela corte. Nem mesmo Will Somers que, geralmente, era informado de tudo sabia o que acontecera com John Dee. Franziu o cenho quando perguntei e disse:

— Bobo, guarde bem um conselho de bobo. Há nomes que é melhor não mencionar entre amigos, mesmo que os dois sejam bobos.

— Preciso saber como está — falei com veemência. — É uma questão de certa... importância para mim.

— Ele desapareceu — disse Will, sinistramente. — Enfim, devia ser um mágico para desaparecer tão completamente.

— Morto? — Falei tão baixo que Will não poderia ter escutado, mas adivinhou o significado pela minha cara aterrorizada.

— Perdido — respondeu. — Desaparecido. O que, provavelmente, é pior.

❧

Como não sei o que um homem perdido diria antes de desaparecer, eu não dormia mais de algumas horas por noite, despertando sobressaltada a cada som do lado de lá da porta, achando que tinham vindo me buscar. Comecei a sonhar com o dia em que foram buscar minha mãe, e, entre o terror de minha infância e o medo por mim mesma, meu estado era lamentável.

Não o da princesa Elizabeth. Era como se nunca tivesse ouvido falar em John Dee. Levava a sua vida na corte com todo o glamour Tudor que podia explorar, caminhando no jardim, jantando no salão, assistindo à missa sentada no lugar atrás da rainha, e sempre, sempre, respondendo ao olhar de relance do rei com uma promessa tácita.

O desejo de um pelo outro iluminava a corte. Era um calor quase palpável. Quando a princesa andava na sala, todos percebiam como ele se retesava como um cão de caça ao ouvir a corneta soar para o início da caçada. Quando o rei passava atrás de sua cadeira, ela estremecia sutil e involuntariamente, como se o ar entre eles tivesse acariciado sua nuca. Quando se encontravam por acaso no corredor, ficavam a três passos de distância, como se não se atrevessem a se aproximar mais, esquivavam-se um do outro, movendo-se em uma direção, depois na outra, como se fosse uma dança cuja música só eles podiam ouvir. Se ela virava o rosto para um lado, ele olhava para a sua nuca, para a pérola balançando em sua orelha, como se nunca tivesse visto nada igual. Quando ele virava a cabeça, ela olhava de soslaio para o seu perfil, e seus lábios separavam-se em um leve suspiro quando ela olhava para ele. Quando ele a ajudava a desmontar de seu cavalo, segurava-a contra si depois que os pés dela tocavam o solo e quando a largava, os dois estavam tremendo.

Não trocavam sequer uma palavra que a rainha não pudesse escutar, não havia nenhuma carícia que pudesse ser vista por alguém. A simples proximidade da vida diária era o bastante para inflamá-los, as mãos dele na cintura dela, as mãos dela no ombro dele ao dançarem, o momento em que ficavam próximos, os olhos de um fixos nos do outro. Não havia nenhuma dúvida de que essa mulher escaparia de qualquer punição enquanto esse rei governasse o país. Mal conseguia ficar sem vê-la, o que significava que nunca a mandaria para a Torre.

A rainha forçosamente via tudo. Magra e macilenta, com a barriga plana, tinha de ver sua irmã mais nova chamar o rei meramente erguendo o supercílio. A rainha via o homem a quem ainda amava apaixonadamente à disposição de outra mulher, e essa mulher, Elizabeth, a irmã indesejada que tinha roubado o pai de Mary, agora seduzia seu marido.

A rainha Mary nunca demonstrou nenhuma emoção. Não quando se inclinou em sua cadeira e fez, sorrindo, um comentário a Felipe, e então percebeu que ele nem sequer a escutara, absorto na dança de Elizabeth. Não quando Elizabeth levou um livro que estava lendo e compôs uma máxima em latim como dedicatória, improvisada diante da corte inteira. Não quando Elizabeth cantou uma música que compusera para ele, não quando Elizabeth o desafiou a uma corrida durante a caça e os dois tomaram a dianteira da corte e desapareceram por meia hora. Mary tinha a dignidade de sua mãe, Catarina de Aragão, que vira seu marido obcecado por outra mulher durante seis anos, e durante os três primeiros havia se sentado em seu trono e sorrido para os dois. Assim como sua mãe tinha feito, Mary sorriu para Felipe com amor e compreensão, e para Elizabeth com cortesia. E somente eu e as poucas pessoas que realmente a amavam percebiam a sua tristeza.

☙

Em agosto, recebi uma carta do meu pai perguntando quando partiria para Calais. Na verdade, estava ansiosa para ir. Agora, não conseguia dormir na Inglaterra, o lugar que buscara para ser a minha pátria deixara de ser um abrigo. Queria estar com a minha própria gente, queria estar com o meu pai. Queria ficar longe do bispo Bonner e da fumaça de Smithfield.

Primeiro procurei Elizabeth.

— Princesa, meu pai pede que me una a ele em Calais. Tenho a sua permissão para ir?

Seu rosto bonito logo assumiu uma carranca. Elizabeth era uma grande colecionadora de criados, não gostava que ninguém partisse.

— Hannah, preciso de você.

— Que Deus a abençoe, princesa, mas acho que já está bem servida — repliquei com um sorriso. — E a sua acolhida não foi muito calorosa quando fui vê-la em Woodstock.

— Eu estava doente, na época — replicou com irritação. — E você era a espiã de Mary.

— Nunca espionei ninguém — disse convenientemente me esquecendo de meu trabalho para Lorde Robert. — A rainha enviou-me a você, como lhe disse. Agora que vejo que é respeitada e bem tratada na corte, posso deixá-la, não precisa mais de mim.

— Eu decido que serviço é necessário e qual posso dispensar — respondeu imediatamente. — Não você.

Fiz a mesura de pajem.

— Por favor, princesa, deixe-me ir para junto do meu pai e do meu noivo.

Ela se divertiu com a ideia de meu casamento, como eu sabia que aconteceria. Sorriu para mim, o autêntico encanto Tudor irradiando-se por sua irritação.

— É isso o que está querendo? Está pronta para tirar sua roupa de bufão e ir ao encontro do seu amante? Acha que está preparada para ser uma mulher, pequeno bobo? Estudou-me o bastante?

— Não seria você o meu estudo se quisesse ser uma boa esposa — respondi sarcasticamente.

Deu uma risada.

— Graças a Deus, não. Mas o que aprendeu comigo?

— Como levar um homem à loucura, como fazer um homem segui-la sem nem mesmo virar a cabeça e como desmontar do cavalo de modo a pressionar todo o corpo no dele.

Jogou a cabeça para trás rindo, um riso genuíno, alto.

— Aprendeu bem — disse ela. — Só espero que sinta tanto prazer com essas habilidades quanto eu.

— Para ganhar o quê? — perguntei.

O olhar de relance que Elizabeth me lançou foi um olhar de cálculo arguto.

— Um pouco de diversão — admitiu. — E um ganho real. Você e eu dormimos mais seguras em nossas camas porque o rei está apaixonado por mim, Hannah. E o meu caminho para o trono ficou um pouco mais claro, já que o homem mais poderoso do mundo jurou que me apoiaria.

— Você teve a sua promessa? — perguntei, perplexa.

Confirmou com a cabeça.

— Ah, sim. Minha irmã é traída mais profundamente do que sabe. Metade do país está apaixonada, por mim, e agora o seu marido também. O conselho que lhe dou é, quando for para o seu marido, nunca confie e nunca o ame mais do que ele a ama.

Sacudi a cabeça, sorrindo.

— Pretendo ser uma boa esposa — falei. — Ele é um bom homem. Pretendo deixar esta corte e ir ao seu encontro e me tornar uma boa, e estável, esposa.

— Ah, você não pode ser isso — disse rudemente. — Ainda não é adulta. Você tem medo do seu próprio poder. Tem medo do desejo dele. Tem medo do seu próprio desejo. Tem medo de ser uma mulher.

Não falei nada, embora fosse verdade.

— Ah, então vá, sua tolinha. Mas quando se entediar, e vai se entediar, poderá voltar de novo para mim. Gosto de tê-la em meu serviço.

Fiz uma reverência e fui para os aposentos da rainha.

No momento em que abri a porta, vi que havia alguma coisa errada. O primeiro pensamento que me ocorreu foi que rainha Mary estava doente, alguma coisa muito séria, e que precisava de ajuda. O quarto estava vazio, sem suas damas, ela estava completamente sozinha. Também estava escuro, com as venezianas fechadas, e fazia frio, já que o calor do verão não conseguia penetrar as paredes espessas. Estava agachada no chão, o corpo dobrado sobre os joelhos, a testa pressionada na pedra fria da lareira vazia. Apenas Jane Dormer estava ali, sentada no escuro, em um silêncio obstinado. Quando fui até a rainha e me ajoelhei na sua frente, vi que seu rosto estava molhado de lágrimas.

— Sua Graça?

— Hannah, ele está me deixando — disse.

Lancei um olhar confuso a Jane Dormer que me respondeu com uma carranca como se me culpasse.

— Deixando-a?

— Vai para os Países Baixos. Hannah, está me deixando... me deixando.

Peguei suas mãos.

— Sua Graça...

Seus olhos não viam, cheios de lágrimas, fixados na lareira vazia.

— Está me deixando — disse.

Fui até Jane Dormer, que enfiava a agulha em uma camisa de linho, sentada no banco da janela.

— Há quanto tempo a rainha está assim?

— Desde que recebeu a notícia, hoje de manhã — respondeu friamente. — O rei mandou as damas saírem quando a rainha começou a gritar que não suportaria. E, como ele não conseguiu fazê-la parar de chorar, também foi embora. Não voltou, e as damas também.

— Ela não comeu? Você não lhe trouxe nada para comer?

Olhou-me com fúria.

— Ele partiu seu coração, como você previu — disse simplesmente. — Não se lembra? Eu sim. Quando eu lhe trouxe o retrato e estava tão animada e ela tão empolgada. Você disse que ele partiria seu coração, e foi o que aconteceu. Ele e seu bebê, que estava aqui e depois desapareceu, ele com seus lordes espanhóis desejando ir e combater os franceses, e sempre se queixando da Inglaterra. Agora ele lhe disse que vai lutar contra os franceses, mas não disse quando retornaria. E ela não consegue dizer outra coisa a não ser que ele a está deixando, a abandonando. E chora como se fosse morrer de tanto sofrer.

— Não devemos levá-la para a sua cama?

— Por quê? — perguntou. — Não virá para sua cama com lascívia, se não veio por piedade. E sua presença é a única coisa que a ajudaria.

— Srta. Jane, não podemos ficar simplesmente sentadas vendo-a chorar dessa maneira.

— O que quer que façamos? — perguntou. — A sua felicidade foi dada a um homem que nem sequer a assistiu quando perdeu o bebê e o amor do seu povo, por sua causa. Um homem que não tem compaixão nem mesmo para lhe dar uma palavra de conforto. Não podemos curar essa ferida com um copo de malte aquecida e um tijolo quente sob seus pés.

— Pois então vamos lhe dar pelo menos isso — repliquei, aproveitando sua sugestão.

— Você vai buscar — disse. — Não vou deixá-la sozinha. Esta é uma mulher que poderia morrer de solidão.

Fui até a rainha e ajoelhei-me. Ela chorava sem emitir som, a testa batendo na pedra da lareira, enquanto se balançava para a frente e para trás.

— Sua Graça, vou descer até a cozinha. Posso lhe trazer algo para comer ou beber?

Sentou-se sobre os calcanhares, mas não me olhou. Havia sangue em sua testa, onde a batera na pedra. Seu olhar permaneceu fixo na lareira vazia, mas estendeu sua pequena mão fria e pegou a minha.

— Não me deixe — disse. — Você também não. Ele está me deixando, sabe, Hannah? Acaba de me dizer. Está me deixando, e eu não sei como vou suportar viver.

❧

Querido pai,

Obrigada por sua bênção na carta para mim. Fico feliz por você estar bem e a loja em Calais estar indo bem. Ficaria feliz em obedecer à sua ordem e ir ao seu encontro já, mas quando fui pedir à rainha para ser dispensada de seu serviço, encontrei-a tão doente que não posso abandoná-la, pelo menos por este mês. O rei viajou para os Países Baixos, e ela não consegue ser feliz sem ele, está completamente desolada. Viemos para Greenwich, e parecemos uma corte de luto. Ficarei com ela até ele retornar. Ele deu sua palavra de honra de que será muito em breve. Quando voltar, irei para junto do senhor imediatamente. Espero que compreenda, pai, e que explique a Daniel e à sua mãe que preferiria estar com eles, mas que acho ser meu dever ficar com a rainha neste momento de grande aflição.

Para o senhor, o meu amor e obediência, e espero vê-lo em breve.
Sua Hannah.

Querido Daniel,

Perdoe-me, ainda não posso ir. A rainha está de tal modo desesperada que não me atrevo a deixá-la. O rei partiu e ela está se aferrando aos amigos. Está tão desolada que temo por sua saúde mental. Perdoe-me, meu amor, irei assim que puder. Ele jurou que será uma ausência breve, simplesmente para proteger seus interesses nos Países Baixos. Portanto, esperamos que retorne em um mês. Em setembro ou outubro, o mais tardar, poderei ir para junto de você. Quero ser sua mulher. Quero realmente.

Hannah.

Outono de 1555

A rainha retirou-se para um mundo privado de sofrimento silencioso, no palácio que tinha sido o mais alegre de todos: Greenwich. Separar-se do rei fora uma agonia. Como homem, ele tinha se esquivado do seu desespero na elaborada formalidade da despedida, assegurando-se de estarem sempre acompanhados para que não chorasse com ele a sós. Arranjou tudo de modo que se despedisse como uma rainha marionete: com as mãos, pés e boca manipulados por um titereiro indiferente. Quando finalmente partiu, foi como se as cordas fossem cortadas, e ela despencasse no chão, toda desconjuntada.

Elizabeth havia se esgueirado com um sorriso que sugeriu a alguns que tinha uma ideia mais clara de quando o rei voltaria à Inglaterra do que a sua própria mulher, e sentia-se mais confiante com os planos. Ele teve a decência de não se aproximar demais dela ao se despedir, mas quando embarcou no navio e se apoiou na amurada, acenou e beijou a própria mão: um gesto dirigido ambiguamente para a princesa e para a triste rainha.

A rainha manteve-se em seus aposentos escurecidos e era servida somente por Jane Dormer ou por mim, e a corte tornou-se um lugar de fantasmas, assombrado por sua infelicidade. Os poucos cortesãos espanhóis que haviam sido deixados para trás estavam loucos para ir ao encontro do rei, e sua ansiedade em partir nos fez sentir que o casamento inglês não tinha sido nada além de um interlúdio em suas vidas de verdade, e um erro. Quando pediram à rainha permissão para partir, ela foi tomada por um frenesi de ciúmes, afirmando que iam porque, secretamente, sabiam que ele não retornaria à Inglaterra. Gritou, e eles fizeram uma reverência e escaparam de sua fúria. Suas damas de honra saíram depressa do quarto ou se afundaram em suas cadeiras, tentando não ouvir nem ver nada. Somente eu e Jane Dormer fomos até ela, pedindo que se acalmasse. Ela ficou fora de si, e enquanto durou o acesso, Jane e eu tivemos de segurar seus braços para impedir que batesse a cabeça nas paredes de sua câmara privada. Era uma mulher enlouquecida por sua paixão, movida pela convicção de que o tinha perdido para sempre.

Quando o seu furor cedeu, foi pior, pois se jogou no chão e abraçou seus joelhos, baixando a cabeça, como uma menina depois de apanhar. Não conseguimos fazê-la se levantar nem abrir os olhos por horas. Escondeu o rosto de nós, em profunda aflição e cheia de vergonha por ter-se rebaixado tanto por amor. Sentada a seu lado no piso de madeira frio, sem ter nada o que dizer para ajudá-la em seu sofrimento, vi a saia de seu vestido se escurecer lentamente, enquanto suas lágrimas molhavam o veludo e ela não emitiu um som sequer.

Não falou por uma noite e um dia, e no dia seguinte parecia sem vida, uma estátua de desespero. Quando surgiu para se sentar em seu trono na sala vazia, soube que os espanhóis tinham se rebelado abertamente contra serem forçados a ficar, e todos os homens e mulheres ingleses da corte também estavam irritados. A vida a serviço da rainha não era o que fora quando o rei chegara e a aceitara com amor, não o que uma corte deveria ser. Em vez de literatura e música, esportes e dança, parecia um convento dirigido por uma abadessa mortalmente enferma. Ninguém falava sem sussurrar, não havia banquetes nem entretenimento ou alegria, e a rainha sentava-se no seu trono com uma expressão infeliz e retirava-se para seus aposentos para ficar só, sempre que podia. A vida na corte se transformara em dias longos de espera vã pelo retorno do rei. Todos sabíamos que não retornaria.

Sem nenhum homem para atormentar e nenhuma chance de tornar a rainha mais infeliz do que já estava, a princesa Elizabeth aproveitou a oportunidade para deixar a corte em Greenwich e ir para o seu palácio em Hatfield. A rainha permitiu que fosse, sem nenhuma palavra de afeição. Qualquer amor que tivesse sentido por Elizabeth em criança havia se extinguido com a deslealdade da jovem. Seu flerte com o rei enquanto Mary sofria as últimas semanas de um gravidez frustrada tinha sido o ato final de uma insensibilidade premeditada que magoaria definitivamente sua irmã. Em seu coração, Mary viu isso como a prova definitiva de que Elizabeth era a filha de uma prostituta e tocadora de alaúde. Que outra garota trataria sua irmã como Elizabeth o fizera? No fundo do seu coração, renegou o parentesco com Elizabeth, renegou-a como sua irmã, como sua herdeira. Pegou de volta o amor que oferecera constantemente e a excluiu de seu coração. Ficou feliz em deixá-la partir, e não se importaria de não vê-la mais.

Desci até o grande portão para me despedir da princesa. Usava seu vestido branco e preto solene, o uniforme da princesa protestante, já que passaria por Londres em seu caminho e os cidadãos londrinos a aclamariam. Deu-me uma piscadela maliciosa ao apoiar sua bota nas mãos de um cavalariço para que a impulsionasse para sela.

— Aposto que gostaria de vir comigo — disse maldosamente. — Não a vejo tendo um Natal feliz aqui, Hannah.

— Servirei à minha senhora em bons e maus tempos — respondi com firmeza.

— Tem certeza de que seu jovem noivo esperará por você? — provocou. Encolhi os ombros.

— Ele diz que sim. — Eu não ia dizer a Elizabeth que assistir à destruição de Mary em seu amor pelo marido não era um grande incentivo para eu me casar. — Estou prometida a ele quando puder deixar a rainha.

— Bem, pode ficar comigo, se quiser e quando quiser — assegurou-me.

— Obrigada, princesa — repliquei e fiquei surpresa com o prazer que senti com seu convite, mas ninguém conseguia resistir ao encanto de Elizabeth. Mesmo no escuro de uma corte sombria, Elizabeth era um raio de sol, seu sorriso não apagado pela perda da irmã.

— Não deixe para decidir tarde demais — advertiu-me com uma seriedade falsa.

Aproximei-me do pescoço do seu cavalo e ergui o olhar.

— Tarde demais?

— Quando eu for rainha, todos virão correndo para me servir e você vai querer estar na frente dessa fila — disse, francamente.

— Ainda se passarão anos até lá — repliquei.

Sacudiu a cabeça, estava extremamente confiante nessa fria manhã de outono.

— Oh, não creio — prosseguiu. — A rainha não é uma mulher forte e não é uma mulher feliz. Acha que o rei Felipe virá correndo para casa na primeira oportunidade para fazer um filho e herdeiro? Não. E, na sua ausência, acho que a minha pobre irmã simplesmente definhará de sofrimento. E, quando isso acontecer, estarei estudando a Bíblia e direi... — Interrompeu-se por um momento. — O que minha irmã planejou dizer quando lhe disseram que era rainha?

Hesitei. Eu me lembrava vividamente das palavras nesse tempo otimista em que Mary jurara que seria a rainha virgem e que restauraria a verdadeira fé e felicidade da Inglaterra de sua mãe.

— Ela ia dizer: "Este é um ato de Deus. É maravilhoso aos nossos olhos." Mas no fim lhe disseram quando estávamos em fuga que ela teria de lutar sozinha por seu trono, em vez de tê-lo por certo.

— Isso é bom — aprovou Elizabeth. — "Este é um ato de Deus. É maravilhoso aos nossos olhos." Excelente. Vou dizer isso. Você vai querer estar comigo quando acontecer, não vai?

Relanceei os olhos em volta para me certificar de que não éramos ouvidas, mas Elizabeth sabia que não. Durante o tempo que a conheci, nunca se pôs em perigo — eram sempre seus amigos que acabavam na Torre.

O pequeno grupo estava pronto para partir. Elizabeth olhou para mim, seu sorriso radiante debaixo do chapéu de veludo preto.

— Portanto é melhor que não demore a vir para perto de mim — lembrou-me.

— Se puder, irei. Que Deus a proteja, princesa.

Debruçou-se em seu cavalo e deu um tapinha na minha mão como um gesto de despedida.

— Vou esperar — disse, seus olhos de um lado para o outro. — Sobreviverei.

CB

O rei Felipe escrevia frequentemente, mas suas cartas não eram respostas às promessas ternas de amor de Mary e seu pedido para que voltasse. Eram cartas breves de negócios e ordens à sua esposa, do que deveria fazer em seu reino. Não respondeu ao seu pedido de voltar para casa, nem mesmo lhe dizia quando deveria retornar, nem para ela ir ao seu encontro. No começo, escrevia afetuosamente, dizendo-lhe para procurar distrair-se, para esperar com alegria o dia em que retornaria. Mas depois, como recebia diariamente uma carta insistindo para que voltasse, avisando-o que ela estava mal de tanta infelicidade, doente por tê-lo perdido, o tom das cartas do rei tornou-a mais profissional. Passaram a ser meramente instruções de como o conselho devia decidir este ou aquele assunto, e a rainha foi obrigada a ir a reuniões com sua carta nas mãos e expor as ordens de um homem que era rei só no nome, passando por sua própria autoridade. Eles não a acolhiam bem quando chegava com os olhos vermelhos e tinham, francamente, dúvidas de que um príncipe de Espanha, combatendo suas próprias guerras, tivesse, em seu coração, algum interesse pela Inglaterra. O cardeal Pole era o único amigo e companheiro da rainha, mas tinha sido exilado da Inglaterra por tanto tempo e considerado suspeito por tantos ingleses que Mary passou a se sentir uma rainha exilada entre inimigos, em vez de comandante dos corações ingleses, como havia sido.

Em outubro, eu procurava por Jane Dormer e, não a encontrando em lugar nenhum, espiei pela porta da capela da rainha, para o caso da dama de honra ter tirado um momento para rezar. Para a minha surpresa, vi Will Somers ajoelhado diante da imagem de Nossa Senhora, acendendo uma vela a seus pés, a cabeça curva, seu chapéu de pontas de bufão amassado em sua mão, o punho apertado no pequeno guizo, para mantê-lo silencioso.

Nunca pensara em Will como um homem devoto. Recuei e aguardei-o à porta. Observei-o fazer uma reverência, a cabeça baixa, e então, o sinal da cruz. Com um pesado suspiro, levantou-se e caminhou meio arqueado, parecendo mais velho do que seus 35 anos.

— Will? — chamei, indo ao seu encontro.

— Menina. — O sorriso doce habitual logo em seus lábios, mas os olhos permanecendo sombrios.

— Está com problemas?

— Ah, não estava rezando por mim — replicou rapidamente.

— Então para quem?

Relanceou os olhos pela capela e levou-me para um banco.

— Acha que tem alguma influência sobre a rainha, Hannah?

Pensei por um instante, e francamente, lamentando, neguei com a cabeça.

— Ela só escuta o cardeal Pole e o rei — repliquei. — E, antes de qualquer um, a sua própria consciência.

— Se fosse o seu dom falando, a ouviria?

— Talvez — respondi com cautela. — Mas não posso comandá-lo, Will, você sabe disso.

— Pensei que poderia fingi-lo — disse sem rodeios.

Retraí-me.

— É um dom sagrado! Seria blasfêmia fingi-lo!

— Menina, neste mês, há três homens de Deus na prisão acusados de heresia, e se não estou enganado, serão queimados: os pobres arcebispo Cranmer, bispo Latimer e bispo Ridley.

Esperei.

— A rainha não pode queimar homens bons que são ordenados bispos da igreja do seu pai — disse o bobo, simplesmente. — Isso não deve acontecer.

Olhou-me e pôs o braço ao redor do meu ombro, e me abraçou.

— Diga-lhe que teve a Visão e que eles devem ser mandados para o exílio — incitou-me. — Hannah, se esses homens morrerem, a rainha fará um inimigo de cada homem de compaixão. São bons homens, honrados, indicados por seu próprio pai. Não mudaram sua fé, foi o mundo à sua volta que mudou. Não devem morrer por ordem da rainha. Ela será desonrada pelo resto da sua vida, se o fizer. A História a lembrará apenas como a rainha que queimou bispos.

Hesitei.

— Não me atrevo, Will.

— Se o fizer, estarei lá — prometeu-me. — Eu a ajudarei. Conseguiremos, de alguma maneira.

— Você mesmo me disse para nunca interferir — sussurrei apreensiva. — Você mesmo me disse para nunca tentar mudar a cabeça do rei. Seu senhor decapitou duas esposas, nunca se importou com bispos. Você não conseguiu detê-lo.

— E será lembrado como um assassino de esposas — predisse Will. — Todo o resto, sua bravura e lealdade, tudo será esquecido. Esquecerão que trouxe paz e prosperidade ao país, que fez uma Inglaterra que nós todos amamos. Tudo o que será lembrado é que teve seis esposas e decapitou duas. E tudo o que será lembrado da rainha Mary é que trouxe inundação, fome e fogo ao país. Será lembrada como a maldição da Inglaterra, quando chegou a ser a nossa rainha virgem, a salvadora da Inglaterra.

— A rainha não ouvirá...

— Terá de ouvir — insistiu. — Ou será desprezada e esquecida, e se lembrarão... só Deus sabe! De Elizabeth! De Mary Stuart! De alguma garota devassa em vez da rainha leal.

— Ela não fez nada além de obedecer à sua consciência — repliquei defendendo-a.

— Devia obedecer ao seu coração — afirmou. — Sua consciência não é um bom conselheiro nos tempos atuais. Devia seguir o seu coração delicado. E você deve cumprir seu dever, por amor a ela, e lhe dizer isso.

Levantei-me do banco. Meus joelhos tremiam.

— Tenho medo, Will — falei, a voz fraca. — Tenho muito medo. Viu como ficou quando lhe falei espontaneamente antes... Não posso provocar que me acuse. Não posso deixar que ninguém me pergunte de onde vim, quem é minha família...

Ele ficou em silêncio.

— Jane Dormer não falará com ela — disse. — Já tentei. A rainha só tem você como amiga.

Fiz uma pausa, sentia sua vontade e a minha consciência me pressionando, me forçando a fazer a coisa certa, apesar do meu medo.

— Está bem. Vou falar — aceitei por fim. — Mas sozinha. Farei o melhor que puder.

Will deteve-me com a mão na minha, virando-a. Eu tremia.

— Criança, está com tanto medo assim?

Olhei-o por um momento e percebi que nós dois estávamos com medo. A rainha tornara a Inglaterra em um país em que todos os homens e mulheres temiam dizer ou fazer a coisa errada, o que resultaria na fogueira na praça do mercado e uma pilha de gravetos que se queimaria lentamente.

— Sim — respondi francamente, retirando minha mão da sua para limpar a fuligem do meu rosto. — Passei a vida fugindo desse medo e agora parece que terei de caminhar em sua direção.

∞

Naquela noite esperei até a rainha recolher-se, ajoelhando-se no genuflexório no canto do seu quarto. Ajoelhei-me a seu lado, mas não rezei. Dava tratos à bola tentando achar como persuadi-la a não cometer esse ato tão terrível. Ficou de joelhos durante uma hora, e, ao espiar com meus olhos semicerrados, vi que seu rosto estava erguido para a imagem de Cristo crucificado e lágrimas correndo por sua face.

Finalmente, levantou-se e foi para a cadeira ao lado da lareira. Tirei o atiçador da brasa e o coloquei na caneca de malte para aquecê-la. Quando lhe dei a caneca, senti seus dedos gélidos.

— Sua Graça, quero lhe pedir um favor — falei calmamente.

Olhou-me como se não me visse.

— O que é, Hannah?

— Nunca lhe pedi nada nesses anos todos em que estive do seu lado — lembrei-lhe.

Franziu ligeiramente o cenho.

— Não, não pediu. O que quer agora?

— Sua Graça, soube que três homens bons foram presos, acusados de heresia. Bispo Latimer, bispo Ridley e o arcebispo Cranmer.

Ela virou o rosto para o fogo baixo na lareira, de modo que não vi sua expressão, mas seu tom foi categórico.

— Sim. É verdade que esses homens foram acusados.

— Quero lhe pedir misericórdia — falei simplesmente. — É um ato terrível condenar um bom homem à morte. E todo mundo diz que são homens bons. Apenas homens que julgaram errado... apenas discordaram da doutrina da igreja. Mas foram bons bispos para o seu irmão, Sua Graça, e foram ordenados bispos na Igreja da Inglaterra.

A rainha não disse nada por um longo tempo. Fiquei sem saber se devia insistir no caso ou não falar mais nada. O silêncio começou a me assustar um pouco. Sentei-me nos calcanhares e esperei. Ouvi minha respiração acelerar-se demais para uma pessoa inocente. Senti o perigo vindo em minha direção, como um cachorro farejando, e o cheiro era do suor do meu medo que formigava nas minhas axilas e ficava frio e úmido na minha espinha.

Quando se virou, não era a Mary que eu amava. Seu rosto parecia uma máscara de neve.

— Eles não são homens *bons*, pois negam a palavra de Deus e a lei de Deus, e conquistam outros para o seu pecado — assegurou em tom de reprovação. — Ou se arrependem de seu pecado ou morrerão. É com eles que você deveria estar falando, Hannah, não comigo. Essa é a lei: não é uma lei humana, não é a lei de alguém, não é a minha lei, mas a lei da igreja. Se não querem ser punidos pela igreja, não devem pecar. Eu não sou o juiz. É a igreja que decide e eles devem obedecer, como eu obedeço.

Fez uma pausa por um momento, mas eu não podia dizer nada que contrariasse a sua convicção.

— Homens como eles provocaram a ira de Deus sobre a Inglaterra — prosseguiu. — Nenhuma boa safra, nenhum ano próspero desde que o meu pai se virou contra a igreja, nenhuma criança sadia nasceu no berço da Inglaterra desde que ele rejeitou minha mãe.

Vi que suas mãos tremiam, assim como a paixão também fazia sua voz estremecer.

— Não viu isso? — perguntou. — Logo você de todas as pessoas? Não vê que rejeitou minha mãe e nunca mais teve um filho legítimo saudável?

— Princesa Elizabeth? — sussurrei.

A rainha deu uma risada alta e rude.

— Não é filha do meu pai — replicou com escárnio. — Olhe-a bem. É uma Smeaton, em cada detalhe. Sua mãe tentou fazer passá-la por filha do próprio rei, mas agora ela cresceu e comporta-se como a filha de uma tocadora de alaúde e prostituta, qualquer um vê sua ascendência. Deus deu a meu pai somente uma filha saudável: eu. Depois, meu pobre pai virou-se contra mim e minha mãe. Desde esse dia não houve um momento de boa sorte para este país. Convenceram-no a destruir a palavra de Deus, os mosteiros e conventos, e depois, meu irmão afundou ainda mais a Inglaterra no pecado. Vê o preço que pagamos? Fome no campo e doença nas cidades.

— Deus deve ser apaziguado. Somente quando esse pecado for extirpado do país, poderei conceber uma criança e dar à luz. Nenhum santo príncipe viria a um país como este. O erro que meu pai começou, e meu irmão deu continuidade, tem de ser invertido. Tudo tem de voltar atrás.

Interrompeu-se, ofegando. Não falei nada, Mary alarmava-me com sua paixão.

— Sabe, às vezes acho que não tenho a força para fazê-lo — prosseguiu. — Mas Deus me dá força. Dá-me a determinação para esses julgamentos tenebrosos, para ordenar que continuem. Deus me dá força para fazer o Seu trabalho, para mandar os pecadores para a fogueira, para que a terra seja limpa. E então, você, em quem confiei!, vem aqui, quando estou rezando, para me tentar ao erro, à fraqueza, pedindo-me para renegar Deus e meu trabalho por Ele.

— Sua Graça... — Minha voz ficou presa na garganta. Ela ficou de pé e levantei-me com um pulo. Senti câimbra, por ter ficado ajoelhada por tanto tempo, a perna direita cedeu e caí. No chão, voltei-me para cima e dei com seu olhar em mim, como se Deus, Ele próprio, tivesse me derrubado.

— Hannah, minha menina, você está a meio caminho do pecado mortal, por me fazer esse pedido. Não dê nem mais um passo, ou chamarei os padres para lutar com a sua alma.

Senti o cheiro da fumaça. Tentei me convencer de que era do fogo da lareira, mas sabia que era a fumaça da queimação de minha mãe, a fumaça de homens e mulheres inglesas queimando nas praças dos mercados na região rural, e em breve levariam o bispo Latimer e o bispo Ridley, e a multidão os observaria, enquanto o Dr. Ridley diria a seu amigo para ter coragem já que acenderiam uma vela na Inglaterra que nunca se apagaria. Arrastei-me aos pés da rainha como uma aleijada, e ela puxou suas saias como se não suportasse que eu a tocasse e saiu do quarto sem dizer uma palavra sequer, deixando-me no chão, sentindo o cheiro de fumaça e chorando de terror.

Inverno de 1555

O Natal na corte foi celebrado com uma cerimônia solene, mas nenhuma alegria, como Elizabeth previra. Todos se lembraram de que no ano anterior a rainha Mary tinha andado pela corte com seu espartilho desatado, exibindo orgulhosamente a sua grande barriga. No ano anterior esperávamos o nosso príncipe. Nesse ano sabíamos que não haveria um príncipe, pois o rei abandonara a cama da rainha, cujos olhos vermelhos e corpo magro atestavam o fato de ser estéril e sozinha. Durante todo o outono, correram boatos de conspirações e outras subvertendo-as. Dizia-se que o povo inglês não tolerava ser governado por um rei espanhol. O pai de Felipe entregaria o império a seu filho, e então a maior parte da cristandade ficaria sob seu comando. O povo comentava que a Inglaterra era uma ilha distante, que ele governaria por meio da rainha estéril que não parava de adorá-lo, embora todos soubessem que ele tinha uma amante e que nunca mais voltaria.

A rainha devia ter escutado pelo menos metade dos comentários. O conselho a mantinha informada das ameaças feitas a seu marido, a ela própria, ao seu trono. Foi-se tornando muito calada, retirada e determinada. Aferrava-se à sua visão de um país religioso pacífico, onde homens e mulheres estariam a salvo na igreja de seus pais, e tentava acreditar que poderia realizar isso se não se desviasse de seu dever, por mais que isso lhe custasse. O conselho da rainha aprovou uma nova lei que dizia que um herege que se arrependesse quando estava na fogueira teria mudado de opinião tarde demais — deveria ser queimado até a morte. Além disso, qualquer um que se comovesse com o seu destino seria queimado também.

Primavera de 1556

O inverno frio e úmido transformou-se em uma primavera ainda mais úmida. A rainha esperava cartas que se tornavam cada vez menos frequentes e lhe proporcionavam pouca alegria.

Uma noite, no começo de maio, comunicou a sua intenção de passar a noite rezando e mandou que todas as suas damas de honra e eu saíssemos. Fiquei feliz em ser dispensada de mais uma noite longa e silenciosa, quando costurava do lado da lareira, e eu fingia não ver quando suas lágrimas molhavam a camisa de linho que fazia para o rei.

Ia depressa para o quarto que dividia com mais três damas de honra, quando vi uma sombra do lado de uma porta no corredor. Não hesitei, nunca pararia para alguém esperando para falar comigo, e a sombra teve de andar do meu lado, acompanhando meu passo ligeiro.

— Tem de vir comigo, Hannah Verde — disse.

Mesmo ao ouvir meu nome completo, não parei.

— Só obedeço à rainha.

Como uma bandeira abrindo-se lentamente, segurou na minha frente um pergaminho e deixou cair uma ponta, desenrolando-o. Contra a vontade, senti meu passo diminuir e parar. Vi os selos embaixo e o meu nome em cima. Hannah Verde, também conhecida como Hannah Green, também conhecida como Hannah, o Bobo.

— O que é isto? — perguntei, embora soubesse.

— Um mandado — respondeu.

— Um mandado do quê? — perguntei, embora soubesse.

— De prisão, por heresia — respondeu ele.

— Heresia? — murmurei, como se nunca tivesse ouvido a palavra antes, como se não temesse esse momento desde que levaram a minha mãe.

— Sim, heresia — disse.

— Vou falar com a rainha sobre isto. — Fiz menção de me virar e correr.

— Você virá comigo — disse segurando-me pelo braço e pela cintura de maneira que era impossível eu me soltar, mesmo que minha força não tivesse desaparecido de terror.

— A rainha intercederá em meu favor! — choraminguei, a voz fraca como a de uma criança.

— Este é um mandado real — concluiu simplesmente. — Será presa e interrogada, com a autorização da rainha.

☙

Levaram-me para St Paul's na cidade e mantiveram-me a noite toda em uma cela com uma mulher que tinha sido tão torturada na roda que jazia como uma boneca de pano no canto, os ossos das pernas e braços quebrados, a espinha desarticulada, os pés apontados para fora como os ponteiros de um relógio marcando14h45. De seus lábios ensanguentados saía um gemido como o suspiro do vento. Passou a noite toda respirando seu sofrimento com uma brisa de primavera. Também havia uma mulher cujas unhas foram arrancadas. Ela acalentava as mãos quebradas em seu colo e não ergueu o olhar quando giraram a chave na porta e me jogaram na cela. Tinha a boca apertada em uma careta engraçada. Depois, percebi que haviam cortado sua língua também.

Acocorei-me como uma mendiga, de costas no limiar da porta. Não me disseram nada: a que gemia toda quebrada e a muda sem unhas. No meu terror, não lhes disse nada tampouco. Observei o luar passear pelo chão, iluminando primeiro a mulher cujo corpo estava contorcido como o de uma boneca e depois brilhar nos dedos da mulher com as mãos no colo e os lábios franzidos. Na luz prateada, as pontas dos seus dedos pareciam negras como bico de pena molhado de tinta.

A noite acabou passando, embora eu pensasse que duraria para sempre.

De manhã, a porta foi aberta e nenhuma das duas mulheres ergueu a cabeça. A imobilidade da mulher torturada na roda a fazia parecer morta, e talvez estivesse mesmo.

— Hannah Verde — disse a voz lá fora.

Tentei levantar-me obedecendo ao chamado, mas minhas pernas dobraram, por causa do pavor. Sabia que não teria minhas unhas arrancadas sem gritar por misericórdia, contando tudo o que eu sabia. Não seria amarrada à roda sem trair milorde, Elizabeth, John Dee, todos os nomes que eu tivesse ouvido sussurrados, nomes que nunca haviam sido mencionados. Se não conseguia nem mesmo me sustentar sobre meus pés quando me chamaram, como poderia desafiá-los?

O guarda pegou-me e arrastou-me, pés arranhando, como os de um bêbado, as pedras. Fedia a malte, e a algo pior, a fumaça e gordura queimada, que impregnavam sua capa de lã. Percebi que o cheiro era das fogueiras, a fumaça dos gravetos e dos tições, a gordura da pele borbulhando dos agonizantes. Ao me dar conta disso, senti meu estômago virar e engasguei com o vômito.

— Ei, cuidado! — disse com irritação, e empurrou minha cabeça para longe, batendo o meu rosto na parede de pedra.

Arrastou-me por uma escada e depois atravessamos um pátio.

— Aonde? — perguntei com a voz sumida.

— Bispo Bonner — respondeu direto. — Que Deus a ajude.

— Amém — repliquei prontamente, como se uma observação acurada fosse me salvar. — Meu bom Deus, amém.

Sabia que estava perdida. Não conseguia falar, muito menos me defender. Pensei em como fora tola em não partir com Daniel, quando ele poderia ter me salvado. Que criança arrogante eu fora achando que poderia atravessar essas tramas todas sem chamar atenção. Eu, com a pele morena, olhos escuros e um nome como Hannah?

Chegamos a uma porta almofadada, aterradora, com pregos batidos. O guarda bateu, abriu-a ao ser autorizado por uma voz e entrou, com os braços segurando-me com força, como se fôssemos amantes incompatíveis.

O bispo sentava-se a uma mesa de frente para a porta. Seu escrivão estava de costas. Havia uma cadeira mais distante, de frente para a mesa e para o bispo. O carcereiro jogou-me brutalmente na cadeira e posicionou-se atrás, perto da porta.

— Nome? — perguntou o bispo, entediado.

— Hannah Verde — respondeu o carcereiro, enquanto eu buscava a voz e descobria que a perdera por terror.

— Idade?

Inclinou-se à frente e cutucou meu ombro.

— Dezessete — respondi com um sussurro.

— O quê?

— Dezessete — falei, um pouco mais alto. Tinha-me esquecido do registro meticuloso mantido pela Inquisição, a burocracia do terror. Primeiro anotariam meu nome, idade, endereço, ocupação, o nome do meu pai e da minha mãe, seu endereço e sua ocupação, o nome de meus avós e seu endereço e ocupação e só então, quando tivessem tudo anotado e rotulado, me torturariam até eu falar tudo o que sabia, tudo o que imaginava e tudo que achasse que queriam saber.

— Ocupação?

— Bobo da rainha — respondi.

Houve um ruído de esguicho na sala, uma umidade quente em meus calções e um cheiro, vergonhoso, de estábulo. Tinha urinado de medo. Curvei a cabeça, a mortificação toldando meu terror.

O escrivão levantou a cabeça como se alertado pelo cheiro acre. Observou-me.

— Oh, posso oferecer testemunho por essa garota — disse, como se fosse uma questão de pouco interesse.

Era John Dee.

Estava além de mim reconhecê-lo. Estava além de mim pensar em como ele havia se tornado escrivão do bispo tendo sido seu prisioneiro. Simplesmente encontrei seu olhar neutro com os olhos apáticos de uma garota assustada demais para pensar por si mesma.

— Pode? — perguntou o bispo, em dúvida.

John Dee confirmou com a cabeça.

— Ela é um bobo santo — disse. — Uma vez, viu um anjo na Fleet Street.

— Isso é uma heresia — sustentou o bispo.

John Dee considerou sua observação por um momento, como se não fosse uma questão de vida e morte para mim.

— Não foi uma verdadeira visão, acho, e a rainha Mary pensa da mesma maneira. Não ficará muito feliz ao descobrir que prendemos seu bobo.

O bispo fez uma pausa. Percebi que hesitou.

— As ordens que recebi da rainha foram para extirpar a heresia onde quer que eu a encontrasse, na criadagem, nas ruas, e para não mostrar nunca clemência. A garota foi detida com um mandado real.

— Ah, está bem, como quiser — replicou John Dee, negligentemente.

Abri a boca para falar, mas não saiu nenhuma palavra. Não conseguia acreditar que me defenderia tão insensivelmente. Mas ali estava ele, virando as costas para mim mais uma vez e copiando o meu nome no livro de registros da Inquisição.

— Detalhes — disse o bispo Bonner.

— O sujeito foi visto desviando o olhar da hóstia no momento da consagração, na manhã de 27 de dezembro — leu John Dee, o tom de voz em murmúrio, típico dos escrivães. — O sujeito pediu à rainha para demonstrar misericórdia em relação a hereges a serem julgados. O sujeito é íntimo da princesa Elizabeth. O sujeito tem uma erudição e conhece muitas línguas, o que é impróprio em uma mulher.

— O que tem a declarar? — perguntou-me o bispo Bonner.

— Não desviei o olhar da hóstia na consagração... — comecei, minha voz cansada e desesperançada. Se John Dee não ia me defender, então bastaria esta única acusação para eu ser uma mulher morta. E, depois que começassem a investigar a minha viagem pela Europa e a família de meu noivo, seria identificada como judia, e isso significaria a minha morte, a morte de meu pai, de Daniel, da sua família e de seus amigos, de homens e mulheres que eu nem mesmo conhecia, de famílias em Londres, em Bristol, em York.

— Ah! Isso não passa de malícia — exclamou John Dee, com impaciência.

— Ahã? — disse o bispo.

— Queixa maliciosa — disse John Dee vivamente e afastou o livro. — Eles pensam, realmente, que temos tempo para fofocas de damas de honra? Deveríamos estar aqui extirpando a heresia, e nos trazem disputas de donzelas.

O bispo relanceou os olhos para o papel.

— Pedido por hereges? — indagou. — É o bastante para queimá-la.

John Dee ergueu a cabeça e sorriu confiantemente para seu senhor.

— Ela é um bobo santo — disse, com um certo riso em sua voz. — Sua tarefa na vida é fazer pedidos que nenhum homem normal faria. Fala coisas absurdas, *espera-se* que fale absurdos, pediremos que responda por disparates? Acho que deveríamos mandar uma carta muito séria dizendo que não permitiremos ser escarnecidos por acusações incongruentes. Não seremos usados para acertar rivalidades de criados. Estamos atrás de inimigos da fé, e não atormentando garotas retardadas.

— Soltá-la? — perguntou o bispo, erguendo os sobrolhos.

— Assine aqui — disse John Dee, empurrando um papel por cima da mesa. — Vamos nos livrar dela e prosseguir com o nosso trabalho. A criança é uma boba, e seríamos bobos também se a interrogássemos.

Suspendi a respiração.

O bispo assinou.

— Leve-a — falou John Dee, entediado. — Girou sua cadeira para me encarar. — Hannah Verde, também conhecida como Hannah, o Bobo, a estamos libertando da investigação de heresia. Nenhuma acusação a que responder. Tem inteligência o bastante para entender isso, menina?

— Sim, senhor — repliquei baixinho.

John Dee fez um sinal com a cabeça para o carcereiro.

— Solte-a.

Levantei-me, com esforço, da cadeira, minhas pernas ainda fracas demais para me sustentar. O guarda pôs o braço ao redor da minha cintura e me levantou.

— As mulheres, na minha cela — falei baixinho para John Dee. — Uma está morrendo e a outra teve as unhas arrancadas.

John Dee caiu na gargalhada, como se lhe tivesse contado a piada indecente mais engraçada, e o bispo Bonner deu um urro.

— Ela é impagável! — gritou o bispo. — Mais alguma coisa que posso fazer por você, bobo? Alguma queixa sobre o seu café da manhã ou sua cama?

Olhei da cara vermelha do bispo para o sorriso cintilante de seu escrivão e sacudi a cabeça. Fiz uma reverência ao bispo e ao homem que, no passado, ficara honrada em conhecer e os deixei com suas mãos sujas de sangue para interrogar pessoas inocentes e mandá-las para a fogueira.

☙

Não tinha como voltar para a corte em Greenwich. Quando me jogaram na rua empoeirada, perambulei de volta para St Paul's e cambaleei cegamente até achar que estava a uma distância segura entre a sombra agourenta da torre, com passos vacilantes, assustados. Então, bati em uma porta, como um vagabundo e estremeci, como se sentisse um calafrio. O dono da casa gritou para que eu fosse embora e levasse a praga comigo, e fui para outra porta e caí de novo.

O sol forte queimando-me o rosto indicou que passava do meio-dia. Depois de um bom tempo no degrau frio, consegui levantar-me e andar uma pequena distância. Percebi que estava chorando feito uma criança, e tive de parar mais uma vez. Prossegui com esforço, parando quando minhas pernas cediam, até encontrar a direção para a nossa pequena loja, na Fleet Street, e bater na porta do nosso vizinho.

— Meu Deus, o que houve com você?

Consegui esboçar um sorriso.

— Estou com febre — repliquei. — Esqueci a chave e me perdi no caminho. Posso entrar?

Recuou, afastando-se de mim. Nesses tempos de privações, todos receavam uma infecção.

— Precisa de comida?

— Sim — respondi, abatida demais para ter orgulho.

— Vou colocar alguma coisa para você no degrau da entrada — disse. — Aqui está a chave.

Peguei-a sem dizer nada e cambaleei até a loja. Abri a porta e entrei na sala de janelas fechadas. De imediato, o cheiro precioso da tinta de impressão e papel seco me envolveu. Inalei-o, o perfume da heresia, o odor familiar e querido de minha casa.

Ouvi o estalido de um prato nos degraus da frente da casa e fui buscar a torta e o caneco de malte. Comi sentada no chão atrás do balcão, escondida das janelas fechadas, recostada nos fólios quentes, sentindo o perfume da encadernação de couro curado.

Assim que acabei de comer, coloquei o prato de volta no degrau da frente e tranquei a porta. Fui para a loja de meu pai e para o depósito dos livros e tirei os que estavam na prateleira mais embaixo da estante. Não queria dormir na minha antiga cama de armar, nem na do meu pai. Queria ficar mais perto dele do que isso. Senti um terror supersticioso de que se fosse para a cama seria de novo arrastada pelo bispo Bonner, mas se me escondesse com os livros queridos do meu pai, eles me manteriam a salvo.

Acomodei-me para dormir na parte de baixo da estante de sua coleção de livros. Usei dois volumes como travesseiro e juntei alguns livros em francês para me escorarem. Como se fosse, eu também, um texto perdido, enrosquei-me na forma de um G, fechei os olhos e adormeci.

 C౭

De manhã, ao acordar, estava decidida em relação ao meu futuro. Encontrei um pedaço de papel e escrevi uma carta a Daniel, uma carta que pensei nunca escrever.

> *Querido Daniel,*
> *Chegou a hora de eu deixar a corte e a Inglaterra. Por favor, venha buscar-me e a impressora, logo. Se esta carta se perder ou não o vir em uma semana, partirei sozinha.*
> *Hannah.*

Ao selá-la, estava certa de que, como ficara sabendo nos últimos meses, ninguém estava seguro na Inglaterra da rainha Mary.

Houve uma batida na porta. Meu coração comprimiu-se de terror, mas então vi, pelas frestas da veneziana, a silhueta do nosso vizinho.

Abri a porta.

— Dormiu bem? — perguntou.

— Sim — respondi.

— Comeu bem? São bons padeiros?

— Sim. Obrigada.

— Sente-se melhor?

— Sim. Estou bem.

— Voltará para a corte hoje?

Hesitei por um momento, e então percebi que não havia outro lugar aonde ir. Não voltar à corte era o mesmo que confessar minha culpa. Tinha de voltar e representar o papel de uma mulher inocente, justamente libertada, até Daniel chegar, e assim eu poder ir embora.

— Sim, hoje — respondi animadamente.

— Poderia fazer isto chegar às mãos da rainha? — perguntou, envergonhado, mas determinado. Ofereceu-me um cartão de visita, ilustrado, que assegurava ao leitor que ele podia providenciar todos os livros aprovados pela igreja. Peguei o cartão e pensei na minha última visita à loja. Comentara, com sarcasmo, sobre a escassez de leitura que a igreja permitia. Agora, não diria nada contra.

— Levarei para ela — menti. — Pode contar com isso.

❦

Retornei a uma corte subjugada. As damas de honra com quem eu dividia o quarto pensaram que eu tinha ido à loja do meu pai. A rainha não sentira minha falta. Só Will Somers ergueu um sobrolho inquiridor quando apareci no jantar e veio até o meu banco, sentando-se do meu lado.

— Está bem, minha menina? Está branca como um lençol.

— Acabo de chegar — repliquei direto. — Fui detida.

Qualquer outra pessoa na corte arranjaria uma desculpa para se mudar de lugar. Will plantou os dois cotovelos na mesa.

— Não! — exclamou. — E como conseguiu sair?

Um risinho escapou-me.

— Disseram que era um bobo e não podia ser responsabilizado pelo que dizia.

Sua gargalhada fez todos que estavam nas mesas vizinhas virarem-se e sorrir.

— Você! Estas são boas notícias para mim. Já sei o que vou declarar. Foi isso o que realmente disseram?

— Sim. Mas, Will, não é motivo para rir. Havia duas mulheres na minha cela. Uma semimorta da tortura na roda e a outra com as unhas das mãos arrancadas. A casa toda estava apinhada, da adega ao ático, com homens aguardando seu julgamento.

Seu rosto ficou sombrio.

— Silêncio, menina, não há nada que possa fazer agora. Fez o que podia, e ter falado com franqueza talvez tenha sido o motivo de a terem levado.

— Will, senti tanto medo — falei baixinho.

Sua mão grande e quente segurou delicadamente meus dedos frios.

— Menina, todos nós estamos com medo. Mas tempos melhores estão a caminho, hein?

— Quando chegarão, Will? — perguntei em um sussurro.

Ele sacudiu a cabeça sem dizer nada. Mas eu sabia que ele estava pensando em Elizabeth e em quando seu reinado tivesse início. E, se Will Somers pensava em Elizabeth com esperança, então a rainha perdera o amor de um homem que havia sido seu amigo de verdade.

ॐ

Eu contava os dias, esperando a chegada de Daniel. Antes de descer o rio para Greenwich, colocara a carta na mão de um capitão de navio que estava zarpando para Calais naquela manhã. Repetia para mim mesmo a sua rota: "Digamos, um dia para chegar a Calais, depois um dia para encontrar a casa, depois, digamos que Daniel compreenda e parta imediatamente. Deverá estar comigo dentro de uma semana.

Decidi que, se não recebesse notícias em sete dias, iria à loja, empacotaria os livros e manuscritos mais preciosos no maior baú que conseguisse e compraria uma passagem para Calais sozinha.

Enquanto isso, esperaria. Ia à missa no séquito da rainha, lia-lhe a Bíblia em espanhol, em seu quarto, todos os dias depois do jantar. Rezava com ela na sua cabeceira. Observei sua infelicidade se transformar em uma aflição consolidada, um estado em que achei que viveria e morreria. Ela estava em desespero, nunca tinha visto uma mulher em tal desespero. Era pior do que a morte, era um desejo constante da morte e uma rejeição constante da vida. Vivia com a escuridão em seu dia. Estava claro que nada podia ser feito para levantar a sombra que a cobria. E portanto eu e todos os outros nada dizíamos e nada fazíamos.

Certa manhã, quando estávamos saindo da missa, a rainha na frente, suas damas atrás, uma das mais recentes damas de honra veio para o meu lado. Eu observava a rainha. Andava devagar, a cabeça curva, os ombros arqueados, como se o sofrimento fosse um peso que tivesse de carregar.

— Já soube? Soube? — sussurrou a garota para mim, quando entramos na câmara de audiências da rainha. A galeria estava apinhada de gente que tinha ido ver a rainha, a maioria para pedir clemência por pessoas sendo julgadas por heresia.

— Soube do quê? — repliquei irritada. Puxei minha manga do punho de uma mulher velha que tentava me interceptar.

— Senhora, não posso fazer nada pela senhora.

— Não é para mim, é para o meu filho — disse. — O meu menino.

Contra a vontade, parei.

— Tenho um dinheiro guardado, ele poderia ir para fora se a rainha fosse generosa e o exilasse.

— Está pedindo o exílio para o seu filho?

— O bispo Bonner está com ele. — Não precisou dizer mais nada.

Soltei-me, como se a mulher estivesse com a peste.

— Lamento — retruquei. — Mas não posso fazer nada.

— E se você intercedesse? Seu nome é Joseph Woods.

— Senhora, se eu pedir misericórdia por ele, minha própria vida estará perdida — falei. — A senhora corre perigo só em falar comigo. Vá para casa e reze por sua alma.

Olhou-me como se eu fosse uma selvagem.

— Está dizendo para uma mãe rezar pela alma de seu filho quando ele é inocente?

— Sim — repliquei friamente.

A dama de honra me puxou com impaciência.

— A notícia! — lembrou-me ela.

— Sim, o que é? — Virei-me do sofrimento pasmo no rosto da velha senhora, sabendo que o melhor conselho que eu poderia lhe dar era o de usar o dinheiro que tinha poupado para a libertação de seu filho para comprar uma bolsa de pólvora e pendurá-la ao redor do pescoço dele, de modo que não sofresse por horas no fogo, mas que explodisse assim que as chamas o atingissem.

— A princesa Elizabeth foi acusada de traição! — disse-me, ansiosa por dar a notícia. — Seus criados foram todos presos. Estão revirando sua casa em Londres, buscando as provas.

Apesar do calor da multidão, me senti gelar, até os dedos dos pés em minhas botas.

— Elizabeth? Que traição? — perguntei em um sussurro.

— Uma conspiração para assassinar a rainha — disse a garota de um fôlego só.

— Quem mais com ela?

— Não sei! Ninguém sabe! Kat Ashley com certeza, talvez todas elas.

Concordei com a cabeça. Tinha alguém que saberia. Livrei-me do séquito que acompanhava a rainha à sua sala de audiências. Ela ficaria lá no mínimo por duas horas, escutando um pedido atrás do outro, favores, pedidos de misericórdia, de posições, de dinheiro. A cada um ela pareceria mais cansada, mais velha, muito mais do que seus 40 anos. Mas não sentiria a minha falta, enquanto eu descesse o corredor até o salão.

Will não estava lá. Um soldado dirigiu-me para o pátio do estábulo, e ali o encontrei em uma baia brincando com um dos filhotes de cão veadeiro. O animal, com suas pernas compridas e excitação, pulava sobre ele.

— Will, estão rebuscando a casa de Londres de Elizabeth.

— Sim, eu sei — replicou, desviando o rosto do filhote, que lambia seu pescoço, com entusiasmo.

— O que estão procurando?

— Não importa o que estão procurando. O que importa é o que encontraram.

— O que encontraram?

— O que você esperaria que encontrassem — respondeu, sem adiantar nada.

— Não espero nada — falei rispidamente. — Diga-me. O que encontraram?

— Carta e panfletos e todo tipo de absurdo sedicioso no baú de Kat Ashley. Uma conspiração para primeiro de maio, tramada por ela, o alaudista italiano da princesa e Dudley... — Interrompeu-se ao ver minha cara espantada. — Ah, não o seu senhor. Seu primo, Sir Henry.

— Lorde Robert está sob suspeita? — perguntei.

— Deveria estar?

— Não — menti instantaneamente. — Como poderia fazer alguma coisa? E, de quálquer maneira, ele é leal à rainha Mary.

— Como nós todos — disse Will, com sagacidade. — Até mesmo Tobias, este cão aqui. Bem, Tobias é mais leal porque não pode dizer uma coisa e pensar outra. Ele dá seu amor onde come, o que é mais do que outros de que sei.

Enrubesci.

— Se está se referindo a mim, amo a rainha, e sempre a amei.

Sua expressão suavizou-se.

— Sei que sim. Referi-me à sua irmãzinha bonita que não tem paciência para esperar sua vez, e conspirou de novo.

— Ela não é culpada de nada — repliquei rapidamente, a minha lealdade a Elizabeth é tão verdadeira quanto o meu amor pela rainha.

Will riu abruptamente.

— É a herdeira do trono. Ela atrai problemas como uma árvore alta atrai raios. E assim Kat Ashley e o Signor alaudista vão para a Torre; meia dúzia dos Dudley também. Há um mandado para Sir William Pickering, seu antigo aliado. Eu nem mesmo sabia que ele estava na Inglaterra. Você sabia?

Não disse nada, minha garganta fechada de medo.

— Não.

— Melhor não saber.

Assenti com a cabeça e então percebei que minha cabeça continuava a balançar, e, ao tentar parecer natural, parecia ridícula. Meu rosto era um livro de medo que qualquer um podia ler.

— Qual o problema, menina? — seu tom foi delicado. — Está branca como neve. Está envolvida nisso, criança? Está querendo uma acusação de traição para fazer par com a de heresia? Foi uma boba de verdade?

— Não — repliquei, minha voz soando áspera. — Não tramaria contra a rainha. Não passei bem a semana passada. Estou enjoada. Com um pouco de febre.

— Tomara que não se espalhe — disse Will, ironicamente.

❧

Sustentei a mentira da febre e fiquei na cama. Pensei em Elizabeth que parecia ser capaz de ficar doente e usar a doença como álibi quando precisava, e eu conhecia a aflição de um terror que me fazia suar tanto que passaria por uma garota doente.

Ouvi as notícias por minhas companheiras de quarto. O cardeal Pole estava à testa da investigação da conspiração e todo dia mais um homem era detido e levado para ser interrogado. Primeiro, Sir Henry Dudley, que tinha traído seu próprio país aos franceses, em troca da sua ajuda. Tinha os bolsos cheios de ouro francês e a promessa de um pequeno exército de mercenários e voluntários franceses. A partir de então, seguiram o rasto até um traidor na corte do erário que prometera roubar dinheiro para pagar o exército e as armas. No interrogatório, revelou que estavam planejando mandar a rainha e seu marido para os Países Baixos e colocar Elizabeth no trono. Depois, o cardeal descobriu que Kat Ashley e William Pickering eram velhos amigos e tinham-se encontrado em plena corte. Sir William fora introduzido clandestinamente no país, no próprio Hampton Court.

A arca de Kat Ashley na casa de Londres de Elizabeth continha o primeiro esboço de um panfleto incitando os ingleses a rebelar-se contra a rainha católica e a colocar a princesa protestante no trono.

O cardeal Pole começou a procurar, entre os amigos e relações de Elizabeth, quem poderia ter uma impressora para imprimir tal panfleto em segredo. Pensei na impressora coberta com um lençol na loja da Fleet Street e me perguntei quanto tempo levaria até chegarem a mim.

O cardeal, inspirado por Deus, determinado e inteligente, seguia o rasto que levaria a muitos protestantes ingleses, muitos amigos e criados de Elizabeth, e que, finalmente, levaria a mim, e a muitos outros. Sempre que um homem era preso e levado a interrogatório, havia outro que podia mencionar que o bobo da rainha estava sempre com a princesa. Que alguém dissera a alguém que o bobo da rainha realizava pequenas missões e levava mensagens, que era conhecida de vista de Sir William Pickering, que era uma criada de confiança da família Dudley, apesar de dizerem que servia a rainha.

Se o cardeal Pole me levasse à sua sala silenciosa, de cortinas grossas, me fizesse-me sentar diante de sua mesa escura encerada e me forçasse a lhe contar a minha história, sabia que a teria esmiuçada em um instante. A nossa fuga da Espanha, a nossa chegada na Inglaterra, o desaparecimento do meu pai deixando sua impressora para trás: tudo apontava para a nossa culpa como marranos, judeus tentando passar por cristãos, e poderíamos ser queimados por heresia em Smithfield assim como teríamos sido queimados em Aragão. Se ele fosse à loja do meu pai, descobriria textos que eram proibidos, heréticos. Alguns eram ilegais porque questionavam a palavra de Deus, até mesmo sugerindo que a Terra se movia ao redor do sol ou que animais não tinham sido feitos por Deus em seis dias, no começo do mundo. Alguns eram ilegais porque contestavam a tradução da Palavra de Deus, dizendo que a maçã do conhecimento era um abricó. E alguns eram ilegais simplesmente porque não podiam ser entendidos. Tratavam de mistérios, e a igreja do cardeal era uma que insistia no controle de todos os mistérios do mundo.

Os livros na loja nos fariam ser enforcados por heresia; a impressora, por traição, e, se o cardeal estabelecesse uma relação entre mim e os melhores clientes do meu pai, John Dee e Robert Dudley, então ficaria mais próxima do cadafalso por traição, com a corda no meu pescoço num instante.

Passei três dias de cama, olhando fixo para o teto branco, tremendo de medo, apesar da luz do sol brilhar nas paredes caiadas e abelhas zumbirem na vidraça da janela. Na noite do terceiro dia, levantei-me da cama. Sabia que a rainha se preparava para entrar no salão e sentar-se diante de um jantar que não suportava comer. Cheguei ao seu quarto quando se levantava do genuflexório.

— Hannah, está se sentindo melhor? — As palavras foram gentis, mas seus olhos estavam mortos; estava presa a seu próprio mundo de sofrimento. Uma de suas damas abaixou-se e ajeitou a cauda de sua roupa, mas ela não virou a cabeça, foi como se não sentisse.

— Estou melhor, mas estou muito aflita por causa de uma carta que recebi — repliquei. A tensão em minha expressão apoiou minha história. — Meu pai está doente, agonizando, gostaria de ir vê-lo.

— Ele está em Londres?

— Em Calais, Sua Graça. Ele tem uma loja em Calais, e mora com o meu noivo e sua família.

Ela balançou a cabeça.

— Pode ir vê-lo, é claro. E volte quando ele se recuperar, Hannah. Pode procurar o encarregado das finanças e pedir o que lhe deve até hoje. Precisa de dinheiro.

— Obrigada, Sua Graça. — Senti a garganta comprimir-se ao pensar em sua generosidade quando por medo de ser considerada herege eu fugia. Mas então lembrei-me das cinzas sempre quentes em Smithfield, da mulher com as mãos em sangue em St Paul's, mantive os olhos baixos e fiquei quieta.

A rainha estendeu a mão para mim. Ajoelhei-me e beijei seus dedos. Pela última vez, senti seu toque delicado em minha cabeça.

— Que Deus a abençoe, Hannah, e a proteja — disse afetuosamente, sem saber que era o seu próprio cardeal de confiança e sua investigação que estavam me fazendo tremer quando me ajoelhei.

Mary recuou, e levantei-me.

— Volte logo — ordenou.

— Assim que puder.

— Quando partirá? — perguntou.

— Ao amanhecer — respondi.

— Que Deus a traga de volta logo e em segurança — abençoou-me, com toda sua antiga ternura. Deu-me um ligeiro sorriso cansado ao se dirigir às portas duplas, que foram abertas para deixá-la passar. Então saiu, a cabeça ereta, o rosto exaurido, os olhos escuros de tristeza, para enfrentar a corte, que deixara de respeitá-la, embora todos a reverenciassem quando ela entrou e comessem e bebessem muito à sua custa.

Não esperei amanhecer. Assim que percebi que a corte se instalou para jantar, vesti minha libré verde-escura, minhas novas botas de montar, minha capa e minha boina. Peguei a pequena mochila no baú e coloquei dentro o missal que a rainha me dera e o dinheiro que recebi do erário na bolsinha. Não possuía mais nada, nem mesmo depois de três anos de serviço na corte — eu não forrara meus bolsos como deveria ter feito.

Desci sorrateiramente a escada lateral e hesitei na entrada para o salão. Deu para ouvir o ruído familiar da casa no jantar, o zumbido das conversas, a gargalhada ocasional, as vozes mais altas das mulheres sentadas no extremo do salão, o arranhar de facas ao trincharem a carne, o tinido da garrafa sobre a taça. Tinham sido os sons da minha vida durante os últimos três anos, e não consegui imaginar que essa não era mais a minha casa, o meu refúgio. Não conseguia imaginar que se tornava um lugar cada vez mais perigoso.

Fechei os olhos por um momento, desejando que o dom da Visão se manifestasse, desejando saber o que fazer para minha própria segurança. Mas não foi a Visão que me fez decidir. Foi o meu medo mais antigo. Alguém queimara alguma coisa na cozinha e o cheiro de carne assada, carregada por um criado, invadiu, repentinamente, o salão. Por um momento eu não estava mais no salão de jantar da rainha, mas sim na praça de Aragão, e o cheiro de uma mulher queimando impregnava o ar com um odor terrível, enquanto ela gritava de horror diante da visão de suas próprias pernas enegrecendo.

Dei meia volta e saí rapidamente, sem me importar com que alguém me visse. Dirigi-me ao rio, a minha rota mais rápida e mais discreta para a cidade. Desci para a plataforma de desembarque e esperei um barco passar.

Tinha me esquecido dos medos da corte de Mary, agora que os espanhóis eram abertamente odiados e Mary perdera o amor do povo. Havia quatro soldados na plataforma e mais uma dúzia de guarda ao longo da margem do rio. Tive de sorrir e fingir que estava escapulindo para um encontro secreto com um amante.

— Qual é a sua fantasia? — um dos jovens soldados gracejou. — Vestido como rapaz, mas com uma voz de donzela? Como escolhe, docinho? Do que você gosta?

Fui salva de ter de encontrar uma resposta por um barco que balançava na corrente, trazendo um grupo de cidadãos londrinos para a corte.

— Estamos atrasados demais? A rainha ainda está jantando? — uma mulher gorda na frente da barcaça perguntou, quando a ajudavam a desembarcar.

— Ela ainda está jantando — respondi.

— Sob o dossel cerimonial e tudo? — quis saber.

— Como deveria — confirmei.

Ela sorriu satisfeita.

— Nunca vi isso antes, embora tenha sempre prometido a mim mesma o prazer de vê-la — disse. — Nós podemos ir entrando?

— Há uma entrada para o salão — indiquei-lhe. — Há soldados na porta, mas deixarão que a senhora e sua família passem. Posso usar o seu barco? Quero ir à cidade.

Dispensou o barqueiro.

— Mas volte para nos buscar — ordenou.

Subi no barco que jogava e esperei até não poderem ouvir para lhe dar a direção do píer da Fleet Street. Não queria que os guardas da corte ficassem sabendo para onde me dirigia.

Mais uma vez, fiz o trajeto para a loja com relutância, levando mais tempo do que o necessário. Queria ver se a casa continuava intocada antes de me aproximar. De repente, detive-me. Para meu horror, ao dobrar a esquina, pude ver que tinha sido arrombada e invadida. A porta estava escancarada, a entrada escura estava iluminada com uma luz bruxuleante, enquanto dois, três homens se moviam lá dentro. Do lado de fora, aguardava uma grande carroça puxada por dois cavalos. Os homens estavam carregando grande quantidade de coisas. Reconheci os manuscritos que havíamos guardado quando meu pai partira e sabia que seriam prova suficiente para me enforcarem duas vezes.

Encolhi-me em uma entrada escura e puxei minha boina bem para baixo, para ocultar o rosto. Se tinham descoberto os manuscritos, também descobririam as caixas de livros proibidos. Seríamos chamados de fornecedores de heresia. Nossas cabeças seriam postas a prêmio. O melhor seria voltar para o rio e embarcar no primeiro navio para Calais, pois meu pai e eu seríamos carne assada se fôssemos encontrados em Londres.

Estava para escapulir pela viela quando uma das sombras dentro da loja surgiu com uma caixa grande e a colocou na parte de trás da carroça. Fiz uma pausa, aguardando que voltasse a entrar na loja e deixasse a rua livre para a minha fuga, quando algo nele me deteve. Seu perfil tinha um quê de familiar, a curvatura dos ombros de um estudioso, o corpo magro embaixo da capa gasta.

Meu coração bateu forte com esperança e medo, mas não me mexi até ter certeza. Então, os outros dois homens apareceram carregando a impressora muito bem envolvida. O homem da frente era o nosso vizinho e o homem que segurava a outra parte era o meu noivo, Daniel. Percebi no mesmo instante que estavam carregando nossas coisas e que ainda não tínhamos sido descobertos.

— Pai! Meu pai! — chamei baixinho e lancei-me da entrada escura para a rua.

Jogou a cabeça para cima ao ouvir a minha voz e abriu seus braços. Em um instante, estávamos abraçados e sentia seus braços quentes e fortes ao meu redor, como se nunca mais fosse me largar.

— Hannah, minha filha, minha mocinha — disse, beijando-me a cabeça. — Hannah, minha filha, *mi querida*!

Olhei-o, o rosto abatido e mais velho do que eu me lembrava, e percebi que me observava. Falamos juntos:

— Recebi sua carta. Está em perigo?

— Papai, você está bem? Estou tão feliz.

Nós dois rimos.

— Responda-me você, primeiro — pediu. — Está correndo perigo? Viemos buscá-la.

Sacudi a cabeça, negando.

— Graças a Deus — repliquei. — Prenderam-me por heresia, mas fui libertada.

Ao ouvir minhas palavras, relanceou os olhos rapidamente em volta. Pensei em como qualquer um na Inglaterra o teria reconhecido como um judeu agora — esse olhar furtivo, culpado, do Povo sem pátria e não bem-vindo entre estranhos.

Daniel atravessou o pavimento de pedras, passou por cima do escoadouro e deteve-se abruptamente na nossa frente.

— Hannah — disse, meio sem jeito.

Não soube o que responder. A última vez em que tínhamos nos encontrado, eu o libertara de seu compromisso com um acesso de rancor, e ele me beijara como se quisesse morder-me. Depois, escrevera a carta mais apaixonada que eu poderia imaginar, e noivamos e nos comprometemos mais uma vez. Eu o tinha chamado para me salvar, e ele, por direito, deveria receber de mim mais do que uma cara baixa e um resmungado "Olá, Daniel."

— Olá — replicou, igualmente inadequado.

— Vamos entrar — disse meu pai, de novo relanceando os olhos cautelosamente para cima e para baixo da rua. Conduziu-me pela porta e a fechou atrás de nós.

— Estávamos carregando nossos bens, e depois Daniel iria buscá-la. Por que está aqui?

— Estava fugindo da corte — respondi. — Não me arrisquei a esperar a sua chegada. Ia encontrá-los.

— Por quê? — perguntou Daniel. — O que aconteceu?

— Estão querendo prender-me por conspirar para derrubar a rainha — respondi. — O cardeal Pole conduz a investigação, e tenho medo. Achei que ele descobriria a minha origem, ou... — Interrompi-me.

O olhar de relance de Daniel foi crítico.

— Você estava envolvida com a conspiração? — perguntou abruptamente.

— Não — respondi. — Não realmente.

Seu olhar duro e cético me fez enrubescer.

— Estava envolvida o suficiente — admiti.

— Então, graças a Deus você está aqui — disse. — Já jantou?

— Não estou com fome — repliquei. — Posso ajudá-los a empacotar os livros.

— Ótimo, pois o nosso navio parte à 1 hora.

Levei o banco da impressora e comecei a trabalhar com Daniel, meu pai e nosso vizinho, carregando caixas, arcas e partes da impressora para a carroça. Os cavalos permaneceram quietos e silenciosos. Uma mulher debruçou-se à janela e perguntou o que estávamos fazendo. O nosso vizinho foi até ela e disse que, finalmente, a loja seria alugada e o lixo do antigo livreiro jogado fora.

Eram quase 10 horas da noite quando terminamos, e uma lua tardia de primavera, brilhante, amarela, nascera e iluminava a rua. Meu pai subiu para a parte traseira da carroça. Daniel e eu iríamos na boleia. O vizinho despediu-se apertando nossas mãos. Daniel sacudiu as rédeas para os cavalos darem a partida, e a carroça avançou facilmente.

— É como da outra vez — observou Daniel. — Espero que não abandone o navio de novo.

Sacudi a cabeça.

— Não vou abandonar.

— Nenhuma promessa pendente? — perguntou, sorrindo.

— Não — respondi, com tristeza. — A rainha não precisa da minha companhia, não quer ninguém a não ser o rei, e acho que ele nunca voltará. E, embora o pessoal que serve a Elizabeth esteja sendo acusado de traição, ela goza do favor do rei. Talvez seja presa, mas não será morta agora. Está decidida a sobreviver e a esperar.

— Ela não tem medo que a rainha a passe para trás e dê a coroa a outra? A Margaret Douglas ou a Mary Stuart?

— O seu futuro foi profetizado — respondi com um sussurro. — E foi-lhe assegurado que será a herdeira. Não sabe quanto tempo terá de esperar, mas está confiante.

— E quem profetizou o seu futuro? — perguntou, com sagacidade.

Diante de meu silêncio culpado, balançou a cabeça.

— Acho que, desta vez, você realmente precisa vir comigo — exclamou, sem alterar a voz.

— Fui acusada de heresia — falei. — Mas fui libertada. Não fiz nada errado.

— Fez o bastante para ser enforcada por traição, estrangulada por bruxaria e queimada como herege três vezes — alertou-me sem nenhum indício de sorriso. — Você deveria estar de joelhos diante de mim, suplicando para levá-la embora.

Eu estava a um instante de exclamar algo, ultrajada, quando percebi que mexia comigo e, involuntariamente, caí na risada. No mesmo instante, ele sorriu, pegou minha mão e a levou aos lábios. O toque da sua boca em meus dedos foi quente. Senti sua respiração na minha pele, e por um momento não vi nem ouvi nada, nem pensei em nada a não ser no seu toque.

— Você não precisa suplicar — sussurrou baixinho. — Teria vindo buscá-la de qualquer maneira. Não posso continuar vivendo sem você.

Na estrada, passamos pela Torre. Senti, sem ver, Daniel se enrijecer, como se a sombra que descia da prisão de Robert Dudley caísse sobre nós.

— Sabe, não consigo evitar amá-lo — falei com a voz fraca. — Quando o vi pela primeira vez, eu era uma criança e ele o homem mais bonito que eu já tinha visto e filho do homem mais importante da Inglaterra.

— Bem, agora você é uma mulher, e ele é um traidor — replicou Daniel categoricamente. — E você é minha.

Lancei-lhe um olhar de soslaio.

— Como quiser, marido — repliquei humildemente. — O que quiser.

❧

O navio aguardava como Daniel tinha providenciado, e passamos algumas horas trabalhando arduamente embarcando as peças da impressora desmontada, os baús e as caixas de livros e papéis, até, finalmente, todos estarmos a bordo, os marinheiros soltarem as amarras e as barcaças nos rebocarem. O navio desceu lentamente o rio, auxiliado pela maré vazante. Meu pai levara uma grande cesta com comida, e sentamo-nos no convés, às vezes encolhendo-nos, quando um marinheiro passava correndo para obedecer a uma ordem, e comemos galinha fria, um queijo com um gosto estranho e um pão duro.

— Terá de se acostumar com esta dieta — falou Daniel, rindo de mim. — É a comida de Calais.

— Vamos ficar em Calais? — perguntei.

Sacudiu a cabeça, negando.

— Não será seguro para sempre — respondeu. — Não vai demorar para a rainha Mary voltar a sua atenção também para Calais. O lugar está cheio de fugitivos protestantes, luteranos, erastianos, de toda espécie de hereges, ansiosos para escapar rapidamente para a França, Flandres ou Alemanha. Está repleto de conspiradores também. E o reino da França já tem a sua própria batalha com os huguenotes ou com qualquer um que não seja filho ortodoxo da igreja. Entre as duas potências, acho que pessoas como nós serão comprimidas e expulsas.

Experimentei a sensação familiar de injustiça.

— Para onde agora? — perguntei.

Daniel sorriu e colocou sua mão sobre a minha.

— Calma, querida. Encontrei um lugar para nós. Iremos para Gênova.

— Gênova?

— Estão formando uma comunidade de judeus lá — replicou, a voz bem baixa. — Permitem que o Povo se estabeleça ali. Querem os contatos comerciais, o ouro e o crédito dignos de confiança que o Povo carrega. Iremos para lá. Um médico sempre encontra trabalho, e um livreiro sempre pode vender seus livros para judeus.

— E sua mãe e suas irmãs? — perguntei. Esperava que dissesse que ficariam em Calais, que tinham encontrado marido e um lar na cidade e que poderíamos visitá-las de dois em dois anos.

— Mary e minha mãe virão conosco — explicou. — As outras duas têm um bom trabalho e preferem ficar, independente do risco que correrão. Sarah está namorando um gentio, e talvez se case.

— Você não se importa?

Daniel negou sacudindo a cabeça.

— Quando estive em Veneza e Pádua, aprendi muito mais do que as novas ciências — replicou. — Mudei de opinião sobre o nosso povo. Penso, agora, que somos o fermento da cristandade. É nossa a missão nos misturarmos com os cristãos e lhes levarmos o nosso conhecimento e nossas habilidades, a nossa capacidade no comércio e a nossa honra. Talvez, um dia, tenhamos um país nosso, de novo, Israel. Então teremos de governá-lo generosamente. Sabemos como é ser governado com crueldade. Mas não nascemos para nos escondermos e sentirmos vergonha. Nascemos para sermos nós mesmos, e termos orgulho de termos sido eleitos para liderar. Se minha irmã se casar com um cristão, levará sua erudição e sua sabedoria para a nova família, e eles se tornarão melhores cristãos, mesmo que nunca saibam que ela é uma judia.

— E vamos viver como gentios ou como judeus? — perguntei.

O seu sorriso para mim foi infinitamente afetuoso.

— Viveremos como for conveniente para nós — respondeu. — Não quero ter leis cristãs que proíbam meus estudos, não quero ter leis judaicas que proíbam a minha vida. Lerei livros que perguntam se o sol gira ao redor da Terra ou é a Terra que gira ao redor do sol e comerei carne de porco quando o animal tiver sido bem-criado, morto de maneira apropriada e bem cozinhado. Não aceitarei nenhuma proibição de meus pensamentos ou ações, exceto as que fizerem sentido para mim.

— E eu? — perguntei, pensando aonde essa independência nos levaria.

— Sim — replicou, simplesmente. — Suas cartas e tudo o que disse fazem sentido para mim somente se a vejo como minha parceira nessa aventura. Sim. Você encontrará o seu próprio caminho, e espero que concordemos. Encontraremos uma nova maneira de viver, e essa será uma maneira que honre os nossos pais e suas crenças, mas que nos dê uma chance de sermos nós mesmos, e não apenas seus filhos.

Meu pai, sentado um pouco afastado de nós, e cautelosamente não escutando a nossa conversa, simulou um bocejo não convincente.

— Vou dormir — disse ele. Pôs uma das mãos sobre a minha cabeça.

— Que Deus a abençoe, filha, é bom ter você de novo comigo. — Ajeitou bem a capa ao redor do corpo e deitou-se no convés frio.

Daniel estendeu o braço para mim.

— Venha cá, vou aquecê-la.

Eu não estava nem um pouco com frio, mas não lhe disse, e entrei no círculo de seu braço e recostei-me no mistério de seu corpo viril. Senti-o beijar delicadamente meu cabelo curto, depois senti e ouvi sua respiração na minha orelha.

— Oh, Hannah — sussurrou. — Sonhei tê-la por tanto tempo que poderia gritar, como uma garota, de desejo.

Abafei um risinho.

— Daniel — falei, experimentando o nome não familiar em meus lábios. Ergui o rosto e senti o calor da sua boca na minha, um beijo que derreteu o tutano de meus ossos, e foi como se nos dissolvêssemos um no outro, como uma mistura alquímica, um elixir de prazer. Suas mãos, debaixo de sua capa, acariciaram as minhas costas. Depois, tentearam sob meu gibão e minha camisa e acariciaram meus seios, minha garganta, minha barriga, e relaxei como uma gata acarinhada e sussurrei "Daniel" mais uma vez, agora, como um convite. Delicadamente, suas mãos exploraram o contorno do meu corpo, como um estrangeiro em terra nova. Timidamente, mas com curiosidade, deixei meus dedos explorarem o pelo macio do seu peito, o calor de sua pele por baixo de seu calção, e então, a forma extraordinária de seu pênis que se ergueu e pulsou ao meu toque, enquanto Daniel gemia de prazer.

A noite foi muito longa e os céus escuros demais para qualquer vergonha. Sob a capa de Daniel, baixamos nossos calções e fizemos amor com um prazer descontraído e confiante que começou com arquejos e se tornou êxtase. Eu não sabia que a sensação era essa. Ao observar outras mulheres e homens namorarem, mesmo estremecendo sob o toque de Robert Dudley, eu não sabia que tal prazer fosse possível. Separamo-nos só para dormitar, e em uma hora despertamos e nos unimos de novo. Somente quando vimos o céu clarear através dos cabos à nossa esquerda, desviei-me do desejo e satisfação para um sono exausto.

⅓

Acordei para uma manhã fria e tive de ajeitar às pressas minha roupa antes que os marinheiros percebessem o que tínhamos andado fazendo. De início, não consegui enxergar nada, a não ser a silhueta escura da terra firme. Aos poucos, foi ficando mais claro para mim. Uma fortaleza sólida, impassível, guardava a entrada da enseada.

— Fort Risban — disse Daniel, levantando-se atrás de mim, de modo que eu pudesse me recostar em seu peito quente. — Está vendo o porto lá adiante?

Levantei-me um pouco mais e dei um risinho de menina quando seu corpo respondeu ao meu movimento.

— Onde? — perguntei, inocentemente.

Ele me afastou com um leve resmungo de desconforto.

— Você é uma coquete — disse rudemente. — Lá. Lá adiante. Este é o porto principal e os canais fluem a partir dele por toda a cidade. Portanto é uma cidade cercada de canais, com fossos, além de muralhas.

Quando o navio entrou no porto, permaneci na amurada, observando a cidade com a sensação — familiar a tantos do meu povo — de que teria de recomeçar minha vida mais uma vez e fazer desse lugar a minha nova terra. Os telhados de telhas vermelhas que despontavam por cima daquelas muralhas espessas e sólidas da cidade se tornariam familiares para mim; as ruas pavimentadas de pedras arredondadas entre as casas altas seriam a minha rota de ida e volta da padaria, do mercado para a minha casa. Aquele aroma estranho, o cheiro de um porto movimentado: peixes, o odor alcatroado de redes secando, a alusão fresca de madeira recentemente serrada, o cheiro penetrante do vento salgado, tudo isso se tornaria um gosto familiar nos meus lábios e o perfume de minha capa de lã. Em breve, tudo isso significaria minha casa, e em pouco tempo eu deixaria de me perguntar como a rainha estaria naquela manhã, se melhor ou pior, se Elizabeth estava bem, esperando pacientemente, como certamente deveria fazer, e como milorde estava, observando o sol nascer, da seteira na parede de sua prisão. Todos esses pensamentos, amores e lealdades eu deveria deixar para trás e saudar a minha nova vida. Partira da corte, abandonara a rainha, abandonara Elizabeth e me despedira do homem que adorava: o meu senhor. Agora passaria a viver para o meu marido e para o meu pai e aprenderia a fazer parte dessa família: um marido, três irmãs e minha sogra.

— Minha mãe está esperando por nós. — A respiração de Daniel foi quente em meu cabelo, quando se inclinou sobre mim na amurada do navio. Recostei-me de novo nele e senti seu membro mexer-se ao meu toque. Pressionei seu corpo, com lascívia, desejando-o mais uma vez. Olhei para onde ele olhava, e a vi, intimidadora, os braços cruzados sobre o peito largo, inspecionando o convés do navio como se tentando ver se sua nora relutante cumprira o seu dever e viera dessa vez.

Quando viu Daniel, levantou uma das mãos saudando, e acenei de volta. Estava distante demais para ver seu rosto, mas imaginei-a controlando cuidadosamente a sua própria expressão.

— Bem-vinda a Calais — cumprimentou, quando descemos a prancha de desembarque. Abraçou Daniel, com adoração e sem falar nada.

Ele se soltou com dificuldade.

— Tenho de vê-los desembarcar a impressora — informou, e tornou a subir a bordo, descendo, balançando, ao porão. A Sra. Carpenter e eu ficamos sozinhas. Éramos uma ilha de um silêncio desajeitado no meio de homens e mulheres alvoroçados ao nosso redor.

— Então, ele a encontrou — disse, não demonstrando um grande prazer.

— Sim — respondi.

— E está disposta a casar-se com ele, agora?

— Sim.

— Terá de tirar estas roupas — esclareceu. — São pessoas respeitáveis, as de Calais, e não gostarão de vê-la de calções.

— Eu sei — repliquei. — Parti às pressas, senão teria mudado de roupa antes de vir.

— Teria sido melhor.

Ficamos de novo em silêncio.

— Trouxe o salário que recebia?

— Sim. — Seu tom me irritou. — Todos os meus salários durante os últimos dois trimestres.

— Vai lhe custar caro comprar meias e vestidos, camisas e capas. Vai se surpreender com os preços.

— Não pode ser mais caro do que Londres.

— Muito mais — disse categoricamente. — Tudo tem de ser trazido da Inglaterra.

— Por que não compramos dos franceses? — perguntei.

Fez um leve careta.

— Impossível — assegurou, mas não se deu o trabalho de explicar.

Daniel voltou e pareceu feliz por estarmos conversando.

— Acho que desembarquei tudo. Seu pai vai esperar aqui com as coisas enquanto busco uma carroça.

— Vou esperar com ele, então — falei rapidamente.

— Não — replicou. — Vá para casa com a mamãe, ela lhe mostrará a casa e você se aquecerá.

Queria assegurar-se de que eu ficaria confortável. Não sabia que a última coisa que eu queria fazer era ir para casa com a sua mãe, sentar-me com suas irmãs e esperar que os homens acabassem seu trabalho e viessem para casa.

— Então, vou procurar uma carroça com você. Não estou com frio.

A um olhar de relance de sua mãe, hesitou.

— Você não pode ir ao pátio de carreteiros vestida desta maneira — disse ela com determinação. — Envergonhará nós todos. Cubra-se bem com sua capa e venha para casa comigo.

അ

Era uma pequena e bonita casa na London Street, comprimida do lado de outras, em uma sequência, perto do portão sul da cidade. O andar de cima era dividido em três quartos. As três irmãs de Daniel dividiam a cama grande no quarto que dava para os fundos da casa, sua mãe tinha um quarto pequenino só para ela e meu pai ocupava o terceiro. Daniel vivia a maior parte do tempo com seu tutor e dormia em uma cama baixa, no quarto do meu pai, quando ficava para passar a noite. O andar seguinte servia como sala de jantar e sala de estar para a família, e o térreo era a loja do meu pai, de frente para a rua. Nos fundos, havia uma pequena cozinha e área de serviço. No quintal atrás, Daniel e meu pai tinham construído um telhado de palha, e a impressora seria montada e instalada ali.

Todas as três irmãs de Daniel estavam esperando para nos receber na sala de estar no alto da escada. Fiquei agudamente consciente de minhas roupas manchadas da viagem, do meu rosto e mãos sujos, quando me examinaram de cima a baixo e entreolharam-se em silêncio.

— Estas são as minhas meninas — disse. — Mary, Sarah e Anne.

As três levantaram-se como três bonequinhas e fizeram uma reverência profunda, todas juntas, e então voltaram a sentar-se. Em minha libré de pajem eu não podia devolver a reverência. Respondi com um aceno da cabeça e vi seus olhos arregalar-se.

— Vou pôr a chaleira no fogo — disse a Sra. Carpenter.

— Vou ajudar — disse Anne e saiu rapidamente da sala. As outras duas e eu nos entreolhamos com uma antipatia silenciosa.

— Fizeram boa viagem? — perguntou Mary.

— Sim, obrigada. — A noite extática no convés e o insistente toque de Daniel agora pareceram muito remotos.

— E agora se casará com Daniel?

— Mary! Francamente! — protestou sua irmã.

— Não sei por que eu não deveria perguntar. Foi um noivado demorado demais. E se ela vai ser nossa cunhada, temos o direito de saber.

— Isso é entre ela e Daniel.

— É um assunto de todos nós.

— Sim, vou — interrompi, para encerrar a discussão.

Viraram suas caras excitadas e inquisitivas para mim.

— Certamente — disse Mary. — Deixou a corte, então?

— Sim.

— E não vai voltar? — a outra, Sarah, perguntou.

— Não — repliquei, reprimindo o tom de arrependimento na minha voz.

— Não achará aqui extremamente monótono em comparação com a vida na corte? Daniel disse que você era a companhia da rainha, que passava o dia todo com ela.

— Vou ajudar o meu pai na loja, espero — repliquei.

As duas pareceram horrorizadas, como se a ideia de trabalhar com livros e impressão fosse mais atemorizante do que me casar com Daniel e morar com elas.

— Onde você e Daniel vão dormir? — perguntou Mary.

— Mary! Francamente!

— Bem, não dá para os dois dividirem a cama baixa — salientou ela, racionalmente. — Não podemos pedir a mamãe que saia do quarto. E sempre ocupamos o melhor quarto, o que dá para os fundos.

— Daniel e eu decidiremos — disse, com uma certa rispidez. — E se não tiver espaço suficiente para todos nós aqui, montaremos a nossa própria casa.

Mary deu um gritinho, chocada, quando sua mãe subiu a escada.

— O que foi, minha menina? — perguntou.

— Hannah não está na casa nem há cinco minutos e já diz que ela e Daniel viverão em outro lugar! — exclamou Mary, quase em lágrimas. — Já está tirando Daniel de nós! Exatamente como eu achava que ia fazer! Como disse que seria! Vai estragar tudo! — Ficou em pé com um pulo, empurrou a porta e subiu correndo a escada que levava ao seu quarto, deixando a porta bater com um estrondo, atrás dela. Ouvimos o rangido da armação da cama quando se jogou nela.

— Oh, francamente! — exclamou sua mãe com indignação. — Isso é um absurdo!

Eu ia concordar, mas então percebi que ela me olhava acusadoramente.

— Como pôde ter aborrecido Mary no seu primeiro dia aqui? — perguntou. — Todo mundo sabe que fica nervosa facilmente, e ela ama o irmão. Terá de aprender a controlar a língua, Srta. Hannah. Passará a viver com uma família. Não tem mais o direito de se manifestar como um bufão.

Perplexa por um momento, não falei nada em minha defesa. Então:

— Desculpe — falei, trincando os dentes.

Verão de 1556

Esse primeiro verão em Calais foi longo e quente. Saudei a luz do sol como se fosse um pagão pronto para adorar o sol, e quando Daniel me disse que estava convencido pela nova teoria de que a Terra girava em torno do sol na vastidão do espaço, e não o contrário, tive de admitir que isso fazia muito sentido para mim, já que me sentia expandir no calor.

Perambulava pelas praças e demorava-me no cais dos pescadores, deslumbrando-me com a luz do sol na água encapelada da enseada. Chamavam-na de *Bassin du Paradis,* e sob o brilho da luz do sol eu achava que era realmente um paraíso. Sempre que podia, arrumava uma desculpa para deixar a cidade e escapulia pelos portões, onde sentinelas casuais observavam os habitantes da cidade indo e vindo e as pessoas do campo chegando. Andava pelas pequenas hortas, do lado de lá dos muros da cidade, para respirar o frescor da vegetação na terra quente, e sentia um desejo nostálgico de prosseguir, de ir até a praia para ver as ondas quebrando, atravessar o brejo, onde as garças ficavam olhando seus próprios reflexos compridos, de ir ao campo, onde podia ver o escuro da floresta de encontro ao verde claro das campinas.

Parecia um longo verão e foi uma estação extremamente tediosa para mim. Daniel e eu vivíamos sob o mesmo teto, mas tínhamos de atuar como donzela e seu pretendente, raramente sendo deixados a sós. Eu ansiava por seu toque, seu beijo e pelo prazer que me dera na noite que zarpamos para a França. Mas ele não suportava nem mesmo chegar perto de mim, sabendo que deveria recuar, sabendo que não poderia fazer mais do que beijar meus lábios ou minha mão. Até mesmo o meu cheiro, quando passava por ele na escada ou nos cômodos estreitos, o fazia estremecer, e quando tocava nos meus dedos ao me passar um prato ou um copo, despertava-me o desejo de sua carícia. Nenhum de nós dois demonstrava o nosso desejo, atentos à curiosidade de suas irmãs, mas não conseguíamos ocultá-lo completamente, e eu odiava a maneira como o olhar atento das moças ia de um para o outro.

Deixei de usar calções e passei a usar vestido na primeira semana, e logo era ensinada a como uma jovem devia se comportar. Parecia haver um acordo tácito entre o meu pai e a mãe de Daniel de que ela deveria me instruir nas habilidades que uma jovem deveria possuir. Era como se, quando tivéssemos fugido da Espanha, eu tivesse deixado para trás tudo o que minha mãe me ensinara de habilidades domésticas. E, desde então, ninguém tivesse me ensinado como fazer malte e assar pão, como bater manteiga, como extrair o soro do queijo. Ninguém me ensinara como dispor, na arca, a roupa branca em meimendro e lavanda, como pôr uma mesa, como usar a nata para fazer creme. Meu pai e eu convivêramos de maneira agradável, como um trabalhador e sua aprendiz. Na corte, aprendera a usar a espada, a acrobacia e a sagacidade com Will Somers, prudência política e desejo com Robert Dudley, matemática com John Dee, espionagem com a princesa Elizabeth. Claramente não tinha nenhuma habilidade útil para o lar de um jovem médico. Não era tanto uma moça nem tanto uma esposa. A mãe de Daniel atribuíra a si mesma a tarefa de "me corrigir".

Deparou-se com uma discípula petulante e obstinada. Eu não era naturalmente dotada para o trabalho doméstico. Não queria saber como arear uma panela com areia, para que ficasse brilhando. Não queria esfregar os degraus da entrada. Não queria descascar batatas e, para que nada fosse desperdiçado, alimentar as galinhas com as cascas. Não queria saber nenhuma dessas coisas e não conseguia entender por que teria de aprendê-las.

— Como minha mulher, você vai precisar saber a maneira de fazer essas coisas — assegurou Daniel, sensatamente. Eu escapulira para encontrá-lo no caminho de volta do trabalho, onde a estrada passava pela praça, diante do grande mercado principal, de modo que conseguíssemos conversar antes de entrarmos em casa, onde nós dois éramos governados por sua mãe.

— Por que eu deveria saber? Você não faz essas coisas.

— Porque sairei para trabalhar e você cuidará de nossos filhos e fará a comida — replicou Daniel.

— Achei que poderia cuidar da gráfica, como meu pai.

— E quem cozinharia e limparia a casa para nós?

— Não poderíamos ter uma empregada?

Ele sufocou com a própria risada.

— Mais tarde, quem sabe. Mas, no começo, não poderei arcar com o salário de uma criada, como você sabe, Hannah. Não sou um homem rico. Quando eu começar a clinicar por conta própria, teremos de sobreviver apenas com o que eu ganhar.

— E teremos uma casa só nossa, então?

Ele pôs meu braço no seu, como se receasse que eu me afastasse ao ouvir a sua resposta.

— Não — disse, simplesmente. — Procuraremos uma casa maior, talvez em Gênova. Mas eu sempre oferecerei uma casa para as minhas irmãs e minha mãe, e para o seu pai também. Certamente você não iria querer que fosse diferente, iria?

Não respondi nada. Para dizer a verdade, gostaria de viver com o meu pai e com Daniel. A sua mãe e suas irmãs é que eram difíceis de aguentar. Mas eu não podia dizer que preferia morar com meu pai, mas não com sua mãe.

— Pensei que ficaríamos juntos, só nós dois — falei, mentindo.

— Tenho de cuidar de minha mãe e de minhas irmãs — replicou. — É uma obrigação sagrada. Você sabe disso.

Assenti com um movimento da cabeça. Eu realmente sabia.

— Foram indelicadas com você?

Neguei, sacudindo a cabeça. Não podia me queixar de como me tratavam. Dormia todas as noites em uma cama baixa no quarto das garotas, e, toda noite quando me deitava para dormir, ouvia-as cochichando na cama grande do meu lado e imaginava que estivessem falando de mim. De manhã, fechavam o cortinado da cama, para que eu não as visse se vestindo. Apareciam para pentear e trançar o cabelo umas das outras diante do pequeno espelho e lançavam olhares de soslaio para o punhado de cabelo que crescia na minha cabeça, e que era coberto, só pela metade, por minha touca. Meus vestidos e roupa branca eram todos novos e alvo de uma inveja silenciosa e ocasionais apropriações secretas. Em suma, eram tão maldosas e grosseiras quanto garotas agindo de comum acordo podem ser, e muitas noites eu afundava o rosto no colchão de palha e chorava em silêncio, por pura frustração e raiva.

A mãe de Daniel nunca me disse uma palavra que eu pudesse mencionar a seu filho como uma grosseria. Nunca falou nada do que eu pudesse me queixar. Insidiosamente, quase silenciosamente, fez-me sentir que não era boa o bastante para Daniel, não era boa o bastante para a sua família, uma jovem inadequada para toda tarefa doméstica, uma jovem desajeitada na aparência, uma jovem que não cumpria, como deveria, o ritual religioso, uma filha desobediente e potencialmente uma esposa desobediente. Se ela algum dia falasse a verdade, diria que não gostava de mim. Mas tinha a impressão de que ela se opunha, categoricamente, a falar a verdade sobre qualquer coisa.

— Então, certamente seremos felizes vivendo juntos — disse Daniel. — Seguros, finalmente. Juntos, finalmente. Você está feliz, não está, meu amor?

Hesitei.

— Eu não me dou muito bem com as suas irmãs, e a sua mãe não me aprova — repliquei baixinho.

Ele balançou a cabeça, entendendo, pois não lhe dizia nada que já não soubesse.

— Elas vão mudar de opinião — disse, afetuosamente. — Mudarão. Precisamos permanecer juntos. Para a nossa própria segurança e sobrevivência, temos de permanecer juntos e aprenderemos, todos nós, a mudar um pouco o nosso jeito e sermos felizes.

Assenti com um movimento da cabeça, ocultando minhas muitas e muitas dúvidas.

— Espero que sim — repliquei, e o vi sorrir.

Nós nos casamos no fim de junho, assim que todos os meus vestidos ficaram prontos e o meu cabelo cresceu o suficiente para eu estar — segundo as palavras da mãe de Daniel — passável, na Igreja de Notre Dame, a grande igreja de Calais, onde as abóbadas se pareciam com as de uma catedral francesa, mas as colunas davam em uma torre de igreja inglesa no alto. Foi um casamento cristão com missa em seguida, e todos nós fomos meticulosos na observância dos rituais da igreja. Depois, na privacidade da pequena casa na London Street, as irmãs de Daniel seguraram um xale, para servir como um *chuppah*, sobre as nossas cabeças enquanto meu pai repetia as sete bênçãos para o casamento, como se recordava, e a mãe de Daniel pôs um copo embrulhado aos pés de Daniel, para que o pisasse. Depois, abriu as janelas e as portas e houve um banquete de núpcias para os vizinhos, com presentes e dança.

A questão, muito discutida, sobre onde dormiríamos como casados fora resolvida por meu pai que se mudou para um catre do lado da impressora, na pequena sala construída com um telhado de palha no quintal. Daniel e eu dormimos no antigo quarto do meu pai, no andar de cima, com uma parede fina de gesso entre nós e sua mãe insone, de um lado, e suas irmãs curiosas, acordadas e atentas, no outro lado.

Na nossa noite de núpcias, desejávamos um o outro como dois amantes lascivos, ansiando por uma experiência negada por tempo demais. Levaram-nos para a cama com muita risada, piadas e pretenso constrangimento, e, assim que se foram, Daniel trancou a porta, fechou as venezianas e levou-me para a cama. Querendo privacidade, nos cobrimos com todas as cobertas, e nos beijamos e acariciamos no escuro quente, torcendo para os cobertores abafarem nossos sussurros. Mas o prazer do seu toque me dominou e dei um gritinho ofegante. No mesmo instante, parei e tampei a boca com a mão.

— Não tem importância — disse ele, forçando-me a tirar a mão da boca, para beijá-la de novo.

— Tem — eu disse, falando nada mais que a verdade.

— Beije-me — implorou ele.

— Silenciosamente...

Beijei-o. Senti sua boca se dissolver na minha. Daniel rolou para baixo do meu corpo e guiou-me para montar nele. Ao primeiro toque de seu membro teso entre minhas pernas, gemi de prazer e mordi minha mão, tentando me forçar a ficar em silêncio.

Ele virou-me, para eu ficar por baixo.

— Tampe minha boca com a sua mão — insisti.

Daniel hesitou.

— Parece que a estou forçando — disse incomodado.

Dei um risinho.

— Se estivesse me forçando, eu ficaria mais quieta — brinquei, mas ele não riu. Saiu de cima de mim e ficou deitado de costas, puxando-me para perto, minha cabeça no seu ombro.

— Vamos esperar até que todas estejam dormindo — disse. — Não podem ficar acordadas a noite toda.

Esperamos, esperamos, mas os pés pesados de sua mãe só subiram a escada muito tarde, e então ouvimos, com uma clareza constrangedora, seu suspiro quando se sentou na cama, o "clip, clop" quando deixou cair um tamanco de madeira, depois o outro, no chão. Em seguida, ouvimos, com uma nitidez que nos mostrou como as paredes deviam ser finas, o farfalhar abafado quando se despiu e o rangido da cama quando se ajeitou sob as cobertas.

Depois disso, foi impossível. Bastava virar-me para a cama ranger tão alto, que eu sabia que ela ia ouvir. Pressionei minha boca em seu ouvido e sussurrei:

— Vamos fazer amor amanhã, quando todos estiverem fora — e senti o movimento da sua cabeça, concordando. Ficamos deitados, ardendo de desejo, insones por causa da lascívia, sem nos tocarmos, sem nem mesmo olharmos um para o outro, na nossa noite de núpcias.

Vieram buscar os lençóis de manhã, e os teriam adejado, como uma bandeira manchada de sangue, na janela, para provar a consumação do casamento, mas Daniel as impediu.

— Não há necessidade — disse ele. — E não gosto dos antigos costumes.

As garotas não disseram nada, mas ergueram os sobrolhos para mim, como se soubessem muito bem que não havíamos feito nada e suspeitassem que ele não tivesse desejo por mim. A mãe, por outro lado, olhou-me como se isso fosse prova de que eu não era virgem e que seu filho colocara uma prostituta dentro de casa.

Foi uma noite de núpcias ruim e acabou sendo uma manhã decepcionante, já que não saíram de casa durante o dia todo, e não pudemos fazer amor nesse dia nem nessa noite e tampouco na noite seguinte.

Em poucos dias, eu tinha aprendido a ficar deitada como uma pedra debaixo do meu marido, e ele aprendera a ter seu prazer o mais rápido possível e em silêncio. Em algumas semanas, fazíamos amor o mais raramente possível. A promessa de antes, na nossa noite no barco, que me tinha deixado zonza com o desejo satisfeito não poderia ser explorada ou cumprida em um quarto com quatro mulheres intrometidas escutando.

Passei a odiar a mim mesma por sentir desejo e, depois, constrangimento porque poderiam nos ouvir. Não suportava saber que cada palavra que eu dissesse, que cada suspiro, até mesmo o som do meu beijo era audível para uma audiência atenta e crítica. Evitava que suas irmãs soubessem que o amava, retraía-me diante da intimidade delas com algo que deveria ser exclusivo, só nosso. Na primeira manhã depois de finalmente fazermos amor, quando Daniel desceu, percebi o olhar de relance da mãe sobre ele. Foi um olhar de posse, como um fazendeiro olharia para um touro saudável oferecido para procriação. Ela ouvira o meu grito de prazer meio abafado na noite anterior e estava deleitada com a proeza do filho. Para ela, eu não era nada mais que uma vaca que logo estaria prenha, o crédito todo sendo do seu filho, e o prestígio de estabelecer uma família seria todo dela.

Depois disso, eu não descia junto com Daniel. Sentia-me queimada pelos olhares brilhantes de suas irmãs, que ficavam tremeluzindo do rosto dele para o meu, e do meu para o dele, como se quisessem ver como tínhamos sido transformados em marido e mulher pelas trocas abafadas durante a noite. Ou me levantava antes dos outros e ficava lá embaixo com as cinzas do fogo da noite anterior, preparando o mingau do café da manhã ou esperando até ele comer o desjejum e sair.

Quando eu descia tarde, suas irmãs cutucavam umas as outras e cochichavam.

— Dá para ver que ficaram horas acordados — disse Mary com malícia.

Sua mãe fez um gesto com a mão para silenciá-la.

— Deixe-a em paz, ela precisa descansar — disse ela.

Lancei-lhe um olhar rápido, era a primeira vez que me defendia da língua ferina de Mary. Mas então, percebi que não era eu, Hannah, quem defendia. Não era nem mesmo a mulher de Daniel — como se tudo o que pertencesse a Daniel fosse iluminado pela luz que ele lançava na casa —, defendia-me porque esperava que eu estivesse grávida. Queria outro menino, outro menino para a Casa de Israel, outro pequeno israelita para continuar a linhagem. E se o gerasse logo, enquanto ela ainda fosse jovem e ativa, poderia criá-lo como sendo seu, em sua própria casa, sob a sua supervisão, e então seria: "O filhinho do meu filho, do meu filho médico, você sabe."

Se eu não tivesse servido na corte por três anos, brigaria como um gato com minha sogra e minhas três cunhadas, mas eu tinha visto coisa pior, ouvido coisa pior e suportado coisas que elas nem sequer imaginavam. Eu sabia que, no momento em que me queixasse para Daniel, faria cair sobre mim toda a sua preocupação e todo o seu amor por elas, por mim, e pela família que ele estava tentando formar.

Ele era um homem jovem demais para assumir a responsabilidade de manter uma família em segurança em tempos tão difíceis e perigosos. Estudava para ser médico. Todos os dias ele aconselhava homens e mulheres que olhavam a morte de frente. Não queria chegar em casa à noite e deparar-se com um bando de mulheres divididas pela malícia e pela inveja.

Portanto contive minha língua e quando suas irmãs se divertiam à minha custa, criticavam abertamente o pão que eu comprara no mercado, como eu desperdiçava na cozinha, minhas mãos sujas de tinta da impressora, meus livros na mesa da cozinha, não diria nada. Eu vira, na corte, damas de honra disputando a atenção da rainha. Sabia tudo sobre malícia feminina, só não sabia que teria de viver com isso em casa.

Meu pai percebeu um pouco do que estava acontecendo e tentou proteger-me. Arranjou-me um trabalho de tradução. Sentava-me no balcão da livraria e traduzia do latim para o inglês, do inglês para o francês, enquanto o cheiro tranquilizador da tinta da impressora penetrava na sala, vindo do quintal. Às vezes, ajudava-o a imprimir, mas as reclamações da Sra. Carpenter quando eu manchava meu avental de tinta, ou, ainda pior, manchava meus vestidos, eram tão exaltadas que meu pai e eu tentávamos evitar provocar a sua indignação.

No decorrer do verão, quando a mãe de Daniel passou a me dar a melhor parte da comida, o peito das galinhas francesas magricelas, as peras mais polposas e doces, percebi que esperava por novidades. Nos últimos dias de agosto, não aguentou esperar mais.

— Tem alguma coisa a me dizer, filha? — perguntou.

Senti-me enrijecer. Sempre me retraía quando ela me chamava de "filha". Eu nunca quis outra mãe a não ser a minha. Na verdade, achava uma impertinência dessa mulher tão detestável tentar de ser minha dona. Era filha de minha mãe e, quisesse ser de qualquer outra, teria escolhido a rainha, que deitara minha cabeça em seu colo, passara a mão no meu cabelo e dissera que confiava em mim.

Além do mais, agora eu conhecia bem a mãe de Daniel. Não a tinha observado por todo o verão sem aprender quais eram seus artifícios para atingir uma meta. Se me chamava de "filha" ou elogiava como eu colocara o cabelo dentro da touca, queria alguma coisa: uma informação, uma promessa, algum tipo de intimidade. Olhei-a sem sorrir e esperei.

— Tem alguma coisa a me dizer? — instigou. — Alguma notícia que faria uma mulher velha muito, mas muito feliz?

Percebi o que queria.

— Não — respondi simplesmente.

— Ainda não tem certeza?

— Com certeza não estou grávida, se é o que quer dizer — respondi sem fazer rodeios. — Minhas regras vieram há duas semanas. Quer saber mais alguma coisa?

Atenta às minhas palavras, ela ignorou minha grosseria.

— Então, qual é o problema com você? — perguntou. — Daniel a possui pelo menos duas vezes por semana desde que se casaram. Ninguém pode ter dúvidas em relação a ele. Você está doente?

— Não — respondi, com os lábios frios. É claro que ela saberia exatamente quantas vezes fazíamos amor. Escutara sem o menor senso de vergonha e continuaria a escutar. Nem mesmo lhe ocorreria a possibilidade de não sentir nenhum prazer com seu toque ou seu beijo sabendo que ela estaria precisamente do outro lado da mais fina das paredes escutando atentamente. Não teria nem sonhado com a possibilidade de eu desejar ter prazer. Até onde lhe dizia respeito, a questão era o prazer de Daniel e a concepção de um neto seu.

— Então, qual é o problema? — repetiu. — Nos últimos dois meses, fiquei esperando que viesse me dizer que estava grávida.

— Então, lamento muito desapontá-la — repliquei, fria como a princesa Elizabeth em um de seus acessos de altivez.

Em um movimento súbito, ela agarrou meu pulso e o torceu de modo que eu fosse obrigada a virar e encará-la, o punho beliscando minha pele.

— Não está tomando alguma coisa? — perguntou. — Não tomou alguma poção para impedir ter um bebê? Uma poção feita por seus amigos inteligentes na corte? Algum truque de prostituta?

— É claro que não! — repliquei, louca de raiva. — Por que tomaria?

— Só Deus sabe o que você faria ou deixaria de fazer! — exclamou com uma aflição genuína, empurrando-me para longe. — Por que você iria para a corte? Por que não veio conosco para Calais? Por que ser tão esquisita, tão masculina, parecendo-se mais com um rapaz do que com uma garota? Por que veio agora, tarde demais, quando Daniel poderia ter escolhido qualquer uma das melhores garotas de Calais? Por que veio se não vai conceber?

Fiquei pasma com a sua raiva, sem palavras. Por um momento, não falei nada. Então, lentamente, encontrei as palavras.

— Fui mandada como um bobo; não foi escolha minha — repliquei. — Deveria reprovar meu pai, se tivesse esse atrevimento. Não eu. Vestia roupas de menino para me proteger, como a senhora bem sabe. E não vim com vocês porque tinha jurado à princesa Elizabeth que ficaria do seu lado durante o julgamento. A maioria das mulheres acharia que isso é prova de um coração leal, e não falso. E vim agora porque Daniel me queria e eu o queria. E não acredito em uma palavra do que diz. Daniel não poderia escolher entre as melhores garotas de Calais.

— Poderia sim! — replicou, enfurecida. — Garotas bonitas e férteis, também. Garotas que viriam com um dote, e não de calções, uma garota que teve um bebê neste verão e que sabe o seu lugar. E ficaria feliz em estar na minha casa e sentiria orgulho de me chamar de mãe.

Senti um arrepio, como de medo, uma incerteza horrível.

— Achei que estava falando de modo geral — disse. — Está dizendo que tem uma garota em particular que gosta de Daniel?

A Sra. Carpenter nunca contaria a verdade toda sobre nada. Virou-se e foi até a panela do desjejum pendurada do lado da lareira, tirou-a do gancho, como se fosse sair com ela ou areá-la de novo.

— Chama isto de limpa? — perguntou irritada.

— Daniel tem uma garota de quem ele gosta, aqui em Calais? — perguntei.

— Ele nunca lhe propôs casamento — relutou. — Sempre disse que era comprometido com você.

— É judia ou gentia? — perguntei em um sussurro.

— Gentia — respondeu. — Mas adotaria a nossa religião, se Daniel se casasse com ela.

— Casar com ela? — exclamei. — Mas a senhora acabou de dizer que ele sempre reconheceu estar comprometido comigo!

Ela levou a panela à mesa da cozinha.

— Não foi nada — encerrou, tentando esquivar-se de sua própria indiscrição. — Só uma coisa que me disse um dia.

— Falou sobre Daniel se casar com ela?

— Tive de falar! — inflamou-se. — Ela veio aqui quando ele estava em Pádua, a barriga grande, querendo saber o que seria feito.

— Barriga? — repeti estupefata. — Está grávida?

— Tem um filho dele — replicou a mãe de Daniel. — Um belo menino saudável, a cara dele quando era bebê. Ninguém teria dúvidas de quem era filho, nem por um instante, mesmo que ela não fosse uma garota adorável, uma boa garota, o que ela é.

Afundei-me no banco à mesa e, perplexa, ergui o olhar.

— Por que ele não me contou?

Encolheu os ombros.

— Por que contaria? Você lhe contou tudo o que fez nesses anos todos que o fez esperá-la?

Pensei nos olhos escuros de Lorde Robert em mim, no toque de sua boca no meu pescoço.

— Não me deitei com outro e concebi um filho — repliquei calmamente.

— Daniel é um rapaz bonito — disse. — Achou que ia esperar como uma freira por você? Ou não pensava nele, enquanto bancava o bufão e vestia-se como uma prostituta e corria sabe-se lá atrás de quem?

Não respondi nada, ouvindo o ressentimento na sua voz, observando a raiva em suas bochechas vermelhas e a saliva em seus lábios por sua fala sibilante.

— Daniel vê o filho?

— Todo domingo na igreja — respondeu. Percebi seu sorriso de triunfo dissimulado. — E duas vezes por semana. Quando diz que trabalhará até tarde, ele vai à sua casa para jantar com a mãe e ver o filho.

Levantei-me da mesa.

— Aonde você vai? — perguntou ela, de súbito alarmada.

— Vou encontrá-lo no caminho para casa — respondi. — Quero conversar com ele.

— Não o aborreça — disse, com ansiedade. — Não lhe conte que sabe sobre essa mulher. Não vai adiantar nada, se discutirem. Não se esqueça de que se casou com você. Deve ser uma boa esposa e fazer vistas grossas a essa outra. Mulheres melhores que você agiram como se nada vissem.

Pensei na expressão sofrida da rainha Mary quando soube do risinho alegre de Elizabeth depois que o rei lhe sussurrara algo ao ouvido.

— Sim. Mas não me importo mais em ser boa esposa. Não sei o que pensar ou a que dar importância.

Notei, de súbito, a panela de mingau. Peguei-a e a joguei na porta dos fundos. Bateu na madeira com um tinido que ecoou, e caiu no chão.

— E você pode arear a maldita panela! — gritei para a sua cara chocada.
— E pode ficar esperando para sempre um neto de mim.

&

Saí furiosa e atravessei o mercado em disparada, sem enxergar as barracas nem os comerciantes. Percorri o cais dos pescadores sem nem mesmo ouvir seus assobios por causa do meu passo ligeiro e minha cabeça descoberta. Cheguei à porta da casa do médico esbaforida e então me dei conta de que não poderia bater e pedir para ver Daniel. Teria de esperar. Sentei-me no pequeno muro de pedra da casa em frente para esperá-lo. Quando passantes sorriam ou piscavam o olho para mim, respondia com um olhar furibundo, como se ainda estivesse usando minhas roupas de menino e tivesse me esquecido de como devia ajeitar a saia e baixar os olhos.

Não pensei no que lhe diria nem planejei o que faria. Apenas esperei como um cão espera por seu dono. Apenas esperei sofrendo, como um cão faria com a pata presa em uma armadilha e não houvesse outra coisa a fazer a não ser esperar; sem saber que dor era aquela, sem saber o que podia ser feito. Simplesmente resistindo. Simplesmente esperando.

Ouvi o relógio bater 4 horas, depois mais meia hora, e a porta lateral se abriu e Daniel apareceu, despedindo-se e a fechando atrás de si. Tinha um frasco com um líquido verde em uma das mãos, e ao chegar ao portão tomou a outra direção, distanciando-se de casa. Tomou-me um terror súbito de que fosse indo visitar a amante e que eu, como uma esposa desconfiada, fosse pega espionando-o. Atravessei a rua no mesmo instante e o alcancei.

— Daniel!

— Hannah! — Seu prazer em me ver foi genuíno. Mas ao perceber minha face pálida perguntou: — Algum problema? Você está doente?

— Não — respondi, meus lábios tremendo. — Só queria vê-lo.

— Pois está vendo — replicou descontraidamente. Pôs minha mão no seu braço. — Tenho de levar isto à casa da viúva Jerrin, quer vir comigo?

Assenti com um movimento da cabeça. Não pude acompanhar seu passo. Minhas anáguas sob o vestido impediam-me de dar passadas largas como antes, com minha roupa de pajem. Ergui as saias de um lado, mas continuaram a me atrapalhar como se eu fosse uma égua com as quatro patas amarradas na arena. Daniel diminuiu o passo e caminhamos em silêncio. Olhou-me de viés e percebeu, por minha expressão sombria, que não estava tudo bem, mas decidiu cuidar primeiro da entrega do remédio.

A casa da viúva era uma das construções mais antigas nas ruas que se entrecruzavam na cidade antiga. As casas ficavam sob o abrigo do castelo, todas as pequenas vielas obscurecidas pelos primeiros andares salientes das casas que as flanqueavam, na direção norte e sul, cruzadas pela próxima estrada que corria na direção leste-oeste.

— Quando chegamos aqui, achei que nunca me orientaria — disse, começando uma conversa. — E então aprendi os nomes das tavernas. Esta foi uma cidade inglesa por 200 anos, não se esqueça. Cada esquina tem uma Bush ou uma Pig and Whistle ou uma Travellers Rest. Esta rua tem uma taverna chamada The Hollybush. Ali está. — Apontou para o edifício com um cartaz gasto balançando do lado de fora. — Levará só um instante. — Virou-se para uma entrada estreita e bateu na porta.

— Ah, Dr. Daniel! — disse uma voz ranzinza de mulher. — Entre! Entre!

— Senhora, não posso — respondeu ele com um sorriso espontâneo. — Minha mulher está me esperando, temos de ir para casa.

Houve uma risada dentro da casa e um comentário de que ela era uma garota de sorte por tê-lo, e então Daniel apareceu guardando uma moeda no bolso.

— Então — perguntou —, posso levá-la para casa circundando as muralhas da cidade, milady? Para respirar um pouco do ar marinho?

Tentei sorrir, mas estava triste demais. Deixei que me conduzisse ao extremo da rua; depois, ao longo de uma travessa. No fim da travessa estava o muro alto da cidade, e os degraus baixos da escada em seu interior. Subimos e subimos até chegarmos às muralhas e podermos olhar o horizonte ao norte, onde estava a Inglaterra. A Inglaterra, a rainha, a princesa, milorde: todos pareciam muito longe. Nesse momento, pareceu-me que eu tinha levado uma vida melhor como o bobo da rainha do que bancando a boba com Daniel, com sua mãe insensível e suas irmãs venenosas.

— E agora — disse, ajustando seu passo ao meu, as gaivotas gritando no alto e as ondas batendo nas pedras —, qual é o problema, Hannah?

Não dei mil voltas como uma mulher faria. Fui direto ao assunto, como se continuasse a ser um pajem com problema e não uma esposa traída.

— Sua mãe me disse que você tem uma mulher e um filho em Calais — falei direto. — E que a vê e, a seu filho três vezes por semana.

Senti seu passo vacilar, e, quando o olhei, tinha empalidecido.

— Sim — replicou ele. — É verdade.

— Devia ter me contado.

Assentiu com um movimento da cabeça, organizando seus pensamentos.

— Acho que sim. Mas se tivesse contado, teria se casado comigo e vindo viver comigo aqui?

— Não sei. Não, provavelmente não.

— Então entende por que não contei.

— Você me iludiu e se casou comigo com uma mentira.

— Eu disse que você era o único grande amor da minha vida, e você é. Eu disse que achava que devíamos nos casar para sustentar minha mãe e seu pai, e ainda acho que fizemos a coisa certa. Eu disse que nos casaríamos para podermos viver juntos, como os Filhos de Israel, e poder mantê-la segura.

— Segura em um barraco! — explodi.

Daniel recuou ao ouvir minhas palavras: era a primeira vez que eu dizia francamente que desprezava a sua casinha.

— Lamento que seja isso o que pense de sua casa. Eu lhe disse que espero oferecer coisa melhor mais tarde.

— Você mentiu para mim — repeti.

— Sim — replicou simplesmente. — Tive de mentir.

— Você a ama? — perguntei. Percebi o tom de lamúria em minha voz e tirei a mão do seu braço, cheia de ressentimento pelo amor ter feito eu me rebaixar tanto a ponto de choramingar por causa da traição. Afastei-me, para que não me puxasse para si e me consolasse. Não queria mais ser uma garota apaixonada.

— Não — respondeu. — Mas quando chegamos em Calais, senti-me solitário, e ela era bonita, afetuosa e boa companhia. Se eu tivesse algum juízo, não teria ido com ela, mas fui.

— Mais de uma vez? — perguntei, ferindo-me ainda mais.

— Mais de uma vez.

— E suponho que não tenha feito amor com ela com a mão sobre sua boca, para que sua mãe e irmãs não ouvissem, estou certa?

— Sim — respondeu simplesmente.

— E o filho dela?

Seu rosto enterneceu-se no mesmo instante.

— É um bebê de quase cinco meses — falou. — Forte e cheio de energia.

— Ela tem o seu nome?

— Não. Mantém o seu próprio.

— Vive com a família?

— Trabalha para uma família.

— Permitem que ela fique com a criança?

— Eles têm carinho por ela, e estão velhos. Gostam de ter uma criança na casa.

— Sabem que você é o pai?

Confirmou com um movimento da cabeça.

Cambaleei com o choque.

— Todo mundo sabe? Suas irmãs, o padre? Seus vizinhos? As pessoas que vieram ao nosso casamento e desejaram-me felicidades? Todo mundo?

Daniel hesitou.

— É uma cidade pequena, Hannah. Sim, acho que todo mundo sabe. — Tentou sorrir. — E agora, acho que todo mundo sabe que está com raiva de mim, com toda razão, e que estou implorando o seu perdão. Você tem de acostumar-se a fazer parte de uma família, parte de uma cidade, parte do Povo. Você não é mais Hannah por conta própria. Você é uma filha e uma esposa e, um dia, espero que venha a ser uma mãe.

— Nunca! — repliquei, a palavra extraída de mim pela raiva e decepção. — Nunca.

Puxou-me e abraçou-me forte.

— Não diga isso — falou. — Nem mesmo com raiva de mim, quando diria qualquer coisa para me ferir. Nem mesmo quando mereço ser castigado. Sabe que esperei por você, amei-a e confiei em você mesmo quando achei que estava apaixonada por outro homem e que talvez nunca viesse para mim. Agora, está aqui, nos casamos, e agradeço a Deus por isso. E, agora que está aqui, faremos uma vida, por mais difícil que tenha sido conseguirmos ficar juntos. Serei seu marido, seu amante, e você me perdoará.

Soltei-me e encarei-o. Juro que se tivesse uma espada o atravessaria com ela.

— Não — repliquei. — Não me deitarei com você de novo. Você é falso, Daniel, e fez-me confiar em você com mentiras. Não é melhor do que qualquer outro homem, e achei que era. Você me disse que era.

Daniel me interromperia, mas as palavras jorraram da minha boca como uma saraivada de pedras.

— E *sou* Hannah por mim mesma. Não pertenço a esta cidade, não pertenço ao Povo, não pertenço à sua mãe ou à sua família, e você mostrou-me que não lhe pertenço tampouco. Eu o renego, Daniel. Renego a sua família e renego o seu povo. Não pertencerei a ninguém, e ficarei só.

Virei-me e fui embora, as lágrimas quentes correndo por meu rosto frio. Esperei que viesse correndo atrás de mim, mas não veio. Deixou-me ir, e afastei-me a passos largos, como se fosse para casa passando pelas ondas cinzas e espumosas da Inglaterra, a caminho de Robert Dudley, para dizer-lhe que seria sua amante nessa mesma noite, se assim desejasse, já que não tinha mais nada a perder. Tinha tentado um amor honrado, mas não havia passado de mentiras e desonestidade: uma estrada árdua que, no fim, fora paga com uma moeda falsa.

☙

Andei enfurecida ao longo dos muros até completar o circuito da cidade e me peguei de volta ao local em que havíamos brigado. Daniel não estava mais lá. Não esperava encontrá-lo onde o deixara. Fora para casa, jantar, e aparecera para a família composto, com os sentimentos sob controle, como sempre. Ou talvez tivesse ido jantar com sua outra mulher, a mãe de seu filho, como sua mãe tinha-me contado que fazia, duas vezes por semana, enquanto eu ficava à janela esperando-o chegar, sentindo pena dele por trabalhar até tão tarde.

Meus pés, nos ridículos sapatos de salto alto que agora usava, estavam doendo por causa de minha marcha forçada ao redor das muralhas da cidade e desci a estreita escada de pedra mancando até a poterna, e daí para o cais. Alguns barcos pesqueiros preparavam-se para içar velas na maré da noite. Um dos muitos pequenos navios mercantes que faziam regularmente a travessia entre a França e a Inglaterra estava sendo carregado com suas mercadorias: uma carroça cheia de itens domésticos de uma família que retornava à Inglaterra, barris de vinho para taberneiros londrinos, cestas de pêssegos maduros, de ameixas verdes, passas, embrulhos grandes de tecidos. Uma mulher despedia-se da mãe. A mulher abraçou sua filha, puxando bem seu capuz, para mantê-la aquecida até poderem estar juntas de novo. A garota teve de se soltar e subir correndo a prancha de embarque e, então, debruçou-se na amurada, mandou um beijo e acenou. A garota deveria ser criada em alguma casa na Inglaterra, talvez partisse para se casar. Pensei com autocomiseração que eu não fora despachada para o mundo com a bênção materna. Ninguém planejara o meu casamento pensando em minhas preferências. Meu marido tinha sido escolhido por um casamenteiro, com o objetivo de proporcionar um lar seguro para meu pai e para mim e dar um neto à mãe de Daniel. Mas nenhuma casa era segura para nós, e ela já tinha um neto de cinco meses.

Por um momento ocorreu-me correr para o capitão do navio e perguntar-lhe se me levaria. Se deixasse, eu pagaria a passagem quando chegasse a Londres. Tinha o desejo, como uma faca na barriga, de correr para Robert Dudley, de retornar à rainha, de voltar à corte, onde muitos me valorizavam, onde era desejada pelo meu senhor e onde ninguém nunca me trairia e me envergonharia, onde poderia ser a dona de mim mesmo. Fora um bobo: uma criada, inferior a uma dama de companhia, inferior a um músico, talvez na mesma posição de um cachorrinho de estimação. Porém mesmo assim sentira-me mais livre e mais orgulhosa do que me sentia em pé ali no cais, sem dinheiro no bolso, sem ter aonde ir, a não ser a casa de Daniel, sabendo que ele me fora infiel no passado e poderia ser de novo.

ℭ

Escurecera quando abri a porta e entrei na casa. Daniel vestia sua capa quando entrei na loja, e meu pai o esperava.

— Hannah! — exclamou meu pai, e Daniel atravessou rápido a sala e abraçou-me. Deixei que me tivesse em seus braços, mas olhei para o meu pai.

— Estávamos saindo para procurá-la. Chegou tão tarde!

— Desculpe — repliquei. — Não pensei que fossem se preocupar comigo.

— É claro que nos preocupamos. — A mãe de Daniel estava na metade da escada e debruçara-se no corrimão para me repreender. — Uma jovem não fica andando pela cidade ao anoitecer. Deveria ter vindo logo para casa.

Lancei-lhe um olhar pensativo, mas não falei nada.

— Desculpe — disse Daniel, sua boca no meu ouvido. — Vamos conversar. Não se atormente, Hannah.

Relanceei os olhos para ele; sua expressão sombria era de apreensão.

— Você está bem? — perguntou meu pai.

— É claro — disse. — É claro que estou.

Daniel tirou a capa dos ombros.

— Você diz "é claro" — queixou-se ele. — Mas a cidade está repleta de soldados rudes e você, agora, está vestida como mulher, não tem a proteção da rainha e nem mesmo conhece bem a cidade.

Soltei-me de seus braços e puxei um banco do balcão da loja.

— Sobrevivi atravessando metade da cristandade — repliquei calmamente. — Achei que, por duas horas, poderia me virar por Calais.

— Você agora é uma moça — lembrou-me meu pai. — Não uma criança que passa por um menino. Não deveria andar sozinha na rua à noite.

— Não deveria sair para nada, exceto ir ao mercado ou à igreja — complementou a mãe de Daniel, com veemência, da escada.

— Silêncio — disse-lhe Daniel, com delicadeza. — Hannah está bem, e isso é o que importa. E com fome, tenho certeza. O que deixamos para ela, mãe?

— Acabou tudo — respondeu, inutilmente. — Você mesmo tomou o resto da sopa, Daniel.

— Não sabia que era tudo o que tinha! — exclamou. — Por que não guardamos um pouco para Hannah?

— Quem podia saber a que horas ela voltaria para casa? — perguntou sua mãe lucidamente. — Ou se estava jantando em outro lugar?

— Vamos — disse-me Daniel, puxando-me pela mão.

— Aonde? — perguntei, descendo do banco.

— Vou levá-la para jantar em uma taverna.

— Posso achar um pouco de pão e um bife para ela — ofereceu-se a mãe imediatamente, diante da possibilidade de nós dois sairmos sozinhos para jantar.

— Não — disse Daniel. — Ela terá um jantar quente apropriado e eu tomarei um caneco de ale. Não esperem por nós, nem você, mãe, nem o senhor.

— Pôs sua capa em volta dos meus ombros e conduziu-me rapidamente para a porta antes que sua mãe sugerisse nos acompanhar. Estávamos na ruas antes de suas irmãs terem tempo de comentar que eu não estava vestida apropriadamente para sair à noite.

Andamos em silêncio até a taverna no fim da rua. Na frente do edifício havia um bar, mas nos fundos havia um salão para viajantes. Daniel pediu uma sopa e pão, um prato de carne e duas canecas de ale, e nos sentamos em uma das arcas de espaldar alto, e pela primeira vez desde que chegara a Calais achei que poderíamos conversar a sós sem sermos interrompidos por mais do que um instante.

— Hannah, perdoe-me — disse, assim que as bebidas foram postas na mesa e a criada se foi. — Lamento profundamente o que fiz.

— Ela sabe que você está casado?

— Sim, disse-lhe que estava comprometido quando nos conhecemos e que eu ia à Inglaterra buscar você para nos casarmos quando retornássemos.

— Ela não se importou?

— Agora não mais — replicou ele. — Acostumou-se.

Não falei nada. Achei improvável que uma mulher apaixonada por um homem gerasse um filho e se acostumasse com a ideia de que em um ano ele se casaria com outra.

— Não quis se casar quando soube que estava grávida?

Hesitou. O proprietário chegou com a comida e a dispôs na mesa, o que nos deu uma oportunidade de nos calarmos. Quando se foi, tomei uma colherada de sopa e comi um bom pedaço de pão. Não desceu fácil, mas não queria parecer ter perdido o apetite por causa da mágoa.

— Ela não pertence ao Povo — replicou Daniel simplesmente. — E, de qualquer maneira, queria me casar com você. Quando soube que esperava uma criança, senti vergonha do que fizera. Mas ela sabia que não a amava e estava noivo de você. Não esperava que eu me casasse com ela. Portanto dei-lhe uma quantia para o enxoval e dou-lhe um dinheiro por mês para o bebê.

— Você queria se casar comigo, mas não o bastante para que se distanciasse das outras mulheres — observei com ressentimento.

— Sim — admitiu. Não se esquivou da verdade mesmo quando dita abertamente por uma mulher com raiva. — Queria me casar com você, mas não me afastei de outra mulher. Mas e você? Sua consciência está completamente limpa, Hannah?

Não respondi, embora fosse uma acusação justa.

— Como se chama a criança?

Respirou fundo.

— Daniel — disse, e percebeu que me retraí.

Coloquei uma colher cheia de sopa na boca e o pão em cima. Mastiguei, embora a minha vontade fosse cuspir nele.

— Hannah — pediu, suavemente.

Mordi um pedaço da carne.

— Perdoe-me — repetiu. — Mas podemos superar isso. Ela não fez queixa contra mim. Sustentarei a criança, mas não preciso vê-la. Sentirei falta do menino, e espero vê-lo quando crescer, mas entenderei que você não tolere que eu a veja. Abrirei mão do meu filho. Nós somos jovens. Você me perdoará, teremos um filho só nosso, encontraremos uma casa melhor. Seremos felizes.

Engoli a comida e tomei um bom gole de malte.

— Não — repliquei simplesmente.

— O quê?

— Eu disse "não". Amanhã comprarei uma roupa de garoto e meu pai e eu procuraremos um novo local para a livraria. Voltarei a trabalhar como seu aprendiz. Nunca mais usarei salto alto, enquanto viver. Machucam meus pés. Nunca mais confiarei em um homem, enquanto viver. Você me magoou, Daniel, mentiu para mim, traiu-me, e nunca o perdoarei.

Ele empalideceu.

— Não pode me deixar — disse. — Fomos casados diante de Deus, do nosso Deus. Não pode romper um voto a Deus. Não pode quebrar a promessa que me fez.

Levantei-me como se essas palavras fossem um desafio.

— Não me importa nem um pouco o seu Deus, nem você. Eu o deixarei amanhã.

☙

Passamos a noite em claro. Não havia aonde ir a não ser para casa, e tivemos de nos deitar lado a lado, tesos como punhais no escuro do quarto, com sua mãe alerta do outro lado de uma parede e suas irmãs na expectativa, do lado de lá da outra parede. De manhã levei meu pai para fora de casa e contei que tinha tomado uma decisão, que não viveria mais com Daniel como sua esposa. Ele reagiu a mim como se uma cabeça enorme tivesse crescido embaixo dos meus ombros, tornado-me um ser estranho e monstruoso de uma terra remota.

— Hannah, o que vai fazer da sua vida? — disse ele com apreensão. — Não ficarei sempre com você, quem a protegerá quando me for?

— Voltarei ao serviço real. Ficarei com a princesa ou com meu senhor — respondi.

— O seu senhor é um traidor renomado e a princesa se casará com um dos príncipes espanhóis daqui a um mês.

— Ela não! Não é uma boba. Não se casaria com um homem e confiaria nele! Não é idiota para pôr seu coração sob a guarda de um homem.

— A princesa não pode viver sozinha, tanto quanto você não pode.

— Pai, meu marido traiu-me e envergonhou-me. Não posso simplesmente aceitá-lo de volta como se nada tivesse acontecido. Não posso viver com sua mãe e suas irmãs cochichando às minhas costas toda vez que ele chega tarde em casa. Não posso viver como se aqui fosse o meu lugar.

— Minha querida, qual é o seu lugar se não aqui? Se não comigo? Se não com seu marido?

Eu tinha uma resposta.

— Não pertenço a lugar nenhum.

Meu pai sacudiu a cabeça. Uma mulher jovem sempre tinha de ser colocada em algum lugar. Não podia viver a menos que se curvasse ao serviço de alguém.

— Pai, por favor, vamos montar um pequeno negócio só nosso, como fizemos em Londres. Deixe-me ajudá-lo na gráfica. Deixe-me viver com você, e ficaremos em paz e ganharemos a vida aqui.

Ele hesitou por um longo momento e, de repente, vi-o como uma estranha o veria. Era um velho e eu o tirava de uma casa onde tinha um certo conforto.

— O que você vai vestir? — perguntou, finalmente.

Quase ri alto, já que isso quase não tinha importância para mim. Mas me dei conta de que tinha importância para ele saber se tinha uma filha que pareceria se ajustar a este mundo ou que estaria, eternamente, em desacordo.

— Usarei vestidos, se quiser — respondi, para agradá-lo. — Mas calçarei botas. E usarei gibão e paletó em cima.

— E a sua aliança — estipulou. — Não renegará o seu casamento.

— Pai, ele o renega diariamente.

— Filha, é seu marido.

Dei um suspiro.

— Muito bem. Mas podemos ir? Agora mesmo?

Pôs a mão no meu rosto.

— Filha, achei que você tinha um bom marido que a amava e que você seria feliz.

Trinquei os dentes para impedir que as lágrimas viessem aos meus olhos e ele pensasse que estava amolecendo, que talvez eu continuasse a ser uma jovem com chance de amar.

— Não — repliquei simplesmente.

☙

Não foi fácil desmontar a impressora de novo e retirá-la do quintal. Eu tinha somente meus vestidos novos e minha roupa branca nova para levar. Papai tinha uma pequena caixa com suas roupas, mas tivemos de deslocar o estoque inteiro de livros e manuscritos, todo o equipamento de impressão: o papel limpo, os recipientes com tintas, as cestas de linhas para a encadernação. Foi preciso uma semana para os carregadores levarem tudo da casa dos Carpenter para a nova loja, e em cada dia dessa semana eu e meu pai tivemos de comer à mesa em silêncio, enquanto as irmãs de Daniel olhavam-me com furor, horrorizadas, e sua mãe punha os pratos com violência e desprezo sobre a mesa, como se alimentando dois cachorros extraviados.

Daniel ficou fora, dormindo na casa de seu tutor, vindo para casa somente para trocar de roupa. Nesses momentos, ocupava-me com meu pai, nos fundos da casa, ou empacotando os livros sob o balcão da loja. Não tentou discutir comigo nem me pediu para ficar, obstinadamente, e achei que isso era prova de que eu tinha razão em deixá-lo. Achei que, se me amasse, viria atrás de mim, pedindo mais uma vez e implorado para eu ficar. Forcei-me a esquecer sua obstinação e seu orgulho, e obriguei-me a afastar meus pensamentos da vida que tínhamos prometido a nós mesmos quando tínhamos dito que nos tornaríamos as pessoas que queríamos ser e não seríamos confinados às regras judaicas, gentias ou do mundo.

Encontrara uma pequena loja no portão sul da cidade: um local excelente para os viajantes que partiam de Calais e atravessavam o English Pale* para se aventurar na França. Era a última oportunidade para comprar livros em sua própria língua, e, para aqueles que desejassem mapas ou conselho sobre viajar na França ou na Holanda espanhola, levamos uma boa seleção de histórias de viajantes, geralmente fantásticas, tem-se de admitir, mas uma boa leitura para os crédulos. Meu pai já conquistara uma reputação na cidade e seus clientes mais habituais logo souberam da localização da nova loja. A maior parte dos dias, sentava-se em um banco ao sol, à porta da loja, e eu trabalhava lá dentro, curvada sobre a impressora, compondo o material, agora que não tinha ninguém para me censurar por sujar o avental de tinta.

Meu pai estava cansado. Sua mudança para Calais e, depois, a decepção com o fracasso do meu casamento o tinham exaurido. Fiquei feliz por ele poder descansar, enquanto eu trabalhava pelos dois. Reaprendi a habilidade de ler de trás para diante, reaprendi a habilidade de usar a boneca para distribuir a tinta na placa, a pancada leve do papel em branco e o levantar suave da alavanca da impressora, de modo que os caracteres apenas roçassem a alvura do papel e esse fosse retirado limpo.

Meu pai estava extremamente preocupado comigo, com o meu casamento malfadado, com a minha vida futura, mas quando viu que eu herdara sua aptidão e seu amor pelos livros, começou a acreditar que, mesmo que morresse no dia seguinte, eu poderia sobreviver do negócio.

— Mas temos de economizar dinheiro, *querida* — dizia. — Você tem de sustentar-se.

---

*Os limites ou território na Irlanda dominado pelos conquistadores ingleses durante um longo período depois da invasão do país por Henrique II, em 1172. (*N. da T.*)

Outono de 1556

Durante o primeiro mês na nossa pequena loja, alegrei-me por ter escapado da casa Carpenter. Vi, umas duas vezes, a mãe de Daniel e duas de suas irmãs, no mercado, ou no cais dos pescadores, e sua mãe desviou o olhar, como se não tivesse me visto, e suas irmãs apontaram, cutucaram-se e olharam, como se eu fosse uma leprosa na cidade e a liberdade fosse uma doença contagiosa se chegassem perto demais. Toda noite, na cama, espreguiçava-me como uma estrela-do-mar, mãos e pés apontados para os quatro cantos, usufruindo o espaço e agradecendo a Deus voltar a ser uma mulher solteira, com a cama toda só para mim. Toda manhã, acordava absolutamente exultante por não precisar me ajustar ao padrão de alguém. Podia usar minhas botas sólidas ocultas debaixo da bainha do vestido, podia imprimir, ir buscar o nosso café da manhã na padaria, podia ir com meu pai à taverna jantar, podia fazer o que queria, e não o que uma jovem casada, tentando agradar uma sogra crítica, teria de fazer.

Só voltei a ver Daniel em meados do mês seguinte, quando esbarrei, literalmente, com ele ao sair da igreja. Agora, tinha de sentar-me atrás. Como esposa que tinha abandonado o marido, estava em pecado, que nada expiaria a não ser a penitência absoluta e a volta ao meu marido, se ele se mostrasse generoso o bastante para me aceitar. O próprio padre tinha me dito que eu era tão ruim quanto uma adúltera, e pior ainda, já que estava em pecado por minha própria vontade e não por ter sido incitada por outro. Fez-me uma lista de penitências que levaria até o Natal do ano seguinte para completar. Eu estava mais do que nunca determinada a parecer devota e portanto passei muitas noites de joelhos na igreja e sempre assistia à missa, a cabeça coberta com um xale preto, sentada nos fundos. Portanto foi do escuro do banco mais desprezível que fui para a luz da porta da igreja e, meio atordoada, deparei-me com Daniel Carpenter.

— Hannah! — disse ele, e estendeu a mão para me sustentar.

— Ah, Daniel.

Por um momento, ficamos muito próximos, nossos olhos fixos um no outro. Nesse segundo, senti uma perturbação de desejo e percebi que o queria e então, afastei-me para o lado, e murmurei:

— Com licença.

— Não, espere — pediu em tom urgente. — Você está bem? Seu pai está bem?

Ergui o olhar ao ouvir isso, sem conseguir reprimir um risinho. É claro que sabia as respostas para as duas perguntas. Com espiãs como sua mãe e irmãs, provavelmente sabia até a última letra que páginas eu tinha na impressora e o que tínhamos na despensa.

— Sim — repliquei. — Nós dois estamos bem. Obrigada.

— Tenho sentido tanto a sua falta — disse, tentando me deter. — Tenho querido falar com você.

— Lamento — repliquei friamente —, mas não tenho nada a dizer, Daniel, com licença, por favor.

Queria fugir antes que me convencesse a falar, antes que me deixasse com raiva, ou triste, ou com ciúmes, tudo de novo. Eu não queria sentir nada por ele, nem desejo, nem ressentimento. Queria ser indiferente, de modo que me virei e fiz menção de ir embora.

Logo estava do meu lado, a sua mão no meu braço.

— Hannah, não podemos viver separados dessa maneira. É errado.

— Daniel, não deveríamos nunca ter-nos casado. É isso o que está errado, não a nossa separação. Agora, deixe-me ir.

Sua mão soltou-me, mas seu olhar continuou sustentando o meu.

— Irei à sua loja nesta tarde, às 2 horas — assegurou com determinação. — E falarei com você a sós. Se tiver saído, aguardarei sua volta. Não vou deixar as coisas assim, Hannah. Tenho o direito de falar com você.

Havia pessoas saindo da igreja e outras esperando para entrar. Eu não quis chamar mais atenção do que já tinha chamado por ser a mulher de Calais que abandonara o marido.

— Até as 2 horas, então — falei, fiz uma ligeira mesura e segui meu caminho. A mãe e as irmãs entraram na igreja atrás dele, afastando as saias do pavimento de pedra onde eu pisara, como se receassem sujar as bainhas ao roçar em mim. Sorri-lhes, com desfaçatez.

— Bom dia, Srtas. Carpenter — saudei animadamente. — Bom dia, Sra. Carpenter. — E quando não podiam me escutar: — Que Deus apodreça todas vocês.

ৎ৪

Daniel chegou às 2 horas e o levei para fora da casa. Subimos a escada de pedra do lado, que dava no terraço do portão das muralhas da cidade, que, por sua vez, dava para o English Pale e para o sul, na direção da França. No lado das muralhas protegidas do vento, havia casas novas, construídas para acomodar a população inglesa crescente. Se os franceses nos atacassem, esses novos moradores teriam de abandonar seus lares e atravessar rapidamente os portões. Mas antes de os franceses terem tempo de aproximar-se, havia canais que se inundariam com a força da água do mar, os oito grandes fortes, o bastião de terra, e um plano de defesa inflexível. Se conseguissem atravessar tudo isso, teriam de enfrentar a própria cidade fortificada de Calais, que todo mundo sabia ser inexpugnável. Os próprios ingleses só tinham conseguido conquistá-la há dois séculos. Depois de um cerco que durou 11 meses, os habitantes da cidade renderam-se, sofrendo de fome. Os muros da cidade nunca tinham sido rompidos, nem nunca o seriam. Era uma cidadela famosa por ser impossível de ser tomada, tanto por terra quanto por mar.

Recostei-me no muro, olhei na direção da França ao sul, e esperei.

— Fiz um acordo com a mãe de meu filho. Não a verei mais — disse Daniel, com a voz segura, o tom baixo. — Dei-lhe uma soma de dinheiro e quando estiver clinicando por conta própria, darei outra. E então nunca mais a verei nem a meu filho.

Balancei a cabeça, mas não disse nada.

— Ela isentou-me de qualquer obrigação e o dono da casa e a esposa disseram que adotarão a criança e a criarão como se fosse seu neto. Ela não me verá mais e ele não precisará de nada. Crescerá sem um pai. Nem mesmo se lembrará de mim. — Esperou que eu respondesse. Continuei sem dizer nada. — Ela é jovem e... — Ele hesitou, buscando uma palavra que não me ofendesse. — Tem boa aparência. É quase certo que se case com outro homem e então se esquecerá de mim completamente, como me esqueci dela. — Fez uma pausa. — Portanto não há razão para vivermos separados — disse, de maneira persuasiva. — Não tenho pré-contrato, não tenho nenhuma obrigação, sou seu, e somente seu.

Virei-me.

— Não — respondi. — Eu o deixo livre, Daniel. Não quero um marido, não quero homem nenhum. Não vou voltar para você, independentemente do acordo que fizeram. Essa parte da minha vida está encerrada.

— Você é minha esposa — disse. — Casamo-nos pelas leis do país e diante de Deus.

— Ah! Deus! — exclamei com menosprezo. — Não o nosso Deus. Portanto, que significado tem para nós?

— Seu próprio pai leu as orações judaicas.

— Daniel! — exclamei. — Ele não conseguiu se lembrar de todas elas. Nem mesmo ele e sua mãe juntos conseguiriam se lembrar de todas as palavras da bênção. Não tivemos um rabino, não tivemos uma sinagoga, não tivemos sequer duas testemunhas. Tudo o que nos unia era a nossa fé nisso, nada mais. Fui com a minha fé e confiança em você, e você veio com uma mentira, uma mulher escondida atrás e seu filho no berço. Qualquer que seja o Deus que invocarmos, não teve importância.

Ele ficou lívido.

— Você fala como um alquimista — disse. — Fizemos votos de fidelidade.

— Você não estava livre para fazê-los — repliquei bruscamente.

— Você está levando a razão ao extremo e perdendo a lucidez — reclamou ele, lutando para melhorar a situação. — Independentemente dos acertos e erros da cerimônia de casamento, estou lhe pedindo para fazer um casamento agora. Estou pedindo para que me perdoe e me ame, como uma mulher, para que não me disseque como um estudioso. Ame-me com o seu coração, não com a sua cabeça.

— Lamento — repliquei. — Não amarei. Minha cabeça e meu coração são indivisíveis, e não me partirei de modo a que meu coração seja de uma maneira e a minha cabeça discorde. Por mais caro que me custe essa decisão, a assumirei inteira, como uma mulher inteira. Pagarei o preço, mas não retornarei para você e àquela casa.

— Se é a minha mãe e minhas irmãs... — começou.

Ergui o rosto.

— Por favor, Daniel — o interrompi calmamente. — Elas são o que são e não gosto delas. Mas se você tivesse sido leal a mim, eu teria buscado uma maneira de convivência. Sem o nosso amor, tudo isso não significa nada.

— Então, o que vai fazer? — perguntou, e senti a aflição em sua voz.

— Vou ficar aqui com meu pai e, quando os tempos permitirem, retornarei à Inglaterra.

— Refere-se a quando a falsa princesa subir ao trono e o traidor que você ama sair da Torre — acusou-me.

Virei a cabeça para longe dele.

— O que quer que aconteça, não é da sua conta o que farei — repliquei calmamente. — Agora, tenho de ir.

Daniel pegou no meu braço, senti o calor da sua mão atravessar o tecido fino da minha manga. Estava quente de tormento.

— Hannah, eu a amo — desabafou. — Será a minha morte se você deixar de me ver.

Virei-me e o encarei, como um garoto, não como uma mulher olhando nos olhos de seu marido.

— Daniel, só tem a si mesmo a quem culpar — falei simplesmente. — Não sou uma mulher com quem se brinca. Você foi falso comigo e arranquei do meu coração e da minha mente o amor que sentia e nada, *nada* mesmo, vai restaurá-lo. Você agora é um estranho para mim, e assim será para sempre. Acabou. Siga o seu caminho e eu seguirei o meu. Está acabado.

Ele deu um soluço rouco, virou-se e foi embora. Retornei o mais silenciosamente e rapidamente que pude à loja, subi os degraus até o pequeno quarto vazio, no qual eu tinha celebrado ser livre, e deitei-me de bruços na cama. Puxei o travesseiro para cima da cabeça e chorei silenciosamente pelo amor que tinha perdido.

❣

Essa não foi a última vez que o vi, mas não conversamos intimamente de novo. Quase todos os domingos, na igreja, via-o de relance, abrindo seu missal, meticulosamente, e dizendo as orações, observando cada movimento da missa, nunca desviando os olhos da hóstia e do padre, como todos nós sempre fazíamos. No banco em que estavam, sua mãe e irmãs lançavam olhares furtivos e breves a mim, e uma vez os vi com uma jovem loura bonita, mas sem graça, com um bebê apoiado no quadril, e imaginei que fosse a mãe do filho de Daniel e que sua mãe se incumbira de levar o neto à igreja.

Desviei meu olhar de seus olhares curiosos, mas experimentei uma tontura estranha, que há anos não sentia. Inclinei-me para a frente e segurei-me na madeira gasta do banco, e esperei a sensação passar. Mas ela se intensificou. A Visão se manifestava.

Teria dado qualquer coisa para que desaparecesse. A última coisa que eu queria era dar um show na igreja, especialmente com a mulher e seu filho presentes. Mas as ondas de trevas pareceram correr do crucifixo, do padre atrás dele, das velas nas janelas de pedras em arco, pareceram correr para me engolir, para que eu não visse nem mesmo minhas juntas embranquecerem com a força com que eu me agarrava ao banco. Depois, só senti a saia do meu vestido quando caí de joelhos, e então não vi mais nada, a não ser o escuro.

Ouvi o som de uma batalha e alguém gritando: "O meu bebê! Leve-o! Leve-o!". E me senti dizer: "Não posso levá-lo." E a voz insistente gritou de novo: "Leve-o! Leve-o!". E nesse momento houve um estrondo horrível, como uma floresta desabando, e um alvoroço de cavalos e homens, e perigo, e eu quis correr, mas não havia para onde, e gritei de medo.

— Você, agora, está bem — disse uma voz. E era a voz querida de Daniel. Eu estava em seus braços, e o sol aquecia o meu rosto; não havia nenhuma escuridão, nem terror nem aquele terrível estrondo de floresta desabando, nem o tropel de cascos sobre o pavimento de pedras.

— Desmaiei — disse a Daniel. — Falei alguma coisa?

— Somente "Não posso levá-lo" — respondeu. — Foi a Visão, Hannah?

Assenti com um movimento da cabeça. Deveria ter-me sentado e afastado-me, mas me deixei ficar com a cabeça em seu ombro e sentir a segurança sedutora que ele sempre me dava.

— Um aviso? — perguntou.

— Alguma coisa terrível — respondi. — Meu Deus, uma visão medonha. Mas não sei o quê. Vi o bastante para sentir o horror, mas não o bastante para saber o quê.

— Tinha pensado que perdera a Visão — disse baixinho.

— Ao que parece, não. Não é uma visão que eu gostaria de ter.

— Fique em silêncio, então — confortou-me. Virou o rosto para um lado e disse: — Vou levá-la para casa. Podem nos deixar a sós. Ela não precisa de nada.

De imediato, percebi que, atrás dele, havia um pequeno grupo de pessoas que se aglomerara por curiosidade, para ver a mulher que gritara e desmaiara na igreja.

— É uma vidente — disse alguém. — Ela foi o bobo santo da rainha.

— Não previu muita coisa, então... — disse outro dando um risinho, e fez uma piada sobre como vim da Inglaterra para casar-me com um homem e abandoná-lo três meses depois.

Vi Daniel enrubescer de raiva e esforcei-me para me sentar. No mesmo instante, seu braço segurou-me com mais força.

— Não se mexa — disse. — Vou ajudá-la a ir para casa e depois vou fazer-lhe uma sangria. Você está quente, está febril.

— Não estou — contestei na mesma hora. — Isso não é nada.

Meu pai apareceu do lado de Daniel.

— Consegue andar se nós dois a ajudarmos? — perguntou. — Ou é melhor eu buscar uma liteira?

— Posso andar — repliquei. — Não estou doente.

Os dois ajudaram-me a levantar e descemos para o caminho estreito que levava ao portão da cidade e para a nossa loja. Na esquina, vi um grupo de mulheres esperando: a mãe, as três irmãs de Daniel e a mulher com o bebê no quadril. Olhava-me exatamente como a tinha olhado, uma avaliando a outra, examinando, julgando, comparando. Era uma jovem de quadris largos, rosada e de aspecto saudável, madura como um pêssego, com lábios rosados e cabelo louro, a expressão franca que negava qualquer falsidade, olhos azuis, ligeiramente esbugalhados. Deu-me um sorriso, um sorriso tímido, meio se desculpando, meio esperançosa. O bebê que ela segurava era um judeuzinho típico, com o cabelo escuro, os olhos escuros, a expressão solene, a pele cor de oliva. Eu o teria reconhecido como filho de Daniel assim que o visse, mesmo que a Sra. Carpenter não traísse o segredo.

Ao olhá-la, vi uma sombra, uma sombra que desapareceu rapidamente. Eu vira algo parecido como um cavaleiro cavalgando, curvando-se na sua direção. Pisquei os olhos, não havia nada ali, a não ser essa jovem, abraçando seu bebê, a mãe e irmãs de Daniel me olhando e olhando para eles.

— Vamos, papai — falei, muito cansada. — Leve-me para casa.

Inverno de 1556-57

É claro que, em alguns dias, correu o boato de que eu desmaiara porque estava grávida, e durante as semanas seguintes mulheres foram à loja pedir volumes que estavam nas prateleiras mais altas, de modo que tivesse de sair de trás do balcão e esticar-me, para que vissem minha barriga.

No inverno, tiveram de admitir que se enganaram e que a filha do livreiro, a mulher estranha e inconstante, ainda não recebera a punição merecida. No Natal, estava tudo quase esquecido e durante a longa e fria primavera fui quase aceita como mais uma excêntrica nessa cidade de foragidos, vagabundos, ex-piratas, vivandeiros e prostitutas que seguem os soldados em campanha, e jogadores.

Além disso, o interesse maior eram as fofocas inveteradas desse ano. O antigo desejo do rei Felipe de levar o país de sua mulher à guerra contra a França finalmente tinha triunfado sobre o bom senso, e Inglaterra e França se declararam inimigas. Mesmo protegidos como estávamos, atrás dos muros sólidos de Calais, era aterrador pensar que o exército francês pudesse transpor os bastiões que cercavam o Pale. A opinião dos nossos clientes estava dividida entre os que achavam a rainha uma idiota governada por seu marido e louca para dominar a França e aqueles que achavam que essa era a grande chance de Inglaterra e Espanha derrotarem os franceses, como eles tinham feito antes e, dessa vez, dividir o espólio.

Primavera de 1557

As tormentas da primavera mantiveram os navios no porto, atrasando a chegada de notícias da Inglaterra e, consequentemente, as que chegavam não eram confiáveis. Eu não era a única a esperar no cais, todos os dias, e a sondar os navios que chegavam: "Quais são as notícias? O que está acontecendo na Inglaterra?" Os vendavais da primavera lançavam chuva e água salgada nas telhas e janelas da casa, e gelavam o meu pai. Alguns dias, ele sentia frio e cansaço demais para levantar-se da cama, e eu acendia um pequeno fogo na lareira em seu quarto, sentavame do lado da cama e lia para ele fragmentos preciosos da nossa Bíblia. Quando sozinhos, iluminados apenas pela luz de velas, lia, baixinho, na língua sonora da nossa raça. Lia em hebraico e ele voltava a deitar-se nos travesseiros e sorria ao ouvir as palavras antigas que prometiam uma terra ao Povo, e segurança, finalmente. Escondia o máximo que podia a notícia de que o país que escolhêramos, para o nosso refúgio estava, agora, em guerra com um dos reinos mais poderosos da cristandade, e quando ele perguntava eu enfatizava que, pelo menos, estávamos do lado de dentro da cidade e que, independentemente do que acontecesse aos ingleses na França, ou aos espanhóis logo ali em Gravelines, pelo menos sabíamos que Calais nunca cairia.

Em março, enquanto a população se alvoroçava com o rei Felipe, que passou pelo porto a caminho de Gravesend, eu dava pouca atenção aos rumores sobre seus planos para a guerra e intenções em relação à princesa Elizabeth. Ficava cada vez mais apreensiva com meu pai, que não parecia estar se recuperando. Depois de duas semanas de preocupação, reprimi meu orgulho e mandei chamar o recém-formado Dr. Daniel Carpenter, que já começara a clinicar em uma pequena sala no lado agradável do cais. Ele veio no mesmo momento que o menino de rua lhe transmitiu a mensagem. E chegou em silêncio e suavemente, como se não quisesse me perturbar.

— Há quanto tempo está doente? — perguntou, sacudindo a maresia de sua capa escura e grossa.

— Ele não está realmente doente. Parece mais cansado do que qualquer outra coisa — respondi, pegando a capa e abrindo-a diante do fogo para secar. — Não come muito, só aceita sopa e frutas secas, nada mais. Dorme dia e noite.

— A sua urina? — perguntou Daniel.

Busquei o frasco que tinha guardado para o seu diagnóstico. Levou à janela e examinou a cor à luz do dia.

— Ele está lá em cima?

— No quarto dos fundos — respondi e segui, escada acima, o marido que eu tinha perdido.

Esperei do lado de fora, enquanto Daniel media a sua pulsação e punha as mãos frias na testa do meu pai e perguntava-lhe gentilmente como estava. Ouvi a conversa, em tom baixo, o som da comunhão masculina, dizendo tudo ao proferir palavras que nada diziam, um código que mulheres nunca poderiam entender.

Então, Daniel saiu, sua expressão grave e terna. Levou-me lá para baixo e só falou quando chegamos à loja, com a porta de madeira, que dava para a escada, fechada atrás de nós.

— Hannah, eu poderia tratá-lo, dar-lhe remédios e atormentá-lo de mais uma dúzia de maneiras diferentes, mas não creio que eu, ou outro médico qualquer, possa curá-lo.

— Curá-lo? — repeti, como uma idiota. — Ele está apenas cansado.

— Ele está morrendo — disse meu marido, com delicadeza.

Por um momento, não entendi.

— Mas Daniel, isso não é possível! Não tem nada de errado com ele.

— Ele tem uma protuberância na barriga que está pressionando seus pulmões e o coração — diagnosticou Daniel em tom calmo. — Ele a sente; sabe que o tumor está ali.

— Ele só está cansado — protestei.

— E se ele se sentir pior do que cansado, se ele sentir dor, então lhe daremos um remédio para aliviá-la — assegurou-me Daniel. — Graças a Deus ele agora só sente cansaço.

403

Fui até a porta da loja e abri a porta, como se eu quisesse um cliente. Mas o que queria mesmo era fugir dessas palavras horríveis, fugir do sofrimento da aflição que se desdobrava, sem volta, à minha frente. A chuva, pingando dos beirais de todas as casas, corria pelo pavimento de pedras arredondadas para a vala, em pequenos córregos de lama.

— Pensei que estivesse só cansado — repeti, mais uma vez, de maneira idiota.

— Eu sei — replicou Daniel.

Fechei a porta e voltei para dentro da loja.

— Quanto tempo acha que ele tem?

Achei que diria meses, talvez um ano.

— Dias — respondeu em tom baixo. — Talvez, semanas. Mas não mais. Não creio.

— Dias? — repeti sem compreender. — Como assim, dias?

Sacudiu a cabeça com olhos compassivos.

— Sinto muito, Hannah. Não vai demorar.

— Devo chamar mais alguém para examiná-lo? — perguntei. — O seu tutor?

Daniel não se ofendeu.

— Se quiser. Mas qualquer um dirá a mesma coisa. Pode-se sentir a protuberância na barriga, Hannah; não tem mistério nenhum. Está pressionando a sua barriga, seu coração e seus pulmões. Está extirpando sua vida.

Levantei as mãos.

— Pare — falei, infeliz. — Não fale mais.

Interrompeu-se no mesmo instante.

— Lamento. Mas ele não sente dor. E não está com medo. Está preparado para a morte. Sabe que está vindo. Só está apreensivo com você.

— Comigo! — exclamei.

— Sim — disse, com firmeza. — Tem de assegurar-lhe que ficará bem, que está segura.

Hesitei.

— Jurei-lhe que, se você passar por qualquer dificuldade ou correr qualquer perigo, eu irei socorrê-la antes do que qualquer outro. Eu a protegerei como minha esposa enquanto você viver.

Segurei na maçaneta da porta contendo-me para não me lançar em seus braços, e lamentar-me como uma criança consternada.

— Foi bondade sua — consegui dizer. — Não preciso da sua proteção, mas foi generoso ao tranquilizá-lo.

— Você tem a minha proteção independentemente de precisar ou não — disse Daniel. — Sou seu marido, e não me esqueço disso.

Pegou sua capa no banco diante da lareira e a pôs ao redor dos ombros.

— Virei amanhã, e todos os dias ao meio-dia — disse. — E vou procurar uma boa mulher para ficar com ele, e você poder descansar.

— Eu cuidarei dele — repliquei abruptamente. — Não preciso de ajuda.

À porta, fez uma pausa.

— Precisa de ajuda — disse delicadamente. — Isso não é uma coisa que você possa fazer bem, sozinha. E terá ajuda. Vou ajudá-la, quer queira quer não. E ficará feliz por ter sido assim, quando tudo isso terminar, embora agora você resista. Serei bom para você Hannah, quer você me queira quer não.

Balancei a cabeça; não confiei no que falaria. Então, saiu para a chuva e eu subi para perto do meu pai. Peguei a Bíblia em hebraico e li um pouco para ele.

⚬

Como Daniel previra, meu pai enfraqueceu rapidamente. Cumprindo a palavra, Daniel trouxe uma enfermeira para a noite, de modo que meu pai nunca ficasse só, nunca sem uma vela acesa em seu quarto e o murmúrio suave das palavras que ele amava ouvir. Essa mulher, Marie, era uma camponesa francesa robusta, de pais devotos, e capaz de recitar todos os salmos, um depois do outro. À noite, meu pai dormia embalado pela cadência ressonante de *Île de France*. Durante o dia, encontrei um garoto para cuidar da loja enquanto eu lia em hebraico. Somente em abril, encontrei um novo volume que tinha um pequeno fragmento das orações para os mortos. Eu o vi sorrir agradecido. Levantou a mão, e me calei.

— Sim, está na hora — foi tudo o que disse. Sua voz estava fraca. — Vai ficar bem, minha menina?

Coloquei o livro no assento da minha cadeira e ajoelhei-me ao lado da cama. Com esforço, levou a mão à minha cabeça, para me abençoar.

— Não se preocupe comigo — sussurrei. — Ficarei bem. Tenho a loja e a gráfica. Posso me sustentar, e Daniel sempre cuidará de mim.

Assentiu com um movimento da cabeça. Distanciava-se, estava longe demais para dar um conselho, longe demais para fazer objeções.

— Eu a abençoo, *querida* — disse-me, suavemente.

— Pai! — Meus olhos estavam cheios de lágrimas. Deixei minha cabeça cair na cama.

— Deus a abençoe — repetiu e silenciou.

Levantei-me, fui para a minha cadeira, e pestanejei. Com as lágrimas embaçando a minha visão, mal enxergava as palavras. Então, comecei a ler: "Louvado e santificado seja o nome de Deus, que criou segundo a Sua vontade. Que Ele estabeleça o Seu reino durante os dias de sua vida e durante a vida de todos da casa de Israel. Amém."

ᘓ

À noite, quando a enfermeira bateu à minha porta, eu já estava vestida, sentada na cama, esperando-a me chamar. Fui para o lado da cama de meu pai e olhei seu rosto, sorrindo, iluminado, sem medo. Sabia que pensava em minha mãe, e se houvesse alguma verdade na sua fé, ou mesmo na fé dos cristãos, então, em breve, a encontraria no céu. Falei baixinho à enfermeira:

— Pode ir chamar o Dr. Daniel Carpenter — e a ouvi descer a escada.

Sentei-me à sua cabeceira, peguei sua mão e senti a pulsação fraca, como o coração de um passarinho. Lá embaixo, a porta abriu-se e fechou-se silenciosamente, e ouvi duas pessoas entrarem no quarto.

A mãe de Daniel estava à porta.

— Não estou me intrometendo — disse calmamente. — Mas você não saberia como as coisas devem ser feitas.

— Não sei — repliquei. — Li as orações.

— Isso mesmo — disse. — Agiu certo, e posso fazer o resto. Você pode observar e aprender, para saber como fazer. Para que possa fazer por mim, ou por outro, quando chegar a hora.

Aproximou-se da cama silenciosamente.

— Como está, meu velho amigo? — disse. — Vim me despedir de você.

Meu pai não disse nada, mas sorriu para ela. Delicadamente, ela deslizou seu braço sob os ombros dele, ergueu-o e o virou de lado, de modo que ficasse de frente para a parede e de costas para o quarto. Sentou-se do seu lado e recitou todas as orações, para os moribundos, de que se lembrava.

— Adeus, pai — falei baixinho. — Adeus, pai. Adeus.

ᘓ

Daniel cuidou de mim da forma que prometera. Como genro, todos os bens do meu pai passavam a pertencer-lhe por direito; mas transferiu-os para mim no mesmo dia. Ele veio e me ajudou a limpar os poucos pertences que meu pai guardara de nossas longas viagens, e pediu a Marie que permanecesse no serviço durante alguns meses. Ela poderia dormir na cozinha e fazer-me companhia, e me manteria segura à noite. A Sra. Carpenter fez cara feia, reprovando minha independência não feminina. Mas conseguiu ficar quieta.

Ela fez os preparativos para a missa do Réquiem. A cerimônia judaica secreta foi realizada no mesmo dia, por trás de nossa porta fechada. Quando lhe agradeci, ela me dispensou.

— Esta é a tradição do nosso Povo — disse. — Não podemos esquecê-la. Temos de realizá-la. Se nos esquecemos, nos esquecemos de nós mesmos. Seu pai foi um grande estudioso do nosso Povo, ele tinha livros que quase foram esquecidos, e teve a coragem de mantê-los seguros. Se não fossem homens como ele, nós não saberíamos as orações que eu disse na sua cabeceira. E agora, você sabe como é feito, pode ensinar a seus filhos, e a tradição do nosso Povo pode ser transmitida.

— Deve ser esquecida — falei. — Com o tempo.

— Não, por quê? — perguntou. — Lembramo-nos de Sião, nos rios da Babilônia, lembramo-nos de Sião nos portões de Calais. Por que nos esqueceríamos?

Daniel não me perguntou se eu o perdoaria e se podíamos recomeçar a viver como marido e mulher. Não me perguntou se ansiava ser tocada, beijada, se desejava me sentir viva como uma jovem na primavera, e não levar a vida como uma garota lutando contra o mundo. Não me perguntou se, com a morte do meu pai, eu não me sentia terrivelmente só no mundo, e que seria para sempre Hannah solitária, nem do Povo, nem esposa, e agora, nem mesmo filha. Não me fez essas perguntas, eu não falei voluntariamente sobre isso e portanto nos despedimos cordialmente à minha porta, com um sentimento de tristeza e remorso, e imaginei que, no caminho de casa, ele parasse para visitar a mãe rechonchuda e loura de seu filho. Entrei em casa, fechei a porta e fiquei sentada no escuro por um bom tempo.

∞

Os meses frios sempre foram difíceis para mim, o meu sangue espanhol continuava fluido demais para os dias úmidos de um inverno no litoral norte e Calais era um pouco melhor do que Londres fora sob a chuva intensa e o céu cinza. Sem meu pai, senti como se parte do frio do mar e do céu tivesse se insinuado no sangue em minhas veias e nos meus olhos, já que eu chorava inexplicavelmente, sem motivo. Parei de me alimentar apropriadamente e comia como um auxiliar da gráfica, com uma fatia de pão em uma das mãos e um copo de leite na outra. Não observava as restrições de dieta que meu pai gostava que fizéssemos e não acendia a vela no sabá. Trabalhava no sabá, imprimia livros seculares, livros de anedotas, textos de peças e poemas, como se a erudição tivesse perdido a importância. Deixei minha fé ser levada embora, junto com minha esperança de felicidade.

À noite, não conseguia dormir direito, e durante o dia quase não conseguia preparar as páginas para impressão de tanto que bocejava. Os negócios na loja estavam meio parados. Em tempos tão incertos, ninguém ligava para livros, a não ser livros de orações. Muitas vezes descia ao porto e saudava viajantes que chegavam de Londres, e perguntava sobre as novidades, pensando que, talvez, eu devesse retornar à Inglaterra, para ver se a rainha me perdoara, e aceitaria que voltasse a servi-la.

As notícias que traziam da Inglaterra eram tão sombrias quanto o céu vespertino. O rei Felipe visitava sua mulher em Londres, mas tinha lhe propiciado pouca alegria, e todo mundo dizia que ele só viera para casa para ver o que podia conseguir. Havia comentários maldosos de que teria levado sua amante, e que dançavam todos os dias diante do olhar atormentado da rainha. Sentada no seu trono, ela fora obrigada a vê-lo rir e dançar com outra mulher, e depois suportá-lo ao vê-lo enfurecer-se contra o seu conselho, que estava atrasando a participação na guerra contra a França.

Eu queria ir para junto dela. Achava que deveria estar se sentindo desesperadamente só, sem amigos em uma corte que se tinha tornado inteiramente espanhola e perversamente alegre mais uma vez, liderada pela nova amante do rei, rindo da falta de sofisticação inglesa. Mas a outra notícia da Inglaterra era a de que continuavam a matar hereges na fogueira, sem clemência, e eu soube que não haveria segurança para mim naquele país — a propósito, em lugar nenhum.

Decidi permanecer em Calais, apesar do frio, apesar da minha solidão. Ficar e esperar, e esperar que um dia, em breve, eu me sentisse mais apta a decidir, que um dia não muito distante eu recuperasse o meu otimismo, que um dia, um único dia, eu recuperasse, mais uma vez, o meu senso de alegria.

Verão de 1557

No começo do verão, as ruas foram tomadas pelo som de recrutadores marchando, batendo o tambor e soprando trombetas, convocando rapazes voluntários para lutar no exército inglês contra os franceses. O porto era uma agitação contínua de navios chegando e partindo, descarregando armamentos, pólvora e cavalos. Nos campos fora da cidade, um pequeno acampamento tinha sido armado e, aqui e ali, soldados marchavam, gritavam e marchavam de volta. Tudo o que eu sabia era que o tráfego pelo portão da cidade não trazia mais comércio. Os oficiais e soldados desse periclitante exército, recrutado às pressas, não eram lá muito eruditos, e eu receava seus olhares brilhantes e ávidos. A cidade ficou desgovernada com as centenas de homens a mais, e voltei a usar calções escuros, a esconder o cabelo dentro da boina e a vestir um gibão grosso, apesar do calor do verão. Levava uma adaga na bota, e a teria usado se alguém tivesse se lançado contra mim ou arrombado a loja. Mantive Marie, a enfermeira de meu pai, comigo, e trancávamos a porta às 18 horas, todos os dias, e só a abríamos de manhã, apagando nossas velas se escutássemos algum rebuliço na rua.

O porto ficou praticamente bloqueado com os navios que chegavam. Assim que os homens marchavam dos campos fora da cidade para os fortes afastados, os acampamentos eram imediatamente ocupados por mais soldados. No dia em que as tropas da cavalaria atravessaram a cidade, achei que o barulho derrubaria a chaminé do telhado. Mulheres da minha idade flanquearam as ruas, gritando palavras de incentivo e acenando para os homens que passavam, jogando flores e lançando olhares para os oficiais. Mas eu mantive a cabeça baixa. Já vira morte o bastante. O meu coração não pulava de excitação com o sopro das trombetas e o bater urgente dos tambores. Vi as irmãs de Daniel andando de braços dados, nas muralhas, usando suas melhores roupas, conseguindo baixar o olhar modestamente e ver tudo em volta ao mesmo tempo, loucas para serem notadas por algum oficial inglês. Eu não conseguia me imaginar com desejo. Não conseguia nem mesmo imaginar a excitação que parecia ter se apoderado de todos, exceto de mim. Tudo o que sentia era preocupação em relação à minha mercadoria se os homens perdessem o controle, e a gratidão pela sorte de haver escolhido uma casa dentro da cidade, a uma jarda do portão, e não uma jarda fora cidade.

Na metade do verão, o exército inglês, treinado, de certa maneira em formação e louco para combater, partiu de Calais, conduzido pelo próprio rei Felipe. Lançaram um ataque em St Quentin, e em agosto assaltaram violentamente a cidade e a conquistaram dos franceses. Foi uma vitória muito celebrada contra um inimigo odiado. Os cidadãos de Calais, ansiosos por reclamar todas as terras inglesas perdidas na França, ficaram loucos de alegria com esse primeiro sinal, e todo soldado que retornou foi coberto de flores e teve uma guampa de vinho colocada em sua mão condescendente e saudado como o salvador de sua pátria.

Vi Daniel na igreja no domingo, quando o padre pregou a vitória do povo eleito por Deus sobre os franceses traiçoeiros, e em seguida, para a minha perplexidade, rezou para o parto seguro da rainha de um filho homem e herdeiro do trono. Para mim, a notícia foi melhor do que a conquista de St Quentin, e pela primeira vez em muitos meses senti meu ânimo elevar-se. Quando pensei na rainha mais uma vez com um bebê no útero, ergui o rosto e sorri. Sabia como devia estar feliz, como a gravidez devolveria a alegria que sentira no começo do casamento, como agora estaria pensando que Deus perdoara os ingleses, e como poderia tornar-se uma rainha generosa, e uma boa mãe.

Quando todos saíamos da igreja, Daniel veio até mim, viu a felicidade em meu rosto e sorriu.

— Não sabia do estado da rainha?

— Como poderia saber? — repliquei. — Não vejo ninguém. Só ouço as fofocas mais gerais.

— Há notícias de seu antigo senhor, também — disse sem variação na voz. — Já as ouviu?

— Robert Dudley? — Senti que vacilei com o choque de seu nome. — Que notícias?

Daniel pôs a mão sob o meu cotovelo para me firmar.

— Boas notícias — falou calmamente, embora eu percebesse que não lhe davam muita alegria. — Boas notícias, Hannah, fique calma.

— Ele foi libertado?

— Ele e meia dúzia de outros homens acusados de traição foram libertados há algum tempo e combateram junto com o rei. — A torção na boca de Daniel indicou que ele achava que Lorde Robert serviria, primeiro, à sua própria causa. — O seu senhor recrutou sua própria tropa de cavalaria há um mês...

— Ele passou pela cidade? E eu não soube?

— Lutou em St Quentin e foi condecorado por bravura — replicou Daniel, em poucas palavras.

Senti-me vibrar de prazer.

— Oh! Que beleza!

— Sim — retrucou Daniel, sem entusiasmo. — Não vai procurá-lo, Hannah? A região rural não está segura.

— Ele passará pela cidade, no caminho de volta à Inglaterra, não? Quando os franceses pedirem a paz.

— Suponho que sim.

— Tentarei encontrá-lo, então. Talvez ajude-me a retornar à Inglaterra.

Daniel empalideceu, e sua expressão tornou-se mais grave ainda.

— Não pode se arriscar a voltar enquanto as leis contra a heresia forem tão fortes — sussurrou. — Eles acabarão por examiná-la.

— Sob a proteção do meu senhor, estarei segura — repliquei com confiança.

Custou-lhe muito admitir o poder de Lorde Robert.

— Suponho que sim. Mas por favor, fale comigo antes de tomar a decisão. O crédito dele talvez não seja tão bom, você sabe, um único ato de bravura em uma longa vida de traição.

Ignorei a crítica.

— Posso levá-la até sua casa? — Ofereceu-me o braço, aceitei e caminhamos juntos. Pela primeira vez em meses, senti minha melancolia se dissolver um pouco. A rainha estava grávida, Lorde Robert estava em liberdade e condecorado por bravura, a Inglaterra e a Espanha em aliança derrotaram o exército francês. Certamente, as coisas começariam a acertar-se para mim também.

— Mamãe disse que a viu no mercado, usando calções — comentou Daniel.

— Sim — repliquei, com indiferença. — Com tantos soldados e homens e mulheres rudes nas ruas, sinto-me mais segura desse jeito.

— Você voltaria para a minha casa? — perguntou Daniel — Gostaria de protegê-la. Você continuaria com a loja.

— Não está fazendo dinheiro — reconheci francamente. — Não me afastei por causa da loja. Não posso voltar para você, Daniel. Tomei uma decisão e não vou mudá-la.

Tínhamos chegado à minha porta.

— Mas se tiver problemas ou correr perigo, mandará me chamar — insistiu.

— Sim.

— E não vai partir para a Inglaterra ou se encontrar com Lorde Robert sem me dizer?

Encolhi os ombros.

— Não tenho planos, mas gostaria de rever a rainha. Ela deve estar tão feliz. Gostaria de vê-la agora, esperando seu bebê. Gostaria muito de vê-la alegre.

— Talvez quando o tratado de paz for assinado — propôs ele —, eu possa levá-la a Londres para lhe fazer uma visita, e trazê-la de volta, se quiser assim.

Olhei-o atentamente.

— Daniel, isso seria realmente muito bondoso de sua parte.

— Eu farei qualquer coisa para agradá-la, qualquer coisa que a faça feliz — replicou, delicadamente.

Abri a porta da minha casa.

— Obrigada — falei em tom baixo e esquivei-me, antes de cometer o erro de jogar-me em seus braços.

Inverno de 1557-58

Correram rumores de que o exército francês derrotado retornara, reagrupava-se nas fronteiras do English Pale, e todo estranho que chegava a Calais para o mercado do Natal era considerado espião. Os franceses deveriam atacar Calais em vingança por St Quentin, mas os franceses saberiam, assim como todos nós, que a cidade era inexpugnável. No entanto, todos receavam que os baluartes do lado de fora da cidade fossem minados, que naquele momento mesmo os sapadores estivessem se entocando, como vermes, pelo subterrâneo da terra inglesa. Todos tinham medo de que os guardas fossem subornados, da fortificação cair por traição. Mas acima de tudo isso havia a confiança jovial de que os franceses não venceriam. Felipe da Espanha era um comandante brilhante e tinha a nata do exército inglês em campo. Portanto, o que os franceses poderiam fazer com um exército como o nosso hostilizando o inimigo com fogo contínuo nas fronteiras, e, atrás delas, um castelo inexpugnável como o nosso?

Mas então os rumores do avanço francês tornaram-se mais detalhados. Uma mulher entrou na minha loja e avisou a Marie que devíamos esconder nossos livros e enterrar o nosso tesouro.

— Por quê? — perguntei a Marie.

Ela estava lívida.

— Eu sou inglesa — respondeu ela. — Minha mãe era uma pura inglesa.

— Não tenho dúvidas de sua lealdade — falei, incrédula de que alguém se sentisse impelido a provar sua origem a mim, que tinha uma origem tão variada, por nascimento, educação, religião e opção.

413

— Os franceses estão chegando — respondeu. — Essa mulher é da minha aldeia e foi avisada por sua amiga. Veio esconder-se em Calais.

Ela foi a primeira de muitas. Pessoas da região rural, no lado de lá dos portões, no Pale, afluíam continuamente, convencidas de que a sua segurança seria mais bem garantida dentro da cidade intocável.

A Companhia de mercadores, que praticamente governava a cidade, organizou um grande dormitório em Staple Hall, introduziu alimentos antes do avanço dos franceses e alertou todos os homens e mulheres jovens de Calais que se preparassem para um cerco. Os franceses estavam vindo, mas os exércitos inglês e espanhol resistiriam em sua defesa. Não precisávamos temer nada, mas devíamos nos preparar.

Então, à noite, sem aviso, o forte Nieulay caiu. Era um dos oito fortes que guardavam Calais, e como tal foi apenas uma pequena perda. Mas Nieulay era o forte no rio Hames que controlava as comportas marinhas, que supostamente irrigavam os canais ao redor da cidade, de modo que nenhum exército pudesse transpô-los. Com Nieulay nas mãos dos franceses, só restou para nos proteger os outros fortes e as grandes muralhas. Tínhamos perdido a primeira linha de defesa.

No dia seguinte, ouvimos o estrondear de canhão e, em seguida, um boato circulou pela cidade. O forte Risban, o forte que guardava a enseada interna de Calais, também caíra, embora tivesse sido construído recentemente e fortificado também recentemente. Agora, o porto estava aberto aos navios franceses e as bravas embarcações inglesas ancoradas poderiam ser tomadas a qualquer momento.

— O que vamos fazer? — perguntou Marie.

— Só foram dois fortes — repliquei intrepidamente, tentando ocultar meu medo. — O exército inglês ficará sabendo que estamos sitiados e virá nos salvar. Vai ver só, daqui a três dias estarão aqui.

Mas foi o exército francês que dispôs as tropas diante das muralhas de Calais e foram os soldados franceses armados de arcabuzes que dispararam uma enxurrada de flechas que passaram por cima dos muros e mataram pessoas que corriam nas ruas, tentando, em desespero, conseguir entrar em suas casas.

— Os ingleses virão — disse. — Lorde Robert virá e atacará os franceses pela retaguarda.

Passamos a tranca nas venezianas da loja e fomos para a sala dos fundos, aterrorizadas com a possibilidade dos grandes portões, tão próximos à nossa pequena loja, se tornarem um foco do ataque. Os franceses tinham máquinas de guerra para invadir cidades sitiadas. Mesmo escondida no quarto dos fundos da loja, ouvi as pancadas dos aríetes nos portões cerrados com trancas. Nossos homens nos bastiões acima disparavam para baixo, procurando desesperadamente atingir os que atacavam nossas defesas, e ouvi um estrondo e um silvo quando um grande recipiente com alcatrão fervendo foi despejado sobre os atacantes embaixo, ouvi os gritos enquanto eram escaldados, seus rostos voltados para cima pela violência da dor. Marie e eu, em pânico, ficamos agachadas atrás da porta da loja, como se as finas tábuas de madeira fossem nos proteger. Eu não sabia o que fazer nem aonde ir em busca de segurança. Por um momento, pensei em sair correndo pelas ruas até a casa de Daniel, mas estava com medo demais para conseguir tirar a tranca da porta da frente, e além disso as ruas estavam um tumulto só, com bala de canhão cobrindo como um arco as muralhas da cidade e caindo nas ruas, flechas acesas chovendo sobre os telhados de palha, e nossos reforços correndo pelas ruas estreitas em direção às muralhas.

Então, ao ouvir o ruído de centenas de cascos na minha rua, percebi que o exército inglês, guarnecido dentro da cidade, estava se agrupando para um contra-ataque. Devia achar que, se conseguissem expulsar os franceses dos portões da cidade, a região rural ao redor seria retomada e a pressão sobre as defesas da cidade aliviada.

Ouvimos os cavalos passar e, depois, o silêncio, enquanto se reuniam no portão. Observei que, para saírem, o portão teria de ser aberto, e então a minha pequena loja ficaria exposta, bem no centro da batalha.

Foi o bastante. Sussurrei para Marie em francês:

— Temos de sair daqui. Vou procurar Daniel, quer vir comigo?

— Vou para a casa dos meus primos, eles moram perto do porto.

Movi-me furtivamente até a porta e a entreabri. A visão que tive foi aterrorizadora. A rua estava um caos absoluto, com soldados subindo correndo a escada de pedra que levava aos bastiões, carregados de armas, homens feridos sendo ajudados a descer, outro tonel com alcatrão estava sendo aquecido em um fogo a apenas algumas jardas do sapê de uma casa da vizinhança. E do outro lado do portão veio o clamor medonho de um exército batendo na porta, escalando os muros, atirando para cima, posicionando o canhão e disparando, determinado a romper os muros e entrar na cidade.

Abri a porta e, quase no mesmo instante, ouvi um grito terrível vindo dos muros imediatamente acima da loja, quando uma saraivada de flechas atingiu um grupo de homens desprotegidos. Marie e eu fugimos para a rua. Atrás de nós, e depois, ao redor de nós, um estrondo horrível. Os franceses tinham catapultado uma grande carga de pedras e cascalhos no muro. Choveram pedras na nossa rua, como se fosse uma montanha desmoronando. Telhados receberam a carga e desabaram como um baralho derramando-se no chão, pedras atravessaram o sapê, entortaram chaminés e rolaram pelos telhados inclinados até o pavimento de pedras arredondadas, para se espatifarem ruidosamente, soando como uma arma de fogo. Foi como se o próprio céu lançasse pedras e fogo, como se fôssemos ser engolfados em terror.

— Estou indo! — gritou Marie, descendo uma viela que levava ao cais de pesca.

Nem mesmo pude desejar-lhe sorte, pois o cheiro da fumaça de edifícios em chamas ficou preso na minha garganta como uma punhalada e me asfixiou. O cheiro de fumaça — o mesmo cheiro dos meus pesadelos — encheu o ar, encheu minhas narinas, meus pulmões, até mesmo meus olhos. Não conseguia respirar e meus olhos estavam tomados de lágrimas, impedindo-me de enxergar direito.

Dos bastiões acima, ouvi um grito estridente de terror e, ao erguer o olhar, deparei-me com um homem em chamas, a flecha acesa ainda em sua roupa quando caiu no pavimento e rolou, tentando extinguir o fogo, berrando como um herege, enquanto seu corpo queimava.

Saí e comecei a correr, para qualquer lugar que me afastasse do cheiro de um homem queimando. Queria encontrar Daniel, que parecia ser o único porto seguro em um mundo que se transformara em um pesadelo. Sabia que teria de lutar para atravessar as ruas caóticas, repletas de pessoas atemorizadas correndo para o porto, com soldados seguindo na direção oposta, para os baluartes, e não sei como passei pela cavalaria, os cavalos girando e penetrando nas ruas estreitas, esperando para investir pelos portões e obrigar o exército francês a recuar.

Encostava-me bem nas paredes das casas, enquanto tropas montadas se reuniam rua. As grandes ancas dos animais empurravam umas as outras, e eu me encolhia nos pórticos, receando ser derrubada e esmagada.

Esperei a chance de passar, observando outras pessoas lançando-se no meio dos cascos dos grandes cavalos, vendo a rua de Daniel no outro lado da praça, ouvindo os homens gritarem, os cavalos relincharem, o corneteiro chamar às armas, e pensei, não na minha mãe — que havia enfrentado a morte como uma santa —, mas na rainha — que tinha enfrentado a morte como uma guerreira. A rainha, que montara seu próprio cavalo e lançara-se no escuro, resistindo sozinha. E pensando nela encontrei a coragem para me mover, esquivando-me dos cascos perigosos dos cavalos grandes, refugiando-me bem mais adiante na rua, quando uma grande carga de cavaleiros passou estrondosamente. Quando vi o estandarte que carregavam, manchado de lama e sangue de uma batalha anterior, e vi o urso e o bastão bordados, gritei:

— Robert Dudley!

Um homem olhou para mim.

— Na frente, onde sempre está.

Abri caminho de volta, agora sem medo de nada, afastando cabeças de cavalos de um lado e deslizando entre seus grandes flancos.

— Deixe-me passar, deixe-me passar, senhor. Estou procurando Robert Dudley.

Foi como um sonho. Os cavalos grandes com homens montados tão no alto quanto centauros acima de mim. Suas armaduras pesadas brilhando ao sol, tilintando quando batiam umas nas outras, ressoando como címbalos quando batiam as alabardas nos escudos, ouvindo seu bramido acima do ruído dos cavalos no pavimento de pedras, mais alto do que um trovão.

Quando vi, estava na frente da praça, e ali estava seu porta-estandarte, e do lado...

— Milorde! — gritei.

Devagar, a cabeça com o elmo virou-se para mim, o visor baixado, de modo que não podia me ver. Puxei a capa da cabeça, e meu cabelo se soltou e ergui a face para o cavaleiro escuro, no alto, em seu grande cavalo.

— Milorde! Sou eu! Hannah, o Bobo.

Sua mão com manopla levantou a face falsa de metal, mas a sombra do elmo deixou seu rosto no escuro e continuei sem poder vê-lo. O cavalo mexeu-se, mas foi controlado por sua outra mão. Sua cabeça estava virada para mim, podia sentir seus olhos em mim, aguçados sob as pontas aguçadas do elmo.

— Senhorita Menino?

Era a sua voz, vindo da boca desse grande deus-homem, esse grande homem de metal. Mas era a sua voz, tão íntima, quente e familiar como se estivesse vindo do baile da festa de verão do rei Eduardo.

O cavalo moveu-se lateralmente, recuei para a escada de entrada de uma casa e fiquei apenas quatro polegadas mais alta.

— Milorde, sou eu!

— Senhorita Menino, que diabos está fazendo aqui?

— Moro aqui — respondi, meio rindo, meio chorando, ao revê-lo. — E você?

— Libertado, lutando, vencendo... talvez perdendo no momento. Está segura aqui?

— Acho que não — respondi francamente. — Podemos defender a cidade?

Ele removeu a manopla da mão direita, tirou um anel do dedo e o jogou para mim.

— Leve isso ao *Windflight* — disse. — Meu navio. Eu a verei a bordo, se precisarmos zarpar. Agora vá, embarque. Vamos atacar.

— Forte Risban está perdido! — gritei acima do barulho. — Não poderá zarpar. Eles vão virar as armas na direção do porto.

Robert Dudley riu alto como se a própria morte fosse uma piada.

— Senhorita Menino, não espero sobreviver a esse ataque! Mas você talvez tenha sorte e escape. Agora vá.

— Milorde...

— É uma ordem! — gritou para mim. — Vá!

Arfei, pondo o anel no meu dedo. Tinha ficado no seu dedo mindinho, e o ajustei no meu dedo médio, logo acima da minha aliança de casamento: o anel de Dudley no meu dedo.

— Milorde! — gritei, de novo. — Volte são e salvo.

O corneteiro tocou tão alto que ninguém podia ser escutado. Estavam prontos para atacar. Ele baixou o visor sobre o rosto, tornou a vestir a manopla, posicionou a lança, tocou no elmo saudando-me e girou seu cavalo para ficar de frente para a sua tropa.

— Um Dudley! — gritou. — Por Deus e pela rainha! Dudley! Dudley!

Avançou na direção dos muros da cidade, para fora da praça, e como uma vivandeira, desobedecendo às suas ordens, segui atrás deles. À minha esquerda, eram as vias que desciam para o porto, mas fui atraída pelo tinido dos freios dos cavalos e o tropel ensurdecedor dos cascos no pavimento. O bramido do cerco foi ficando mais alto à medida que se aproximavam do portão, e, ao som da fúria francesa, hesitei, retraí-me, olhei para trás, procurando o caminho para o porto.

Então a vi. A mulher de Daniel, enlameada, o bonito vestido meio puxado de seu ombro, expondo o seio. O filho estava em seu quadril, agarrando-se, os olhos escuros arregalados, o cabelo solto emaranhado, seu olho roxo, a expressão agoniada, correndo como uma corça de seu caçador, pulando e tropeçando nas pedras arredondadas do pavimento.

Reconheceu-me imediatamente. Observara-me como eu a tinha observado, todos os domingos, na missa. Nós duas confinadas no banco dos pobres, na parte de trás na igreja. Nós duas envergonhadas pela determinação uma da outra.

— Hannah! — gritou para mim. — Hannah!

— O que é? — gritei, com irritação. — O que quer de mim?

— Mostrou-me seu filho.

— Pegue-o!

No mesmo momento lembrei-me da intensidade de minha visão na igreja, na primeira vez que a vi. Havia uma gritaria e um barulho ensurdecedor. Depois, no meu pesadelo, ela tinha gritado: "Pegue-o!" Quando gritou, o céu ficou, repentinamente, cinza-escuro, com uma rajada de projéteis e me enfiei na entrada de uma casa, mas ela apareceu no outro lado da rua, desviando das pedras que caíam.

— Hannah! Hannah! Preciso da sua ajuda.

— Vá para casa — gritei, impotente. — Vá para um porão ou qualquer outro lugar.

O último dos cavalos saía da praça. Ouvimos o ruído dos portões sendo abertos para Lorde Robert e sua tropa de cavalaria fazerem o assalto, e o urro de fúria ao partirem ao encontro do exército francês.

— Estão nos abandonando? — gritou ela com horror. — Estão fugindo?

— Não, vão lutar. Procure um lugar onde se esconder... — gritei com impaciência.

— Que Deus nos proteja. Não precisam sair para combatê-los; eles já estão aqui! Devem voltar para lutar! Os franceses estão aqui! Estão na cidade! Estamos perdidos! — gritou a mulher de Daniel. — Foram eles que...

Suas palavras penetraram, de súbito, a minha mente, e me virei para olhá-la de novo. No mesmo instante percebi o significado de seu olho roxo e de seu vestido rasgado. Os franceses estavam na cidade, e a tinham estuprado.

— Entraram pelo porto! Há dez minutos! — gritou, e, enquanto gritava as palavras, vi descendo a rua atrás dela uma avalanche de cavaleiros, a cavalaria francesa nas ruas e na retaguarda de meu senhor, interceptando-o e a seus homens, vindos do porto, os cavalos espumando, as lanças baixadas para o ataque, os visores fixados de modo que pareciam ter rostos de ferro, as esporas tirando sangue dos cavalos, o ruído ensurdecedor dos cascos, o horror absoluto de um ataque de cavalaria em um espaço murado. A primeira fileira nos alcançou em um instante, uma lança sendo baixada para me perfurar e, sem pensar, puxei a adaga da minha bota e com a lâmina curta aparei a investida. O impacto do golpe derrubou a arma da minha mão, mas salvou minha vida ao me empurrar de encontro à porta da casa atrás de mim. Senti a porta ceder e caí para trás, no escuro de uma casa desconhecida, quando ouvi a mulher de Daniel gritar:

— Salve meu filho! Leve o meu bebê! Leve-o!

Mesmo quando ela correu para mim com o bebê estendido à sua frente, mesmo quando o jogou em minhas mãos, e me pareceu quente, macio e pesado, ouvi minha voz:

— Não posso ficar com ele.

Vi a lança atravessá-la, perfurando-lhe a espinha, enquanto gritava de novo:

— Leve-o! Leve-o! — E, nesse momento, houve um estrondo terrível, como uma floresta desabando de repente, e um assalto súbito de cavalos, homens e perigo, e tropecei para trás, de volta ao interior escuro da casa, com o bebê apertado contra o corpo. E então a porta se fechou com uma batida que soou como um trovão.

Virei-me para agradecer quem quer que tivesse me salvado, mas antes de eu poder falar houve um troar de chamas e uma explosão repentina de fumaça quente, e alguém passou rápido por mim e abriu a porta de novo. O telhado de sapê desse refúgio temporário inflamou-se, acendendo-se como uma pira, incendiando-se em segundos. Todos que estavam escondidos na casa passavam por mim, empurrando-me, para alcançarem logo a rua, mais dispostos a enfrentar a cavalaria inclemente do que a morte queimados. E eu, sentindo o cheiro da fumaça como um rato assustado, precipitei-me para fora, junto com eles, a criança agarrada a mim, apertada no meu ombro.

Graças a Deus, as ruas ficaram desimpedidas por um momento. Os cavaleiros franceses perseguiam a tropa de Lorde Robert em uma investida enlouquecida, arriscada. Mas a mulher de Daniel estava onde a tinham deixado, com duas perfurações de lança no corpo. Jazia em uma poça funda de seu próprio sangue, morta.

Ao vê-la, segurei seu filho mais apertado a mim e me pus a descer a rua, me distanciando do portão, descendo a escada de pedra para o porto, meus pés batendo com um som surdo, ao ritmo do medo. Eu não tinha tempo para procurar por Daniel, não podia fazer outra coisa a não ser aproveitar a chance que tinha com o anel de Lorde Robert. Fugi para o porto, como uma criminosa, com a gritaria seguindo-me, e tinha consciência de que todos à minha volta também corriam, alguns carregando trouxas de pertences, outros segurando firme seus filhos, em desespero para sair da cidade antes que os franceses dessem meia-volta e investissem, novamente, em seus cavalos.

Os barcos estavam amarrados com apenas um único cabo, as velas colhidas, prontos para zarpar a qualquer momento. Procurei desesperadamente com os olhos pelo estandarte de Lorde Robert, e o localizei no extremo do píer, onde seria mais fácil escapar. Corri pelo píer, meus pés batendo nas tábuas de madeira, até ser detida quando um marinheiro saltou do navio e se pôs na frente da prancha de embarque, com um alfanje fora da bainha, apontado para a minha garganta.

— Nem mais um passo, garoto — disse ele.

— Lorde Robert me mandou — falei ofegando.

O marinheiro sacudiu a cabeça.

— Todos podemos dizer isso. O que está acontecendo na cidade?

— Lorde Robert lidera sua tropa em um ataque, mas os franceses já estão na cidade, às suas costas.

— Ele pode voltar?

— Não sei. Não o vi.

Gritou uma ordem por cima do ombro. Os homens no convés foram para o lado dos cabos das velas, e dois outros pularam para terra firme e seguraram o cabo, prontos para soltá-lo.

Estendi a mão para mostrar seu anel, seguro com firmeza em meu dedo, em cima da minha aliança.

O marinheiro olhou imediatamente, depois de novo, mais cuidadosamente.

— O anel dele — disse o marinheiro.

— Sim. Ele me deu. Esteve comigo antes de partir para o ataque. Sou seu vassalo. Eu era Hannah, o Bobo, antes de vir para cá.

Recuou um passo e examinou-me com uma olhadela rápida.

— Não a reconheci — falou. — E este? É seu filho?

— Sim. — A mentira foi dita antes de eu ter tempo de pensar, e não tinha como voltar atrás. — Deixe-me subir a bordo. Recebi uma ordem do meu senhor de ir para a Inglaterra.

Afastou-se para o lado e fez sinal com a cabeça para eu subir a prancha estreita, e depois posicionou-se firme de novo.

— Mas você é a última — disse, resolutamente. — Mesmo que venham com um cacho do seu cabelo ou qualquer outro símbolo de amor.

Esperamos uma hora enquanto outros afluíam ao cais. O marinheiro teve de chamar outros homens para ajudá-lo a afastar os refugiados do píer de Lorde Robert e xingá-los de covardes, enquanto a tarde de inverno escurecia e ninguém sabia se Lorde Robert tinha rompido as fileiras francesas ou se tinham entrado na cidade, por trás dele, e o matado. Então, vimos a cidade incendiar-se, de uma ponta a outra, quando o exército francês transpôs os muros e pôs fogo em um telhado de sapê atrás do outro.

O marinheiro de guarda na prancha de embarque gritou ordens e a tripulação ficou a postos. Sentei-me em silêncio no convés, balançando o neném contra o meu ombro, com pavor de que ele chorasse e que decidissem que um passageiro extra não valia o risco extra, especialmente se meu senhor não estivesse vindo.

Uma onda de homens e cavalos desceu ao cais, e foi uma polvorosa quando desmontaram, tiraram as armaduras e correram para os navios que aguardavam.

— Calma, rapazes, calma — gritou a voz possante do marinheiro que guardava a base da prancha. Seis guardas se posicionaram atrás dele, ombro a ombro, com suas adagas preparadas, e pediram a senha a todo homem que tentou subir a bordo, rejeitando um bom número, que correu de volta pelo píer em busca de outra embarcação que pudesse acolhê-los. O tempo todo, ouvimos as explosões na cidade, provocadas por pólvora, o desabamento de telhados e o estrondo dos edifícios em chamas.

— Não é uma derrota, é uma debandada — falei perplexa no ouvidinho do bebê que se virou e bocejou como uma boquinha parecendo um botão de rosa, emitindo um "ooo" perfeito, como se estivesse totalmente seguro e não precisasse temer nada.

Então, vi o meu senhor. Eu o teria reconhecido no meio de qualquer multidão. Andava, a espada de lâmina larga em uma das mãos, o elmo na outra, arrastando os pés como um homem derrotado. Atrás dele, um cortejo de homens mancando, sangrando, as cabeças baixas. Ele os conduziu ao navio e pôs-se de lado, enquanto subiam a prancha de embarque e deixavam-se cair no convés, com o tinido da armadura amassada.

— É o bastante, senhor — disse o marinheiro, calmamente, quando a carga se completou e meu senhor olhou para cima, como um homem que acabara de despertar de um sono.

— Mas temos de buscar o resto. Prometi que me serviriam e os levaria à vitória. Não posso deixá-los aqui, agora.

— Voltaremos para buscá-los — replicou o marinheiro com delicadeza. Pôs o braço forte ao redor dos ombros do meu senhor e o conduziu com firmeza na subida da prancha. Lorde Robert andava devagar, os olhos abertos, mas não vendo nada. — Ou conseguirão outra embarcação. Soltar a amarra! — gritou o marinheiro para o homem com o cabo da popa. O homem jogou o cabo e os outros desenrolaram as velas. Lentamente, fomos nos afastando do cais.

— Não posso deixá-los! — Robert, de súbito completamente alerta, virou-se para o abismo de água que se ampliava entre o navio e a terra. — Não posso abandoná-los lá.

Os homens deixados no cais deram um grito de inspirar pena: "Dudley! Dudley!"

O marinheiro alcançou Lorde Robert e o abraçou forte, afastando-o da amurada, impedindo que pulasse.

— Voltaremos para buscá-los — assegurou-lhe o marinheiro. — Conseguirão embarcar a salvo em outros navios, e na pior das hipóteses os franceses pedirão o pagamento do regaste.

— Não posso abandoná-los! — Robert Dudley debateu-se para soltar-se. — Ei! Vocês! Marinheiros! Voltem para o porto. Retornem ao cais!

O vento soprava as velas, e quando foram ajustadas ficaram retesadas e começaram a impulsionar a embarcação. Atrás de nós, em Calais, houve um estrondo ressoante quando as portas da cidadela cederam e o exército francês penetrou bem no centro da potência inglesa na França. Robert virou-se, angustiado, para a terra.

— Devemos nos reagrupar! — gritou ele. — Vamos perder Calais se partirmos agora. Pense nisso! Calais! Temos de voltar, reagrupar e lutar!

O marinheiro continuou a segurá-lo, mas agora menos para contê-lo do que para confortá-lo em sua dor.

— Nós voltaremos — disse, balançando-o de um pé para o outro. — Voltaremos para buscar o resto dos homens, e depois retomaremos Calais. Sem dúvida, senhor. Não duvide disso.

Lorde Robert foi para a popa do navio, examinando a enseada, vendo a retirada desordenada. Podíamos sentir o cheiro da cortina de fumaça levantada pelos edifícios em chamas à deriva sobre a água. Ouvíamos as pessoas gritar. Os franceses estavam vingando o insulto dos habitantes famintos de Calais, que se haviam rendido aos ingleses tanto tempo atrás. Lorde Robert parecia disposto a se lançar na água e nadar de volta, para encarregar-se da evacuação do porto, mas até mesmo ele, em sua fúria, percebia que seria inútil. Perdera; os ingleses tinham perdido. Era tão simples e brutal assim, e o caminho de um homem de verdade não era arriscar a sua vida com uma representação exagerada de pantomima, mas refletir sobre como vencer a próxima batalha.

_CB_

Ele passou a viagem contemplando, da popa, o litoral da França que se distanciava, muito tempo depois que o perfil fantástico da fortaleza afundara no horizonte. Quando a luz se extinguiu cedo no céu cinza de janeiro, permaneceu em pé, olhando para trás, e, quando a pequena lua fria nasceu, continuava lá, tentando discernir alguma esperança no horizonte negro. Digo isso porque o estava observando, sentada sobre um cabo enrolado no mastro, logo atrás dele. O bobo, seu vassalo, em vigília porque estava em vigília, apreensiva porque ele estava apreensivo, com muito medo por ele, por mim mesma e pelo que quer que o futuro nos reservasse quando desembarcássemos na Inglaterra, um trio estranho: uma judia renegada com um bastardo gentio no colo e um traidor recém-liberto que liderara seus homens para a derrota.

03

Não imaginei ver sua mulher Amy no cais, mas lá estava ela, as mãos sobre os olhos, procurando-o pelo convés. Vi-a antes que ela pudesse vê-lo.

— A sua mulher — disse em seu ouvido.

Ele desceu rapidamente a prancha de desembarque e foi encontrá-la. Não a pegou em seus braços, não a saudou com nenhum gesto de afeição, mas escutou atentamente o que lhe disse e, depois, virou-se para mim.

— Tenho de ir para a corte explicar à rainha o que aconteceu em Calais — disse brevemente. — Cabeças terão de rolar por isso, talvez a minha.

— Milorde — sussurrei.

— Sim — replicou abruptamente. — Parece que não fiz muito para promover minha família. Hannah, vá com Amy, ela ficará com amigos em Sussex. Mandarei chamá-la.

— Milorde — aproximei-me um pouco mais. — Não quero viver no campo — foi tudo o que consegui dizer.

Robert Dudley riu largo para mim.

— Sei que não, querida. Não o suporto, também. Mas terá de aguentar por um ou dois meses. Se a rainha mandar decapitar-me por incompetência, então poderá ir para onde quiser. Está bem? Mas se eu sobreviver, abrirei minha casa em Londres e você voltará a me servir. Como quiser. Qual a idade da criança?

Hesitei, me dando conta de que não sabia.

— Tem quase dois anos — respondi.

— Casou-se com o pai dele?

Olhei direto no seu rosto.

— Sim.

— E qual o seu nome?

— Daniel, como o pai.

Assentiu com a cabeça.

— Amy vai cuidar de vocês — disse ele. — Gosta de crianças. Com um estalo de seus dedos, chamou a mulher. Eu a vi sacudir a cabeça, contrariada, mas depois baixou os olhos, submetendo-se à sua autoridade. Quando ela me lançou um olhar de puro ódio, adivinhei que tinha ordenado que cuidasse de mim e do meu filho, quando ela preferia ir com ele para a corte da rainha.

Ela trouxera seu cavalo. Observei-o subir para a sua sela, e então seus homens também montaram.

— Londres — disse sucintamente, e conduziu seu cavalo para o norte, para o seu destino, independente de qual fosse.

ෆ

Não consegui formar uma opinião sobre Amy Dudley enquanto cavalgávamos pelo campo gelado da Inglaterra naqueles dias frios de janeiro de 1558. Era uma boa amazona, mas não parecia sentir muito prazer com isso, nem mesmo nos dias em que o sol nascia como um disco vermelho no horizonte e quando tordos saltavam e se escondiam nas cercas vivas desfolhadas e a geada pela manhã nos dava vontade de cantar. Achei que era a ausência do marido que a tornava tão mal-humorada, mas sua acompanhante, a Sra. Oddingsell, não tentava animá-la, nem mesmo falavam dele. Cavalgavam em silêncio, como mulheres habituadas a isso.

Tive de cavalgar atrás delas o caminho todo de Gravesend a Chichester, com o bebê amarrado nas minhas costas, e toda noite, por causa da tensão, sentia dor do traseiro até o pescoço. A criança extraordinária mal fizera um ruído desde o momento em que a mãe a jogara para mim antes de ser derrubada pela cavalaria francesa. Eu mudara seus trapinhos por um lençol que me deram a bordo do navio e o envolvera com uma suéter de lã de marinheiro e, quase o tempo todo, carregava-o como se fosse uma caixa que alguém tivesse insistido para eu carregar contra a minha vontade. Ele não tinha emitido nenhum som, nenhuma pergunta nem protesto. Dormindo, descansava contra o meu corpo, aninhado como se fosse meu; desperto, sentava-se no meu colo ou no chão aos meus pés, ou se levantava, uma das mãos segurando firme no meu calção. Não dizia uma palavra, nem em francês, a língua de sua mãe, nem em inglês. Olhava-me com seus olhos escuros solenes e não dizia nada.

Parecia ter certeza de que ficaria comigo. Não adormecia, a menos que eu o estivesse observando e, se eu tentasse acomodá-lo e afastar-me, ele se levantava e vinha, com seus passinhos incertos, atrás de mim, sempre em silêncio, sempre sem se queixar, mas com uma carinha cada vez mais enrugada de aflição, por ter sido deixado para trás.

Eu não era uma mulher naturalmente maternal, não fora uma menina que brincasse com bonecas e é claro que não tivera um irmãozinho ou uma irmãzinha a quem ninar. E não conseguia evitar admirar a tenacidade desse pequeno ser. Tinha entrado, de repente, na sua vida como sua protetora, e ele se asseguraria de estar sempre do meu lado. Passei a gostar da sensação de sua mãozinha gorducha estendendo-se, em confiança, para mim. Passei a dormir bem com o menino aninhado em mim.

Lady Amy Dudley não fez nada para ajudar-me com o bebê na viagem longa e fria. Não havia razão: ela não me queria nem queria a criança. Mas teria sido bondoso de sua parte ter ordenado a um dos homens que me levasse em uma sela extra, para mulheres, na sua garupa, para que eu pudesse segurar a criança e aliviar um pouco a dor em minhas costas. Ela devia ter notado que no fim de um longo dia de viagem na sela eu estava tão exausta que mal conseguia ficar de pé. Teria sido gentil se me acomodasse rapidamente e providenciasse mingau para a criança. Mas não fez nada por mim, nada por ele. Olhava para nós dois com uma expressão desconfiada e não disse uma palavra sequer a mim, a não ser ordenar que estivesse pronta para partir na hora acertada.

Senti a presunção universal de mulheres com filhos e lembrei-me que milady era estéril. Também achei que suspeitava que seu marido fosse o pai, e nos castigava por ciúmes. Decidi que devia esclarecer logo que não via milorde há anos, e agora era uma mulher casada. Mas Amy Dudley não me deu nenhuma chance. Tratou-me como tratava os homens de comitiva, como parte da paisagem fria, como uma das árvores cobertas de gelo. Não me prestava a mínima atenção.

Tive muito tempo para pensar enquanto avançávamos lentamente para o sul e oeste nas estradas congeladas, serpenteando aldeias e passando por campos, onde era evidente que a fome grassava. As grandes portas dos celeiros ficavam abertas, não havia forragem a proteger. As aldeias estavam quase sempre escuras, os chalés vazios. Alguns povoados estavam completamente desertos, as pessoas tendo perdido a esperança de viver da terra estéril no clima continuamente ruim.

Prossegui pelas estradas vazias com os olhos no campo desolado e amaldiçoado. Mas com o pensamento em meu marido e na cidade que deixara.

Agora que a nossa fuga terminara e chegávamos a um abrigo relativamente seguro, eu morria de medo por Daniel. Agora tinha tempo para perceber que estávamos perdido um do outro de novo, e de uma maneira que parecia irrevogável, e talvez não nos revíssemos mais. Nem mesmo sabia se estava vivo. Estivemos presos em países em guerra e nos separado durante a luta mais implacável que a cristandade vivera. Era impossível retornar para junto dele em Calais, e, até onde sabia, ele poderia ter sido morto naquele primeiro ataque cruel à cidade, ou contraído uma das várias doenças contagiosas que um exército ferido propagava. Sabia que acharia seu dever sair para ajudar os feridos e doentes, e só me restava rezar com esperança pela chance improvável de os franceses demonstrarem misericórdia em relação a um médico inimigo na cidade que fora uma fonte de aborrecimento, para eles, durante dois séculos.

A chegada do exército seria acompanhada da igreja católica francesa, alerta à heresia em uma cidade que antes havia sido orgulhosamente protestante. Se Daniel tivesse escapado da morte durante o combate, se tivesse escapado das doenças dos soldados, ainda assim talvez fosse capturado como herege, se alguém o acusasse de ser judeu.

Sabia que essa preocupação não nos ajudava em nada. Mas era impossível deixar de pensar em Daniel enquanto percorríamos as estradas frias. Eu não poderia mandar uma carta para Calais até ser declarada uma paz, e isso só aconteceria dali a meses. Pior ainda, não podia ter esperanças de receber notícias, pois ele não fazia ideia de onde eu estava, nem mesmo se eu estava viva. Quando ele fosse me procurar na loja próxima ao muro da cidade, encontraria o lugar saqueado ou incendiado, e nem mesmo Marie, supondo-se que sobrevivesse, poderia dizer onde eu estava. E, então, ele descobriria que a mãe do pequeno Daniel morrera e que o menino desaparecera. Ele não tinha motivos para supor que nós estivéssemos juntos, em segurança, na Inglaterra. Pensaria ter perdido sua mulher e seu filho na batalha terrível.

Eu não podia me alegrar com minha segurança sabendo que ele continuava em perigo. Não seria feliz enquanto não soubesse se estava vivo. Não podia me estabelecer na Inglaterra; achava que não poderia me estabelecer em lugar nenhum até saber que Daniel estava a salvo. Cavalguei pelas estradas frias, com o peso de seu filho amarrado, desajeitadamente, às minhas costas, e comecei a admirar-me com meu próprio desconforto. Em um certo ponto da estrada — acho que em Kent —, ocorreu-me, na luminosidade do sol invernal no horizonte ofuscando minha vista, que não poderia assentar-me sem Daniel porque o amava. Eu o amara talvez desde o momento que o vira nos portões de Whitehall Palace, quando discutimos. Amara sua firmeza, sua fidelidade e sua paciência comigo a partir de então. Senti-me como se tivéssemos crescido juntos. Ele tinha-me visto ser enviada como bobo para o rei, ter sido devotada à rainha e ter-me encantado com a princesa Elizabeth. Vira minha adoração pueril pelo meu senhor e me tinha visto lutar comigo mesma para me tornar a mulher que sou agora. A única coisa que não vira, a única coisa que eu nunca deixara que percebesse, era a resolução dessa batalha interior: o momento em que podia dizer "Sim, sou uma mulher, e amo esse homem."

Tudo o que acontecera em Calais dissolveu-se diante desse único fato. A intrusão de sua mãe, a malícia de suas irmãs, sua própria estupidez inocente ao achar que todos poderíamos viver felizes sob o mesmo pequeno teto. Nada parecia ter importância além do fato de eu saber que o amava e que tinha de admitir que talvez fosse tarde demais para lhe dizer isso. Daniel poderia estar morto.

Se estivesse morto, parecia não ter muita importância ter se deitado com outra garota. A perda maior encobria a traição menor. Quando montava meu cavalo, de manhã, e desmontava, exausta, à noite, percebia que era realmente a viúva que dizia ser. Tinha perdido Daniel, e só agora descobria que sempre o amara.

☪

Ficaríamos em uma casa grande, ao norte de Chichester, e fiquei feliz ao entrar no pátio do estábulo ao meio-dia e passar meu cavalo cansado para um dos cavalariços. Sentia-me exausta ao seguir Lady Dudley até o salão, e apreensiva — não conhecia essas pessoas, e depender da caridade de milady não era uma posição que qualquer mulher escolhesse livremente. Era independente demais em minha mente, e ela era distante e fria demais para fazer com que alguém se sentisse bem acolhido.

Lady Dudley seguiu na frente para o salão, e eu segui a Sra. Oddingsell com Danny no colo. Lá encontramos a nossa anfitriã, Lady Philips, fazendo uma reverência profunda, com a mão estendida para Lady Dudley.

— Ocupará o quarto de sempre que dá vista para o parque — disse ela. Então se virou para a Sra. Oddingsell e para mim, com um sorriso.

— Esta é a Sra. Carpenter. Poderá ficar com sua governanta — disse Lady Dudley abruptamente. — Ela é uma mulher conhecida de milorde e foi resgatada de Calais. Creio que ele me instruirá em breve quanto ao que fazer com ela.

Lady Philips ergueu um sobrolho diante do tom rude de Amy, que só faltou me chamar da prostituta de Lorde Robert. A Sra. Oddingsell fez uma reverência e dirigiu-se à escada, mas não a segui imediatamente.

— Preciso de algumas coisas para a criança — falei com constrangimento.

— A Sra. Oddingsell vai ajudá-la — disse a mulher de Robert Dudley, gelidamente.

— Há algumas roupas de bebê na despensa para os indigentes — disse a Sra. Philips.

Fiz uma mesura.

— Foi muita generosidade de milorde dar-me um lugar no navio que partiu de Calais — falei claramente. — Principalmente porque não o via há muito tempo, desde que servi à rainha. Mas hoje sou uma mulher casada, meu marido é médico em Calais e este é o filho de meu marido.

Percebi que as duas me entenderam e tinham ouvido a referência ao serviço real.

— Milorde é sempre generoso com seus criados, não importa sua posição inferior — disse Amy Dudley de maneira desagradável, e fez sinal para que eu saísse.

— E preciso de roupas apropriadas para o meu filho — falei, sem me mover. — Não da despensa dos indigentes.

As duas mulheres olharam-me com a atenção renovada.

— Preciso de roupas para o filho de um cavalheiro — falei simplesmente. — Costurarei sua roupa branca assim que puder.

Lady Philips, agora insegura em relação a que espécie de louca recebera em casa, deu-me um sorriso cauteloso.

— Tenho algumas coisas — disse com prudência. — Foram usadas pelo meu sobrinho.

— Tenho certeza de que servirão ao propósito de maneira excelente — repliquei com um sorriso cordial. — E obrigada, milady.

ॐ

Dali a uma semana estava desesperada para ir embora. A região rural descampada de Sussex no inverno parecia pressionar meu rosto como uma vidraça fria. The Downs, as colinas relvadas inglesas, inclinavam-se sobre o pequeno castelo como se fossem nos esmagar no terreno gredoso impassível. O céu estava cinza como chumbo, e a neve cobria tudo. Em duas semanas, desenvolvera uma dor de cabeça que me atormentava todas as horas do dia e só me deixava à noite, quando eu caía em um sono tão profundo que mais parecia a morte.

Amy Dudley era uma hóspede regular e bem-vinda ali. Havia uma dívida entre Sir John Philips e milorde que era saldada com essa hospitalidade. Sua estada era indefinida. Ninguém falava nada sobre quando partiria, ou aonde iria em seguida.

— Ela não tem uma casa só sua? perguntei à Sra. Oddingsell, frustrada.

— Não uma que ela escolha usar — replicou brevemente e fechou a boca, sem querer fazer fofocas.

Não conseguia entender. Milorde perdera a maior parte das terras e fortuna ao ser preso por traição, mas certamente sua mulher teria família e amigos que a manteriam, nem que fosse uma pequena propriedade.

— Onde vivia quando ele estava na Torre? — perguntei.

— Com o seu pai — replicou a Sra. Oddingsell.

— Onde ele está agora?

— Morto, que sua alma descanse em paz.

Sem uma casa para comandar ou terras para arar, Lady Dudley era uma mulher completamente ociosa. Nunca a vi com um livro na mão, nunca a vi nem mesmo escrever uma carta. Saía a cavalo pela manhã, com apenas um cavalariço como companhia, e fazia um longo passeio que durava até a hora da refeição. Comia pouco e sem apetite. À tarde, sentava-se com Lady Philips, e as duas conversavam sobre trivialidades e costuravam. Nenhum detalhe da criadagem, vizinhos e amigos era insignificante demais para ser comentado. Quando a Sra. Oddingsell e eu nos sentávamos com elas, quase caía no sono de tanto tédio, enquanto Lady Philips contava a história da desgraça de Sophie, a observação de Amelia e o que Peter dissera sobre tudo isso, pela terceira vez em três dias.

A Sra. Oddingsell pegou-me bocejando.

— O que há com você? — perguntou, sem nenhuma simpatia.

— Estou entediada — respondi francamente. — Elas fofocam como peixeiras. Por que estariam interessadas na vida das leiteiras?

A Sra. Oddingsell lançou-me um olhar perplexo, mas não disse nada.

— Ela não tem amigos na corte, não recebeu nenhuma notícia de milorde, só passa a tarde toda comentando a vida dos outros?

A mulher sacudiu a cabeça.

Deitávamos cedo, o que era bom para mim, e Amy Dudley levantava-se de manhã cedo. Dias comuns, comuns a ponto de entediar, mas ela os passava com um ar de fria indiferença, como se não fosse a sua própria preciosa vida que estivesse sendo desperdiçada com conversas inconsequentes. Levava a vida como uma mulher representando em um quadro longo e sem sentido. Passava os dias como um autômato — como o soldadinho de ouro de brinquedo que batia em um tambor ou curvava-se e levantava-se para inflamar um canhão, como eu vira em Greenwich. Tudo o que fazia parecia funcionar com um mecanismo de cordas invisível para fazer sua cabeça virar e só falar quando os dentes da engrenagem estalavam dentro dela. Não havia nada que lhe desse vida. Estava em um estado de espera obediente. E então percebi pelo que ela esperava. Um sinal dele.

Mas não havia sinal de Robert, e janeiro tornou-se fevereiro. Nenhum sinal de Robert, embora tivesse me dito que retornaria logo e eu começaria a trabalhar, nenhum sinal de Robert embora, claramente, não tivesse sido preso pela rainha. Qualquer que fosse a culpa da derrota em Calais, não fora sua responsabilidade.

Amy Dudley acostumara-se com a sua ausência, evidentemente. Mas quando dormia sozinha durante todos aqueles anos que ele passara na Torre, sabia por que estava sozinha em sua cama. Para todo mundo — seu pai, seus partidários e parentes — era uma mártir do seu amor, e todos rezaram para o retorno de Robert e a sua felicidade. Mas agora ficara claro para ela, e para todo mundo, que Lorde Robert não voltara para a sua esposa porque não queria. Por alguma razão, ele não estava com a menor pressa de ir para a cama, para a sua companhia. Liberdade da Torre não significava retorno à insignificância da existência de sua mulher. Liberdade para Lorde Robert significava a corte, a rainha, campo de batalha, política, poder: um mundo mais vasto e do qual Lady Dudley não tinha conhecimento. Pior do que ignorância, ela sentia pavor. Pensava no mundo mais vasto com medo, e nada mais.

O mundo maior, que era o elemento natural de Lorde Robert, para ela era um lugar de ameaça e perigo constante. Percebia a ambição do marido, sua ambição natural dada por Deus, como um perigo, via todas as suas oportunidades oferecidas como um risco. Em todos os sentidos da palavra, era uma esposa impossível para Robert.

❃

Finalmente, na segunda semana de fevereiro, ela mandou chamá-lo. Um de seus homens recebeu ordens de ir à corte, em Richmond, onde a rainha entrara na câmara de confinamento para ter o bebê. Lady Dudley mandou o criado dizer a milorde que precisava dele em Chichester, e que esperasse para acompanhá-lo de volta.

— Por que não escreve? — perguntei à Sra. Oddingsell, surpresa por Lady Dudley transmitir ao mundo seu desejo de vê-lo voltar para casa.

Ela hesitou.

— Ela pode fazer como quiser, suponho — replicou, em tom rude.

Foi o seu desconforto que me revelou a verdade.

— Ela não sabe escrever? — perguntei.

A Sra. Oddingsell fez uma carranca.

— Não muito bem — admitiu, com relutância.

— Por que não? — perguntei, filha de um livreiro para quem ler e escrever era uma habilidade como comer e andar.

— Quando aprenderia? — contrapôs. — Era apenas uma menina quando se casou, e nada mais que uma recém-casada quando ele foi para a Torre. O pai não achava que uma mulher precisava saber mais do que assinar seu nome, e o marido nunca teve tempo para lhe ensinar. Ela pode escrever, mas devagar, e pode ler, se for preciso.

— Não se precisa de um homem para ensinar a ler e a escrever — falei. — É uma habilidade que uma mulher pode adquirir sozinha. Eu poderia ensinar, se ela quisesse.

A Sra. Oddingsell virou a cabeça.

— Ela não se rebaixaria a aprender com você — replicou rudemente. — Só aprenderia com ele. E ele não se dá esse trabalho.

O mensageiro não esperou, mas voltou direto para casa e transmitiu-lhe que milorde dissera que faria uma visita em breve e que, nesse meio-tempo, milady ficasse tranquila que estava tudo bem.

— Mandei que esperasse uma resposta — disse com irritação.

— Milady, ele disse que a veria em breve. E a princesa...

Sua cabeça virou-se bruscamente.

— A princesa? Que princesa? Elizabeth?

— Sim, a princesa Elizabeth declarou que ele não pode partir enquanto todos aguardam o nascimento do bebê da rainha. Disse que não podem suportar mais um confinamento que pode prosseguir por anos. Não conseguiria tolerá-lo sem ele. E milorde disse que sim, que partiria, abandonando até mesmo uma dama como a princesa, pois não via milady desde que chegara à Inglaterra, e milady tinha lhe pedido para ir.

Amy enrubesceu um pouco, sua vaidade atiçada como uma chama.

— E o que mais? — perguntou.

O mensageiro pareceu um pouco constrangido.

— Apenas alguns gracejos entre milorde e a princesa — respondeu.

— Que gracejos?

— A princesa fez graça com sua preferência pela corte à vida no campo — replicou, procurando as palavras certas. — Fez graça com os encantos da corte. Disse que ele não se enterraria no campo com sua esposa.

O sorriso quase desapareceu do rosto de Amy.

— E o que ele disse?

— Mais pilhérias — respondeu. — Não me lembro de tudo, milady. Milorde é um homem espirituoso, e ele e a princesa... — Interrompeu-se ao ver a expressão no seu rosto.

— Ele e a princesa o quê? — disse ela.

O mensageiro mexeu-se e girou o chapéu nas mãos.

— Ela é uma mulher espirituosa — disse, atrapalhado. — As palavras fluem tão rapidamente entre eles que não consegui entender o que diziam. Alguma coisa a ver com campo, alguma coisa sobre promessas. Parte do tempo, falavam em outra língua, secreta entre eles... Certamente ela gosta dele. É um homem muito galante.

Amy Dudley deu um pulo de sua cadeira e foi até a sacada.

— É um homem muito infiel — disse, baixinho. Então, virou-se para o mensageiro. — Muito bem, agora pode ir. Mas na próxima vez quando ordenar que espere e o traga, não quero vê-lo de volta sem ele.

O mensageiro lançou-me um olhar que dizia francamente que um criado não poderia ordenar para seu senhor retornar à sua esposa quando estava namorando a princesa da Inglaterra. Esperei até ele sair, pedi licença e disparei pelo corredor atrás dele, Danny balançando no meu quadril, agarrando-se no meu ombro, suas perninhas ao redor da minha cintura.

— Espere! Pare! — gritei. — Conte-me sobre a corte. Estão os médicos todos lá, para atender a rainha? E as parteiras? Está tudo preparado?

— Sim — replicou. — O bebê está sendo esperado para meados de março, o mês que vem, se Deus quiser.

— E o que dizem? Ela está bem?

Sacudiu a cabeça.

— Dizem que ela está doente do coração com a derrota de Calais e a ausência do marido — replicou. — O rei não disse que virá para o nascimento do filho, e portanto ela enfrentará o trabalho de parto sozinha. E não está bem servida. Toda sua fortuna foi empenhada no seu exército e os criados não foram sequer pagos. Não podem comprar comida no mercado. É como uma corte fantasma, e agora que foi para o confinamento não há ninguém para cuidar dos cortesãos.

Experimentei uma sensação horrível ao pensar na rainha mal-assistida e eu tendo de esperar com Lady Dudley, sem fazer nada.

— Quem está com ela?

— Algumas poucas de suas damas de honra. Ninguém quer ficar na corte, agora.

— E a princesa Elizabeth?

— Move-se parecendo muito importante — respondeu o mensageiro. — E muito fascinada por milorde.

— Quem diz isso?

— Ninguém precisa dizer. Todos sabem. Ela não se preocupa em esconder. Exibe isso.

— Como assim, exibe?

— Cavalgam juntos todas as manhãs, come à sua direita, dança com ele, os olhos fixos no seu rosto, lê as cartas dele ao seu lado, sorri-lhe como se tivessem um segredo, anda com ele no corredor e fala baixo, afasta-se dele, mas sempre olha para trás por cima do ombro, de modo que qualquer homem desejaria correr atrás dela e pegá-la. Você sabe como.

Assenti com a cabeça. Já tinha visto Elizabeth quando escolhia o marido de alguém.

— Sei muito bem. E ele?

— Encantado com ela.

— Acha que virá para cá?

O mensageiro deu um risinho.

— Não, a menos que a princesa permita. Ele fica à disposição dela. Não acho que forçaria um afastamento.

— Ele não é nenhum meninote — falei, com uma irritação súbita. — Pode decidir por si mesmo, eu diria.

— E ela não é nenhuma meninota — replicou ele. — É a próxima rainha da Inglaterra e não consegue tirar os olhos do nosso senhor. Então, no que acha que isso dará?

℞

Sem ter o que fazer, percebi que passava o tempo todo com a criança, Danny, e todos os meus pensamentos estavam com o seu pai. Decidi escrever a Daniel e endereçar a carta à antiga loja do meu pai, em Londres. Se Daniel fosse me procurar ou mandasse alguém me procurar, esse seria um dos primeiros lugares a que iria. Mandaria uma cópia para milorde e pediria que ele a enviasse a Calais. Certamente haveria emissários indo para cidade, não?

Querido marido,

É estranho que depois de tudo por que passamos estejamos, mais uma vez, separados, e de novo estou na Inglaterra e você em Calais, mas desta vez acho que você está correndo mais perigo do que eu. Rezo todas as noites para que esteja são e salvo.

Tive a sorte de me oferecerem um lugar no navio inglês pertencente a Lorde Robert e, na urgência da batalha, achei melhor aceitar. Agora, eu gostaria de ter conseguido chegar até você, mas Daniel, eu não sabia o que fazer. Além disso, tinha mais uma vida a considerar. A mãe de seu filho foi morta por um cavaleiro francês, na minha frente, e seu último ato foi colocar seu filho em minhas mãos. Ele está comigo e estou cuidando como se fosse meu. Está seguro e bem, embora não fale. Se puder me responder, diga-me o que devo fazer? Ele falava? E que língua conhece?

Ele come bem e desenvolve-se bem, aprende a andar com mais firmeza. Estamos vivendo em Chichester, em Sussex, com a mulher de Lorde Dudley, até eu poder achar um lugar. Estou pensando em ir para a corte ou para a princesa Elizabeth, se ela me quiser.

Gostaria muito de poder perguntar-lhe o que acha que seria melhor. Queria muito que estivesse comigo aqui, ou que eu estivesse com você. Rezo para que esteja a salvo, Daniel, e digo-lhe agora, como deveria ter dito antes, que nunca deixei de amá-lo, nem mesmo quando deixei a sua casa. Amava-o então, e o amo agora. Gostaria que tivéssemos ficado juntos na época. Gostaria que estivéssemos juntos agora. Se Deus me der outra chance com você, Daniel, gostaria de ser sua mulher mais uma vez.

Sua esposa (se permite que me chame assim)
Hannah Carpenter.

Mandei a carta para o meu senhor, com um bilhete.

Milorde,
Sua mulher tem sido muito generosa comigo, mas estou abusando de sua hospitalidade. Por favor, dê-me permissão para ir à corte ou ver se a princesa Elizabeth me aceita para servi-la.
Hannah Green.

☙

Não tive notícias de Daniel e não tinha esperado ter, embora não pudesse afirmar se era o silêncio da distância ou o silêncio da morte. No silêncio, não sabia se era uma viúva, uma esposa errante ou apenas estivesse perdida dele. Esperei também uma mensagem do meu senhor, e não recebi nada.

Ao esperar notícias de Lorde Robert, pude perceber que sua mulher também esperava por ele. Nós duas erguíamos o olhar, ansiosas, quando ouvíamos um cavalo a meio-galope vindo na direção da casa. Nós duas olhávamos pela janela quando o cair da tarde precoce do inverno envolvia o castelo e mais um dia chegava ao fim sem nenhuma palavra. Cada dia que passava, via suas esperanças esvanecerem-se. Amy Dudley estava, aos poucos, mas claramente, sendo forçada a reconhecer que se algum dia, quando os dois eram muito jovens, ele a tivesse amado, esse amor fora consumido por seus anos de ambição, quando havia acompanhado o séquito do seu pai e a deixado para trás, e se esgotara de vez em seus anos na Torre, quando sua preocupação primeira fora permanecer vivo. Naqueles anos, quando lutara para não perder a inteligência e a lucidez com a solidão na prisão e o medo da sentença de morte, sua mulher era a última coisa em que pensava.

Eu estava esperando por ele, mas não como uma mulher apaixonada e ressentida. Esperava por esse homem para libertar-me do entorpecimento do tédio doméstico. Acostumara-me a dirigir meu próprio negócio, a ganhar meu próprio dinheiro, a arcar com meus atos. Viver da caridade era muito humilhante para mim. E estava acostumada a viver na sociedade. Mesmo o pequenino e maçante mundo da Calais inglesa era mais excitante do que a vida nessa casa de campo onde nada mudava, exceto o clima e as estações, e só Deus sabe como avançavam lentamente como anos, como décadas. Queria notícias da rainha, do confinamento, da chegada, há tanto tempo esperada, do seu filho. Se tivesse um filho, o povo inglês perdoaria a perda de Calais, o inverno terrível que a Inglaterra sofrera esse ano, até mesmo a doença que estava empesteando o país nessa estação de clima frio e chuva.

Finalmente, chegou um bilhete da corte.

Estarei com você na semana que vem. R.D.

Amy Dudley reagiu com frieza, com grande dignidade. Não pediu que virassem a casa pelo avesso e a preparassem para sua chegada, não chamou arrendatários e vizinhos para um banquete. Providenciou para que a prataria e as travessas fossem polidas e escolheu sua melhor roupa de cama. Mas exceto isso, não tomou nenhuma providência especial para o retorno de milorde. Só eu percebia que ela esperava como um cachorro espera a pisada de seu dono na porta. Ninguém mais notava a tensão em seu corpo, diariamente, desde o romper do dia, pois havia a possibilidade de ele chegar cedo, até o cair da noite, para o caso de chegar tarde. Ia para a cama assim que escurecia, como se os dias de espera fossem tão insuportáveis que desejasse dormir as horas durante as quais ele provavelmente não chegaria.

Finalmente, na sexta-feira, quando nada se interpunha entre ele e o castelo, a não ser as carpas no fosso, vimos o séquito descer a alameda, seu estandarte na frente e uma coluna de cavaleiros, galopando no mesmo ritmo, dois a dois, todos animados e elegantes em sua libré, e Robert na frente de todos, como um jovem rei. Atrás — estreitei os olhos para ver melhor ao sol fraco do inverno que brilhava — estava John Dee, o reverendo e respeitado capelão do bispo Bonner.

Subi para a janela do corredor do andar de cima, onde estivera brincando com Danny, para assistir à acolhida a Robert Dudley. A porta da frente abriu-se rapidamente e Amy Dudley surgiu no degrau de cima, as mãos cruzadas no colo, o retrato da reserva e autocontrole, mas eu sabia que estava louca para estar com ele. Ouvi o resto da criadagem descer correndo a escadaria, deslizando no assoalho polido, e se posicionando como era devido, para receber o convidado de honra.

Lorde Robert parou seu cavalo, pulou da sela, jogou as rédeas ao cavalariço que aguardava, fez algumas observações, por cima do ombro, a John Dee, fez uma reverência e beijou a mão da esposa, como se tivesse ficado fora umas duas noites, e não praticamente o tempo todo de sua vida de casados.

Ela fez uma mesura fria e voltou-se para John Dee, cumprimentando-o com um movimento da cabeça, dispensando pouca cordialidade ao coadjutor do bispo. Sorri, achava que Robert não gostaria de ver seu amigo tratado com negligência. Era uma tola por esnobá-lo.

Peguei Danny, que veio para mim com seu sorriso radiante, mas sem falar nada, e desci para o hall. A casa estava reunida, em fila, como um exército que fosse ser inspecionado, com Sir John e sua esposa na frente. Milorde estava, iluminado, à entrada, seus ombros largos roçando na moldura da porta, o sorriso confiante.

Como sempre, seu glamour surpreendeu-me. Os anos de aprisionamento o tinham marcado apenas com um sulco profundo em cada lado da boca e uma dureza no fundo dos olhos. Parecia um homem que levara uma surra e aprendera a viver com o conhecimento da derrota. Afora essa sombra, era o mesmo rapaz que eu tinha visto andar, com um anjo, na Fleet Street, cinco anos antes. Seu cabelo continuava escuro, espesso e cacheado, o olhar continuava brilhante e desafiador, a boca pronta para sorrir largo e sua postura igual à do príncipe que ele poderia ter sido.

— Estou muito feliz por estar com vocês — disse a todos. — E agradeço a todos o bom serviço prestado a mim e minha casa enquanto estive fora. — Fez uma pausa. — Devem estar ansiosos por notícias da rainha — afirmou. Relanceou os olhos para a escadaria e viu-me, pela primeira vez, vestida de mulher. Seu olhar surpreso percorreu o vestido que eu tinha feito com a ajuda da Sra. Oddingsell, meu cabelo escuro puxado para trás por baixo do capelo, a criança também de cabelo escuro enganchada no meu quadril. Comicamente, ele olhou, depois examinou de novo a minha figura, reconhecendo-me apesar do vestido, e então sacudiu uma cabeça desconcertada, mas prosseguiu seu discurso.

— A rainha está na câmara de confinamento, esperando dar à luz. O rei retornará à Inglaterra quando o bebê nascer. Nesse meio-tempo, ele está protegendo as fronteiras de suas terras espanholas nos Países Baixos, e jurou que reconquistará Calais para a Inglaterra. A princesa Elizabeth visitou a irmã e desejou-lhe felicidades. A princesa goza de boa saúde, ânimo elevado e grande beleza, graças a Deus. Assegurou à rainha que não se casará com nenhum príncipe espanhol, nem com nenhum outro que o rei escolher. Permanecerá a noiva da Inglaterra.

Achei essa uma maneira estranha de dar notícias da rainha, mas os criados ficaram felizes em ouvi-las, e circulou um certo murmúrio de interesse ao escutarem o nome da princesa. Ali, como no resto do país, o sentimento hostil à rainha era muito forte. O povo culpava-a pela perda de Calais, já que declarara guerra contra a França contrariando a tradição de sua família e a orientação de seu conselho. Culpavam-na pela fome no campo e pelo clima ruim, culpavamna por não ter um filho ainda e culpavam-na pela morte dos hereges.

Um filho varão saudável seria a única forma de redimi-la aos olhos do povo, e alguns nem mesmo assim o queriam. Alguns, talvez a maioria, preferiam que morresse sem filhos e que a coroa passasse direto para a princesa Elizabeth — mais uma mulher, e, embora estivessem fartos de rainhas, essa era uma boa princesa protestante, que já se recusara a casar-se com um príncipe espanhol e que agora jurava não ter inclinação para o casamento.

Houve alguns comentários em relação às notícias, e depois dispersaram-se. Robert apertou afetuosamente a mão de John Philips, beijou Lady Philips no rosto e então virou-se para mim.

— Hannah? É você mesmo?

Desci a escadaria devagar, consciente da mulher atrás dele, imóvel à porta.

— Milorde — falei. Cheguei ao primeiro degrau e fiz uma reverência.

— Nunca a teria reconhecido — disse, incrédulo. — Não é mais uma menina, Hannah. É uma mulher adulta, e finalmente sem calções! Teve de reaprender a andar? Mostre-me seus sapatos! Vamos, mostre! Está de salto alto? E um bebê nos braços? Que transformação!

Sorri, mas senti Amy perfurando-me com os olhos.

— Este é o meu filho — anunciei. — Obrigada por nos salvar de Calais.

Sua expressão anuviou-se por um momento.

— Gostaria de ter salvado a todos.

— Tem notícias da cidade? — perguntei. — Meu marido e sua família continuam lá. Enviou minha carta?

Sacudiu a cabeça.

— Dei-a ao meu pajem e mandei que a entregasse a um pescador que partiria para os mares franceses, e pedisse que a passasse para um navio francês se se deparasse com algum, mas foi tudo o que pude fazer por você. Não tivemos nenhuma notícia dos homens que foram capturados. Nem mesmo iniciamos as negociações de paz. O rei Felipe nos manterá em guerra com a França enquanto puder, e a rainha não está em posição de argumentar. Haverá algumas trocas de prisioneiros, homens serão mandados para casa, mas só Deus sabe quando. — Sacudiu a cabeça como para expulsar as recordações da queda do castelo inexpugnável. — Sabe, nunca a tinha visto de vestido antes. Você está outra!

Tentei rir, mas vi Amy aproximar-se para reclamar a atenção do marido.

— Deve estar querendo lavar-se e trocar-se — disse com firmeza.

Robert fez-lhe uma reverência.

— Tem água quente em seu quarto — acrescentou.

— Então, subirei. — Olhou por cima do ombro. — E alguém mostre a Dee onde se alojará. — Retraí, mas milorde não notou. Gritou: — Ei, John, veja o que temos aqui!

John Dee avançou e percebi que estava mais mudado do que Robert. Seu cabelo estava grisalho nas têmporas e seus olhos estavam escuros de fadiga. Mas o seu ar de confiança e sua paz interior mostravam-se fortes como sempre.

— Quem é esta dama? — perguntou ele.

— Sou Hannah Carpenter, Sr. Dee — respondi cautelosamente. Não sabia se admitiria que a última vez que me vira fora no lugar mais terrível da Inglaterra, quando me submeti ao tribunal, e ele foi o meu juiz. — Eu era Hannah Green. O bobo da rainha.

Olhou-me rapidamente de novo, e então um sorriso doce e lento espalhou-se dos olhos até os seus lábios.

— Ah, Hannah, não a reconheci de vestido.

— E ele agora é o Dr. Dee — disse milorde, casualmente. — O capelão do bispo Bonner.

— Ah — repliquei, com prudência.

— E este é seu filho? — perguntou John Dee.

— Sim. Este é Daniel Carpenter — respondi com orgulho. Aproximou-se e tocou nos dedinhos do menino. De maneira cômica, Danny virou a cabeça e pressionou o rosto no meu ombro.

— Qual a idade dele?

— Quase dois.

— E o seu pai?

Franzi o cenho.

— Perdi-me de meu marido em Calais. Não sei se está a salvo — respondi.

— Não tem... notícias dele? — perguntou John Dee, com a voz baixa.

Sacudi a cabeça.

— Dr. Dee, Hannah vai levá-lo a seu quarto — a voz de Amy interrompeu abruptamente, falando de mim como se eu fosse sua criada.

Segui na frente, subindo a escadaria até um dos pequenos quartos no primeiro andar, e John Dee me seguiu. Lorde Robert subiu de dois em dois degraus, atrás de nós, e ouvi a porta bater quando entrou no seu quarto.

Mal tinha mostrado a John Dee onde ele dormiria, o armário em que guardaria suas roupas, e despejado água quente para o banho, quando a porta do quarto se abriu e Lorde Robert entrou.

— Hannah, não vá embora — disse. — Quero saber as novidades.

— Não há nenhuma — repliquei friamente. — Fiquei aqui, como sabe, durante todo esse tempo, com sua esposa, sem fazer nada.

Ele deu uma risada.

— Entediou-se, Senhorita Menino? Não pode ter sido pior do que a vida de casado, estou certo?

Sorri. Não lhe diria que me separara de meu marido com um ano de casamento.

— E ainda tem o dom? — perguntou John Dee baixinho. — Sempre achei que os anjos só se manifestassem a uma virgem.

Refleti por um momento, não podia me esquecer de que na última vez que o vira era o conselheiro do bispo Bonner. Lembrei-me da mulher com as mãos em concha no colo, sem as unhas dos dedos. Lembrei-me do cheiro de urina na pequena sala, e da umidade quente em meu calção e da minha vergonha.

— Não sei, senhor — respondi, minha voz quase sumida.

Robert Dudley percebeu meu tom embaraçado e olhou rapidamente de mim para o seu amigo.

— O que há? — perguntou bruscamente. — O que é isso?

O Dr. Dee e eu trocamos um olhar cúmplice, estranho: o olhar do torturador secreto à sua vítima não declarada, o olhar de um horror partilhado. Não respondeu nada.

— Nada — eu disse.

— Um nada muito estranho — disse Lorde Robert, seu tom tornando-se mais duro. — Fale, John.

— Ela foi levada a Bonner — respondeu Dee brevemente. — Heresia. Eu estava lá. As acusações foram tratadas sumariamente. Ela foi libertada.

— Meu Deus, deve ter-se mijado, Hannah! — exclamou Robert.

Ele acertou na mosca e de tal modo que me ruborizei e abracei Daniel com força.

John Dee lançou-me um breve olhar de pedido de desculpas.

— Estávamos todos com medo — disse. — Mas neste mundo, todos fazemos o que temos de fazer, Robert. Fazemos o melhor que podemos. Às vezes usamos máscaras, às vezes podemos ser nós mesmos, às vezes as máscaras são mais verdadeiras do que nossos rostos. Hannah não traiu ninguém e era claramente inocente. Ela foi solta. Isso é tudo.

Lorde Robert inclinou-se à frente e segurou a mão do capelão mais ortodoxo, mais rigoroso, do bispo Bonner.

— Isso é tudo, realmente. Não gostaria de vê-la torturada na roda, ela sabe demais. Fico feliz por ser você a estar lá nessa hora.

John Dee não sorriu.

— Ninguém estava lá por opção — replicou ele. — Houve mais inocentes que foram torturados e queimados.

Olhei de um homem para o outro, perguntando-me onde as lealdades realmente estavam. Pelo menos, agora, já sabia o bastante para não fazer perguntas e não confiar em nenhuma resposta.

Lorde Robert virou-se de novo para mim.

— Então, continua a ter seu dom, embora tenha perdido a virgindade?

— Acontece tão raramente que é difícil afirmar. Mas tive uma verdadeira visão em Calais, depois do meu casamento: previ cavaleiros nas ruas. — Fechei os olhos para me defender da recordação.

— Viu os franceses entrando em Calais? — perguntou Lorde Robert, incrédulo. — Meu Deus, por que não me avisou?

— Teria avisado se soubesse o que era — repliquei. — Não duvide de mim. Teria avisado imediatamente se tivesse entendido o que estava vendo. Mas era tão indistinto. Havia uma mulher sendo morta ao tentar fugir e gritando... — Interrompi-me. Não queria contar nem mesmo a esses homens de confiança que ela gritou para que eu pegasse seu filho. Danny agora era meu. — Deus sabe como eu deveria ter alertado essa mulher... embora... Eu não ia querer que ninguém sofresse aquela morte.

Robert sacudiu a cabeça e virou-se para olhar pela janela.

— Eu gostaria de ter sido avisado — disse com a cara fechada.

— Vai predizer o futuro para mim, de novo? — perguntou John Dee. — Para que vejamos se seu dom persiste?

Olhei-o sem acreditar.

— Está querendo o conselho de anjos? — perguntei ao capelão do Inquisidor. — Logo você? De todos os homens?

John Dee não se perturbou nem um pouco com a brusquidão do meu tom.

— Não mudo minhas convicções. E precisamos de orientação, principalmente nesses tempos tão difíceis. Mas temos de ser discretos. O perigo sempre existe para aqueles que buscam conhecimento. Mas se pudéssemos saber que a rainha dará à luz uma criança saudável, seríamos capazes de planejar melhor o futuro. Se ela for abençoada com um filho homem, então a princesa Elizabeth deverá mudar seus planos.

— E eu mudar os meus — disse Lorde Robert, com um quê de ironia.

— De qualquer maneira, não sei se conseguiria — falei. — Só vi o futuro uma única vez, durante o tempo em que estive em Calais.

— Podemos tentar esta noite? — perguntou Lorde Robert. — Tentaria ver se acontece de novo, Hannah? Pelos velhos tempos?

Meu olhar passou dele para John Dee.

— Não — respondi simplesmente.

John Dee olhou diretamente para mim, seus olhos escuros encarando os meus, com franqueza.

— Hannah, não vou fingir que meus métodos não sejam obscuros e tortuosos — disse simplesmente. — Mas você, sobretudo, deveria estar feliz por ser eu a estar em St Paul quando foi chamada a juízo.

— Fiquei feliz por minha inocência ser reconhecida — falei com firmeza. — E não quero voltar para lá.

— Não vai voltar — replicou simplesmente. — Dou a minha palavra.

— Então, vai prever para nós? — insistiu milorde.

Hesitei.

— Se fizerem uma pergunta para mim — barganhei.

— Qual? — perguntou John Dee.

— Se o meu marido está vivo ou morto — respondi. — É tudo o que quero saber. Nem mesmo pergunto o futuro, se vou revê-lo. Ficarei feliz apenas sabendo que está vivo.

— Você o ama tanto assim? — perguntou Lorde Robert, em dúvida. — O seu jovem homem?

— Sim — respondi simplesmente. — Não vou ficar em paz até saber que está a salvo.

— Perguntarei aos anjos e você preverá para mim — prometeu John Dee. — Hoje à noite?

— Depois que Danny adormecer — repliquei. — Não poderia fazer isso estando atenta a ele.

— Às 8 horas da noite? — perguntou Lorde Robert. — Aqui?

John Dee relanceou os olhos em volta.

— Pedirei aos homens que tragam minha mesa e meus livros.

Lorde Robert percebeu o tamanho pequeno do quarto e emitiu um som de impaciência.

— Ela sempre faz isso — irritou-se. — Nunca coloca os meus amigos nos melhores quartos. Morre de inveja, vou lhe dizer para...

— Há muito espaço aqui — disse Dee, pacificamente. — E ela ressente por você vir com um grande cortejo, quando o deseja só para si mesma. Não deveria procurá-la agora?

Lorde Robert dirigiu-se relutantemente para a porta.

— Venha comigo — disse. — Venham os dois, vamos tomar um copo de ale para lavar a poeira da estrada.

Não me movi.

— Não posso ir — falei, quando segurou a porta aberta para mim.

— O quê?

— Ela não me recebe — falei, constrangida. — Não sou convidada a me sentar com ela.

As sobrancelhas escuras de Robert juntaram-se.

— Eu disse para mantê-la como dama de companhia até decidirmos onde você viveria — disse. — Onde você come?

— À mesa das criadas, não me sento com sua mulher.

Deu um passo rápido para a escada, parou e voltou.

— Venha — estendeu-me a mão. — Eu sou o patrão aqui, não preciso argumentar para que meus desejos sejam realizados. Apenas venha, e jantará comigo agora. Ela é uma idiota que não recompensa os criados leais de seu marido. E uma mulher ciumenta que pensa ser mais seguro que um rosto bonito seja visto de longe.

Não aceitei a mão estendida, sorri-lhe, sem sair do banco à janela.

— Milorde — falei. — Imagino que vá retornar à corte daqui a alguns dias.

— Sim. E daí?

— Vai me levar junto?

Pareceu surpreso.

— Não sei. Não pensei nisso.

Meu sorriso transformou-se em um risinho.

— Achei que não — falei. — Portanto terei de permanecer aqui ainda por algumas semanas?

— Sim. E então?

— E então prefiro não atiçar a irritação de sua mulher, transformando-a em raiva, se vai inflamá-la e depois apagá-la, como um vento de primavera que acaba com a paz do pomar.

Ele riu.

— Está em paz, meu pequeno pomar?

— Mantemos um estado de inimizade tranquila — respondi francamente. — Mas prefiro isso à guerra aberta que milorde pode deflagrar. Sente-se com ela, e o encontrarei aqui mais tarde.

Robert acariciou o meu rosto.

— Que Deus abençoe a sua prudência, Hannah. Não deveria tê-la dado ao rei. Hoje seria um homem melhor se tivesse ficado quieto.

Então, desceu correndo e assobiando, e senti um arrepio ao ouvir o vento nas janelas do castelo assobiarem de volta.

☙

Observei Amy no jantar. Não tirou os olhos de seu marido durante toda a prolongada refeição. Ansiava por ser o centro de atenção, mas não tinha habilidade para fasciná-lo. Não sabia nada das fofocas da corte, não ouvira falar nem mesmo da metade dos nomes que ele mencionou. Eu, à mesa das criadas, mantive os olhos no meu prato para me impedir de erguer o olhar e rir da história sobre uma mulher que eu conhecia, ou interrompê-lo para perguntar o que acontecera com um ou outro cortesão.

Lady Amy não tinha nem mesmo a inteligência para convidá-lo a falar, mesmo que não soubesse nada do que se tratava. Franzia os lábios sempre que mencionava uma mulher, baixava o olhar reprovando quando citava, rindo, a rainha. Foi francamente rude com John Dee, que claramente considerava um vira-casaca da causa protestante derrotada. Mas tampouco se mostrou entusiasmada com as notícias sobre a princesa Elizabeth.

Achei que meu senhor, ao conhecê-la, amava seu frescor puro, quando era uma menina que não sabia nada da corte ou do progresso hábil de seu pai ao poder. Quando era simplesmente a filha de um nobre rural, em Norfolk, com grandes olhos azuis, seios grandes apertados no decote do vestido, talvez parecesse tudo o que as damas da corte não eram: franca, nada sofisticada, autêntica. Mas agora todas essas virtudes eram desvantajosas. Precisava de uma mulher capaz de estar alerta à mudança de direção, capaz de adaptar seu discurso e estilo às tendências dominantes e capaz de vigiar e precavê-lo. Ele precisava de uma mulher rápida de raciocínio e habilidosa em qualquer companhia, uma esposa que ele levasse à corte, e soubesse que tinha uma espiã e uma aliada entre as mulheres.

Em vez disso, carregava o fardo de uma mulher que, em sua vaidade, estava preparada para insultar o capelão de um dos padres mais poderosos do país, que não tinha o menor interesse no que acontecia na corte e no mundo e que se ressentia de sua falta de interesse por ela.

— Nunca teremos outro Dudley se ela não se esforçar — uma das criadas sussurrou, indiscretamente, para mim.

— Qual é o problema? — perguntei. — Pensei que estivesse ansiosa por estar com ele.

— Ela não consegue perdoá-lo por ter ido para a corte no séquito de seu pai. Achou que ele aprenderia a lição ao ser preso. O aprisionamento o ensinaria a não querer ser mais do que era.

— Ele é um Dudley — eu disse. — Nasceram para se superar. Vêm da linhagem mais ambiciosa do mundo. Só um espanhol gosta mais de ouro do que um Dudley, só um irlandês deseja mais terras do que um Dudley.

Observei Amy. Estava comendo, a ameixa cristalizada distendendo a sua boca. Olhava direto à frente, ignorando a conversa intensa de seu marido com John Dee.

— Você a conhece bem?

A mulher mais velha balançou a cabeça assentindo.

— Sim, e passei a ter pena. Ela se satisfaz com uma posição pequena na vida, e quer que seja pequeno também.

— Teria sido melhor ter escolhido um nobre rural, então. Pois Robert Dudley é um homem que tem um grande futuro, e não um pequeno, e nunca permitirá que se interponha em seu caminho.

— Ela o derrubará, se quiser — a mulher advertiu.

Sacudi a cabeça discordando.

— Não, ela não.

☙❧

448

Amy esperara passar a noite acordada com seu marido, ou irem para a cama cedo, mas às 8 horas da noite ele pediu licença, e nos reunimos no quarto de John Dee, a porta fechada e venezianas cerradas, e apenas uma vela acesa, refletindo-se no espelho.

— Está feliz em fazer isso? — perguntou John Dee.

— O que você vai perguntar?

— Se a rainha terá um filho varão — respondeu Robert. — Não há nada mais importante a saber do que isso. E se podemos retomar Calais.

Olhei para John Dee.

— E se o meu marido está vivo — lembrei-lhe.

— Vamos ver o que receberemos — disse, gentilmente. — Vamos rezar.

Fechei os olhos e, enquanto os sons delicados em latim eram pronunciados, senti-me renovada, restabelecida. Estava de volta à casa, com meu dom, com meu senhor e comigo mesma. Quando abri os olhos, a chama da vela estava quente, assim como brilhante, no meu rosto, e sorri para John Dee.

— Ainda tem o dom? — perguntou.

— Tenho certeza de que sim — respondi calmamente.

— Olhe para a chama e nos diga o que ouve ou o que vê.

A chama oscilou com uma corrente de ar, o seu brilho ocupou minha mente. Foi como a luz do sol do verão na Espanha, e achei escutar minha mãe me chamar, sua voz alegre, confiante de que nada daria errado. Então, abruptamente, ouvi uma batida assustadora, que me fez arquejar e ficar em pé com um pulo, que me despertou do sonho com um sobressalto, o coração acelerado de medo de ser presa.

John Dee estava lívido. Tínhamos sido descobertos e estávamos arruinados. Lorde Robert puxou sua espada e tirou um punhal da bota.

— Abram! — gritou uma voz atrás da porta trancada, e houve uma batida tão forte que a fez balançar. Eu estava certa de que seria a Inquisição. Atravessei o quarto até Lorde Robert.

— Por favor, milorde — falei rapidamente. — Não deixe que me queimem. Deixe-me fugir, antes que me levem, e salve o meu filho.

Em um instante ele estava no banco à janela e me puxava para o seu lado. Chutou abrindo a janela.

— Pule — aconselhou-me. — E corra, se puder. Vou contê-los por um momento. — Houve outra batida terrível na porta. Ele fez sinal com a cabeça para John Dee.

— Abra — disse.

John Dee abriu a porta e Lady Amy Dudley entrou no quarto.

— Você! — exclamou assim que me viu, metade para fora da janela. — Eu sabia! Prostituta!

Uma criada levantou uma clava, em um gesto que mais parecia pedir desculpas. Os painéis elegantes forrados de linho dos Philips foram estilhaçados. Robert pôs a espada de volta na bainha e fez um sinal para John Dee.

— Por favor, John, feche o que restou da porta — disse cansado. — Isso terá circulado por metade do condado ao amanhecer.

— O que você está fazendo aqui? — perguntou Amy, entrando no quarto, vendo a mesa, as velas, as chamas derretendo a cera com a corrente de ar vinda da janela, os símbolos sagrados. — Que luxúria imunda?

— Nada — replicou Robert, enfadado.

— O que ela está fazendo aqui com você? E ele?

Avançou e tomou-lhe as mãos.

— Milady, este é um amigo e esta é minha criada leal. Estávamos rezando para a minha prosperidade.

Ela se soltou dele e o agrediu, os punhos batendo em seu peito.

— Ela é uma prostituta e ele é um comerciante de magia negra! — gritou. — E você é um falso que me causou tristezas além da conta!

Robert interrompeu-a.

— Ela é uma boa servidora e uma mulher casada respeitável — replicou em tom baixo. — E o Dr. Dee é capelão de um dos clérigos mais importantes do país. Senhora, peço que se recomponha.

— Farei com que ele seja enforcado por isso! — gritou na sua cara. — Eu o acusarei de fazer tratos com o diabo, e ela não passa de uma bruxa e uma prostituta.

— Tudo o que conseguirá é ridicularizar sua linhagem — disse com firmeza. — Amy, você sabe o que parece. Acalme-se.

— Como posso ficar calma quando você me humilha na frente de seus próprios amigos?

— Você não foi humilhada... — começou.

— Odeio você! — gritou, de repente.

John Dee e eu nos retraímos e relanceamos o olhar para a porta, apreensivamente, desejando estar longe dessa confusão.

Com um lamento, soltou-se dele e se jogou na cama de bruços. Gritava de sofrimento, fora de si mesma. John Dee e milorde trocaram um olhar espantado. Um ruído de rasgão me fez ver que ela tinha mordido a colcha e a estava rasgando com os dentes.

— Oh, pelo amor de Deus! — Robert segurou-a pelos ombros e a levantou da cama. No mesmo instante ela tentou arranhar-lhe o rosto com as unhas, suas mãos apertadas como garras de gato prontas para atacar. Robert segurou-lhe as mãos e a empurrou até cair no chão, ajoelhada a seus pés, sem largar seus pulsos.

— Conheço você! — gritou-lhe. — Se não é ela, é outra. Não há nada em você a não ser presunção e lascívia.

O rosto rubro de raiva, acalmou-se aos poucos, mas sem deixar de segurar firme as mãos dela.

— Sou, de fato, pecador — disse. — Mas graças a Deus, pelo menos não enlouqueci.

A boca de Amy tremia, e então ela emitiu um lamento, erguendo o olhar para uma expressão dura no rosto. As lágrimas corriam-lhe no rosto, sua boca babava, soluçando.

— Não estou louca, Robert — replicou em desespero. — Estou mal de tanto sofrer.

Olhou-me por cima da cabeça dela.

— Chame a Sra. Oddingsell — disse brevemente. — Ela sabe o que fazer.

Fiquei paralisada por um instante, observando Amy Dudley ranger os dentes, de gatinhas aos pés de seu marido.

— O quê?

— Vá chamar a Sra. Oddingsell.

Assenti com a cabeça e saí do quarto. Metade da casa estava no patamar do lado de lá do quarto.

— Vão trabalhar! — falei abruptamente, atravessei correndo o longo corredor e deparei-me com a Sra. Oddingsell sentada diante do fogo fraco no canto frio da câmara.

— Milady está chorando e milorde mandou que a chamasse — falei.

Levantou-se imediatamente, sem surpresa, e foi rapidamente para o quarto. Eu quase corria a seu lado.

— Já aconteceu antes? — perguntei.

Confirmou com um movimento da cabeça.

— Ela é doente?

— É atormentada facilmente por ele.

Ouvi levando em conta as mentiras de uma criada leal.

— Sempre foi assim?

— Quando eram jovens e apaixonados, passava por paixão. Mas só ficou em paz quando ele estava na Torre. Exceto quando a princesa também foi presa.

— O quê?

— Ficou doente de ciúmes, nessa época.

— Eram prisioneiros! — exclamei. — Não estavam dançando juntos em mascaradas.

A Sra. Oddingsell balançou a cabeça.

— Na cabeça dela, eram amantes. E agora ele está livre para ir e vir. E ela sabe que vê a princesa. Ele vai lhe partir o coração. E não é apenas uma maneira de falar. Ela morrerá disso.

Tínhamos chegado à porta do quarto do Dr. Dee. Coloquei a mão no seu braço.

— Você é a sua enfermeira? — perguntei.

— Mais uma carcereira que enfermeira — replicou, e entrou sem fazer barulho.

☙

A previsão foi abandonada por aquela noite, mas no dia seguinte, quando Lady Dudley ficou no quarto e não foi vista, o Dr. Dee pediu minha ajuda na tradução de uma profecia que achava talvez se aplicasse à rainha. Tive de ler uma série de palavras em grego, aparentemente desconexas, que anotou cuidadosamente, cada uma tendo um valor numérico. Encontramo-nos na biblioteca, uma sala fria, nunca usada. Robert mandou que acendessem o fogo na lareira e um criado apareceu e abriu as venezianas.

— Parece um código — falei, quando os criados saíram, nos deixando novamente a sós.

— É o código dos antigos — replicou ele. — Talvez até mesmo conhecessem o código para vida.

— Código para vida?

— E se tudo fosse feito das mesmas coisas? — perguntou-me, de súbito. — Areia e queijo, leite e terra? E se além da ilusão da diferença, além de suas roupas como eram, houvesse apenas uma única forma no mundo, e se pudesse vê-la, desenhá-la, até mesmo recriá-la?

Sacudi a cabeça.

— E então?

— Essa forma seria o código para tudo — respondeu. — Seria o poema no coração do mundo.

Danny, que estava dormindo no amplo escabelo ao meu lado, enquanto eu escrevia, espreguiçou-se e se sentou, sorrindo. Seu sorriso alargou-se ao me ver.

— Olá, meu menino — falei com ternura.

Escorregou do banquinho e veio até mim, sem tirar a mão da cadeira, depois segurando na minha, até se firmar. Agarrou-se no meu vestido e olhou-me, atentamente.

— Ele é muito quieto — disse John Dee, baixinho.

— Ele não fala — sorri para o seu rostinho voltado para cima. — Mas não é abobado. Sei que entende tudo. Busca as coisas, sabe o nome de tudo. Sabe o próprio nome, não sabe, Danny? Mas não fala.

— Sempre foi assim?

O medo comprimiu meu coração. Nunca soubera como essa criança era antes, e, se admitisse não saber, alguém poderia tirá-la de mim. Não era meu filho, não tinha nascido do meu corpo, mas a mãe o havia colocado em meus braços, e, seu pai era o meu marido, e o que quer que eu devesse a meu marido Daniel, em termos de amor e dever, poderia ser redimido pela minha guarda de seu filho.

— Não sei. Estava com sua ama de leite, em Calais — menti. — Ele me foi trazido quando a cidade foi sitiada.

— Pode estar assustado — sugeriu John Dee. — Ele viu o combate?

Meu coração contraiu-se, eu o senti como uma dor. Olhei-o, incrédula.

— Assustado? Mas é só um bebezinho. Como saberia que corria perigo?

— Quem sabe o que pensa ou compreende? — replicou John Dee. — Não acredito que as crianças não saibam nada, a não ser o que lhes ensinam, como se fossem recipientes vazios a serem enchidos. Ele tinha um lar e uma mulher que cuidava dele, e então pode ter sentido medo quando ela correu pelas ruas procurando você. Crianças sabem mais do que admitimos, eu acho. Ele deve estar com medo de falar.

Inclinei-me sobre ele e seus olhinhos escuros e vivos encararam-me, como os olhos aquosos de uma corça.

— Daniel? — perguntei.

Pela primeira vez, pensei no menino como uma pessoa de verdade, alguém que pensasse e sentisse, alguém que tinha estado nos braços da mãe e se sentido arrancado violentamente e jogado nos braços de uma estranha. Alguém que vira sua mãe ser pisoteada por um cavalo e traspassada por uma lança, vira sua mãe morrer na sarjeta, e depois sentira-se carregado em um barco como um embrulho não desejado, descarregado, sem explicação, na Inglaterra, sacolejado na garupa de um cavalo até uma casa fria nos confins do mundo, sem ninguém que ele conhecesse.

Essa era uma criança que tinha visto sua mãe morrer. Essa era uma criança sem mãe. Inclinei-me sobre ele, senti lágrimas quentes sob minhas pálpebras. Essa era uma criança cujo sofrimento e medo eu, de todas as pessoas, podia entender. Eu tinha escondido meu próprio medo na infância por trás de todas as línguas na cristandade e me tornado fluente em todas. Ele, tão menor, com muito mais medo, emudecera.

— Danny — falei ternamente. — Serei sua mãe. Estará seguro comigo.

— Não é seu filho? — perguntou John Dee. — Parece-se tanto com você.

Ergui o olhar e senti-me tentada a lhe confiar a verdade, mas o medo manteve-me calada.

— Ele é um do Povo Eleito? — perguntou John Dee, em tom baixo.

Em silêncio, confirmei com um movimento da cabeça.

— Foi circuncidado? — perguntou.

— Não — respondi. — Não em Calais, e aqui é impossível.

— Talvez ele precise do sinal externo de ser um do Povo — sugeriu Dee. — Talvez precise estar no meio do seu povo antes de falar.

Olhei-o, perplexa.

— Como ele saberia?

Ele sorriu.

— Este pequenino acaba de vir dos anjos — afirmou. — Pode saber mais do que nós todos juntos.

ଓଃ

Lady Amy Dudley permaneceu no quarto durante os três dias seguintes, enquanto Robert e John Dee saíam para caçar, liam na biblioteca, jogavam pequenas somas de dinheiro e conversavam, noite e dia, cavalgando e caminhando, no jantar ou nos jogos, sobre o futuro do país, sobre que forma a nobreza e o parlamento assumiriam, até onde as fronteiras se estenderiam além-mar, que chance a pequena ilha da Inglaterra tinha em relação às grandes potências continentais e — a obsessão de John Dee — como a Inglaterra estava privilegiadamente localizada para enviar navios pelo mundo afora e criar uma nova forma de reino que se estenderia pelos mares, um império. Um império que dominaria lugares desconhecidos no mundo. Ele calculara como o mundo deveria ser grande e estava convencido da existência de terras extensas que ainda não tinham sido tocadas.

— Cristóvão Colombo — disse ao meu senhor —, um homem valente, mas não um matemático. É óbvio que não se pode ter uma passagem para a China que possa ser anunciada em semanas. Se calcularmos de maneira apropriada, poderemos demonstrar que o mundo é redondo, mas muito, muito maior do que Colombo achava. E nessa grande parte extra deve haver terra. E como seria se essa terra pertencesse à Inglaterra?

Frequentemente, eu caminhava, cavalgava ou jantava com eles, e com frequência perguntavam-me como as coisas eram feitas na Espanha, o que eu vira em Portugal ou no que achava que resultaria tal plano. Éramos prudentes e não discutíamos que tipo de monarca estaria no trono para iniciar esses projetos ousados e ambiciosos. Enquanto a rainha estivesse esperando para dar à luz um filho e herdeiro, nada era certo.

Na noite do terceiro dia de sua visita, milorde recebeu uma mensagem de Dover e deixou-me a sós com John Dee na biblioteca. John Dee traçara um mapa do mundo segundo o modelo de seu amigo Gerard Mercator e tentou explicar-me a pensar no mundo como redondo e pensar nesse mapa como a casca do mundo, como a de uma laranja, em que a casca fosse estendida achatada.

Lutou para que eu visse isso até que riu e disse que deveria me contentar em ver anjos, que eu claramente não conseguia ver longitude. Recolheu seus mapas e foi para o seu quarto quando Lorde Robert entrou na biblioteca com um pedaço de papel na mão.

— Finalmente, tenho notícias do seu marido, ele está a salvo — disse.

Fiquei de pé com um pulo.

— Milorde?

— Foi levado pelos franceses que suspeitaram ser um espião, mas o estão mantendo com soldados ingleses — contou-me. — Acho que posso arranjar que seja trocado por outros prisioneiros de guerra ou a que seja pago um resgate ou outra coisa qualquer.

— Ele está seguro? — perguntei.

Confirmou balançando a cabeça.

— A salvo? — perguntei incrédula.

Confirmou de novo com um movimento da cabeça.

— Não está doente nem ferido?

— Veja por si mesma — passando-me as três linhas escritas na folha de papel. — Preso no castelo. Se quiser escrever-lhe, posso conseguir enviar a carta.

— Obrigada. — Li e reli a carta. Não dizia nada além do que ele me tinha dito, mas, não sei bem por que, as palavras escritas com tinta preta em um papel manchado pela viagem pareciam mais verdadeiras. — Graças a Deus.

— Graças a Deus realmente — anunciou milorde com um sorriso.

Impulsivamente, peguei sua mão.

— E graças a milorde — falei com fervor. — É bondoso ao se dar a esse trabalho por mim. Eu sei, e estou grata.

Delicadamente, puxou-me para si, e pôs sua mão quente em minha cintura.

— Querida, você sabe que faria qualquer coisa em meu poder para fazê-la feliz.

Hesitei. Sua mão era leve, senti o calor de sua palma pelo tecido do meu vestido. Senti-me ceder contra seu corpo. Relanceou os olhos para cima e para baixo do corredor e então, sua boca baixou até a minha. Hesitou, era um sedutor tão experiente que sabia o poder do atraso para aumentar o desejo. Então, baixou mais um pouco e beijou-me, de início ternamente depois cada vez com mais paixão, até meus braços estarem ao redor de seu pescoço e ele pressionar-me contra a parede, minha cabeça para cima, meus olhos fechados, abandonada à sensação deliciosa do seu toque.

— Lorde Robert — sussurrei.

— Vou para a cama. Venha comigo, minha querida.

Não hesitei.

— Desculpe, milorde, não.

— "Desculpe milorde não"? — repetiu comicamente. — O que quer dizer Senhorita Menino?

— Não me deitarei com você — repliquei sem titubear.

— Por que não? Não me diga que não me deseja, pois não vou acreditar. Posso sentir o gosto do desejo nos seus lábios. Você me quer tanto quanto eu a quero. Um acordo perfeito para esta noite.

— Desejo — admiti. — E se não fosse uma mulher casada ficaria feliz em ser sua amante.

— Oh, Hannah, não deve se preocupar com um marido que está tão longe e seguro na prisão. Basta uma palavra sua e permanecerá lá até haver uma anistia geral. Até onde me diz respeito, poderá ficar lá para sempre. Venha para a cama comigo, agora.

Com determinação, recusei.

— Não, milorde, lamento.

— Não lamenta o bastante — disse irritado. — O que há com você, menina?

— Não se trata de Daniel — disse. — Eu não quero traí-lo.

— Você o trai no coração — replicou Robert, com alegria. — Apoiou-se no meu braço, ofereceu a boca aos meus beijos. Ele já foi traído, Senhorita Menino. O resto é só realizar o desejo. Não é pior do que o que você já fez.

Sorri ao ouvir sua lógica persuasiva, egoísta.

— Talvez, mas não é certo. Milorde, vou dizer-lhe a verdade. Eu o adorei desde a primeira vez que o vi. Mas amo Daniel com um amor verdadeiro e honroso e quero ser uma boa esposa e uma esposa fiel.

— Entre nós, não tem nada a ver com amor verdadeiro, minha querida — assegurou com a sua crueza de libertino.

— Eu sei — repliquei. — E agora eu quero amar. A luxúria não me faz bem. Quero amor. O amor de meu marido.

Olhou-me, seus olhos escuros gozadores.

— Ah, Hannah, este é um grande erro para uma mulher como você, com tudo para jogar e nada a perder. Do que conheço, você é o que mais se aproxima de uma mulher livre. Uma garota com uma educação muito além do seu sexo, uma esposa com um marido a milhas de distância, uma mulher com talento, ambição, o juízo para usá-los e o corpo de uma bela puta. Pelo amor de Deus, garota, seja minha amante. Não precisa se rebaixar a ser uma esposa.

Não consegui evitar rir.

— Obrigada — falei. — Mas quero ser uma esposa sem me rebaixar. Quero escolher Daniel, quando revê-lo, e amá-lo com todo o meu coração e fidelidade.

— Mas você gostaria tanto de uma noite comigo, sabe? — lamentou, em parte por vaidade e em parte como uma última tentativa.

— Tenho certeza de que sim — repliquei, tão impudicamente quanto ele. — E, se tudo o que eu quisesse fosse prazer, eu lhe imploraria esta noite e todas as noites seguintes. Mas apaixonei-me, milorde, e nenhum outro, a não ser o meu amante, me satisfará.

Recuou e fez-me uma elegante cortesia, tão baixa quanto para uma rainha.

— Senhorita Menino, você sempre excede minhas expectativas. Sabia que se tornaria uma bela mulher, mas nunca esperei que se tornasse uma mulher honrada surpreendente. Espero que o seu marido a mereça, realmente espero. E se ele não...

Eu ri.

— Se Daniel partir meu coração uma segunda vez, voltarei a você, tão insensível quanto você mesmo, milorde — repliquei.

— Ah, muito bem, combinado — disse com uma risada, e foi para a cama sozinho.

⌇

Dali a alguns dias, milorde e John Dee estavam prontos para retornar à corte. John Dee retornaria ao bispo Bonner e anotaria os detalhes das acusações e as palavras dos interrogatórios de centenas de homens e mulheres acusados de heresia. Ele os veria ser encaminhados à tortura, depois confessar, ele os veria ser mandados para a fogueira.

Fomos juntos ao estábulo verificar se os cavalos estavam prontos para a viagem, e um silêncio constrangido pairou entre nós. Nunca lhe perguntaria como conseguia deixar esses dias inocentes no campo para retornar ao seu trabalho de carrasco.

Ele falou primeiro.

— Hannah, sabe, é melhor ser eu a estar lá aconselhando do que qualquer outro.

Por um instante, não compreendi, e então, me dei conta de que era uma trama, mais uma conspiração, dentro de outra, dentro das grandes conspirações. Era melhor que fosse John Dee a examinar os adeptos e amigos da princesa Elizabeth do que um homem com lealdade sólida à rainha e que desejasse que todos fossem queimados.

— Não sei como consegue suportar — falei simplesmente. — A mulher que vi sem as unhas das mãos...

Balançou a cabeça, assentindo.

— Que Deus nos perdoe — falou em voz baixa. — Lamento que tenha sido levada, Hannah.

— Agradeço-lhe ter-me salvado, se foi o que fez — repliquei, com relutância.

— Não sabia que interferi a seu favor?

— Não entendi, na época — respondi, cautelosamente.

John Dee pegou minha mão.

— Você tem razão. Eu tinha um objetivo maior do que a sua vida. Mas fico feliz por ter sido apenas machucada, e não destruída pelo que aconteceu.

Chegamos ao pátio dos estábulos e lá estava Lorde Robert, observando uma carroça ser carregada de itens que queria para seus aposentos em Richmond: uma bela tapeçaria e alguns belos tapetes. Fui até ele, para falar-lhe em particular.

— Vai me escrever e dizer como está a rainha? — perguntei.

— Está começando a se interessar pela sucessão?

— Estou interessada na rainha — repliquei. — Não tinha nenhum amigo de verdade quando entrei para o seu serviço.

— E então fugiu e a abandonou — observou.

— Milorde, como sabe, eram tempos perigosos. Na época, estaria mais segura longe da corte.

— E agora?

— Não espero segurança. Mas tenho de encontrar uma maneira de ganhar a vida e criar meu filho.

Ele concordou com a cabeça.

— Hannah, quero que fique aqui por enquanto, mas no verão, quero que vá me encontrar na corte. Quero que reveja a rainha e entre para o seu serviço.

— Milorde, não sou mais um bufão. Tenho um filho para cuidar e estou esperando por meu marido.

— Minha menina, é realmente uma boba se acha que pode argumentar comigo.

Isso me conteve.

— Não pretendo argumentar — repliquei pacificamente. — Mas não quero ser separada do meu filho e não posso voltar a usar calções.

— Pode mandá-lo para uma ama de leite. E pode ser um bobo de saias, tanto quanto de calções. Afinal, há muitos bobos de saias. Você não seria uma exceção.

Mordi a parte interna do lábio para me manter calma, apesar da sensação de perigo.

— Milorde, ele ainda é um bebê, e não fala. Está em um país estrangeiro e não conhecemos ninguém. Por favor, deixe que fique comigo. Por favor, deixe que eu cuide dele.

— Se insistir em ficar com ele, terá de permanecer aqui no campo, com Amy — advertiu-me.

Avaliei o preço que teria de pagar para ser mãe de Danny e, para a minha própria surpresa, achei que valia a pena pagá-lo. Eu não o abandonaria, por mais que isso me custasse.

— Está bem — repliquei. Recuei para a parede, para sair do caminho dos carregadores que levavam duas cadeiras grandes e uma mesa para a carroça.

Lorde Robert franziu o cenho, não tinha achado que eu colocaria a criança à frente da minha própria ambição.

— Oh, Hannah, você não é a mulher que eu esperava que fosse. Uma esposa fiel e uma mãe devotada não tem muita utilidade para mim! Muito bem. Mandarei buscá-la quando precisar de você, provavelmente em maio. Pode levar o menino — disse ele. — Mas vá assim que eu mandar chamá-la. Vou precisar de seus ouvidos e seus olhos na corte.

ೞ

Lorde Robert partiu ao meio-dia era um dia frio e sua mulher levantou-se de seu leito de doente para vê-lo. Ficou de novo em silêncio, como uma mulher feita de neve, no hall da casa, quando ele pôs o chapéu e a capa ao redor dos ombros.

— Lamento que tenha ficado doente por toda a minha visita — comentou animadamente, como se falasse com um anfitrião pouco familiar. — Não a vi desde o jantar na primeira noite.

Não pareceu escutá-lo. Deu um sorriso apático, que mais pareceu uma careta.

— Espero encontrá-la com a saúde melhor e o ânimo mais elevado quando voltar.

— E quando isso será? — perguntou com a voz baixa.

— Não posso afirmar. Mandarei uma mensagem.

Foi como se a recusa de fazer uma promessa fosse um sortilégio que lhe devolvesse a vida. Ela se agitou e lançou-lhe um olhar de fúria.

— Se não retornar em breve, escreverei à rainha queixando-me — ameaçou com a voz baixa e irada. — Ela sabe o que é ser abandonada por um marido falso que corre atrás de qualquer carinha bonita. Sabe que tipo de mulher é a sua irmã. Sofreu com os modos de Elizabeth, como eu sofro. Eu sei, entende. Sei o que você e a princesa são um para o outro.

— Dizer isso é traição — observou calmamente, em um tom agradável. — Essa carta será uma prova da sua traição. Acabamos de tirar a família da Torre, Amy. Não nos enfurne lá de novo.

Ela mordeu o lábio e enrubesceu;

— De qualquer maneira, a sua puta não ficará aqui comigo!

Robert deu um suspiro e olhou para mim, do outro lado do hall.

— Não tenho puta aqui — falou com uma paciência elaborada. — Mal tenho uma esposa aqui, como você bem sabe. A honrada Sra. Carpenter permanecerá aqui até eu mandar chamá-la para trabalhar para mim na corte.

Amy Dudley emitiu um grito estridente de raiva e levou a mão à boca.

— Chama o que ela faz de trabalho?

— Sim — respondeu calmamente. — Como eu disse. E mandarei buscá-la. E virei visitá-la de novo. — Baixou a voz, mas seu tom foi cordial. — E vou rezar, por você e por mim, para que quando vier revê-la tenha recuperado a compostura. Isso não fica bem para nós, Amy. Não deve se comportar como uma louca.

— Não sou louca — sussurrou-lhe. — Estou com raiva. Estou com raiva de você.

Balançou a cabeça, não discutiria, e claramente pouco se importava de como ela chamaria seu comportamento.

— Então, vou rezar para que recupere o controle em vez do juízo — consertou. Virou-se para a porta da frente, onde seu cavalo o aguardava.

Lady Dudley ignorou completamente John Dee quando passou, embora ele se detivesse e fizesse uma mesura, calmo como sempre. Quando os dois se foram, ela pareceu perceber, de súbito, que mais um instante seria tarde demais, e correu atrás deles, abriu as grandes portas duplas e o sol invernal penetrou no hall escuro. Fiquei tonta e semicerrei os olhos, vendo-a como uma sombra no degrau de cima. Por um momento, tive a impressão de que não estava em um degrau de pedra larga, mas em um limiar estreito de vida e morte. Avancei um passo e estendi a mão para firmá-la. Ao sentir meu toque, girou e cairia se John Dee não a segurasse pelo braço.

— Não me toque! — esbravejou comigo. — Não se atreva a me tocar!

— Achei ver...

John Dee largou-a e olhou cautelosamente para mim.

— O que viu, Hannah?

Sacudi a cabeça. Mesmo quando ele me levou para o lado, onde não seríamos ouvidos, não falei.

— Foi muito vago — respondi. — Lamento. Foi como se ela se equilibrasse na ponta de alguma coisa e pudesse cair, e quase caiu. Não foi nada.

Ele assentiu com a cabeça.

— Quando for para a corte, tentaremos de novo — disse. — Acho que ainda tem o dom, Hannah. Acho que os anjos continuam falando com você. São nossos sentidos embotados, mortais, que não os ouvem.

— Está se atrasando, milorde — disse Lady Dudley, rispidamente.

John Dee olhou para onde Lorde Robert se balançava em sua sela.

— Ele me perdoará — replicou. Pegou-lhe a mão e ia fazer-lhe uma mesura, mas ela a retirou bruscamente.

— Obrigada pela hospitalidade — agradeceu.

— Qualquer amigo do meu marido será sempre bem-vindo — falou, quase sem mover os lábios. — Independente da companhia que escolher.

John Dee desceu, montou em seu cavalo, ergueu o chapéu para milady, sorriu para mim e os dois partiram.

Enquanto ela observava os dois desaparecerem, senti a raiva e o ressentimento que sangravam, como uma ferida, até que tudo o que restou foi a mágoa e o insulto. Permaneceu ereta até dobrarem a curva do parque. Então caiu de joelhos e a Sra. Oddingsell segurou seu braço a fim de conduzi-la para dentro e pela escadaria até sua câmara.

— E agora? — perguntei quando a Sra. Oddingsell apareceu, fechando, cuidadosamente, a porta do quarto atrás de si.

— Agora, chorará e dormirá por alguns dias e, depois, levantará e parecerá uma semimorta: fria e vazia por dentro, sem lágrimas para derramar, sem raiva, sem amor para dar. E agirá como um cão controlado por uma coleira curta, até ele voltar. Quando, então, sua raiva se extravasará de novo.

— E tudo se repete sempre? — perguntei, horrorizada com esse ciclo de dor e raiva.

— Sempre — disse. — A única vez em que ficou em paz foi quando achou que ele seria decapitado. Então, sofreria por ele e por si mesma, e pelo amor que tinham vivido quando eram jovens.

— Ela quis que ele morresse? — perguntei, incrédula.

— Ela não teme a morte — replicou a Sra. Oddingsell, com tristeza. — Acho que a deseja, para os dois. De que outra maneira se libertaria?

Primavera de 1558

Esperei notícias da corte, mas tudo o que ouvi foram fofocas comuns. O bebê esperado para março estava atrasado. Em abril, as pessoas começaram a dizer que a rainha, novamente, se enganara, e não havia bebê nenhum. Vi-me de joelhos na pequena capela dos Philips, toda manhã e noite, rezando diante da imagem de Nossa Senhora para que a rainha estivesse grávida e que, nesse momento mesmo, estivesse dando à luz. Não conseguia imaginar como suportaria a decepção mais uma vez. Conhecia-a como uma mulher corajosa, a mais valente do mundo, mas ter de sair do confinamento pela segunda vez e dizer ao mundo que tinha se enganado, de novo, por dez meses, e que não havia nenhum bebê seria terrível para ela — eu não conseguia imaginar nenhuma mulher suportando essa humilhação, muito menos a rainha da Inglaterra, com os olhos de toda a Europa voltados para ela.

Os comentários a respeito eram todos maliciosos. As pessoas diziam que fingira estar grávida para trazer seu marido para casa, diziam que planejara introduzir secretamente um bebê e fazê-lo passar pelo príncipe católico-romano da Inglaterra. Eu nem mesmo a defendia dos boatos maldosos que ouvia diariamente. Conhecia-a melhor do que ninguém e sabia que seria incapaz de mentir a seu marido ou a seu povo. Estava determinada a agir certo por seu Deus, e isso viria sempre em primeiro lugar. A rainha adorava Felipe e teria feito quase tudo no mundo para tê-lo a seu lado. Mas nunca teria pecado por ele ou por nenhum outro homem. Nunca renegaria seu Deus.

Mas quando o clima esquentou, e o bebê não veio, achei que o seu Deus era realmente uma divindade cruel, por não ouvir as preces e o sofrimento dessa rainha, não lhe concedendo um filho a quem amar.

Senhorita Menino,
A rainha deve sair do seu confinamento em breve, e preciso de você aqui para me aconselhar. Por favor, pegue meu missal de veludo azul, que deixei na capela, onde me sento, e venha imediatamente. Robt.

Fui à capela, com Daniel andando na minha frente. Tive de me curvar para que ele segurasse meus dedos com as duas mãozinhas e andasse firmando-se em mim. Minhas costas estavam doendo quando chegamos à capela e me sentei no banco de Robert. Deixei Daniel abrir caminho sozinho, segurando-se no banco. Nunca teria acreditado que fosse capaz de me curvar, até minhas costas doerem, só para alegrar um menininho e, quando peguei o missal e andamos de volta para a nossa câmara, curvei-me de novo, para que Daniel segurasse minha mão. Agora, rezei em silêncio para que a rainha tivesse um filho e pudesse experimentar essa alegria, esse tipo de alegria estranha e inesperada — a felicidade de cuidar de uma criança cuja vida estava em minhas mãos.

Ele não era uma criança comum. Mesmo eu, que conhecia tão pouco as crianças, podia afirmar isso. Como uma casa com as janelas fechadas, era uma criança que tinha se protegido fechando suas portas e janelas, isolando-se da vida lá fora. Sentia-me do lado de fora, pedindo uma resposta que talvez nunca viesse. Mas estava decidida a insistir.

☙

A corte estava em Richmond, e no momento da chegada percebi que algo tinha acontecido. O clima, nos estábulos, era de uma excitação reprimida, todos cochichando pelos cantos, sem ninguém para pegar nossos cavalos, nem mesmo os cavalariços dos Dudley.

Joguei as rédeas para o rapaz mais próximo e com Danny no meu quadril subi o caminho lajeado até a entrada pelo jardim do palácio. Deparei-me com mais gente cochichando em grupos e senti um aperto de medo no coração. E se uma das muitas conspirações de Elizabeth tivesse deslanchado uma rebelião ali, no coração de um palácio real, e a princesa prendesse a rainha? E se a rainha tivesse entrado em trabalho de parto, do seu bebê concebido tardiamente, e tivesse morrido como tantas pessoas lhe tinham avisado que aconteceria?

Não me atrevi a fazer perguntas a um estranho, com medo da resposta que ouviria, e portanto prossegui abrindo caminho, andando cada vez mais rápido, passando pela entrada do salão interno, procurando uma cara amiga. Procurando alguém a quem perguntar, alguém em quem confiasse. No fundo do hall estava Will Somers, sozinho, isolado dos grupos que cochichavam. Fui até ele e toquei delicadamente no seu ombro.

Seu olhar opaco fixou-se primeiro em Danny, depois em mim. Não me reconheceu.

— Senhorita, não posso fazer nada por você — disse sem rodeios, e virou a cabeça. — Não tenho ânimo para piadas, hoje, só conseguiria um humor depressivo, pois estou muito deprimido.

— Will, sou eu.

Ao ouvir minha voz, fez uma pausa e olhou-me mais atentamente.

Hannah? Hannah, o Bobo? Hannah, o Bobo Invisível?

Assenti ao ouvir a reprovação implícita.

— Will, o que aconteceu?

Ele não comentou minhas roupas, meu filho, nada.

— É a rainha — disse.

— Oh, Will, ela não está morta, está?

Sacudiu a cabeça negando.

— Ainda não. Mas é só uma questão de tempo.

— O bebê? — perguntei, conhecendo a resposta dolorosa.

— Aconteceu de novo — replicou. — Não havia nenhum bebê. De novo. E de novo ela se tornou o alvo de riso da Europa, e senhora de sua própria humilhação.

Sem pensar, estendi as mãos para confortá-lo, e ele as segurou com força.

— Ela está doente? — perguntei com um sussurro, depois de um instante.

— Suas damas dizem que ela não se levantará do chão — contou-me. — Está sentada, encurvada, no piso, mais parecendo uma pedinte do que uma rainha. Não sei como isso aconteceu, Hannah. Não sei como foi acontecer isso. Quando penso nela em criança, tão viva e encantadora, quando penso no cuidado que sua mãe teve com ela, e seu pai a adorando, chamando-a de sua, de sua melhor princesa de Gales, e este fim infeliz... O que acontecerá agora?

— Por quê? O que vai acontecer? — repeti, consternada.

Curvou um ombro e me deu um sorriso torto e triste.

— Não muito aqui — respondeu com menosprezo. — É em Hatfield que tudo acontecerá. Tem a questão do herdeiro e claramente não podemos fazê-lo aqui. Tentamos duas vezes fazer um herdeiro aqui, e nada conseguimos. Não é realmente o ar apropriado. Mas em Hatfield... Ora, ela já tem metade da corte, e o resto está indo correndo se unir a eles. *Ela* já deve ter o discurso pronto, não tenho dúvida. Estará preparada para o dia em que for informada de que a rainha está morta e ela é a nova monarca. Ela terá tudo planejado, onde se sentará e o que dirá.

— Você tem razão — partilhei de sua amargura. — Tem o discurso pronto. Ela dirá: "Este é um ato de Deus. É maravilhoso aos nossos olhos."

Will deu uma risada mordaz.

— Meu Deus! É uma princesa maravilhosa. Como sabe disso? Como sabe o que ela dirá?

Senti um nó de riso na garganta.

— Oh, Will! A princesa perguntou-me o que a rainha diria ao assumir o trono e quando respondi, achou tão bom afirmando que usaria ela própria.

— Bem, por que não? — perguntou ele, amargo de novo. — Já terá tomado todo o resto. O marido da rainha Mary, o amor do povo, o trono e agora as palavras da boca da irmã.

Concordei balançando a cabeça.

— Acha que posso ver a rainha?

Sorriu-me.

— Ela não vai reconhecê-la. Tornou-se uma bela mulher, Hannah. É só o vestido? Deve pagar bem à sua costureira. Foi ela que a transformou?

Sacudi a cabeça, negando.

— O amor, eu acho.

— Por seu marido? Você o encontrou, não foi?

— Encontrei, e o perdi quase imediatamente, Will, porque fui uma idiota, orgulhosa e ciumenta. Mas tenho o seu filho, e ele me ensinou a amar sem pensar em mim mesma. Amo-o mais do que achei possível. Mais do que achei que chegaria a amar alguém. Este é o meu filho, Danny. E, se voltarmos a ver seu pai, estarei apta a dizer-lhe que agora sou uma mulher adulta, finalmente, e pronta para o amor.

Will sorriu para Danny, que timidamente baixou a cabeça, depois olhou para o rosto sulcado e bondoso de Will e sorriu de volta.

— Pode ficar com ele enquanto pergunto se posso ver a rainha?

Estendeu os braços e Danny foi para ele com a confiança fácil que Will inspirava a todos. Subi a escada para a câmara de audiência da rainha e depois para a porta fechada de seus aposentos privados. Meu nome levou-me até a câmara privada, e então vi Jane Dormer diante da porta fechada.

— Jane, sou eu — falei. — Hannah.

Não reparar em meu retorno súbito ou em minhas roupas foi um sinal da intensidade do sofrimento da rainha e da tristeza profunda de Jane.

— Talvez ela fale com você — replicou, bem baixinho, atenta a bisbilho-teiros. — Cuidado com o que diz. Não mencione o rei nem o bebê.

Senti minha coragem esvair-se.

— Jane, não sei se ela vai querer me ver. Pode lhe perguntar?

Suas mãos estavam nas minhas costas, empurrando-me para dentro.

— E não mencione Calais — disse. — Nem as fogueiras. Nem o cardeal.

— Por que não o cardeal? — perguntei, tentando soltar-me de suas mãos. — Fala do cardeal Pole?

— Ele está doente — respondeu. — E caiu em desgraça. Foi chamado a Roma. Se ele morrer ou ficar em Roma para ser punido, ela ficará completa-mente só.

— Jane, não posso entrar e tentar confortá-la. Não há nada que eu possa dizer para confortá-la. Ela perdeu tudo.

— Não há nada que ninguém possa dizer — replicou rudemente. — Ela caiu o mais fundo que uma mulher poderia cair. Mas ainda assim tem de erguer-se. Ainda é a rainha. Tem de erguer-se e governar este país, ou Elizabeth a tirará do trono em uma semana. Se ela não se sentar em seu trono, Elizabeth a empurrará para o túmulo.

Jane abriu a porta para mim com uma das mãos e com a outra empur-rou-me para dentro. Tropecei e fiz uma reverência. E ouvi a porta fechar-se suavemente atrás de mim.

O quarto estava na penumbra, as venezianas ainda fechadas para o confinamento. Olhei em volta. A rainha não estava sentada em nenhuma das cadeiras nem enroscada na cama. Não estava no genuflexório. Não a vi em lugar nenhum.

Então, ouvi um pequeno ruído, um som muito baixo, como o de uma criança recuperando o fôlego depois de soluçar. Um som tão leve e tão pungente que parecia o de uma criança que chorasse por tanto tempo que se esquecera de gritar, cujo desespero do sofrimento não se extinguisse nunca.

— Mary — sussurrei. — Onde está?

Quando meus olhos se adaptaram ao escuro, finalmente a localizei. Estava deitada no chão, no meio de juncos, o rosto voltado para o rodapé, encurvada como uma mulher faminta se encurvaria sobre sua barriga vazia. Engatinhei pelo chão, afastando as plantas espalhadas, seu perfume pairando à minha volta quando me aproximei e toquei em seus ombros.

Ela não reagiu. Acho que nem mesmo sabia que eu estava lá. Estava trancada em um sofrimento tão profundo e tão impenetrável que achei que ficaria presa nessa escuridão interior para o resto da vida.

Acariciei seu ombro como acariciaria um animal moribundo. Como as palavras não poderiam fazer nada, um toque gentil ajudaria. Mas não sabia se ela sentia. Então ergui, bem devagar, seus ombros e coloquei sua cabeça no meu colo, tirei o capelo de sua pobre cabeça extenuada e enxuguei as lágrimas que corriam de suas pálpebras fechadas por seu rosto marcado e abatido. Sentei-me com ela, em silêncio, até sua respiração mais profunda indicar-me que adormecera. Mesmo no sono, as lágrimas continuavam a correr dos olhos fechados por sua face molhada.

ങ

Quando saí dos aposentos da rainha, deparei-me com Lorde Robert.

— Você — disse, sem muita simpatia.

— Sim, eu — replicou ele. — E não precisa ficar com essa carranca. A culpa não é minha.

— É um homem — observei. — E homens geralmente são os culpados pela tristeza sofrida pelas mulheres.

Ele riu.

— Sou culpado de ser um homem, admito. Venha jantar nos meus aposentos. Mandei que preparassem um pouco de sopa, pão e frutas. Seu filho está lá também. Com Will.

Fui com ele, seu braço ao redor da minha cintura.

— Ela está mal? — perguntou ele, sua boca no meu ouvido.

— Nunca vi ninguém em um estado pior — respondi.

— Sangrando? Nauseada?

— Triste — respondi simplesmente.

Balançou a cabeça e levou-me rápido para seus aposentos. Não eram os aposentos suntuosos dos Dudley a que estava acostumado na corte. Eram três cômodos modestos, mas ele os tinha arrumado bem, com duas camas para seus criados, uma câmara privada para si mesmo, o fogo aceso com uma panela de sopa do lado e uma mesa posta para três. Quando entramos, Danny ergueu os olhos do colo de Will e fez um pequeno ruído, o barulho mais alto que já tinha feito, e esticou-se para mim. Peguei-o nos braços.

— Obrigada — eu disse a Will.

— Ele foi um conforto para mim — replicou francamente.

— Pode ficar, Will — disse Robert. — Hannah vai jantar comigo.

— Não estou com fome — replicou Will. — Vi tanta tristeza neste país que minha barriga se encheu de melancolia. Estou empanturrado de tristeza. Gostaria de ter um pouco de alegria como tempero.

— Os tempos vão mudar — disse Robert, animadamente. — Já estão mudando.

— Você estará preparado para os novos tempos — disse Will, seu ânimo se elevando. — Já que no reinado passado foi um dos lordes mais importantes, e neste foi um traidor à espera do machado. Imagino que a mudança vá ser muito bem acolhida por você. O que espera do próximo reinado, milorde? O que a próxima rainha lhe prometeu?

Senti um arrepio percorrer minha espinha. Era exatamente a pergunta que o criado de Robert Dudley havia feito, a mesma pergunta que todos faziam. O que Robert não teria, se Elizabeth o adorava?

— Nada além do bem do país — respondeu Robert descontraidamente, com um sorriso agradável. — Venha, jante conosco, Will. Você está entre amigos.

— Está bem — disse, sentando-se à mesa e puxando uma tigela para si. Amarrei Danny na cadeira do meu lado, para que ele comesse do meu prato, e aceitei o copo de vinho que Lorde Robert me serviu.

— À nossa — disse Robert, erguendo seu copo em um brinde irônico. — Uma rainha de coração partido, um rei ausente, um bebê perdido, uma pretendente a rainha, dois bobos e um traidor reabilitado. Saúde.

— Dois bobos e um ex-traidor — disse Will, levantando seu copo. — Três bobos juntos.

Verão de 1558

Quase à revelia, me vi de volta ao serviço da rainha. Ela estava tão apreensiva e desconfiada de todos à sua volta que só era servida por pessoas que tinham ficado com ela desde o começo. Não dava a impressão de lembrar que eu tinha ficado longe mais de dois anos e que agora era adulta e me vestia como mulher. Gostava de me ouvir ler em espanhol e gostava que eu me sentasse à sua cabeceira enquanto dormia. A tristeza profunda que a tinha tomado com o fracasso de sua segunda gravidez fez com que não sentisse curiosidade a meu respeito. Contei-lhe que meu pai morrera, que me casara com meu noivo e que tínhamos um filho. Ela só se interessou pelo fato de eu e meu marido estarmos separados — ele na França, a salvo, e eu na Inglaterra. Não mencionei o nome da cidade de Calais, ela se sentia tão mortificada pela perda da cidade, a glória da Inglaterra, quanto se envergonhava de ter perdido o bebê.

— Como suporta não estar com o seu marido? — perguntou, de repente, depois de três longas horas de silêncio em uma tarde cinzenta.

— Sinto saudades — respondi, levando um susto por ter falado comigo. — Mas espero estar com ele de novo. Irei à França assim que for possível procurá-lo. Ou ele virá a mim. Se me ajudar a enviar uma mensagem, aliviará o peso no meu coração.

Virou-se para a janela e olhou o rio.

— Mantenho uma frota de navios prontos para o rei vir a mim — contou. — E cavalos e alojamentos ao longo da estrada de Dover a Londres. Estão todos esperando por ele. Passam a vida esperando, ganham para isso. Um pequeno exército de homens não faz nada a não ser esperar por ele. Eu, a rainha da Inglaterra, sua esposa, espero por ele. Por que ele não vem?

Não havia resposta para a sua pergunta, ninguém tinha uma resposta para lhe dar. Quando ela perguntou ao embaixador espanhol, ele fez uma reverência profunda e murmurou que o rei tinha de estar com seu exército — ela precisava entender a necessidade disso. Os franceses continuavam ameaçando as terras do rei. Essa resposta a satisfez, mas no dia seguinte, quando o procurou, o embaixador espanhol desaparecera.

— Onde ele está? — perguntou a rainha. Eu segurava seu capelo, esperando que a dama de honra acabasse de penteá-la. Sua bela cabeleira castanha tornara-se grisalha e rareava. O cabelo, quando escovado, parecia escasso e ressecado. As linhas em seu rosto e o cansaço em seus olhos a faziam parecer muito mais velha do que seus 42 anos.

— Onde está quem, Sua Graça? — perguntei.

— O embaixador espanhol, conde Feria.

Dei o capelo à dama, rezando para que me ocorresse algo inteligente que a distraísse. Relanceei os olhos para Jane Dormer que era amiga íntima do conde espanhol e percebi uma expressão de consternação passar rapidamente por seu rosto. Eu não teria a sua ajuda. Trinquei os dentes e falei a verdade.

— Acho que foi ver a princesa.

A rainha virou-se para me olhar, sua expressão chocada.

— Por quê, Hannah? Por que ele faria isso?

Sacudi a cabeça.

— Como posso saber, Sua Graça? Ele não faz uma visita de cortesia à princesa de vez em quando?

— Não. A maior parte do tempo que passou na Inglaterra, ela estava em prisão domiciliar, suspeita de traição, e ele próprio insistia comigo para executá-la. Por que a visitaria, agora?

Nenhuma de nós respondeu. Tirou o capelo das mãos da dama de honra e colocou-o sozinha, encarando seus próprios olhos francos no espelho.

— O rei deve ter ordenado que fosse. Conheço Feria, não é um homem que conspire intencionalmente. O rei deve ter-lhe ordenado que fosse.

Ficou em silêncio por um instante, pensando no que deveria fazer. Mantive o olhar baixo, pois não suportei vê-la enfrentando o conhecimento de que seu próprio marido enviava mensagens à sua herdeira, sua rival, sua amante.

Quando se virou para nós, a sua expressão foi calma.

— Hannah, quero ter uma palavra com você, por favor — pediu-me, estendendo a mão.

Fui para o seu lado, ela pegou meu braço e apoiou-se levemente no caminho para a sua sala de audiência.

— Quero que procure Elizabeth — disse, em tom baixo, quando abriram as portas. Não havia ninguém esperando por ela. Estavam todos em Hatfield. — Vá como se fosse fazer uma simples visita. Diga-lhe que retornou recentemente de Calais e queria saber como ela estava. Pode fazer isso?

— Teria de levar meu filho — contemporizei.

— Leve-o — concordou. — E veja se descobre, com a própria Elizabeth ou suas damas de honra, o que o conde Feria queria com ela.

— Talvez não me digam nada — falei, incomodada. — Certamente sabem que sirvo à Sua Graça.

— Pode perguntar — repetiu. — E você é a única amiga em que posso confiar que será recebida por Elizabeth. Ela gosta de você.

— Talvez o embaixador só esteja fazendo uma visita de cortesia.

— Talvez — concordou. — Mas pode ser que o rei a esteja pressionando para se casar com o príncipe de Saboia. Ela me jurou que não o aceitaria, mas Elizabeth é uma mulher sem princípios, é só aparência. Se o rei apoiar sua alegação de ser minha herdeira, ela pode achar que vale a pena casar com seu primo. Tenho de saber.

— Quando quer que eu vá? — perguntei, com má vontade.

— Amanhã, assim que clarear — respondeu. — E não me escreva. Estou cercada de espiões. Esperarei você retornar para saber o que ela está planejando.

A rainha Mary largou meu braço, e entrou sozinha para jantar. Os nobres e a pequena nobreza levantaram-se quando ela passou em direção à mesa no alto, e percebi como parecia pequena: uma mulher diminuta subjugada por seus deveres em um mundo hostil. Observei-a subir para o seu trono, sentar-se e olhar em volta sua corte depauperada com seu sorriso determinado e pensei — não pela primeira vez — que ela era a mulher mais corajosa que já conhecera. Uma mulher com a pior sorte do mundo.

ℭℬ

Foi uma viagem alegre a Hatfield, para Danny e para mim. Ele montou o cavalo na minha frente até ficar muito cansado, e então o amarrei nas minhas costas e ele adormeceu, embalado pelo sacolejo. Tive uma escolta de dois homens para me proteger. Com a epidemia de doença do inverno e o revés de uma safra ruim atrás da outra, as estradas eram continuamente ameaçadas por assaltantes, bandoleiros ou simplesmente vagabundos e mendigos que gritavam pedindo dinheiro e ameaçando violência. Mas com os dois homens galopando atrás de nós, Daniel e eu estávamos despreocupados. O clima estava bom, a chuva tinha, finalmente, cessado e ao meio-dia o sol era tão quente que foi adorável pararmos para comer no campo, ao abrigo de um bosque ou às vezes à margem de um rio ou riacho. Deixei Daniel chapinhar com os pezinhos ou se sentar na água com seu traseiro nu, enquanto eu o molhava. Ele agora ficava em pé com firmeza, corria para lá e para cá e pedia a toda hora para ser levantado e poder ver mais, tocar nas coisas, ou simplesmente acarinhar meu rosto e virá-lo para um lado e para o outro.

Enquanto cavalgávamos, cantava-lhe as canções espanholas de minha infância e tinha certeza de que me escutava. Sua mãozinha se agitava ao ritmo da música, mexia-se, alegre, quando eu começava a cantar, mas nunca cantava junto. Permanecia silencioso como um lebracho em sua toca, como uma corça em uma samambaia.

O antigo palácio de Hatfield fora escolhido como o palácio das crianças durante várias gerações, por seu ar limpo e sua proximidade com Londres. Era um edifício antigo com janelas pequenas e vigamento escuro, e os homens nos guiaram até a porta da frente, de modo que Danny e eu pudéssemos desmontar e entrar, enquanto levavam os cavalos para o estábulo, quase em ruínas, a uma pequena distância da casa.

Não havia ninguém no hall para nos receber, exceto um garoto que carregava lenha para a lareira, que permanecia acesa mesmo no meio do verão.

— Estão todos no jardim — informou. — Representando uma peça.

Seu gesto dirigiu-me a uma porta na parte de trás do hall e, com Danny em meus braços, abri-a, segui pelo corredor de pedra até outra porta e, então, saí para a luz do sol.

Qualquer que fosse a peça que estivessem encenando tinha, claramente, se encerrado, e o que restava era uma folia. Véus de pano dourado e prateado, cadeiras viradas estavam espalhadas pelo pomar, e as damas de Elizabeth corriam em todas as direções se esquivando de um homem no centro do círculo de olhos vendados com um lenço escuro. Enquanto eu observava, ele pegou uma saia e puxou uma garota para si, mas ela se soltou e fugiu rindo. Elas se agruparam ao redor dele e, com risinhos afetados, giraram-no várias vezes, até ficar tonto, e então recuaram.

Ele recomeçou a agitar-se e lançar-se para elas, que corriam, dando risinhos com aquele misto inebriante de brincadeira pueril e excitação feminina. No meio delas, o cabelo ruivo esvoaçando solto, sem o capelo, o rosto corado e rindo, estava a princesa. Não era a Elizabeth lívida de terror que eu tinha visto. Não era a princesa inchada que eu vira na cama, morrendo de medo. Essa era uma princesa entrando no verão da sua vida, entrando na vida adulta, chegando ao trono. Era uma princesa dos contos de fadas: bela, poderosa, obstinada, infalível.

— Bem, quem diria! — sussurrei para mim mesma, tão cética quanto qualquer bufão.

Enquanto a observava, ela deu um tapinha no ombro do homem e o fez girar de novo. Dessa vez ele foi mais rápido. Sua mão estendeu-se, ela recuou devagar demais, ele a segurou na cintura e, apesar de ela lutar para se soltar, ele a manteve segura. Deve tê-la sentido ofegar presa ao seu peito. Deve ter sentido o perfume do seu cabelo. Deve tê-la identificado no mesmo instante.

— Peguei você! — gritou. — Quem é?

— Tem de adivinhar! Tem de adivinhar! — gritaram as damas de honra.

Ele passou a mão na testa dela, no cabelo, no nariz, nos lábios.

— Uma beldade — reconheceu, sem a menor dúvida. Foi recompensado com um acesso de riso.

De maneira impertinente, deixou a mão descer para seu queixo, seu pescoço, pegou sua garganta. Vi a cor se inflamar nas maçãs do rosto de Elizabeth e percebi que estava ardendo de desejo. Não se afastou dele, não se moveu para interrompê-lo. Estava disposta a ficar ali e deixá-lo tocá-la toda, observados por toda a sua corte.

Movi-me um pouco à frente para ver melhor esse homem, mas a venda cobria todo o seu rosto, e só dava para ver seu cabelo basto e escuro e os ombros fortes e quadrados. Achei que sabia quem era.

Segurou-a com firmeza, e houve um breve sussurro quase de consternação de suas damas quando a rodeou pela cintura com uma das mãos e com a outra traçou a linha do seu decote, as pontas dos dedos roçando no alto dos seus seios. Bem devagar, de maneira tentadora, deslizou a mão pela frente de seu vestido, por cima do corpete bordado, passou pela faixa na sua cintura, pela saia grossa de seu vestido, pela frente, como se fosse tocá-la como tocaria em uma prostituta. Ainda assim, a princesa não o deteve, não se afastou. Permaneceu pressionada contra o corpo desse homem que tinha uma das mãos ao redor de sua cintura, puxando para si, como se ela fosse uma criada leviana que se oferecesse para ser abraçada e beijada. Ela não demonstrou resistência nem mesmo quando a mão dele desceu pela frente de seu vestido até sua virilha e depois a virou para pegar suas nádegas, escorregar a outra mão da cintura dela, de modo que a abraçasse com o traseiro dela em suas mãos, como se ela fosse sua mulher.

Elizabeth gemeu baixinho e se contorceu, soltando-se, quase caindo no meio de suas damas.

— Quem era? Quem era? — cantaram, aliviadas por Elizabeth ter-se soltado do abraço.

— Desisto — disse ele. — Não posso jogar um jogo tão tolo. Toquei nas curvas do próprio paraíso.

Removeu a venda dos olhos e vi seu rosto. Seus olhos encararam Elizabeth. Ele sabia exatamente quem tinha estado em seus braços, soubera no momento em que a pegara, como tinha pretendido, como era sua intenção fazer. Ele a tinha acariciado na frente de toda a corte, acariciado como um amante aceito, e ela deixara que lhe passasse as mãos como se fosse uma prostituta. Sorriu-lhe, um sorriso de desejo, e ele sorriu de volta.

É claro que o homem era milorde Robert Dudley.

ꂵ

— E o que está fazendo aqui, menina? — perguntou-me antes do jantar, na varanda, as damas da pequena corte de Elizabeth nos observando, fingindo não ver.

— A rainha Mary mandou-me visitar Elizabeth.

— Ohoh, minha pequena espiã, está na ativa de novo?

— Sim, contra a vontade.

— E o que a rainha quer saber? — Fez uma pausa. — Algo a respeito de William Pickering? De mim?

Neguei, sacudindo a cabeça.

— Nada disso, que eu saiba.

Ele me conduziu a um banco de pedra, madressilvas cresciam no muro atrás, exalando um cheiro doce. Ele colheu uma flor. As pétalas, escarlates e cor de mel, pendiam como a língua de uma serpente. Ele roçou meu pescoço com a flor.

— E o que a rainha quer?

— Quer saber o que o conde Feria fazia aqui — respondi direto. — Ele ainda está aqui?

— Partiu ontem.

— O que queria?

— Trouxe uma mensagem do rei. Do amado marido da própria rainha Mary. Um cão infiel, não é?, o velho espanhol lascivo.

— Por que diz isso?

— Senhorita Menino, tenho uma esposa que não me presta nenhum serviço, não demonstra nenhuma gentileza comigo, mas nem assim eu cortejaria sua irmã na sua cara e a envergonharia enquanto estivesse viva.

Oscilei no banco e segurei sua mão que continuava a brincar com a flor.

— Ele está cortejando Elizabeth?

— O Papa foi abordado para dar permissão para o casamento dos dois — replicou sem fazer rodeios. — Por que essa formalidade espanhola? Se a rainha sobreviver, o meu palpite é que Felipe recorrerá à anulação do seu casamento para se casar com Elizabeth. Se a rainha morrer, então Elizabeth como a herdeira do trono será a fruta mais suculenta a ser colhida, e ele o fará em um ano.

Olhei para ele, minha face lívida de horror.

— Não pode ser — falei, pasma. — É traição. É a pior coisa que ele poderia fazer a ela. De tudo no mundo, isso seria a pior coisa.

— Um gesto inesperado — falou. — Desagradável para uma esposa amorosa.

— A rainha morreria de dor e vergonha. Ser posta de lado como sua mãe foi? E pela filha de Ana Bolena?

Ele confirmou com a cabeça.

— Como eu já disse, um cão espanhol infiel.

— E Elizabeth?

Relanceou os olhos por cima do meu ombro e levantou-se.

— Pode lhe perguntar você mesma.

Fiz uma reverência e adiantei-me. Os olhos negros de Elizabeth faiscaram. Ela não gostou de me ver sentada do lado de Robert Dudley, vê-lo acariciando meu pescoço com madressilvas.

— Princesa.

— Soube que estava de volta. Milorde disse que você tinha-se tornado uma mulher. Só não esperava vê-la tão...

Esperei.

— Gorda — completou.

Ao invés de me sentir insultada, como queria, ri alto da sua grosseria pueril por ciúmes.

No mesmo instante seus olhos agitaram-se. Elizabeth nunca ficava de mau humor.

— Enquanto você, Princesa, está mais bela do que nunca — repliquei lisonjeiramente.

— Espero que sim. E do que estavam falando com as cabeças tão juntas?

— De você — respondi simplesmente. — A rainha mandou-me ver como estava. E fiquei feliz em vir e vê-la.

— Eu lhe avisei para não fazer isso tarde demais — replicou ela, fazendo um gesto que abrangeu suas damas de honra, os belos homens ociosos, os cortesãos de Londres, que perceberam que os reconheci e pareceram um pouco envergonhados. Uns dois membros do conselho da rainha recuaram para se esquivar do meu exame atento. Com eles, estava um emissário da França e um ou dois príncipes de menor importância.

— Vejo que mantém uma corte alegre — falei sem alterar a voz. — Como deve. E não posso me unir a vocês, mesmo que a princesa condescendesse em me aceitar. Tenho de servir sua irmã. Ela não tem uma corte alegre, tem poucos amigos. Não a deixaria agora.

— Então, você deve ser a única pessoa na Inglaterra que não a abandonou — replicou animadamente. — Contratei seu cozinheiro na semana passada. Ela tem o que comer?

— Ela consegue dar um jeito — respondi secamente. — E até mesmo o embaixador espanhol, conde Feria, seu maior amigo e conselheiro de confiança, ausentara-se da corte quando parti.

Elizabeth lançou um olhar rápido para Robert Dudley e o vi balançar a cabeça dando-lhe permissão para falar.

— Recusei seu pedido — disse cordialmente. — Não tenho planos de me casar com ninguém. Pode assegurar a rainha disso, pois é a verdade.

Fiz uma pequena mesura.

— Fico feliz em não ter de lhe levar notícias que a tornariam ainda mais infeliz.

— Gostaria que se afligisse um pouco com o povo — disse Elizabeth bruscamente. — A queimação de hereges continua, Hannah, a agonia de gente inocente. Devia dizer à rainha que a sua tristeza pela perda de um bebê que nunca nasceu não é nada em comparação com o sofrimento de uma mulher que vê seu próprio filho na fogueira. E há centenas de mulheres que foram obrigadas a ver isso.

Robert Dudley veio em meu socorro.

— Vamos jantar? — perguntou frivolamente. — E haverá música depois. Peço uma dança.

— Somente uma? — perguntou ela, seu humor retornando imediatamente.

— Somente uma — ele confirmou.

Ela fez uma cara de desapontamento fingido.

— A que começa com a música logo depois do jantar e termina quando sol aparece, e ninguém consegue mais dar um passo — disse. — Essa.

— E o que faremos depois, quando tivermos dançado até não podermos mais? — perguntou de maneira provocadora.

Olhei de um para outro, mal acreditava na intimidade do tom da conversa. Qualquer um que os ouvisse acharia que eram amantes nos primeiros dias de desejo.

— Faremos o que você quiser, é claro — replicou, a voz insinuante. — Mas eu sei do que gostaria.

— Do quê? — perguntou a princesa com um sussurro.

— De deitar com...

— Com?

— O sol da manhã no meu rosto — concluiu Robert.

Elizabeth chegou mais perto e sussurrou-lhe uma frase em latim. Mantive uma expressão apática, deliberadamente. Eu tinha entendido o latim tão prontamente quanto Lorde Robert. Ela dissera que queria beijos pela manhã... Do sol, é claro.

Virou-se para a corte.

— Vamos jantar — anunciou a todos. Caminhou sozinha, a cabeça ereta, em direção às portas do salão. Ao entrar no salão escuro, fez uma pausa e relanceou os olhos para Lorde Robert. Percebi o convite em seu olhar, e em um momento de quase vertigem, reconheci o olhar. Tinha-o visto antes, quando ela era garota e eu uma criança: o olhar para Lorde Thomas Seymour, o marido de sua madrasta. Foi o mesmo olhar, o convite do mesmo desejo. Elizabeth gostava de escolher seus amantes entre os maridos de outras mulheres, gostava de atiçar o desejo de um homem cujas mãos estavam atadas, gostava do triunfo sobre uma mulher que não conseguia segurar seu marido e, mais do que tudo no mundo, gostava de lançar esse olhar por cima do ombro e ver o homem avançar e se pôr do seu lado. Como Lorde Robert fazia agora.

CB

A corte de Elizabeth era uma corte jovem, alegre, otimista. Era a corte de uma jovem que aguardava a sua sorte, o seu trono, certa de que agora ele seria seu. Não importava a rainha não tê-la nomeado herdeira. Todos os oportunistas, todos aqueles que só pensavam em seus próprios interesses, da corte da rainha e do conselho, ofereceram sua lealdade a essa estrela em ascensão. Metade já tinha filhas e filhos a seu serviço. A visita do conde Feria não passara de mais um sinal de que os ventos sopravam, suavemente, na direção de Hatfield. Indicava a todo mundo que o poder da rainha, assim como sua felicidade e sua saúde, declinavam. Até mesmo o marido da rainha transferira-se para a sua rival.

Era uma corte alegre, animada, que desfrutava o verão, e passei a tarde e a noite nessa companhia feliz. E isso me provocou náusea e um calafrio. Dormi em uma pequena cama, abraçada ao meu filho, e no dia seguinte cavalgamos de volta à rainha.

Não quis contar quantos homens e mulheres influentes passaram por nós na estrada de Hatfield, seguindo na direção oposta. Não precisava tornar ainda mais amargo o gosto em minha boca. Muito tempo antes desse dia, vira a corte mudar-se de um rei doente para uma herdeira, e sabia como era frívola a fidelidade de cortesãos. Mas ainda assim, apesar de saber disso, havia algo na mudança dessa maré que se parecia mais com uma desonrosa virada de casaca.

CB

Encontrei a rainha caminhando à margem do rio, com apenas um punhado de cortesãos atrás. Observei quem eram: metade deles, pelo menos, eram católicos austeros, sólidos, cuja fé nunca seria abalada, independente de quem estivesse no trono, uns dois nobres espanhóis, contratados pelo rei para permanecer na corte e suportar a companhia de sua esposa, e Will Somers, o leal Will Somers, que chamava a si mesmo de bobo, mas que nunca, até onde eu ouvira, dissera uma única tolice que fosse.

— Sua Graça — falei, e fiz uma reverência.

A rainha viu-me, com lama no manto e a criança do meu lado.

— Veio direto de Hatfield?

— Como ordenou.

— Alguém pode pegar a criança?

Will adiantou-se e Danny sorriu. Coloquei-o no chão, ele emitiu seu murmúrio de prazer e andou na direção de Will.

— Sinto muito tê-lo trazido para Sua Graça. Achei que gostaria de vê-lo — disse, de maneira constrangida.

Ela sacudiu a cabeça.

— Não, Hannah, não quero vê-lo, nunca. — Fez um sinal para que caminhasse do seu lado. — Viu Elizabeth?

— Sim.

— E o que disse do embaixador?

— Falei com uma de suas damas. — Estava apreensiva, não querendo identificar Lorde Robert como o favorito dessa corte alternativa traidora. — Disse-me que o embaixador fez uma visita de cortesia.

— E o que mais?

Hesitei. O meu dever de ser franca com a rainha e o meu desejo de não magoá-la pareciam estar em conflito. Refletira sobre isso durante toda a viagem de volta à corte e decidira que seria tão falsa quanto todo o resto. Não conseguiria lhe dizer que o seu marido propusera casamento à sua própria irmã.

— Ele foi pressioná-la a aceitar o pedido de casamento do duque de Saboia — eu disse. — Elizabeth assegurou-me, pessoalmente, que não se casará com ele.

— O Duque de Saboia? — perguntou.

Confirmei com um movimento da cabeça.

A rainha estendeu sua mão, eu a peguei e esperei, sem saber o que ia me dizer.

— Hannah, você tem sido minha amiga há anos, e uma amiga verdadeira, acho.

— Sim, Sua Graça.

Baixou a voz, até se tornar um sussurro.

— Hannah, às vezes, acho que estou ficando louca, completamente louca de ciúmes e infelicidade.

Seus olhos escuros encheram-se de lágrimas. Segurei sua mão com força.

— O que é?

— Desconfio dele. Desconfio do meu próprio marido. Desconfio dos nossos votos de casamento. Se tenho dúvidas sobre isso, meu mundo se despedaça. E, ainda assim, tenho.

Fiquei sem saber o que dizer. Seu punho apertando minha mão doía, mas não me retraí.

— Rainha Mary?

— Hannah, responda a uma pergunta, e depois nunca mais pensarei nisso. Mas responda honestamente, e não conte a ninguém.

Engoli em seco, perguntando-me o que estaria se abrindo debaixo dos meus pés.

— Sim, Sua Graça. — Internamente, prometi a mim mesma que, se a pergunta me colocasse em risco ou Daniel ou meu senhor, eu mentiria. O tremor familiar do medo da vida na corte tornava irregular a batida do meu coração. Podia ouvi-lo batendo. A rainha estava branca como uma mortalha, e seu olhar parecia desvairado.

— Houve alguma insinuação de que o rei estava, ele mesmo, fazendo o pedido? — perguntou em um sussurro tão baixo que mal a escutei. — Embora seja meu marido, embora tenha abjurado perante Deus, o Papa e os nossos dois reinos? Por favor, diga-me, Hannah. Sei que é a pergunta de uma mulher louca. Sei que sou sua esposa e que ele não poderia fazer isso. Mas estou dominada pelo pensamento de que o rei a corteja, não como um passatempo, não como um flerte inconsequente, mas para que seja sua esposa. Tenho de saber a verdade. Esse medo tem sido uma tortura para mim.

Contive-me, e não foi preciso mais nada. Com a compreensão rápida de uma mulher que vê seu pior medo, percebeu imediatamente.

— Meu Deus, *é* isso — falou devagar. — Achei que a minha suspeita era parte da minha doença, mas não é. Vejo no seu rosto. Ele está cortejando minha irmã para se casar com ela. Minha própria irmã? E meu próprio marido?

Segurei sua mão fria.

— Sua Graça, é uma questão de política para o rei — assegurei. — O mesmo que fazer um testamento para se preparar para o futuro. Ele tem de preparar-se para o caso de um acidente ou sua morte. Está tentando segurar a Inglaterra para a Espanha. É o seu dever manter a Inglaterra a salvo, e na verdadeira fé. E se Sua Graça morrer, um dia, no futuro, e ele se casar com Elizabeth depois da sua morte, a Inglaterra permanecerá católica romana. E é isso que ele e Sua Graça querem assegurar.

Ela sacudiu a cabeça, como se tentasse ouvir minhas palavras, mas nenhuma fizesse sentido.

— Meu bom Deus, essa é a pior coisa que poderia me acontecer — anunciou calmamente. — Vi minha mãe ser empurrada do seu trono e envergonhada por uma mulher mais jovem que lhe tirou o rei e riu ao fazer isso. E agora a filha daquela mulher, a mesma filha bastarda, faz exatamente a mesma coisa comigo. — Interrompeu-se e olhou para mim. — Não é de admirar que não conseguisse acreditar nisso. Não é de admirar que tenha achado que era uma suspeita provocada pela loucura — continuou. — É o que mais temi durante a minha vida toda. Terminar como minha própria mãe, negligenciada, abandonada, com uma prostituta Bolena triunfando no trono. Quando essa crueldade terá fim? Quando a bruxaria dos Bolena será derrotada? Cortaram-lhe a cabeça e aqui está sua filha, erguendo-se como uma serpente, com o mesmo veneno na sua boca!

Puxei ligeiramente sua mão.

— Sua Graça, não se entregue. Não aqui. Não aqui, diante de todas estas pessoas.

Pensava na rainha e pensava na corte de Elizabeth, que riria até chorar se soubesse que a rainha se desesperara porque, finalmente, soubera o que a Europa já sabia há meses: que o seu marido a traíra.

Estremeceu dos pés à cabeça com o esforço, mas ficou com o corpo ereto e reprimiu as lágrimas.

— Você tem razão — disse. — Não serei humilhada. Não direi mais nada. Não pensarei mais nada. Ande comigo, Hannah.

Olhei para trás. Will estava sentado no chão com Danny montado em seus joelhos e mostrava-lhe como mexer as orelhas. Danny ria encantado. Dei o braço à rainha e ajustei meu passo ao seu andar lento. A corte, atrás de nós, bocejava.

A rainha olhou para a água que se movia rápido. Havia poucos navios indo e vindo, o comércio era ruim para a Inglaterra, em guerra com a França e os campos produzindo cada vez menos.

— Sabe — disse-me a rainha em um sussurro —, você sabe, Hannah, que o amei desde o momento em que vi o seu retrato. Lembra-se?

— Sim — respondi, também me lembrando do aviso de que partiria seu coração.

— Eu o adorei quando o conheci. Lembra-se do nosso casamento, quando ele estava tão bonito e estávamos os dois tão felizes?

Balancei a cabeça confirmando.

— Eu o adorei quando me levou para a cama e se deitou comigo. Ele me deu a única alegria que experimentei em toda a minha vida. Ninguém sabe o que era para mim, Hannah. Ninguém nunca saberá o quanto o amei. E agora você me diz que ele está planejando casar-se com a minha pior inimiga, quando eu morrer. Ele está ansioso por minha morte e sua vida depois que isso acontecer.

Ficou em silêncio por alguns instantes, e sua corte deteve-se atrás sem saber bem o que fazer, olhando-a e a mim e perguntando-se que más notícias eu teria trazido. Então vi-a se enrijecer. Levou a mão aos olhos, como se tivesse sentido uma dor súbita.

— A menos que ele não espere por minha morte — sussurrou.

Um rápido olhar para o meu rosto disse-lhe o resto da história.

— Não, nunca — sussurrou. — Isso não. Ele se divorciaria de mim? Como meu pai fez com minha mãe? Sem nenhum fundamento, a não ser o desejo por outra mulher? E por uma prostituta, filha de outra prostituta?

Fiquei calada.

Não chorou. Era a rainha Mary, que tinha sido princesa Mary, que aprendera quando ainda muito menina a manter a cabeça ereta e a reprimir suas lágrimas, e, se seus lábios fossem mordidos até racharem e enchessem sua boca de sangue, não importava, contanto que não chorasse onde pudesse ser vista.

Simplesmente balançou a cabeça, como se tivesse sido golpeada com força na cabeça. Então, fez sinal para Will Somers. Ele se aproximou, com Daniel do seu lado, e gentilmente aceitou sua mão estendida.

— Sabe, Will — disse ela baixinho —, chega a ser engraçado, digno do seu espírito, mas me parece que o maior horror da minha vida, aquele que eu faria qualquer coisa para evitar, seria terminar minha vida como minha mãe terminou a dela: abandonada por meu marido, sem filhos e sendo substituída por uma prostituta. — Olhou-o e sorriu, apesar de seus olhos estarem obscurecidos pelas lágrimas. — E agora, veja só, Will, não é absurdo? Aqui estou, e aconteceu. Pode fazer um piada com isso?

Will sacudiu a cabeça.

— Não — disse, brevemente. — Não vejo piada nisso. Algumas coisas não são engraçadas.

Ela confirmou com a cabeça.

— E, de qualquer maneira, as mulheres não têm nenhum senso de humor — continuou ele, com firmeza.

A rainha não o escutou. Vi que ainda pensava no horror do seu pior pesadelo tornar-se realidade. Seria como sua mãe, abandonada pelo rei, vivendo o resto da sua vida em sofrimento.

— Acho que se pode entender por que é assim — prosseguiu Will. — A falta de humor das mulheres. Considerando-se as circunstâncias atuais.

A rainha soltou-o e virou-se para mim.

— Desculpe, fui grosseira com você — lamentou. — Ele é um bom menino, tenho certeza. Como se chama?

Will Somers pegou a mão de Daniel e o pôs na frente dela.

— Daniel Carpenter, Sua Graça. — Percebi que ela estava por um fio.

— Daniel. — Sorriu para ele. — Seja um bom rapaz quando crescer e um homem leal. — Sua voz estremeceu só por um instante. Pôs sua mão, com anéis nos dedos, sobre a cabeça do menino. — Que Deus o abençoe — disse, ternamente.

⚘

Nessa noite, esperei Daniel adormecer e, então, escrevi para seu pai.

Querido marido,

Vivendo aqui, na corte mais triste da cristandade, com uma rainha que nunca fez nada além do que acreditava ser certo e, ainda assim, foi traída por todo mundo que ela amava, até mesmo por aqueles que juraram a Deus que a amavam, penso em você e em seus tantos anos de

fidelidade a mim. E rezo para que, um dia, possamos ficar juntos de novo, e você verá que aprendi a valorizar o amor e a valorizar a fidelidade. E a amar e ser fiel, em troca.
Sua mulher
Hannah Carpenter.

Peguei o papel, beijei o nome no alto, e o joguei no fogo.

𝒞𝒵

A corte deveria partir para o palácio de Whitehall em agosto. A mudança habitual fora abandonada por causa da gravidez da rainha, e agora, que não havia nenhum bebê, era quase como se o verão também fosse abandonado. Certamente o clima não convidava a corte a ir ao campo. Fazia frio e chovia diariamente, a colheita seria ruim, de novo, e haveria fome em todo o país. Seria mais um ano ruim do reinado de Mary, mais um ano em que Deus não sorriria para a Inglaterra.

Houve menos rebuliço em relação à mudança do que o habitual. Seria menos gente viajando com a rainha nesse ano, menos do que em qualquer ano anterior, e havia menos o que levar e menos parasitas. A corte estava se reduzindo.

— Onde está todo mundo? — perguntei a Will, conduzindo meu cavalo para o seu lado, quando entramos na cidade à frente do séquito da corte, logo atrás da rainha em sua liteira.

— Hatfield — resmungou, irritado.

A mudança de ar não fez nenhum bem à rainha, que se queixava todas as noites de febre. Ela não jantava no salão do Palácio de Whitehall, permanecendo em seu quarto, aonde mandava levarem dois ou três pratos. Não comia nada. Eu passava pelo salão a caminho dos seus aposentos e parei para dar uma olhada. Por um momento, formou-se repentinamente um quadro em minha mente, quase tão vivo quanto uma visão: o trono vazio, a corte comendo gananciosamente, as damas sem ninguém para discipliná-las, os criados ajoelhando-se para o trono vazio, servindo o jantar real ao monarca ausente em travessas que nunca seriam tocadas. Tinha sido assim, quando eu chegara na corte cinco anos atrás. Mas então, o rei era Eduardo, doente e negligenciado em seus aposentos, enquanto a corte se divertia. Agora era a minha rainha Mary.

Recuei e esbarrei em um homem andando atrás de mim. Virei-me para me desculpar. Era John Dee.

— Dr. Dee! — Meu coração acelerou-se de medo. Fiz uma reverência.

— Hannah Green — falou curvando-se sobre a minha mão. — Como vai você? E como vai a rainha?

Relanceei os olhos em volta para me certificar de que ninguém ouvia.

— Doente — respondi. — Com febre alta, dor nos ossos, com os olhos chorosos e o nariz escorrendo. Triste.

Ele balançou a cabeça.

— Metade da cidade está doente — lastimou. — Acho que não tivemos nem um único dia de sol em todo este verão. Como está seu filho?

— Bem, e agradeço a Deus por isso — respondi.

— Ele começou a falar?

— Não.

— Andei pensando na nossa conversa a respeito do menino. Conheço um estudioso que pode aconselhá-la. Um médico.

— Em Londres? — perguntei.

Ele tirou um pedaço de papel do bolso.

— Anotei seu endereço, para o caso de encontrá-la hoje. Pode confiar nele e lhe contar o que quiser.

Peguei o papel, tremendo um pouco. Ninguém nunca ficaria conhecendo tudo o que John Dee fazia, todos os seus amigos.

— Veio ver milorde? — perguntei. — Nós o estamos esperando hoje à noite, de Hatfield.

— Então, vou esperá-lo em seus aposentos — anunciou. — Não gosto de jantar no salão sem a rainha. Não gosto de ver um trono vazio para a Inglaterra.

— Não — disse, tornando-me mais cordial, como sempre, apesar de meu medo. — Estava pensando justamente nisso.

Colocou a mão na minha.

— Pode confiar nesse médico — disse-me. — Conte-lhe quem é e do que o seu filho precisa, e sei que a ajudará.

❦

No dia seguinte, com Daniel seguro no meu quadril, caminhei para a cidade, para procurar a casa do médico. Era uma das casas altas e estreitas do lado da Inns of Court, e uma garota simpática atendeu a porta. Disse-me que ele me veria logo e que eu por favor esperasse um instante na sala da frente. Danny e eu sentamo-nos no meio de estantes cheias de pedaços de rocha e pedras estranhas.

O médico entrou silenciosamente, viu-me examinando um pedaço de mármore, um fragmento lindo de rocha, da cor de mel.

— Tem interesse pelas pedras, senhora Carpenter? — perguntou.

Coloquei a pedra cuidadosamente de volta.

— Não. Mas li que há rochas diferentes pelo mundo inteiro, algumas lado a lado, algumas em cima de outras, e ninguém ainda conseguiu explicar por quê.

Ele assentiu com a cabeça.

— Nem por que algumas contêm carvão e outras ouro. Eu e o seu amigo, o Sr. Dee, falávamos sobre isso outro dia.

Examinei-o mais atentamente, e pensei reconhecer um dos do Povo Eleito. Possuía a pele da mesma cor da minha, e os olhos eram tão escuros quanto os meus, quanto os de Daniel. Tinha um nariz comprido e as sobrancelhas arqueadas, ossos malares altos, que eu conhecia e amava.

Respirei fundo, reuni coragem e comecei sem hesitação.

— Meu nome é Hannah Verde. Vim da Espanha com o meu pai quando era criança. Veja a cor da minha pele; veja os meus olhos. Pertenço ao Povo — Virei a cabeça e passei meu dedo sobre o meu nariz. — Está vendo? Este é o meu filho, tem 2 anos e precisa da sua ajuda.

O homem olhou para mim como se fosse negar tudo.

— Não conheço a sua família — disse, com cautela. — Não sei o que quer dizer com o Povo.

— Meu pai era um Verde, de Aragão — repliquei. — Uma antiga família judia. Mudamos nosso nome faz muito tempo, e não sei qual era. Meus primos são a família Gaston, em Paris. Meu marido adotou o sobrenome Carpenter, mas vem da família d'Israeli. Ele está em Calais. — Percebi que minha voz tremeu um pouco ao pronunciar seu nome. — Ele *estava* em Calais, quando a cidade foi tomada. Acho que é prisioneiro, agora. Não recebi notícias suas recentemente. Este é o seu filho. Não fala desde que partimos de Calais, está com medo, eu acho. Mas ele é o filho de Daniel d'Israeli e precisa de seu direito nato.

— Compreendo — considerou, cordialmente. — Tem alguma prova que possa me dar da sua raça e da sua sinceridade?

Sussurrei bem baixo.

— Quando meu pai morreu, viramos seu rosto para a parede e dissemos: "Louvado e santificado seja o nome de Deus no mundo todo, que Ele criou segundo a Sua vontade. Que Ele estabeleça Seu reino durante os dias da nossa vida e durante a vida de toda a casa de Israel. Amém."

O homem fechou os olhos.

— Amém. — Abriu-os de novo. — O que quer de mim, Hannah d'Israeli?

— Meu filho não fala — repliquei.

— Ele é mudo?

— Viu sua ama de leite morrer em Calais. Não fala desde esse dia.

O médico balançou a cabeça, indicando que compreendia, e pôs Daniel sobre os joelhos. Com muito cuidado, tocou seu rosto, suas orelhas, seus olhos. Pensei em meu marido, estudando para tratar dos filhos dos outros, e perguntei-me se um dia ele veria de novo seu próprio filho e se eu conseguiria ensinar a essa criança a dizer o nome do seu pai.

— Não vejo nenhuma razão física para ele não falar.

Concordei e acrescentei:

— Ele ri, emite sons. Mas não diz palavras.

— Quer que ele seja circuncidado? — perguntou calmamente. — Vai marcá-lo para o resto da vida. Passará a ser conhecido como judeu. Ele se reconhecerá como um judeu.

— Tenho minha fé no coração — repliquei, minha voz soando quase um sussurro. — Quando era nova, não pensava em nada, não sabia nada. Apenas sentia saudades da minha mãe. Agora que estou mais velha e tenho um filho, sei que existe mais do que o elo de uma mãe e seu filho. Há o Povo e a nossa fé. A nossa pequena família vive na nossa consanguinidade. E essa prossegue. Independente de seu pai estar vivo ou morto, de eu estar viva ou morta, o Povo continua. Mesmo tendo perdido o meu pai e minha mãe, e agora o meu marido, reconheço o Povo, sei que há um Deus, sei que seu nome é Elohim. Ainda sei que há uma fé. E Daniel faz parte dela. Não posso negá-la a ele. Não negaria.

Concordou com a cabeça.

— Deixe ele vir comigo por um instante.

Levou Daniel para outra sala. Vi os olhos escuros do meu filho fixar, com uma certa apreensão, por cima do ombro do homem estranho, e sorri-lhe, tentando dar segurança enquanto era levado. Fui até a janela e segurei no trinco. Apertei-o com tanta força que marquei a palma das minhas mãos, e só tive consciência disso quando meus dedos foram atacados de câimbra. Ouvi um gritinho vindo da outra sala e soube que tinha sido feito, e Daniel era filho do seu pai em todos os aspectos.

O rabino trouxe meu filho de volta.

— Acho que vai falar — foi tudo o que disse.

— Obrigada — repliquei.

Ele foi até a porta da frente comigo. Não houve necessidade de me orientar quanto aos cuidados que eu deveria tomar, nem eu prometer-lhe discrição. Nós dois sabíamos que do outro lado da porta estava um país em que éramos desprezados e odiados por nossa raça e nossa fé, embora o nosso povo fosse o mais disperso e perdido do mundo e a nossa fé estivesse quase esquecida: nada restava, a não ser algumas preces recordadas pela metade e rituais tenazes.

— *Shalom* — disse ele. — Vão em paz.

— *Shalom* — repliquei.

☙

Não havia nenhuma alegria na corte, em Whitehall, e na cidade; aqueles que antes marcharam para apoiá-la agora a odiavam. A fumaça das fogueiras em Smithfield empesteavam o ar de toda a Inglaterra.

Ela não condescendeu. Sabia, com certeza absoluta, que aqueles homens e mulheres que não aceitavam os sagrados sacramentos da igreja estavam condenados ao fogo do inferno. A tortura na terra não era nada em comparação com as dores sofridas no outro mundo. E portanto tudo o que pudesse persuadir suas famílias, seus amigos, a multidão amotinada que se aglomerava em Smithfield e zombava dos carrascos e maldizia os padres, se justificava. Havia almas a serem salvas mesmo contra a vontade, e Mary seria uma boa mãe para o seu povo. Ela os salvaria, mesmo contra a vontade deles. Não daria ouvidos àqueles que imploravam para que perdoasse, ao invés de punir. Não escutaria nem mesmo o bispo Bonner, que disse temer pela segurança da cidade, e querer queimar os hereges de manhã cedo, antes de muita gente aparecer. Ela respondeu que, independente do risco para ela e para o seu governo, a vontade de Deus deveria cumprir-se e vista ser cumprida. Deviam queimar e deviam ser vistos queimando. Disse que o sofrimento era a sina de homens e mulheres, e haveria algum homem que se atreveria a procurá-la e pedir para evitar o sofrimento do pecado?

Outono de 1558

Em setembro, mudamo-nos para Hampton Court na esperança de que o ar fresco limpasse os pulmões da rainha, que estava rouca e com dores no corpo. Os médicos lhe deram uma mistura de óleos e poções, mas nada parecia surtir efeito. Ela relutava em recebê-los e muitas vezes se recusava a tomar o remédio. Achei que estava se lembrando de como seu irmão mais novo quase tinha sido envenenado pelos médicos que tentaram uma coisa atrás da outra. Mas depois compreendi que não se perturbava com medicamentos, que não se importava com mais nada, nem mesmo com a sua saúde.

Cavalguei para Hampton Court com Daniel, pela primeira vez, em uma sela extra na garupa. Já tinha idade e força suficientes para montar e segurar firme na minha cintura para a curta viagem. Continuava mudo, mas a ferida cicatrizara e ele se mostrava tranquilo e sorridente como sempre. Eu sentia, pela firmeza com que se segurava na minha cintura, que estava excitado com a viagem e por montar apropriadamente pela primeira vez. O cavalo era dócil e sólido, e marchamos a furta-passo, do lado da liteira da rainha, pelas vias de terra úmidas entre os campos, onde tentavam ceifar o centeio.

Danny olhava ao seu redor, sem perder um momento de sua primeira cavalgada de verdade. Acenava para as pessoas no campo, acenava para os aldeões às portas de suas casas para nos verem passar. Achei que o fato de nenhuma mulher responder ao aceno de uma criança, por fazer parte do séquito da rainha, mostrava a situação no campo. O campo, assim como a cidade, tinha-se virado contra Mary, e não a perdoaria.

Ela fez a viagem com as cortinas da liteira fechadas, no escuro, e quando chegamos a Hampton Court, foi direto para os seus aposentos e mandou fecharem as venezianas, para que ficasse no escuro.

Danny e eu fomos para o pátio do estábulo e um cavalariço baixou-me da sela. Virei-me e estendi os braços para pegar Danny. Por um instante achei que ele não queria desmontar.

— Quer acariciar o cavalo? — provoquei.

Seu rosto iluminou-se na mesma hora e ele estendeu os bracinhos para mim. Segurei-o perto do pescoço do cavalo e deixei que passasse a mão em sua pele quente e de cheiro agradável. O animal, um belo e grande cavalo castanho-avermelhado, virou a cabeça para olhá-lo. Danny, pequenininho, e o cavalo, muito grande, entreolharam-se fixamente, e então Danny deu um suspiro profundo de prazer e disse:

— Bom.

Foi tão natural, tão fácil, que por um momento não percebi que tinha falado. Quando notei, mal respirei com receio de impedi-lo de falar de novo.

— Ele *foi* um bom cavalo, não foi? — falei, afetando indiferença. — Vamos montá-lo de novo amanhã?

Danny olhou do cavalo para mim e replicou com determinação: "amos".

Abracei-o e beijei seu cabelo sedoso.

— Então faremos isso. E agora vamos deixá-lo ir para a cama.

Minhas pernas fraquejavam quando nos afastamos do estábulo, Danny do meu lado, sua mãozinha segurando a minha. Estava feliz, embora lágrimas corressem por minha face. Danny falaria, Danny cresceria como um menino normal. Eu o tinha salvado da morte em Calais e o havia trazido para a Inglaterra. Eu havia justificado a confiança de sua mãe e talvez, um dia, pudesse contar a seu pai que salvara o filho por amor a ele, e por amor à criança. Pareceu-me maravilhoso que a primeira palavra pronunciada por Danny tivesse sido "bom". Talvez fosse uma predição. Talvez a vida fosse boa para o meu filho Danny.

C3

Por algum tempo, a rainha pareceu melhor, longe da cidade. Caminhava comigo à margem do rio, de manhã e ao entardecer. Não suportava a luminosidade do meio-dia. Mas Hampton Court estava repleto de fantasmas. Nesses caminhos e nesses jardins, havia passeado com Felipe, quando recém-casados, e o cardeal Pole acabara de chegar de Roma, e toda a cristandade estendia-se diante deles. Foi ali que lhe contou estar grávida, fora para o seu primeiro confinamento, certa de sua felicidade, confiante em dar à luz um menino. E foi ali que saiu do confinamento, sem filho e doente, e viu Elizabeth cada vez mais bela e exultante em seu triunfo, tendo dado mais um passo para o trono.

— Não me sinto nada bem, aqui — disse-me ela um dia, quando Jane Dormer e eu fomos dar-lhe boa noite. Tinha ido cedo para a cama, de novo, quase dobrada de dor na barriga e com febre. — Vamos para o palácio de St James na próxima semana. Passaremos o Natal lá. O rei gosta de St James.

Jane Dormer e eu trocamos um olhar silencioso. Não acreditávamos que o rei Felipe viesse para casa passar o Natal com a mulher, já que não viera quando ela perdera a criança, já que não voltara quando lhe escrevera estar tão doente que não sabia como faria para continuar vivendo.

ᘓ

Como tínhamos temido, era uma corte depauperada a do Palácio St James. Milorde Robert foi acomodado nos maiores e melhores aposentos não porque sua estrela ascendia, mas simplesmente porque havia menos homens na corte. Avistei-o no jantar, alguns dias, mas geralmente ele ficava em Hatfield, onde a princesa mantinha um círculo alegre ao seu redor e um fluxo constante de visitantes afluía à sua porta.

Nem sempre se divertiam com jogos no antigo palácio. Também faziam planos de como o país seria governado pela princesa quando subisse ao trono. E se eu conhecia bem Elizabeth e milorde Robert, deviam estar se perguntando quanto tempo ainda levaria para isso acontecer.

Lorde Robert me via raramente, mas não tinha me esquecido. Procurou-me, um dia, em setembro.

— Eu lhe fiz um grande favor — falou-me com um sorriso encantador. — Continua apaixonada por seu marido, Sra. Carpenter? Ou devemos abandoná-lo em Calais?

— Tem notícias dele? — perguntei. Baixei a mão e senti a mão de Danny pegá-la.

— Talvez — replicou, em tom provocador. — Mas não respondeu à minha pergunta. Quer que ele volte para a Inglaterra ou devemos esquecê-lo de vez?

— Não posso brincar com isso, especialmente na frente de seu filho — respondi. — Quero-o aqui, milorde. Por favor, responda, tem notícias dele?

— Seu nome está nesta lista. — Balançou o papel para mim. — Soldados que serão resgatados, cidadãos que retornarão à Inglaterra. Todo o English Pale, fora de Calais, voltará para casa. Se a rainha conseguir algum dinheiro no tesouro, poderemos trazer todos de volta.

Meu coração bateu forte.

— Não há dinheiro no tesouro — disse. — O país está praticamente arruinado.

Encolheu os ombros.

— Há dinheiro para manter a frota esperando para escoltar o rei de volta. Há dinheiro para suas aventuras no exterior. Fale disso com ela hoje à noite, enquanto ela se veste para o jantar, e falarei, eu mesmo, depois do jantar.

☙

Esperei até a rainha ter, com muito esforço, se levantado da cama e, se sentado diante do espelho. Uma dama de honra escovava seu cabelo. Jane Dormer, geralmente a guardiã feroz da privacidade da rainha, estava com febre também, e de cama. Só estavam ali a rainha, eu e uma menina sem importância da família Norfolk.

— Sua Graça — comecei simplesmente. — Tive notícias de meu marido.

Virou-se com um olhar apático.

— Tinha-me esquecido de que é casada. Ele está vivo?

— Sim — respondi. — É um dos ingleses que esperam ser retirados de Calais assim que o resgate for pago.

Ela ficou somente um pouco mais interessada.

— Quem está tratando disso?

— Lorde Robert. Seus homens também foram capturados.

A rainha deu um suspiro e desviou o olhar.

— Estão pedindo muito?

— Não sei — respondi com franqueza.

— Falarei com Lorde Robert — disse ela, como se estivesse exausta. — Farei o que puder por você e seu marido, Hannah.

Ajoelhei-me diante dela.

— Obrigada, Sua Graça.

Quando ergui os olhos, percebi que estava exausta.

— Gostaria de poder trazer meu marido de volta — lamentou-se. — Mas não creio que retorne um dia para mim.

☙

A rainha estava doente demais para conduzir, ela própria, as negociações. A febre sempre aumentava depois do jantar, e ela mal conseguia respirar, tossindo, mas conseguiu escrever uma nota para o Tesouro, e Lorde Robert assegurou-me que as negociações seriam bem-sucedidas. Encontramo-nos no pátio do estábulo, ia para Hatfield e estava com pressa de partir.

— Ele virá encontrá-la aqui, na corte? — perguntou casualmente.

Hesitei, não tinha pensado nos detalhes do nosso encontro.

— Acho que sim — respondi. — Vou deixar uma mensagem para ele na sua antiga casa e na minha antiga loja, na Fleet Street.

Não falei mais nada, mas uma preocupação mais profunda começava a se manifestar em mim. E se o amor de Daniel por mim, enquanto ausente, não tivesse crescido, como o meu? E se tivesse decidido que eu estava morta e que devia fazer uma nova vida em outro lugar, na Itália ou na França, como dissera tantas vezes. Ou pior do que isso: e se tivesse pensado que eu tinha fugido com Lorde Robert e optado por uma vida de vergonha, sem ele? E se me rejeitasse?

— Posso mandar uma mensagem para ele, quando for solto? — perguntei.

Lorde Robert sacudiu a cabeça, negando.

— Terá de confiar que voltará e irá procurá-la — disse animadamente. — Ele é um homem do tipo fiel?

Pensei nos anos em que passou me esperando, e em como esperara até eu amá-lo, e como me deixara ir embora e depois voltar para ele.

— Sim — repliquei simplesmente.

Lorde Robert montou seu cavalo.

— Se estiver com John Dee, diga-lhe que a princesa Elizabeth quer o seu mapa — disse.

— Por que ela ia querer um mapa? — perguntei, desconfiada.

Lorde Robert piscou para mim. Debruçou-se em sua sela e me disse bem baixinho:

— Se a rainha morrer sem nomear Elizabeth a sua herdeira, talvez tenhamos uma batalha nas mãos.

Seu cavalo agitou-se e recuei rapidamente.

— Ah, não. De novo não.

— Nenhuma luta com o povo da Inglaterra — garantiu-me. — O povo quer a princesa protestante. Mas com o rei espanhol. Acha que ele vai deixar um prêmio como esse escapar-lhe se achar que pode se apossar dele, reclamá-lo para si mesmo?

— Vocês se armam e planejam a guerra *novamente*? — perguntei, com pavor da resposta.

— Por que eu ia querer meus soldados de volta? — perguntou. — Obrigada por sua ajuda nisso, Hannah.

Engasguei com o choque.

— Milorde!

Deu um tapinha no pescoço do cavalo e puxou a rédea.

— É sempre uma espiral — disse simplesmente. — E você está sempre nela, Hannah. Não pode viver com uma rainha e não se envolver em uma dúzia de conspirações. Você vive em um ninho de cobras e, para falar francamente, não tem aptidão para isso. Agora, vá para junto dela. Soube que piorou.

— De jeito nenhum — repliquei com firmeza. — Pode dizer à princesa que a rainha se reanimou, e está melhor hoje.

Balançou a cabeça como se entendesse, mas não acreditou em nem uma única palavra do que eu disse.

— Bem, então que Deus a abençoe — recomendou gentilmente. — Quer ela viva quer morra, perdeu Calais, perdeu os bebês, perdeu o marido, perdeu o trono, perdeu tudo.

☙

Lorde Robert ficou fora por mais de uma semana, e portanto não tive notícias sobre a libertação dos prisioneiros ingleses. Fui à nossa antiga gráfica e prendi um bilhete na porta. Os tempos estavam tão ruins e os aluguéis tão difíceis em Londres, que ninguém a alugara ainda, e os muitos papéis e livros do meu pai deveriam continuar empilhados no porão, intocados. Pensei, se Daniel não me procurasse e se a rainha não se recuperasse, que esse poderia ser o meu refúgio mais uma vez. Poderia montar uma livraria de novo, e esperar por tempos melhores.

Fui até o antigo endereço de Daniel, em Newgate, logo passando St Paul's. Os vizinhos da casa nunca tinham ouvido falar na família Carpenter, eram novos na cidade. Vieram na esperança de encontrar trabalho depois de a fazenda, em Sussex, ter falido. Olhei para as suas caras atormentadas e desejei que ficassem bem. Prometeram transmitir a mensagem a Daniel, caso ele aparecesse, de que sua esposa o havia procurado e o esperava na corte.

— Que menino bonito — disse a mulher, olhando para Danny que segurava a minha mão, em pé do meu lado. — Como se chama?

— Danéu — respondeu ele, batendo com o punho no peito.

A mulher sorriu.

— Uma criança esperta — disse. — Seu pai não irá reconhecê-lo.

— Espero que sim — falei, um pouco ofegante. Se não tivesse recebido a minha carta, Daniel nem mesmo saberia que eu estava com seu filho, são e salvo. Se ele me procurasse ao ser solto, nossa vida como uma família poderia recomeçar. — Certamente espero que reconheça — repeti.

℃3

Quando voltei para a corte, havia uma correria pelos apartamentos da rainha. Ela desmaiara enquanto se vestia para o jantar e fora colocada na cama. Os médicos tinham sido chamados e a estavam sangrando. Em silêncio, deixei Danny com Will Somers, que estava na câmara privada, e atravessei as portas com guardas para o quarto da rainha.

Jane Dormer, branca como um lençol e visivelmente doente, estava na cabeceira, segurando a mão da rainha, enquanto os médicos retiravam gordas sanguessugas de suas pernas e as jogavam de volta às jarras de vidro. As pernas finas da rainha estavam arroxeadas onde suas bocas abomináveis tinham-se fixado. A dama de honra baixou o lençol. Os olhos da rainha estavam fechados de vergonha por ter ficado tão exposta, a cabeça virada para o outro lado das expressões apreensivas dos médicos. Eles fizeram uma reverência e saíram do quarto.

— Vá para a cama, Jane — disse a rainha, com a voz fraca. — Você está tão doente quanto eu.

— Não até ver Sua Graça tomar um pouco de sopa.

A rainha sacudiu a cabeça e fez um sinal com a mão na direção da porta. Jane fez uma reverência e saiu, deixando-nos a sós.

— É você, Hannah? — perguntou, sem abrir os olhos.

— Sim, Sua Graça.

— Pode escrever uma carta para mim, em espanhol? E enviá-la ao rei sem mostrá-la para ninguém?

— Sim, Sua Graça.

Peguei um papel e uma pena na mesa, puxei um pequeno banco e sentei-me ao lado dela. Ditou-me a carta em inglês e a traduzi para o espanhol enquanto a anotava. As frases eram longas e fluentes, percebi que ela esperara um bom tempo para enviar-lhe essa carta. Em todas as noites em que chorara por ele, tinha composto a carta a ser enviada de seu leito de morte, sabendo que ele estaria longe, vivendo alegremente na Holanda, cortejado por mulheres, bajulado por homens e planejando casar-se com a sua irmã. Escreveu uma carta como a que a mãe escreveu para o seu pai, no seu leito de morte: uma carta de amor e fidelidade a um homem que só lhe trouxera tristeza.

Querido marido,

Já que preferiu ficar longe de mim em minha doença e minha tristeza, escrevo estas palavras que gostaria de ter-lhe dito pessoalmente.

Você não poderia ter tido e nunca terá uma esposa mais dedicada e fiel. Vê-lo alegrou o meu coração todos os dias que passamos juntos. A única coisa que lamento é termos passado tanto tempo separados.

Parece-me muito difícil ter de enfrentar a morte como enfrentei a vida: sozinha, sem aquele que eu amo. Rezo para que nunca venha a conhecer a solidão que me acompanhou durante toda a minha vida. Você ainda tem um pai amoroso com quem se aconselhar, você tem uma esposa que tudo o que queria era poder estar do seu lado. Ninguém o amará tanto.

Eles não me disseram, mas sei que estou próxima da morte. Esta
talvez seja a minha última oportunidade de me despedir de você e dizer
que o amo. Que possamos nos encontrar no paraíso, embora não tenha-
mos ficado juntos na terra.
Sua esposa,
Mary R.

As lágrimas corriam por meu rosto quando acabei de escrever o que ditou, mas ela estava calma.

— Vai melhorar, Sua Graça — assegurei-lhe. — Jane me disse que quase
sempre adoece no outono. Quando as primeiras geadas acontecerem, estará
melhor e tomaremos, juntas, as providências para o Natal.

— Não — replicou ela simplesmente. Não houve nenhum vestígio de
autocomiseração em seu tom. Era como se estivesse cansada do mundo. —
Não. Não desta vez. Eu não acho.

Inverno de 1558

Lorde Robert foi à corte, com o conselho, para pressioná-la a assinar o testamento e nomear seu herdeiro. Todos os membros do conselho passaram o mês anterior em Hatfield, todos os seus conselhos para a rainha Mary tinham sido ditados pela pretendente ao trono: Elizabeth.

— A rainha está doente demais para receber alguém — disse Jane Dormer, de maneira agressiva.

Ela e eu ficamos, uma ao lado da outra, na entrada para os apartamentos da rainha. Lorde Robert deu-me uma piscadela, mas não sorri de volta.

— É seu dever — disse o Lorde Chanceler, cordialmente. — Ela tem de fazer um testamento.

— Ela fez um — respondeu Jane, abruptamente. — Antes de seu último confinamento.

Ele sacudiu a cabeça e pareceu embaraçado.

— Ela nomeou seu filho como herdeiro, e o rei como regente — disse ele.
— Mas não houve nenhum filho. Ela agora tem de nomear a princesa Elizabeth, e nenhum regente.

Jane hesitou, mas eu fiquei firme.

— Ela está muito mal — insisti. Era verdade, a rainha tossia e expelia uma bile preta, tendo de ser levantada quando tinha a boca cheia. Além disso, eu não queria que a vissem na cama, ainda chorando por seu marido, pela destruição de suas esperanças causada por Elizabeth.

Lorde Robert sorriu para mim, como se entendesse tudo isso.

— Sra. Carpenter — pediu. — Você sabe. Ela é rainha. Não pode ter a paz e o isolamento de uma mulher normal. Ela sabe disso, nós sabemos disso. Tem um dever a cumprir com o país e você não deveria impedi-la.

Hesitei, e perceberam.

— Afastem-se — disse o duque, e Jane e eu recuamos, contrariadas, e os deixamos passar.

ೞ

Não demoraram muito, e depois que foram embora fui vê-la. Estava escorada em seus travesseiros, uma tigela do lado, onde escarrava a bile preta quando tossia, uma jarra com suco de limão e açúcar para tirar o gosto ruim de sua boca, uma jovem dama de honra e mais ninguém. Estava só como um mendigo escarrando sua vida nos degraus de entrada da casa de um estranho.

— Sua Graça, enviei a carta para seu marido — falei em tom baixo. — Queira Deus que ele a leia e volte para casa, e Sua Graça tenha um feliz Natal.

A rainha Mary nem mesmo sorriu a essa imagem que descrevi.

— Ele não virá — disse sombriamente. — E prefiro não vê-lo passando direto para Hatfield. — Tossiu e levou um pano à boca. A dama se adiantou, pegou o pano, ofereceu-lhe a tigela e depois a levou.

— Tenho outra incumbência para você — ordenou, quando voltou a falar. — Quero que vá com Jane Dormer a Hatfield.

Esperei.

— Peça a Elizabeth para jurar, por sua alma imortal, que se herdar o reino manterá a verdadeira fé — disse, com um fio de voz, mas a convicção atrás das palavras, forte como sempre.

Hesitei.

— Ela não vai jurar — repliquei, conhecendo bem Elizabeth.

— Então, não a nomearei minha herdeira — murmurou, sem rodeios. — Mary Stuart, na França, reivindicará o trono com a bênção francesa. Elizabeth pode escolher. Ela pode lutar e conseguir o trono se puder encontrar tolos o bastante para segui-la, ou pode consegui-lo com a minha bênção. Mas terá de jurar defender a verdadeira fé. E tem de realmente se comprometer.

— Como vou saber que cumprirá a palavra? — perguntei.

Estava cansada demais para virar a cabeça e me olhar.

— Olhe-a com o seu dom, Hannah — replicou. — Esta é a última vez que peço para ver para mim. Olhe-a com o seu dom e diga-me qual é o melhor para a minha Inglaterra.

Ia argumentar, mas a pena que sentia me fez calar. Aquela mulher estava presa à vida por um tênue fio. Somente o desejo de cumprir seu dever com seu Deus, com o Deus da sua mãe e com o país do seu pai a mantinha viva. Se pudesse ter a promessa de Elizabeth, poderia morrer sabendo que fizera o melhor que podia para manter a Inglaterra a salvo no interior da Santa Sé.

Fiz uma reverência e saí do quarto.

❧

Jane Dormer, ainda se recuperando da febre, e exausta por cuidar da rainha, viajou na liteira, e eu, com Danny montado na minha frente. Seguimos para o norte, para Hatfield, e reparamos, amargamente, no número de bons cavalos que iam na mesma direção, da rainha doente para a herdeira saudável.

O palácio antigo estava vistosamente iluminado. Acontecia uma espécie de banquete quando chegamos.

— Não posso sentar-me à mesa com ela — disse Jane, simplesmente. — Vamos pedir para vê-la, e ir embora.

— É claro que podemos jantar — repliquei, sendo prática. — Você deve estar morrendo de fome. Eu estou, e Danny tem de comer.

Ficou lívida e trêmula com a emoção.

— Não vou comer com essa mulher — sussurrou. — Quem você acha que está ali? Metade da nobreza da Inglaterra clamando por uma posição, tornando-se agora seus maiores amigos, aqueles mesmos que a olhavam com escárnio, que a desprezavam e a chamavam de bastarda quando a nossa rainha estava no poder.

— Sim — respondi categoricamente. — E o homem a quem você ama, o conde Feria, o embaixador espanhol, que no passado pediu a morte dela, é um deles. Agora, ele traz cartas de amor do próprio marido da rainha. A traição não é nenhuma novidade na Inglaterra. Se não se sentar à mesa com homens de corações falsos, morrerá de fome, Jane.

Ela sacudiu a cabeça.

— Você não tem nenhuma noção do que é certo e do que é errado, Hannah. Você é incrédula.

— Não acho que a fé possa ser avaliada no que você come — repliquei, pensando no bacon e nos mariscos que comera contrariando a lei do meu povo. — Acho que fé está no nosso coração. Amo a rainha e admiro a princesa, e quanto ao resto, esses homens e mulheres falsos, terão de descobrir seus próprios caminhos, as suas próprias verdades. Vá comer na cozinha, se assim prefere. Jantarei com eles.

Quase ri de sua cara espantada. Levantei Danny e o apoiei no quadril e entrei no salão de jantar, em Hatfield.

Elizabeth já apresentava os sinais da condição de rainha, como se fosse uma atriz ensaiando um papel com o traje completo. Tinha um dossel dourado sobre a cadeira de madeira tão esculpida e pesada que poderia passar por um trono. À sua direita, sentava-se o embaixador espanhol, ostentando sua relação com a princesa; à sua esquerda, estava o lorde mais favorecido nessa corte, Lorde Robert. Do lado sentava-se o homem que era a mão direita do Grande Inquisidor de Londres, o flagelo do protestantismo, o Dr. Dee. No outro lado do embaixador espanhol estava o primo da princesa, que, no passado, a prendera e que agora era tão querido da família. Do lado dele estava um homem silenciosamente ambicioso, um protestante ferrenho: William Cecil. Olhei para a mesa de Elizabeth e sorri. Ninguém seria capaz de adivinhar para que lado essa gata pularia, considerando-se a sua companhia à mesa. Tinha colocado, lado a lado, conselheiros espanhóis e ingleses e católicos e protestantes. Quem poderia deduzir o que se passava na sua cabeça?

John Dee, olhando o salão, me viu sorrindo e ergueu a mão saudando-me. Lorde Robert acompanhou o seu olhar, viu-me, fez sinal para me aproximar. Atravessei a corte com cautela e fiz uma reverência à princesa, que me lançou um sorriso radioso com os olhos, rápido como uma flecha.

— Ah, esta é a garota que tinha tanto medo de se tornar mulher que primeiro se tornou bufão e, depois, viúva — disse, com sarcasmo.

— Princesa Elizabeth — falei, fazendo uma reverência às suas palavras corretas.

— Veio me ver?

— Sim, princesa.

— Tem uma mensagem para mim, da rainha?

— Sim, princesa.

Houve uma ligeira agitação na mesa.

— Sua Majestade está bem? — O embaixador espanhol, conde Feria, inclinou-se à frente, participando da conversa.

— Certamente deve saber melhor do que eu — repliquei, com impertinência, vendo-o à mesa de Elizabeth. — Já que ela escreve cartas íntimas a uma única pessoa, já que ela ama um único homem no mundo, e ele é seu patrão.

Elizabeth e Lorde Robert trocaram um sorriso secreto diante de minha grosseria. O conde virou a cabeça.

— Pode sentar-se com minhas damas e ver-me, privadamente, depois do jantar — ordenou a princesa. — Veio sozinha com seu filho?

Sacudi a cabeça.

— Jane Dormer veio comigo, e fomos escoltadas por dois cavalheiros da rainha.

O conde virou-se rapidamente, de novo, para mim.

— A Srta. Dormer está aqui?

— Está jantando sozinha — repliquei, minha expressão, insolentemente, apática. — Não quis fazer parte desta companhia.

Elizabeth mordeu o lábio, para dissimular outro sorriso, e indicou-me a mesa com um gesto da mão.

— Vejo que não é tão exigente — provocou-me.

Encarei-a sem titubear.

— Jantar é jantar, princesa. E nós duas já passamos fome juntas, no passado.

Ela riu e fez um sinal com a cabeça para que me dessem lugar na mesa.

— A jovem tornou-se um bobo espirituoso — disse a Lorde Robert. — Fico feliz com isso. Nunca acreditei muito em visões e predições.

— Uma vez, ela me contou uma bela visão — disse ele, a voz bem baixa, os olhos em mim, mas o sorriso para ela.

— Ah?

— Disse-me que eu seria adorado por uma rainha.

Os dois riram, aquele riso abafado típico de amantes que conspiram, e ele sorriu para mim. Encarei-o com uma expressão determinada.

❧

— O que *há* com você? — perguntou-me Elizabeth, depois do jantar. Estávamos em uma alcova na galeria de Hatfield. A corte de Elizabeth estava a distância, nossas palavras abafadas pelo som de um alaúde próximo.

— Não gosto do conde Feria — repliquei bruscamente.

— Deixou isso bastante claro. Acha realmente que a deixaria participar do meu jantar e insultar meus convidados? Você já não usa a libré de bufão, e terá de comportar-se como uma dama.

Sorri.

— Como trago uma mensagem que você quer ouvir, acho que a escutará antes de me jogar pelos portões afora, seja eu um bufão ou uma dama.

Riu da minha impertinência.

— E duvido que goste dele tampouco — falei, de novo de maneira insolente. — Antes era seu inimigo, agora é seu amigo. Há muitos iguais a ele ao seu redor, imagino.

— Quase toda esta corte. Incluindo você.

Sacudi a cabeça.

— Sempre admirei vocês duas.

— Você a ama mais do que a mim — insistiu, com ciúmes.

Ri alto da sua infantilidade, e Lorde Robert, que estava do lado, virou-se para mim com um sorriso.

— Mas, princesa, a rainha me ama, e você nunca fez outra coisa a não ser insultar-me e me acusar de ser sua espiã.

Elizabeth também riu.

— Sim. Mas não me esqueço que me serviu na Torre. E não me esqueço de que teve uma visão verdadeira, comigo. Quando sentiu o cheiro da fumaça dos incêndios, eu soube que me tornaria rainha e traria paz para este país.

— Então, amém a isso — repliquei.

— E qual é a sua mensagem? — perguntou-me sobriamente.

— Podemos conversar na sua câmara privada? E Jane Dormer pode ir junto?

— Com Lorde Robert — estipulou. — E John Dee.

Curvei a cabeça e a acompanhei pelo corredor até sua câmara. A corte formou uma onda de reverências, quando ela passou, como se já fosse a rainha. Sorri, lembrando-me do dia em que ela mancou com o sapato na mão, e ninguém lhe ofereceu o braço. Agora, estenderiam seus mantos sobre a lama para manter-lhes os pés secos.

Entramos na sua câmara e ela puxou uma pequena cadeira de madeira para perto da lareira. Fez um gesto para que eu pegasse um banco e o levei para perto do fogo, coloquei Daniel em meu colo e recostei-me na parede forrada de madeira. Tive a sensação de que deveria ficar calada e escutar. A rainha queria que a avisasse se Elizabeth manteria a verdadeira fé. Eu teria de escutar o significado por trás das palavras. Teria de enxergar o que havia por trás da máscara de seu sorriso, de ver seu coração.

A porta abriu-se e Jane entrou. Fez a reverência mais breve que pôde a Elizabeth e ficou na sua frente. Elizabeth fez um gesto para ela sentar-se.

— Ficarei em pé, se permitir — disse Jane inflexível.

— Você tem negócios a tratar comigo. — Elizabeth convidou-a a começar.

— A rainha pediu a Hannah e a mim que viéssemos para lhe fazer uma pergunta. A rainha pede que responda com franqueza. Ela gostaria que jurasse por sua alma que a resposta que dará é a verdade, nada mais que a verdade.

— E qual é a pergunta?

Danny contorceu-se no meu colo e o puxei mais para perto, apoiando sua cabecinha no meu peito, de modo a olhar por cima dela o rosto pálido da princesa.

— A rainha pediu que lhe dissesse que a nomeará sua herdeira, sua única herdeira legítima, e será rainha no trono da Inglaterra, sem nenhuma reação de dissidência, se prometer ser fiel à verdadeira fé — disse Jane, calmamente.

John Dee respirou fundo, mas a princesa permaneceu completamente imóvel.

— E se eu não prometer?

— Então, nomeará outro herdeiro.

— Mary Stuart?

— Não sei e não vou especular — replicou Jane.

A princesa assentiu com a cabeça.

— Devo jurar sobre a Bíblia? — perguntou.

— Por sua alma — replicou Jane. — Por sua alma imortal perante Deus.

Foi um momento solene. Elizabeth relanceou os olhos para Lorde Robert, que deu um pequeno passo na sua direção, como se fosse protegê-la.

— E ela jura me nomear sua herdeira em troca?

Jane Dormer confirmou com um movimento da cabeça.

— Se defender a verdadeira fé.

Elizabeth respirou fundo.

— Vou jurar — disse ela.

Levantou-se. Robert Dudley avançou como se fosse detê-la, mas ela nem mesmo o olhou. Não me levantei, como deveria ter feito, mas permaneci completamente imóvel, meus olhos fixos na sua pele pálida, como se fosse lê-la como uma página de texto recém-saída da impressora, com a tinta ainda secando.

Elizabeth levantou a mão.

— Juro, por minha alma imortal, que manterei este país na verdadeira fé — disse, sua mão tremendo ligeiramente. Baixou-a, cruzou as duas mãos e virou-se para Jane Dormer.

— Ela pediu mais alguma coisa?

— Nada mais — respondeu Jane, com a voz quase sumida.

— Então, pode lhe dizer que fiz o que pediu?

Os olhos de Jane desviaram-se para mim, e a princesa percebeu imediatamente.

— Ah, é para isso que você está aqui — disse-me a princesa. — Minha pequena espiã. Abrirá uma janela na minha alma e verá no meu coração, e então dirá à rainha o que acha que sabe, o que imagina que viu.

Não respondi nada.

— Vai dizer-lhe que ergui a mão e fiz o juramento — ordenou-me. — Você lhe dirá que eu sou sua legítima herdeira.

Levantei-me, a cabecinha de Danny adormecida em meu ombro.

— Se nos permitir, passaremos esta noite aqui, e retornaremos à rainha amanhã — falei, evitando responder.

— Há mais uma coisa — disse Jane Dormer. — Sua Graça pede que pague suas dívidas e cuide dos criados leais.

Elizabeth concordou com a cabeça.

— É claro. Assegure a minha irmã que honrarei seus desejos, como qualquer herdeiro legítimo faria.

Acho que só eu poderia perceber o leve estremecimento de alegria de Elizabeth, por baixo de seu tom de voz solene. Não a condenei por isso. Assim como Mary, ela tinha esperado toda a sua vida pelo momento em que receberia a notícia de que era rainha, e pensava que agora aconteceria, sem dissidências, no dia seguinte, ou no outro.

— Partiremos ao amanhecer — eu disse, pensando na fragilidade da saúde da rainha. Eu sabia que estaria esperando para ouvir que a Inglaterra estava segura na verdadeira fé, que, independentemente do que estivesse perdido, ela havia restaurado a graça para a Inglaterra.

— Então desejo-lhes boa noite e boa sorte — finalizou Elizabeth, graciosamente.

Deixou-nos ir para a porta, Jane Dormer na minha frente, antes de dizer tão baixinho que só eu, atenta a seus chamados, poderia escutar:

— Hannah.

Virei-me.

— Sei que você é uma amiga leal dela, tanto quanto minha — disse, suavemente. — Faça esse último serviço para a sua senhora e aceite minha palavra como verdadeira. Deixe-a ir para seu Deus com algum conforto. Dê-lhe paz, e dê paz ao nosso país.

Fiz-lhe uma reverência e saí.

ℭ

Achei que partiríamos de Hatfield sem outra despedida, mas quando dirigi-me ao meu cavalo, na manhã fria, com o sol vermelho como brasa no horizonte branco, ali estavam Lorde Robert, bonito e sorridente em seu manto vermelho-escuro, e John Dee a seu lado.

— O seu filho está bem aquecido para a viagem? — perguntou-me. — A geada foi forte e o ar está gelado.

Apontei para trás de mim. Danny, debaixo de um gibão de lã grossa extra, e um xale que eu tinha insistido para ele trazer, espreitava-me por baixo de uma pesada boina de lã.

— O pobrezinho está quase sufocado de tanta roupa — repliquei. — Ele vai suar ao invés de congelar.

Robert concordou com a cabeça.

— Os homens serão libertados de Calais daqui a uma semana — informou. — Serão recolhidos por um navio que os trará para Gravesend.

Senti meu coração bater um pouco mais acelerado.

— Está corando como uma menina — disse Lorde Robert, gozando-me carinhosamente.

— Acha que ele recebeu minha carta, a que enviei quando voltei para cá? — perguntei.

Lorde Robert encolheu os ombros.

— Talvez tenha recebido. Mas vai poder falar com ele pessoalmente, em breve.

Aproximei-me mais um pouco.

— Sabe, se ele não a recebeu, não saberá que escapei de Calais. Talvez pense que eu tenha morrido. Talvez não venha para a Inglaterra, talvez vá para a Itália, ou outro lugar qualquer.

— Na possibilidade remota de você estar morta? — perguntou Lorde Robert, de maneira crítica. — Sem ninguém nunca ter mencionado isso? Sem nenhuma prova? E seu filho?

— Na confusão da batalha — falei, de maneira pouco convincente.

— Alguém a teria procurado — disse. — Se tivesse sido morta, alguém teria encontrado o seu corpo.

Mexi-me, constrangida. Daniel estendeu os braços para mim.

— Danéu em cima! — ordenou ele.

— Só um instante — respondi distraída. Virei-me de novo para Lorde Robert. — Entende, se alguém lhe contou que parti com você...

— Então, saberá que está viva, e onde encontrá-la — raciocinou com lógica. Então, parou e bateu na testa. — Senhorita Menino, tratou-me como um idiota esse tempo todo. Você se afastou dele, não foi? E receia que pense que fugiu comigo? E que ele não a procure porque a rejeita? E agora você não me quer, mas o perdeu, e tudo o que tem é seu filho... — Interrompeu-se, tomado de uma dúvida repentina. — Ele *é* filho de seu marido, não é?

— Sim — repliquei com firmeza.

— Ele é seu? — perguntou, sua intuição dizendo que havia algo errado naquilo.

— Sim — respondi sem titubear.

Lorde Robert riu alto.

— Meu Deus, garota, você realmente é uma boba. Só o amou depois que o perdeu.

— Sim — admiti, com os dentes trincados.

— Bem, mais mulher do que um bobo — disse acertadamente. — Eu diria que as mulheres amam mais os homens quando os perdem, ou não o conseguem. Meu bobo bonito, o melhor é você embarcar em um navio e zarpar para o seu Daniel assim que puder. Senão ele sairá da prisão, livre como um pássaro, e você nunca o encontrará.

— Posso embarcar em um navio para Calais? — perguntei confusa.

Ele refletiu por um instante.

— Ainda seria prematuro. Mas pode ir no navio que trará os meus homens. Vou escrever uma autorização.

Estalou os dedos para um cavalariço e mandou que procurasse correndo um escrivão e trouxesse papel e pena. Quando o garoto voltou, ele ditou três frases autorizando-me a embarcar com meu filho.

Fiz-lhe uma reverência profunda, com uma gratidão genuína.

— Obrigada, milorde, sou profundamente grata.

Ele sorriu sedutoramente.

— É um prazer, meu querido pequeno bobo. Mas o navio zarpará daqui a uma semana. Poderá deixar a rainha?

— Ela está declinando rapidamente — respondi devagar. — Por isso eu estava com tanta pressa de partir. Ela aguardava a resposta de Elizabeth.

— Obrigado por esta informação, que me negou antes — respondeu.

Mordi o lábio quando dei conta de que falar com ele era o mesmo que falar com Elizabeth e com aqueles que planejavam sua campanha, quando ela estivesse preparada para convocar o exército e reivindicar seu trono.

— Não a prejudicou em nada — disse. — Metade dos médicos são pagos por nós para nos dar notícias.

John Dee aproximou-se.

— E pôde ver o coração da princesa? — perguntou. — Pode dizer se foi sincera ao jurar manter a verdadeira fé? Acredita que será uma rainha católica?

— Não sei — respondi simplesmente. — No caminho de volta, rezarei por orientação.

Robert ia dizer alguma coisa, mas John Dee o deteve pondo uma das mãos no seu braço.

— Hannah dirá a coisa certa à rainha — assegurou. — Sabe que não é uma ou outra rainha que importa, não é um nome de Deus ou outro. O que importa é trazer a paz a este país, de modo que um homem ou uma mulher correndo o risco de uma crueldade ou perseguição possa vir para cá e estar seguro de uma audiência justa. — Fez uma pausa, e pensei em meu pai e eu chegando à Inglaterra, esperando ali encontrar um refúgio seguro. — O que importa é qualquer homem ou mulher poder acreditar no que quiser, e adorar como quiser, adorar um Deus chamado como quiser. O que importa é fazermos deste um país forte, que possa ser um estímulo ao bem no mundo, onde homens e mulheres possam questionar e estudar livremente. O destino deste país é ser um lugar onde homens e mulheres possam saber que são livres.

Interrompeu-se. Lorde Robert sorria para mim.

— Eu sei o que fará — disse Lorde Robert, ternamente. — Porque ela continua a ser a minha Senhorita Menino generosa. Dirá o que for preciso para confortar a rainha em suas últimas horas, que Deus a abençoe, a pobre mulher. Nenhuma rainha subiu ao trono com tantas esperanças e morreu em tamanha tristeza.

Abaixei-me e coloquei Daniel em meus braços. Os cavalariços trouxeram meu cavalo e Jane Dormer saiu da casa e subiu na sua liteira sem dizer nenhuma palavra a nenhum dos dois homens.

— Boa sorte em Calais — acenou Robert Dudley, sorrindo. — Poucas mulheres conseguem encontrar o amor de sua vida. Espero que consiga, Senhorita Menino.

Então, recuou e deixou-me ir.

Ↄ

Foi uma viagem fria e longa até o palácio de St. James, mas o corpinho de Danny ficou aquecido na minha frente, e volta e meia eu o ouvia cantarolar deliciosamente.

Cavalguei em silêncio, pensativa. O fim de minha viagem, quando veria a rainha parecia muito grande à minha frente. Ainda não sabia o que ia dizer-lhe. Ainda não sabia o que vira, nem o que relatar. Elizabeth levantou a mão direita e fez o juramento que lhe pediram; fizera a sua parte. Agora, cabia a mim julgar se jurara em falso ou não.

Quando chegamos ao palácio, o hall estava meio morto, os poucos guardas jogavam cartas, o fogo da lareira bruxuleando, as tochas com as chamas baixas. Will Somers estava na sala de audiência da rainha, com meia dúzia de outros, em sua maioria funcionários e médicos pagos pela corte. Não havia nenhum amigo nem parente querido esperando para vê-la, rezando para que se recuperasse de sua doença. Não era mais a queridinha da Inglaterra, e a câmara ressoava com o vazio.

Danny viu Will e jogou-se para ele.

— Você entra — disse Will. — Ela tem perguntado por você.

— Alguma melhora? — perguntei esperançosa.

Ele sacudiu a cabeça.

— Não.

Com cuidado, abri a porta de sua câmara privada e entrei. Duas de suas damas estavam sentadas próximas à lareira, tagarelando quando a deveriam estar velando. Ficaram em pé com um pulo, as caras culpadas, quando entramos.

— Ela não queria companhia — disse uma delas, na defensiva, a Jane Dormer. — E não para de chorar.

— Bem, espero que um dia vocês se deitem sozinhas e chorando, sem ninguém para cuidar de vocês — replicou Jane abruptamente, e nós duas passamos para o quarto da rainha.

Estava enroscada na cama, como uma menininha, o cabelo emaranhado cobrindo seu rosto. Não se virou com o ruído da porta ao abrir, mergulhada no seu sofrimento.

— Sua Graça? — disse Jane Dormer, sua voz alterada pela emoção.

A rainha não se mexeu, mas ouvimos o soluço ocasional continuar, tão regular quanto a batida do coração, como se o pranto se tivesse tornado um sinal de vida, como uma pulsação.

— Sou eu — disse Jane. — E Hannah, o Bobo. Estivemos com a princesa Elizabeth.

A rainha deu um suspiro profundo e, exausta, virou sua cabeça na nossa direção.

— Ela fez o juramento — disse Jane. — Jurou manter a verdadeira fé.

Fui para a cabeceira da rainha Mary e peguei a sua mão. Era pequena e leve como a de uma criança, nada restava dela. A tristeza a tinha corroído e transformado em pó que poderia ser soprado pelo vento. Pensei nela entrando em Londres a cavalo em sua roupa vermelha esfarrapada, seu rosto irradiando esperança, e em sua coragem quando enfrentou os homens influentes do reino e os derrotou no próprio jogo deles. Pensei na sua alegria com seu marido e no seu desejo de ter um filho a quem amar, um filho para a Inglaterra. Pensei em sua dedicação irrestrita à memória da sua mãe e no seu amor a Deus.

Sua mão pequena agitou-se na minha como um pássaro agonizando.

— Vi Elizabeth fazer o juramento — comecei. Estava para lhe contar a mentira mais delicada que pudesse inventar. Mas com tato, irresistivelmente, contei-lhe a verdade, como se a Visão estivesse falando a verdade através de mim. — Mary, ela não vai mantê-lo. Mas fará melhor do que mantê-lo, e espero que você possa entender, agora. Ela se tornará uma rainha melhor do que é uma mulher. Ensinará ao povo deste país que todo homem e toda mulher tem de levar em conta a sua própria consciência, tem de encontrar o seu próprio caminho para Deus. E trará a este país paz e prosperidade. Você fez o melhor que pôde para o povo deste país, e tem uma boa sucessora. Elizabeth nunca será a mulher que você foi, mas será uma boa rainha para a Inglaterra, eu sei disso.

Ela levantou a cabeça um pouquinho e suas pálpebras se abriram, trêmulas. Olhou para mim com seu olhar franco e direto, mais uma vez, depois fechou os olhos, e ficou imóvel.

ଓ

Não fiquei para ver a partida apressada dos criados para Hatfield. Preparei minha valise, segurei Danny pela mão e peguei um barco para Gravesend. Levei a carta de Lorde Robert para mostrar ao capitão do navio e ele me prometeu uma cabina assim que zarpassem. Esperamos um ou dois dias e então eu e Danny embarcamos no pequeno navio que partiu para Calais.

Danny ficou encantado com o navio, com o convés que se movia sob seus pés, as ondas batendo no casco e espirrando, o rangido das velas e o grito das gaivotas.

— Mar! — exclamava repetidamente. Pegava o meu rosto com as suas mãozinhas, olhava-me com seus enormes olhos escuros, ansioso por me falar do significado do seu prazer. — Mar. Mamãe! Mar!

— O que disse? — perguntei, surpresa. Nunca falara meu nome antes, e esperava que me chamasse de Hannah. Eu não achava, suponho que devesse ter pensado, mas nunca pensei que fosse me chamar de mãe.

— Mar — repetiu obedientemente, e se contorceu, para eu colocá-lo no chão.

ଓ

Calais era um lugar diferente, com seus muros fendidos e os lados do castelo manchados de óleo negro, do cerco, as pedras obscurecidas pela fumaça. A expressão do capitão era austera quando entramos no porto e vimos os navios ingleses, que foram alvejados e incendiados quando ancorados, como tantos hereges na fogueira. Ele atracou com inteligência militar e baixou a prancha de desembarque como um desafio. Coloquei Danny no colo e desci a prancha.

Foi como um sonho entrar nas ruínas da minha antiga casa. Vi ruas e casas que eu conhecia, mas algumas estavam sem paredes ou telhados, e as casas cobertas de sapé estavam todas praticamente destruídas.

Não quis descer a rua onde meu marido e eu tínhamos morado. Tive medo do que encontraria. Se a nossa casa estivesse ainda de pé, e sua mãe e irmãs ainda estivessem lá, eu não saberia como me reconciliar com elas. Se encontrasse com sua mãe e ela ainda estivesse com raiva de mim e quisesse me tirar Danny, não sei o que diria ou faria. Mas se estivesse morta, e sua casa destruída, seria ainda pior.

Em vez disso, fui com o capitão e a guarda armada para o castelo sob o nosso galhardete branco de trégua. Éramos esperados. O comandante saiu educadamente e falou com o capitão em francês rápido. O capitão empertigou-se, compreendendo talvez uma palavra em três, e então, se inclinou à frente e disse alto e devagar:

— Vim buscar os ingleses, como foi combinado, segundo os termos, e espero-os sem demora.

Como não teve resposta, repetiu o que dissera, o tom um pouco mais agudo.

— Capitão gostaria que falasse em seu nome? Sei falar francês — ofereci-me. Virou-se para mim aliviado.

— Sabe? Isso talvez ajude. Por que o idiota não me respondeu?

Adiantei-me um pouco e disse ao comandante em francês:

— O capitão Gatting apresenta suas desculpas por não falar francês. E posso traduzir para os senhores. Sou Madame Carpenter. Vim por meu marido cujo resgate foi pago e o capitão veio pelos outros homens. O nosso navio aguarda no porto.

Ele fez uma ligeira mesura.

— Madame, agradeço. Os homens estão reunidos e prontos. Os civis serão libertados primeiro e depois os soldados marcharão para o porto. Suas armas não serão devolvidas. Estão de acordo?

Traduzi para o capitão e ele fez uma carranca.

— Temos de receber as armas de volta — resmungou.

Encolhi os ombros. Só conseguia pensar em Daniel, em algum lugar no castelo, esperando sua libertação.

— Não podemos.

— Diga-lhe que tudo bem, mas que não estou satisfeito — replicou o capitão, irritado.

— O Capitão Gatting concorda — falei, suavemente, em francês.

— Por favor, vamos entrar. — O comandante nos conduziu pela ponte levadiça até o pátio interno. Outra parede-cortina espessa, com uma porta levadiça, levou-nos ao pátio central, onde cerca de 200 homens estavam reunidos, soldados em um bloco e civis no outro. Procurei Daniel, com os olhos, mas não o achei.

— Comandante, estou procurando o meu marido, Daniel Carpenter, um civil — falei. — Não o estou vendo, e tenho medo de perdê-lo na multidão.

— Daniel Carpenter? — perguntou ele. Virou-se e deu uma ordem ao homem que guardava os civis.

— Daniel Carpenter! — o homem gritou.

No meio de uma das fileiras, um homem avançou.

— Quem o chama? — disse Daniel, meu marido.

Fechei os olhos por um momento, enquanto o mundo parecia deslocar-se à minha volta.

— Sou Daniel Carpenter — disse Daniel, sem hesitar, avançando, à beira da liberdade, saudando qualquer perigo que o ameaçasse sem um momento de hesitação. O comandante fez sinal para se aproximar e moveu-se para o lado, para que eu pudesse vê-lo. Daniel viu-me pela primeira vez e percebi que empalideceu. Parecia mais velho, um pouco cansado, mais magro, mas nada pior do que uma palidez ou magreza de inverno. Ele era o mesmo. Era o meu amado Daniel com seu cabelo escuro cacheado, olhos escuros, e sua boca sensual e aquele sorriso particular, que era o meu sorriso: ao mesmo tempo sensual, firme e divertido.

— Daniel — falei em um sussurro. — Meu Daniel!

— Ah, Hannah — disse, baixinho. — Você.

Atrás de nós, os civis assinavam seus nomes, saindo para a liberdade. Eu não ouvi as ordens gritadas nem o bater de seus pés. Tudo o que eu via, tudo o que eu conhecia, era Daniel.

— Fugi — disse. — Desculpe. Tive medo e não sabia o que fazer. Lorde Robert me deu o salvo-conduto para a Inglaterra e voltei para a rainha Mary. Escrevi para você imediatamente. Não teria partido sem você, se houvesse algum tempo para pensar.

Suavemente, deu um passo à frente e pegou minha mão.

— Sonhei com você tantas vezes — disse, calmamente. — Pensei que tinha me deixado por Lorde Robert, quando teve a chance.

— Não! Nunca. Soube na mesma hora que queria ficar com você. Tentei fazer a carta chegar a você. Tentei chegar a você. Juro, Daniel. Não pensei em mais nada e em mais ninguém a não ser em você, desde que parti.

— Voltou para ser minha mulher? — perguntou simplesmente.

Concordei com a cabeça. Nesse momento tão importante, perdi minha fluência. Não consegui falar. Não consegui me defender, não pude persuadi-lo em nenhuma de minhas muitas línguas. Não consegui nem mesmo sussurrar. Apenas balancei a cabeça enfaticamente, e Danny no meu quadril, os braços ao redor do meu pescoço, deu uma risada e balançou a cabeça, imitando-me.

Esperava que Daniel ficasse feliz e me abraçasse, mas ele estava sombrio.

— Eu a aceitarei de volta — disse solenemente. — E não farei perguntas, e não falarei nada sobre o tempo que estivemos separados. Nunca ouvirá uma palavra de reprovação da minha boca, juro. E criarei este menino como se fosse meu filho.

Por um instante, não entendi o que ele quis dizer, e então compreendi.

— Daniel, ele é *seu* filho! Este é seu filho e da sua mulher. Este é o filho dela. Estávamos fugindo da cavalaria francesa e ela caiu. Deu-me ele quando caiu. Lamento, Daniel. Ela morreu na hora. E este é o seu filho, que passa por ser meu. Daniel agora é meu menino. É meu também.

— Ele é meu? — perguntou, assombrado. Olhou para a criança pela primeira vez e viu, qualquer um veria, os olhos escuros iguais aos seus, e o sorrisinho valente.

— Ele é meu também — falei, com ciúmes. — Ele sabe que é o meu menino.

Daniel deu uma risada, quase um soluço, e estendeu os braços. Daniel foi para seu pai com confiança, pôs os bracinhos rechonchudos ao redor do seu pescoço, olhou para o seu rosto e inclinou-se para trás, para examiná-lo melhor. Então, bateu o pequeno punho no peito e disse, como apresentação:

— Danéu.

Daniel balançou a cabeça e apontou para o seu próprio peito.

— Papai — disse. As sobrancelhas de Danny ergueram-se com o seu interesse. — *Seu* pai.

Ele pegou a minha mão e a pôs sob o braço, enquanto segurava seu filho com a outra. Foi para o oficial e deu seu nome, que foi conferido na lista. Então, caminhamos juntos para a porta levadiça.

— Aonde vamos? — perguntei, embora não me importasse. Contanto que estivesse com ele e com Danny, poderíamos ir para qualquer lugar do mundo, fosse o mundo plano ou redondo, centro dos céus ou girasse desvairadamente ao redor do sol.

— Vamos formar um lar — disse com determinação. — Para você, para mim e para Daniel. Vamos viver como o Povo, você será a minha esposa, mãe dele, e um dos Filhos de Israel.

— De acordo — repliquei, surpreendendo-o de novo.

Ele parou.

— Concorda? — repetiu de maneira engraçada.

Confirmei com a cabeça.

— E Daniel será criado como um do Povo?

Assenti de novo.

— Ele já é — eu disse. — Eu o levei para ser circuncidado. Você deve instruí-lo, e, quando ele estiver mais velho, estudará a Bíblia hebraica do meu pai.

Daniel respirou fundo.

— Hannah, em todos os meus sonhos, não sonhei com isso.

Pressionei-me a seu lado.

— Daniel, eu não sabia o que queria quando garota. E, então, fui uma boba, em todos os sentidos da palavra. E agora que sou uma mulher adulta, sei que o amo e quero este seu filho, e nossos outros filhos que virão. Vi uma mulher ter seu coração partido por amor: a minha rainha Mary. Não quero ser Mary ou Elizabeth. Quero ser eu: Hannah Carpenter.

— E viveremos em um lugar onde poderemos seguir as nossas crenças, sem perigo — insistiu ele.

— Sim — repliquei —, na Inglaterra que Elizabeth fará.

Este livro foi composto na tipografia Minion,
em corpo 11/15, e impresso em papel
off-white, no Sistema Digital Instant Duplex
da Divisão Gráfica da Distribuidora Record.